名利场

下

[英]威廉·萨克雷 著
贾文浩 贾文渊 译

中国友谊出版公司

图书在版编目（CIP）数据

名利场 /（英）威廉·萨克雷著 ；贾文浩，贾文渊译. -- 北京 ：中国友谊出版公司，2017.2（2018.5重印）
书名原文：Vanity Fair
ISBN 978-7-5057-3980-2

Ⅰ. ①名… Ⅱ. ①威… ②贾… ③贾… Ⅲ. ①长篇小说－英国－近代 Ⅳ. ①I561.44

中国版本图书馆CIP数据核字(2017)第030123号

书名 名利场
著者 [英]威廉·萨克雷
译者 贾文浩 贾文渊
出版 中国友谊出版公司
发行 中国友谊出版公司
经销 新华书店
印刷 北京中科印刷有限公司
规格 880×1230毫米 32开
25.25印张 620千字
版次 2017年10月第1版
印次 2018年5月第2次印刷
书号 ISBN 978-7-5057-3980-2
定价 68.00元（全二册）
地址 北京市朝阳区西坝河南里17号楼
邮编 100028
电话（010）64668676

第三十四章

詹姆士·克劳利的烟斗被熄灭

克劳利先生对布里格斯小姐态度那么谦和，高贵的简小姐十分礼貌，让她简直受宠若惊，于是，索斯当家族的名片送到克劳利小姐手中时，她便替他们说了不少好话。伯爵夫人竟然肯送名片给她这个无亲无友的伴侣，她心中的喜悦着实非同小可。“布里格斯小姐，我不明白，索斯当伯爵夫人送你名片是什么意思？”赞成人人平等的克劳利小姐问。伴侣低声下气地回答：“一位高贵的女士赏识一个贫穷清高的女子，我希望不致有什么害处吧。”她把那张名片收藏在针线筐中，与最珍贵的物品放在一起。接着，布里格斯小姐谈起前一天克劳利先生与他的未婚妻散步时，自己怎么与他们相见，讲述了那位小姐看上去多么温柔，表情多么慈祥，穿着多么质朴，还以女性的精确仔细描绘并估价她的穿戴，从帽子到靴子，无一遗漏。

克劳利小姐任凭布里格斯小姐喋喋不休说下去，并没有多打断她。她的身体日渐好转，便渴望开始社交活动。她的医生克雷默先生坚决反对她回伦敦，认为她在那个老宅子里生活起居太不检点。老处女便很高兴能在布赖顿与人交往，第二天不但回赠名片，而且诚邀皮特·克劳利来看望他姑妈。他来了，而且带来了索斯当伯爵夫人和她女儿。已故伯爵的夫人一个字也没提到克劳利小姐的灵魂问题，只是谨慎地谈到天气、战争、恶魔波拿巴的倒台、医生和江湖骗子。当然啦，她更多地谈到自己推崇的波杰大夫的高明之处。

在这次拜访中，皮特·克劳利迈出重要的一步，这充分显示出，假如他早年受到重视，必然会在外交生涯中崭露头角。伯爵夫人顺着当时的潮流，痛斥那个科西嘉暴发户，说他是个无恶不作的魔鬼，是个懦夫，是个不该来到人世的暴君，他的倒台早在大家预料之中，等等。皮特·克劳利听到这里，突然站在命运的使者[1]一边，替他辩护。他描绘了在巴黎订立《亚眠和平条约》时，自己见过那位首席执政官的风采。皮特·克劳利还谈起自己当时有幸结识了为人善良的伟大政治家福克斯先生，尽管那人与拿破仑的观点相左，但是却不能不狂热地崇拜他，那位政治家对拿破仑皇帝佩服得五体投地。克劳利先生愤慨地谈到同盟国如何背信弃义，在拿破仑慨然受降后，还将这位罢黜的君主狠心放逐，反倒扶植一帮思想顽固的天主教匪徒滥施暴政。

皮特·克劳利对迷信的天主教派进行抨击，与索斯当夫人的观点吻合，他对福克斯和拿破仑的崇拜，又让他在克劳利小姐心目中的地位大大跃升。我们的故事最初介绍克劳利小姐时，曾经提到她与那位已故的政治家颇有交情。克劳利小姐是个真正的亲法派，在这场战争中完全站在政府对立面的地位。尽管皇帝的垮台并没有让她感到不安，他受到虐待也没有让她痛不欲生或者让她夜不成寐，然而，皮特的话正说到她心坎上了，他对她心目中两个偶像的这番夸奖，得到她极大的欢心。

“我亲爱的，你有什么看法？”克劳利小姐问那位年轻小姐。她一见这位姑娘就打心眼里喜欢，她见了漂亮谦恭的年轻人总是十分喜爱。不过，我们不得不承认，她对人的爱慕之心来得急，去得快，人一走，茶就凉。

简小姐脸涨得通红，说：“我不懂政治，宁愿让比我聪明的人去

① 命运的使者：拿破仑的自称。——译注

操心。不过，妈妈的话当然是对的，克劳利先生的口才棒极了。”拜访结束，女士们离去时，克劳利小姐希望索斯当夫人恩准简小姐有空时常常光临垂顾，给她这个孤零零的病老婆子解解闷。夫人态度优雅地承诺。大家在一团和气中亲切分手。

“别让索斯当夫人再来了，皮特，”老女士说。“她像你母亲家族的人一样愚蠢自负，我受不了。不过请你常常带简来玩，她是个脾气温和的漂亮小人儿。”皮特许诺说，他会常常带她来。他并没有将姑妈对索斯当伯爵夫人的印象告诉她，而她自以为给克劳利小姐留下个庄重愉快的印象。

简小姐愿意抚慰病人，而且从内心深处讲，能够逃避巴塞洛缪·艾恩斯牧师烦人的说教，能够离开喜爱摆架子的母亲和围在她身边的教会人士，她丝毫不感到遗憾。简小姐便常常拜访克劳利小姐，陪她乘车兜风，陪伴她度过许多个夜晚，为她解闷。她生性善良温柔，就连弗金也难得嫉妒她。温和的布里格斯觉得，有简小姐在身旁的时候，克劳利小姐对她比较温和。克劳利小姐对简女士的态度相当富有善意。老处女对她讲述自己年轻时的许多趣闻轶事，老处女与简小姐谈话的口吻，与以前跟该死的丽贝卡交谈完全不同。简小姐如此天真纯洁，如果讲话唐突，简直像欺负她，克劳利小姐骨子里是一位上流女士，当然懂得不该冒犯如此纯洁的姑娘。除了她父亲和哥哥之外，这位年轻姑娘从来没有接受过比老处女更善意的对待，她也以毫不虚饰的真诚友谊回报。

这年秋天，简小姐常常在克劳利小姐的客厅里为她唱甜美动听的歌曲，相伴度过黄昏时分，日落的余晖照耀在海滨上时，咆哮的海浪往往伴随着她孱弱的歌喉。歌声一停，老女士便从打盹中醒来，求她接着唱下去。布里格斯小姐假装编织，其实不停地淌着幸福的泪水，目光不时穿过窗户，望着外面浩瀚的大海渐渐罩上一层黑幕，夜空的灯盏越来越亮，渐渐闪闪发光。我真不知道，谁心中体会到的幸福和感情，能胜过布里格斯？

与此同时，皮特就在餐厅里读上一份搁在手边的《谷物法》或者《传教士注册名录》。这种读物在饭后对浪漫或不浪漫的人同样适宜。他呷着马德拉葡萄酒，建造自己的空中城堡。心中认为自己是个挺不错的人，觉得订婚七年来从未像现在这样爱简小姐，在这期间，皮特从来没有感到急于结婚。除了随意读点东西之外，他还要打盹。喝咖啡的时间一到，鲍尔斯先生走进屋子，弄出很多声响，总是发现皮特先生在黑暗中摸索着读一本什么小册子。

“我亲爱的，我多么希望有人陪我玩皮克牌啊，”一天晚上，仆人端着咖啡和蜡烛走进来的时候，克劳利小姐说道。“可怜的布里格斯笨得像猫头鹰，根本不会打皮克牌，”老女士总是找各种机会当着仆人面挖苦布里格斯。“我觉得，打上一会儿牌，上床睡得香。”

听了这话，简小姐脸涨得通红，一直红到耳朵垂，然后延续下去，连漂亮的小指头尖都红了。等到鲍尔斯先生离开屋子，关上门后，她说：

“克劳利小姐，我会玩一点儿。以前我……我陪我亲爱的爸爸玩过。”

“来吻我一下。赶紧过来吻我一下，你这个亲爱的小心肝宝贝，”克劳利欣喜若狂地嚷道。皮特先生手里拿着一本小册子上楼进门时，正发现她们一老一少如此亲昵。可怜的简小姐，整整一个晚上，她的脸一直保持通红！

我们千万不该以为，皮特·克劳利先生的计谋逃得过牧师宅子里他那些亲戚们的注视。汉普郡与苏塞克斯郡距离非常近，在苏塞克斯郡，布特太太有的是替她通风报信的朋友。凡是发生在布赖顿克劳利小姐家中的事情，都会添油加醋地通报给她。皮特现在越来越频繁地光顾。他父亲堕落得不成体统，狂饮加水朗姆酒，泡在可恶的霍罗克斯家不走，于是他一连几个月都不回宅子去。皮特的成功激怒了牧师一家。尽管布特太太口头上不肯承认，可她心里对触怒克劳利小姐深感后悔，觉得那是她铸下的大错，也后悔不该慢待布里格斯，不该对鲍尔斯和弗金那么傲慢，弄得在克劳利小姐家连个眼线都没了。“全是因为布特的锁骨，”她一口咬定，“假如那根骨头没有断，我绝对不会离开她。我成了个牺牲品，为的是尽职尽责，更因为你那不符合牧师身份的打猎习惯。”

“打猎。胡说！巴巴拉，是你把她吓怕了，”牧师打断她的话。“你是个精明女人，不过你的脾气恶劣透顶，花钱的时候死抠。”

“要不是我为你持家，你早被关进负债人拘留所了。”

“亲爱的，我知道你这话不错，”牧师温顺地说，“你是个精明女人，只是有些过分，”这位笃信宗教的人喝着一大杯黑啤酒取乐。

“她到底看上皮特·克劳利那个废物的哪一点了？”他接着说。“那家伙胆子小得撵撵鹅都不敢。我记得，那个该死的罗顿有一次追着打他，把他撵得像只陀螺似的团团转。皮特只会大声号啕，跑回家找他妈。哈哈！我那两个儿子，只要伸出一只手，就能把他打趴下。吉姆说，他还记得他在牛津上学的时候，大家叫他克劳利小姐——这个脓包。

“我说，巴巴拉，”牧师停顿一下接着说。

“什么！”巴巴拉不耐烦地咬着指甲，咚咚敲着桌子。

“我说，干吗不打发吉姆上布赖顿去，看看他能帮那老女人什么忙。你知道，他很快就要得到学位了。他仅仅留过两级，跟我一个样。不过他在牛津上学也算个有利因素，再说还是受的大学教育。他在那儿认识一些好样的人物，还是船队的桨手。他长得挺帅。他妈的，妈妈，咱们打发他去老女人那儿吧，还要告诉他，要是皮特敢开口说话，就揍他。哈哈哈！”

“吉姆当然该去看望她，”主妇说。她叹了口气补充道：“要是咱们能把一个姑娘送到她那儿就好了，可惜她们没一个长得漂亮！”母亲说这番话的时候，隔壁传来两位不幸的姑娘弹的钢琴声，曲子很难，她们的手指却不灵活。她们整天片刻也不得闲，不是弹琴，就是学地理、历史，要不就是绑着背板矫正姿势。但是，两位姑娘个头太小，皮肤不白，相貌平淡，又没有嫁妆，练就了这些本事，在名利场上又哪里有她们的地位呢？布特太太想来想去，只有副牧师可能娶走其中一个姑娘。正在这时候，吉姆从马厩回来，从客厅的落地长窗走进门。他的油布帽子上插着一支短烟斗。父子俩开始谈论起圣莱奇举行的赛马，牧师与妻子之间的交谈便结束了。

布特太太对派詹姆士做特使并不抱多大希望，送他走的时候情绪十分消沉。年轻人得知父母给他的使命后，预料不会有什么乐趣，也不会有什么益处。不过，他心里自我安慰说，老女士也许会给他一笔数目不小的赏钱，他因此就能偿还牛津大学开学时非付不可的账单。于是，他乘了南安普敦驿车，当天晚上便安全抵达布赖顿。他随身带了旅行提包，牵着自己最喜爱的狗儿陶泽，挎了一大篮土产，那是牧师家送给亲爱的克劳利小姐享用的。考虑到时间太晚，不便打扰生病的女士，他就在一家客栈住了一夜，直到第二天中午才去伺奉克劳利小姐。

詹姆士·克劳利的姨妈上次见到他的时候，他还是个笨手笨脚的娃娃。男孩子到了那个年纪，说话的时候不是尖厉得可怕就是粗哑得吓人，脸上遍地开花长满青春痘，据说一种罗兰氏美容霜才治得好。他们往往用姐姐的剪刀偷偷剪胡子；见了陌生年轻女子就突然吓得不得了；衣服忽然间都小得穿不上，胳膊腿儿露出一大截；晚饭过后，这么大的男孩子实在是个障碍，因为他们既妨碍女士们在昏暗的光线下低声闲聊，先生们也不好当着他们的面随意说俏皮话逗乐。于是，喝完第二杯葡萄酒，父亲就会对儿子说：“孩子，去外面看看会不会下雨。”小伙子很乐意获得自由，却为大家没把自己当大人看，心里怏怏不快，匆匆离开残席。詹姆士当时就是那么个半大小子，可是现在他已经长成个年轻人了，由于受了大学教育，又在大学预科班上过学，跟一帮纨绔子弟混在一起，欠过债，留过级，停过学，磨炼得无比圆滑老练。

不过，他是个漂亮的年轻人，一副漂亮的面孔总是能博得喜新厌旧的老女士欢心。见到姑妈的时候，一副羞怯笨拙神态，却被她当成年轻人的天真拙朴。

他说："我来住两天，为的是看一个大学同学，顺便来看望您，替爸爸妈妈问您好。"

仆人通报年轻人到来的时候，皮特正在屋子里陪着克劳利小姐，一听见他的名字，脸色立刻变得苍白。老女士见了侄子的茫然模样，觉得十分有趣。她兴致很高地询问了牧师家每一个人的情况，还说自己考虑去拜访他们呢。她当着这个年轻人的面着实夸奖他一番，说他身子长得好，比以前大有长进，可惜他的姐妹没有他这么一副好长相。听说他住在客栈里，说什么也不能让他继续住在那儿，立刻打发鲍尔斯先生去把詹姆士·克劳利先生的东西取来。"鲍尔斯，听着，"她神态大度地补充道，"请你把詹姆士先生的账单付清。"

她说完朝皮特得意地扫视一眼，几乎把那个外交家嫉妒得噎住。虽然他竭力讨好姑妈，可她从来没说过请他在家里住的话，偏偏这个无足轻重的年轻人一来就受到欢迎。

"请你原谅，先生，"鲍尔斯走上前来深鞠一躬，"托马斯该去哪家旅馆取行李，先生？"

"啊，该死，"年轻的詹姆士吃了一惊，仿佛受到了惊吓。"我去取。"

"怎么啦？"克劳利小姐问。

"在'汤姆·克里布徽章'客栈，"詹姆士羞红了面孔。

克劳利小姐听了这个名称放声大笑。鲍尔斯先生倚仗自己是主人的亲信，也突然哈哈大笑，好在他尽快止住了。外交家仅仅微微一笑。

“我……我不认识好旅馆，”詹姆士垂下眼睛说。“我是第一次来这个地方，是马车夫指给我那地方的。”真是个会编故事的小伙子！其实，前一天在南安普敦驿车上，詹姆士·克劳利遇到塔伯利的拳师，他要到布赖顿跟洛汀丁城的费伯交锋。詹姆士被他讲的故事迷住了，就住进那家客栈，陪那位专家和他的朋友们消磨了一个夜晚。

“我……我，最好还是我去付账吧，”詹姆士接着说。“不能让你为我破费，姑妈，”他慷慨大度道。

姑妈见他这么谨慎，笑得更开心了。

“鲍尔斯，去把账结了，”她挥了挥手说道，“把账单给我带回来。”

可怜的女士，她完全蒙在鼓里了！“还有……还有一只小狗呢，”詹姆士显得诚惶诚恐。“最好还是我去接它吧。它专咬仆人的腿肚子。”

大家听了这说法，全都哈哈大笑。克劳利与侄子交谈的时候，布里格斯小姐与简小姐默不作声地坐在一旁，这时也不禁笑出声来。鲍尔斯一声不吭，走出屋子。

克劳利小姐故意折磨大侄子，执意对这个牛津学生表示好意。她一旦打定主意向某人表示友好或者恭维某人，简直没个完。她随意告诉皮特可以留下吃晚饭，却执意要詹姆士陪她乘车兜风。两人坐在敞篷马车后座上，在峭壁上来回跑了好几趟。在此过程中，她屈尊与他客气交谈，为这个茫然的年轻人朗诵意大利和法国诗人的诗作，还一口咬定说，他是个了不起的学者，将来肯定能得金奖，到了高年级，准是个数学方面的优等生。

“哈，哈！”詹姆士戏谑道，“高年级数学优等生。那是在另一家店铺。”

“什么另一家店铺，我亲爱的孩子？”女士问道。

“剑桥有高年级数学优等生选拔考试，牛津没有，”学者露出老练的风度说。他本想继续跟姑妈说些知心话，可是峭壁上突然出现一辆马车，拉车的是一匹漂亮小马，车上坐着他新结识的朋友塔伯里的拳师、罗汀丁的费伯及三个他们的熟人，他们见詹姆士可怜兮兮坐在这么一辆马车里，都向他打招呼。这件事仿佛给天真的年轻人兜头浇了一瓢冷水，整个返程途中，他再也没精神说一句话。

回来后，他看到已经为自己准备了一间屋子，旅行提包也取回来，他还隐隐约约发现鲍尔斯先生带他走进自己屋子的时候，表情严肃，带着惊异和对他的怜悯。但是他没顾上考虑鲍尔斯先生的反应，心里为陷入这么个处境觉得可悲。整个宅子里都是些老女人，喋喋不休地对他说法语和意大利语，还对他朗诵诗歌。“天哪，简直要逼我逃上树去啦！”这个腼腆的孩子就是见了最温和的女人，哪怕是布里格斯那样的女人，也老大的不好意思，尤其不敢跟人家交谈。可是，假如把他打发到伊夫利船闸上，他满嘴的粗话就是最鲁莽的驳船夫也自叹不如。

吃饭的时候，詹姆士脖子上围了一张餐巾，浑身的不自在，倒像是餐巾围得太紧，憋得喘不上气来。他有幸搀着简小姐的手，托着她的包、披肩和坐垫引她下楼，布里格斯和克劳利先生陪老女士跟在他身后。吃饭的时候，布里格斯大半时间在照料病人，并且切下鸡肉喂她的胖狗。詹姆士没有多开口，不过他向所有女士致了祝酒词，也接受了克劳利先生的挑战，将鲍尔斯奉命为他献上的那瓶香槟几乎喝光。女士们离开餐桌后，两位堂兄弟单独留在餐厅里，前外交官皮特变得非常健谈友好。他询问了詹姆士大学学习生活情况，问他对前景有何展望，衷心希望他前途广阔，总而言之，他的态度十分坦率和蔼。詹姆士喝了酒，管不住舌头了，对堂兄谈起自己的生活情况，谈起对未来的展望，谈起自己欠的债务，谈起自己考试不及格、跟督学吵嘴。他一边说，一边大口大口喝酒，喝了红葡萄酒，又喝马德拉白葡萄酒，乐得忘乎所以。

克劳利先生替他斟满一杯酒说："姑妈最大的乐趣，便是大家到了她家应该宾至如归。这是个自由宫，詹姆士，在这里你只有随心所欲，想要什么只管开口，才是对她最大的孝敬。我知道你们在乡下都讥笑我，因为我是个保守党人。可是克劳利小姐的开明思想比任何人都进步。她主张平等，藐视一切地位和头衔。"

"你为什么要娶个伯爵的女儿？"詹姆士问。

"我亲爱的朋友，要知道，简小姐出身高贵并不是她自己的错，"皮特带着宫廷风度回答道。"她生来便是个上流女士，这并不是她的选择。再说，你知道我是个保守党人。"

"哦，关于这一点，"吉姆说，"什么也比不上血统重要，嗨，血统比什么都重要。我可不是你们那种激进派。我知道当个绅士是什么滋味，他妈的。不管是赛艇啦，拳击啦，狗拿耗子比赛啦，谁赢的钱最多？上流血统的家伙。再拿瓶红葡萄酒来，鲍尔斯伙计，我先把这瓶喝光。我刚才说……什么来着？"

"我想你说的是狗拿耗子，"皮特温和地提示，说着把另一瓶酒递给他。

"我拿耗子？好吧，皮特，你喜欢各种乐趣不喜欢？你喜欢看拿耗子的狗不喜欢？要是你喜欢，就跟我去城堡街马房，找汤姆·科都洛尔，他就有条拿耗子的凶狗。呸……他娘的，"詹姆士被自己的荒唐说法逗得哈哈大笑。"你才不会关心狗和耗子呢，对你全是胡说八道。你要是能分清哪个是狗哪个是鸭子才怪呢。"

"可不是吗。咱们回到刚才的话题上，"皮特的口吻越来越客套，"你刚才谈起血统的事，说是平民享受不到贵族的种种优越性。又来了一瓶酒。"

"血统是重要的，"詹姆士灌了一口红宝石色的液体。"什么都比不了血统，马呀，狗呀，人呀，血统全都一样重要。上个学期，我被勒令停学前……我的意思是说我出麻疹前，哈哈……我跟基督教学院的林伍德，就是鲍勃·林伍德，他是辛克巴勋爵的儿子，我们正在布伦海姆街的钟声酒店喝啤酒呢，突然来了个班勃利的驳船夫，提出跟我们俩随便哪一个干一架，赢者白喝一碗混合酒。我不能打。当时胳膊伤了吊着绷带，就连拿拿刹车块都不行。因为两天前我跟阿宾顿出去，从一头野马背上摔下来，我当是胳膊都断了呢。我不能跟他打，可是鲍勃立刻扒下衣裳，跟那个班勃利船夫对打了四个回合，不出三分钟就把他打趴下了。天哪，那人倒下去的动静才美呢，先生，你猜怎么着，他满脸都是血。”

“你这酒量可不行，詹姆士，”前参赞接着说。“我在牛津的时候，男同学们传酒瓶子的速度似乎比你们这帮后生快多了。”

“得了得了，”詹姆士捂住鼻子朝堂兄狡黠地眨了眨醉眼，“别逗乐了，你想把我灌醉，休想。真是好酒哇，老伙计。打架，喝酒，男子汉嘛。真希望姑妈送些给老爹，真是美酒。”

“你最好向她提，”阴谋家说，“要不现在就喝个痛快。那个古代诗人怎么说来着？‘如今借酒浇愁，明儿重闯大海。’”这位嗜酒者说话的口吻就像在下议院演说，接着装腔作势地举杯扬脖一口灌下。

在牧师宅子时，饭后如果开了一瓶红葡萄酒，姑娘们只能喝一杯醋栗酒。布特太太可以喝杯葡萄酒，诚实的詹姆士一般能喝到两杯，假如再想多喝，他父亲就会沉下脸，这个好孩子总是忍住不敢多喝，不是转而喝点醋栗酒，便是躲进马厩，一边抽烟斗一边陪车夫喝掺水的杜松子酒。在牛津大学，他可以放开肚量喝葡萄酒，只是质量差。到了姑妈家，酒的质量上乘，而且尽可以随意喝个够，詹姆士便十分贪杯，不用堂兄力劝，也已经一杯杯灌下两瓶了。

不过，到了该陪女士们喝咖啡的时候，年轻人在他尊敬的女士面前，惹人喜爱的坦率消失，又恢复了胆怯笨拙的模样，一晚上唯唯诺诺，绷起面孔瞅了简两眼，还打翻了一杯咖啡。

他没说什么话，却可怜巴巴地打哈欠，他对大家晚上从事的日常消遣是个障碍。克劳利和简小姐在打皮克牌，布里格斯小姐在做女工，她们觉得他两眼死死盯在她们身上，心里实在不舒服。

“他看上去是个非常沉默、笨拙、怕羞的小伙子，”克劳利小姐对皮特先生说。

“他跟男人在一起比陪女士更健谈，”阴谋家口气冷漠，也许心里觉得失望，因为红葡萄酒没有撬开他的嘴巴。

第二天一早，他写信给母亲，极为生动地描写了克劳利小姐如何招待他。啊！他并没有预料到，这一天有什么灾难在等待着他，也没有料到他受到的优待注定要匆匆告终。他忘记了一个细节，虽然是个细节，却是个致命的关键，那是他来姑妈家前那个晚上在“克里布徽章”客栈发生的。这位吉姆为人总是非常慷慨，尤其乐于请人共饮，那天晚上，他诚邀塔特伯里拳师和罗汀丁的那个人喝了两三巡加水杜松子酒，结果，总共不少于十八杯酒，每杯八便士，全记在詹姆士·克劳利先生的账上。他姑妈的管家鲍尔斯先生奉女主人的指示去会账的时候，对可怜的詹姆士不利的因素并不是那几个便士酒账，而是年轻人放纵的酒量。旅馆老板生怕他赖掉酒账，一本正经地赌咒说，这笔账上的每一滴酒都是年轻的先生自己喝掉的。鲍尔斯终究还是付清了账目，拿回来给弗金太太看，弗金对如此豪量大为吃惊，便把账单交给总会计布里格斯小姐。布里格斯认为有责任向她的上司克劳利小姐提到这件事。

假如他喝掉的是十二瓶红葡萄酒，老处女尚能原谅他。福克斯先生和谢里登[①]喝红葡萄酒。上流绅士都喝红葡萄酒。但是，与一帮打拳斗架的家伙在下流酒馆喝了十八杯杜松子酒，这简直是一桩不可饶恕的无耻罪恶。年轻人这天交了厄运，事事不顺。他从马厩回

① 谢里登：里查德·B.谢里登(1751-1816)，戏剧家和议会演说家，威尔士亲王和福克斯的朋友。——原书编者注

来的时候，沾了一身的晦气。他去看过自己的狗儿陶泽，带它出去遛遛腿，途中遇到克劳利小姐，她牵着自己那条名叫布伦海姆的狗，那狗呼哧呼哧喘个不停，陶泽冲着它扑上去，要不是它惊叫着逃到布里格斯小姐身后寻求保护，准会给吃掉。恶犬的残忍主子见了如此惨状，反而乐得放声大笑。

也是在这天，不幸的年轻人原来那副谦恭模样不见了，吃饭时变得活泼风趣，席间还说了两个嘲弄皮特·克劳利的笑话，喝的酒跟昨天一样多，还径直走进起居室，冲着女士们津津有味地讲起牛津的趣闻轶事。他描绘了莫利纽克斯与荷兰的山姆拳法有什么不同，还轻佻地要简小姐就塔特伯里拳师和罗汀丁拳师的输赢跟他打赌。他诙谐地建议她支持自己跟堂兄皮特·克劳利打一局，戴不戴拳击手套都行。他朝皮特的肩膀猛击一掌，放声大笑道：“伙计，这是个公平提议，我老爹要我跟你打，还说要跟我平分赌金，哈哈！”迷人的年轻人边说边朝可怜的布里格斯小姐点点头，挤眉弄眼地伸出大拇指冲着肩膀后面的皮特·克劳利戳了戳，显得乐不可支。

皮特显出愠怒模样，心里却并不生气。可怜的吉姆笑了个够，最后托着蜡烛踉踉跄跄送姑妈穿过屋子，老女士离去时，他涎皮赖脸地向她致敬。他上楼回到自己屋里后，心里无比得意，喜滋滋地以为老女人会优先考虑把遗产留给他，家里其他人都得靠后，连他父亲也别想多得。

一个人回到卧室后，大家以为就不会出事了，可这个不幸的孩子却惹了个大乱子。月光皎洁，柔和地洒落海面，十分悦目。这幅浪漫的海天画卷引吉姆走向窗前，他想尽兴抽抽烟。他想，打开窗户把脑袋伸出窗外，烟会飘散在新鲜空气中，谁也闻不到烟味。他就这么抽起来，可是头脑发热的可怜吉姆却忘记关上敞开的门。微风灌进屋子，浓烈的烟臭径直窜到楼下，钻进克劳利小姐和布里格斯小姐的鼻子时，呛人的程度并未稍减。

这一烟斗烟草把他断送了。布特·克劳利一家压根儿不知道，他们损失掉成千上万镑财产，就因为这一斗烟。鲍尔斯先生当时正操着阴森森的腔调大声向他的跟班朗读《烈火与煎锅》，弗金急匆匆奔下楼梯，惊恐万状地向他通报了那个可怕的秘密。鲍尔斯和他的跟班乍一见弗金那模样，还以为房子里闯进了强盗，只当是这女人在克劳利小姐床下发现了强盗的腿。不过，他们得知事实真相后，一步三级奔上楼，冲进詹姆士的屋子，詹姆士并不知道发生了什么事情。“詹姆士先生，”鲍尔斯急不成声地喊道，“看在上帝的分上，快把烟斗熄掉。”他夺过烟斗，灭掉火。“啊，詹姆士先生，你做了什么呀，”他的声音里带着深深的悲哀，把那个烟具抛到窗外。“你干了什么呀，先生，小姐不准人抽烟。”

“小姐不必抽烟，”詹姆士不合时宜地傻笑着，觉得这事完全是一个大笑料。可是，第二天早上，他的心情就大不相同了。每天早上，有个仆人为他擦靴子端刮胡子用的热水，他倒真希望自己长起胡子，可就是嘴上没毛。这天早上，这个仆人将布里格斯小姐写的一张字条送到他床头，上面写着：

> 亲爱的先生，因为整个房子为烟草的恶臭所污染，克劳利小姐昨天彻夜不能成寐。克劳利小姐委托我通知你，由于身体欠佳，抱歉在你离去之前，她不能再会见你。她十分后悔，不该请你搬出那家客栈，她相信，你在布赖顿停留的剩余时间里，住在那家客栈会得到更大的舒适。

至此，诚实的詹姆士在争夺姑妈遗产主要继承权的斗争中彻底失败。其实他不知不觉中已经实现了与堂兄比拳的愿望。

曾经是这笔遗产主要继承者的那个人现在哪里？我们先前提到

过，滑铁卢战役之后，贝基和罗顿战后团聚，1815 年在巴黎度过一个极为豪华欢乐的冬天。丽贝卡是个精明的经济专家，约斯·塞德利买那两匹马付给她的钱，至少够他们舒舒服服过上一年。“我决斗中打死马克上尉用的手枪，”金质化妆盒，以及貂皮斗篷都用不着变卖。贝基找人把那件斗篷改成自己穿的大衣，她穿起来在波罗涅林荫道上兜风时，人们都羡慕地注视她。军队开进法国康布雷后，她离开布鲁塞尔与丈夫重逢。你真该见见她丈夫的喜悦，当时她把走以前秘密缝在衣服里的宝贝全都兜出来，里面有钟表、首饰、钞票、支票和种种其他宝贝。塔夫托见了觉得有趣，罗顿乐得放声大笑。赌咒说，她比他看过的任何戏都有趣得多。贝基描绘一遍敲诈约斯的经过，他乐得歇斯底里狂笑不止。他信任妻子就像法国兵崇拜拿破仑。

她在巴黎取得了引人瞩目的成功。法国女士们一致认为她十分迷人。她讲她们语言的能力令她们钦佩。她立刻便掌握了她们的优雅风度，她们的活泼举止和她们的礼貌。她丈夫当然愚蠢，本来英国人全都愚蠢。不过，在巴黎，女士们反倒喜欢丈夫愚蠢些。他是富有高贵的克劳利小姐的财产继承人，而克劳利小姐家的大门在法国大革命时期曾经对多少落难的法国贵族敞开过啊。大家现在把上校夫人请到自己府上做客。一位著名的公爵夫人当年贫困潦倒时，克劳利小姐不但照她自己出的价买下她的首饰和花边，而且在革命后那段最困难的时期中，多次请她吃饭。现在，她写信给克劳利小姐说：“亲爱的小姐为什么不到巴黎来做客，看望自己的侄儿和侄儿媳妇呢？大家都为这位聪明美貌的女士着迷。从她身上，我们看到了亲爱的朋友克劳利小姐的影子，她那么优雅，那么富有魅力和睿智。昨天，法国国王在王宫也在注视她，我们都为先生们把目光集中在她身上而嫉妒。有一次，国王后裔安古莱米公爵夫人以法国的名义，对于贵族落难流亡到英国时你向他们表示的厚意，表示诚挚的谢意，特别将克劳利夫人作为你的侄儿媳妇介绍给大家。这里有一位愚蠢的上流女人叫巴里亚克斯，她长着鹰钩鼻子，戴一顶无檐软帽，上面还插着许多羽毛，在人群中一眼就能看见。她听了那番介绍，满脸的怨恨神气才滑稽呢。克劳利夫人在所有社交活动中都受欢迎，她出席所有的舞会，但是并不陪任何人跳舞。在充满敬意的男人中间，这位小人儿多么漂亮啊。她很快就要做母亲了！听她楚楚动人地讲述你像母亲一样保护她的故事，真能让魔鬼也感动得流下泪水。她多么爱你啊！我们大家多么热爱并衷心崇拜可敬的克劳利小姐啊！”

巴黎这位贵妇人热情洋溢的信，恐怕根本没有增进贝基太太在她崇拜尊敬的亲戚心中的好感。恰恰相反，老处女得知丽贝卡已有身孕，而且利用自己的名声进行招摇撞骗，简直怒不可遏了。她的身体和精神都受到极大的震动，不能拼凑一封法语回信，便以自己的母语向布里格斯小姐口授了一封怒气冲冲的信，矢口否认与克劳利太太有任何关系，还警告公众留神，说她是个最狡猾危险的人物。可惜那位写信的公爵夫人在英国仅仅居住过二十年，连一个英文词也不认识，便乐滋滋地在下一次见面时，对克劳利太太说，她收到亲爱的小姐一封迷人的信，信上对克劳利太太说了许多好话。丽贝卡于是心生希望，以为老处女要回心转意。

与此同时，她是最受崇拜，最欢乐的英国女人。晚上在家里开招待会时，就像召开欧洲议会。在这个著名的冬季，普鲁士人、科西嘉人、西班牙人和英国人——整个世界都聚在巴黎。丽贝卡那间小小的客厅里，云集着戴星徽挂绶带的人们，足能让贝克大街上所有过客嫉妒得脸色惨白。她在波罗涅林荫道上驱车兜风，或者在歌剧院小包厢里听歌剧时，身边总有著名的军官陪伴。罗顿的情绪十分高涨。在巴黎，他身后暂时还没有人跟在他身后讨债，著名的维利咖啡馆和鲍维里哀饭店每晚都开晚会，赌局很多，他的手气极好。

塔夫托或许有些郁郁不乐，因为塔夫托太太自己找到巴黎来了，除了这个不幸事件外，贝基周围总有二十几名军官包围着，听歌剧的时候，她能从十几个花束中随意挑选。像巴里亚克斯女士一样的英国上流人物，全是些无可挑剔的蠢妇人。见贝基如此走红得意，难受得如坐针毡，听了她对她们恶毒的讥笑，纯洁的胸膛痛苦得扭曲震颤不已。但是男人都在她那一边。她以无比的勇气与这些女人们做斗争，而她们又不会用法语挖苦她。

1815 年到 1816 年这个冬天，罗顿·克劳利太太十分适应上流生活，像她几世纪前上流祖先一样寻欢作乐，过得十分富裕欢乐。有那样的智慧、天才和旺盛的精力，她也的确应该在名利场上占据显要地位。1816 年早春，一份《加里涅尼报》上在大家喜欢阅读的一角登载了这样的新闻：“3 月 26 日禁卫军克劳利中校夫人喜得贵子。”

伦敦的一些报纸转载了这条消息。克劳利小姐在布赖顿吃早饭时，布里格斯小姐将这消息读给她听。这条消息本来是意料中的事，结果却导致了克劳利家族的一场危机。老处女愤怒到极点，立刻把侄儿皮特招来，还从布伦斯威克广场请来索斯当小姐，要求他们结束久拖不决的订婚状态，立即成婚。她宣布说，在她有生之年，要给这对年轻夫妇一千镑年金，身后还要将大部分财产遗留给她的侄儿和亲爱的侄媳简·克劳利女士。韦克希被招来修改遗嘱，索斯当勋爵赶来为妹妹操办婚事，主持婚礼的是一位主教大人，非属正统的巴塞洛缪牧师不能有幸主持感到失望。

婚后，皮特很想依上流社会惯例带新娘外出度蜜月，怎奈老女士对简的依赖强烈得不可或缺，皮特只得携妻子与克劳利小姐生活在一起。可怜的皮特发现自己成了个最悲惨不过的人物，一方面要顺着姑妈的脾气行事，另一方面要听从岳母的指挥。索斯当夫人从相距不远的那所房子里统治着整个家族，其中包括简小姐、克劳利小姐、布里格斯、鲍尔斯、弗金和所有用人。她不容分辩地要大家读她分发的训诫小册子，服用她指定的药。她赶走了克雷默医生，请来罗杰大夫，不久之后，连克劳利小姐形式上的权威也推翻了。可怜的老小姐变得越来越胆小，就连欺侮布里格斯小姐也成为往事。她整天缠着侄媳，两人关系更加紧密，她的胆子一天比一天小。啊，你这个慈祥、自私、虚荣、慷慨没有信仰的老女人，祝你平安！我们以后再也见不到你了。希望简女士好心扶助她，以温柔的手引她走出这个充满殊死搏斗的名利场。

第三十五章
做寡妇当母亲

卡特布拉斯与滑铁卢大战的消息同时传到伦敦。《伦敦公报》首先发表了两次战役的结果，整个英格兰都感到胜利的振奋，也怀着恐惧。宣布胜利之后紧接着传来的是详细战事报道和伤亡将士名单。谁能描写出人们展开这份名单时的恐惧心情啊！整个英国的每一个村庄、每一个家庭，都与弗兰德斯的这两场战役息息相关。人们读完部队阵亡将士名单，得知自己的朋友或亲戚是生还还是牺牲，我们可以想象得出，有人对上苍的庇佑衷心感激，有人悲哀得痛不欲生。即使现在人们有兴趣翻看当年的旧报，也能够体会出那时人们屏息期待的焦虑心情。报纸上每天登载伤亡名单，仿佛连载的小说片段，读完一天登载的内容，只能引得人更加急不可待。想象一下每日散发出油墨香味的报纸给人们带来的是多大的感情骚动吧。我们这个国度在那次战役中投入的仅仅是两万兵员，如果大家能体会出这种感情，那么想象一下在这之前的二十年中，欧洲总共动员过数百万将士参战，其中任何一个人杀死一个敌手，也同时伤害了其远方无辜亲人的心。

这份著名的《伦敦公报》带给奥斯本一家的是可怕的打击，对一家之长的打击尤其深重。姑娘们大放悲声。惨遭失子之痛的老父亲让悲哀彻底压垮了。他的思维竭力朝一个方向扭，认为儿子是因忤逆不孝而遭天谴。他不敢承认上天的惩罚让他感到恐惧，也不愿承认他对儿子的诅咒这么快就得到应验。他有时感到恐惧的震悚，仿佛摆布儿子命运的始作俑者是他本人。本来还有和解的机会，孩子的老婆本来可能死去，他也可能回来说，爸爸，我错了。但是如今再也没有这种希望。他站在不可逾越的鸿沟那一边，永远以一双悲哀的眼睛盯着他父亲。他记起以前儿子就有过那样的目光，当时他大病一场，大家都以为他不可救药了，孩子默默躺在床上，瞪着一双吓人的眼睛，呆滞的目光中只有悲哀。老天哪！父亲紧紧跟在大夫身边，心里怀着怎样的焦急。高烧消退后，儿子开始康复，再次认出父亲，他心头卸下的是怎样的重负啊。然而，现在什么救药也没有了，也不再有机会重归于好。更要紧的是，再也不会听到他低声下气的哀求，他怒气冲冲的面子和虚荣无法得到安慰，无法让他如灌进毒液的愤怒血液恢复正常流动。很难说清楚，让骄傲父亲的心感到最痛苦的是哪一道伤口——是儿子再也得不到他的原谅，还是不可能期待得到儿子的道歉。

不论这位严厉的老人有什么心事，反正他什么都不说。他从不向女儿提起儿子的名字，只是要求全家的女人都穿上丧服，也要求男用人同样穿上深黑色的衣服。当然啦，所有晚会和娱乐活动全都推迟到以后举行。尽管他未来女婿与女儿的婚期已定，但是他并不与他联系。奥斯本先生的面容就足以制止布洛克先生提出任何要求，也不能以任何方式强行举行婚礼。他有时与小姐们在客厅窃窃私语，怀疑老人再也不能恢复正常。他永远钻在自己那间书房里。房子向阳一面的屋子都关起来，等待服丧期结束后才能动用。

6月18日过后的第三个星期，奥斯本先生的朋友威廉·多宾爵士到拉塞尔广场来拜访他。他脸色苍白，神情不安，坚持要面见老先生。人们把他引进书房后，他说了几句双方都难以理解的客套话。副市长从一封信里抽出一封盖了红印的附信，迟疑地说："我儿子多宾少校托联队一位军官捎来一封信，今天刚收到。里面附有给你的信，奥斯本。”副市长将信放在他桌子上，奥斯本默默地瞪视了他一阵。那副面孔让信使感到惊恐，他面露负疚神色，盘桓片刻之后，道别的话也没说，连忙溜走了。

信是乔治写的，笔体粗重有力，父亲十分熟悉。这正是6月16日凌晨与阿米莉亚道别前写的那封信。火红的封漆上有奥斯本从《贵族名录》中盗用的族徽，上面有他家的座右铭“以战争保卫和平”，虚荣心极重的老人想以此假装与公爵有亲戚关系。在信上签名的那只手再也不能握笔，更不能握剑了。那颗印鉴也在战场上被人从乔治的死尸上抢去。父亲并不了解这一情节，只是面对那封信呆坐着，脑子里一片空虚与恐惧。凑过去拿信时，他几乎一头栽倒。

你与亲密的朋友发生过争执吗？朋友与你热恋时写的信，后来重新一读，多么让你厌恶作呕！重温那时热烈的痴情，觉得当时的感情真是乏味透了。它们是竖在爱情坟墓上谎言连篇的石碑！对人生和虚荣，它们又是尖刻冷漠的嘲讽！大多数人都写过整抽屉这种东西。这样的信完全是家丑，我们保存着，又怕翻阅。奥斯本拿着丧子生前写的信，长久地颤抖着。

可怜的孩子信上并没有多说。他实在太骄傲自负了，不愿承认心中柔情。他只是写道，参加那场大战役之前，与父亲道别，庄重地请父亲照顾他撇下的妻子，或许她要生下自己的后代。他不无悔恨地承认，自己行为荒唐，花钱奢靡，母亲留给他的遗产已经消耗大半。他感谢父亲以前对他的慷慨，对父亲保证说，不论倒在战场上，还是活着回来，都将不负乔治·奥斯本的名字。

碍于英国人的习惯和骄傲，或许还有尴尬，他没有多写。在他对父亲的称呼上，父亲没有看出亲吻过的痕迹。奥斯本先生丢下信，一阵最苦痛的抽搐紧紧绞着他的心，他既失去了儿子的爱，又没得到报复机会。他仍旧爱儿子，却依然不能原谅他。

大约两个月之后，家里小姐随父亲去教堂做礼拜时，发现父亲不坐在原来固定的座位上，而且靠在座位上目光直勾勾地盯着上方。姑娘们顺着父亲阴郁的目光望去，只见墙壁上多了一块精雕的石碑，一位代表英国的女人俯身在一坛骨灰上哭泣，旁边横着一柄断剑和一头狮子。这显然是为阵亡的将士竖起的纪念碑。当年的雕塑家常常使用这种素材，全是些夸张的异教形象。大家在圣保罗大教堂四壁上仍然能看到这种形象。本世纪初的十几年中，对这类雕刻的需求总是十分旺盛。

在上述石碑下面，有奥斯本家堂皇的族徽，还刻着一行字："纪念为国王陛下捐躯的某联队小乔治·奥斯本先生。于 1815 年 6 月 18 日在滑铁卢战役中，为国王陛下和祖国的光荣胜利而牺牲，时年二十八岁。为祖国献身虽死犹生。"

两姐妹一见那块石碑，立刻伤感得不能自已，玛丽亚小姐不得不连忙离开教堂回家。礼拜的人们满怀敬意地为身着丧服泣不成声的两姐妹让路，也深深怜悯坐在纪念阵亡战士的石碑对面那位神情肃穆的父亲。姑娘们纵情发泄悲情之后相互道："他会原谅乔治太太吗？"父子俩因为儿子婚事吵翻后，关于他能不能与年轻的寡妇和解，奥斯本家的熟人们广为谈论。拉塞尔广场的街坊和市中心的人们甚至为此事打赌。

两姐妹原来就很担心阿米莉亚有可能被接纳进这个家庭，现在这种担心更甚，尤其是到了秋末，父亲宣布说要出国旅行。他并没有明确表示要去哪里，但是，她们立刻本能地知道他要去比利时，而且意识到乔治的寡妇仍然住在布鲁塞尔。关于阿米莉亚的消息她们了如指掌，都是从多宾夫人和她的女儿那里听来的。联队第二少校战死沙场后，上尉得到了晋升。勇敢的奥多德在任何场合都有机会表现自己的沉着冷静和英武气概，现在也晋升到少校阶级，并且获得了下级骑士称号。

两天的战役之后，英勇的某联队伤亡惨重，因而这年秋天仍然驻扎在布鲁塞尔，好让伤员养伤。大战之后，这座城市整个成了大型军医院。官兵的伤口渐渐痊愈，花园、公共场所和风景区便挤满了老老少少负伤的勇士们。这些从死神掌握中逃脱的人们沉湎于赌博取乐、谈情说爱，名利场上林林总总，他们都要尽情享受。奥斯本先生很容易就找到了某联队。他熟悉他们的制服，了解他们的升迁和调动，喜欢谈论联队及其军官们，那口吻仿佛自己也是联队中的一员。他抵达布鲁塞尔的第二天，走出旅馆，见对面公园石凳上坐着个伤兵，一看那肩章便知是那个联队的人。他颤巍巍走过去，坐在伤员身旁。

“你是奥斯本上尉那个连的，对吧？”他问。停顿片刻，他补充道：“我是他父亲。”

这人不是上尉那个连的，但是他举起没受伤的那条胳膊，神情忧伤满心尊敬地向这位憔悴悲痛的老先生行了个军礼。“整个部队没有哪个军官比他更高尚更伟大了，”士兵说。“上尉那个连的中士雷蒙德现在升成上尉，现在还在城里，他肩膀的伤口已经好转。假如您愿意，可以去见见他。他能告诉你关于联队战斗过程中的一切情形。您一定见过多宾少校了吧。他可是上尉最要好的朋友，也是奥斯本太太的好朋友，她也在这儿，我听说她痛不欲生。人们说她有六个星期不省人事。当然，您一定了解这些，请您原谅，”那人补充道。

奥斯本朝那人手里放了枚一畿尼的硬币，对他说，如果他能把所说的那位中士请到花园旅馆来，就再给他一个畿尼。一听这话，伤兵很快便将那位军官带到奥斯本先生面前来了。这个伤兵走出去告诉一两位战友说，奥斯本上尉的父亲来了，还夸奖他是个慷慨的绅士，他们便一道出去，将那个喜欢夸富的伤心老人赏的钱全都花在酒吧饭馆里。

在刚刚养好伤的中士陪同下，奥斯本到滑铁卢和卡特布拉斯战场参观了一圈。现在，有成千上万的英国人到这里来观光。他请中士坐自己的马车同行，在这位军官的引导下观看两个战场。他看到16日那天联队行军经过的路，来到那天法国骑兵迫使比利时部队溃退的山坡。中士指着一处说，上尉在那里杀死一个与旗手扭打的法国军官，中士旗手在这之前已经中弹身亡了。第二天，也就是17日，他们就是沿着这条路撤退的。这里是联队在雨中露营的那道堤坝。再远处是他们坚守了一天的阵地。他们在那里前仆后继，打退敌人骑兵一次次进攻。法国大炮轰击时，他们就在堤坝下藏身。那天傍晚，就是在这道堤坝下，敌人最后一次进攻过后，英国部队接收到反攻的命令。上尉挥动军刀，高声喊杀，冲下山坡，最后中弹身亡。“后来，多宾少校把上尉的遗体运回布鲁塞尔，”中士压低声音说，“您一定知道，他请人将上尉埋葬了。”这位士兵讲述这些故事的时候，当地农民和收集战场遗物的贩子们围在两人身边，大声叫卖各种战争纪念品，其中有十字勋章、肩章、甲胄碎片和鹰徽之类。

奥斯本凭吊过儿子建立最后功勋的地方，与中士分手时，赠给他一笔丰厚的酬金。他先前已经去看过儿子的墓地，他一到布鲁塞尔立刻就驱车去了那地方。乔治的遗体安葬在城外幽静肃穆的莱肯墓地。这位年轻的军官生前在一次郊游时，口吻轻松地说，希望死后葬于此处。他的朋友们便将他葬在墓地一隅不属于教会的地方，周围还用一道围篱隔开。外面是天主教堂、草坪、树篱和天主教徒的墓地。老奥斯本觉得，儿子是个体面的英国绅士，而且是著名的英国军队里的中尉，竟然葬在外国普通人最后的栖身地上，实在是一种屈辱。谁能分辨得清楚，我们与人热情交往时心里有多少虚荣，我们的爱又有多少自私成分？老奥斯本没有仔细思索自己的感情属于何种性质，也没有意识到自己的本能和自私之间的斗争。他坚信，自己的所作所为皆属正确，在任何场合下都应该按自己的方式行事，遇到任何敌害或对手，他立刻像黄蜂或毒蛇一样发泄自己的仇恨。对于自己心中的仇恨，他就像对自己的其他东西一样感到自豪。认定自己永远正确，一意孤行，决不产生任何疑虑，这难道不是世上糊涂领导人的伟大品质吗？

奥斯本先生的马车从滑铁卢战场回来，抵达城门附近时，已近日落时分。他们与另外一辆敞篷马车相遇。车上坐着两位女士和一位先生，另外有一位军官骑马跟在车旁。奥斯本惊得缩在车座上，与他共乘马车的中士向军官行军礼时，朝他扫了一眼，觉得十分奇怪。陪年轻温顺的旗手坐在车上的正是阿米莉亚，坐在他们对面的是她忠实的朋友奥多德太太。那的确是阿米莉亚，然而，她与奥斯本熟悉的那个鲜嫩随和的姑娘简直判若两人。她的面庞苍白消瘦，一顶寡妇帽下，漂亮的棕色头发朝两侧分开——可怜的孩子。两车相会时，她呆滞的目光盯在奥斯本的脸上，却没有认出他来。他也没认出她。直到抬头看见多宾，这才知道那是谁。他恨她。见到她之前，他并没有意识到自己对她的恨有多深。那马车走过去后，他转身瞪视着不禁盯着他看的中士，目光中带着诅咒和恶意，意思仿佛在说：“你怎么胆敢盯着我？见你的鬼！我恨死她了。是她毁了我的希望和我的全部骄傲。”他骂了一句，对驭座上的仆人嚷道：“叫那该死的家伙把车赶得快些。”片刻之后，奥斯本马车后面的路上传来一阵马蹄声，多宾骑马跟了上来。刚才与奥斯本的马车相遇时，他心不在焉，又朝前面走了几步后才记起车上的人是谁。接着，他转身看阿米莉亚见到公公后有何反应，但是可怜的姑娘根本不知道擦面而过的是什么人。威廉每天陪伴她乘车兜风，这时掏出表看了一下，借口说突然想起要去赴个约会，便打马离开她。她连他的这个活动也没有注意到，对眼前早已熟悉的景色视而不见，两眼只望着乔治行军离去时经过的那片树林。

“奥斯本先生，奥斯本先生！”多宾骑马过来，边喊边伸出手。奥斯本无意与他握手，再次冲着仆人咒骂一句，要他催车快走。

多宾扶住车厢说：“我要见见你，先生。我有给你的口信。”

"那个女人的口信？"奥斯本凶狠地问。

"不，是你儿子的。"奥斯本听了，缩在车厢一角，闭口不答话。多宾也不在意，跟在马车后面，直到抵达奥斯本住的旅馆前一直没开口。他跟在奥斯本身后走进他的房间。乔治以前常常到这房间里来，因为克劳利夫妇在布鲁塞尔时就住这儿。

"多宾上尉，有何见教请讲——对不起，我该说多宾少校才对，好人都死了，把位置留给了你，"奥斯本有时喜欢用这种挖苦口吻。

"的确是好人都死了，"多宾回答道。"我要对你讲其中一位的事情。"

"长话短说吧，先生，"他对客人怒目相向咒骂一句说。

"我来这里是以他最亲近朋友的身份，"少校接着说，"而且我是他的遗嘱执行人。他是在上战场前立的遗嘱。他遗留的钱少得可怜，你意识到他的寡妇生活多么艰难吗？"

"我不认识他的寡妇，先生，"奥斯本说。"让她回她娘家去吧。"他的听众显然打定主意保持心平气和，并不在乎自己的话被打断。

"先生，你知道奥斯本太太的处境吗？她的生命和理智几乎被这场灾难毁掉。能不能恢复正常生活很值得怀疑。不过，还有一线希望，我正是为这事来找你的。她不久就要做母亲了。你打算让孩子代父亲受过，还是能看在可怜的乔治的分上原谅孩子？"

奥斯本狂乱地赞扬自己咒骂儿子，先是为自己的行为开脱良心上的责任，接着夸大其词地责骂乔治的不孝。说是整个英国都没有一个像他这样慷慨的父亲，可那儿子却忤逆不孝，至死都不认错，只能自己承担不孝和恶行的后果。至于他自己，奥斯本先生从来说一不二。他曾发誓永远不跟那个女人对话，也不承认她是儿媳。"你可以这么告诉她，"他咒骂一句结束自己的话，"我这话到死也不会变。"

这方面显然没有希望。那寡妇只能靠自己的一丁点微薄收入维生，或许约斯能周济她一点。"我就是对她讲，她也不会在意，"多宾悲哀地想道。那场灾难后，可怜的姑娘神志恍惚，在极度的悲哀下，无论善恶全都不在意。对大家的友谊和好心也漠然没有反应。她接受好意时无动于衷，过后便再次陷入悲哀之中。

上面那番对话之后，可怜的阿米莉亚又挨过大约十二个月了。前半年她沉浸在深深的痛苦与悲哀之中，在她哀痛时期，我们观察过，也描绘过那颗孱弱温柔的心，淌血的心实在让人不忍目睹。我们绕过她不幸的床榻时，脚步要尽量放轻，不要惊动那精疲力竭的可怜人儿。也要像服侍她度过痛苦的最初几个月的朋友那样，将门轻轻关上，在光线昏暗的卧室中陪着她，直到上天给她送来新的安慰。这一天终于来临，她得到的惊喜让她震惊——可怜的寡女紧紧将自己的孩子搂在胸前——那是个眼睛像乔治，漂亮得像天使一样的男孩。听他的第一声呱呱哭叫，简直就像见到个奇迹！她抱着孩子笑出了声，乐得眼泪都流了出来。孩子靠在她胸前，她再次萌生出爱和希望，再次开始向上苍祈祷。她平安了。为她诊治的大夫们一直为她的生命或者神志深感担忧，早已盼望着这一转机，现在宣布说，她的身体和精神都不会有问题了。那些忠心耿耿服侍她的朋友们见她的眼睛又闪烁出温和的光芒，便感到几个月的辛劳没有白费。

我们的朋友多宾就是其中之一。奥斯本太太接到少校的命令，不得不离开她的病人后，多宾把她送回英格兰，返回母亲家。多宾抱着婴儿，阿米莉亚望着他，发出得意的欢笑声，任何好心的人见了这一场面，心中都会感到美滋滋的。威廉是孩子的教父，受洗礼时，他独出心裁地为孩子买了许多礼品，有许多杯子、勺子、两头跷起的奶瓶和珊瑚玩具。

他妈妈喂他吃奶，给他穿衣服，围着他团团转，整个生命都寄托在他身上了。她不要保姆，除了她自己，谁也不能碰他一下。不消说，她授予孩子的教父多宾少校的恩惠，便是准许他偶然抱他一下。这个孩子就是她的生命。她的存在就是为了施予母爱。她以慈爱和崇拜将这个毫无意识的小生命包裹起来。孩子从她胸脯上吸吮到的其实是她的生命。到了晚上，母子单独相处时，她便偷偷享受那母爱的强烈喜悦。这真是上帝奇妙的造化，他赋予女性这种本能，只有女性才能体会到这种远远超越理性，却又毫无道理的喜悦，威廉·多宾的职责是观察她的行为，了解她的情感。出于对她的爱，他了解让她产生任何一丝心理变化的事情，却也绝望地认识到，她心里并没有为他留出任何位置。他认清了自己的命运，默默忍受，也满足于忍受这种命运。

照我看，阿米莉亚的父母完全明白少校的目的，并不持反对意见。多宾每天来访，每次都要陪他们待上几个小时，要不就陪着她或房东克拉普先生家的人。他找种种借口送大家礼物，几乎每天都送。房东家的小女儿很受阿米莉亚喜爱，见了他就称他棒棒糖少校。每次都是她带着少校去见奥斯本太太。有一天，棒棒糖少校乘车来到弗尔罕姆路，送来一只木马、一个小鼓、一把小号，以及其他玩具武器，她见了乐得笑出了声，礼物是送给小乔治的，可他还不满六个月，根本不适宜玩这些东西。

孩子当时在睡觉。“嘘，”阿米莉亚或许为少校靴子踏出的嘎吱声感到不快。她向他伸出手，脸上浮出微笑，因为威廉两手都抱着玩具，放下那些占手的负担才跟她握手。“下楼去吧，小玛丽，”他对那孩子说，“我要跟奥斯本太太说说话。”她听了有点吃惊，把婴儿放进小床。

“我来向你道别，阿米莉亚，”他轻轻拉住她纤细白嫩的小手说。

“道别？要去哪儿？”她微笑着问道。

“把写给我的信交给我的代理人，”他说。“他们会转给我的。你会给我写信，对吧？我要离开很长时间。”

“我会写信告诉你乔治的情况，”她说。“亲爱的威廉，你对他对我都太好了！看看他吧，多像个天使，不是吗？”

孩子粉红的小手机械地握住这位诚实士兵的手指，阿米莉亚脸上挂着母亲的喜悦，抬头望着他。最残忍的面孔也不会比这个毫无希望的慈祥更能伤他的心。他俯身望着那孩子和母亲，一时不知该说什么。他鼓起浑身的勇气，最后才逼着自己说了句上帝保佑你们。阿米莉亚也说："上帝保佑你。"说完将脸颊凑上来与他吻别。

多宾朝门口走去时，发出沉重的脚步声。“轻些，别吵醒了乔治！”她没有听见马车离去的辚辚声，因为她正在望着孩子的面孔，孩子在睡梦中脸上浮出一丝微笑。

第三十六章
毫无收入却过得安逸舒适

照我猜想，在我们这个名利场上，任何人都不至于对熟人朋友的生活漠不关心；见邻居琼斯或者史密斯到了年终居然能收支相抵，也绝对不会不感到诧异。举例来说吧，我曾在社交季节去詹金斯家赴过两三次宴，对这个家庭极为尊敬，但是，我不能不承认，詹金斯一家坐着大马车在海德公园露面，身边跟着身材像掷弹兵一般高大身穿制服的用人时，心里总不免感到纳闷，这个谜恐怕到死也让我感到困惑不解。我知道詹金斯家的马车是租来的，用人拿工资自理膳食，可那三个用人和那辆马车每年的开销至少也要六百镑。他们还时常举行豪宴；两个儿子在伊顿公学就读；女儿们雇了第一流的男女家庭教师；全家要在秋天外出旅游，不是到伊斯特本，就是去沃辛；每年还要举行一次酒宴和舞会，酒宴是由冈特大酒店准备的。顺便提一句，詹金斯家的一流酒宴全是从冈特大酒店订来的，因为我有一次曾经有幸赴宴，发现酒宴的质量和排场远远高于詹金斯家招待较低等宾客的饭菜。所以，我要说，见了这种光景，哪一个好奇心重的人能不感到奇怪？詹金斯一家到底是怎么应付经济问题的？詹金斯到底是做什么的？我们都知道，他是个文档局的官员，薪水每年只有一千二百镑而已。难道他妻子有笔巨款？哼！她姓弗琳特，父亲是白金汉郡一个小乡绅，家里倒有十一个兄妹。圣诞节时从家里得到的礼物只有一只火鸡，她在社交淡季反倒要安排两三个妹妹住在伦敦，兄弟们来伦敦，她还得为他们准备食宿。詹金斯到底是怎么做到收支相抵的？我不禁像他的每个朋友那样感到纳闷。他怎么能如此长时间逃避债务？大家感到惊异的是，他去年怎么居然还从波罗涅返回来？

上面说的“我”代表的是一般世人，也就是说代表了每一位读者生活圈子里像格朗迪太太一样的普通人。每一个人在家里都会私下说，某个朋友不知道靠什么维持生活。我毫不怀疑，陪好客的主人饮宴，这种经历人人都有，同时心里却奇怪主人哪来的那么多钱付账。

罗顿·克劳利与妻子在法国居住三四年后回国定居。住在五月集柯曾街一所房子里，房子非常小却十分舒适。在他们宴请的宾客中，没有一个不在心里提出上述问题。我先前说过，本书作者什么底细都知道，所以能告诉大家克劳利和他妻子如何能在没有任何收入的情况下生活。我要请求专好抄袭的报界，不得转载我的发现，因为我做这些调查是付出了代价的，所得利润当然也该由我自己独享。假如我有幸生个儿子，我就会对他说，孩子，你只有深深探究，并且不断地与人们交往，才能了解如何一年到头没有收入也过得舒服。不过，最好不要与这种绅士深交，而要像使用对数表那样，间接了解，因为直接了解肯定花费颇巨。

克劳利和妻子每年都毫无收入，在巴黎愉快地生活了两三年。对他们在那里的生活，我们只能一笔带过。在这个时期，他卖掉军衔，离开了禁卫军。我们再次见到他时，他那两撇小胡子和名片上的上校军衔，便是从戎后仅存的标志。

我们先前提到过，丽贝卡一到巴黎，立刻变成这个首都社交场上的红人。恢复地位的贵族们纷纷欢迎她光顾某些最显赫的楼舍。在巴黎的英国时髦男人们也都对她大献殷勤，他们的妻子禁不住心生妒火，受不了这个新贵的骄横。一连好几个月，在巴黎郊外圣杰缅因区的时髦聚会上，她的地位十分稳固。在新落成的宫殿里，她受到的接见引人注目。她于是感到十分喜悦，甚至还有些飘飘然，对丈夫交往的诚实军士们或许有点瞧不起。

但是，上校坐在公爵夫人和宫廷仕女中间却烦得直打哈欠。跟那些老女人玩双人牌戏，就连五法郎的输赢她们也会大惊小怪，根本不值得克劳利上校作陪。他不懂法语，便无法体会她们交谈中的妙趣。他也不懂，妻子整个晚上对一帮公主行屈膝礼有什么益处。不久，他便任凭丽贝卡独自出席这些晚会，自己重新混到意气相投的朋友中间，寻找简单的乐趣。

我们说某位先生一年到头毫无收入却过着优雅生活，其中的所谓“毫无收入”其实指的是收入来源不明，也就是说，我们不知道所说的先生是如何取得生活来源的。我们这位上校朋友对种种赌博游戏无不嗜好。他长期赌牌，掷骰子，打台球，经验丰富，自然胜过偶然玩一两把的生手。打台球也像练书法、吹德国笛子或者击剑一样，不能指望一开始便掌握纯熟，只有本来就感兴趣，而且持之以恒地研究练习，才可能精通。克劳利就是这样，起初他打台球是个生手，渐渐才磨炼成个了不起的专家。如同一位将军，越是面临危险，就越能显出其天才，他如果整个一局都不顺手，眼看赌金要丢，却能老练果敢地打出两手好球，顿时扭转局面，最后成为赢家，让大家惊得目瞪口呆，也就是说让不熟悉他的人感到惊讶。凡是常常见他打台球的人，跟他押赌时便十分小心，知道这个人能突然产生机智，技巧非常高明。

他赌牌同样老练。虽然他每天晚上开局的时候总是输钱，看上去赌得漫不经心，出手十分鲁莽，陌生人常常认为他水平低下，可是，小输几局后，克劳利的精神便会给挑起来，势头立刻显著与先前不同，不等赌局结束，便能把对手打个惨败。实际上，很少有人敢吹嘘说曾经赢过他的钱。

他一再得手，难怪输了钱眼红的人们有时谈起他的好运牢骚满腹。法国人说起从未打过败仗的威灵顿公爵，会说他是交了一连串好运而已。然而，他们也不得不承认他在滑铁卢的确要了些谋略，否则绝对赢不了最后那场战役。英国人在交际圈子里也有类似的暗示，说是克劳利上校能一连赢钱，准是捣了鬼。

虽然当时的弗拉斯卡蒂赌场和巴黎各种聚会场所公开赌博，但是人们的赌博狂热实在太普遍了，公共赌场满足不了大众的欲望，私宅中也聚赌成风，仿佛根本就没有公共赌场似的。晚上，在克劳利家迷人的小聚会上，这种危险的活动自然少不了，好心的克劳利太太便显得有些恼怒，一谈起丈夫的嗜赌习惯口吻中便流露出深深的悲哀。每逢家里来了客人，她就表示这种抱怨。她乞求年轻人不要靠近骰子。步兵联队年轻的格林输了一大笔钱，丽贝卡流了整整一晚上眼泪。用人还告诉那位年轻的先生说，她跪倒在丈夫面前，求他归还赢来的赌金，并且烧掉那个不幸的年轻人写的债票。他哪里肯依？他说，他跟轻骑兵布莱克斯通和德国的汉诺威骑兵庞特伯爵赌博时，把赢来的钱都输掉了。格林可以延期偿还债务，可是他当然必须偿还。说什么烧掉债票，这又不是孩子的游戏。

到他们家去的大多数是年轻军官，因为年轻人喜欢聚在克劳利太太周围。他们离开这种聚会时，或多或少都在她的牌桌上输了钱，总是拉长了脸。她的房子渐渐得了个恶名声。老手就向缺乏经验的新手提出警告。某联队的奥多德上校当时也驻扎在巴黎，他向联队中的斯普尼中尉发出过这种警告。一次，在巴黎咖啡店发生了激烈的争吵，双方分别是在那里就餐的步兵上校及夫人与克劳利先生上校和克劳利太太。两方面的太太也都参加进来，奥多德太太弹了个响指，正面指着克劳利太太，指责说她丈夫“不比个骗子好多少”。克劳利上校提出要跟奥多德上校决斗，把打死马克上尉的那支枪也准备好了。总司令听说这场争执，把克劳利上校叫去谈话，才制止了那场决斗。假如不是丽贝卡跪在塔夫托将军面前求情，克劳利准会被打发回英格兰。后来几星期中，他没有再跟军官们赌博，只是找几个老百姓赌一赌。

尽管罗顿有不容置疑的赌博技巧，丽贝卡就这种事情进行过仔细考虑后，认为他们的处境危险，即使他们并不付账，他们那点可怜的资金最终也会消耗光。于是她对丈夫说：“亲爱的，赌博的确对你的收入有益处，但并不是个正当来源。人们总有一天会厌恶赌博，到时候我们怎么办呢？”罗顿承认她的话有道理，而且他也注意到，先生们来他家吃过几次饭，赌过几次后，便不愿再陪他玩了。尽管丽贝卡十分迷人，人们也不愿再来。

他们在巴黎虽然过得舒适愉快，毕竟只是苟且偷安。丽贝卡看出，她必须在自己的国家为罗顿谋前途。她必须为他弄个职位或者在国内或殖民地谋个好差事。她做出了决定，要在时机成熟时返回英国。她采取的第一个步骤是迫使克劳利卖掉禁卫军中的官衔，暂时只领一半军饷。他的副官地位早已失去。丽贝卡当着所有人的面嘲笑将军，嘲笑她来巴黎骑过的那匹马，嘲笑他系的腰带，嘲笑他戴的假牙，嘲笑他的虚荣心，尤其嘲笑他自作多情，以为每个女人都喜欢他，以为每个接近他的女人都会爱上他。现在，他转而向军需官布伦特先生的妻子献殷勤，那是个额头突出的女人，他向她送花束，请她到饭店赴宴会，为她定歌剧院包厢，请她听歌剧，送给她各种首饰。可怜的塔夫托太太比以前更感到悲惨，仍然不得不与女儿们在一起挨过漫长的夜晚，心里知道丈夫洒了香水，卷过胡子，在歌剧院里站在布伦特太太的椅子后面讨好她。没有他，贝基当然又得到十几个崇拜者，她谈吐机智尖刻，能把自己的对手讽刺得体无完肤。不过，我们已经提到过，她对这种社交活动已经感到厌倦了，不论坐在包厢中听歌剧，还是下饭馆吃饭都让她腻烦，花束也不能作为将来的生活来源。精巧的首饰、带花边的手帕和小羊皮手套又不能当干饭吃。她感到那些乐趣全都十分空洞，渴望获得实在的利益。

正在这个时候，一则消息传到了巴黎，在上校的债主之间传开了，大家于是感到极其欣慰。他富有的姑妈病危，一大笔遗产眼看就要留给他了。上校必须立即赶往她的病榻前。克劳利太太和孩子要留下来，等他来接。他动身去加来，安全抵达后，本来人们以为他要从那里渡海去丹佛，结果，他从敦刻尔克乘了辆驿车去了布鲁塞尔，他特别偏爱那个地方。其实，他在伦敦欠的债比在巴黎还多，所以宁愿待在比利时这个平静的城市，而不喜欢那两个吵闹的首都。

他姑妈死了。克劳利太太给自己和小罗顿定制了全套丧服，上校正忙着安排遗产继承事宜，现在他们住得起阳面的房间，用不着挤在旅馆的阁楼里了。克劳利太太与房东为房间该挂什么窗帘，该铺什么地毯，最后如何装修等等，商量得津津有味，就是没谈到如何付账。她乘坐了他的一辆马车出去，她的法国女佣陪着她，孩子坐在她身旁。和蔼的房东和房东太太站在大门口，微笑着向他们道别。塔夫托将军听说她走了，气得火冒三丈，布伦特太太因为他生气而发火；斯普尼中尉难过得像心里插了把刀。房东在这个迷人的小女人陪她丈夫回来前收拾好了房间，还把她留给他照管的箱子非常仔细地锁起来，克劳利夫人走以前特别嘱咐他好生照管这些箱子。可惜，以后打开这些箱子时，却发现里面并没有什么值钱货。

不过，克劳利太太前往比利时首都与丈夫会合前，把孩子交给她的法国女佣照看，自己到英国旅行了一圈。

丽贝卡离开小罗顿时，双方都没有感到多少痛苦。说实在话，自从这位小娃娃出生以来，她并没有多陪过他。按照法国母亲的风俗，她把孩子寄养在巴黎附近一个乡村的奶妈家里。小罗顿在那里度过了生命的最初几个月，那家人有许多脚穿木靴的子女，孩子在那里过得颇为幸福。他父亲常常骑马去看望，见孩子红光满面，浑身肮脏，尖声高叫，他的奶妈是个花匠老婆，在她的监督下，孩子拍泥饼乐得不得了。他父亲见状，心中升起说不出的得意。

尽管儿子是继承人，可是丽贝卡不愿意去看望。有一次，他竟然把她的一件灰色新外套弄脏了。他呢，宁愿要奶妈的爱抚，也不想要妈妈。最后，他离开那个几乎是妈妈的奶娘时，放声大哭了好几个小时。妈妈向他保证说，第二天就回来，这才把孩子哄住。就连那奶妈与孩子分手时也心疼不已，听说孩子很快就送回来，便急切地等待了很长时间。

实际上，自从那时起，一群群鲁莽的英国冒险分子开始闯荡欧洲大陆的每一个首都，到处招摇撞骗。我们的朋友算得上其中的首批。在 1817 年到 1818 年那个幸福的时期，欧洲人对富有的英国人十分尊敬。现在，英国人的特点是喜欢讲价钱，处处斤斤计较，就我所知，当时他们还没学会这种本领。欧洲的大城市也还没有对我国的流氓开放。现在呢，不论是在法国还是意大利，很少有什么城市里看不到我国高贵的同胞，他们态度骄横，走到任何地方都摆出得意扬扬的架子，住了旅馆不给房钱，拿伪造的支票到有信誉的银行去骗钱，定购马车不付账，买首饰不给钱，耍扑克捣鬼骗取过客的钱财，甚至到公共图书馆偷书。三十年前，只要是个乘坐自家马车来游览的英国绅士，爱欠多少账都随便，绅士们只有上当受骗的却绝对不会骗人。克劳利一家离开巴黎没过几个星期，旅馆房东便发现自己受了多大的损失。服装店的玛拉布太太一再来找克劳利太太催债；皇宫街珠宝店的迪德罗先生也来催过五六次首饰金表款，房东这才恍然大悟。事实上，就连花匠的老婆哺育了孩子一场，也只收到最初六个月的工钱，小罗顿被养得结实健壮，奶妈对他倾注了母乳和慈爱，后来的工钱却根本拿不到。克劳利一家走得太匆忙，根本顾不上偿付像奶妈工钱这种小账。房东从此对英国人深恶痛绝，对英国咒骂不休，至死也没有解恨。他向每一位旅客打听一个名叫克劳利的上校，还补充说他妻子是个身材娇小的漂亮女人。“啊，先生，他赖了我的账跑了，真把我害苦了。”听他讲述那桩倒霉事，让人听了觉得心酸。

丽贝卡去伦敦的目的是与丈夫的众多债主协商解决办法。她向他们提出每镑欠债只能归还九便士到一先令，就算了结债务，让他回国。我们没有兴趣了解她到底采取什么步骤谈判解决这些难题，不过她向他们表示说，她手中掌握的便是丈夫的全部资产本，还说，如果不同意的话，克劳利上校宁愿一辈子住在欧洲大陆不回国，也不还债。她让他们相信，他没有任何经济来源，归还欠债也根本不可能超过她建议的数目，于是最终以区区一千五百镑解决了债务，那只是所欠债务的十分之一。

在解决这桩事务的过程中，克劳利太太没有请律师。事情很简单，接受或拒绝全随他们的便，就像她说的那样，她逼着债主的律师自己去完成其余的事。刘易斯代表红狮广场的大卫斯先生，摩西先生代表上校主要的债权人科西特大街的玛纳塞先生，两人对她处理事务的精彩手段啧啧称赞，认为专职律师与她比起来都相形见绌。

丽贝卡听了两人的奉承态度十分谦虚，叫了瓶雪利酒和蛋糕，在她下榻的那间脏兮兮的小屋里招待这两个律师对手。分手的时候两方面十分和气，握手道别。然后，她返回欧洲大陆与丈夫和儿子团聚，将他已经无债一身轻的消息报告给他。她儿子在母亲离去后很少得到法国女佣恰当的照顾，那姑娘将自己的爱转向加来军营里的一个年轻士兵，一次，将孩子留在海滩上独自玩耍，险些让海水淹死。

克劳利上校和克劳利太太回到了伦敦，在五月集的柯曾街一座房子里住下来。在这里显示出自己的才能，真正做到没有收入却过得十分舒适。

第三十七章
继续上一章的话题

首先，我们必须了解最紧要的问题，也就是如何不花钱解决住房问题。供租用的房子有两类，一类没有家具，如果吉洛斯商店或班汀斯商店愿意赊账，住户尽可以按自己的意思摆上豪华家具。另一类已经有家具，为住户省去不少麻烦。克劳利夫妇喜欢租用的就是这种房子。

在帕克巷克劳利小姐家里，鲍尔斯先生当上用人领班，负责家里和酒窖一应事务之前，管家是拉格斯先生。拉格斯出生在女王的克劳利宅子的庄园里，是那里花匠的次子。那孩子人长得漂亮，两腿修长，行为端正，举止又庄重，地位渐渐从橱柜旁升到马车驭座旁，又从驭座升到配餐室，当了管家。他在克劳利小姐家做了许多年管家，工钱优厚，外捞挺多，有的是积攒的机会。后来，他宣布说，要跟克劳利小姐以前的厨娘结婚。这位前厨娘拥有一部轧布机，还在附近开有一爿蔬菜水果店铺，生活颇为优裕。事实上，他们俩几年前便已经秘密结婚，克劳利小姐看到两个孩子频繁出入于厨房，这才得知拉格斯先生的婚事，其时，那个男孩七岁，女孩八岁。

拉格斯先生离开克劳利小姐的宅子后，亲自掌管那爿小店和蔬菜瓜果。他经营的项目增加了牛奶、奶油、鸡蛋和乡下运来的新鲜猪肉。虽然其他管家去职后往往开酒店卖酒，可他却满足于销售简单的乡下土产。他跟附近有钱人的管家都很熟，家里又有个舒适的客厅接待人们，原来的管家同事们便专门买他的牛奶、奶油、鸡蛋，他的利润于是逐年增加。他的态度十分谦恭，一年又一年不动声色地积攒。五月集柯曾街201号原来住着体面的弗雷德里克·德西斯，房主出国后，这房子连同里面做工一流的家具全都拿来拍卖。连房子带家具一揽子买下的人，除了查尔斯·拉格斯还会有什么人？不错，买房子的钱有一部分是他以高利贷形式从另一位管家那里借来的，但是大部分是他自己掏腰包。拉格斯太太睡上那张雕花红木大床，看着乳白色丝床幔，望着对面那个大穿衣镜，和大得能把全家人都装进去的衣橱，心中别提有多得意了。

当然啦，他们买如此豪华的房子目的不是自己住，而是出租赚钱。一旦找到房客，他便搬回原来的蔬菜瓜果铺去住。从柯曾街上望望他那座房子也是桩乐事——那是他自己的房子啊——只见房子的窗口摆着天竺葵，敲门槌还是雕花的。房客的仆人偶尔在门外的栅栏边闲逛，见了他满是敬意；房客的厨娘到他的店铺买菜蔬，称呼他房东先生，如果拉格斯有兴趣，房客的一举一动以及摆上餐桌的每一道菜，他都能了解到。

他是个好人，心好情绪也好。这房子给他带来丰厚的年收入，他打算用那笔钱送孩子们上好学校，花多少钱都不在乎，查尔斯送进了甘蔗区的斯威士退尔博士学校，女儿玛蒂尔达送到克拉普罕的劳伦蒂纳姆学校，由佩克奥佛小姐栽培。

拉格斯敬重克劳利家族，因为是这个家族让他发家致富的。他那座店铺客厅的墙上挂着他原来女主人的侧面画像，还有一幅画是女王的克劳利宅子里用人住房的素描，那是老小姐亲自用印度墨水画的。除此之外，柯曾街这间客厅墙上的另外一件饰品便是一幅彩印画，上面画的是汉普郡女王的克劳利宅子，沃波尔·克劳利男爵乘坐金光闪闪的马车，拉车的有六匹马，马车从一个湖边经过，水面上天鹅戏水，游船上的女士穿着带裙撑的裙袍，乐师戴着假发，指挥举着旗子。拉格斯认为，世界上最美的宫殿就是女王的克劳利宅子，最高贵的家族就是克劳利家。

无巧不成书，罗顿夫妇回到伦敦时，拉格斯正在为柯曾街的那座房子寻找房客。上校对这房子和房东非常熟悉，这位房东与克劳利先生家族一直保持着联系，只要克劳利小姐在家里招待朋友时，拉格斯就来帮鲍尔斯先生的忙。这个老人不但把房子租给上校，而且家里来客人的时候，他还主动承担起管家职责，拉格斯太太就在底层的厨房主勺，送上的饭菜就是克劳利太太也挑不出毛病。这样，克劳利便一个子儿也没付就得到了住房。可是拉格斯不得不付房产的各种税赋，必须支付向管家同行借高利贷的利息，支付他自己的人寿保险，支付孩子上学的开销，负担他家妻儿老小的饮食，有一段时间还负担过克劳利夫妇的饮食。这个可怜的家伙最后给搞得完全破了产，孩子流落街头，自己被关进舰队街的监狱。一个毫无收入却过舒适生活的绅士，自然要有人替他承担开支，结果，这个不幸的家伙成了克劳利上校缺乏资金的替罪羊。

我真想知道，有多少家庭被克劳利这种家伙搞得倾家荡产，多少贵族出身的绅士沦落为榨取商家钱财的恶棍，或者变成骗子，从下人那里骗取一点点可怜钱，为几个先令不惜使花招用诡计。人们在报纸上得知某位高贵的贵族老爷逃往欧洲大陆，或者另一位高贵的贵族老爷的宅子被没收充公，或者某一位欠下六七百万镑债务，大家为他能欠那么大笔的钱感到吃惊，往往对这个人的毁灭心生敬畏。但是，谁会为一个理发师为他们的用人白理发扑粉表示同情，谁会怜悯一个为女主人请客制作凉亭却弄得倾家荡产的木匠，又有谁会可怜一个倾其所有为勋爵家的用人做制服的裁缝？等到哗啦啦似大厦倾，这些给压在下面的可怜虫却根本不会受到人们注意。正像昔日传说中的那样，一个垂死的人总要找许多替死鬼。

罗顿夫妇十分慷慨地照顾商贩们的生意，凡是以前与克劳利小姐做生意的商贩，他们都毫不例外地给予照顾。有些人，尤其是那些比较穷苦的人，巴不得抓住他们的生意。一位洗衣妇每个星期六都赶着车带着账单从图廷来，那种坚韧不拔的劲头真令人吃惊。他们的蔬菜瓜果由拉格斯太太提供。用人喝的黑啤酒赊欠的账单之长在“战运”酒店成为奇迹。每个用人的工钱也大都拖着不付，他们为利益所维系自然也就不可能想到离去。实际上，谁的账单也没有偿付过。修过锁的锁匠、装过玻璃的玻璃匠、出租过马车的车主、赶过马车的车夫、卖过羊腿肉的肉商、卖煤给他们烤羊腿的煤商、烹调羊腿的厨娘、吃羊腿肉的仆人，所有这些人全都拿不到钱。我常常听说这种事，这就是没有收入的人过舒适生活的方法。

在一个小城镇里，这种事不可能不引起人们注意。在小镇上，人们知道邻居喝多少牛奶，能发现他们晚饭吃的是肉还是鸡。所以，柯曾街 200 号或者 202 号的人家或许知道 201 号家发生的事情，因为他们的用人们常常隔着栅栏聊天。但是克劳利夫妇并不知道 200 号和 202 号朋友家发生的事情。人们到 201 号来，总能受到热情欢迎，主人脸上挂着微笑，友好地握手，请客人吃上等的饭菜，仿佛他们家道殷实，看上去一年至少有三四千镑进项。他们其实就是这样，虽然没有钱，却样样都不缺，也有人替他们服务。虽然他们没钱买羊肉，却有羊肉吃。虽然他们喝酒也靠赊欠，可是谁又知道底细呢？谁家的红葡萄酒都比不上诚实的罗顿家的酒好，谁家的晚饭也不像他家的那么排场美味。他家的客厅非常舒适漂亮，装饰着丽贝卡从巴黎带回的上千件珍玩，显得极有品位。她坐在钢琴旁，弹奏起轻松愉快的音乐时，宾客无不赞叹他们这个美满幸福的家庭。不错，大家都认为那个丈夫有点愚蠢，可是妻子却实在迷人，晚会上宾主全都十分尽兴。

丽贝卡聪慧机敏，出语俏皮，很快就成为伦敦某一阶层的红人。她家门前常常停下一辆辆马车，下车的都是些了不起的人物。她乘坐马车到海德公园兜风，便会被一群有名的花花公子围住。到了歌剧院，三层上她那个小小的包厢中常常挤满了人，而且总是变换不同的面孔。不过，我们必须承认，女士们对她避之唯恐不及，她们的家门对我们这位小小的冒险者从来都不敞开。

关于女性圈子中的风俗，本书作者也只能根据二手资料讲述。一个男人无法了解其中奥妙，这就像晚饭后她们相伴上楼，男人们不知道她们说些什么。只有耐心打听，才有可能稍稍了解一点其中秘密。凭借同样的勤奋，常在蓓尔美尔街散步的人，或者时常光顾这座都市中众多俱乐部的人，也能渐渐熟悉伦敦上流圈子中的事情。有些情况可以靠直接的经验获得，有些可以在与朋友打台球时或共进晚餐时听人说起。有些人像罗顿·克劳利那样身无分文，却能让不通世故的人或者海德公园里模仿斯文的人奉为了不起的人物，因为他们能与最臭名昭著的花花公子厮混在一起。还有一类女人，她们可以被称作让男人倾倒的女人，因为所有男人都欢迎她们，他们的妻子对她们却全都竭尽挖苦蔑视之能事。法尔布雷斯太太就属于这种类型，人们每天都能在海德公园看到这位女士那一头漂亮的金色卷发，她周围总是跟着一帮这个帝国最伟大最著名的花花公子。罗克伍德太太是又一个典型，每逢她举办晚会，时髦的报纸上总会连篇累牍地报道，从中看得出，吃饭的都是些大使或者贵族人物。还有许多人因为与本故事无关，就不一一列举。尽管有些朴实无知的圈外人，或者对上流社会感兴趣的乡下人，远远望着这种女士在公共场合光彩照人，心中不无羡慕，但是，熟知内情的人们可以向他们通报说，这些受人羡慕的女士在“社交圈子”中获得稳定地位的机会并不多，一位住在萨默塞特郡的乡绅太太，虽然只能从《晨邮报》上得知她们的活动，出头露面的机会与她们也不相上下。住在伦敦的男人们都知道这种可怕的事实。人们常常听说，有些看上去颇有财富和地位的女士，被毫不留情地排除在这种社交圈子之外。为了挤进这种圈子，她们做出疯狂的努力，耍出下流手段，不惜受尽侮辱，凡是研究人类，尤其是研究女性的人们，对此都难免感到吃惊。不辞劳苦拼命追求时髦的精神，实在是个好题材，那些有智慧、有闲暇、有写作能力的大人物或可将这些林林总总编写成书。

丽贝卡返回英吉利海峡这边后，原来在外国结识的几个朋友非但不来看望她，反而在公共场合见了她都不理睬。这些女士竟然能忘记她可真是件怪事，对丽贝卡来说无疑完全不是件快事。在歌剧院的休息室，巴里亚克斯夫人见了她，立刻把女儿们拢起来藏在身后，仿佛丽贝卡的目光扫向她们，便会让她们染上疾病，她倒退了一两步，把姑娘们挡在后面，两眼恶狠狠地盯住这个娇小的敌人。要想靠瞪视让贝基感到难堪，老巴里亚克斯夫人的目光还不够凶狠。德拉莫尔夫人在布鲁塞尔常常与贝基共乘一辆马车兜风，至少有过二十次，可是在海德公园遇见乘坐敞篷马车的克劳利太太，却像瞎了眼一样，根本认不出老朋友了。就连银行家的妻子布伦金索普太太在教堂见了她也装作没看见。现在，贝基按时去教堂，罗顿就手捧两本金边《圣经》陪着她，宗教仪式过程中，态度庄严，令人肃然起敬。

最初，罗顿强烈地感到人们瞧不起自己的妻子，不由心中郁闷恼怒。赌咒说，要为妻子的名誉，跟这帮傲慢女人的丈夫或者兄长决斗。幸亏她软硬兼施，才让他保持了得体风度。“难道你能一枪把我打进社交圈子？”她温和地说道，“别忘了，亲爱的，我不过是家庭教师出身，而你呢，又背着个欠债嗜赌的恶名声，还有种种毛病。咱们慢慢会有许多朋友的。现在，你必须做个好孩子，听从老师的教导。当时咱们听说，你姑妈把财产几乎都留给了皮特那两口子，你还记得你气成什么样子吗？要不是我逼着你保持沉默，你准会吵得整个巴黎都知道，要真是那样，你现在会待在什么地方？在圣佩拉吉欠债人拘留所，而不是住在伦敦一座漂亮的房子里，享受种种舒适条件。当时你怒不可遏，简直要做个邪恶的该隐①了。生气又有

① 该隐：《圣经·旧约》中人物。亚当和夏娃被逐出伊甸园，生有二子。长子该隐与次子亚伯争功发生争执，最后杀死同胞弟弟。事见《创世纪》第4章。——译注

什么用处？发再大的火也争不回你姑妈的钱。最好消除敌意跟你哥哥家保持友谊。不能学布特一家的傻样。你父亲去世百年之后，女王的克劳利宅子是咱们过冬的好去处。要是咱们穷途末路了，你可以替他们管马房谋生，我可以做简夫人孩子们的家庭教师。穷途末路！哼，不等走到那一步，我就能为你谋个好差事。说不定皮特和他的儿子会通通死掉，咱们就成了罗顿爵士和爵士夫人了。只要活着就有希望，我亲爱的，我还打算让你做个了不起的人物呢。替你卖了马的是谁？替你了结债务的又是谁？”罗顿不得不承认，获得所有这些利益全是妻子的功劳，便答应永远信赖妻子的指引。

克劳利小姐去世后，亲戚之间为之明争暗斗的钱财最后大部分落入皮特手中。布特·克劳利原指望能得到两万镑，结果只拿到五千，失望加气恼，便以咒骂侄儿出气。双方不断争执的结果是最终断绝了来往。罗顿只拿到一百镑，可是他的举止让哥哥惊诧，使嫂嫂愉快。嫂嫂对丈夫家的人全都心怀善意。他从巴黎给哥哥写去一封坦诚友好的信，颇富男子汉气概。在信中，他说自己理解由于自己的婚事，失去了姑妈的宠爱，对于姑妈的无情，他也不掩饰失望心情，但是他很高兴钱还是传给了自己家族最亲近的这一支亲人，并向他哥哥得到这一好运表示衷心祝贺。他热情问候了嫂嫂，希望罗顿太太能得到她的好意对待。信的下面附上他太太亲笔写给皮特的话。她也像丈夫一样向他致贺，并为早年悉心教授他两个妹妹时，他特别照顾她这个无依无靠的孤女，表示永志不忘，并表示仍然关心她们的前途。她祝他们婚后生活幸福。她得知，所有人都对简夫人赞不绝口，希望有一天能带着自己的儿子去拜见伯父伯母，请他们祝福自己的孩子并给予庇护。

皮特·克劳利读了这封信表现出非常的宽容大度，克劳利小姐以前收到丽贝卡口授罗顿书写的那些信，可没有表现出这种姿态。至于简夫人，她读了这封信立刻被迷住了，认为丈夫会立即将遗产平分为两份，将一半寄往巴黎。

这位夫人感到诧异的是，丈夫拒绝寄给弟弟一张三万镑的支票。不过，他表示说，他们回到英国如果需要他帮助，他会伸出友谊之手。他感谢克劳利太太对自己和简夫人的好意，并好意表示说，愿意为她的儿子尽力。

这样的信件交往后，兄弟俩差不多已经和好了。丽贝卡抵达伦敦时，皮特夫妇当时不在城里。她多次驱车经过克劳利小姐在帕克巷的宅子，想看看他们是不是住在里面。但是，那个新家庭的人从来没有露面。她只是通过拉格斯了解到他们的行踪：克劳利小姐的用人全被打发走了，大家都得了丰厚的报酬；皮特先生只来过伦敦一次，在那宅子里仅仅住了几天，与他的律师办了几桩事务，把克劳利小姐的所有法文小说都卖给了邦德大街一家书商。贝基渴望见到新亲戚不无具体理由。“等到简夫人来了，”她想道，“会把我介绍给伦敦的社交圈子。至于那些女人们！哼！她们发现丈夫喜欢见我，会请我做客的。”

有她这种地位的女士，除了需要马车和鲜花之外，还需要有伴侣。我从来对那些娇柔的人儿钦佩不已，她们雇用相貌极其一般的女伴与她们形影不离，仿佛得不到怜悯就活不下去。那女伴身穿褪色的衣服，不论是在剧院包厢里，还是在四轮马车上，都如影随形地陪伴着她亲爱的朋友，见了这种情形，我从来都感到那是一幅完整的道德规范图，正像嗜好宴乐的埃及人要在身边摆上个骷髅，这女伴不正是对名利场的讽刺吗？那个漂亮风骚的法尔布雷斯太太厚颜无耻，她父亲为她感到耻辱竟然被她活活气死；鲁莽迷人的曼特拉普太太策马跃过高篱的本领，英国任何男人都比不上，她赶着几匹灰色马拉的车在海德公园兜风，母亲却在巴斯靠摆摊做小买卖过日子；具有这种胆量的女人该有能力面对整个世界才对，可她们没有女伴就不敢露面。她们身边必须有个伴才成，真是些可怜的人儿！在公共场合，难得见到她们没有女伴作陪，这些人身上穿着染色粗俗的衣裳，坐在她们身后不惹眼的地方。

一天晚上，已经很晚了，一群男人围坐在克劳利家的炉火前。这些人到他们家来消磨夜晚时光，贝基便为他们奉上当时伦敦最流行的咖啡加冰块。她对罗顿说："罗顿，我一定要一只牧羊犬。"

"一只什么？"罗顿从牌桌上抬起头来问。

"牧羊犬！"年轻的索斯当勋爵叫道。"我亲爱的克劳利太太，多么丰富的想象力啊！为什么不要只丹麦狗呢？我见过一只丹麦狗，个头足能比得上长颈鹿，我敢打赌。差不多能拉你的马车了。要不我建议你弄条波斯灰毛猎狗，好吗？或者养条袖珍哈巴狗，小得能钻进斯泰恩勋爵的鼻烟盒里。贝斯瓦特有个人，那人就有只袖珍狗，那鼻子——我亮老K先出牌——那鼻子上足能挂顶帽子。"

"我记分，"罗顿神情严肃地说。一般来说，他打牌时什么都不注意，除非人们的话题是赛马和赌博。

"你要只牧羊犬做什么？"活跃的小索斯当勋爵接着问。

"我这只是个比喻，"贝基笑着朝斯泰恩勋爵望去。

"那是什么意思？"勋爵问道。

"我要的是个能把狼从身边赶走的狗，"丽贝卡接着说。"一个伴侣。"

"亲爱的纯洁小羔羊，你的确需要牧羊犬保护，"侯爵说着翘了翘下巴，咧开嘴巴淫笑一下，一双小眼睛瞟向丽贝卡。

这位高贵的斯泰恩勋爵站在炉火前啜着咖啡。炉火发出毕毕剥剥的声音，熊熊火焰令人喜悦。壁炉架周围的蜡台上点着二十支蜡烛，蜡台形状各异，材料不同，有的是镀金的，有的是青铜的，有的是白瓷的。丽贝卡坐在沙发上，沙发巾上印着鲜花图案，烛光下，丽贝卡的身材令人着迷。她身穿一条粉红色裙袍，白皙光洁的肩膀，胳膊上披一条薄如蝉翼的披肩，显得如玫瑰般娇艳。她的发卷垂在脖子周围，崭新挺括的纱裙下，露出一只漂亮的小脚，脚上穿着世界上最精细的丝袜和最漂亮的拖鞋。

斯泰恩勋爵的秃脑袋在烛光下闪闪发亮，那颗脑袋周围有一圈红发。他的眉毛粗重，一双布满血丝的小眼睛眨个不停，眼睛两侧有数不清的鱼尾纹。他的下巴朝前凸出，一笑就露出两颗白亮的龅牙。他在宫中参加过宴会，身上还披着绶带挂着勋章。勋爵大人是个矮个子，肩膀宽，罗圈腿，可是他很为自己精致的脚和纤细的脚脖子感到自豪。总是抚摸戴在膝盖上的一枚勋章。

“这么说，”他说，“牧羊人还不足以照料自己的羔羊？”

“牧羊人喜欢的是赌台和俱乐部，”丽贝卡笑道。

“天哪，真是个不尽责的牧羊人！”勋爵大人说，“他的嘴只配叼烟斗。”

“我以二押你的三，”罗顿在牌桌上说。

“听听这位牧羊人的声音，”高贵的侯爵喝道。“他一心扑在草原上了，正在剪索斯当的毛呢。多么容易上当的羊，哈！多么雪白的羊毛哇！”

丽贝卡扫视他一眼，目光中幽默蔑视兼而有之。“我的老爷，”她说道，“你可是一位戴勋章的骑士啊。”他脖子上戴着绶带，那是复辟的西班牙亲王赠给他的。

斯泰恩勋爵年轻时有个嗜赌不要命的恶名，曾经跟福克斯先生一赌就是两天两夜。他从英国最显赫的人手中赢过钱，据说，他的爵位也是在赌台上赢来的。可他不喜欢人们提起他不光彩的往事。丽贝卡发现，他那两道浓密的眉毛拧在一起了。

她从沙发上站起来，走过去把他手中的咖啡杯接过来，行了个屈膝礼说：“不错，我必须有条看门狗。不过不会冲着你汪汪叫。”她走向另一间客厅，在钢琴前坐下来，开始弹唱一支法文歌，她的嗓音那么动听迷人，那位生气的老贵族很快便跟着她来到那间客厅里，随着节奏点头哈腰。

罗顿和朋友们一直打牌赌博，直到尽兴才散。最后上校赢了。不过，尽管在每周多次举行的这种夜晚活动中，他总是不断地赢钱，但是他太太却是交谈的中心，她受到大家崇拜，他却默默坐在圈外，大家讲的笑话、引用的典故、神秘的字眼，他一个也听不明白。这位前龙骑兵心中一定感到气恼。

“克劳利太太的丈夫好吗？”斯泰恩勋爵见了面这么称呼他，其实，这也就是他的头衔。他已经不再是克劳利上校。他只是克劳利太太的丈夫。

关于小罗顿，我们已经很长时间没有提到他了，因为他不是躲在阁楼上某个地方，就是钻在楼下的厨房里找玩伴。他母亲很难得注意他。原来，那个法国女佣在克劳利先生家的时候，他整天跟在她身边玩，那法国女人走后，这个小东西晚上孤独得要命，啼哭不止，一个女佣看他可怜，把他从孤零零的育儿室抱出来，放在隔壁自己的床上抚慰他。

丽贝卡、斯泰恩勋爵，还有另外两位客人从歌剧院回来，正在客厅里喝茶，突然听到楼上的嚷叫声。“是我那宝贝在叫他保姆，”她说。她并没有提议大家去看看她的孩子。“不去看他，省得惹你情绪焦躁，”斯泰恩勋爵挖苦道。她稍稍有点脸红，随口回答道：“哼，哭哭就睡着了，”接着又谈起了歌剧。

不过，罗顿偷偷离开他们，跑去看他的继承人，发现诚实的多利在哄他的儿子，这才回到大家身边来。上校的盥洗室在楼上，他常常在那里与儿子单独见面。他早上刮胡子的时候，父子俩就待在一起。小罗顿坐在父亲身边的一只箱子上，看着父亲刮胡子，总是乐不可支。他跟父亲的关系极为亲密。父亲吃甜食的时候给他留下几块甜点心，藏在一个装过披肩的旧包装盒里，孩子就从里面找出来，发现这些宝贝的时候，就乐得咯咯直笑。他不敢大声笑，因为妈妈在楼下睡觉，千万不能惊醒她。她总是很晚才睡，不到中午难得起床。

罗顿给孩子送来许多连环画，还把他的育儿室塞得到处是玩具。屋子的墙壁上也贴满了图画，都是爸爸用现钱买来，亲手贴上去的。罗顿太太到海德公园去兜风时，他没事了就坐在这屋子里，一连几个小时陪着孩子玩。孩子把他当马骑，扯着他的胡子，仿佛那是马缰绳。父子俩整天的滚打都不会觉得累。那间阁楼屋顶很低，孩子还不到五岁时，有一次，父亲使劲把孩子抛起来玩，孩子的脑袋重重地碰在屋顶上，又差点儿忘了接住他。

小罗顿苦着脸就要放声大哭，碰得那么严重号哭一场情有可原。但是，就在孩子即将哭出来的一刹那间，父亲打断他道：

“天哪，罗顿，别吵醒妈妈。”孩子望着爸爸，模样极为可怜，使劲咬住嘴唇，握紧拳头，一点儿也没哭出声。罗顿把这事讲给俱乐部的人听，讲给饭店的人听，讲给城里所有人听。“我的天哪，先生，”他逢人便这么说，“我那个儿子真是个硬骨头，我几乎把他的半个脑袋都打进屋顶里去了，可他忍着没哭，因为害怕吵醒他妈妈。”

那位夫人有时候也上楼去看看孩子，一星期大概有一两次。她就像个画报上的美人，身穿崭新漂亮的衣服，手上戴着精致的手套，脚上穿着精美的新靴子，脸上挂着温和的微笑。她肩头的披肩、衣服上的花边、浑身佩戴的珠宝首饰把她衬托得珠光宝气。她每次上来都换一顶新帽子，上面不是插着一朵盛开的鲜花，就是插一根豪华的鸵鸟羽毛，那羽毛曲线优美，颜色洁白，如同一朵山茶花。她垂恩惠顾般朝孩子点两三下头，孩子不论是在吃饭还是在画士兵，就抬起头望着她。她离开屋子后，一股玫瑰的香气或者其他神秘的气息仍然飘在育儿室的空气中。在他的眼光里，她是个神仙般超俗的人物，远远高于他父亲，也高于所有世人，只能心怀羡慕从远处膜拜。偶尔陪那位夫人乘车兜风，就像出席一种让人大气都不敢出的庄严仪式。他坐在马车后座上，一句话也不敢说。两眼直瞪瞪地看着对面这位穿戴漂亮的公主。绅士们骑着骏马大跨步走上前来，微笑着与她交谈。她便矜持地对他们微笑。他们离开时，她就动作优雅地挥手道别。孩子每次陪她外出，身上都能穿崭新的红外套。在家的时候，只得凑合穿棕色的旧麻布衣服。有时候，她外出时，她的女佣多利来整理她的床铺，他就跟着来到母亲屋子里，啊，他觉得那里简直像童话世界，神秘的屋子里充满了光彩夺目的东西，让人看了喜不自胜。衣橱里挂着迷人的衣服，有粉红的、淡蓝的，五彩缤纷。梳妆台上的首饰盒上有银搭扣，还摆着一只线条光滑的铜制手，上面套着百十只闪闪发亮的戒指。屋子里有一面镜子，那真是个神奇的艺术品，他刚好能从里面看到自己好奇转动的头，也能看到多利的映像，只见她的模样被扭曲了，仿佛站在天花板上。拍打整理枕头和床铺。啊，你这个可怜而又孤独的孩子！母亲在你嘴巴上和心田里都是上帝，结果你崇拜的却是一块冰冷的顽石！

罗顿·克劳利上校虽然是个恶棍，却不无慈父的爱心，仍然能打心底热爱一个女人和一个孩子。他心中对小罗顿的爱没有逃过丽贝卡的眼睛，可她没有公开与丈夫讨论过。她真是太慷慨了，并没有为此感到恼火，只是她对丈夫的蔑视更加深了。他仿佛感到，身为严父，有这种柔情未免丢人，当着妻子面就掩盖起这种情感，等到单独与孩子在一起时，才放纵自己尽情享受天伦之乐。

他常常在上午带孩子出门，父子俩就一起去马厩，或者一道去海德公园。小索斯当勋爵是个性情极为随和的人，甚至愿意摘下头上戴的帽子送人。他生活中的主要任务就是买各种各样小玩意儿，以便事后送人。他买了一匹小马送给孩子，赠马者说，这马比老鼠大不了多少。身材高大的父亲就让孩子骑在这匹设得兰种小黑马背上，喜滋滋地跟在他身旁到海德公园溜达。他喜欢故地重游，到骑士桥看望他昔日的禁卫军战友。想起过去单身汉的愉快时光，心里不由产生一丝遗憾。军队中的老兵也很高兴见到过去的上司，围在娃娃身边叫他小上校。克劳利上校发觉，在军队食堂陪军官同伴们一道吃饭是件十分有趣的事。“真该死，我知道我不及她聪明。她不会挂念我，”他常常这么说，而且说得没错。他妻子不会挂念他。

丽贝卡喜欢她丈夫。她总是向着他，体贴他。她甚至不表现出蔑视他，或许正因为他是个傻瓜，她才更加喜欢他。他是她的房东兼贴身用人。他替她跑腿，执行她的命令没有二话，陪她乘车在海德公园兜风毫无怨言。他送她去剧院包厢，演出过程中自己却待在俱乐部消磨时间，然后准时接她回家。假如她对孩子稍好些，他会更加喜欢她，但是他能原谅她。“见鬼，你知道她那么聪明，”他说，“我不是个有文化的人。”我们以前说过，在赌台上或者台球桌上当赢家，用不着多少头脑。罗顿也不假装自己在其他方面有多少能耐。

雇了女伴侣后，他在家里的职责就变得更加微不足道了。他妻子鼓励他在外面吃饭，去歌剧院她也用不着他接送了。“我亲爱的，今晚别待在家里发傻了，”有时她会这么说。“有几个男人要来，他们只会让你忍受不了。要不是为了你的缘故，我也不会请他们来。现在我有了牧羊犬，也不怕单独跟他们周旋了。”

“牧羊犬——伴侣！贝基·夏普有了伴侣！真有趣，不是吗？”克劳利太太自忖道。这念头让她觉得特别有趣。

一个星期日上午，罗顿·克劳利照例陪着儿子骑马在海德公园溜达，他们从上校的一位老朋友身边经过，那是联队的克林克下士，只见他正在陪一位老绅士交谈，那老绅士抱着个跟小罗顿差不多大的孩子。那孩子伸手抓住下士佩戴的滑铁卢战功勋章，玩得开心。

“好吗，克林克？”上校问候道。克林克回答：“早上好，长官。这个孩子年龄跟小上校差不多，先生。”

“他父亲也参加过滑铁卢战役，”抱孩子的老绅士说。“对不对，乔治？”

“对，”乔治说。他和骑在马背上的孩子都凝神互相打量，孩子们都有这样的习惯。

“正规联队的，”克林克神气活现地说。

“他生前是某联队的上尉，”老绅士颇为自豪地说。“是乔治·奥斯本上尉，说不定你还认识他呢，先生。他与那个科西嘉魔鬼作战时英勇牺牲了。”

克劳利上校的脸一下子涨红了。“我跟他非常熟悉，先生，”他说，“也认识他妻子，他亲爱的妻子。先生，她现在好吗？”

“她是我女儿，先生，”老绅士说着把孩子放在地上，一本正经掏出一张名片，递给上校。只见上面印着：

黑钻石无烟煤公司独家代理
塞德利先生
地址：泰晤士河邦克码头
住址：弗尔罕姆西路安娜玛丽亚宅

小乔治跑过去看那匹设得兰小马。

“想骑吗？”小罗顿坐在鞍子上问。

“想，”小乔治说。上校饶有兴趣地望着他，把他抱起来，放在小罗顿身后。

“抱住他，乔治，”他说，“抱住我儿子的腰。他的名字叫罗顿。”两个孩子都笑了。

“我看，今天再找不到比他们俩更漂亮的孩子了，先生。”好心的下士说。上校、下士和举着伞的老塞德利先生一起跟在孩子们身边散步。

第三十八章
孤儿寡母的小家庭

那天，小乔治·奥斯本骑马从骑士桥朝弗尔罕姆路走去，我们也该停下来了解一下那里的朋友们。滑铁卢战役后，阿米莉亚太太怎么样了？她还健在，活得好吗？多宾少校的情形怎么样？他的马车还像以前那样总是停在她家门外吗？那位博格利沃拉收税官有新消息吗？关于这位文官的简要情况是这样的：

我们那位富有而肥胖的朋友约瑟夫·塞德利从布鲁塞尔逃生后，不久便去了印度。恐怕不是他的假期已满，就是害怕遇到目睹他从滑铁卢逃命场面的熟人。不管是什么原因，他返回了孟加拉的岗位上。途经圣赫勒拿岛时，他还亲眼见到那位前皇帝。同船前往孟加拉的乘客从他的口吻中听来，仿佛他与那位科西嘉人曾经不止一次会过面，好像他在圣约翰山还跟那家伙辩论过。关于那场战役，他也能津津有味地讲出成百上千桩逸闻。他熟悉每个联队的阵地，了解每个联队遭受的伤亡。他还声称自己与那次战役的胜利密切相关，因为他替威灵顿公爵传递过消息。他描绘了滑铁卢战役时公爵的一言一行。他对公爵殿下情感和行为描述得那么精确，显然他整天都陪伴在那位征服者身边，仅仅因为他是个文职人员，所以名字才没有登载上战况报告。到后来，或许他也真的相信自己曾经随军作过战呢。他的描述的确在加尔各答引起一番轰动，结果，他在孟加拉继续任职期间，大家都管他叫滑铁卢塞德利。

他买那两匹倒霉的马立的债票毫无疑问由他和他的代理人偿付了。他再也没提起那次交易，也没有人知道那两匹马的下落。人们既不知道他怎么打发掉马匹，也不了解他怎么解雇掉比利时用人埃什道尔。1815年秋天，埃什道尔卖过一匹灰毛马，很像约斯以前骑过的那一匹。

约斯在伦敦的代理人得到命令，要每年向他住在弗尔罕姆路的父母支付一百二十镑生活费。这笔钱就成了老两口赖以维生的主要经济来源。饱受摧残的塞德利先生破产后做过许多投机生意，结果并没有恢复失去的财产。他做过酒商、煤商，干过经营彩票等行当。每更换一种行当，就向朋友们散发宣传品，还在门上钉上相应的铜牌，刻上自己的头衔，到处宣扬说要重振家业。然而，时运却从来没有光顾过这位年老体衰饱受折磨的老人。他高价卖煤，酒又都是劣质品，朋友们不久便一个个不再与他打交道。只有他妻子见他每天一早便踉踉跄跄去市中心，以为他还在经商。到了晚上，他拖着沉重的脚步回家，然后在一个酒馆的俱乐部消磨夜晚时光，说话的口吻倒像整个国家的财政都掌握在他手里。他谈起成百万的资金、补贴、折扣，以及当时财阀们的行为，实在诱人。他谈论起大笔大笔的资金，让俱乐部的所有先生都对他肃然起敬。那些先生中有药剂师、殡仪馆老板、木匠师傅、建筑工、偷偷溜进来的牧师，还有我们熟悉的克拉普先生。他对俱乐部的人们常常夸口说，“先生们，我曾经有过好日子。我儿子是孟加拉拉姆冈行政区的一名官员，一年有四千卢比收入。我女儿只要愿意就能做一位上校的妻子。只要我愿意，随时都能从儿子的账上支取两千镑。塞德利家从来就是个光彩的家族。”我亲爱的读者，你我难免有一天落入他那种境地，我们的许多朋友不是已经落到这步田地了吗？人难免走背运，力量也有衰竭时，我们在舞台上的位置便会让年轻的角色抢走，生活中的机遇会离我们而去，只得忍受潦倒落魄。到那时，人们见了会跨过马路不理不睬，要不就对你傲慢地伸出两根手指与你握手，仿佛特别垂恩施惠。你心里明白，等到你一转过身去，那位朋友就会说："可怜的家伙，多么好的机会都没把握住，只能怪他自作自受。"唉，算了吧。一辆马车和一年三千镑收入，怎么见得就是人生最高的追求，又怎么能算上帝判断善恶的标准？既然江湖骗子得手的机会不亚于碰壁的机会，既然傻瓜也能成功，恶棍往往发财，可见世上背时或走运其实无常，我们这些最诚实好心的人也在其中。我说，亲爱的兄弟啊，名利场上的运气和喜悦难得持久，或许……这话有点偏离本故事的主题了。

假如塞德利太太是个精力旺盛的女人，就应该在丈夫破产后占住一所大房子，靠招房客过活。落魄的塞德利如果做了房东太太的丈夫，也能打起些精神来。就像穆努兹[①]，名义上是个主人，私生活中无非是个用人、管家，是个破败宝座上女王的谦卑丈夫而已。我见过出身好有脑子的男人，年轻时对未来充满希望，生气勃勃，与绅士共餐，家里豢养着猎狗，上年纪后只能替乏味的老女人切切腿肉，还装模作样地主持家宴。《泰晤士报》上常登出招租广告，说什么"一个富有音乐修养的欢乐家庭，诚邀少数几名高尚房客"。可惜塞德利太太连这点勇气也没有。命运将她随便抛弃在哪个海岸上，她都心甘情愿。我们看得出，这一对老夫妇的前途就此告终了。

照我看来，他们似乎并没有感到不幸。说不定他们破落后反而比以前富有时更加骄傲。在房东克拉普太太看来，塞德利太太从来是个了不起的人物。尤其在她下楼走进那间装饰过的厨房里，几个女人一道消磨许多小时光阴时，房东太太就更有这种感觉。爱尔兰女佣贝蒂·弗拉尼根小姐的帽子、带子、泼辣的举止、懒惰的性情，她怎么浪费厨房的蜡烛，消耗多少茶叶白糖等等琐事，她全都关心，

① 穆努兹：高攀西班牙女王的男子，婚后过了十一年，他们的婚姻才在 1844 年公开。——原书编者注

全都让她津津乐道，几乎像以前那一大家子用人一样让她操心。她每天要在家常话里至少谈起一百遍过去的家佣，说起萨姆波、车夫、马夫、跟班、管家和足有整整一联队的女佣。除了贝蒂·弗拉尼根小姐之外，塞德利太太还要管整个街上做各种活计的勤杂女工。她知道哪个房客付了房租，哪个还欠着那点可怜钱。鲁什蒙特太太带着不明不白的子女从街上走过，她连忙躲避，药剂师的妻子佩斯特勒太太乘坐她丈夫出诊用的单匹马拉的轻便马车从马路上经过，她扬起脑袋。她跟卖菜的谈论一便士一把的胡萝卜，说塞德利先生喜欢吃。她警惕地注视送牛奶的孩子和送面包的童儿。为了买一小块肉，一遍遍麻烦肉商，那屠夫卖过几百头牛，可能都不及卖给她那片五花肉操的心多。到了星期日，她把藏在肉下面的土豆一个个都数过。星期天，她两次去教堂做礼拜，晚上回来还要读布莱尔的训诫辞。

由于其他日子他忙于“办事务”，所以到了星期日便乐于带着小外孙乔治到邻近的公园或肯辛顿花园去看望士兵或者喂鸭子。乔治喜爱那些身穿红制服的人，他的外祖父便告诉他说，他父亲以前是个出名的军人，还将他介绍给许多胸前佩戴滑铁卢战役勋章的军士，老先生就把孩子介绍给他们，说他父亲是某联队的奥斯本上尉，在 18 日的光荣战役中光荣牺牲了。有时候，他还请没有公务在身的士兵一道喝黑啤酒。起初，他对孩子一味娇惯，让孩子放开肚子大嚼苹果饼和姜饼，对孩子健康影响不佳。结果，阿米莉亚声称不让小乔治跟外祖父出去玩，除非他以自己名义担保，不给孩子吃糕饼、棒棒糖，或者小摊上卖的任何食品。

因为这孩子，塞德利太太跟女儿相互妒忌，关系一时竟变得十分冷淡。那是乔治很小的时候，一天晚上，阿米莉亚正坐在他们的小客厅里做活计，几乎没有留意到老太太离开屋子，孩子本来在睡觉，这时突然传来哭闹声，她本能地奔上楼去，发现塞德利太太正在鬼鬼祟祟地喂孩子吃达菲氏仙露。阿米莉亚在日常生活中性情极其温柔随和，可是发现有人超越她作为母亲的权限，立刻气得浑身发抖，平时苍白的脸颊涨得如同十二岁时一样通红。她一把从母亲怀抱中夺回孩子，接着又夺下那药瓶，老太太手里握着那柄作案用的勺子，惊得目瞪口呆。

阿米莉亚一甩手将瓶子抛出去，摔碎在壁炉里。“妈妈，我可不能允许把孩子毒死，”她搂着婴儿使劲摇晃，两眼露出凶光瞪视着母亲。

“毒死，阿米莉亚！”老太太说，“你竟然对你母亲这么说话？”

“除了佩斯特勒先生开的药，什么药也不能吃。他告诉过我，达菲的仙露是毒药。”

“好哇，这么说，你认为我是个杀人凶手了，”塞德利太太回答道。“这是你要对你妈妈说的话。我遭遇不幸，沦落到这步田地，以前我有私家马车，现在不得不靠两腿走路，可我还没意识到自己已经成了个杀人凶手呢，感谢你告诉我。”

“妈妈，”可怜的姑娘随时都能流出辛酸的眼泪，这时哭着说，“别难为我。我……我不是那个意思……我是说，我不是说你要害这孩子，只是……”

“啊，不，我亲爱的，你只是说我是个杀人犯。既然这样，我最好去老贝利监狱坐牢。别忘了，你小时候，我可没有毒死你，而且还让你接受过最好的教育，花了大价钱为你请到最好的教师。我生过五个孩子，夭折了三个，最疼爱的就是这个闺女，她得喉炎、长牙、出麻疹、患百日咳的时候，哪次我不是悉心照料？我不顾花费巨额金钱，为她请外国教师，还送她到米涅瓦学校上学——我年轻时可没享受过这般待遇呀，那时我能让父母高兴比什么都得意，全部想法就是让他们长寿幸福，安享天年，而不是当成淑女供养在母亲家。可我这闺女却说我是个杀人凶手。啊，奥斯本太太！但愿你不要贴身养大一条毒蛇。这就是我的愿望。”

“妈妈，妈妈！”姑娘不知所措地哭道，怀抱的孩子更是放声号哭个不停。

“我成了杀人凶手！跪下来求上帝洗刷你不孝的邪恶心灵吧，阿米莉亚，愿他能像我一样原谅你，”塞德利太太扬起脑袋冲出屋子，又咬牙切齿说了句“毒死”，便结束了她的慈悲祈祷。

塞德利太太与女儿的心理裂痕到死也没有完全弥补起来。这次争吵让老太太事事都占上风，而且使出女人特有的别出心裁和得理不让人的顽固劲头，事后有好几个星期没有理睬阿米莉亚。她警告用人们不准碰那孩子，免得开罪奥斯本太太。她逼着女儿监督审视日常为乔治做的饭菜，免得她说饭菜里下了毒药。邻居们问起孩子的健康情况，她便尖刻地要求他们去问奥斯本太太。尽管她心里爱孩子，亲那孩子，可她本人从来不贸然碰一碰她那外孙，害怕把他弄死。佩斯特勒先生来询问大家身体恢复情况时，她对这位大夫的态度中讽刺加轻蔑，大夫一气之下，声称别说给塞德利太太看病从来不收费，就是有幸为蒂斯勒伍得夫人看病时，夫人的架子也没有这么大过。阿米莉亚的嫉妒心很可能也不亚于母亲。哪位母亲见了旁人照顾自己的孩子，不怕夺走孩子的感情呢？只要有人照顾孩子，她肯定感到十分不安。她不让克拉普太太或者用人照料孩子，就像不允许他们擦拭丈夫的相框一样。她把那相框挂在她小小的床头上，这个可怜的姑娘以前就是从这个床上移上他的婚床，最后又返回这张小床上来，度过许多漫长沉默痛心的年代，其中也不乏幸福。

阿米莉亚的感情和宝藏都在这间屋子里。她在这里照料自己的儿子，孩子生病时，她就在这里守望他，心里永远怀着爱。从他身上看得见丈夫的影子，只是他比他父亲更好，仿佛是乔治在天堂里得到再生返回来似的。孩子发出的百十种声音、长相和动作都活脱脱是父亲的再现，寡妇往往一时冲动将孩子紧紧搂在怀中，孩子常常问她为什么流泪，她毫不遮掩地告诉他说，那是因为他长得太像父亲了。她常常对孩子谈起死去的父亲，对这个天真好奇的孩子讲述自己对乔治的爱，比她讲给乔治本人听的次数还要多，她对孩子讲的话比孩提时对知心朋友讲的话都多。她对父母从来没有推心置腹谈起这种事。小乔治很可能像他们一样听不懂，但是她毫无保留地将自己的感情倾诉给他，也只对他一人倾诉。这个女人最大的快乐就是独自悲伤，至少，她的柔情只能用眼泪来表达。她那么多愁善感，她的感情那么脆弱，或许不该在书中描绘。佩斯特勒大夫是一位最走红的妇科医生，他拥有一辆豪华的深绿色私家马车，家住在曼彻斯特广场，有希望不久便获得骑士封号。这位大夫告诉我说，孩子断奶的时候，阿米莉亚伤心得死去活来，就是希律王[1]见了也会心怀恻隐。多年以前，他心肠很软，为此，他妻子着实嫉妒阿米莉亚太太，多年以后依然吃醋。

或许医生太太的嫉妒并非没有道理。与阿米莉亚交往的大多数女人都有同感，男人们对她全都十分热情，让她们见了又气又恼。所有接近她的男人都热爱她，不过，假如你问他们为什么会爱她，大家又都说不出个所以然来。她并不是那种光彩照人的女子，谈吐不机智，没有过人的智慧，也不特别漂亮。但是，不论她到什么地方，总能打动男人的心，让每个男人都着迷，因此也让所有女人既感到轻蔑又觉得疑惑。照我看，她主要迷人之处就在于她的孱弱，那是一种甜美的随和顺从，它似乎在向遇到的每一个男人哀求怜悯和保护。我们先前见到过她在联队时的情景，虽然她仅仅跟乔治的少数几位战友交谈过，但是，在食堂吃饭的小伙子们，没一个不愿跳起身抽刀出鞘围在她身边替她效力。在那套窄小的房子里，在弗尔罕姆路那个小小的交际圈子里，她让大家都感兴趣，也让大家都喜悦。有位富有的曼戈太太在这条弗尔罕姆路上有座菠萝温室，这

① 希律王：《圣经》中记载的以残暴著称的犹太国王。——译注

位了不起的夫人还是苦行僧街上杧果香蕉公司的股东。夏天，她常常请人吃早茶，客人都是公爵伯爵一类人物。她乘车在教区兜风时，用人都穿黄色制服，拉车的是清一色的枣红马，就是肯辛顿公爵家的马厩里都没有那么一批齐刷刷的骏马。曼戈太太的儿媳玛丽·曼戈夫人是卡斯特莫迪伯爵的女儿，下嫁给了这家公司的老板。——我说这些的意思是，假如阿米莉亚就是曼戈太太或者是她儿媳妇本人，邻近地区的商贩们接待这位脾气温和的寡妇时，也不可能表现出更大的敬意。

不但佩斯特勒先生公开承认自己愿意随时听奥斯本太太的召唤，就连他年轻的助手林顿先生也说非常愿意为她服务。这位助手为女佣和商贩们看病，人们天天都能看见他在诊所读一份《泰晤士报》。他是个容貌清秀的年轻人，在塞德利太太家比他的师傅更受欢迎。如果乔治有什么不舒服，他就一天去看望小家伙两三次，从来没想过要收什么费。他会从药房里给孩子带去止咳糖浆、酸荚清凉饮品，或者其他对乔治有好处的药剂，他配的药像蜜糖一样美味，孩子生了病反而更加愉快。乔治出麻疹的那个星期，他和他的师傅佩斯特勒在孩子身边陪了整整两个昼夜，我们可以想象到，那位母亲从来没见过比麻疹更可怕的病。他们对其他病人也愿意如此尽心吗？菠萝温室家的孩子、拉尔夫·普兰特热奈、格温德林、吉尼维尔·曼戈出麻疹时，他们陪着熬过夜吗？房东的女儿玛丽·克拉普从乔治那儿传染上麻疹后，他们也熬夜守望过吗？我们不得不说实话，没有。至少在玛丽出麻疹时，他们睡得十分安心，只宣布说，她的症状很轻，几乎用不着服药，他们给她送去一两剂药，等到症状有所好转，又漫不经心地给了她点儿奎宁，只图有个形式。

街对面有位个头矮小的法国下级爵士，他在附近各种学校里教授他的本族语言。到了晚上，往往用一把音色不佳的旧提琴拉抑扬顿挫的老舞曲，声音难听得像杀鸡。这位小老头头发上扑着粉，举止十分礼貌，从不错过星期日上汉默史密斯教堂望弥撒。不论是在思想、行为还是外表上，他都跟他那些留着大胡子的野蛮同胞毫无共同之处。现在，人们在剧院休息室见到法国人，总会发现他们嘴里喷出雪茄烟，恶狠狠瞪着你，骂你是背信弃义的英国佬。但是，这位老塔龙胡什爵士谈起奥斯本夫人前，一定要先把鼻烟吸完，动作优雅地弹掉沾在手指上的粉末，并拢手指，贴在嘴唇上，亲吻一下手指，赞叹道："啊！那是个天使般的人儿！"他指天画地发誓说，阿米莉亚从布罗姆敦区的任何一条小巷走过，脚下就能长出一丛丛花朵。他把小乔治叫作爱神丘比特，向他打听他妈妈维纳斯的消息。他还对贝蒂·弗拉尼根说，她有幸在女神身边伺候，也是一名仙女。姑娘听了又吃惊又糊涂。

阿米莉亚在不知不觉中获得大家好感的例子还有很多。家人做礼拜的教堂副牧师宾尼先生脾气和蔼，风度高雅。他是这位寡妇的常客，把孩子抱在腿上摇来晃去，还说要教他学拉丁文。替他管家的姐姐是个老处女，常常恼火地对他说："比尔，她可是身无分文哪。她来家里喝茶的时候，整个晚上连一句话都不说。我看她是个无精打采的可怜虫。我也相信她根本不是个有感情的人。你们这些男人只崇拜她那张漂亮面孔。格丽茨小姐有五千镑财产，而且还能得到一笔遗产，性格胜过她一倍，要说讨人喜欢，照我看胜似她一千倍。要是她长得漂亮点，你们准会认为她是个完美无瑕的姑娘。"

宾尼小姐的话可能在很大程度上是对的。让男人动心的正是女人漂亮的脸蛋儿，这些邪恶的男人们。一个女人尽管拥有米涅瓦一般的智慧和贞洁，但是假如长得相貌平平，也不会有人理睬。只要有一对亮晶晶的大眼睛，做了什么傻事得不到人们的原谅？再乏味的话，只要从丰满的红唇中娇声吐出来，还会不让人喜悦吗？通常富有正义感的女士们会据此争辩说，漂亮女人一般都是傻瓜。啊，女人啊，女人！可惜你们中有些既不漂亮又不聪明。

以上这些不过是我们这位女主角生活中的琐事。好心的读者一定体会到，她的故事中没有惊人的东西，假如把她儿子出生后七年的生活一一记载下来，恐怕很少有什么比上文描述过的出麻疹经历更值得一提。让她感到极为吃惊的是，一天，刚才提到的那位宾尼牧师先生请求奥斯本太太改用他的姓氏。她涨红了面孔，眼睛里涌出泪水，用颤抖的声音对他的敬意表示感激，也感谢他对她和她儿子的关注，但是她说，除了死去的丈夫，她不能爱第二个男人。

4 月 25 日和 6 月 18 日分别是她们结婚和丈夫逝世纪念日，每逢这两个日子，她就把自己关在屋子里，庄严肃穆地纪念。我们不知道她望着熟睡的孩子，熬过多少孤独的时辰，心里默默怀念逝去的亲人。白天，她比较活跃。她要教乔治读书写字，还教他一点儿画图。她自己也读书，为的是能选些故事讲给他听。孩子在周围事物影响下，眼界渐渐开阔，知识日渐丰富，她就尽自己可怜的微薄能力，教孩子崇拜万物之主宰。每天早晚，母子俩都要双双向我们的在天之父祈祷，那份虔诚让每个见过的人想起来心里就感动不已。母亲倾其柔肠衷心祈求上帝保佑，孩子口齿不清地跟着学说。每次他们都祈求上帝保佑亲爱的爸爸，仿佛他还健在人世，就在这屋子里陪在他们身边。

奥斯本太太每天要花很多小时工夫替这个小先生清洗穿戴，早饭前带他到外面走动，外公也以此为借口不去市中心“办公务”。她还把婚后积攒在衣箱中的服装别出心裁地改制成孩子的漂亮衣服。她自己从来只穿一身黑色裙袍，戴一顶箍着黑丝带的草帽，她母亲为此感到极为恼火，老太太自从家境败落后反倒喜欢穿起漂亮衣服。剩余时间里，她便服侍父母。她甚至专门下功夫学会打双人积分牌游戏，以便在父亲不去俱乐部的夜晚陪父亲解闷。父亲喜欢听歌的时候，她就为他歌唱，听唱歌对他精神有益，他听着音乐就酣然打起瞌睡。他的众多备忘录、信函、计划书、项目大纲等等多得不得了，都要由她撰写。老先生以前的大多数朋友收到的信上大半是她的笔迹，信的内容是通知说，他现在是黑钻石无烟煤公司代理人，可以向大家提供最好的煤，并注明单价是多少。他需要做的只是在这些宣传信上填个华丽的签名，然后在信封上用职员的字体颤巍巍地写上地址。其中有几封信寄给了多宾少校，是通过代理人考克斯和格林伍德转交的，可是少校当时在马德拉斯，用不着订购煤。不过他认识信上的笔迹。上帝啊！要是能握住写这信的小手，他什么代价不愿付出啊！少校收到的第二封广告信上说，约翰·塞德利公司在奥普图、波尔多和圣玛丽等地建立了代理处，向大众供应最著名的上等黑啤酒、雪利酒和红葡萄酒，价格合理，特别优惠。多宾得到这个暗示后，竭力劝说大家购买。于是，上至总督、司令、法官，下至他在各联队和行政区的每一个熟人，寄给塞德利公司的订货的数量之大，让塞德利先生和当时也在公司服务的克拉普先生都吃惊不浅。可怜的老塞德利几乎动了念头，要在市中心建造一座办公楼，雇一批职员，还要单独建一个码头，向全世界供货。可惜好运不再，他没有收到第二笔大宗订货要求。老先生对好酒的品评能力已经一去不复返。多宾因为把劣质酒介绍给大家，在食堂受到人们责骂，不得不大量回收劣酒，削价处理，自己蒙受了惨重损失。约斯也收到父亲寄来的一包宣传品，还附有父亲的一封私信，说是他的上司指望得到他的帮助，特运去精选的上等好酒，凭发票提货，金额从他的账上支取。约斯这时已经当了加尔各答税务委员会委员，读了这信怒不可遏，决不愿人们得知他父亲是个酒贩子，便回信表示轻蔑，拒绝付款，信上口吻严厉，要父亲不得把自己搅进他的买卖。塞德利公司只好吞下苦果，损失由马得拉斯那宗买卖得来的利润弥补，不足的部分还由埃米那点微薄的存款填补。

她除了每年能得到五十镑抚恤金之外，还有丈夫死前留下的五百镑遗产，在奥斯本的遗嘱执行人多宾建议下，这笔钱存入一家印度公司，年利 8 厘。塞德利先生以为少校对这笔钱心怀不轨，坚决反对他的提议，便去那家公司的代理人处制止。去了一问，发现并没有这么一笔存款，而且上尉的存款总共不到一百镑，五百镑的数目一定是分开存放的，只有多宾少校知道底细，他大吃一惊，认定其中有鬼，便去找少校算账。他作为女儿的直系亲属，坚决要求查验已故上尉的账目。多宾言语结巴，举止尴尬，面颊涨得通红，老头子更感到事情蹊跷。他直截了当指责这位军官非法侵吞了女婿的钱财。

多宾听了这话再也忍受不住了。假如指责他的人不是个老头子，他准会立刻当着斯劳德咖啡店的客人跟他争吵起来。两位先生是在一个茶座上交谈的。“先生，到楼上来，”少校口齿不清地说。“请你一定上楼，我要让你看看谁吃了亏，是可怜的乔治还是我。”说完他把老头子拖上楼，进了他的卧室，从书桌抽屉里取出一堆奥斯本的账目，还有一叠债票。说句公道话，那位死去的先生随时都愿意开立债票。“在英国欠的债他都付清了，”多宾补充说，“可他死前留下的还不到一百镑。是我和一两个战友倾囊相助。替他凑了那笔小款子。你胆敢说我们欺负那孤儿寡母。”塞德利听了羞愧难当。事实上，威廉·多宾对他撒了个大谎，出钱埋葬朋友的是他，朋友死后替可怜的阿米莉亚付清所有费用的是他，拿出所有积蓄凑了笔存款的也是他。

老奥斯本从来没有费心考虑过那些费用，阿米莉亚的亲人也没有考虑过，就连阿米莉亚本人也没想过。她理所当然把多宾少校看作自己的会计师，认为他会照料那些复杂的数字，从来没有想到过自己欠他多少。

根据她的允诺，她每年要写信给马德拉，向他叙述小乔治的情况。他把那些信视作珍宝。只要阿米莉亚写信来，他一定回信，可是从来不贸然先写。作为孩子的教父，他不断送礼物给母子俩。他订购了一盒子好几件披肩寄给她，还送给她一盒中国产的象牙雕刻国际象棋。士兵是绿色和白色的小人儿，手里举着刀剑和盾牌，马背上骑着骑士，城堡在大象背上。佩斯特勒先生说："就是菠萝温室的曼戈太太也没有这么精致的一副棋。"这副棋子是乔治最喜欢的宝贝，他平生第一次写信，就是向他教父表示道谢。他寄来果脯和泡菜，孩子溜到橱柜边偷吃，结果辣得几乎要了命，以为是上帝惩罚他偷吃的罪过呢。埃米写信给少校，汇报这桩不幸事件，口吻十分滑稽。他看了信感到愉快，既然她现在能开开玩笑，他便认为她的精神已经有所恢复。他寄给她两条披肩，一条白色的给她，另外一条黑色的上面有提花棕榈树叶给她母亲，还有两条红色围巾供塞德利先生和乔治冬天围在脖子上。塞德利太太知道，披肩至少每条值五十畿尼。她围了披肩上布罗姆敦区的教堂做礼拜，她的一帮太太朋友们都夸奖那披肩好。"真可惜她不愿考虑他，"塞德利太太对克拉普太太和布罗姆敦区的所有太太们说。"约斯从来没给我们寄过这么好的礼物，我敢说，他什么都舍不得给我们。这位少校显然一片痴情爱着她，可是我只要暗示出这一点，她马上就红了脸，流下眼泪，跑上楼对着那个小相框哭。那幅小油画真让我恶心。我真希望我们从来不认识可恶的奥斯本家的人，他们有了钱就傲慢得什么似的。"

乔治的童年就是在这种寒酸环境中，与这些卑微的人们一起度过的。孩子的身体孱弱，感觉敏锐，脾气却有些骄横，有点女孩子气，对温和的母亲怀着强烈的爱，可是在她面前也往往任性乖张。在这个小小的生活圈子里，人人都得听他的命令。随着年龄的增长，他越来越变得桀骜不驯，跟父亲简直毫无二致，大家看了都惊讶不已。他像所有孩子一样，对什么都要问个为什么。他的评论和提问有的非常深奥，让外公也感到诧异，老人便在酒店对大家喋喋不休地夸耀外孙的学识和天才，烦得大家难受不堪。他对外婆的态度冷漠中不乏礼貌，让她难以忍受。他周围的人都相信，像这样的孩子世上简直没有第二个。乔治继承了父亲的骄傲，大概认为人们对他的这一看法没错。

等他长到六岁时，多宾开始经常给他写信。少校问他是不是该上学了，希望他在学校获得好成绩，如果不上学，就该请个家庭教师到家里来，他已经到了求学的年龄。这位教父兼保护人暗示说，他希望替他支付学费，他妈妈的收入那么少，负担不了高额学费的。总之一句话，少校总是考虑着阿米莉亚和她的儿子，他指示代理人不断送给孩子连环画、画图用的颜料盒、书夹子等，凡是娱乐和教育用品，他一样都不缺。乔治过六岁生日的前三天，一位先生在用人陪同下，乘马车来到塞德利家，要求见乔治·奥斯本少爷。来人是康督特街军装店的裁缝伍尔西先生，受少校之托，来给孩子量尺寸，裁制一身套服。以前孩子父亲的衣服都是他制作的。

有时候，多宾家的小姐们乘车来家里，看望阿米莉亚和她儿子，如果她愿意，她们还要带她去兜风，看来，这也是少校的意思。女士们对她的好意和凭高视下的态度，让阿米莉亚非常不舒服。不过她天生逆来顺受，什么都能受得了。马车及其豪华的装潢让乔治极为喜欢。女士们偶尔求孩子跟她们上家里玩一天，他总是喜欢去她们在登马克山的家里去玩，他喜欢她们家的漂亮花园，喜欢她们家温室里的葡萄，以及枝条伸出墙外的桃树。

一天，她们好心来找阿米莉亚，带来一个关于威廉的消息，她们说，她准会感兴趣。

“是什么消息，他要回家来了吗？”她心情愉快地问，两眼发出熠熠光彩。

“啊，不……根本不是……不过，我们有充足的理由相信，威廉就要结婚了。是跟阿米莉亚一个很要好的朋友的亲戚——格罗维娜·奥多德小姐，她是迈克·奥多德勋爵的妹妹，她前往马德拉斯去找奥多德夫人。大家都说她是个又漂亮又有才能的姑娘。”

阿米莉亚说："噢！"阿米莉亚真心感到非常非常高兴。但是，照她看，格罗维娜怎么也比不上她的老朋友，她的老朋友真是非常非常慈祥，不过，不过她真心感到高兴。她情不自禁将乔治搂在怀里，特别温存地亲吻他。我也说不上这阵冲动是什么缘故。她把孩子放在地下时，眼睛已经湿润了，在兜风的剩余时间里，她一句话也没有再说。不过她真的非常高兴。

第三十九章
愤世嫉俗的一章

我们有责任回到老汉普郡，去短暂看望一下那里的几位熟人。他们对富有的亲戚身后遗产分配大失所望。布特·克劳利原指望得到三万镑，结果只得到五千，这对他无疑是个沉重的打击。他用这笔钱偿还自己的债务并且替儿子吉姆偿还学校的债务后，所剩数目分给四个相貌平平的女儿做嫁妆，却只有区区零头。布特太太绝对不知道，至少她绝对不承认，是她自己蛮横的做法把丈夫毁了。她声称凡是女人能做的事，她已经都尽到了责任。她不像那个虚伪的侄子皮特·克劳利一样具有奉迎吹拍的手腕，难道是她的错？他通过歪门邪道获得不义之财，她祝他有福气享用。“至少这钱没出了克劳利家族，”她宽宏大量地说。“我亲爱的，皮特绝对花不了那钱，这事非常肯定，英国再没有比他更小气的吝啬鬼了。虽然他跟他弟弟走的路子不同，却跟那个专事挥霍的恶棍罗顿一样可恶。”

最初的愤怒和失望过后，布特太太开始尽自己所能厉行节约，勒紧腰带积攒每一个子儿。她教导女儿们要以欢乐态度面对清贫生活，并设计出千百种绝妙的方法遮掩贫穷，避免想到它。她带她们去参加邻近的舞会，在公众场合露面，生气勃勃真令人羡慕。她在牧师宅子招待朋友，态度娴适热情，次数比得到克劳利小姐遗产之前还多。从她的举止外面判断，谁也看不出这个家庭的期望落空了。从她在公共场合露面的次数判断，也看不出她家里居然到了挨饿的地步。她女儿们穿的衣服也比以前漂亮多了。她们不断地出现在温彻斯特和南安普敦的集会上，她们打进考斯，参加在那里举行的跳舞比赛，旁观赛船，享受宴乐。她们把耕马套上马车到处奔波，最后大家几乎相信，四位姑娘的姑妈把钱都留给她们了。她们在公共场合提起她的名字总是带着敬意，心怀无尽的感激。在名利场上，我没有见过比这更频繁的虚伪表演。令人吃惊的是，表演者还为自己的虚伪自鸣得意，因为自己的举止欺骗了世人，便认为是一种值得夸耀的美德。

布特太太当然认为自己是英国最具有美德的女人，陌生人见了她其乐融融的幸福家庭，一定颇受感染。她们那么欢乐，那么相亲相爱，那么有教养，那么质朴！玛莎画的花卉那么精美，郡里的义卖会上一半作品都出自她的手。爱玛是郡里出了名的女诗人，她写的诗在《汉普郡电讯报》的诗人之角上崭露头角。范尼和玛蒂尔达在母亲的钢琴伴奏下表演二重唱，另外两姐妹相互搂着腰坐在一边热情地倾听。谁也没见过可怜的姑娘们私下如何苦练。谁也没看到她们的妈妈如何一小时又一小时严格训练她们。总而言之，布特太太是个贤达的女人，外表上显得极为从容高雅。

凡是一位值得尊敬的好母亲能做到事，布特太太都尽了力。她从南安普敦请来乘游艇作乐的游客，从温彻斯特附近的教堂里请来牧师，从那里的军营请来军官们，请他们到家里来做客。巡回法庭开庭时，她还想请年轻的律师来家里赴宴。她鼓励吉姆将一起打猎的朋友们带回家来。为了亲爱的孩子们，一个母亲什么事做不出来呢？

这么一个女人，显然与男爵宅子里那位可恶的哥哥很少有共同之处。布特跟他哥哥皮特爵士已经完全断绝了关系。其实，皮特爵士跟全郡都不来往，成了个臭名昭著的人物。他年纪越大就越讨厌上流社会，自从皮特和简女士婚后来宅子上省过亲后，宅子大门就再也没有对上流人士的马车打开过。

那次省亲真是又不幸又可怕，全家人一回想起就觉得恐惧。皮特板着面孔要求妻子再也别提起那次拜访。布特太太仍然能了解到宅子里发生的一切，通过她的嘴巴，皮特爵士接见儿子和儿媳的情形才为人所知。

他们乘坐着堂皇整洁的马车经过林荫道时，皮特惊恐地发现，林子里添了许多空地，属于他的许多树木在没有得到他允许的情况下，被老男爵私自砍伐掉了。园子看上去荒凉破败。车道也没人收拾，漂亮的马车一路上碾过许多水洼，溅得满是泥浆。房子正面和正门前的台阶上乌黑一片，爬满了苔藓。从前修剪平整的花圃长满了高高的野草。房子正面的所有窗户差不多都被百叶窗紧紧遮盖着。他们拉了很长时间铃都没人开门。最后霍罗克斯开门将女王的克劳利宅子的继承人让进门的时候，只见一个身系缎带的人奔上乌黑的橡木楼梯。管家带路领他们朝皮特爵士的所谓“书房”走去，皮特和简女士走近那屋子的时候，只觉得烟草的气味越来越浓烈。“皮特爵士不很舒服，”霍罗克斯带着道歉的口吻说。接着，他又暗示说，他的主人犯了腰腿疼。

那书房的窗户正对着园子和正面的道路。皮特爵士打开一扇窗户，正朝车夫和皮特的用人大声嚷叫，他们似乎正准备把行李从车上卸下来。

“一个箱子也别卸，”他用手里握的烟斗比画着喊道。“塔克，你这个傻瓜，他们只不过顺道来看望我一下。老天哪，瞧那匹马的蹄子上裂开好几道口子！‘国王的脑袋’饭店怎么就没个人替它擦一擦？嘿，皮特，好吗？我亲爱的，你好吗？来看看老头子，呃？天哪，你这张脸蛋长得也挺漂亮。不像你娘那张马脸。过来亲亲老皮特，小乖乖。”

拥抱接吻让儿媳妇颇有些难堪，老人满脸胡子，嘴里发出一股烟臭，让她受不了。不过，她想起她哥哥索斯当也留着胡子，还抽烟，于是态度优雅地容忍了。

“皮特胖了，”男爵表示过热情后说。“我亲爱的，他给你读长长的训诫辞吗？第一百首赞美诗，晚祷辞，呃，皮特？霍罗克斯，去给我的简女士斟杯葡萄酒，拿块蛋糕来，你这头大肥猪，别站在那儿傻瞪着眼睛。我亲爱的，我也不留你们在这儿住，你会觉得这儿闷得难受。我也烦名字叫皮特的人。我老了，要按自己的方式生活，我要抽烟，晚上要下十五子棋。”

“我会下十五子棋，先生，”简女士笑道。“我以前跟爸爸和克劳利小姐下过，对不对，克劳利先生？”

“简女士的确会下你喜欢的那种棋，”皮特态度傲慢地说。

“不过，她不会为下棋留下来住。不，不，去穆德伯里让林色太太赚几个钱吧。或者赶上马车去牧师宅子里，到布特家吃顿饭。他见了你会非常高兴，这你清楚。你得了那老女人的钱，他心里高兴得很呢。哈，哈！等我死了，你要从那笔钱里开支一点，修修这房子。”

“爸爸，我注意到，”皮特提高嗓音说，“你的人要把林子都砍倒。”

“可不是吗，可不是吗，天气真好，真是一年里少有的好天气，”皮特爵士突然变成聋子了。“可是我太老了，皮特。上天保佑你，你都快五十了，可是一点儿也不显老，对不对？我漂亮的简女士？这都是因为他崇拜神，生活节制，是个道德家。瞧瞧我，我离八十都不远啦，嘻，嘻。”他笑着吸了一撮鼻烟，朝她挤眉弄眼，还捏了捏她的手。

皮特再次谈起树木的话题，但是男爵的耳朵立刻又聋了。

“我已经很老了，今年让腰腿疼折磨惨啦。我活不久了，很高兴你能来，我的儿媳。简女士，我喜欢你的漂亮面孔，没有宾基家那种该死的傲慢长相。亲爱的，我要送你点东西，让你进宫的时候戴。”他一瘸一拐穿过屋子，从柜子里取出个旧巴巴的小匣子，里面装着点值钱的首饰。“拿着，我亲爱的，”他说。“它以前是我母亲的，后来到了第一位克劳利太太手里。漂亮的珍珠。我没把它送给那个铁匠的女儿。别客气。快收起来。”他说完把匣子塞在儿媳手里，把柜子关上。这时霍罗克斯端着一托盘食品进来。

“你把什么给了皮特家老婆？”皮特和简离开老先生后，那个身上缠着丝带子的人问道。这是霍罗克斯小姐，管家的女儿。他们之间的闲话传得全郡都知道了。这个女人几乎像女王一样统治着女王的克劳利宅子。

这个身缠丝带的女人突然得宠，让全郡和全家人都感到惊恐。丝带在穆德伯里储蓄分行开了账户，丝带乘坐马车去教堂礼拜，丝带把宅子里用人使用的马车占为己有，她稍有不如意，就打发用人滚蛋。苏格兰园丁仍然待着没走，他为自己在温室和墙上培育的花草瓜果感到喜悦，也能从自己开垦的园子里得到丰硕的收成，收获后他把果实送到南安普敦去出售。一个阳光明媚的早上，他发现丝带在南墙边偷吃桃子，他指责她侵占了自己的财产，结果却吃了她一耳光。他和妻儿老小是女王的克劳利宅子里唯一值得尊敬的居民，最后也不得不带着自己的物品搬走。园子从此荒芜，花圃里野草丛生。可怜的克劳利夫人喜欢的玫瑰园，现在成了荒凉野地。用人的屋子里冷冷清清，只有两三个人战战兢兢待在里面。马厩和供应室成了空房子，封起来渐渐破败。皮特爵士不跟人交往，到了晚上就让他的管家——现在叫成男佣了——霍罗克斯先生陪着喝酒，一起饮宴的还有那个下流的丝带。时代不同了，以前她坐着马车去穆德伯里，见了小商小贩都称“先生”。也许是出于羞耻，也可能愤世嫉俗的老头子不愿看见邻居们，现在他很难得走出园子大门。他跟代理人争吵，靠写信向佃户催逼。他每天的日子靠写信打发。律师和农场总管有事找他，都得先通过丝带。她命令他们从后面进来，在管家的屋子里接待他们。这样，男爵日常的头疼琐事越来越多，周围积了数不清的麻烦。

皮特·克劳利是个行为绝不越矩的绅士典范，不断听到人们传说老父亲昏愦荒唐的事情，心中的惊恐可想而知。他每天都吓得发抖，生怕有一天丝带成了他的第二个合法继母。婚后第一次也是最后一次拜访过父亲后，在皮特上流文雅的家庭里，父亲的名字再也没有提起过。那个名字是他们的家丑，家人都不敢贸然多嘴。索斯当伯爵夫人通过每一班邮车给宅子寄去一包包让人胆战心惊的传教册子，看了这些东西，准能把人吓得脑袋上的头发全都掉光。布特太太每晚都要朝宅子方向瞭望，看那边榆林上方的天空是不是泛起红光，想知道那宅子是不是起了火。沃普肖特爵士和富德尔敦爵士本来是皮特家的老朋友，可是现在法庭开季会，他们甚至不愿意跟他坐在一起。在南安普敦大街上见了面，老无赖对他们伸出脏兮兮的手，他们理也不理，权当没看见。他什么都不在乎，把手插回衣袋里，放声大笑。他常常放声大笑，嘲笑索斯当夫人的小册子；嘲笑他的两个儿子；嘲笑世人；丝带常常生气，生气时，他就嘲笑她。

霍罗克斯小姐成了女王的克劳利宅子的管家婆，堂哉皇哉地统治着宅子里的所有用人，显得特别神气。她吩咐所有用人都称呼她"太太"或者"夫人"——有个小女佣指望得到提升，硬要称呼她"男爵夫人，"这位管家婆听了也不制止。"有的夫人比我好，可也有不如我的呢，赫斯特，"霍罗克斯小姐听了下人的奉承这么回答道。她就这么统治着这个宅子，她的权力至高无上，只有父亲不受她管束。不过，她对父亲的态度相当傲慢，警告他不要对她过分随便，因为她"即将成为男爵夫人"。她常常演习这种角色，自得其乐，老皮特爵士见了她做作的风度和模仿上流生活的尊贵模样，不禁乐得咯咯大笑。他赌咒发誓，说见她扮演上流女人像看戏一样有趣。他逼她穿上第一位克劳利太太进宫觐见时穿过的服装，这事正中霍罗克斯小姐下怀。他就说，她穿这裙袍太合身了，还扬言说要马上带她坐四马拉的车进宫去。她翻箱倒柜，把两位死去的克劳利太太穿过的衣服找出来，随意剪裁改制成符合自己品位，合自己身材的衣服。她也想把她们的珠宝通通占为己有，但是老男爵把那些东西全都锁在柜子里，任凭她怎么甜言蜜语，就是不给她钥匙。等到这位女子从女王的克劳利宅子离去后，人们发现了一个抄本，看得出，她一再下苦功练习写字，尤其是练习签自己的名字：克劳利男爵夫人、贝丝·霍罗克斯、伊丽莎白·克劳利男爵夫人等等。

牧师宅子里的正人君子们从来不到那宅子里去，见了那个老恶棍避之唯恐不及，但是，他们对宅子里发生的事情却了如指掌，每天都战战兢兢地警惕着即将来临的灾难。霍罗克斯小姐也渴望这一时刻早早到来。但是，命运像是在嫉妒这位爱情专一贤惠贞德的淑女，偏偏要打破她的美好愿望，阻止她接受应得的报偿。

男爵总是谑称她“爵士夫人”。一天，他发现她坐在客厅那架钢琴前面，吃了一惊。自从贝基·夏普以前在上面弹过四对舞曲后，谁也没动过这琴，音早已不准。只见她坐在钢琴前面，嘴里发出尖声怪叫。她偶尔见过人们弹唱的高雅模样，此时正在竭力模仿。那个指望得到提拔的厨房女佣站在她身旁，在整个闹腾过程中，不断摇晃着脑袋，嘴里一再嚷叫着：“天哪，夫人，真是太美啦，”与上流客厅中的谄媚并无二致。

这事把男爵逗得像往常那样咆哮般哄笑不止。那天晚上，他把这事对霍罗克斯先生讲述了十几遍，霍罗克斯小姐羞得抬不起头来。他模仿她的姿势，用手指头在桌沿上胡乱弹动，仿佛那是钢琴键盘，还模仿她声嘶力竭的嚷叫。他说，她这么美好的音色应该得到培养，说是该给她雇个歌唱教师。她听了觉得没什么好笑的。那天晚上，他的精神非常饱满，在他的朋友陪同下喝了过量的掺水朗姆酒，直到深夜，忠诚的用人才扶他走进卧室。

半个小时后，屋子里忽然乱成了一锅粥。这座冷落的宅子里，平时只有两三间住人的屋子里有灯火，这天夜里每间屋子都亮起了灯。不久，一个男佣骑了匹小马奔向穆德伯里请医生，又过了一个小时，布特·克劳利太太脚穿厚底鞋戴着围巾赶来了，同她一道步行穿过园子来的还有布特·克劳利牧师和儿子詹姆士·克劳利。三人从敞开的门厅闯了进来。他们来得这么快，足见了不起的布特太太对这所大宅子保持着怎样的不懈关注。

他们穿过门厅，走过装了橡木壁板的小客厅。这间客厅的桌子上还摆着三只酒杯和皮特爵士喝空的酒瓶。他们走进皮特爵士的书房，正巧发现那位罪过累累的丝带——霍罗克斯小姐在里面。只见她狂乱地用一大串钥匙试开书桌抽屉和柜门。猛然发现布特太太一双小眼睛在黑围巾下面闪出凶光，她吓得惊叫一声，钥匙掉在地上。

“看哪，詹姆士，克劳利先生，”布特太太指着这个做贼心虚的黑眼睛小妖精。

“是他给我的，是他给我的！”她喊道。

“给你的，你这个不知羞耻的东西！”布特太太厉声喝道。“你是证人，克劳利先生，我们当场捉住这个贼，她正在偷你哥哥的财产。她要被绞死，我早就说过，要把她绞死。”

贝丝·霍罗克斯听了这话吓傻了，一下跪倒在地上，放声大哭。凡是了解真正贤惠女子的人都知道，她们不会急着原谅人，看到敌人受辱是她们的胜利和真心的喜悦。

“詹姆士，去打铃，”布特太太说。“要不停地打铃，直到把人们都叫来为止。”住在这座空荡荡的宅子里的三四个用人听见铃声响个不停，立刻赶来。

“把这女人关起来，”她说。“她在偷抢皮特爵士的财产时被我们当场捉住了。克劳利先生，你写张拘押她的证书。贝多斯，你明天早上赶马车把她押送进南安普敦监狱。”

“我亲爱的，”牧师兼行政官插嘴说，“她仅仅……”

“这里难道没有手铐？”布特太太跺了跺脚接着说。“这儿原来可是有手铐的。这个罪犯的父亲在哪里？”

“真的是他给我的，”可怜的贝丝仍然在哭闹。“赫斯特，你看见的，对不对？你看见皮特爵士，你明明看见的，是他好久以前给我的，就是去穆德伯里赶集那天回来，又不是我要的。你们要是认为我不该拿，就拿去好啦。”这个伤心的可怜虫说着从衣袋里掏出一对硕大的人造宝石鞋扣，那是她刚才看见书柜里有这么个东西，从里面取出来的。

“天哪，贝丝，你怎么能昧了良心这么胡诌呢！”指望提拔的厨房女佣赫斯特说，“对好心的克劳利夫人和牧师大人怎么胆敢说谎？”说着她朝他们行了个屈膝礼，“夫人，你们尽可以把我的箱子都搜一搜，这是我的钥匙，虽然我父母穷，可我是慈善院长大的，你们要是从我的箱子里搜出哪怕一丁点花边或者一只丝袜，就罚我永远进不了教堂。”

“把你的钥匙交出来，你这个铁石心肠的坏女人，”戴围巾的贤德女士咬牙切齿道。

“这是蜡烛，夫人，请吧，夫人，我给你们带路上她屋里去，夫人，柜子在管家婆屋里，夫人，她在里面藏了成堆成堆的东西，夫人，”赫斯特连连行着屈膝礼，急切地说。

“请你闭嘴。这个妖精占的屋子我熟悉得很。布朗太太，请你跟我来，贝多斯，盯住这个女人，”布特太太说着抓起蜡烛。“克劳利先生，你最好到楼上去，别让他们要了你哥哥的命，”戴围巾的女人在布朗太太陪同下朝所说的那间屋子走去。她说的没错，她对那间屋子熟悉得很。

布特上楼，遇到穆德伯里来的大夫，霍罗克斯吓得要命，弯腰俯身服侍坐在椅子上的主人。他们正打算给皮特爵士放血治疗。

牧师宅子的女主人在老男爵身边守望了一整夜，在宅子里发号施令，彻底统治了这地方。第二天一大早，她给皮特·克劳利先生发去一封加急信函。他被救活了，虽然说不出话来，不过似乎还能认出面前的人是谁。布特太太坚持守在他床前不走。这个小女人好像永远不需要睡觉，一双乌黑的眼睛发出凶恶的光芒，倒是那医生倒在椅子上打起了呼噜。霍罗克斯竭力想要恢复自己的权力，在主子面前忙碌着。布特太太臭骂他是个该死的醉鬼，命令他再也别想在宅子里露面，否则就把他跟他卑鄙的女儿一起送进监狱。

她凶神恶煞的模样把他吓坏了，悄悄溜到那间橡木护壁的小客厅。詹姆士先生在那里抓起酒瓶摇了摇，发现没酒，命令霍罗克斯再送一瓶朗姆酒来。霍罗克斯先生取来酒，还拿来干净杯子，牧师和儿子便坐下来喝酒，命令霍罗克斯交出钥匙滚蛋。

霍罗克斯见势不妙，交出钥匙，趁着夜色携女儿溜出去，从此不再盘踞女王的克劳利宅子。

第四十章
贝基得到家人承认

这次灾难过后，克劳利家的继承人很快赶回家来，从此便控制了女王的克劳利宅子。老男爵虽然又活了几个月，但是他的脑子和言语能力再也没有恢复正常，庄园里的一切事务就依靠他的长子来处理。皮特发现家里的事务十分奇怪。皮特爵士不断地买进产业又典当出去，他有二十个代理人，却跟每一个都吵翻了。他跟每一个佃户发生争执，然后利用法律程序对付人家，还跟律师打官司，跟煤矿公司、码头装卸公司打官司，而他本人却是这些公司的业主，他跟任何有过生意交往的人都打官司。要解决这些困难，平息庄园里的纠纷，没有庞波尼克外交官的韧性和手腕，绝对无法解决。他便着手孜孜不倦地埋头开始工作了。他举家迁到女王的克劳利宅子来，索斯当伯爵夫人当然也来了。她当着牧师的面，开始进行教区活动，还带来那个旁门左道的牧师，把布特太太气得半死。女王的克劳利镇上的牧师继承权并没有被皮特爵士卖掉，伯爵夫人把这个继承权揽到自己手里，准备等到牧师一死，就安插一个自己的年轻人接替。皮特这个外交家对此不发表意见。

布特太太威胁贝丝·霍罗克斯小姐的行动并没有实施，她也没有去南安普敦监狱坐牢。她和父亲离开宅子后，父亲就接管了“克劳利徽章”酒店，这个店的租契是从皮特爵士手里得到的。这位前管家享有这里的产权，作为交换，他将选举权出让给皮特爵士，牧师也有一票选举权，他们两票和另外四票选举权推选该选区在议会的两名代表。

牧师宅子和女王的克劳利宅子里的女眷们表面上维持着一团和气，至少年轻一辈亲密无间，布特太太和索斯当伯爵夫人一见面就免不了一场吵闹，渐渐互不来往了。牧师家姑娘们来宅子里拜访堂妹时，伯爵夫人就躲在自己屋子里不露面。皮特先生偶然不见到丈母娘大概并不感到遗憾。他相信宾基家是最了不起、最聪明、最迷人的家族，既是他丈母娘又是他姨妈的这位夫人长期以来就统治着他的一切，不过，有时候，他觉得这种统治有些过分。被人当作年轻人无疑像受到恭维一样愉快，但是一个四十六岁的男人被当作孩子一样对待，有时便觉得有损尊严。不过，简女士一切都听凭母亲做主。她只能私下对孩子表示亲昵。幸亏索斯当夫人被众多事务占住手脚，又要召集牧师们开会，又要跟身在非洲、亚洲和澳大利亚等地的传教士通信，因此，很少有闲暇照料外孙女小玛蒂尔达和外孙皮特·克劳利少爷。这个男孩身体孱弱，索斯当夫人给他灌下不知多少药，才算保住了他的性命。

皮特爵士住进了克劳利夫人度过生命最后时光的那套屋子。一心盼望受到重用的女仆赫斯特小姐专心照料他，要说孜孜不倦的体贴照料，谁又能比得上高薪聘用的护士们呢？她们拍平病人的枕头，准备好藕粉羹，她们晚上起床服侍病人，容忍病人的抱怨，眼睁睁望着外面的大好阳光宁愿不出去享受，她们靠在沙发上睡觉，独自咽下一日三餐也不觉得遗憾，她们在漫长的夜晚什么都不做，一心为病人煎水煮茶，一份周报她们要读上整整一星期，一年到头能读到的书只有《严肃的法律召唤》和《人类的全部职责》，亲戚一星期只能来看望她们一回，送衣服的篮子里藏一小瓶给她们提神的杜松子酒，主人知道了还要责骂。我们要问问夫人们，哪个男人能在爱人病床前整整伺候一年而衷心不改呢？一个护士看护病人却可以持之以恒，三个月才拿十镑薪水，主人还觉得付出太多。赫斯特小姐毫不间断地照料皮特爵士，薪水只有五镑，克劳利先生还为此唠叨个不停。

遇上出太阳的日子，老先生就被安顿在轮椅里，推到门外的露台上。这轮椅以前克劳利小姐在布赖顿用过，后来索斯当夫人将许多家具搬到女王的克劳利宅子来，也带来了这只轮椅。简女士常常跟在老人的轮椅旁散步，老人显然喜欢她，她来到他屋里，他就不断点头微笑；她出去时，他就会发出一连串含混不清的抱怨；等到门关上，他就会伤心哭泣。当着夫人的面，赫斯特表现得特别温顺谦恭，等到夫人走后，她会突然变脸，冲着他晃动拳头，咬牙切齿道："闭上你的嘴，老傻瓜。"还会把轮椅扭过去，背对壁炉，让他看不见心爱的火苗。这时，他就哭得更加伤心。七十多年来，他与人争斗，使尽奸狡心计，一生酗酒胡闹，设计谋，干坏事，一心只为自己打算，到头来却变成个只会哭闹的白痴，像个孩子似的，睡觉起床由人安顿，洗漱吃饭都得让人照料。

最后有一天，护士尽完了自己的职责。这天一大早，皮特·克劳利正在书房查看管家的账目，只听有人敲门，赫斯特进门行了个屈膝礼，说道：

"皮特先生，请听我说，皮特先生今天早上去世了，皮特先生。我当时正为他准备面包，皮特先生，还为他煮粥，皮特先生，他每天早上六点吃早点，皮特先生，我……我恐怕听见他哼了一声，皮特先生……接着……后来，"她说着又行一个屈膝礼。

皮特苍白的脸色为什么突然涨红了？是因为他终于成为皮特爵士，还是因为他成了议会议员，或许还有望获得更大荣誉？"我要用现金了结庄园上的债务，"他边想，边匆匆算计了一下庄园的债务和他心中对庄园的改进计划。以前，他不愿意使用姑妈留给他的钱，怕的是皮特爵士恢复健康，他白花了钱。

克劳利宅子和牧师宅子的窗户上，百叶窗全都关了起来；教堂敲响了丧钟，祭坛蒙上了黑布。布特·克劳利没有去参加赛马会，他默默地上富德尔教家吃了顿饭，饭后喝着他们的红葡萄酒，谈起他死去的哥哥和新继位的皮特爵士。贝齐小姐这时已经嫁给穆德伯里一个卖马具的，听了这消息哭得很伤心。家里的医生骑马来向大家致意，还询问了夫人的健康情况。穆德伯里和“克劳利徽章”酒店里，皮特爵士的死成了大家的话题。酒店老板跟牧师重修旧好，牧师偶尔也走进酒店品尝霍罗克斯先生的啤酒。

“是我给你弟弟写信，还是你自己写？”简夫人问丈夫皮特爵士。

“当然由我写，”皮特爵士说，“我要邀请他参加葬礼，这事顺理成章。”

“还有……还有……罗顿太太，”简夫人怯生生地说。

“简！”索斯当夫人说，“你怎么能考虑这种事呢？”

“罗顿太太当然也要请，”皮特爵士口吻坚决地说。

“只要我在这房子里就不行！”索斯当夫人说。

“夫人请别忘了，我是这里的一家之长，”皮特爵士回答道。“简夫人，请你给罗顿·克劳利太太写信，邀请她来参加这个伤心的活动。”

“简，我不允许你写这种信！”伯爵夫人吼道。

“我相信我是这里的一家之长，”皮特爵士重复道，“如果有什么事情迫使你不得不离开本宅子，我会感到十分遗憾，但是，请完全按照我的意思管理这个家。”

索斯当夫人傲然站起身，恼火得像西登斯太太扮演麦克白夫人[①]时一样愤然孤傲，下令套马备车。口称，既然女儿女婿要赶她走，她只好独自忍气吞声上某个地方过日子，祈祷他们有朝一日改过自新。

① 西登斯太太(1755–1831)：演员，1812 年 6 月 29 日她在扮演莎士比亚悲剧《麦克白》中的麦克白太太时，演到梦游一场，被观众哄下场。——原书编者注

“妈妈，我们并没有赶你走，”简夫人胆怯地哀求道。

“你们要请那么一个女人来做伴，凡是笃信基督的女士都无法忍受，我明天一早坐马车走。”

“简，请你按我的口授写，”皮特爵士站起身，摆出一副下命令的架势，模样就像展览馆里的绅士肖像。他开始口授道：“发信地址：女王的克劳利宅子，日期：1822 年 9 月 14 日。我亲爱的弟弟……”

麦克白夫人本以为女婿会屈服，听了这几句坚定可怕的话，站起身，朝他恶狠狠瞪了一眼，离开了书房。简夫人抬头望了望丈夫，仿佛要追上去安慰母亲，可是皮特不准她动。

“她不会走，”他说。“她已经把布赖顿的房子租出去了，上半年的利钱也花光了。一位伯爵夫人住进小客栈岂不名声扫地。亲爱的，我已经等待了很长时间，就为找机会采取这个重要步骤。你一定看得出，一家容不得二主。现在请你继续听我口授。‘我亲爱的弟弟，对于这个早已料到的噩耗，我有责任向每一位亲人通报……’”

总而言之，皮特成了一家之主，靠着好运气，照他自己的话说，是靠了自己的心血，将全家久已盼望的几乎全部财富都聚在自己手中。他打定主意，要尽量对自己的家人宽厚些，再次重振女王的克劳利宅子的基业。想到自己是这宅子的主人，他感到欣慰。他要利用自己巨大的影响力。凭借自己的指挥天赋和很快就能在郡里获得的地位，他要给弟弟安置个职位，还要让堂弟堂妹得到适当的财产。他得了大家渴望的全部财产，或许心里也稍感不安。当家三四天后，他的举止风度改变了，心中渐渐拟定了计划。他决心以公平正直的方式治家，不能听索斯当夫人摆布，要与自己的亲骨肉友好相处。

所以他便口授了给弟弟的信，信的口吻庄严，文字典雅，寓意深刻，足让奉命当秘书的妻子感到吃惊。“假如他进了下院，”她想道，“会是个多么了不起的演说家啊。”关于进下院的前景和索斯当的专横跋扈，皮特偶尔也对妻子吹点枕头风。“我丈夫多么明智，多么善良，多么有天才啊！我还以为他是个冷冰冰的男人呢，原来他这么好，有如此超人的天赋！”

其实，皮特爵士使出外交家的隐秘手腕，对这封信的每一个字眼早已仔细斟酌过，直到考虑成熟，这才对妻子口授，难怪她感到惊讶。

这封印着粗粗的黑边，用黑色火漆封口的信寄到伦敦，送到他那个上校弟弟手中。罗顿·克劳利收到信，心中只感到一丝淡淡的喜悦。“去那个无聊的地方有什么用？”他想道。“吃完饭跟皮特单独待在一起，我可受不了。雇马车来回跑一趟，至少要花二十镑呢。”

他就像遇到一切难题时那样，上楼走进贝基的卧室，把信和她早上要喝的巧克力饮料一起送给她。

贝基正在梳妆台前梳那一头金发，他把盛着早饭和那封信的托盘放在梳妆台上。她拿起那封黑边报丧信，读过后从椅子上跳起身，把信高举过头顶，嘴里欢呼“万岁！”

“万岁？”罗顿心里直纳闷，奇怪地望着她转动得飘飞起来的法兰绒晨衣和一头散落下来的金发。“他什么都没给我留下，贝基。我那份产业早在我刚成年时已经给了我。”

“你永远也长不大，你这个糊涂虫，”丽贝卡反驳道。“快去找布鲁诺埃夫人，我必须穿身丧服才成，你的帽子上也要箍上条黑带子，还要穿上件黑背心，我想你没有黑背心吧。叫人明天早上送来，我们星期四要出发。”

“你不是要回去吧？”罗顿打断她的话。

“我们当然必须回去。我要让简夫人明年带我进宫去。我要你哥哥给你在议会弄个位置，你这个傻瓜蛋。我要你和他都投斯泰恩勋爵的票，我亲爱的老傻瓜，你要做爱尔兰大臣或者西印度群岛的总督，要不就做财政大臣或者领事之类。”

“坐驿车可要花许多钱呢，”罗顿咕哝道。

“我们可以坐索斯当的马车，那马车准去参加葬礼，索斯当现在是家里的亲戚了……不，不行，我打算坐公共马车去，那样才显得更加寒酸……”

“罗迪当然也得去吧？”上校问道。

“绝对不去，干吗要多买张票？他已经太大了，不能免费乘车。就让他待在这儿，布里格斯小姐会替他做件黑丧服。去照我说的办吧。你最好对你的用人斯帕克说，老皮特爵士死了，等到这事处理停当后，你会得到一笔相当大的遗产。他会把这事告诉拉格斯一家，他们总是催着要账，听了这消息心里会宽慰。”贝基说完开始呷喝巧克力饮料。

晚上，忠心耿耿的斯泰恩勋爵到来时，发现贝基和她的同伴正忙着大刀阔斧剪裁丧服及葬礼用品。她的同伴不是别人，正是我们的朋友布里格斯。

“布里格斯小姐和我正沉浸在深深的悲痛之中，”丽贝卡说。“皮特·克劳利爵士逝世了，我的勋爵。我们整整一上午痛苦得撕扯自己的头发，现在我们在撕旧衣服。”

“啊，丽贝卡，你怎么能……”布里格斯小姐只说了这么半句话，便翻起眼睛作壁上观。

“啊，丽贝卡，你怎么能……”勋爵大人回声般重复道。“这么说，那个老混蛋死了，是吗？假如他不走错棋，本来可以晋爵的。皮特先生差不多把他栽培成个材料了，可惜他总是不合时宜地离经叛道。真是个老醉鬼。”

“我险些做了醉鬼的寡妇，”丽贝卡说。“布里格斯小姐，你不记得你们透过那个门缝，看见老皮特爵士向我下跪的事吗？”我们的老朋友布里格斯小姐一想到这事，立刻羞红了脸颊，斯泰恩勋爵要他下楼替他端杯茶来，她才舒了口气，走了。

布里格斯就是丽贝卡找来保全自己贞操和名誉的看家狗。克劳利小姐只给她留了很少一点儿年金。本来，她希望继续在克劳利家服务，能留在简夫人身边她感到很满足，可是索斯当夫人找了个合适时机，很快把她解雇了。尽管她忠心耿耿服侍了克劳利小姐二十年，可是皮特先生没料到死去的姑妈对她那么慷慨，心中不满，对伯爵夫人的权威并没有表示反对。鲍尔斯和弗金也得到一小笔遗产，也同样被辞退了。他们结了婚，按照下岗同行的惯例，开了家寄宿店。

布里格斯本想跟亲戚们住在乡下，结果发现在上流社会生活过之后，已经不能适应乡间生活。布里格斯的亲戚都是些乡镇小贩，为了争得布里格斯小姐每年四十镑的年金，激烈程度居然不亚于克劳利小姐的亲戚争夺她的遗产。布里格斯的哥哥是个开帽子店兼卖杂货的激进分子，他把她叫成口袋里装满金钱的贵族，因为她不愿在他的生意上投资。她本来倒也打算给他投点资，可是她妹妹告诉她说，哥哥马上就要破产，然后把她接到家里住了一阵子。她妹妹嫁给一个制鞋匠，跟她哥哥不属于一个教派。不信奉国教的鞋匠想要布里格斯小姐出资送他儿子上大学，把他培养成个绅士。这两家让她消耗掉大半积蓄，最后，她逃回伦敦，两家对她骂不绝口。她便决定逃避自由，继续依附有钱人，在报纸上登广告，说自己是个“态度高雅，出入于上流社会的女士”，等等。她在半月街上鲍尔斯先生的房子里寄宿了一段时间，等待广告的结果。

她就是在这里遇到丽贝卡的。一天，罗顿太太乘坐小马拉的马车在街道上冲过，布里格斯小姐刚去过《泰晤士报》社，第六次登出自己的广告，步行过后疲惫不堪，走到鲍尔斯先生的房子前面，丽贝卡自己驾着马车，一眼看见这位态度高雅，出入于上流社会的女人。我们都知道布里格斯是个脾气温和的好女人，能赢得大家的尊敬。丽贝卡拉住马，马车停在台阶前，她把缰绳交给马夫，跳下车。那位态度温和的女人见了老朋友，还没从惊讶中镇定下来，两只手已经被紧紧握住了。

布里格斯小姐哭个不停，丽贝卡笑个不住，两人一步入走廊，立刻拥抱亲吻，然后走进鲍尔斯太太家的前厅。客厅里挂着红色的云纹毛呢窗帘，墙上嵌着圆镜子，上面站着一只脚上拴着锁链的老鹰，两眼直勾勾盯着窗户上的一块牌子，上面写着："出租房间。"

布里格斯把自己的故事整个讲述一遍，讲述过程中不停地抽泣，叹息，其实，这些附加成分完全没有必要，可是软心肠的女人们在街上见了熟人，或者与某人邂逅，都免不了来这么一套。虽然人们天天见面，可有些人却见了什么都大惊小怪，有些相互讨厌的女人们，见了面也会激动得掉眼泪，回想起以前的争吵，心里便追悔不已。总而言之，布里格斯讲述了自己的经历，贝基也用习惯的坦率和诚恳态度讲了自己的经历。

以前那位弗金，现在成了鲍尔斯太太。她躲在走廊里面，沉下脸听着她们在前厅时而抽鼻子饮泣，时而咯咯发笑。她从来不喜欢贝基。她和鲍尔斯结婚后在伦敦住下来，便常常去拜访以前的朋友拉格斯一家，听了他们对上校行为的描述，他们很不以为然。"拉格斯，我的伙计，我要是你的话，我可不信赖他，"鲍尔斯说。他妻子见罗顿太太从客厅出来，只是冷淡地行了个礼，罗顿太太一见以前这位用人，执意要跟她握手，可她伸出的手指毫无热情，像五根香肠一样无动于衷。她朝布里格斯小姐点了点头，投来迷人的一笑，布里格斯小姐隔着玻璃窗，从那块招租的广告牌下面朝她点了点头，贝基便乘车飞也似的朝皮卡迪利驶去，不久，马车四周便围了六七个骑在马背上的花花公子。

贝基了解到朋友的处境，得知克劳利小姐给了这位上流女士一笔遗产，对薪水并不计较，心里立刻有了利用她的计划。她要的正是这样的女伴。她邀请布里格斯当晚来家里吃饭，请她来看看她的小宝贝罗顿。

鲍尔斯太太警告她的房客，千万不可自投虎穴，“布小姐，听我的话吧，你去了准得后悔，要不然我就不姓鲍尔斯。”布里格斯小姐保证说，一定要特别谨慎。她特别谨慎的结果，是第二个星期就住进罗顿太太家，没出六个月，便将年金借给罗顿·克劳利六百镑。

第四十一章
贝基重访故居

克劳利上校和妻子参加葬礼的准备已经做好，也已经向皮特·克劳利爵士写信做了通报，夫妇俩便在“高飞号”老公共马车上定了两个座位，九年前，丽贝卡就是乘坐这辆车随已故的男爵走进广阔世界的。眼前这个客栈她记得清清楚楚，也记得她不给客栈脚夫赏钱，还记得剑桥那个年轻人一路上用衣服为她娇小的身体遮风挡雨！罗顿坐在车外面，若不是服丧的缘故，他准会要求动手赶车。他占了车夫身边的驭座，一路上跟车夫闲谈，说起马匹和道路，谈起哪家客栈是谁开的，小时候跟皮特一起去伊顿公学上学坐过的公共马车由谁提供马匹。到了穆德伯里，一辆两匹马拉的车来接他们，马夫也身穿黑色丧服。“罗顿，还是那辆旧车，”两人上车后，丽贝卡说。“座套已经让虫蛀坏了。当时因为车上弄脏这么一片，皮特爵士大闹一场，吓得铁匠道森把窗户上的百叶窗都关起来。当时他上南安普敦接你姑妈的时候，打破一瓶樱桃白兰地，酒洒在坐垫上。真是光阴似箭啊！在小屋门外靠母亲站着的女孩不是波利·塔尔博伊吗？在我的记忆中，她还是个在园子里拔野草的脏娃娃呢。”

“好姑娘，”罗顿见小屋外面的人向他行礼，就用两根手指碰了碰帽檐，算是回礼。贝基对大家又是鞠躬又是致意，态度优雅地四面招呼，心里有说不出的喜悦。她的模样看上去不再是个江湖骗子，而是重归故里省亲的正派人。罗顿反而有些局促不安，显得垂头丧气。或许他脑子里闪过的是少年时的经历和天真。也许不无朦胧的悔恨、疑虑和耻辱？

“你的妹妹们一定长成大姑娘啦，”丽贝卡说。或许这是她离开她们后第一次想到她们。

“不知道，真的，”上校回答道。“哎呀呀！这不是洛克老妈妈？你好吗洛克太太？还记得我吗？我是罗顿少爷呀。天哪，这些老女人真长寿。我小时候她好像已经有一百岁了。”

马车驶近了洛克太太掌管的大铁门。老太太打开吱呀作响的大门时，丽贝卡执意跟她握了手，马车从爬满苔藓的门柱之间穿过，门柱上方架着鸽子与蛇组成的族徽。

“老头子砍倒不少树木，”罗顿环顾四周说。接着便默不作声，贝基也不再说话。两人回忆起往昔时光，情绪都有些激动。他记起了伊顿公学；记起了他的母亲，那是个举止端庄的女人，只是稍有些刻板；他记起了一个夭折的姐姐，那是个跟他非常亲近的同胞姐姐；他也回忆起如何痛打皮特的事情；此时此刻，他也想起了留在家里的儿子小罗顿。丽贝卡回忆起自己的童年，见不得人的堕落生活场景一幕幕从眼前闪过；她也仿佛看见了平克顿小姐、约斯和阿米莉亚。

卵石路面和门前的平台已经刮洗得十分干净。正门上方挂出一块新漆过的报丧牌，马车在门前熟悉的台阶边停下后，两位身材高大、表情严肃、身着黑色丧服的仆人一人拉开一扇门。两人手挽手步入熟悉的门厅时，罗顿的脸涨红了，丽贝卡的脸色有点发白。他们走进橡木护壁的客厅，她抓紧丈夫的胳膊，只见皮特爵士携妻子已经在那里等着接待他们。皮特爵士身穿黑色衣服，简夫人也是一身黑丧服，索斯当夫人脑袋上戴着缠头帽，上面缀满了黑珠子，插着好些羽毛，晃来晃去的模样仿佛那是个殡仪馆用的大托盘。

皮特爵士的判断没错，她没有离开这宅子。她设法维护自己的尊严，跟皮特和他那个忤逆的妻子在一起时，便如石像一般保持庄严沉默，对孩子们也阴森森地沉着脸。大家欢迎浪子罗顿夫妇回家来，她也只是稍稍颔首致意。

说实在话，他们对这番冷漠并不十分在意。当时，他们无心注意伯爵夫人的冷淡，主要关心的是统治这个家的哥哥和嫂嫂对他们持什么态度。

皮特颇为容光焕发，走上前去与弟弟握手，又和丽贝卡握手致意，向她深鞠一躬。简夫人拉住弟媳妇的双手，热烈亲吻她。如此热情的拥抱竟让这位久闯江湖的女豪杰流下眼泪来。我们都知道，丽贝卡极少流眼泪。简夫人坦诚的善意和亲近真的让她感动，也让她喜悦。罗顿也为这种情景所鼓舞，捻了捻八字胡，上前亲吻嫂嫂，结果把简夫人搞了个大红脸。

"简夫人真是个漂亮的小女人，"他跟妻子单独在一起时评论道。"皮特胖了。丧事办得真体面。"

"他有钱，"丽贝卡说。她进一步对丈夫的看法表示同意，"那个丈母娘是个可怕的老婆子。两个妹妹长成相当好看的大姑娘了。"

她们俩从学校回来参加葬礼。看上去，皮特·克劳利爵士认为，出于家族的尊严，应该召集尽可能多的人身穿丧服来参加葬礼。家里的所有男佣女仆、收容所里被死去的皮特爵士骗走大部分钱财的穷苦老婆子们、牧师全家、宅子和牧师家的下人，另外，还有殡仪馆的至少二十多人，大家全都穿上黑衣服，帽子上也箍上了黑纱。葬礼于是可以办得颇为壮观。不过这些人在我们的故事中既没有台词，也没有什么关系，也就只能提提而已。

丽贝卡见了丈夫的两个妹妹，并不假装忘记曾经做过她们的家庭教师，反而坦率地和蔼地谈起过去的事情，还十分感兴趣地询问她们现在的学业。她对她们说，她常常想起她们，渴望了解她们生活得怎么样。实际上，自从离开她们之后，她一天也没有忘记她们，总是为她们的前途考虑。克劳利夫人和年轻妹妹们都认为她讲的是实话。

“八年过去了，可是她没什么变化，”上楼更衣准备吃饭时，罗莎琳小姐对瓦奥莱特小姐说。

“那位红头发女人看上去真是漂亮极了，”另一位姑娘回答道。

“她的头发颜色比以前深多了。我想，她准是染过，”罗莎琳说。“她比以前胖了，总的来说，显得好看多了，”罗莎琳小姐说。她自己也胖多了。

“至少她没有摆架子，还记得以前当过我们的家庭教师，”瓦奥莱特小姐说。在她内心深处，家庭教师就应该永远保持低下的社会地位，可她却忘记自己不但是沃波尔·克劳利爵士的孙女，而且是穆德伯里的道森先生的外孙女，因而家族徽章上还有个煤斗子图案。人们在名利场上每天都能遇到类似的好心人，都像她一样健忘。

“牧师宅子家的姑娘们说，她妈妈生前当过歌女。肯定不是真的……”

“一个人不能选择自己的出身，”罗莎琳思想极为开明地回答道。“我同意哥哥的意见，她现在是自家人了，我们都应该体贴她。我看婶婶不该多嘴。她自己想把凯特嫁给酒商家年轻的胡珀，就把他叫到家里来订购酒。”

“我不知道索斯当夫人是不是该离开，她见了罗顿太太一脸的阴沉，”另一位姑娘说。

“我真巴不得她走。我可不想读她的《芬奇利荒地上的洗衣妇》，”瓦奥莱特赌咒道。

听到开饭铃像以往一样响起，两位姑娘绕过摆放着灵柩的屋子，下楼去吃饭。那里点着长明灯，还有两个守灵人。

在这之前，简夫人带丽贝卡上楼走进为她准备的房间。在皮特的管理下，这间屋子像宅子里其他屋子一样，也变得舒适整齐多了。

简夫人已经照料人们把罗顿太太随身带的几只朴素衣箱送进屋子，安顿在隔壁的梳妆间里。简帮她脱下整洁的黑帽子和黑斗篷，还问她有什么需要帮忙。

“我特别想做的事，”丽贝卡说，“就是去孩子们住的屋子里，看看你们亲爱的孩子。”听了这话，两位女士亲切对视片刻，然后手拉手走向那间屋子。

贝基对小玛蒂尔达赞不绝口，说这个不足四岁的娃娃是世界上最漂亮不过的小宝贝。他们两岁的儿子是个面色苍白、眼睛无神、脑袋硕大的孩子，她竟说，孩子比平常孩子长得大，一看便知道是个智慧超常的漂亮孩子。

“要是我妈妈不让他吃那么多药就好了，”简夫人叹息道。“我常常想，我们没有药也能过得很好。”接着，简夫人与她新结交的朋友便像所有母亲和大多数女人那样，津津有味地谈起了关于医药的问题。五十年前，本书作者还是个小孩子，饭后就被夫人们带出餐厅，我记得很清楚，当时夫人们在客厅谈论的话题就是医药。现在我向两三位女士打听过，发现这一风俗并没有什么变化。请我的女读者们今天晚上注意观察，看看晚饭后夫人们聚在客厅里谈论的是什么话题。话说回来，不出半个小时，贝基与简夫人已经成了知心朋友。到了晚上，夫人对皮特爵士说，她认为他的弟媳妇是个善意、坦率、毫无虚情假意的热心女人。

丽贝卡轻易赢得简夫人的好感，然后便孜孜不倦地设法与盛气凌人的索斯当夫人搞好关系。她一找到单独与那夫人见面的机会，立刻用关于孩子的问题向她发动进攻，说自己的儿子有一次病得厉害，整个巴黎的医生都说没救了，最后她给孩子服了大大一剂甘汞，才把孩子救活。接着，她说起她常去五月集街上的教堂，教堂牧师是个了不起的人，名叫劳伦斯·格里尔斯，牧师常常提到索斯当夫人的大名；她说起环境和不幸让自己的人生观大为改变，真希望过去追逐名利犯下的错误不致影响自己宗教上精神上的前途。她叙述自己过去受到克劳利先生多少宗教方面的教诲，读了《芬奇利荒地上的洗衣妇》，觉得受益匪浅。她询问索斯当夫人天才的女儿埃米莉夫人，得知她现在已经出嫁，随丈夫的姓氏，叫埃米莉·霍恩布鲁尔，住在南非开普敦，丈夫极有希望成为当地卡夫拉里亚的主教。

她最后做了一件漂亮事，终于获得索斯当夫人的欢心。参加过葬礼后，她情绪非常激动，身体不适，便请求伯爵夫人给她提点医疗方面的忠告，夫人不但给了忠告，晚上还亲自披着睡衣到贝基卧室看望，模样愈发像麦克白夫人。她随身带了一包传教的小册子，和一剂自己配制的药，逼着罗顿太太喝下去。

贝基先接受了那些小册子，极为感兴趣地翻阅，津津有味地跟老夫人谈论其中的内容，请教如何能得到灵魂的安慰，以为这样一来，她的肉体就可以逃脱她的药剂。但是，宗教话题谈得没话可说后，麦克白太太还是不走，非要等她喝下药才罢休，最后，可怜的罗顿太太不得不装出感激的模样，当着老夫人的面吞下那剂苦药，伯爵夫人这才祝福她两句，离开受害者。

这并没有让罗顿太太感到更加舒适。罗顿进来，听说刚才发生的事情后，她的表情非常尴尬，罗顿却像往常一样爆发出一阵狂笑。她描绘了刚才发生的一切，虽然她被索斯当夫人捉了冤大头，可还是掩盖不住心中的滑稽感觉。后来罗顿夫妇返回伦敦五月集，贝基模仿了当时的情景，斯泰恩爵士和她儿子听了这故事都笑得前仰后合。她穿了睡衣，戴上睡帽，非常一本正经地做了一番说教，然后夸夸其谈讲解那种药的种种优点，逼人服下，她的模仿那么逼真，人们见了她道貌岸然的模样，会以为那种哼哼声真是从伯爵夫人罗马式鼻子里发出来的呢。打那以后，五月集贝基那间小客厅里，常常听到人们呼喊："给我们表演表演索斯当夫人逼你服药那出戏。"索斯当伯爵夫人如此受欢迎，恐怕还是平生第一次。

皮特爵士记起丽贝卡以前对自己如何尊敬，便对她十分客气。他们的婚事尽管不是门当户对，却让罗顿发生了很大变化，上校的脾气比以前温顺多了，生活习惯也变得非常随和。对于皮特来说，这难道不是个很好的结合吗？狡猾的外交家想到自己获得的财富全都源于此，内心中不禁乐开了花。他承认，至少不该大声反对他们的婚事。丽贝卡的言谈举止和种种说法并没有让他心中的满意稍有减弱。

她以前对他毕恭毕敬，让他感到喜悦，现在，她对他的态度更加谦恭，而且常常引他大发宏论，结果，皮特对自己的语言能力都大感吃惊了。他对自己的天赋本来就引为自豪，经丽贝卡一一夸奖，就更加得意。丽贝卡在嫂子面前说的话合情合理，她说，是布特·克劳利太太把他们撮合在一起，最后才结了婚。后来她却背后对他们使坏，目的是想独吞克劳利小姐的遗产，想方设法让姑妈讨厌罗顿，还编造了种种不利于丽贝卡的恶毒诽谤。“她想让我们穷，倒是得了手，”丽贝卡说这话时的态度像天使般逆来顺受，“但是我怎么能生她的气呢？是她让我得到了世界上最好的男人。她一心指望得到的财产没有得到，希望彻底落了空不是最好的报应吗？哼！”她大声说。“亲爱的简夫人，我们还在乎什么贫穷呢？我从小就穷惯了。我很高兴克劳利小姐的财产能用来振兴一个古老的家族，我自己能成为这个家族的一员感到幸运。我能肯定，皮特爵士比罗顿更会正确利用这笔财富。”

皮特爵士的妻子是个最忠实不过的女人，上面那席话当然原原本本转述给他，因此更增加了他对丽贝卡的好感。葬礼后第三天，家人聚餐时，皮特·克劳利爵士坐在桌子上首为大家切鸡的时候，对罗顿太太说：“啊哈，丽贝卡，请你吃这只鸡翅膀好吗？”听了这话，这个小女人立刻乐得眼睛闪闪发亮。

丽贝卡心怀希望执行自己的计划时，皮特·克劳利在忙着安排葬礼事宜，以及其他与自己前途和尊严有关的事情，简夫人在她母亲允许的前提下，忙着照料自己的孩子们。太阳每天升了又落，宅子里的钟照例敲响，提醒人们开饭和祈祷的时刻。女王的克劳利宅子昔日的主人躺在他生前占住的屋子里，不间断地由专门负责这项业务的殡仪人员守灵。他们是南安普敦提供这项业务的最上等殡仪人员了，其中有一两个女人和四个男人，全都身穿黑色衣服，行动稳重得体，态度庄严肃穆，轮流值班之余就在管家屋子里打牌喝酒。

家人和用人们都远远避开那个阴郁的地方，只有世代相传的骑士和绅士的那具遗骸躺在那里，等着埋进家族的坟墓。没有人对他表示遗憾，只有一个可怜的女人除外，她曾经希望做皮特爵士的妻子和寡妇，本来能做这个宅子的统治者，却不得不蒙羞逃走。除了她和他瘫痪后仍然喜爱的一只老猎狗之外，没有任何人为这个老人的死感到悲伤，因为他活了一辈子却没有维护住一个朋友。假如我们中间品行最好，心地最善良的人能死而复生，恐怕会发现亲友早已把他忘了个干净。如果死后仍然不能摆脱名利场上的观念，大概难免心生遗憾。没出几个星期，皮特爵士已经被大家遗忘，就像品行好心地善良的人也难免得到的下场一样。

愿意送葬的人尽可以在下葬的日子送他的遗体去坟地。大家摆出得体的姿态，跟在蒙了黑布的马车后面，家人在车里以手帕捂住鼻子，随时准备揩拭并不会落下的眼泪。殡仪人员们倒是显得十分悲戚。佃户代表为了恭维新地主，跟来送葬。邻近地区的乡绅们打发马车跟在送葬的行列里助声势，行进速度每小时不过三英里，悲痛显得十分深切，然而车里却是空的。牧师照例念出一篇祷辞，说什么“我们亲爱的弟兄已经逝去”云云。只要一个人的形象还在，人们便要在上面做尽名利场上的虚饰文章，装模作样，弄出许多繁文缛节。先是把尸体停放得堂哉皇哉，然后装进天鹅绒衬里的棺材，用镀金的钉子钉上，埋葬后，最后还要在墓前竖上一块刻满谎言的墓碑。布特的副牧师是个从牛津来的年轻人，他与皮特·克劳利爵士合作，为已故的男爵起草了一篇得体的拉丁文墓志铭。副牧师念了一篇传统的布道辞，劝活着的人不要过于悲伤，还以极为尊敬的措辞告诉大家，虽然逝去的兄弟已经离开大家，但是每个人最终都要走进那扇阴森森的神秘之门。完事之后，有的佃户骑马离去，有的留在"克劳利徽章酒店"饮宴。乡绅们的车夫在女王的克劳利宅子的用人餐厅吃过饭，赶着马车朝不同方向散去。殡仪人员收拾起绳子、棺罩、天鹅绒帐子、鸵鸟毛，以及其他礼仪用具，吵吵闹闹爬上灵车顶子，甩个响鞭驾车返回南安普敦。他们的面容恢复常态，马匹出院门上大路后开始奔跑。酒店门外，常常看得见他们身穿黑衣一群一伙的身影，手中握的锡酒壶却反射着欢快的阳光。皮特爵士坐过的轮椅被堆进花园工具棚。老猎狗起初常常哀号，除此之外，宅子里从来没有传出一声哭泣，可怜皮特·克劳利男爵当了六十年家，死后竟没有一个人伤心。

附近飞鸟众多，于是，打鹧鸪似乎就成了有从政倾向的英国绅士们义不容辞的职责。皮特·克劳利爵士在第一阵丧父的哀痛过去后，也头戴箍黑纱的白帽，投身到这项消遣活动中。眼前种着萝卜留着麦茬的田地现在都属于自己，他心里不禁暗自得意。有时，为了特别显示出谦卑，他自己出去并不带枪，只握一根代表平和心境的竹手杖，任凭身材高大的弟弟罗顿和他的猎手们在他身旁砰砰地开枪。皮特的财富和地产改变了他弟弟对他的看法。身无分文的上校对这位一家之长表现出敬意和恭顺，不敢再鄙视他，毕竟原来那个无所作为的脓包已经不复存在了。哥哥谈起种树计划和对排水设施的打算，罗顿一边倾听一边表示赞同，还提出自己关于蓄养牛马的意见。他还骑马到穆德伯里，为简夫人挑选一匹牝马当坐骑，自告奋勇提出要驯服这马。原来那位桀骜不驯的龙骑兵现在谦卑而恭顺，变成个好弟弟了。他不断收到布里格斯小姐从伦敦寄来的信，从中了解留在家里的小罗顿的情况，儿子有时自己也写信给他。“我很好，”他写道。“我希望你也很好。我希望妈妈也很好。小马很好。格雷带我去海德公园骑马。我能骑着马跑了。我遇到以前骑马的那个孩子。马一跑他就哭。我不哭。”罗顿把这信读给他哥哥和简夫人听，夫人听了十分喜悦。男爵许诺说，要供孩子上学。好心的夫人就送给丽贝卡一张五镑的钞票，求她用这钱给侄儿买件礼物。

日子一天天过去，宅子里的女眷恬淡平静地生活着，倒也不无乡间乐趣。大家随着钟声吃饭、祈祷。年轻姑娘们每天早饭后练钢琴，丽贝卡向她们提供有益的指导。然后，她们穿上厚底鞋在园子里和灌木丛之间散步，有时候走出大门，到村子里去拜访农舍，给生病的人们带去索斯当夫人调制的药和传教小册子。索斯当夫人乘坐小马拉的轻便马车出去兜风，丽贝卡就陪在伯爵夫人身旁，怀着极大的兴趣听她的一番宗教谈话。到了晚上，她为大家唱亨德尔和海顿的庄严歌曲，然后就全神贯注编织大块的织物，仿佛她生来就是干这种活儿的，也好像对她来说，这种生活要一直持续到年老体衰，直到进坟墓前也不会改变。人们会以为她死后会留下大笔的公债券，仿佛她并不是个身无分文的穷人，回到家用不着应付一帮帮讨债人。

“要做个乡绅的妻子并不难，”丽贝卡想道。“要是我有五千镑年金，我看我也能做个好女人。要真是那样，我就在育儿室跟孩子玩，到园子里数数杏树上结了多少杏儿，在温室里浇浇花草，摘摘石榴树上的枯叶。我还可以去看望老妇人们，询问她们的痛风病是否有好转；给穷人买半克朗的粥喝。如果有每年五千镑，我不会吝惜那么一点钱。我甚至可以驱车十英里，陪一位邻居吃饭，身上穿件前年时髦的衣服。我可以上教堂做礼拜，坐在家人定的包座里，忍住不打瞌睡。要是真的瞌睡了，就躲在帐子后面，拉下面纱打个盹。要是我有了钱，谁的账我都可以结清。这儿的一帮人态度骄傲还不是因为有钱吗？他们藐视我们这些可怜虫，还不是因为我们穷。他们给我们的孩子五英镑，就自以为慷慨了，我们连一镑也拿不出，就得受他们藐视。”谁能说丽贝卡的想法不是正确的？她认为仅仅因为金钱的缘故，才使她与正经女人有所不同，对此谁又能表示反对呢？从大家受过的诱惑角度看问题，谁能说自己就比邻居好得多？富裕舒适的生活即使不能让人变得更加诚实，至少不会让人产生邪念。一位副市长吃过鼋鱼大餐后乘车回家，不会下车偷块羊肉；但是，假如他处在即将饿死的边缘，看他会不会偷块面包填肚子。贝基认为世上的机会和善恶对人人平等，以此安慰自己的心灵。

她七年前在这里生活过两年，以前熟悉的田地、树林、树丛、池塘和花园等常去的地方，以及老宅子里所有房间，她都一一仔细看过。她当时还年轻，或者说比现在年轻，她实在已经忘记自己是不是有过年轻时代了。不过，她还记得七年前的情感，便与现在的感情做对比。她见过世面，周围曾经聚满了大人物，地位已经远远不是原先那么卑微了。

“我能超越原来的地位，是因为我有脑子，”贝基想道，“世界上几乎所有的人都是傻瓜。我可不能退回原先的地位，与我父亲画室中那些客人为伍。登我家门的老爷们都佩戴着星徽和勋章，而不是口袋里掏不出一撮烟丝的穷画师。现在，我的丈夫是个绅士，我的嫂嫂是个伯爵的女儿，可几年前，我的地位比女佣好不了多少。早年，我是个画师的女儿，在街角的杂货店花言巧语，向掌柜的赊白糖茶叶，可是，我现在的地位比那时好得多吗？假如我跟真心爱我的弗朗西斯结了婚，也不见得会比现在穷多少。啊！要是有人能给我一堆年息三厘的公债券，我真愿意把社会地位啦、社交关系啦，通通让给他。贝基觉得那都不过是虚无缥缈的东西，她真想有些可靠的生活资本，好有个着落。

她大概不是没有想到过，做个诚实卑微的人，恪守自己的职责，一直走正路，也许比现在竭力争取更加容易获得幸福。但是，正如女王的克劳利宅子的姑娘们要绕过停放父亲遗体的房间，贝基也已经习惯于绕过那些想法，尽管她的确产生过，也不愿正视它们。她鄙视它们，至少因为已经走上另一条路，就觉得必须继续走下去，要想走回头路已经不可能。照我看来，一个人难得在良心上责备自己，即使产生些许正确意识，也很快就泯灭了，有些人干脆就不能产生正确意识。人们想到自己的隐私被揭露，或者想到自己可能蒙羞受罚，便感到难受不堪。名利场上很少有人会为自己的错误感到难过。

丽贝卡在女王的克劳利宅子暂住的日子里，尽自己的能力与那些不义的财神们结交朋友。简夫人和丈夫跟她道别时，表现出热烈的善意。他们盼望在伦敦冈特大街上的房子早日修缮完毕，以便在漂亮的新居里跟他们再次相见。索斯当夫人为她收拾了一包药，还请她向劳伦斯·格里尔牧师带去一封信，声称自己把带信的人从毁灭中拯救了出来。皮特·克劳利爵士先把他们的行李送到穆德伯里，又赶了四马拉的车送他们，还给他们带了大包小包的野味。

“你们马上就要见到小宝贝了，该多么高兴啊！”克劳利太太送别她的亲戚时说。

“是啊，太高兴了！”丽贝卡翻起一对绿眼珠望着上方说。她能离开这地方觉得高兴极了，但是又不愿意走。女王的克劳利宅子是个愚蠢而令人作呕的地方，不过，这里的气氛比以前清新多了。这里人人都索然无味，但是都以自己的方式表示善意。“这是多年来年息三厘的影响，”贝基自忖道，这想法很可能不错。

到了伦敦，皮卡迪利街上的灯火欢快地跳跃。回到柯曾街的家里，布里格斯已经生起温暖的炉火，小罗顿没有睡觉，等着迎接爸爸和妈妈。

第四十二章
奥斯本一家

我们已经很久没有听到拉塞尔广场上奥斯本先生的消息了。自从我们上次见到他以后，他过得并不幸福。接连发生的种种事情丝毫不能让他脾气有所改善。他不能遂心如愿的事情也不止一桩。愿望受挫最让这个老先生伤心。现在他上了年纪，害了痛风病，心情又孤寂，许多失望的遭遇本来就把他压得够惨了，遇上有人违拗就加倍气恼。儿子死去不久，他那一头乌黑的硬头发开始花白。他的脸却越来越红。他给自己斟红葡萄酒的时候，手抖得越来越厉害。在市中心，他手下的职员像生活在地狱里，回到家，家人的遭遇也好不了多少。我们曾了解到，丽贝卡对自己的生活有过虔诚的希望，但是，我怀疑，她是不是愿意放弃自己虽然贫穷却充满新鲜和机遇的生活，跟奥斯本交换金钱和笼罩在他生活中的阴郁。他曾经向斯沃茨小姐求过婚，却受到那位女士及其追随者轻蔑的拒绝，结果她嫁给一个年轻的苏格兰贵族绅士。照他的性格，他该娶个身份低微的女人，然后狠狠欺负她，结果没有找到个中意的，只好在家里欺负那个尚未出嫁的女儿。她出则漂亮车马，入则上坐，食则华器，口袋里装着支票簿，步行时有态度高傲的仆人跟随，商人小贩对她毕恭毕敬，任凭她随意赊欠，女财主能享受的一切权利她全都不缺，可她的日子却过得悲惨不堪。即使是慈善院的小孤女、扫马路的小女童、下房里最贫穷的女佣，比起她这个已届中年的不幸女士来，也要幸福多了。

赫尔克－布洛克合资银行的弗雷德里克·布洛克先生与玛丽亚·奥斯本结了婚，不过布洛克觉得这桩婚事很不称心，很费了一番周折。乔治既然死了，不能得父亲的遗产，弗雷德里克便坚持老先生应将财产分一半给他的玛丽亚，否则，用他的话说，“决不将就。”奥斯本说，弗雷德已经答应过，只要女儿有两万镑就可以娶她，所以不愿多出。老先生说：“弗雷德要接受，欢迎他娶我女儿，不接受就吹，滚他的蛋。”自从乔治失去继承权，弗雷德便觊觎老人的更多财产，此时觉得被这个老奸商耍了，一时做出姿态，仿佛真要彻底断绝关系。奥斯本从赫尔克－布洛克合资银行提走自己的存款，还握了一根马鞭去交易所，像往常一般凶狠地赌咒发誓说，遇见某个不准备说出名字的恶棍，就抽断他的脊梁。发生家庭争执时，简·奥斯本感到宽心，对妹妹玛丽亚说：“我总是对你说，玛丽亚，他爱的是你的钱，不是你。”

“不管怎么说，他选中了我和我的钱，却没有选中你和你的钱，”玛丽亚扬起脑袋反驳道。

他们的关系只是一时紧张。弗雷德的父亲是银行的大股东，父亲劝他跟玛丽亚结婚，嫁妆就按两万镑，一半付现，另一半在奥斯本先生死后付，而且还有机会分得其他财产。他又用了句自己的俚语，说是他“摊牌认输，”然后打发老赫尔克去跟老先生媾和。他诡辩说，给这桩婚事设障碍的是他父亲，他本人从来就渴望保持婚约。奥斯本先生沉着脸勉强接受了这个借口。赫尔克－布洛克毕竟是商界豪门，而且与伦敦西区的“贵族”又有关系。有了这层关系，老头子就可以得意地用这类口头禅：“我那个在赫尔克－布洛克合资银行的女婿；我女儿的表姐玛丽·曼戈太太，就是著名的卡斯特莫迪伯爵的女儿……”在他的想象中，他家已经挤满了贵族人士。于是他原谅了年轻的布洛克，赞成他们结婚。

婚事十分排场。新郎一家住在汉诺威广场圣乔治大教堂附近。家人在宅子里举行早宴，伦敦西区的“贵人”们都应邀前来，许多人还在宾客留言簿上签了名。来宾中有曼戈先生和玛丽·曼戈夫人，年轻可爱的格温德林·曼戈和格温艾弗·曼戈双双做女傧相；有敏辛街布鲁德耶兄弟公司的长子禁卫军的布鲁德耶上校，他也是新郎的表兄弟；有利万德勋爵的儿子乔治·波尔特少爷及其夫人曼戈女士；有卡斯特迪子爵先生；有詹姆士·麦克穆尔先生和麦克穆尔夫人——就是原来的斯沃茨小姐；还有许多婚后住在隆巴德大街上的人们，这些人物给康希尔街大大增添了贵族色彩。

新婚夫妇住在伯克利广场附近的一所房子里，他们在银行云集的罗罕普敦还有一所小别墅。弗雷德家姐妹认为他屈身娶这门亲有失家族体面，却忘记自家祖父曾经在慈善学校就读，自己仅仅凭借婚事才跻身英国上流人家。玛丽亚为了弥补出身的缺陷，便格外表现出骄傲，对拜访的人家经过仔细筛选，觉得自己有责任尽可能少跟父亲和姐姐见面。

她当然不打算与父亲完全断绝来往，老头子手里还有几万镑财产呢。弗雷德里克·布洛克绝对不允许她放弃。不过，她还年轻，不会掩盖自己的感情，她邀请父亲和姐姐参加的是她家为下三流客人举行的晚会；他们来访时，她的态度冷漠；她本人不但尽量避免在拉塞尔广场露面，还一再恳求父亲搬离那个粗俗讨厌的地段。结果，她给父亲和姐姐留下了心理阴影，弗雷德里克使出外交手腕也难以弥补。她的举止态度如此鲁莽，获得遗产的机会实在渺茫。

一天晚上，老先生在弗雷德里克·布洛克太太家吃过晚饭，带着女儿乘车回家的途中把车窗噼里啪啦关得山响，气呼呼地说：“看来拉塞尔广场让玛丽亚夫人失了身份，对吧？所以她请老爹和姐姐来吃前一天剩下的酒菜。我敢打赌，那些小菜肯定是昨天吃剩的。哼！让咱们跟那帮经纪人和动笔杆子的下等人坐一桌，她自己陪的却是公爵贵妇和贵人们。贵人？见他们的鬼去！我可是老老实实的英国商人，口袋里的钱多得能把那群狗一条条都买下。什么爵士！有一回，在她家晚会上我亲眼看见一个爵士跟个拉提琴的说话，连我都瞧不起拉琴的。他们不愿上拉塞尔广场来，对不对？我敢以性命打赌，我的酒比他们的好，买酒花的钱比他们多，我的银餐具比他们的华丽，我的红木餐桌上饭菜比他们的讲究，他们恐怕见都没见过。这两个卑躬屈膝，不光明正大还自以为了不起的蠢货！詹姆士，快赶车，我要回拉塞尔广场，哈哈！”他狂笑着靠回座位上。他惯于将心思集中在自家的种种长处上，借此自慰。

简·奥斯本听到父亲这么评论妹妹的行为，当然表示赞成。后来，弗雷德里克太太生了第一个孩子，取名叫弗雷德里克·奥古斯塔斯·霍华德·斯坦利·德弗罗·布洛克。父母邀请老奥斯本出席孩子的受洗礼，并且充当孩子的教父，他拒绝出席仪式，只送了孩子一只金杯，里面盛了二十个畿尼做孩子的育儿费，自己心里感到十分得意，说：“就是个爵爷也不可能送更多的礼了，这我敢打保票。”

如此丰厚的礼品让布洛克家极为满意。玛丽亚以为父亲这是表示对自己格外喜爱，弗雷德里克预料儿子作为自己的继承人前途光明。

奥斯本小姐终日孤零零缩在拉塞尔广场的家里，阅读《晨邮报》上“时髦聚会”一栏，大家可以想象得出，她这时该有多么难过。她妹妹的名字不时出现在上面，文章还描写她见到弗雷德里卡·布洛克夫人时，布洛克太太穿了什么样的服装。我们以前提到过，简本人的生活中绝对没有如此华丽的篇章。她过的是一种可怜的生活。冬天，天还没亮，她就得起床，给凶神恶煞般的老父亲准备早饭，要是他的早茶在八点半还没有准备好，他准会把家里人全赶到屋子外面去。父亲读着报纸喝茶吃小松饼的时候，她就默不作声地坐在他对面，胆战心惊地听着茶壶沸腾发出的滋滋响声。到了九点半，他站起身去城里。这以后直到晚饭前，她才勉强获得自由，可以到厨房去察看，责骂用人们，或者乘车去兜兜风，光顾个个对她充满敬意的店铺老板们。有时，她带着父亲和自己的名片，去父亲业务上的朋友家拜访，有时就独坐在冷冷清清的大客厅里，坐在壁炉边的沙发上，等待有人来访，手里绣一块巨大的毛茸茸的绣品，伊芙琴尼娅大钟的嘀嗒声和敲钟声震响在耳畔，空旷的屋子就愈发显得凄惨。壁炉上方的大镜子与屋子对面的镜子遥遥相对，屋子中央的吊灯套了褐色防尘罩，在两面镜子里数目增加成无限，消失在无限远处，这客厅似乎也成了无数个客厅，奥斯本小姐就坐在中心的一间里。有时，她拉去罩在钢琴上的软皮套子，随意弹上几个音，那音符也显得哀怨悲伤，在屋子里回荡着悲凉的声音。乔治的画像早已移走，堆在顶楼上的杂物中。她和父亲本能地感到对方在思念他，但是父女俩谁都不提起他的名字。

下午五点，奥斯本先生回来吃晚饭，父女俩吃饭时谁都不说一句话。只有饭菜不合父亲的口味，他才偶尔赌咒漫骂几句。一个月有两次，父亲会请朋友来家里吃饭，这些人的地位和年纪跟他相仿，全都索然乏味。其中有住在布鲁姆斯伯里广场的戈尔普大夫和戈尔普太太，有住在德福德路的律师弗罗泽老先生，由于他的职业，也由于他常常与西区的贵人打交道，便被尊为大人物，有孟买军团的老利弗莫尔上校和住在贝德福德路上的利弗莫尔太太，有老中士托菲夫妇，有时还有住在贝德福德广场的托马斯·考芬和考芬夫人。托马斯是位有名的绘画审查员，每逢他来吃饭，奥斯本先生就特别开一瓶上好的葡萄酒。

这些客人受过款待后便以同样的排场回请。他们酒足饭饱后便上楼打惠斯特牌，到了十点半才叫马车送他们回家。我们这些穷鬼为之眼红的富人们，无非以这种方式打发时光，他们还觉得挺心满意足。简·奥斯本难得遇到不足六十岁的男人，在这个圈子里唯一的单身汉便是著名的妇科大夫斯默克医生。

我不能说简的单调生活中从来没有过波澜。其实，可怜的简生活中有个秘密，父亲得知了这一秘密，本来天性暴戾骄傲自以为了不起，这下就愈发狂暴凶残了。这一秘密与沃特小姐有联系。沃特小姐有个当画家的表弟斯密先生，他是个有名的肖像画家，而且是皇家学院的院士。不过，他从前曾以教几位时髦女士绘画课谋生。斯密先生现在当然忘记拉塞尔广场在哪儿了，不过在 1818 年，他很高兴能上奥斯本小姐家教她绘画。

斯密以前曾是弗里斯街上的画家夏普的学生，夏普潦倒落魄，生活无常，事业失败，不过在艺术上造诣十分深厚。我们说过，斯密是沃特小姐的表弟，她还把表弟介绍给奥斯本小姐，奥斯本小姐恋爱无果，身心尚无归宿，斯密深深爱上了这位小姐，人们相信，小姐对他也并非无意。沃特小姐在这桩阴谋中充当了居间拉线人。我不了解她是不是在绘画教师与学生作画时离开过屋子，意在向他们提供传达爱慕之情的机会，有她这个第三者在场，当然双方都不好贸然越雷池一步。我也不知道画师假如娶走了富商的女儿，沃特小姐是不是由于给表弟牵过线，而希望分得一份财富。不过有一点是肯定的，奥斯本先生对他们之间的交易有所耳闻，突然从城里回家，握着竹拐杖径直闯进客厅，发现画家、那学生和伴侣脸色都变得苍白。他立刻轰走了教师，威胁说要用手杖把他的每一根骨头都打成碎片，半个小时后又赶走了沃特小姐，把她的箱子一脚踢到楼下，还踏扁她的衣帽盒，她坐公共马车逃走的时候，他还冲着她的背影挥动老拳。

简·奥斯本在卧室里躲了许多天。在这以后，父亲就不准她找人做伴了。她父亲赌咒发誓，说是假如女儿不得到他的允许私自找男人，就休想得到他的一个先令。鉴于他需要有个人照管房子，便根本不打算让她出嫁。于是，她不得不放弃任何与爱神有染的活动。只要她父亲在世，她就满足于做个老处女。她妹妹每年都要生个孩子，名字起得一个比一个漂亮，两姊妹的关系也越来越疏远了。“简和我的生活环境不同，”布洛克太太说。“不过，我当然把她当作姐姐来对待。”一位上流夫人说，她把简当作姐姐对待，这有什么意思呢？

我们以前描写过，多宾家小姐们随父亲住在丹麦山一所幽雅的别墅里，周围还有漂亮的葡萄园和桃树。小乔治·奥斯本来了这里高兴得忘乎所以。多宾家的小姐常常驱车去布罗姆敦区看望我们亲爱的阿米莉亚，有时也上拉塞尔广场来看望一下老朋友奥斯本小姐。我相信，她们关注乔治太太是受了哥哥的嘱托，少校虽然在印度，可是父亲对他都极为尊敬的。少校是阿米莉亚儿子的教父兼保护人，他仍旧希望孩子的祖父有一天能回心转意，为了孙子的缘故，对死去的儿子改变态度。多宾小姐们不断地把阿米莉亚的事讲给奥斯本小姐听，让她了解阿米莉亚如何与父母生活在一起，他们有多么贫穷，说她们也不知道亲爱的奥斯本先生和她们的哥哥到底看着那个无足轻重的女人哪点好，还说她至今仍然是个多愁善感、装模作样的乏味女人。不过，那孩子倒长了一副少有的高贵可爱模样，所有女人都爱孩子，就是最尖酸刻薄的老处女也不例外。

一天，在多宾家小姐们的苦苦央求下，阿米莉亚终于同意让小乔治跟她们上丹麦山的别墅里玩一天。她自己这一天的光阴用来给身在印度的少校写信。她为他妹妹们带给她的消息向他道贺。她为他的光明前程祈祷，为他选中的新娘祈福。她为自己患难时他给过的千百种支持和一贯的帮助表示衷心道谢，她介绍了小乔治的近况，还说了他被少校的妹妹接到郊区去玩一天的事情。她在许多句子下面下画线表示强调。签名自称是“你最亲爱的朋友阿米莉亚·奥斯本”。她以往写信总要提到奥多德夫人，这次却忘了，她也没有写上格罗维娜的名字，只是用斜体字称她是少校夫人，愿上帝保佑她。听到少校婚事的消息让她打消了对他一贯的保守态度。她很高兴热情地承认对他的感激之情，至于嫉妒格罗维娜的念头，她怎么会嫉妒什么格罗维娜呢！就是天使向她发出这种暗示，她也会表示轻蔑的。

那天晚上，威廉·多宾爵士的老车夫赶车送乔治回家，只见他脖子上套了条金链子，上面还挂着一只表。他说是一个长相不好看的老女人给的，还说那个女人哭着亲吻过他好一阵子。可是他不喜欢她。他非常喜欢葡萄。他只喜欢妈妈。阿米莉亚惊得心都收紧了。听说孩子父亲家的人见过他，母亲心里顿时感到一阵恐惧。

奥斯本小姐回家为父亲准备晚饭。这天，他在城里搞了桩投机生意，十分成功，心情也蛮不错，偶尔发现她忍不住紧张的神色。“怎么回事，奥斯本小姐？”他居然开恩问道。

那女人失声大哭。“啊，爸爸，”她呜咽道，“我看见了小乔治。他漂亮得像个天使……多像他啊！”对面的老人一句话也没说，起初脸涨得通红，接着浑身开始发抖。

第四十三章
读者必须快步绕过好望角

现在，我们请读者不要惊奇，我们要旅行一万英里，到印度领地的马德拉斯，去班达尔贡奇的军队驻地。我们那个熟悉的联队及其英勇的士兵们就在那里驻扎，他们的首长还是那位勇敢的上校迈克·奥多德爵士。岁月似乎十分偏爱这位身材粗壮的军官，胃口好、脾气好、懒于用脑的人一般都显得年轻。上校吃午饭时挥舞刀叉十分卖力气，晚饭使用这套兵器也很得心应手。两餐后都要吸一通水烟，喷出烟雾时任凭妻子怎么责备，他平静得就像在滑铁卢面对法军炮火一样。虽然上了年纪，加上当地的炎热，却并不能让马洛尼和莫洛伊后代的活跃和雄辩的口才稍有减退。虽然到了马德拉斯，可是我们的老朋友奥多德爵士夫人就像在布鲁塞尔一样自在，不论是在军营里，还是野营住帐篷，对她全都没有两样。行军时，她就堂哉皇哉骑在一头大象背上走在前面，真是一幅威武景象。她曾经骑着大象进丛林捕过老虎，她和妹妹格罗维娜受到过当地王室成员们的接见，她们还被带到后宫，要送她披肩、珠宝，她虽然拒绝了，心里却很遗憾。哨兵们见了她都向她敬礼，她也一本正经举手还礼。马德拉斯行政区最了不起的女人就是奥多德太太了。有些人至今还记得一场争吵，那事发生在她与史密斯夫人之间——陪审法官迈诺斯·史密斯爵士的妻子。上校夫人冲着法官太太的脸弹了一下指头，说她再也不愿意跟在下贱的老百姓后面团团转了。时隔二十五年，人们至今还记得奥多德太太在总督府跳爱尔兰奇格舞的情景。跟她对着跳的舞伴都一个个精疲力竭败下阵去，其中有两个副官，一个马德拉斯骑兵少校，两名文职官员。最后，联队中官职仅仅低于首长的多宾少校上来劝她用餐，她这才走进餐厅，虽然有点累，却觉得没有尽兴。

佩吉·奥多德的确与原来没有两样。举止想法与原来一样善良，脾气也一样暴躁狂放，照样喜欢发号施令，仍旧像暴君一样统治着她的迈克，在联队所有女眷眼中，她是个铁面无私的监护人，小伙子们全都把她看作慈母，有人生了病，她悉心照料，有人闯了祸，她出面撑腰，于是佩吉夫人一贯大受士兵欢迎。但是除了至今没有结婚的多宾，其他军官的夫人们都在背地里结成联盟反对她。她们说格罗维娜专好摆架子，佩吉的专制作风让大家无法忍受。她打扰科克太太组织的宗教活动，嘲笑听她说教的年轻士兵，大家全都羞得无地自容；她说，士兵的太太不该冒充牧师，科克太太要想发挥自己的最大能力，就该回家去给丈夫补衣服。假如联队需要宗教，她手头就有世界第一流的训诫材料，她叔叔是位副主教，他的著作可供大家尽情享受。她断然禁止斯塔布中尉与军医的妻子调情，威胁说，假如他不愿请病假去好望角疗养，就要逼他还清欠自己的所有债务，这个年轻人旧习不改，花钱仍旧不知束手。在另外一个场合，一天晚上她收留波斯基太太住在自己家躲避酒后追赶的丈夫，那丈夫喝光第一瓶白兰地，酒醉后抓着第二只瓶子当大棒，殴打妻子。男人在那种环境中往往染上酗酒的恶习，在她的帮助下，波斯基最终竟然戒掉了酒瘾。总而言之，她在逆境中能给大家最体贴的安慰，在顺境里，却是最令人头疼的朋友，因为她对自己的自信心太强，把自己的方式强加给大家，让任何人都不好接受。

她打定主意，认定格罗维娜应该嫁给我们的老朋友多宾。奥多德太太知道少校前程无量，赞赏他的优秀品行，欣赏他在人们中间的威望。格罗维娜是位非常漂亮的姑娘，肤色柔嫩红润，黑发碧眼，既能骑马又善弹琴，在家乡卡克郡里是出类拔萃的女才子，除了她似乎谁也配不上多宾。奥多德夫人知道他以前钟情于阿米莉亚，可是妹妹比那个懦弱可怜的小女人强得多。“瞧瞧格罗维娜进门时的风度，”奥多德太太常常这么说，“奥斯本太太相比之下简直是个可怜虫。少校，我妹妹配得上你，你是个平静的人，需要有个人跟你说说话。虽然她的出身不及马洛尼或者莫洛尼那么好，不过她也是世家出身，任何贵族娶了她都会觉得自豪。”

坦白地说，格罗维娜决定以柔情爱意征服多宾少校之前，在别处已经施展过许多次同样的手段了。她在都柏林度过整整一个社交季节，谁说得准她在科克、基拉尼、马洛有过多少次同样的经历呢？她对本国所有男人都递送秋波，不论是军营里未婚的军官，还是看上去合适的未婚乡绅。仅仅在爱尔兰，她就订过十几次婚，巴斯那个负心的牧师还不算在内。她乘前往东印度的“拉姆钱德号”来马德拉斯的途中，一路跟船长和大副眉来眼去。当时少校在驻地代理首长职务，她跟哥哥奥多德上校和奥多德太太住在英国管辖区，在那里又度过一个社交季节。在那里，人人都崇拜她，大家全都陪她跳舞，只是向她求婚的她一个也看不上。有一两个年轻的大尉为了她没有少叹息过，还有一两位不留胡子的文职官员也爱慕过她，可她自命不凡地一概拒绝了。许多比格罗维娜年轻的姑娘都在她之前嫁人了，有些女人，而且还是十分漂亮的女人，却遭受如此的命运。她们几乎爱上每一个男人，陪半数士兵外出骑马散步，到头来，年届四十了，奥格兰迪小姐还是奥格兰迪小姐。格罗维娜一口咬定说，要不是奥多德太太跟陪审法官的太太吵架，她准能在马德拉斯找个好丈夫，当时行政机构的首长老丘特尼先生马上就要向她求婚了，结果他后来娶了个刚从欧洲某学校来的多尔比小姐，那小姐只有三十岁。

话说回来，奥多德夫人每天都要跟格罗维娜争吵无数遍，而且在每一个能想象出的问题上都要争吵，假如迈克·奥多德没有天使般的好脾气，两个这样的女人无时无刻不在耳边争吵，真能让他发了疯。不过，她们俩在一个问题上意见完全一致，那就是格罗维娜应该跟多宾少校结婚；而且她们在另一个问题上意见也一致：少校不娶她，就休想过安稳日子。格罗维娜以前受过四五十次挫折，却丝毫也不气馁，开始振作精神向少校发动进攻。她孜孜不倦地对他唱爱尔兰情歌。她常常可怜巴巴地问他，到我卧室来坐坐好吗？凡是有感情的男人哪能经得住这样的诱惑呢？她不知疲倦地问他，是什么样的悲伤让他失去了青春的活力。听他讲起遭遇危险和战斗故事，她就像苔丝德蒙娜[①]一样哭泣。在故事开始的时候，我们知道，我们这位诚实的好朋友喜欢独自吹笛子。格罗维娜便执意要以钢琴与他合奏。两人合奏时，奥多德太太就神态自若地走出屋子，把两个年轻人单独留在里面。有许多次，格罗维娜逼着少校陪她早上出去骑马。整个军营的人都看见他们俩并肩出入。她不断地写信给他，常常向他借书，凡是书上出现让她动情或者引得她忍俊不禁之处，她就用铅笔标注。她向他借马，借跟班，借勺子，借轿子。难怪大家谣传她要嫁他，也难怪少校在英国的妹妹们以为他要娶她。

多宾虽然受到如此猛烈的进攻，态度却平静得让人讨厌。听到军营的年轻人拿格罗维娜对他倾心的事情取笑，他就放声大笑。“胡扯，”他说，“她只是想用我练练本事而已，她利用我就像借用托泽的钢琴一样，因为那是这地方随手就能弄到的一件乐器。我已经是个饱经风霜的老汉了，根本配不上格罗维娜那样年轻漂亮的姑娘。”他继续陪她骑马，替她抄写乐谱，替她将诗歌抄在自己的诗集里，还顺从地陪她下棋，驻扎在印度的士兵们得了闲暇，有的人以这种

① 苔丝德蒙娜：莎士比亚悲剧《奥赛罗》中多愁善感的女主人公，被其夫奥赛罗出于疑心杀死。——译注

活动打发光阴，有些不愿待在屋子里，就出去打野猪，打野鸡，要不就抽烟、喝酒、赌钱。至于迈克·奥多德爵士，虽然他太太和妹妹一再敦促他逼少校把话挑明，别让一个天真的姑娘受无尽的羞辱和折磨，可他断然拒绝，说是绝对不参与她们的阴谋。“相信少校吧，他年纪够大了，自己会做出选择，”迈克爵士说。“他想娶你自然会提出。”有时候，他说几句俏皮话搪塞她们：“多宾还太小，不到结婚年纪，已经写信向妈妈请教了。”有时候，他甚至破坏她们的勾当，私下警告少校说：“多宾，我的好伙计，我身边有两个姑娘成心要对付你呢。我老婆刚从欧洲买回一箱子衣裳，里面有一件粉红缎裙袍是给格罗维娜的。要是你看女人和缎子衣裳花了眼，你可就完了。”

其实，美色和时髦服装全都征服不了他。我们这位诚实的朋友脑子里只有一个女人，她跟身穿粉红缎裙袍的格罗维娜·奥多德小姐毫无共同之处。那是个脾气温和，身穿黑色衣裙的娇小女人，褐色头发，大眼睛，沉默寡言，问她一句才能听到她回答一句，而且说话的声音也跟格罗维娜小姐完全不同——那是个年轻温和的母亲，对少校微笑着示意要他看看自己的婴儿——那是个两颊红润的少女，在拉塞尔广场的家中唱着歌走进客厅，有时胳膊搭在乔治·奥斯本的臂弯里，脸上挂着幸福的光彩，露出满心的爱意——就是这个女人的形象日日夜夜在诚实的少校脑子里盘桓，占据着他，统治着他。阿米莉亚的实际形象很可能与他的想象不同。在英国的时候，他发现妹妹的时装画报里有个女人的画像，觉得有些像奥斯本太太，便偷偷剪下来贴在书夹子里面。我见过那幅画像，照我看，那只不过是件腰身很细的裙子上露出张娃娃脸，堆出难看的假笑，也许多宾先生感情深处的阿米莉亚更像这幅无聊的画像而不像她本人。但是，哪个恋爱中的男人不糊涂？哪个人沉浸在自己的幻想中不幸福？多宾就是这样一个入迷的当局者。他从不把心里话公布出来麻烦朋友们，也没有因此睡不着觉，吃不下饭。自从我们上次跟他分手以来，他的头发已经开始花白，在他那头柔软的褐色头发中，往往能看到一两根银丝。但是他的感情丝毫也没有改变，也没有因此变得苍老。他深藏在心中的爱就像一个人对孩提时的记忆一样新鲜。

我们说过，多宾小姐和阿米莉亚常常从英国写信给他。奥斯本太太听了他就要与奥斯本小姐喜结良缘的消息，写信热情向他道贺。

“你的妹妹刚刚来我这里拜访过，”阿米莉亚在信中写道，“将你的喜事通知给我，我特向你致以最真挚的祝贺。我希望即将与你结合的女子在每一方面都能配得上你，你是个最慈祥好心的人。我这个贫穷的寡妇只能向你献上一片祈祷，以及真诚的祝愿，祝愿你们幸福如意！也代小乔治向他亲爱的教父献上一片爱心，希望你别忘了他。我告诉他说，你就要结婚。我相信，你娶的人肯定值得你倾心相爱。虽然这种结合肯定是最牢固最神圣的，胜过任何其他感情，然而，我深深相信，你长期以来保护过并施予爱心的寡妇和孩子会永远在你的心中占有小小的一隅。”这封信的内容我们在前面也提到过，信的内容自始至终表达了极度的满意之情。

这封信随着奥多德夫人从伦敦买来的一箱衣服一起送来，我们可以相信，多宾不顾寄给他的其他包裹，首先打开的便是这封信。信上竟然提到了他的新娘，他气得对格罗维娜的粉红裙袍以及属于她的一切全都恨之入骨。少校诅咒女人的闲话，甚至痛恨所有女人。那天的一切都让他恼火——操练让他热不可耐，疲惫不堪。天哪！难道一个有头脑的男人要一天天检查士兵的武装带，带着一帮傻瓜没完没了地演习？那天，食堂里小伙子们扯的闲话格外刺耳。像他这样年近四十的男人，会关心史密斯中尉打到多少只野鸡，或者布朗旗手的牝马学到了什么本领？饭桌上的笑话让他觉得丢人。他年纪太大了，对军医助手的逗乐和年轻人的俚语不会发生兴趣。脸红扑扑的老奥多德头都秃了，听了这些笑话倒还随和地笑笑。三十年来，老头子随时都在听这些笑话，多宾自己也听了十五年。从喧闹乏味的食堂走出去，还得忍受联队中女眷们公开的争吵和背地里恶语诋毁！简直让人无法忍受，实在是丢人。“噢，阿米莉亚，阿米莉亚，”他想道，“多年来我对你忠实如一，可你却责备我！我不得不过这种无聊的生活，还不是因为你对我无心吗？我多年对你忠心的报酬，就是得到你祝福我娶这么个轻浮的爱尔兰姑娘！”可怜的威廉觉得难过，感到恶心，比任何时候都更加觉得孤独可悲。他的努力终归徒劳，前景似乎暗淡而乏味，他真想结束此生，抛弃这个空虚的世界。他一夜没睡，一心想着回家去。读了阿米莉亚的信，他顿时觉得身心都变得一片空白。尽管他掏出一颗忠心，一片真心爱她，可就是不能温暖她的心。她对他的爱视而不见。他在床上翻来覆去，心里想着，嘴上已经说出来：“天哪，阿米莉亚！你难道看不出我在世界上只爱你一个人吗？可你对我就像顽石一样冰冷。在你悲伤生病的时候，我一连照料你几个月，到头来，你只是脸上露出点微笑，门还没把我关在外面，就把我忘在脑后了！”睡在外面阳台上的本地用人们听了他的话都惊讶不已，没料到平时沉着冷静的少校胸中竟然藏着如此的激情和痛苦。假如她见了这一幕，不知道会不会对他心生怜悯？他把她写来的信翻出来看了一遍又一遍，有的信谈的是如何管理那笔小小的财产，是他骗她说那是她丈夫留下的财产，有的仅仅是短短的邀请笺。他把凡是有她手迹的纸片全都翻了出来。上面的内容多么冷漠，多么富有善意，多么自私，多么令人绝望啊！

假如少校身旁有个温柔体贴的姑娘，既能理解这颗沉默而慷慨的心，又能喜欢他，我们的朋友威廉的爱或许会另有所指，谁说得准阿米莉亚是不是还能继续统治他？然而，他眼前只能看到格罗维娜乌黑的发卷，也只有这么一位熟悉的姑娘跟他交往。这位女子并不诚心爱少校，只是希望获得他的崇拜，考虑到这位姑娘拥有的那一丁点可怜手腕，实现这一目标的希望太渺茫。她把头发弄成发卷，对他袒露出肩膀，仿佛在说：你见过这么乌黑的卷发、这么漂亮的肤色吗？她朝他咧开嘴巴笑，想让他知道她的每一颗牙齿都健康无损。可是他对这一切迷人之处全然漠不关心。收到那一箱衣服后，或许就是为了这堆衣服的缘故，国王某联队的奥多德太太和其他夫人们举行了一场舞会，邀请了驻在本地的其他联队和东印度公司的文职人员参加。格罗维娜卖弄她那条迷人的粉红色裙袍。少校也来参加舞会，不过他只是神情懊悔地在场子里来回走动，根本没注意到那条粉红裙袍。格罗维娜陪所有年轻军官跳舞，气呼呼地经过他身旁，少校对她的表演丝毫没有表现出嫉妒，骑兵上尉班戈斯搀着她去吃晚饭，他也丝毫不生气。他对发卷和袒露的肩膀不感兴趣，也不会产生嫉妒，除此之外，格罗维娜再没有其他手腕了。

这两位渴望的全是得不到的东西，这也正是名利场的写照。格罗维娜为自己的失败哭得歇斯底里，抽噎着说她除了少校谁也不要："他撕碎了我的心，佩吉。"她跟嫂子和好的时候，就对她哭诉说："我要瘦成一具骷髅了，所有衣服都得重新改过才能穿。"不论她是胖是瘦，是高兴还是忧郁，是骑在马背上还是坐在琴凳上，少校的态度从来都是一个样。上校一边吞云吐雾一边听她哭诉，建议说，下次该从伦敦买些黑色衣裙来，还讲了个神秘的故事，说是爱尔兰有个女人，还没有找着丈夫，就因为失去丈夫忧郁而死。

少校既不求婚，又不爱她，就在这种让她束手无策的状况下，另一艘船从欧洲送来一捆信，其中有些是这个铁石心肠的男人的家书。有些信比少校上次收到的信寄出的日期还要早。他妹妹总是把信纸正反面都写得密密麻麻，把能收集到的所有坏消息都一股脑儿倒给哥哥。作为妹妹，她在信上无话不谈，也不乏责备他的内容。"最亲爱的威廉"读了这些信后总是整天觉得难过。说实在话，有一次，威廉收到她的信故意丢在一旁，等到情绪特别好的时候再拆开读。两个星期前，他写信责备她对奥斯本太太说那些不着边际的闲话。他也给阿米莉亚写了信，告诉她说，自己“目前无意改变自己的生活。”。

第二批信收到后过了两三天，少校在奥多德夫人家度过一个十分欢快的夜晚，格罗维娜为他歌唱，发觉他听《两河交汇》和《游吟歌手》的时候，注意力颇为集中。她还特意为少校唱了两支自己得意的歌曲。其实，对于格罗维娜的歌唱和室外豺狼的嚎叫，他全都听不进去。他从来是一副心不在焉的神色。奥多德太太上军医家玩自己心爱的两人打百分的扑克牌游戏去了，多宾少校便陪格罗维娜下了一会儿棋，然后在正常时间告别了上校家，回到自己的宿舍。

桌子上还摆着他妹妹的那封信，仿佛在责备他。他拿起信，对自己的怠慢行为稍感羞愧。他做好了心理准备，要忍受妹妹那胡写乱画的信。大概在少校离开上校家一小时后，上校已经理所当然地沉沉入睡了；格罗维娜已经按自己的习惯用卷发纸把自己的头发安排停当；奥多德夫人也已经在一层楼的卧室上床，将蚊帐仔仔细细掖在自己漂亮的身体周围。突然，值班的卫兵发现多宾少校在月光下奔跑，快速冲向上校的房子，脸上表情激越不已。他径直闯到上校的卧室窗外。

“奥多德……上校！”多宾高声呼喊道。

“天哪，是少校！”格罗维娜将裹满卷发纸的脑袋探出窗外。

“怎么啦，多宾，我的孩子？”上校以为军营失了火，要不就是上级命令他们上前线。

“我……我必须请假。我必须回英格兰……有极其要紧的私事要办，”多宾说。

“老天爷，到底发生了什么事？”格罗维娜想道。她满头的卷发纸都颤抖起来。

“我马上要走……今晚就要动身，”多宾接着说。上校起床跟他见面。

在多宾小姐笔迹潦草的信上有这样一段内容 :“……昨天，我坐马车去看你的老朋友奥斯本太太。他们住在一个可怜的街区，你知道，他们家破产了。从塞德利先生家门上的小铜牌看，他现在是个煤商。你那个教子是个挺好的孩子，只是有些逞能，自以为是。不过我们按照你的意愿对他表示了关心，还把他介绍给他的姑妈奥斯本小姐，她见了孩子十分高兴。他祖父——我不是说那个破产的糊涂老头，而是说住在拉塞尔广场的奥斯本先生——或许他祖父有回心转意的倾向，不计较他那个有过失而且自以为是的儿子，愿意接受自己的孙子。而且阿米莉亚也不会反对。那位寡妇的心情已经平静下来，打算嫁给一个神职人员。他是布罗姆敦区的一名副牧师，宾尼先生。这桩婚事很可怜。不过奥斯本太太已经越来越老了，我看见她的头发已经有些花白，不过她的精神很好。你的教子上我们家做客，吃多了。妈妈要我代她问你好。你亲爱的安·多宾。”

第四十四章
在伦敦与汉普郡之间的曲折情节

在冈特大街上，我们的老朋友克劳利家的房子前面仍然挂着报丧牌，追悼皮特·克劳利爵士，不过，这块木头牌子上面有这个家族世袭的族徽，看上去十分豪华引人注目，整个宅子也焕然一新，精神面貌胜过已故的男爵统治时期。砖墙上的污垢洗刷一净，红砖白灰缝相当分明。敲门槌上的狮子头也镀了金，看着十分悦目，栅栏也重新漆过。冈特大街上这座本来阴森森的闲宅现在成了这个区最漂亮的房子。皮特·克劳利爵士的遗体从女王的克劳利宅子抬出去时，正值小径上的树叶一片枯黄，现在枝头尚未抽出新绿，已经发生了这么多变化。

人们常常看见一个身材娇小的女人乘坐马车在宅子附近兜风，另有一个上了年纪的独身女人常常陪伴一个小男孩天天上这里来。那是布里格斯小姐和小罗顿，她的职责是收拾皮特爵士的屋子，监督女佣们缝制窗帘帏幔，清理两任克劳利夫人塞在抽屉柜子等处的脏东西，并且将柜子里和贮藏室中的瓷器和其他财产造册登记。

罗顿·克劳利太太负责指挥这一切活动。皮特爵士全权委托她负责封存或处理旧家具，买回新家具。她从这项职务中获得不小的乐趣，因为她可以充分利用自己的品位和独创性。修葺整理这所房子的决定是皮特爵士十一月份进城来见自己的律师时做出的，他当时还到柯曾街，在亲爱的弟弟和弟媳妇家小住了一个星期。

起初，他住在一家旅馆里，但是，贝基一听说男爵到了伦敦，立刻亲自前往他下榻的旅馆欢迎他，一小时后，马车返回柯曾街，皮特爵士坐在她身旁的车座上。有时候，要想拒绝这位毫无做作的小人儿表示的真诚善意，实在不是件容易事，她的好客之意表达得那么真心恳切，态度又那么和蔼直率。他最后答应来家里的时候，贝基紧紧握住他的手，表达自己的谢意。“谢谢你，”她使劲握他的手，两眼直勾勾地盯着男爵的眼睛，直把他看得脸颊通红。“罗顿见了你会多么高兴啊。”她带着用人将他的箱子搬进皮特的卧室，还笑着亲自从自己卧室提来一斗子煤。

皮特爵士的卧室已经燃起了明亮的炉火。顺便说说，那屋子本来是布里格斯小姐使用的，此时她被打发到楼上，与女佣合住一间屋子。“我知道我能把你请来，”贝基乐得眼睛闪闪发亮。皮特·克劳利爵士能来做客，她打心眼里感到高兴。

皮特住在他们家的时候，贝基要罗顿上外面吃一两次饭，装作是为公务应酬。男爵便有机会单独陪她和布里格斯小姐度过几个愉快的夜晚。她亲自下厨房，为他烹调了几道可口的小菜。“那道酒烹野鸡还好吃吧？”她问道。“那是我专门为你做的。我还会做比那更好的菜呢。等你下次来看我的时候，我做给你吃。”

“你做什么都顶呱呱，”男爵殷勤地说。“这道酒烹野鸡的确美味极了。”

“穷人的婆娘嘛，”丽贝卡口吻欢乐地回答，“什么都得自己动手才成，不是吗？”她的大伯子听了这话，赌咒说：“你配得上做皇后，善于操持家务才是女人最迷人的品质。”皮特爵士不无悔意地想到了留在家里的简夫人，记得有一次，她一定要亲自动手为他做一种馅饼，那饼实在让他难以下咽。

那野鸡是在斯泰恩勋爵宅子附近猎获的。除了野鸡之外，贝基还拿出一瓶白葡萄酒，款待大伯子。她编造说，那是罗顿从法国捡的便宜货，其实，是出自斯泰恩勋爵家酒窖里的陈年佳酿。男爵喝了酒，苍白的脸上泛出了红晕，虚弱的身体也增加了力气。

等到他喝完了那瓶所谓“法国白葡萄酒”，她把手伸给他，带他上楼走进客厅，把他舒舒服服安顿在炉火旁的沙发上，引他说话，自己认真地倾听，手里还为亲爱的儿子缝制一件衬衫。只要罗顿太太想表现出谦恭和贤惠，就把这件衬衫从针线筐里拖出来缝。不过，等到衣服最后缝好时，也早已小得让罗顿穿不上了。

话说回来，罗顿倾听皮特的话，跟他聊天，为他歌唱，甜言蜜语地哄他高兴，体贴周到地照顾他。他每天在格雷客栈找律师办完公务，巴不得马上回到柯曾街熊熊的炉火前，律师们也巴不得他赶紧离开，因为他是个健谈的人，一开口就滔滔不绝。等到他终于办完公务要离开他们时，还颇有些恋恋不舍。他坐上公共马车后，她向他送飞吻挥手帕的样子多么迷人！她还把手帕在眼睛上捂了一次。马车开动时，他把海豹皮帽子拉下来遮住眼睛，靠在车座上，心里回想着她如何尊重自己，而自己又是多么值得尊重，心里责备罗顿那傻瓜浑然不知自己老婆的好处。又觉得自己妻子与这个光彩照人的小贝基比较起来，简直是又笨又呆。贝基也许对每一个人都暗示过这一点，但是她说得那么巧妙而不露痕迹，人们简直意识不到她在什么时候什么地方说过。他们分手前一致同意，要在下个社交季节到来前，将伦敦的那所宅子装修一新，而且他们兄弟两家要在圣诞节到乡下团聚。

“要是你从他那儿弄到点钱就好了，”男爵走后，罗顿神情阴郁地对妻子说。“我想偿还老拉格斯一点儿账，真该死不能给他点钱。你知道，咱们一点儿钱都不给他，这说不过去。再说，这么下去对咱们也不利，他说不定会把房子租给别人。”

“告诉他，”贝基说，“皮特爵士把事情都办妥后，咱们要把所有人的账目都还清。先付他一点儿缓一缓。这儿有皮特给孩子的一张支票，”她从衣袋里掏出一张纸片交给丈夫，那是他哥哥送给弟弟家长子的见面礼。

其实，她丈夫希望的话她已经当着皮特面说过，只是她说得十分委婉，结果发现不可行。即使是稍稍暗示一下，皮特·克劳利爵士立刻警觉起来，把话题岔开，开始长篇大论，解释说自己手头多么紧，说佃户怎么拖欠，说打发老头子的巨额花费，说父亲留下的纠葛消耗了多少花费，说自己在银行和代理人那里透支了多少，话说到末了，皮特·克劳利与弟媳妇来了个折中，给了她儿子一笔很小的款子。

皮特清楚他弟弟家有多穷。这个家的境况逃不出他这个经验丰富的老外交家冷静的观察。他注意到罗顿家没有任何经济来源，这个房子和家里用的马车也不能白用。他知道自己到手的钱本来应该属于弟弟，心里也不无惭愧，觉得该做出些公道的事，换句话说，该对这个失望的家庭做出某种补偿。他是个有头脑的人，大面上也算公道正派，既懂宗教教义，又向人传道，表面上也恪守自己的义务，当然不可能不知道自己该给弟弟些好处，而且从道义上讲，自己的确欠了弟弟一笔债。

不过，大家不时能在《泰晤士报》上读到几则奇怪的声明，说是财政大臣收到某人寄来的五十镑，或者另一人寄来的十镑，寄钱的人自称由于欠税未缴，特寄上这些数目权弥良心之不安云云，希望登报予以确认。财政大臣和读者心里都清楚，这些汇款者其实仅仅付了欠税中极小的一部分。寄来二十镑的人或许逃了成千上万镑税款。我看了这些人聊补税款的汇款声明后，心里就是这种感觉。我也毫不怀疑，皮特·克劳利出于悔过也罢，善意也罢，拿出一点点钱来，跟他获得的利益和实际欠弟弟的数目相比，不过是个零头而已。就是这么一丁点数目，很多人也是不愿意出手的。把钱送人是一种牺牲，凡是有理性的人，谁肯做这种无谓的牺牲？世界上难得有什么人给了邻居五英镑，不以为行了大善。有一种人给人钱财并不是出于乐善好施，而是喜欢花钱作乐。这种人不愿意放弃任何乐趣，既要在歌剧院门外有自己的马厩，又要有自己的马匹，既要吃豪宴，又要施舍给叫花子五英镑作乐。另有一种人精明、仔细、公正，一个便士的账也不愿赊欠，他们不向乞丐施舍，坐车跟车夫讨价还价，对自己的穷亲戚一个子儿也不给。我不知道哪种人更自私些。金钱在不同的人眼里有不同的价值。

总而言之，皮特·克劳利觉得，他该为弟弟做点什么，每想到这一点，就把这念头推到以后再考虑。

贝基并不是个过分指望别人慷慨的女人，对皮特·克劳利为她做的事情已经颇感满意。至少她已经得到这个家族之长的承认。虽然皮特现在并没有给她什么钱，不过将来会给的。她没有从大伯子那里弄到钱，不过，却得到了像钱一样宝贵的东西——信誉。拉格斯见到他们兄弟团聚，当下得到一小笔付款，还得到口头许诺，说不久便可得到一笔大数目，心里着实轻松了不少。布里格斯小姐借给他们的款到圣诞节就该付利息了，贝基大大方方付给她，欣然的神色仿佛她家的金库满得堆不下似的。丽贝卡私下告诉布里格斯小姐一个秘密，说皮特爵士是个著名的金融专家，她代表布里格斯请教过他，关于布里格斯剩余资金怎么投资获利最丰，由于她是已故的克劳利小姐和这个家族最知心的朋友，他特别为她的利益做过仔细考虑，找到一条最有利的途径，建议她把钱随时准备好，在最佳时刻买下皮特爵士看准的股票。布里格斯小姐见皮特爵士如此特别替她考虑，心里感激不尽。她说，从来没料到他会主动帮她的忙，自己从来没考虑过出卖公债的事，他的慎重更显出他办事有情有义。她便许诺说，要立刻去见她的代理人，让他将款子预备好，供她随时提取。

这位可敬的女人对丽贝卡和上校的好意和恩情心里感激，便跑出去，花了半年的利润，为小罗顿买了件黑丝绒外套，其实，他现在已经挺大了，穿黑丝绒外套显得有些不合适，在他这个年纪上，该穿富有男性气质的夹克和马裤才对。

小罗顿眉目开朗，眼睛碧蓝，淡黄的头发天生带波浪，四肢发达健壮，心地慷慨温柔，喜欢所有对他好的人，喜爱自己的小马，感谢送他马的斯泰恩勋爵，勋爵一见到这位慈祥年轻的小贵族，脸立刻涨得通红。孩子喜欢照料小马的马夫，喜欢晚上给他讲鬼故事给他美食的厨子莫利，也喜欢受他嘲弄的布里格斯小姐，尤其爱自己的父亲，大家都看得出，父亲对孩子特别疼爱。孩子长到八岁，心中的恋母之情便结束了。母亲漂亮的形象不久便在孩子心目中消失殆尽。两年来她难得跟孩子交谈，她讨厌他。他又是出麻疹，又是得百日咳，让她烦死了。一天他悄悄下楼，到了门外的平台上，屋里母亲在为斯泰恩勋爵歌唱，歌声让他着迷。突然，门打开了，暴露出外面这个小间谍，片刻之前，他心里还乐得如痴如狂呢。

他妈妈出来狠狠抽了他几个耳光。他听见屋子里那位侯爵发出哈哈笑声，那位爵士为贝基表现出如此放荡不羁的性格感到有趣。孩子连忙逃到楼下，找到自己的朋友，放声大哭。

“不是因为打得太疼，”小罗顿抽泣着说，“是……是……”一阵抽泣和泪水如暴风雨般截断了他后半句话。是这孩子的心在淌血。“我为什么不能听她唱歌？她为什么从来不为我唱支歌？她为什么只给那个长着大板牙的老秃头唱歌？”孩子又伤心又气恼，抽噎着断断续续哭诉着。厨子望着女佣，女佣会意地望着男佣。每家的厨房都是这家可怕的裁判所，他们什么都了解。此刻，他们对丽贝卡做出了宣判。

这件事发生之后，母亲对儿子的憎恨日渐增加。一想到屋子里有这么个孩子，她就觉得难受，感到是一种良心上的责备。一见了他，她心头的火气就直往脑门子上冒。在孩子的心中，恐惧、疑惑、逆反也生了根。自从打耳光那天起，母子俩就相互厌恶了。

斯泰恩勋爵也打心眼里讨厌这孩子。如果两人狭路相逢，他就嘲弄般朝他鞠一躬，或者挖苦他两句，要不就恶狠狠瞪孩子一眼。小罗顿也正面回瞪他，还对他晃动小拳头。他分得出谁是敌人，所有上他们家来的人中间，这个绅士最让他痛恨。一天，用人发现他在门厅挥动拳头砸斯泰恩勋爵的帽子，便把这事告诉斯泰恩勋爵的车夫，那车夫又转而告诉了斯泰恩的跟班和家里的其他用人。不久，罗顿·克劳利太太出现在冈特公馆时，为她开院门的门房、门厅穿制服的用人、楼梯每个平台上身穿白衬衫通报客人姓名的侍者都知道她的秘密了，或者说，他们自以为知道她是个什么人了。站在她身后为她上菜服务的侍者早已跟身旁穿花里胡哨制服的用人谈过她的人品。老天爷！用人们的裁判真可怕！在豪华奢侈的聚会上，我们可能看到一个女人身边围着崇拜者，她身上的穿戴无懈可击，卷发红颜，目光如秋水，微笑中流露出幸福。然而，她的秘密全掌握在充满敬意走上前来的用人手心里，用人身材高大，头发上扑着粉，手上端着托盘，为她送上冰激凌；比真话更可怕的诽谤就藏在他身后那个端着松饼的笨拙用人嘴里。女士们，你们的秘密今晚就会在他们的俱乐部里或者酒吧里广为谈论。詹姆士会边抽烟喝啤酒边把他对你的看法告诉查尔斯。人们真该雇哑巴做用人——不但哑，而且不会写字。干过坏事的人，当心吧。你椅子后面那个家伙就是个裤兜里藏着弓弦的密探。假如你没干过坏事，也得特别留意自己的名声，名声一旦受损，便如有罪一样声名狼藉。

“丽贝卡是不是有罪？”用人房间里的判官们判定她有罪。

说来让人难堪，假如他们不相信她有罪，她早就没地方赊账了。后来，拉格斯对人们说，让他一再上当的原因主要是看见斯泰恩侯爵的马车的车灯总是在她家门外闪亮，她自己耍的鬼花招和甜言蜜语倒在其次。

她很可能是无辜的，只是千方百计往上爬，想在“上流社会”获得一席之地。用人们便对她戳脊梁骨，把她看作堕落下贱的女人。这就像女佣莫利打扫屋子的情景一样，一天，她发现一只蜘蛛正在门楣和门柱上结网，望着它忙碌认真的模样，她起先觉得有趣，后来看厌了，便一笤帚扫过去，连网带蜘蛛通通消灭。

圣诞节前一两天，贝基、她丈夫和儿子做好了准备，要去祖居女王的克劳利宅子度假。假如不是简夫人一再敦促，贝基本打算把那个讨厌的娃娃独自留在家里，再说，她也看出，丈夫对她不顾儿子的做法表现出反感。“他是英国最好的孩子，”父亲以责备她的口吻说，“可你似乎不关心他，贝基，你好像对自己那条狗更加关心。他又不会惹你烦。在家里，他躲在自己的屋子里，见都见不着你，在外面也是跟我在一起。”

“你出去是为了抽你那种难闻的雪茄烟，”罗顿太太回答道。

“我记得你以前喜欢这种气味的，”丈夫回答。

贝基笑了。她从来就不会发脾气。“那时我为的是攀高结贵呀，傻瓜，”她说。“带着罗顿上外面去吧，要是愿意，给他也抽上支雪茄。”

时值冬季，路上挺冷，不过罗顿倒没有照妻子的办法让孩子抽烟取暖。他和布里格斯小姐用围巾和厚衣服把孩子严严实实包裹起来。他们破晓前在“白马酒店”门外借着灯光登上公共马车，车夫满怀敬爱地把孩子抱上车顶。孩子望着天色渐渐发白，心里格外喜悦，到父亲称作“老家”的地方去，对他还是第一次。孩子一路上欢天喜地，见到的种种小事情都让他感到无限的乐趣。他父亲逐个回答他的所有问题，告诉他谁住在路右边的白房子里，远处的园子是谁家的。他母亲坐在车轿里面，身边有女佣服侍，身上裹着毛皮大衣，披着围巾，带着香水瓶子，一路上大惊小怪，仿佛从来没坐过马车似的。人们更不会想到，十年前，她就是乘坐这辆马车时被赶到车顶上，为的是给一个付费乘车的旅客让出空位子。

到了穆德伯里，小罗顿被叫醒，换乘他伯伯家的马车，这时天又黑了。他坐起来，好奇地望着车窗外面掠过的大铁门和刷了白灰的树干。最后，马车终于停在灯火辉煌的宅子门外，房门打开，屋里那座老式壁炉里燃着暖融融的炉火，迎接他们的人们个个喜气洋洋，一派过节气氛。黑白相间的砖地上铺了地毯。“这是原来女宾走廊里铺的那张土耳其旧地毯，”丽贝卡心里这么想着，迎上去与简夫人拥抱接吻。

她与皮特爵士也以同样的方式一本正经地行礼。但是，罗顿因为抽过烟，便缩着不敢贸然与嫂嫂见礼。他们的两个孩子都出来见自己的堂兄，玛蒂尔达向小罗顿伸出手，亲吻他，可是他们的儿子和继承人皮特·宾基·索斯当却站在一旁望着他，神态像一只小狗望着一条大狗。

慈祥的女主人带领客人们走进为他们准备好的房间，屋里生着火，火苗欢快跳跃，屋子收拾得十分舒服。两个妹妹敲门进来，装作是来帮忙，其实是想看看她衣箱里的衣帽，虽然她仍然穿着一身黑衣裙，却是伦敦最时新的样式。她们告诉她说，这宅子比以前舒服多了，老索斯当夫人已经不住这里，皮特在郡里十分有地位，成了克劳利家族名副其实的一家之长。晚饭的铃声响起，全家聚在餐桌旁，小罗顿安排在好心的伯母身旁，丽贝卡坐在皮特爵士右首边，受到他非常殷勤的关注。

小罗顿表现出一副好胃口，举止倒也不乏绅士风度。

“我喜欢在这儿吃饭，”吃完饭，他对伯母说。皮特爵士念了一段得体的谢饭祷告辞。他自己的儿子和女儿也进屋来了，儿子坐在男爵身旁的椅子上，女儿靠着母亲坐下，面前是为她奉上的一小杯酒。“我喜欢在这儿吃饭，”小罗顿抬头望着他亲戚们慈祥的面孔说。

“为什么呢？”好心的简夫人问。

“我在家只能在厨房吃饭，”小罗顿回答，“要不就是跟着布里格斯在其他地方吃。”贝基这时正满心狂喜，滔滔不绝地恭维小皮特·宾基，说他是个最漂亮、聪明、高贵的小宝贝，跟他父亲长得简直一模一样。她根本没有听见自己的亲生儿子在明亮的大桌子那一端说些什么。

由于小罗顿是客人，而且又是刚刚抵达，所以得到恩准，可以晚一点上床睡觉。喝完茶，桌子上摆上侧面涂金的大书，用人们鱼贯走进来，皮特爵士诵读晚祷辞。这可是孩子平生第一次亲眼得见，亲自参加这样的仪式。

虽然男爵成为一家之长时间并不长，宅子已经发生了很大变化，贝基陪着他参观一番后说，这里一切全都尽善尽美，十分迷人，让人愉快。小罗顿也在孩子们带领下参观了一圈，他觉得这里简直是座充满神奇魅力的宫殿。这里有长长的走廊，有古老庄严的卧室，墙上挂着油画，架子上摆着瓷器，靠墙放着盔甲。有几间屋子是祖父去世后停放过的地方，孩子们带着恐惧的表情从那里匆匆经过。“爷爷是谁？”他问道。他们告诉他说，他是个很老很老的人，坐在轮椅里让人们推来推去。有一天，他们还带他去园子里的一间屋子，把扔在里面的轮椅指给他看，自从老先生被人推上车送进教堂后，这轮椅就一直丢在这里生锈。那教堂的尖顶就耸立在园子外面，在榆树上面闪闪发亮。

两兄弟用了好几个上午到处查看宅子的改进之处，那都是皮特爵士的才能和精明的结晶。他们有时骑马，有时步行，查看周围种种，倒也有话可说，不至于惹对方心烦。皮特不失时机地告诉罗顿说，做出这些改善花费了多少钱，还说一个人越是有地产有资金，手头就越是拮据，有时甚至连二十镑都拿不出来。“就说门房的那扇新门吧，”皮特谦虚地用竹手杖指着那门，“不等一月份的利息到手，要我付账就像逼我飞起来一样不可能。”

“我可以借给你这笔钱，皮特，你到那时再还我好了，”罗顿有些沮丧地说。他们俩走进去看那新修好的门房，外面的族徽是新雕的，老洛克太太在这里当差多年了，这才第一次关严自己的屋子门，有了完整的窗户，屋顶也不再漏雨。

第四十五章
汉普郡与伦敦之间发生的事情

皮特爵士为女王的克劳利庄园上做的事情远远不止于修补篱笆和恢复破败的门房。他像个聪明人那样，着手重树家族声誉，填补与邻人的嫌隙，洗刷荒唐糊涂的父亲留下的狼藉名声。他父亲死后不久，他就当选本区的议会议员。他是本地的司法行政长官，是议会的议员，是世家后裔，是全郡知名的人物，因此，他认为在汉普郡公开出头露面是自己的责任。他为郡里的慈善事业慷慨解囊，他对郡里的普通人民频繁拜访。总而言之。他认为自己有超常的天赋，为自己树立了目标，要在汉普郡占有一席重要地位，为将来在帝国政界崭露头角打下基础。

简夫人得到他的指示，对富德尔敦、沃普肖特和其他有名的男爵们要友好相待。他们家的马车现在常常出现在女王的克劳利宅子中的林荫道上，他们常常在这所宅子里吃饭，这里的烹饪技艺如此高超，简夫人显然没有插过手。皮特夫妇回拜他们时，不顾天气变化，也不论距离有多远，绝不失礼。皮特身体虚弱，食欲欠佳，并不喜欢作乐，可是，他认为在他这个地位上，表示出善意随和是义不容辞的责任，假如饭后坐得太久导致头疼，他就认为这是为自己的职责做出牺牲。他跟最有名望的乡绅谈论收成、谷物法和政治话题。他兴致勃勃地谈论禁止偷猎、野生动物保护等话题，以前他对这类事情根本漠不关心，自己也从来不打猎，他不是个猎手，而是个捧着书本苦读的谦谦文人，但是他觉得，既然乡下的马匹必须保持优良品系，那么狐狸的品种也该注意才对，假如胡德尔敦·富德尔敦爵士喜欢像老富德尔敦一样，带上猎狗到女王的克劳利宅子的林子里来打猎，他就表示欢迎。索斯当夫人对他的倾向越来越感到困惑沮丧，因为他放弃了当众布道，竟然走进普通教堂做礼拜，拜访温彻斯特的主教和所有牧师，就连特朗普副主教要求他陪着打一圈惠斯特牌他也不拒绝。索斯当夫人见女婿走上亵渎神明的歧途，心里自然感到说不出的痛苦。男爵上温彻斯特听了一场圣乐演唱，回来对两个妹妹宣布说，明年很可能要带她们去参加“郡舞会”，两姊妹听了对他的好意感激不已。简夫人太乐意顺从了，或许也很高兴自己能去。老妇人写了封信给非洲好望角的《芬奇利荒地上的洗衣妇》的女作者，恶毒攻击小女儿沉沦世俗的行为。她在布赖顿的房子这时没人住了，她便返回那个海滨城市，她女儿女婿倒也没觉得跟她难舍难分。我们也可以想象出，丽贝卡第二次来女王的克劳利宅子拜访，没见着那个管药箱的老女人，丝毫也不感到遗憾。不过，她给夫人写了封信，恭贺圣诞，信上还口吻恭敬地提起上次与夫人交谈获得多少乐趣，也对夫人在自己生病时提供的种种照顾表示衷心感谢，还说女王的克劳利宅子的一切都让她联想到夫人，勾起她的思念之情。

皮特·克劳利爵士改变处世态度，变得大受欢迎，这在很大程度上要归功于柯曾街上那位机敏的小女士给他的忠告。他上她家做客时，她曾经对他说：“你保住男爵地位，仅仅做个乡绅就满足了？不。皮特·克劳利爵士，我知道不会是这样，我了解你的天赋和抱负。你自以为这两样全都掩盖起来了，可是没有躲过我的眼睛。我把你那本关于麦芽的小册子拿给斯泰恩勋爵看，他说他对这本册子很熟悉，还说整个议会都认为，这本小册子是有关这个话题的最杰出作品。部长们都注意着你，我知道你想要的是什么。你想要在议会中崭露头角。人人都说你是英国最杰出的讲演家，大家还记得你在牛津做的演说。你想成为郡里的重要人物，有了选举权和选区的支持，你什么目标都能实现。你想成为女王的克劳利男爵，有生之年肯定会成功。我已经完全预见到了。皮特爵士，我看得出你的心事。我常常想，假如我的丈夫不仅有你的姓氏，而且有你这样的天赋，我也不会配不上他。不过……不过，我现在是你的亲戚了，”她笑着补充道，“我是个无足轻重的穷人，可是，谁说得准呢，说不定小老鼠有时也能帮上狮子的忙。”

皮特·克劳利听了她这番话心中一阵狂喜，惊讶地自忖：“这个小女人真能摸透我的心！简绝对不会阅读关于麦芽的那本小册子。她根本不理解我有统治天才，也不知道我心中藏着什么抱负。这么说，人们还记得我在牛津做过的讲演？那帮坏蛋！现在我代表了我的选区，可以坐在自己郡的位置上，他们又记起我了！就在去年，斯泰恩勋爵在宫里见了我理都不理，现在，他们终于发现皮特·克劳利是个了不起的人物了。我依然故我，只是过去没有机会表现，现在我要让他们看看，我不但会写，而且能说会做。就连阿基里斯[1]也是得到宝剑后才显出才干的。我现在已经宝剑在握，世界将会听到皮特·克劳利的响亮名字。”

于是，这位狡猾的外交家做出一副非常好客的外表，他对圣乐唱诗班和医院彬彬有礼；对副主教和牧师们表示出善意；他宴客流连，频繁应酬；在集市上，他对农夫们的态度异常客气优雅；他对郡里的事务表现出极大的兴趣。宅子里庆祝圣诞节的热闹场面是多年来没有过的。

圣诞节这天，全家大团聚。牧师宅子中的克劳利家人也都来吃饭。丽贝卡对布特太太态度坦诚和蔼，仿佛对方从来不是她的敌人。她对姑娘们特别慈爱关注，上次离开后，她们在音乐上的进步让她

---

① 阿基里斯：希腊神话中的勇士。起初他混迹于女子之间，后被俄底修斯引诱出来作战。——原书编者注

吃惊，听了她们的二重唱，她一再要她们再唱一遍，请她们从那本厚厚的歌本里挑一首来唱，歌本还是吉姆一路抱怨着从牧师宅子里带来的。布特太太见这位小冒险家如此客气，只得对她换上一副得体的态度。当然啦，回到家单独跟女儿们在一起时，她便随意指责皮特爵士对他弟媳妇竟然表现出敬意，真是荒诞可笑。吉姆在餐桌上坐在她身旁，极力夸奖她是个了不起的女人。只有一点是牧师家全都赞同的：小罗顿是个好孩子。他们表现出尊敬，其实是因为两个孩子中有一个未来的男爵，而皮特·宾基是个脸色苍白病快快的孩子，说不定小罗顿将来有希望当男爵呢。

孩子们关系处得非常好。皮特·宾基像只小狗，跟罗顿这么雄壮的大狗玩不到一块儿。玛蒂尔达是个姑娘，当然也不配做他的伴侣，他已经是个接近八岁的年轻先生，很快就要穿起体面的西服了。他立刻担当起孩子王的角色，要是他屈尊与两个孩子玩耍，他们就百依百顺地紧跟在他身后。他在乡下过得极为幸福。厨房外面的园子让他乐不可支，花草也还行，有时他得到允许，去看鸽子、家禽和马厩里的马匹，那可是他最感兴趣的东西。他不让两个克劳利小姐亲吻他，不过他允许简夫人偶尔搂抱他。吃完饭太太们退到客厅，把先生们留在里面喝红葡萄酒，他宁愿坐在简夫人身旁，也不想靠近妈妈。丽贝卡见大家亲热成了时尚，一天晚上也把小罗顿拉过来，当着所有女士的面，弯下腰亲吻他一下。

这举动过后，他睁圆两眼直勾勾望着她的面孔，浑身颤抖，脸涨得通红。他激动时总是这样。他说：“妈妈，你在家从来没吻过我。”听了这话，大家惊呆了，一时屋子里鸦雀无声。贝基的眼神实在说不上好看。

罗顿喜欢他的嫂嫂，因为她待他儿子好。上次拜访时，贝基一心一意讨好简夫人，可这次两人的关系却不怎么融洽。孩子说的两句话像泼在人们心头的冷水。也许皮特爵士对她的态度也有些过于殷勤了。

不过，在小罗顿这样的年纪上，喜欢与男人为伍，而不喜欢陪女人闲聊。上校躲进马厩去抽烟，他总是陪在父亲身后，从来不觉得烦，牧师的儿子吉姆有时也参加堂兄的这种乐趣和其他活动。他跟男爵的猎场看守人是非常亲密的朋友，对狗的共同兴趣把他们紧紧拴在了一起。一天，詹姆士先生、上校、猎场看守霍恩带了小罗顿去打野鸡。另外一次，这四位先生到仓库里去捉老鼠取乐，度过一个妙不可言的早晨。小罗顿从来没见过比这更有趣的游戏。他们把仓库里的一根下水管堵住一头，从一头将猎兔时用的白鼬塞进去，然后举起棍子等着打鼠，詹姆士引为自豪的狗福赛普斯激动得大气都不出，抬起一条腿静听着，管子里，老鼠吓得吱吱叫，被赶得无路可逃，最后不顾死活冲出管口，狗拿住一只耗子，猎场看守打住一只，小罗顿又兴奋又紧张，没打住老鼠，反而把猎手白鼬打得半死。

一天，胡德尔敦·富德尔敦爵士家的猎狗全都聚到女王的克劳利宅子的草坪上。那才是最有趣的一天。

小罗顿大开眼界。十点半，胡德尔敦·富德尔敦爵士家的猎人汤姆·穆迪骑着一匹马沿着林荫道跑来，身后紧紧跟着一群品种高贵的猎狗，狗群后面有两个身穿红制服，骑在良种瘦马背上的小伙子，两人长相丑陋，不过手中的长鞭子耍得极为老练，假如哪条狗敢于离群，或者见了兔子胆敢分散注意力，甚至胆敢朝鼻子尖下的兔子眨巴一下眼睛，他们的长鞭就会准确地甩向那狗身上皮薄的地方。

接着骑一匹瘦骨嶙峋的大马跑来的是汤姆·穆迪的儿子杰克。他体重只有七十磅，身高仅仅四十八英寸，恐怕再也长不高了，马鞍子对他来说显得大而无当。他骑的是胡德尔敦·富德尔敦最喜爱的马，名字叫老贵人。其他孩子也骑在马背上陆续赶来，等待他们的主人。主人们也朝这里赶来。

汤姆·穆迪骑马来到宅子门前，受到管家的欢迎，请他喝酒，他不喝，带着狗到草地上有荫凉的一角去歇息。狗儿在草地上打滚，狂吠，厮打作乐。汤姆厉声一喝，手中鞭子一挥，狗立刻安静下来。

其他年轻先生们腿上裹着高及膝部的皮绑腿，骑着仅能当坐骑的马而来。他们有的进屋子喝樱桃白兰地，向女士们致敬，有的比较腼腆，待在屋子外面清除靴子上的泥，换乘猎马，围着草地来一阵热身奔跑。他们凑到草地那一角与汤姆·穆迪谈论以前打猎的情形，谈论名字分别叫哭泣和钻石的两条狗各有什么长处，评论乡野景致，也抱怨狐狸的品种如何糟糕。

不久，胡德尔敦爵士骑着一匹灵敏结实的矮马来了。他走进宅子与女士们应酬几句，他是个不善言谈的人，接着便动手干正事。猎狗都给赶到宅子附近来，小罗顿朝它们走过去，狗儿们摇动尾巴打在他身上，向他表示亲热，有的还乱咬乱打，汤姆·穆迪的吆喝与鞭打都有些管束不住了。小罗顿又激动，又有些害怕。

胡德尔敦爵士笨手笨脚爬到“老贵人”背上，说：“汤姆，咱们上索斯特林子里碰碰运气吧。农夫曼格尔告诉我说，那里藏着两条狐狸。”汤姆吹响号角，率先奔跑，身后跟着猎狗、温彻斯特来的年轻先生们、附近的农夫、教区里正在享受休息日的劳工。胡德尔敦爵士和克劳利上校压后阵，一干人马立刻就消失得无影无踪。

布特·克劳利牧师不好意思当众到侄儿家来会合。汤姆·穆迪还记得四十年前的事。当时牧师身材瘦长，喜欢骑一匹烈马到处闯，跳过宽宽的小河，跃过新修的院门。就在胡德尔敦爵士从牧师宅子外面的小道经过时，牧师碰巧骑着强壮的黑马从小路走出来，便参加了这位可敬的男爵围猎的行列。猎狗和骑马的猎人们消失后，小罗顿仍然在门前台阶上徘徊，心里又惊又喜。

在这个难忘的节日期间，小罗顿对他的伯父并没有培养起多少感情，因为他对他总是冷冰冰的，相当可怕。他总是待在他的书房里，身边围着许多乡警和农夫，埋头于解决法律问题。宅子里的伯母、姑姑们和两个孩子都喜欢他，牧师宅子的吉姆也十分喜爱他。

毫无疑问，皮特爵士鼓励吉姆在他两个妹妹中选一个做妻子，以此作为条件，在他喜爱打猎的父亲去世后，牧师位置可以由他继承。吉姆已经对打猎失去了兴趣，只是偶尔无伤大雅地打打野鸭子啦沙锥鸟啦，或者在圣诞节休假时不动声色地捉几只老鼠消遣消遣，在这以后，便回到大学去读书，凑合弄个不再留级的成绩。他不穿绿外套红领饰之类花里胡哨的衣着，开始为将来的严肃生活做准备。皮特爵士就打算以这样不用花费的精明方法补偿他对他们家庭的亏欠。

这次欢乐的圣诞节结束前，男爵便鼓起勇气，又给他弟弟填了张支票，这次的数目整整一百英镑。起初皮特爵士为此感到钻心的难过，可是后来觉得自己成了个世界上最慷慨的人，便转而觉得扬扬得意。罗顿和儿子离开的时候，心情沉重极了。不过，贝基与女士们分别时却十分欣然干脆。我们这几位朋友回到伦敦后，便开始着手本章开始描述的工作，装修冈特大街上克劳利家的房子。在她的照料下，克劳利家的那所公馆焕然一新，等到男爵来伦敦履行议会职责，并且施展天赋成为国家政坛人物时，就可以带了全家来这里居住。

第一次出席议会，这个深藏不露的伪君子使出韬晦策略，除了替穆德伯里提出一些请愿外，其他话什么都不说。他孜孜不倦地出席每次会议，彻底了解了议会的惯例和业务。回到家，他全身心投入研究蓝皮书[1]，废寝忘食的劲头让简夫人吃惊不浅，担心他熬夜苦读伤了身体。他结识各位大臣和自己党派的领袖，决心在几年内跻身他们的行列。

简夫人的甜美性格与温和态度只能激起丽贝卡的轻蔑，这种态度实在很难掩饰得不露痕迹。简夫人拥有的质朴与美德让我们的朋友贝基恼火不已，她不可能不偶尔流露出这种情绪，她的鄙夷神色也不可能不让别人看出来。有她在场，简夫人便觉得手足无措。她

① 蓝皮书：议会报告集。——原书编者注

丈夫总是陪贝基交谈。他们之间仿佛有某种默契，皮特与她谈论的话题从来没有跟简夫人提起过。简当然根本听不懂，但是保持沉默实在丢人。更感到羞耻的是，作为家庭主妇，旁听那个厚颜的冤家对头罗顿太太从一个话题转向另一个话题侃侃而谈，自己一句话也插不上，可她坐在壁炉旁谈笑风生，把所有男人都吸引到自己身旁。

在乡下的时候，有一次简夫人给绕膝而坐的孩子们讲故事，小罗顿特别喜欢她，也挤在她身旁。这时贝基走进屋子，满脸的不屑，一双绿眼睛闪出鄙夷的神色，简夫人被她恶毒的眼光扫了一下立刻哑口无言了。她简单的想象力马上消失得无影无踪，就像童话故事中的仙女们一见恶魔立刻四散奔逃一样。尽管丽贝卡稍带讥讽口吻，请求她接着讲那个迷人的故事，可她再也开不了口。贝基太太讨厌她那种温和的想法和贫乏的乐趣，这类东西与丽贝卡的性情格格不入。凡是喜欢这种东西的人她都一并讨厌，他厌恶孩子，也唾弃喜欢孩子的人。“面包加黄油之类的寡淡东西不合我的口味，”她对斯泰恩勋爵模仿起简夫人的方式，这么评论道。

勋爵咧开嘴巴笑笑，微微一鞠躬说：“就像魔鬼不喜欢圣水。”说完哈哈大笑。

于是，除非弟弟的妻子有求于嫂嫂，两位年轻的夫人难得见面。她们虽然见了面口头上总是热情地用“我亲爱的”这种口头禅，不过心理距离却很遥远。可是，皮特爵士尽管公务缠身，却每天要去看望弟媳妇。

皮特爵士第一次在议会发表演说后，请客以示庆祝。他穿起原来在庞波尼克做参赞时的制服，到弟媳妇面前炫耀一番。

贝基对他的服装极力恭维，对他夸奖的程度与他自己的妻子儿女一般，他出发前当然也在家里炫耀过一番。她说，只有纯粹的绅士穿这种宫廷服装才显得相称。也只有他这种世家后裔才配穿这种紧腿裤。皮特低下头，得意地望了望自己的两条腿，其实，他的腿凹凸无致，上下几乎一般细，简直像他挂在腰上的佩剑一样，可他自己心里还以为这两条腿有特别迷人的魅力呢。

他走后，贝基为他作了一幅漫画，等到斯泰恩勋爵来了，就拿给他看。勋爵见那幅画抓住了画中人的特征，十分喜欢，便要了带回家去。他对皮特·克劳利爵士格外垂恩，在丽贝卡太太家里见了他一面，祝贺他继承男爵爵位，并当上议会议员。这位高贵的勋爵如此器重他弟媳妇，她在晚会上谈吐风趣，轻松洒脱，其他男子听她谈话全都兴致勃勃，这一切都让皮特感到吃惊，对她心生敬意。斯泰恩勋爵得知男爵刚刚开始政治生涯，便敷衍说，渴望听到他的演说。他们的公馆相距不远，冈特大街与冈特广场相连，冈特公馆就在这个广场一侧。勋爵表示说，斯泰恩夫人一到伦敦，就希望能荣幸地结识克劳利夫人。过了一两天，他便差人向皮特家送去一张名片。两家过去一世纪来一直住在相邻的地段，他却从来没有注意过老男爵。

在这种玩弄权术的豪华聚会和有头脑的大人物中间，罗顿觉得自己一天比一天孤独。他得到允许，可以更多地去俱乐部，陪那帮单身汉朋友吃饭，可以自由来往而不受管束。他和小罗顿常常步行去冈特大街，陪简夫人和她的孩子们，而皮特爵士去议会的路上，或者从议会返回的时候总要与丽贝卡凑在一起。

这位昔日的上校常常在哥哥家默默坐上好几个小时，尽可能什么都不想，什么都不做。他很高兴受到差遣，要么去找找用人，询问马匹的事情，要么在吃饭的时候为孩子们切切烤羊肉。他已经给管束得服服帖帖，那个像《圣经》中的迪莱勒般的妖妇不但把他囚禁起来，而且剃光了脑袋。十年前那个鲁莽冒失的血性男儿已经彻底变了，现在被调教成一个脾气麻木顺从，身体肥胖粗壮的中年男人。

可怜的简夫人意识到自己的丈夫落入丽贝卡的魔掌了，不过，她和罗顿太太一旦见了面还是口口声声“亲爱的”，亲热个没完。

第四十六章
挣扎与折磨

与此同时，我们住在布罗姆敦区的朋友们以自己的方式度过了圣诞节，他们的生活很难说是幸福的。

奥斯本太太可以领到每年一百镑抚恤金，其中四分之三交给父母，算是她和儿子的吃住费用。另外，约斯每年给父母一百二十镑。他们与克拉普夫妇合雇一名爱尔兰女佣。早先的风暴和失望过后，这个四口之家的日子过得还不错，不但用不着向他人乞求，朋友来访时，还拿得出茶点待客。塞德利仍然保持着以前的风度，他以前的雇员克拉普先生仍然尊敬他。克拉普还记得，以前他应邀前往拉塞尔广场，在这位富有商人家，态度恭敬地坐在椅子边上，举杯祝酒，为“塞德利太太、埃米小姐、在印度的约瑟夫先生身体健康干杯”。时光流逝不但没有让这位忠诚的雇员淡忘过去的好时光，反而更加强了他心中的回忆。只要他从宽敞的厨房上楼来，到客厅陪塞德利先生喝茶或者喝掺水的杜松子酒，他就说：“先生，您以前过的可不是这种日子。”他一本正经地向夫人小姐祝酒，态度与他们极为富有时完全一样。他认为阿米莉亚弹出的曲子是世界上最美的音乐，在他心中，她是世界上最高贵的女士。即使是在俱乐部，塞德利先生就座前，他决不先坐，他也绝对不允许任何人诽谤塞德利先生。他见过伦敦最上流的人物与塞德利先生握过手。他说：“我以前认识他的时候，他每天跟罗思柴尔德这样的巨头在一起搞股票交易，我自己的一切还不是靠了他的提携？”

克拉普是个品行端正的人，又写一笔好字，他的主人遭难后不久，便另外找到一个职位。“我这么小的鱼，哪只桶里容不下呢？”他常常这么说。老塞德利以前工作过的商行有一个股东雇用了克拉普，薪水相当丰厚。最后，塞德利富有的朋友们全都一个个离开了他，只有这位以前靠他谋生的穷职员仍然对他忠心。

阿米莉亚那一笔剩余的小款子需要精打细算，才能尽量让她的宝贝儿子穿戴得合乎乔治·奥斯本儿子的身份，并且勉强支付儿子的学费。她放儿子离开自己去上学，心里十分不情愿，忍受了难舍难分的痛苦，最后才总算同意了。她曾经熬过许多个夜晚，练拼写，熟读艰涩的语法和地理书，打算自己动手教乔治。甚至还仔细研究拉丁文词法，真心希望能教他拉丁文。对这位多愁善感的女人来说，把儿子送到教师的教鞭控制之下，送到粗野的同学中间，整天见不着儿子，简直像断奶时一样痛苦。可是他呢，奔向学校时乐得欢天喜地。他渴望生活中的这种变化。母亲舍不得孩子离开，他的喜悦让母亲伤心不已。她倒宁愿孩子也感到伤心，可又为自己如此自私，竟然希望儿子感到痛苦而深深责备自己。

学校的校长就是她的崇拜者——那位宾尼牧师，在他的悉心指导下，乔治的进步极快，常常把许多证明自己能力的奖品带回家来。他每天晚上都要对妈妈讲述学校同学的无数故事，说莱昂是个多好的伙伴，说斯奈芬总是鬼鬼祟祟的，说斯蒂尔的父亲供应学校吃的全部肉食，说戈尔丁的母亲每个星期六都坐马车来接他，说尼特裤子上有吊带，他自己也想要，说布尔·梅杰多么有本事（不过只是在一年级拉丁课方面），大家相信就连助教沃德都比不上他。通过他的讲述，阿米莉亚对乔治的每一位同学熟悉得就像他本人一样清楚。到了晚上，她就帮他复习功课，急切认真的劲头仿佛第二天早上是她本人要去上课。一次，乔治与一个名字叫史密斯的同学打了一架，回家后一只眼睛发青，还吹嘘说自己打架多么勇敢，老外公听了为他的勇气感到兴奋，其实，他当时一点儿也没有表现出英雄气概，吃了大亏。阿米莉亚直到如今都没有原谅这个史密斯，尽管他现在已经是莱塞斯特广场上一个态度平和的医生了。

在这样平静的劳作和与人无妨的担心中，这位温柔的寡妇默默无闻地生活着。她头上已经出现几根白发，额头上也有了几道不显眼的皱纹。面对这些岁月的痕迹，她总是报以微微一笑。“我这么个老婆子，这又算得了什么？”她会这么说。她的全部希望，便是看着自己的儿子长大成人，出人头地，享受应有的荣耀。她仔细保存起儿子的抄本、图画本、作文本之类，在自己交往的圈子里，拿出来在亲朋好友面前炫耀，仿佛那是天才的神奇杰作。她还拿了些这种杰作给多宾小姐看，让她在乔治的姑姑奥斯本小姐面前炫耀，让她拿给老奥斯本看，为的是让那个老人为自己对死去的儿子表现出的残忍和恶劣态度感到悔恨。在她心中，丈夫的所有错处和毛病全都随着他埋进坟墓了，留下的只有美好的记忆。她只记得他不顾牺牲一切，与自己结婚，记得她丈夫是个英俊的勇士，记得他出征前自己倒在他的怀抱中，记得他是为国王壮烈牺牲的。那个英雄肯定在天国对自己的儿子微笑，他留给她一个完美无瑕的儿子与她做伴，给她安慰。

我们已经在前面看到过，小乔治的祖父在拉塞尔广场的家里，坐在舒适的椅子里，脾气却变得一天比一天恶劣狂暴。他女儿的名字虽然出现在城里半数慈善募捐的名单上，在家里却受尽折磨，这位老处女的生活孤独悲惨不堪。她自从见过侄儿后，便时时想念那个漂亮的小男孩。她渴望得到允许，好驾着豪华的马车去他住的地方看望。她驾车在海德公园兜风时，每天都留神观望，希望能再次见到他。她那个成了银行家妻子的妹妹偶尔也屈尊拜访她的娘家和姐姐，来的时候便带来她两个病怏怏的孩子，还跟着个穿戴整齐的保姆。妹妹模仿上流社会的腔调，用叽叽咕咕的声音对姐姐说他儿子长得与克劳德·洛利波普勋爵如何相像，说她们有一次坐着驴拉的轿车，在罗汉普敦见到男爵夫人如何受到赞美。她敦促她在爸爸面前替儿女说点好话，让他给自己的外孙和外孙女花点钱。她说，她已经打定了主意，要让小弗雷德里克进禁卫军服役。布洛克先生省吃俭用，一心要买土地。假如他们把小弗雷德里克立为长子，或许能继承家产，可是谁会管她的宝贝女儿呢？布洛克太太说："亲爱的，我指望你帮她的忙。你知道，爸爸给我的那份财产当然要由我那当家的照管。可怜的卡斯特迪勋爵害了严重的癫痫，他一死，罗达·麦克穆尔就要清算卡斯特迪的全部财产，小麦克多夫·麦克穆尔就要成为卡斯特迪子爵啦。敏辛巷的两位布鲁德耶先生都决定将财产留给范尼·布鲁德耶的小儿子。我的宝贝弗雷德里克肯定要立成长子。所以……所以，千万在爸爸面前说说，要他把钱存回隆巴德大街的账户上来，好吗？他把钱存进斯汤比－罗迪银行很让我们丢面子。"说完这种亲情利益参半的话，像蛤蜊肉挨在脸上一样的亲吻过后，弗雷德里克·布洛克太太就带着两个身穿浆挺衣服的孩子，边回头假笑，边向自己的马车走去。

这位上流社会名人越是回家拜访，情形就越对她不利。她父亲更多地把钱存进斯汤比－罗迪银行，她屈尊俯就的态度越来越让大家受不了。住在布罗姆敦区小屋子里的那位可怜的寡妇一心守护着自己的心肝，根本不知道有人在打她宝贝的主意。

那天晚上，简·奥斯本告诉父亲说，她看见了他孙子。当时，老头子什么也没说。不过他不但没有表现出愤怒，而且在起身回自己房间时，用颇为慈祥的声调跟她道了晚安。他一定仔细考虑过她说的话，一定也打听过她去多宾家拜访的事情。这事发生后过了两个星期，他问起她常戴在身上的那只小法国表和表链的下落。

"爸爸，那是我用自己的钱买的，"她胆战心惊地回答道。

“再去买只一样的吧，要是喜欢，就买只更好的，”老先生说完就陷入沉默之中。

近来，两位多宾小姐一再乞求阿米莉亚，要求准许乔治去她们家玩。她们暗示说，他姑妈已经表现出对孩子的喜爱，或许他祖父也有可能承认他这个孙子呢。阿米莉亚为孩子着想，当然不能拒绝如此有利的机会。但是，她答应她们的提议时，心情极为沉重，也不无疑虑。孩子不在身边时，她心中一直忐忑不安，孩子回来后，她仿佛觉得孩子脱离了某种危险。他带回钱和玩具，这位寡妇见了又警觉又嫉妒。她总是问他见过什么先生没有。他回答道：“只有老威廉先生，他驾着四轮马车带我到处玩。还有多宾先生，他下午骑了匹枣红马回来，身上穿着绿外套，打着粉红领饰，手里握着一根金柄马鞭，他答应要带我去看伦敦塔，要带我出去打猎，还要带上一群萨里郡猎狗呢。”最后他说，“我还见过一个老先生，他的眉毛特别粗，头上戴一顶宽边帽，身上挂着一根挺粗的链子，上面挂满了图章。一天，马夫让我骑在那匹灰马背上在草地上溜达的时候，他来了，盯着我看个不停。我见他浑身发抖。吃过晚饭，我背诵了‘我的名字叫诺弗尔’[①],我姑妈一听就哭了。她总是哭个不停。”这就是乔治那天晚上向妈妈报告的内容。

阿米莉亚明白，孩子见到了自己的祖父。她确信会得到一种建议，便盼望着这一天的到来。结果，几天后便有了信。奥斯本先生正式提出要领养孩子，并让他继承他父亲本来应该继承的财产。他也向乔治·奥斯本太太提出，向她提供一笔生活费，以便保证她过上体面的生活。奥斯本先生听说她有意再婚，即使如此，他提供的生活费也照付。不过，有一点非常清楚，那就是孩子必须住在拉塞尔广场，或者在奥斯本先生选择的任何地方与祖父生活在一起。孩

① 我的名字叫诺弗尔：引自英国悲剧作家霍姆1756年所作悲剧《道格拉斯》，该剧片段常常是孩子们在聚会中背诵的节目。——原书编者注

子可以偶然去乔治·奥斯本太太的住处看望。这一信息是某天带给她的，或者还口头读给她听，当时她母亲不在家，父亲照例到市中心去办公了。

她一辈子仅仅发过两三回脾气，奥斯本先生的律师就目睹了其中一回。她一听完那封信，就嚯的一声站起来，波先生把信递给她，她把信撕得粉碎，狠狠用脚践踏。

"'我有意再婚！我接受钱让孩子离开我！谁敢用这话侮辱我？告诉奥斯本先生，这是一封卑鄙的信，先生，一封卑鄙的信！我不作答复。祝你晨安，先生。'她向我鞠躬，然后像个悲剧中的女王一样把我送出门，"律师后来这么讲述当时发生的事情。

她父母根本没有注意到她那天的焦躁不安，她也根本没有把这次来访的事情告诉他们。他们有自己感兴趣的事情要操心，麻木不仁的老太太关心着自己的事，老先生一如既往地关注自己的投机生意。我们先前已经得知他搞的葡萄酒生意和煤炭生意如何一败涂地。可是，他仍然迫不及待地在城里到处瞎转悠，最后发现了一个新门路。克拉普先生一再规劝他，可他就是不听，他也没有全盘端出自己搞的是什么买卖。塞德利先生的格言是绝对不跟家里的女人谈财务问题，她们自然对即将来临的灾难丝毫没有察觉。最后，这位先生才被迫一点点道出原委。

这个小家庭每星期的账单不得不延期。塞德利先生面露难堪，对妻子说，印度的汇款没有按时收到。由于她迄今为止一直按时付账，可怜的夫人请求延期付款时，有一两个店铺老板颇感恼火，他们对不按期付款的其他顾客却已经习以为常了。埃米毫不耽搁地支付给家里的生活费，总算让这个家省吃俭用凑合挨过半年时光。老塞德利仍然抱着自己的想法不放，认为他的股票肯定会升值，到时候一切都会转危为安。

不过，半年过后，再没有什么地方变出六十英镑来支持这个家了。家庭经济状况变得越来越悲惨。塞德利太太受到打击后身体越来越糟糕，不是沉默不语，就是躲进厨房，对着克拉普太太伤心落泪不止。肉商对她恶言相向，食品商对她出语无礼。小乔治有一两回对家里的饭菜表示抱怨。阿米莉亚每餐只要有一片面包就能凑合，可她当然不会不注意到儿子没有受到足够的重视，便从自己那点私房钱中拿出一点买东西给乔治吃，免得让他身体受到影响。

最后，老两口把实话告诉她，当然啦，就像人们在困难的时候那样，并没有把实情和盘托出。一天，她收到自己的钱，正打算把给父母的钱交出来，她平时花钱都记了账，这时打算将一部分股息保留下来，因为她已经给乔治定了一套新衣服。

接着，她才听说约斯的汇款没到。她还受到指责，说家里这么困难，她本来应该看得出才对，可她除了乔治什么都不管。听了这话，她一句话也没说，把所有的钱都放在桌子上，推到母亲面前，然后上楼躲在自己屋子里大哭了一场。她本来打算让孩子圣诞节穿上新衣服，而且已经跟她做裁缝的朋友仔细商量过，定好了样式，现在不得不退掉，暗自伤心不已。

她把这事告诉乔治，乔治听了大声抱怨，让她更加伤心。大家圣诞节都有新衣服，其他孩子会耻笑他的。他要穿新衣服，她对他许过诺的。可怜的寡妇能给他的只有亲吻。她含着泪缝补他的旧衣服。她翻腾开自己的一点点收藏物品，看看是不是能找出一样值钱的给他换件衣服。里面有多宾送给她的一条印度披肩。她记得，以前陪妈妈去拉德门山一家漂亮的印度商店，见那里有许多太太小姐买卖这种货物。想到这一途径，她的脸涨红了，眼睛熠熠放光。第二天早上，她亲吻乔治，送他上学，望着他的背影眼睛发出粲然微笑。孩子便感到她的面容中有好消息等着他。

她用一方大手帕将披肩包起来，那手帕也是少校送的礼物。她把小包藏在斗篷下面，红着脸，急匆匆朝拉德门山走去。她沿着海德公园墙外快步走过，过马路的时候奔跑起来，引得许多男人好奇地望着她红扑扑的漂亮脸孔。她计算着要用披肩换来的钱买什么东西，除了衣服之外，她要为他买他渴望得到的书籍，还要为他支付半年的学费。她还要为父亲买件新斗篷，让他换掉身上那件旧斗篷。她对少校送的礼物估价不错，那是一件非常漂亮细致的物品，商人付了她二十畿尼其实做了笔非常合算的买卖。

她怀着惊讶的心情跑到圣保罗教堂外面的达顿商店，买到乔治久已盼望的《父母的帮手》和《桑福德与默顿》等书。然后捧着小包坐上公共马车，心中别提有多得意了。她在书的扉页上写下："乔治·奥斯本，祝你圣诞节快乐。爱你的妈妈。"这些书至今仍然保留着，上面仍然有这些隽丽的笔迹。

她捧着这些书，走出自己屋子，打算把它们放在乔治的书桌上，以便让他放学回来见了高兴。结果，她在走廊里与母亲打了个照面。老太太看见那七本漂亮的金边小书。

"那是什么？"她问道。

"给乔治的几本书，"阿米莉亚回答道。"我……我许诺要在圣诞节给他买的。"

"书！"老太太愤怒得喊了起来。"全家连面包都吃不上了，你却拿钱去买书！为了让你和你儿子过奢侈生活，为了免得让你父亲蹲牢房，为了不让店铺老板侮辱我们，我把每一件首饰和肩膀上的印度披肩都变卖了，你却拿钱给他买书！我们还得付房租给克拉普先生，这是理所当然的，他不是个刻薄的房东，而且是个极有礼貌的人，他也有自己的孩子要养活，当然应该付给人家房租。噢，阿米莉亚！你这些书和你那儿子真让我伤心。你把孩子惯坏了，甚至连孩子离开你身边一会儿，你都不愿意。噢，阿米莉亚，但愿上帝给你个孝顺儿子，比我得到的孩子更加孝顺才好。约斯看他父亲老了，就丢开他不管。还有这个乔治，本来有人管他，给他钱，让他像个贵族老爷一样上学，给他脖子上吊上只金链子表，可是，我那可怜的老人却连一个先……先令都没有。”塞德利太太被歇斯底里的呜咽号啕哽咽得说不下去了。她的声音在这所小房子里回荡着，整个房子里所有女人都清清楚楚听见她这段独白。

“啊，妈妈，妈妈！”可怜的阿米莉亚哭着回答道。“你什么都没对我说过……我……我许诺说要给他买这些书。我……我早上刚刚变卖了我的披肩。把钱拿去吧，都拿走。”她颤抖着把银币金币全都掏出来，放在母亲手里，母亲手里塞得满满的，放不下的顺着楼梯丁零零滚了下去。

她转身回到自己屋子里，跌坐在椅子里，绝望到了顶点。她现在什么都清楚了。她的自私其实让儿子做出了牺牲。假如不是因为她，他本来能享受荣华富贵，受到教育，还能得到他父亲的地位。老乔治正是为了她的缘故牺牲了自己的地位。只要她答应，她父亲就用不着受穷困，孩子就能得到财富。啊，这颗温柔的心意识到了自己的罪过，感到深深的痛苦。

第四十七章
冈特大街上的公馆

人人都知道斯泰恩勋爵在城里的公馆在冈特广场上，广场通往冈特大街，那是我们起初带着丽贝卡去过的地方，当时已故的皮特·克劳利爵士还在世。如果目光越过广场周围的栅栏，透过黑黢黢的树木，可以看见几位可怜兮兮的女教师正带着脸色苍白的学生在里面一圈圈散步。在萧瑟的草地中央，可以看到明登战场的胜将冈特勋爵的塑像，他头上的假发有三根辫子，身上却是一副罗马皇帝的装束。冈特公馆几乎占据了广场一边，另外三边的建筑物仿佛贵族遗老——是些又高又黑的楼宇，窗户周围是用石材砌成的，或者用浅红色材料与墙体区别开来。这些狭窄难受的窗户里面现在难得见到灯光。那些房门已经不再好客，身穿花边制服的用人和手持火炬送客人的童儿也已全然消失，空留下台阶上门灯旁边熄灭火炬用的盘子。广场上现在出现了铜制门牌，有大夫家的，有一块是迪德赛克斯银行西区分行的，有一块上面刻着英国与欧洲统一教会，等等，可是看上去全都萧瑟不堪。斯泰恩勋爵家的公馆也好不了多少。照我看，最惹眼的不过是房子外面的高墙和锈迹斑斑的铁栅门，偶尔能看见门房里露出一张肥胖阴郁的红面孔，墙上露出的是房子的尖阁和卧室窗户，还有难得冒烟的烟囱。现在斯泰恩勋爵住在意大利那不勒斯，因为他宁愿眺望卡普里和维苏威海滩，也不想被冈特广场上的围墙遮挡住视线。

沿着新冈特大街往前，也就是朝通往冈特王室马房方向走几十码，有个不惹眼的小后门，看上去与其他马厩没什么两样。不过，许多门窗紧闭的小马车在这门前停下。消息灵通的汤姆·伊夫斯告诉我说："先生，亲王和波迪塔[①]常常出入这扇门。玛丽安·克拉克[②]也常常陪着公爵走进这扇门。这门通向斯泰恩勋爵有名的私室，其中有一间屋子是用象牙和白色缎子装饰的，另一间屋子摆着乌木家具和黑天鹅绒幔子。还有一间屋子的陈设整个是来自庞贝城挖掘出来的沙勒斯特宅子，墙上挂的油画全出自画家科斯威之手。里面的小厨房里所有餐具全是银质的，烤肉的签子都是金的。开明的奥尔良就在这里烤野味，赌钱时，他和斯泰恩侯爵一道，赢了来自法国昂伯荷一个大人物的十万镑。这笔钱一半用在法国大革命中，一半用来贿买冈特侯爵的头衔，剩下的钱……"汤姆·伊夫斯是个专好打听人家隐私的家伙，什么人的私事他都知道得清清楚楚，剩下的那笔钱，他每个先令的下落都知道。不过，那已经超出了我们这个故事的范围。

侯爵除了在伦敦有公馆，在不列颠岛的三个公国中还有许多处自己的城堡和府邸，在旅行指南中可以找到关于它们的详细描绘——在香农海岸上有树林环抱的强弩城堡；在卡马森郡有囚禁过理查二世的冈特城堡；在约克郡的冈特利公馆中，据说仅仅供客人早餐使用的银茶壶就有两百把，其他奢侈品均与之不相上下；在汉普郡有勋爵的斯蒂尔布鲁克农场，那里的住宅相对而言比较简陋，侯爵大人死后，家具全都由一位已故的著名拍卖商当众销售。

斯泰恩侯爵夫人出身于世家望族——凯尔隆家族——属于卡姆洛侯爵家族的一个分支。他们家的祖先可以追溯到布鲁特王在不列

① 亲王和波迪塔：指威尔士亲王与玛丽·罗宾森夫人。罗宾森夫人在莎士比亚名剧《冬天的故事》中饰演女主角波迪塔，让威尔士亲王着迷。——原书编者注

② 玛丽安·克拉克：约克郡公爵的情妇。——原书编者注

颠登陆之前，第一位祖先是可敬的德鲁德，他皈依天主教后，整个家族从来没有改变过信仰。长子有王侯封号。其他儿子自古以来都取名作阿瑟、尤瑟、卡拉多克。他们许多人的脑袋都在宫廷密谋失败后落地。伊丽莎白砍掉了她那个时代一位亚瑟的头颅，因为他不但是菲利普和玛丽的侍从，而且还在苏格兰女王和她姓吉斯的舅舅们之间递送密信。这个家族还有个人在大公爵手下做事，在著名的圣巴塞洛缪阴谋中一显身手。玛丽女王受囚禁过程中，卡姆洛家族暗地为她奔走。消灭西班牙无敌舰队时期，伊丽莎白女王给他们家族派了许多战争捐款，还因为他们不但不肯改信国教，还私藏了邪教神职人员在家，有许多不轨行为，而对他们课以罚金或没收家产，结果家道渐渐中落。到了詹姆士王时代，家族中一个不肖之子听信了这位国王兼神学家的学说，离经叛道，改信国教，骨头一软，家境竟然略有恢复。但是，到了查尔斯王时期，卡姆洛伯爵重整家族信仰，并且继续为之斗争，只要有一个斯图亚特的信徒挑头，他们就跟着闹事，结果财产又被折腾个精光。

玛丽·凯尔隆夫人幼年在巴黎一个修道院办的学校就读，她的教母是法国王储的王妃玛丽·安东尼。在她年轻美貌的时候，她嫁给了——或者说是卖给了——当时在巴黎的冈特勋爵。他在菲利普·奥尔良的宴会上与这位女士的哥哥豪赌，赢了巨额金钱。冈特伯爵与著名的灰衣火枪队德拉·玛奇伯爵为了争夺美貌的玛丽·凯尔隆女士，举行决斗，当时闹得沸沸扬扬，玛奇伯爵自幼便是宫廷中皇后的侍从，后来一直受到皇后宠爱。结果，玛奇伯爵躺在床上养枪伤的时候，她便嫁给了冈特伯爵。婚后住进冈特公馆，还短暂出入于威尔士亲王豪华的王宫，出尽了风头。政治家福克斯为她举杯祝过酒。诗人莫利斯和谢里登曾写诗歌颂她。外交家马姆斯伯里向她深深鞠过躬。作家沃波尔称她是美人。当时美貌的才女德文郡公爵夫人几乎有些嫉妒她。但是，她不习惯这种疯狂的社交乐趣，生了两个儿子后，便蜗居在家祈祷修行。斯泰恩勋爵从来喜欢寻欢作乐，难怪婚后很少陪伴这位战战兢兢，少言寡语，又笃信宗教的妻子。

前面提到的汤姆·伊夫斯与本故事本无牵连，只是他了解伦敦大人物们的生活，也掌握着每个家庭的秘闻。关于我们的斯泰恩勋爵，他知道许多其他事情，当然，能不能靠得住就不得而知了。这位汤姆说："那位夫人在自己家受到的屈辱简直令人难以置信。斯泰恩勋爵逼她与带回家来的坏女人同桌吃饭，那种女人我宁死也绝对不让我太太跟她们交往。其中有臭名远扬的克拉肯伯里女士、奇朋罕太太、法国秘书的妻子德拉·克拉奇斯太太等等，"汤姆·伊夫斯话虽这么说，可是他宁愿牺牲自己的妻子也希望结识她们，极其乐意向她们鞠躬献殷勤，或者同她们一起用餐。"总而言之，是跟他最喜欢的女人在一起吃饭。你知道，她的出身不在波旁王朝之下，相比之下，斯泰恩家只不过是个暴发户，其实只配当她家的听差。他们并不是冈特家族正宗后裔，只是个值得怀疑的旁系而已，"读者千万别忘了，这些都是汤姆·伊夫斯的话。"你真的以为，假如没有某种原因，英格兰最尊贵的世家夫人斯泰恩侯爵夫人，会恭顺地屈从丈夫的欺凌？哼！我告诉你吧，其中有秘密原因呢。我告诉你吧。法国大革命后的流亡者中，有个德拉·玛奇神父，他与普以赛和汀特尼亚一起牵涉在反攻欧洲大陆的奎北隆事件中。他其实就是1786年与斯泰恩决斗过的那个玛奇伯爵。这位神父兼上校在布列塔尼被枪毙后，斯泰恩夫人才变得极端虔诚，直到今天习惯仍然未改。以前，她可是天天一早就上西班牙广场的教堂做弥撒，我在那儿注意过她，因为我碰巧去了那儿。相信我的话吧，其中肯定有鬼。假如人们没有什么值得悔恨的事情，绝对不会那么难过，"汤姆·伊夫斯意味深长地摇了摇头，补充说，"相信我的话吧，假如她没有什么把柄让侯爵拿住，那样的女人绝对不会顺从。"

假如伊夫斯先生的消息不错，这位夫人社会地位虽高，可是在家里却饱受屈尊之苦，而且在平静的面孔下隐藏着许多秘密。想想地位比我们高的人生活竟然那么悲惨，对我们这些名字上不了《贵族名录》的兄弟们倒也是一种惬意和安慰。达摩克利斯①们坐在软缎坐垫上，享用盛在金盘中的饭菜，可是头上却悬着可怕的剑——不是索债的警察，就是祖传的疾病或家族隐秘。这柄剑不时从绣花的帐子里显现出狰狞的形状，总会有一天掉下来刺中要害。

相比之下，贫穷小人物有一样事情比大人物们省心——当然，这是伊夫斯先生的看法——那就是穷人们没有什么产业好遗传给后代，后代也没什么继承父业的指望，因而父子关系比较融洽；诸如斯泰恩勋爵这样的王孙贵族对父亲久居统治地位而不肯让贤，自然心生嫉恨，怒目相向。这位喜好嘲讽的老伊夫斯说："豪门大户中的父亲与长子总是相互憎恨。相信我的话吧，绝对没错。王储不是跟当政的国王作对，就是设法篡夺那王位。我的先生，莎士比亚熟谙世事，他描写哈尔②悄悄试戴王冠的情景，实在把王储们的心理刻画得入木三分。冈特家的人假装自己也是王族后裔，其实他们跟你我一样与冈特的约翰③毫不沾边。假如你是个公爵的继承人，可望继承每天一千镑的收入，难道你会说，你不急着继承吗？哼！既然每一个大人物对自己的父亲都有过这种情感，当然体会得到儿子对自己的想法，对儿子自然既猜忌又心怀敌意。

"再说说长子对弟弟们的感情吧。我亲爱的先生，你应该知道，每一位大哥哥都把他的同胞弟弟们看作天生的冤家对头，因为在他看来，他们白白分走了本来该属于他的财产。我常常听巴雅泽勋爵的儿子乔治·迈克托克说，等他有朝一日继承了父亲的头衔，能够为所欲为的话，他就照苏丹王的办法，把弟弟们的脑袋通通砍掉，

① 达摩克利斯：公元前 4 世纪西西里国王戴奥尼西斯的朝臣。他常感叹帝王多福，国王戴奥尼西斯便以一根头发悬剑，命其坐于剑下，以示帝王多危。——译注

② 哈尔：莎士比亚历史剧《亨利四世》中的王子。——译注

③ 冈特的约翰：英国国王亨利四世的父亲。——译注

独自统治祖传的领地。他们的情况大同小异，想法全都一个样。告诉你吧，他们全都安着一颗土耳其苏丹王的心，全都一样世俗。”说到这里，一个大人物从旁经过，汤姆·伊夫斯连忙摘下帽子，疾步走过去，满脸堆起笑，对那人深鞠一躬。看来，他也一样世俗，不同的只是以汤姆·伊夫斯的方式罢了。汤姆把自己全部积蓄都存在银行吃年息，表面上没有财产，倒也乐得免受侄甥们的嫌隙，对地位高于他的人，除了总想着去他们家蹭一顿美餐，其他欲念全不存在。

侯爵夫人的温柔母性被一道残酷的障碍所阻隔，不能尽情奉献给孩子们，因为她与孩子们的信仰不同。她对儿子们的爱却使这位虔诚胆怯的夫人更加恐惧，也更加不幸。将他们隔开的是一道不可逾越的鸿沟，她不可能将自己的双臂伸向彼岸，将孩子们挽救回自己深信安全无虞的此岸。斯泰恩勋爵十分博学喜辩。孩子们年幼时，他每天晚饭后的主要乐趣，便是挑唆孩子们的导师特雷尔牧师——现在已经是伊林的主教大人了——与夫人的灵魂导师莫尔神父就宗教问题进行辩论。三人一起喝葡萄酒，他煽动牛津神学院与法国圣阿舍尔神学院的两位代表斗嘴，自己在一旁助威：“好极了，拉蒂默①！说得好哇，罗耀拉②！”他一会儿说，假如莫尔肯改变信仰就推举他做主教，一会儿又赌咒发誓说，假如特雷尔放弃自己的信仰改奉天主教，他就运用自己的全部影响力，让他做红衣主教。两位神职人员都不肯向对方屈服，只有充满爱心的母亲真诚希望儿子们会皈依她信仰的正教，像迷途的羔羊返回母亲的怀抱一样。然而，等待着这位忠诚母亲的只有可怕的失望，仿佛对她婚后越矩行为的惩罚。

每一位常常阅读《贵族名录》的人都知道，冈特勋爵娶的就是贵族巴里亚克斯家的布兰奇·西斯尔伍德女士，在这部真实的故事中曾经提到过这个显赫的家族。这对夫妻住在冈特公馆侧面的几间

① 拉蒂默：新教的殉道者。——原书编者注
② 罗耀拉：耶稣会的创始人。——原书编者注

屋子里，因为这个家的一家之长一心要全家服从他至高无上的统治。不过，他的继承人长子跟妻子合不来，很少在家居住，父亲提供给他的钱很有限，他便以未来将要到手的财产做抵押大举借贷。侯爵对他借的每一笔债都了如指掌。侯爵死后，大家发现，他把那位继承人的许多债权都买了回来，指定由次子的孩子们继承那部分财产。

冈特勋爵与冈特夫人婚后没有子嗣，颇感沮丧，他的父亲作为他的天敌却暗自喜悦。在维也纳做外交官，跳华尔兹为业的乔治·冈特勋爵便被召回家，与第一代海尔维林男爵约翰·琼斯的独生女儿琼小姐结婚。海尔维林男爵还身兼特莱德尼德街上琼斯－布朗－罗宾森公司的大股东。这对夫妻后来生了许多子女，不过，他们与本故事没有关系。

他们的婚姻最初十分美满。乔治·冈特勋爵不但能读而且写出来的文字也还说得过去。他说法语相当流利，跳华尔兹在整个欧洲也算得上高手。他不但有这些才干，而且在国内又有靠山，他的外交生涯自然无可限量。他的夫人便认为，她理应有权出入宫廷，随着丈夫在欧洲各国从事外交活动时，她便在家里频频举行豪华晚会。有传言说，他要被指派为使臣，旅行俱乐部的客人们甚至为此押资打赌，说他用不了多久便能当上大使。突然，谣言传来，说他举止失常。一次在他的上司举办的外交宴会上，他声称鹅肝酱里下了毒。另外一次，巴伐利亚公使举办舞会，他剃了个光头出现，模样活像个苦行僧。有些人掩饰说，那是一场化装舞会，其实根本不是那么回事。人们会压低声音说，这事太奇怪了，他祖父举止也是这样，那是他家祖传的毛病。

他的妻子和孩子们回国，在冈特公馆住下。根据《伦敦公报》登载，乔治勋爵辞去欧洲大陆的职务，去巴西赴任。但是人们知道得更清楚。他既没有从巴西的职位上回来，也没有死在那里，他其实根本就没有在那里生活，干脆就没去过那儿。他哪儿都没去，完全消失得无影无踪了。人们诡谲会意地笑着窃窃私语说："巴西，哼！所谓巴西就是圣约翰森林。所谓里约热内卢其实是四堵高墙围着的小屋。乔治·冈特让一个看守盯着，身上披的绶带是件制服疯人的紧身夹克。"一个人离开名利场后，人们对他盖棺论定的说法便是如此。

一星期有两三次，可怜的母亲一大早起床，为自己的罪过祈祷过后便去看望可怜的病人。有时候，他怪诞的笑声比号哭更可怜；有时候她发现，这位花花公子风度十足、在维也纳叱咤风云的外交官竟然拖着孩子的玩具，或者拿着看守的孩子玩的布娃娃给它喂奶。有时，他能认得出她和陪她来的莫尔神父，但是，在更多的时候他既认不出她是谁，也认不出妻子和孩子。他真是个幸福的人，不知何为爱情，何为野心，何为虚荣。不过他忘不掉按时吃饭，如果酒里搀的水太多，酒劲不足，他就放声大哭。

这个家族血统中的神秘特征，正是这位可怜的母亲从她自己古老的世家带来的。父系家族中也暴发过一两次这种恶病，那是早在斯泰恩夫人失足之前的事，当时她还没有用眼泪和斋戒赎罪。家族的骄傲顿时一落千丈，仿佛法老的长子被上帝的雷矢击毙一样。这个家族的门楣上高悬着精雕细刻的世袭族徽，然而，命中注定会蒙上浓重的阴影。

勋爵离开家后，他的孩子们照旧每天吵吵闹闹，依然一天天长大，全然不知自己也像父亲一样在劫难逃。起初，他们还谈起过自己的父亲，策划出许多诡计，打算在他回来时玩弄。渐渐地，人们越来越少提到那个活死人的名字，后来，干脆绝口不提了。祖母饱受了打击，一想到这些孩子不但要继承父亲的荣耀，也要得到他耻辱的遗传，心里就战栗不已，战战兢兢地提防着，等待着祖传的灾难降临在他们头上的那一天。

斯泰恩勋爵心里也诚惶诚恐，仿佛觉得那是一个盘桓在家里的恶鬼。他聚众饮酒作乐，好让那恶鬼的影子淹没在葡萄酒汇成的红海波涛里，让它阴森森的声音湮灭于人群嬉戏喧闹之中。但是，他孤独一人时，那恶鬼便会出现在他面前，而且仿佛一年比一年更狰狞可怖。它对他说："我已经干掉你儿子啦，还留你做什么？有朝一日，我要把你像乔治一样禁闭起来。明天，我要在你脑瓜上敲上一记，让你的享乐、荣誉、饮宴、美人、朋友、奉承、法国厨子、骏马、华宅全都化为乌有，变成一座禁闭室、一名看守、一床草垫，让你过过乔治·冈特的日子。"勋爵却不屈服于它的恫吓，他掌握着一个良方，可以让他的敌人战而无功[①]。

在冈特公馆精镂细刻的族徽和交织在一起的字母后面，虽然不乏奢侈与财富，却没有多少幸福可言。这里的饮宴豪华程度在伦敦少有，但是感到满足的只有勋爵请来的客人。假如他没有如此高贵的地位，恐怕很少有人会拜访，不过在名利场上，人们对大人物的小瑕疵往往十分宽容。正如一位法国夫人说的那样："总得细细斟酌，"才敢对勋爵这样不容置疑的大人物说三道四。有些吹毛求疵的恶人和假道德家们或许说斯泰恩勋爵的坏话，可是，只要受到他的邀请，他们总是乐于赴宴。

"斯泰恩勋爵的人品实在糟透了，"斯灵斯顿夫人说，"可是他一请客，大家都去，当然我也得去，因为我要当心照看我的女儿，别让她们出了事。"特雷尔主教想到大主教的身体已经日薄西山，便奉承道："勋爵处处提携我，我在每一方面都感谢他。"然而，特雷尔太太和女儿们倒是宁可不上教堂去，也断然不肯错过到勋爵家做客的机会。小索斯当勋爵的妹妹听了母亲关于冈特公馆中可怕的传说，谦恭地劝哥哥别去他家。"他的道德观念一塌糊涂，"小索斯当勋爵对他妹妹承认说，"可是，见他的鬼，他的干香槟却是欧洲最上等的货色！"至于皮特·克劳利男爵——皮特爵士可是一位绅士典范，

① 指自杀。——译注

皮特·克劳利爵士要主持传教会议的——他绝对没有考虑过不去勋爵家。“简，只要是伊林主教和斯灵斯顿公爵夫人去的地方，你去了总没错，”男爵常常这么说。“斯泰恩勋爵的地位高得能统治我们这些人啦。我亲爱的，郡里这位行政官是个可敬的人，以前我们一起在庞波尼克公国供职，他的地位在我之下。”

总而言之，大家都趋附这位伟人。每一个受到他邀请的人都去他家做客，假如收到请帖，说句老实话，就是你这位读者和我这个作者也会出席。

第四十八章
觐见国王

贝基对丈夫家的一家之长表示出种种殷勤关心，最后终于获得最高报偿。这个报偿虽然没有实质性内容，不过，这个小女人得到它时的兴奋和热切心情仿佛比获得实际利益更加强烈。尽管她并不希望做个贤妻良母，却希望有个好名声。我们都知道，上流社会的女人要想得到好名声，就必须穿上拖地长裙，帽子上插上羽毛，进王宫觐见皇室。经过如此接见，便仿佛王室侍臣颁发给她们盖有御玺的证书，摇身一变成为诚实女人了。有些货物或信件被怀疑有病毒污染，过海关时要通过一个炉子高温杀菌，并且要喷上香醋消毒，然后才能宣布为清洁无害，同样，许多女士如果品德值得怀疑，可能对别的女子有害，便要在国王面前露一露脸，所有污点从此便洗刷得干干净净。

当然啦，巴里亚克斯夫人、塔夫托将军夫人、乡下的布特·克劳利太太以及许多与罗顿·克劳利相识的女士们，会强烈反对将这么个臭名远扬的女人带去觐见国王。她们会声称假如夏洛特王后活着，绝对不会准许如此臭名昭著的女人玷污她纯洁的客厅。不过，我们应当想到，当时正值欧洲第一君子[①]君临天下，罗顿太太从他面前经过，便仿佛通过考试，获得荣誉学位，若要怀疑她的品行，简直就是对国王的不忠。我本人一想到历史上的大人物，心中就充满

① 欧洲第一君子：指乔治四世。——译注

了敬畏。啊，在名利场上，淑女受到极高的评价与景仰。淑女这个高贵的名词是由这个帝国最有教养的上流人士发明的。我亲爱的朋友穆迪，你还记得吗，二十五年前那个幸福的夜晚，当时我们这些年轻人演出《伪君子》那出戏。埃利森当导演，道森和里斯顿上台演出，两个斯劳德学校的男学生向他们的老师请了假，跑到德鲁利巷的戏院，挤在人群中一睹国王尊容。真的是国王？一点儿不假。尊贵的包厢前排列着身强力壮的卫兵，斯泰恩侯爵和其他高官围在他坐的椅子后面。他正襟危坐，满面红光，身材魁梧，胸前挂满了勋章，头发长而卷曲。大家齐声高唱《上帝保佑国王》。整个剧院响彻了歌唱他的雄壮歌声。人们欢呼，高喊，挥舞手帕。女人们流出了眼泪，母亲搂紧了孩子，有的人甚至激动得晕了过去。楼下后面的座位上，观众几乎憋得喘不上气来，他们又是尖声叫嚷，又是推搡拥挤，表现出的激情异常强烈，几乎愿为他献身。啊，我们看见国王了。就是命运也不能剥夺我们的这种机会。有些人见过拿破仑。还有些至今仍然活着的人甚至见过弗雷德里克大帝、约翰逊博士或者玛丽·安东尼等等。我们可以对孩子们说，我们见过英明威武的乔治大帝，这话当然算不得吹嘘。

罗顿·克劳利太太的幸福日子终于到了。她在教母般的嫂嫂引导下，如天使进天堂一样，要进王宫。到了那个日子，皮特爵士和他的夫人乘坐新造的马车来到柯曾街，这马车可供他当选郡行政官后使用。拉格斯家从蔬菜店望去，只见马车里面羽毛摇曳，用人身穿新制服，胸前抱着一大簇一大簇的花儿，他们便觉得大开眼界。

皮特爵士身上的制服鲜艳夺目，腰间还挂着佩剑。他下车走进柯曾街。小罗顿把脸贴在客厅窗玻璃上，朝坐在马车上的伯母使劲点头微笑。不久，皮特爵士扶着一位夫人从房子里走出来，只见她身上穿着豪华羽毛衣裙，肩上披一条白色披肩，一只手轻灵地托起长长的裙裾。她对车门旁的用人表情和蔼地微微一笑，登上马车时的风度，仿佛她本来是位公主，习惯于出入王宫。她也对随后上车的皮特爵士微笑致意。

罗顿也身穿禁卫军制服跟在后面，可是他的制服已经很旧，而且瘦得几乎穿不进去了。按照原来的计划，他应该乘出租马车进宫，可是他好心的嫂嫂坚持说，全家人应该同乘一辆车才对。马车很宽敞，夫人们身材都很娇小，可以把裙裾拉起来放在膝盖上。最后，四人同乘一车，显得十分和睦。不久，马车沿着皮卡迪利大道驶上圣詹姆士街，汇入车流，涌向古老的砖砌王宫。胸佩布伦斯威克星徽的国王正等在那里接见他统治下的贵族名流。

贝基这时情绪高涨，觉得生活中最高愿望终于实现，就要登上最高贵的巅峰，乐得直想隔着车窗祝福路人。就连我们的贝基也有自己的弱点。许多人为自己的某些长处感到得意，而别人却很难体会出那是他们的长处。比方说，科穆斯自以为是全英格兰最了不起的悲剧演员；著名小说家布朗渴望人家把他看成社交场上的时髦人物，而并不在意大家是不是把他看作天才；伟大的律师罗宾逊对自己在国会中的名声全然不在意，一心认为自己骑马奔跑的能力无与伦比，竟然能一连跃过五道栅栏门。贝基的目标是让大家把她看作值得尊敬的上流女人，她投入极大的热情和努力学习上流风范，终于成功在望。我们曾经说过，她有时候相信自己是个上流贵妇，全然忘记自己家箱子里一个子儿也没有，门外还等着讨债的人们，买东西时得甜言蜜语哄骗人家再赊一些——总而言之，她连块立足之地都没有。这天她坐着自己家的马车，态度志得意满，威风凛凛，就连简夫人看了也不禁发笑。她步入王宫时，高高扬起脑袋，就是一位皇后也不过如此。我毫不怀疑，假如她真能当上皇后，举止一定十分符合这身份。

我们有责任说，罗顿·克劳利太太进宫觐见穿的服装是最高雅华贵的。两种人见得着那些乘坐马车的贵妇人，一种是戴勋章披绶带参加圣詹姆士街集会的显贵，另一种是靴子溅满泥污，在蓓尔美尔街闲逛的穷汉。马车经过时，透过车窗，可以瞥见里面头上插羽毛的贵妇。在宫廷聚会的日子，下午两点，身穿花边外套骑在马背上的禁卫兵吹起号角。在这种半晌午经过的贵妇人们可没什么好看的。六十岁的伯爵夫人身穿袒胸露臂的衣裙，鹤发鸡皮，却涂了厚厚的脂粉，皱纹满面，眼皮低垂，还把胭脂抹得满脸都是，假发里钻石闪闪发光，虽然让人开眼界长见识，却实在不顺眼。这些面孔如破晓时分圣詹姆士摇曳的街灯，昏惨惨如鬼影随形。我们透过车窗瞥见的那些老贵妇，应当在午夜时分展现自己的魅力才对。冬天下午尚未落山的月亮看上去尚且憔悴不堪，老卡斯特莫迪夫人怎好当着太阳的面，将岁月刻在面孔上的所有皱褶纹理全都暴露在车窗外面？不行。宫廷聚会应该定在十一月，或者在第一个有雾的日子才恰当。要不然，名利场中上了年纪的风流女士们该坐在轿子里，遮盖得严严实实抬进宫，在昏暗的灯光保护下对国王陛下朝拜。

我们可爱的丽贝卡却不需要友善的灯光来衬托她的美貌。她的皮肤不论在多么强烈的光芒下都一样鲜艳动人，她的衣服假如现在穿出来，名利场上所有女士都会指责它荒唐怪诞，但是，二十五年前，那却是最豪华不过的服装，她自己引为自豪，别人也都觉得漂亮极了，就像现在最著名的美人穿的华服一样时髦。当然，再过二十年，时下裁缝的惊人之作也难免过时，像以前的时尚一样让人觉得荒唐。话说回来，罗顿太太在觐见国王这一重要日子穿的衣服非常漂亮，博得所有人夸奖。好心的简夫人望着这位亲戚，心里也不得不承认，她的鉴赏能力高人一等，而自叹弗如。

她并不了解罗顿太太的服装运用了多少天才，花费了多少心血，付出了多少精神劳动。丽贝卡的品位像欧洲最好的裁缝一样高，简夫人很难理解其中的奥妙。她匆匆扫视一眼，便发现贝基的裙子后裾是用华贵的织锦做的，裙子的花边极为精致。

贝基说，裙裾是用一片旧材料拼成的。至于花边，她说是很多年前买的便宜货。

“我亲爱的克劳利太太，照我看这裙袍准得花上一笔巨款呢，”简夫人说着低头望了望自己身上的花边，觉得质地差多了。她又仔细审视罗顿太太这身宫服的材料，几乎想说自己买不起这么高贵的服装，不过，话到嘴边又连忙止住，怕开罪了这位亲戚。

假如简女士得知全部实情，我看就连她这么好的性格也难免发作起来。事实上，罗顿太太替皮特爵士收拾公馆时，在一个旧衣橱中发现了属于前女主人的这些财产，然后悄悄带回自己家，改制成适合自己娇小身材的服装。她拿走这些东西时，布里格斯看见了，却什么问题也没提，也没有把事情张扬出去。不过我相信她在这问题上对贝基表示出的同情，就是换了其他诚实女人，也会有同感。

至于那些钻石，她丈夫欣赏她佩戴的钻石首饰，觉得以前从来没见过，问道：“贝基，你这些钻石是从哪儿弄来的？”只见这些首饰在她耳朵上脖子里闪烁出夺目的光彩。

贝基稍稍涨红了脸，盯着他望了片刻。皮特·克劳利的面孔也稍有些红，朝窗外望去。原来，首饰上有一件小东西是他送的，那是个珍珠项链上的钻石坠子。男爵并没有向他太太提起这事。

贝基将目光从丈夫脸上转向皮特爵士，脸上露出胜利和挖苦的神色，仿佛在说：“我该出卖你吗？”

“猜猜看！”她对丈夫说。“你这个傻瓜，”她接着说，“你想我是打哪儿弄来的。这个小坠子是一个亲爱的朋友很久以前送给我的，其他部分都是租来的，是从考文特大街上波罗纽斯先生的店里租来的。你不会认为进宫觐见的人们戴的珠宝都是自己的吧。当然，简夫人的珠宝都是自己的，我敢肯定，而且比我的漂亮不知道多少倍。”

“那都是家里的首饰，”皮特爵士再次显得不自在。马车沿着马路辚辚驶去，车上的人不断地交谈着。最后，车停在王宫大门外，只见国王正襟危坐在宫里。

罗顿欣赏的钻石并没有归还给考文特大街上的波罗纽斯先生，那位先生也没有来索取，这些东西却藏进旧书夹里一个隐秘的地方，这书夹是许多年以前阿米莉亚·塞德利送给她的，贝基也许在里面珍藏了许多有用的宝贝，而她丈夫对此一无所知。许多丈夫生来不管闲事，许多事情根本不知道，喜欢隐匿的妻子却多得不可胜数。啊，夫人们，你们之中有多少做了新衣服，把账单藏起来不让人知道？多少人不敢公开你们到底有多少衣服和首饰，一旦穿戴上还觉得战战兢兢？心里战战兢兢，嘴上却对陪在身旁的丈夫甜言蜜语，他其实看不出某件新天鹅绒外套与以前某件旧天鹅绒衣服有什么不同，戴在手腕上的新手镯与去年那只手镯有何区别，也不知道看上去粗糙的黄色花边围巾竟然要四十个畿尼才能买来，也不知道篷皮诺太太每周写信来催账！

罗顿也是一个样。他既不知道那对漂亮耳坠的来历，也不知道妻子白嫩的胸脯上挂的珍贵装饰物是怎么来的。可是斯泰恩勋爵却知道它的来历。这天，斯泰恩勋爵也在王宫里。作为宫廷大臣，他也算得上国家的中坚。他胸前挂满了勋章绶带，走上前来，格外亲切地迎接这位身材娇小的女人。

他微笑着向他鞠躬，还引用了《玷污的卷发》中一个漂亮诗句，那句诗赞美的是贝林达佩戴钻石，但是由于大家常常引用，结果效果成了滥用："犹太人亲吻，其他人崇拜。"

"不过我以为您老爷相信的是基督，"小夫人扬起脑袋说。周围许多夫人见这位显贵竟然公开向这个小冒险家献殷勤，不禁交头接耳，窃窃私语，许多先生也会意地点头，压低声音交谈。

丽贝卡·夏普·克劳利受到陛下接见的情形我不敢随便描写。在下缺乏写作经验，功力不足；一想到王室壮丽辉煌的景象，我便感到眼花缭乱。我绝对忠于国王，心中充满虔敬之情，即使在想象中，也不敢冒昧观察，只盼深深躬身，赶紧悄然退出那庄严神圣的接见厅。

不过，有一点是可以说的：接见之后，整个伦敦没有任何人的心比贝基更加忠于王上。国王的名字从此永远挂在她嘴边，她声称国王比任何男人都更富有魅力。她到科纳基画师那里定了一幅国王的画像，那是一幅与他本人再相像不过的肖像了。我们英明的国王有一幅肖像十分著名，国王穿的外套上钉着方纽扣，有毛皮衣领，下身穿马裤和长丝袜，坐在沙发上，假发中间露出微笑的面孔。她选的就是这幅肖像。她还请人把国王的肖像画在一枚领花上，戴在胸前。她逢人便谈论见到国王的情景，说他如何漂亮，如何气宇轩昂。她的这些话起初挺让人感兴趣，到后来，大家都感到厌烦了。谁知道呢？或许这位小女人还想做曼特侬[①]或庞帕杜[②]吧。

不过，觐见过后最好的事情，便是她的谈吐像个有地位的上流女士了。我们不得不承认，她在名利场上有几个名声并不很好的女友。或许可以说，贝基已经脱胎成诚实女人，她于是再也不与那些值得怀疑的角色来往。在歌剧院与克拉肯伯利夫人见了面，人家向她点头，她却不理不睬。乘车兜风时见了华盛顿·怀特太太，只装没看见。她说："我亲爱的，一个人必须表现出自己非同凡响的风度。千万不能让人看见与不清不白的人交往。我在心里对克拉肯伯利夫人表示怜悯，华盛顿·怀特太太脾气可能不错。不过，我不跟她们交往，也不愿与她们来往。请你告诉史密斯，如果她们来访，就说我不在家。"

贝基的穿戴都登上了报纸——她的羽衣、耳坠、无与伦比的钻石和所有其他装饰都受到淋漓尽致的描写。克拉肯伯利夫人读了那段报道，心里气恼，对她的朋友们挖苦贝基做作的风度。乡下的布

---

① 曼特侬：法国国王路易十四有名的情妇。——原书编者注
② 庞帕杜：法国国王路易十五的情妇。——原书编者注

特·克劳利太太和她的年轻女儿们从城里买了份《晨报》，合情合理地发泄了一通。“假如你长了一头沙黄色头发，绿色眼睛，而且是个法国走钢丝杂耍女演员的女儿，”布特太太对她大女儿说，她这个女儿却是五短身材，黑皮肤，塌鼻子，“你也可能让你的嫂嫂简夫人带着进宫觐见，还能带上高级钻石首饰。但是，我可怜的孩子，你不过个良家女子，你拥有的只是英格兰最优秀的血统，还有优良的做人原则和对宗教虔诚的信仰，这就是你的全部嫁妆了。我自己嫁了个男爵的弟弟，从来就没想过进宫觐见国王。要是贤明的夏洛特王后活着，有些人也休想进宫。”这位可敬的牧师太太这么发泄过后，心里觉得宽慰了不少。她的女儿们叹了口气，整整翻看了一晚上《贵族名录》。

那次著名的觐见过后没几天，另外一项殊荣又降临到贤德的贝基头上。斯泰恩夫人的马车停在罗顿·克劳利先生门外，那仆人把门敲得山响，仿佛房子正面的墙壁整个要被打塌似的，好在他并没有狠心把房子打塌，只是递了两张名片就走了。名片上分别有斯泰恩侯爵夫人和冈特伯爵夫人的名字。假如是两幅漂亮的画像，或者名片外面裹了价值二百畿尼的花边，贝基也不会更珍视。在她的客厅桌子上，有一个专门放贵客名片的瓷缸。天哪！仅仅几个月前，我们这位小朋友收到华盛顿·怀特太太和克拉肯伯利夫人的名片时，还骄傲得不得了。刚刚收到这两张贵族名片，那两张可怜的名片就被压到了底层，再也不去注意了。斯泰恩！海尔维林的巴里亚克斯，约翰斯！卡姆洛的凯尔隆！贝基和布里格斯当然要翻开《贵族名录》，寻找这些名字，把他们家族的族谱看个仔细。

斯泰恩勋爵两小时后来访。他习惯于四下环顾，这时发现他夫人的名片已经在那瓷缸里占据了重要地位，成为贝基的王牌，不禁咧开嘴笑了，就像看到任何人的弱点时一样觉得可乐。贝基很快便下楼走到他身边。勋爵预订好要来时，这位可爱的姑娘就打扮得楚楚动人，头发梳得纹丝不乱，衣饰、披肩、摩洛哥拖鞋，以及其他显出女性魅力的种种装饰全都安排得井井有条，然后以十分自然和谐的姿势坐在沙发上，等待他光临。可是，假如侯爵突然驾临，她就会匆匆奔上楼，对着镜子迅速收拾一下，然后尽快下楼伺候这位贵族老爷。

她见他望着那名片缸微笑，知道自己的心情被发现了，稍稍羞红了脸颊。“感谢光临，大人，”她说。“你家夫人们都来过了。你们对我太好心了！抱歉来迟了，我正在厨房做布丁呢。”

“我知道。我坐在车上隔着栅栏就看见你了，”老先生回答道。

“你什么都看得见，”她说。

“看倒是看见几样，就是没看见你做布丁，我漂亮的夫人，”他善意地说道。“你这个会扯谎的小傻瓜！我听见你在楼上走动，我毫不怀疑，你在那儿往脸上擦了点胭脂。你该送些给冈特夫人才对，她的肤色简直不堪入目了。我还听见卧室门开闭的声音，然后你才下楼。”

“你上这儿来的时候，我尽量打扮得漂亮些难道是桩罪恶不成？”罗顿太太口吻平淡地质问道，她用手帕抹了抹脸颊，仿佛想表示说，上面根本没有胭脂，脸上浮出的是真正的红晕，是因为害羞的缘故。这一点谁能说得准呢？我就知道一种胭脂，那是用手帕擦不下来的。有些品种更好，就是眼泪流过也洗刷不掉。

“好了，”老先生摩挲着他妻子的名片说，“这么说，你决心做个上流好女士了。你逼着我这个可怜老头带你踏进上流社会。你这个小傻瓜，你到了那儿也站不住脚的，你没有钱。”

“你帮我们找个职位吧，”贝基迅速打断他的话说。

“你们没钱，却想跟那些有钱人争个高下。你是个可怜的泥罐罐，还想跟那些大铜壶一起顺着溪流比赛谁游得快。女人全都一个样。人人都爱努力争取些没有价值的东西。天哪！昨天我陪国王一起吃饭，我们吃的是羊脖子肉和萝卜。素菜常常比肥牛肉还好吃。你要去冈特公馆做客，去不成就闹得我这老头子不得安生。其实那儿还不及这里一半舒适呢。你去了就会厌烦。我自己就烦透了。我太太吵闹得像麦克白夫人，我的女儿们也欢乐得像里根和戈内里尔[①]一样。我简直不敢在我那间所谓的卧室里睡觉。那张床就像圣彼得大教堂的祭坛，上面的画像让我看了害怕。我在树桩间有张小铜床，上面铺了块毛垫子，像隐士一样住在里面。我就是个隐士。哈哈！下星期，你会收到邀请，跟我们一起吃饭。你得留心，别让那几个女士要了你！她们会欺负你的！”斯泰恩勋爵是个不善言谈的人，一气说这么多话实在算得上长篇大论了。那天，他还对贝基说了许多其他事情。

布里格斯正坐在屋子另一头的桌子后面，听了侯爵大人用轻薄的口吻谈论女人，抬起头望了他一眼，叹了口气。

“要是你不把那只讨厌的牧羊狗赶走，”斯泰恩勋爵扭头恶狠狠朝她瞪了一眼，“我就叫人把她毒死。”

“我的狗从来是在我自己的盘子里吃饭的，”丽贝卡顽皮地笑了笑说。勋爵碍于布里格斯在场，不能跟上校漂亮的夫人说知心话，觉得恼火，让她觉得十分可乐。最后，罗顿太太对她的崇拜者发了善心，对布里格斯说，今天天气真好，应该带孩子出去散散步。

“我不能打发她走，”贝基沉默半晌才用悲哀的腔调说。她的眼睛里已经涌出泪水，连忙把脑袋扭向一边。

“我想你欠她的薪水吧？”这位贵族老爷问。

“比这还糟，”贝基说，她仍然不抬起低垂的脑袋。“她让我给毁了。”“毁了？那你干吗不打发她走？”这位绅士问道。

“只有男人才会那么做，”贝基痛苦地回答道。“女人可不像你们

---

① 里根和戈内里尔：莎士比亚悲剧《李尔王》中两个凶狠喧闹的女儿。——译注

男人那么残忍。去年，我们穷得把最后一个畿尼也花光后，她把一切都给了我们。她永远也不能离开我们了。除非我们最后也彻底毁掉，看来也为期不远了。要是我不能把钱全付给她，就不能赶她走。”

“那么……总共是多少？”贵族老爷咒骂一声问道。贝基想到他的财产多得数不清，就说出个数字，那并不是她欠布里格斯小姐的数目，而是那个数目的两倍。

斯泰恩老爷听了这数目爆发出一阵恶狠狠的咒骂，丽贝卡赶紧把脑袋伏得更低，哭得更加悲戚。“我没办法，那是我唯一的机会。我也不敢告诉丈夫。要是我把这事告诉他，他准得杀了我。我把这秘密藏在心里，对谁也没说，你是第一个知道的。啊，斯泰恩老爷，我该怎么办呢？我实在太不幸了。”

斯泰恩老爷一声没吭，只是咚咚敲着桌子，咬自己的指甲。最后，他抓起帽子冲出屋子。丽贝卡直到门哐的一声碰上，马车辚辚声已经去远，这才站起身，一双绿色眼睛里露出最滑稽不过的得意光芒。她爆发出一阵哈哈大笑，然后动手做针线活儿。后来，她坐在琴凳上，随手弹了几曲得意扬扬的调子。窗外的路人不禁驻足倾听她出色的演奏。

那天晚上，冈特公馆给这位小女人送来两封短简。一封是斯泰恩老爷和斯泰恩夫人请她下个星期五去冈特公馆赴宴的邀请信，另一封里面有张灰色的小纸条，上面有斯泰恩勋爵的签名和隆巴德大街琼斯－布朗－罗宾森银行的地址。

这天晚上，罗顿听见贝基出声地笑了一两次。她说，那是因为她要去冈特公馆面见夫人们，心里觉得有趣。其实是她另有许多其他心事。她是不是该把钱付给老布里格斯，打发她走？是不是该结了拉格斯家的账，给他们个惊喜？她辗转盘算了一晚上，第二天早上，罗顿照例到俱乐部去消磨时光，克劳利太太穿了身普通服装，戴了张面网，坐了公共马车进城。在琼斯－布朗－罗宾森银行，她把那张签名的单子交给柜台上的职员。那职员看了问她："你准备怎么拿？"

她平静地说："要一百五十镑小票子，其余要一张大钞。"回来途经圣保罗教堂时，她在附近的商店里给布里格斯买了条极其漂亮珍贵的黑丝裙。她热情地亲吻了一下那位忠厚的老处女，说了许多漂亮话，把礼物送给她。

然后，她步入拉格斯先生家，热情问候了他家的孩子，付给他五十镑，算是先付了一笔房租。她又到出租马车行老板那里付了同样一笔数目。"我希望你能得到点教训，斯帕文，"她说，"等到下次进宫觐见国王的时候，不能因为我自己的马车没有预备好，就让我哥哥皮特爵士带着我们挤在一辆马车里去伺候国王陛下。"上次进宫的时候，车行老板对他们很不客气，少校几乎不得不坐公共马车去见国王。

做完这些安排后，贝基上楼走进自己卧室，找出上文提到的那个书夹。这是许多许多年前阿米莉亚·塞德利送给她的。她在里面藏了许多有用而珍贵的小宝贝。她把琼斯－罗宾森银行出纳给她的那张大钞票也放进去。

第四十九章
三道菜一道甜点

这天早上，冈特公馆的女眷们正在吃早饭时，斯泰恩勋爵走了进来。勋爵早上向来独自用巧克力当早点，很少打扰家里的女眷。他平时难得见到她们，只有在公共聚会上陪伴，在自家门厅里打个照面，在歌剧院他从自己底层的包厢朝她们上面的包厢扫视一眼。这天勋爵却在女士们吃早饭的时候出现在她们面前，结果，大家为丽贝卡开始了一场壮观的战斗。

“斯泰恩夫人，”他说，“我想看看你星期五请客的名单。而且我要请你写张请柬给克劳利上校和克劳利太太。”

“请柬由布兰奇写，”斯泰恩夫人连忙回答，“冈特夫人写请柬。”

“我不给那个人发请柬，”冈特夫人是个身材高大仪态庄重的夫人。她抬眼望了望，立刻又垂下眼皮。谁要是冒犯了斯泰恩勋爵，他的脸色可不是好看的。

“打发孩子们离开屋子。走！”他拉了拉铃说道。淘气鬼们从来见了他就害怕，赶紧离开。那母亲也想跟着走。“你别走，”他说。“你留下。”

“斯泰恩夫人，”他说，“我再问你一遍，你能不能到书桌边坐下来，写张请柬，邀请他们星期五来吃饭？”

“老爷，我那天不能出席，”冈特夫人说。“我要回娘家。”

“那可再好不过了，住在那儿别回来了。你会发现，与巴里亚克斯地方的催债乡警做伴非常愉快。我也再也用不着把钱借给你的亲戚，用不着看你那副愁眉苦脸的模样。你算什么人，敢在这里发号施令？你一个子儿也没有。你没有脑子。你到这儿来只能生生孩子，却一个也生不出来。冈特已经对你厌倦透了。在这个家里，除了乔治的妻子，谁不盼望你早点死。要是你死了，冈特倒乐得再娶一房。”

“我也宁肯死，”夫人回答道。她的眼睛里涌出愤懑的泪水。

“人人都知道，我太太是个谁都挑不出瑕疵的圣人，一辈子从来没有做过一件错事。她都不反对见我的年轻朋友克劳利太太，你反倒摆出一副高不可攀的架子来了。斯泰恩夫人该明白，有时候最贤惠的女人也能遭人非议，最清白的女人也难免遭到谎言诽谤。夫人，要我讲点你妈妈巴里亚克斯夫人的小逸事给你听吗？”

“要是你愿意，就打我好了，先生，往死里打吧，”冈特夫人说。勋爵见妻子和儿媳妇遭难受苦的模样，从来就觉得有趣。

“我亲爱的布兰奇，”他说，“我是个绅士，除了帮助女士们，从来不会对她们动手。我只是希望改正你性格中的缺陷。你们女人都太过于自信了，可悲的是缺乏同情心。我能肯定，假如莫尔神父在这儿，准会这么教导斯泰恩夫人。你们千万不该摆什么架子。我的好人儿，你们该谦卑温顺才对。也许斯泰恩夫人也知道，这位受人诽谤的克劳利太太，其实是个质朴善良无辜的人，甚至比她自己都更清白。她丈夫的品行不佳，但即使如此，他的名誉也不下于巴里亚克斯家的人，你父亲嗜赌，又不付赌债，结果把你继承到的一点点可怜遗产也骗了个精光。你到了我家身无分文。克劳利太太出身不高贵，可她并不低于你显赫的祖先，范尼家第一代德·拉·琼斯。”

“先生，我带给这个家庭的财产……”乔治夫人嚷起来。

“你用那钱买了未来的继承权[①]，”侯爵阴森森地说。“假如冈特

① 未来继承权：斯泰恩的意思是：“你拿未来的机会打赌，假如长子死了没有子嗣，你的丈夫或孩子就能继承财产，你作为寡妇便能从中得利。”——原书编者注

死了，你丈夫就会恢复自己的荣誉，你的小儿子就能继承这些财产，除此之外，天晓得还会有什么机会？夫人们，你们到了外面，随你们怎么高高挺起胸脯，装出圣洁模样，可是在家里别对我摆架子。至于克劳利太太这样冰清玉洁的高贵女子，假如我暗示说她还需要有人替她的优良性格辩护，反倒玷污了她，我也因此降低了身份。你们要热情接待她，就像招待我请到家里来的任何客人，”他突然爆发出一阵大笑，“这个家？谁是这个家的主人？这是个什么？这所圣德的殿堂属于我。就是我把纽盖特监狱的犯人或者贝多兰姆疯人院的病人请到这里来，他们也得受到欢迎。”

只要斯泰恩勋爵的“后宫”出现叛逆苗头，他会立刻给她们这样一通轰轰烈烈的训谕，他家女眷别无选择，只得规规矩矩俯首臣服。冈特夫人按照勋爵的要求亲笔写了请柬，她和婆母强压心头痛苦，忍辱亲自乘车将邀请送到罗顿太太家门口。见了请柬，那位纯洁的女子乐得心花怒放。

在伦敦，许多家庭宁愿花费整整一年的收入，换取与如此显赫家族的夫人们交往的殊荣。比方说吧，弗雷德里克·布洛克太太就愿意跪着从五月集匍匐到隆巴德大街，如果斯泰恩夫人和冈特夫人能等在那里扶起她，嘴里说上句：“下个星期五到我们家来做客吧。”当然并不是参加冈特公馆的大型聚会或者熙熙攘攘的舞会，那种活动谁都不难去参加。我们说的是那种神圣而高不可攀的小型晚会，其中充满神秘和耐人寻味的乐趣，参加这种聚会才算得上享有某种特权。

冈特夫人美丽而端庄，品格无可挑剔，在名利场上自然享有极高的地位。斯泰恩勋爵当众向她请安时一丝不苟的高雅风度，让每一个目睹者心中充满敬意，即使最挑剔的批评家也不得不承认，他不但具有完美的绅士风度，而且至少勋爵的心智是健全的。

为了击溃共同的敌人，冈特公馆的夫人们向巴里亚克斯夫人求援。她们派出冈特夫人的一辆马车，到希尔街去接夫人的母亲。据说，老夫人的马车和所有珠宝首饰都被索债警察扣了起来，让不留情面的犹太人夺走了。就连巴里亚克斯城堡也落入他们手中了，其中还有珍贵的油画、家具和古玩，有著名英国画家范戴克气势雄浑的作品；有皇家画师雷诺兹的油画；有劳伦斯画的俗艳肖像，三十年前这些作品被当作天才的珍品收藏；还有一件名叫“舞蹈天使”的雕塑是意大利雕塑家卡诺瓦为年轻时的巴里亚克斯夫人所塑。当时的巴里亚克斯夫人正值财富和地位的鼎盛时期，人长得美貌无比，现在，这位贵夫人成了个老太婆，头发掉了大半，牙也缺了，就像一件豪华裙袍磨成破衣烂衫。劳伦斯同时期还为勋爵作了一幅画，他在巴里亚克斯城堡前，身着西斯尔伍德骑兵制服，手中挥舞着马刀，可是现在呢，这位老爷已经成了个干枯的老头，身上的大衣仿佛过于肥大，头上的假发粗糙不堪，每天上午的主要活动就是在格雷客栈混时光，独自在俱乐部吃饭，而不愿陪斯泰恩一起用餐。当年他们一道寻欢作乐，巴里亚克斯的地位要高得多了。但是斯泰恩比他底蕴厚，最后超过他后来居上。如今的侯爵比 1785 年那位年轻的冈特勋爵地位高出十倍，巴里亚克斯现在成了个不入流的穷汉，又老又苦，贫困潦倒。他向斯泰恩借过许多钱，见了朋友总觉得浑身不自在，就尽量躲着不见。斯泰恩想寻寻开心，就挖苦地问冈特夫人，她父亲干吗不来看望她？“他已经有四个月没来过了，”斯泰恩会这么说。“我只要查查支票簿，就能弄清楚巴里亚克斯上次来的日子。真是太妙啦，夫人们，我自己的钱存在我一个亲家的银行里，另一个亲家却把我当成他的银行！”

贝基第一次踏进这个上流社交圈时遇到的大部分重要人物与本故事无关，不过有一位值得我们描绘一番。当时彼得瓦拉丁亲王殿下带着他的王妃在场，这位贵族老爷腰束得很紧，胸脯宽阔得像个军人，胸前的勋章闪烁出辉煌的光芒，脖子上戴着红丝带和金羊毛勋章。他拥有的群羊多得不计其数。“瞧他的脸。他的祖先准是只羊，”贝基压低声音对斯泰恩勋爵耳语。可不是吗，这位殿下的面孔又长又呆板，面色苍白，外加拴在脖子上的那根丝带，活像只脖子挂铃铛的领头公羊。

另外还有一位名叫约翰·保罗·杰弗逊·琼斯的先生，名义上在美国大使馆工作，实际上不过是《纽约论坛》的通讯员而已。他为了取悦主人，向斯泰恩夫人询问，他亲爱的朋友乔治·冈特在巴西过得可好？他以前在那不勒斯跟乔治的关系十分亲密，两人还一同去过维苏威。后来琼斯先生就这次宴会写了篇详尽的报道，不久便在《纽约论坛》登载出来。他一一提到参加宴会者的名字及其头衔，对重要客人的生平还做了简要的介绍。他淋漓尽致地描绘了女宾的外表、每道菜的色香味、用人的服饰及其上菜的堂皇举止、橱柜的装饰和餐具的估价等等。照他计算，这样豪华的一餐，每位客人的餐饮费用足有十五到十八美元。他后来常常写推荐信，介绍人来见斯泰恩侯爵，说是他与已故的勋爵关系甚笃，直到最近才不再写这类东西。大家鱼贯走进餐厅的时候，一位无足轻重的年轻人索斯当伯爵抢在他之前走进去，他于是感到十分愤慨。在报道中写道：“我闪身一旁，正打算向睿智喜人、出语不俗、时髦漂亮的罗顿太太伸出手，搀她进餐厅，突然，一个鲁莽的贵族青年插在我与那位女士之间，夺走了我的美人，而且连一句表示歉意的话都没说。我只得陪那位夫人的丈夫跟在他们身后。这位先生身材臃肿，脸色通红，自称在滑铁卢之战曾有过英勇的作为，他的运气显然比新奥尔良那帮穿红制服的倒霉士兵[①]好得多。

上校踏进高雅的上流社会后，面孔立刻羞得通红，仿佛一个十六岁的男孩见了妹妹的女同学。我们在前面提到过，忠实的罗顿向来不习惯与女子交往。在俱乐部或者部队食堂里，跟男人们在一起骑马、赌博、抽烟或者打台球，就是陪态度最鲁莽随便的家伙鬼

① 穿红制服的倒霉士兵：指美国独立战争中战败的英国士兵。——译注

混，他也觉得十分自在。他也有过女友，不过那是二十年前的事情了，而且他喜欢的女子就像喜剧中马洛[①]喜欢的那种类型，一旦遇到态度高傲的女士，他就会害羞。时代不同了，那种女子他已经不敢提起。不过，在名利场上，成千上万的年轻人每天都跟那种姑娘厮混，赌场上、舞厅里、海德公园的小径上到处有她们的踪迹，就连圣詹姆士的聚会上也能看到她们的身影。就算最富有道德观念的社交圈子能注意到她们的存在，那些吹毛求疵的人们也假装看不见她们。总而言之，克劳利上校除了他自己的模范太太之外，见过的上流女人总共不到五六位。他的嫂嫂简夫人天性温和善良，他由衷地喜欢她，除了她和他自己的妻子之外，其他女人都让他见了害怕。第一次到冈特公馆赴宴，他除了说了句天气真热，再也没有当众开过口。贝基真想把他留在家里，不过这位贤德的女子认定，第一次在高雅上流的社交活动中露面，应该有丈夫在身边保护她这个胆怯的小人儿才恰当。

她刚刚出现，斯泰恩勋爵立刻上前握住她的手，极为文雅礼貌地欢迎她，把她介绍给斯泰恩夫人、其他女士和他的女儿们。三位夫人板起面孔，一本正经地向她行屈膝礼，老妇人当然向她这位新上门的宾客伸出手，不过那只手冷冰冰的像大理石一样。

贝基握住她的手，感激中带着谦恭，向她行礼的姿势优雅得能让最好的舞蹈教师也自愧弗如。她诚恳地对斯泰恩夫人说，勋爵曾经是她父亲早年的好朋友和保护人，她自幼就知道该尊敬斯泰恩家族。斯泰恩勋爵以前的确买过已故的夏普先生两幅油画，充满感激心情的孤女永远也忘不掉他的这一恩惠。

然后贝基与巴里亚克斯夫人见面。上校太太仍然十分恭敬，对方却摆出非常傲慢尊贵的架子。

---

① 马洛：英国剧作家戈德史密斯的喜剧《屈身求爱》中的男主人公，马洛只能喜欢地位低于自己的女子。——原书编者注

“十年前我有幸在布鲁塞尔结识过夫人，”贝基以极为迷人的口吻说道。“滑铁卢战役的前夜，我有幸在里奇蒙德公爵夫人举办的舞会上见到过巴里亚克斯夫人。我还记得夫人与令爱布兰奇小姐坐在旅馆门外的马车里等着套马。我希望夫人的钻石都平安吧。”

大家听了这话，都朝自己身边的人会意地望了一眼。大家都知道，那些有名的钻石已经落入他人之手。贝基显得对此一无所知。罗顿·克劳利陪索斯当勋爵退到一扇窗户旁边，罗顿把巴里亚克斯夫人如何一再让步买马的情景讲给他听，把他乐得放声大笑。“我看我用不着害怕那个女人了，”贝基想道。果然，巴里亚克斯夫人与女儿交换了两个恐惧和愤怒的眼色后，退缩到一张桌子后面，全神贯注于欣赏图画。

来自多瑙河畔的贵宾一到，大家改用法语交谈，巴里亚克斯夫人和年轻的夫人们发现，克劳利太太的法语说得极为流利，比她们强得多了，不禁感到十分沮丧。贝基 1816 到 1817 年间在法国时见过几位匈牙利重要人物，便关切地询问他们的近况。几位外国贵宾以为她是个地位尊贵的夫人，斯泰恩勋爵和斯泰恩夫人引导亲王和王妃进餐厅的时候，他们问起那位口才如此好的夫人是谁。

最后，宾主按照那位美国外交官描述的次序步入餐厅就座，宴会开始。我向读者保证，大家可以在精神上参加这次宴会，按照自己的口味点菜。

等到女士们单独在一起的时候，贝基知道，激战就要开始了。这位小女人的确落入这种境地后，这才想起斯泰恩勋爵的警告没错，她的确应该留心地位高于自己的女人们。据说，最痛恨爱尔兰人的就是爱尔兰人；同样，对女人最残酷的也是女人。可怜的小贝基被独自撇在一边，就走向聚在壁炉边的尊贵夫人们，不料那群夫人又撇下她，走到桌子旁边去观赏图画。等到贝基跟着她们来到桌子旁边看画，她们又一个个离开桌子，再次聚到炉火旁。她喜欢当着众人跟孩子交谈，便找了个孩子想跟他说话，可是乔治·冈特小少爷马上就被他妈妈叫走了。这位陌生客人受到如此残酷的对待，到后来，就连斯泰恩夫人也觉得于心不忍，走上来陪这个没人理睬的女子聊天。

“斯泰恩勋爵说，”夫人苍白的面孔涨红了，“你的歌唱得非常美，克劳利太太，我……我希望你能赏光唱给我听听。”

“为斯泰恩勋爵大人和您夫人，我什么都愿意做，”丽贝卡心里对她非常感激，在钢琴旁坐下来且弹且唱。

她唱了斯泰恩夫人早年喜欢的宗教歌曲，作曲者是莫扎特。她的歌声甜美温柔，让这位夫人着迷，她在钢琴旁流连，不肯离去，后来倚琴而坐，最后竟然感动得流下了眼泪。反对她的夫人们在屋子另一头不断大声交谈，但是斯泰恩夫人根本听不见她们的聒噪。她仿佛又回到了童年时期，她的思绪越过这四十年的沧桑，返回那修道院的庭院中。教堂的管风琴当年奏过这首曲子，弹琴的是她热爱的一位修女，在那段幸福时光中，她跟那位修女学会了这首歌。她现在又成了当年的小姑娘，这一小时中，过去那短暂的好时光又回到她身边。门砰的一声打开，她吃了一惊，只听得斯泰恩勋爵大声谈笑着，领着一群绅士走进客厅来。

他一眼看出自己不在的时候发生过什么事情，一时对自己妻子心生感激。他走过来跟妻子交谈，还称呼她的小名。夫人脸颊上再次泛起红晕。“我太太说你的歌唱得像天使一样美，”他对贝基说。据说天使有两种，各有不同的迷人之处。

不论这个夜晚的前半段多么令人难堪，剩余的时光却让贝基大出风头。她使出自己的歌唱天才，把每一个男人都吸引过来，围在钢琴旁边。与她为敌的女人们被孤零零地撇在一边。保罗·杰弗逊·琼斯先生走到夫人身旁，夸她那位迷人的朋友歌唱天才堪称一流。他以为这么说准能讨冈特夫人喜欢。

第五十章
凡人琐事

主宰我写下这部喜剧故事的文艺女神缪斯，现在必须离开盘桓已久的上流社会，纡尊到布罗姆敦区约翰·塞德利家卑微的屋顶下，让我描写一下那里发生的事情。在这所卑微的房子里，也有担忧、烦恼和猜忌。克拉普太太私下在厨房里对丈夫发牢骚，怂恿这个好人去找他过去的朋友和雇主闹一场，现在他毕竟是他的房客。塞德利太太不再到底层去找房东太太聊天，她当然已经不再是克拉普太太家的雇主了。一个人欠了人家四十镑还不起，还怎么能摆出屈尊的架子？对方不断暗示要求还债，还怎么厚着脸皮交谈？那位爱尔兰女佣对他们的善意和尊敬没有丝毫改变，但是，塞德利太太心里却越来越觉得她行为放肆，不知感恩，就像做贼的见了树丛总以为后面藏着警察，塞德利太太也是这样，不论姑娘如何说话，如何回答问题，她总觉得其中有讽刺意味。克拉普小姐已经出落成个大姑娘了，刻薄的老太太就说她是个疯疯癫癫的丫头，让人无法忍受。塞德利太太实在想不明白，阿米莉亚竟然会那么喜欢她，请她到屋子里一坐就是半天，还常常陪她出去散步。贫穷毒化了这位夫人的心情，可她以前曾经是那样乐观豁达的女人。阿米莉亚对她从来非常温和孝顺，可她一点儿也不懂得感谢。即使阿米莉亚对她表示善意，帮她做这做那，她也没好气，指责她不顾父母，只知道为儿子感到得意。自从乔治的舅舅不寄钱来以后，房子里现在丝毫生气也没有，全家仅仅凑合维持不饿死的光景而已。

阿米莉亚绞尽脑汁想了又想，希望找到一种贴补家用的事情做。现在的一点点可怜收入只能维持大家每天过挨饿的日子。能不能教书挣点钱？或者画画名片架子？要不就做点手工活？她发现比她更吃苦耐劳的女人们每天的收入也不过两个便士。她从一个文具店买了一对空白小画屏，使出自己全部本事在上面绘画，一个上面画上身穿红背心的牧羊人，在铅笔画的风景衬托下，那张粉红的面孔堆满了微笑；另一个画屏上画了个牧羊女正在过一座小桥，身后如影随形般跟着一条狗儿。她带着画屏去找同一位文具商，一心以为人家会出高价买回去。结果，布罗姆敦区文具店这位老板审视这两幅拙劣的作品时，实在隐藏不住心头的轻蔑。他侧目斜视了一眼等在店里的这位夫人，把画屏用绳子捆好递还给可怜的寡妇和克拉普小姐。克拉普小姐一辈子从来没见过这么好的艺术品，原来十分自信地以为，那人至少要付两个畿尼买这件珍品呢。她们抱着一线希望，到伦敦城里另外的商店去试，一个店主说："不要。"另一个店主厉声喝道："滚出去！"三先令六便士白花了。克拉普小姐依然坚持认为两幅画漂亮极了，于是，画屏便摆进了她的卧室。

她经过长时间思索，用工整的字体写了个广告牌："一位有余暇的夫人愿招收年轻女学生，教授英语、法语、地理、历史、音乐课程。报名请写信给布朗先生，转阿·奥收。"她找到那位文具商，那人愿意把广告牌放在自己店里的柜台上。最后牌子变得又脏又旧，始终无人问津。阿米莉亚时常怀着愁思从店门外经过，希望布朗先生能向她报告好消息，可他从来没有招呼她进去。她有时也进去买点小零碎，可就是没有消息。单纯可怜的女士，你又温柔又懦弱，如何在这竞争激烈的残酷世界上求生呢？

她一天比一天忧愁焦虑，常常用惊恐的目光瞪着孩子，孩子却看不出她的心思。她常常从梦中惊醒，蹑手蹑脚走到他卧室门外往里窥视，看是不是有人把他偷走了。她的睡眠越来越少，脑子里时时萦绕着恐惧的想法。她常常是在饮泣和祷告中挨过漫长的夜晚，心里觉得自己是孩子不能享受荣华富贵的障碍，这念头一再闪过心头，她又一再设法掩盖起来，不敢正视它。她不能离开孩子，不能！至少现在还不能。等以后再说吧。啊！就是想一想也让她无法忍受。

一个念头出现在她脑际，让她羞红了脸——让父母靠她的抚恤金生活，自己嫁给副牧师，让自己和孩子都有个家。但是，乔治的画像以及对他的回忆阻止他这么做。羞耻之心和心中真挚的爱情不容她做出这样的牺牲。她不敢正视这念头，仿佛它是桩亵渎神圣的罪恶。她纯洁温柔的胸中，容不得这样的想法。

我们仅仅用了一两个句子描绘的这种心理冲突，在可怜的阿米莉亚心中持续了许多个星期，而且她不能对任何人诉说，对于屈服的可能性，她想都不愿想。然而，在她心中，已经一天比一天更抵挡不住敌对的想法了。一桩又一桩难堪步步进逼，而且牢牢占领住自己的阵地：贫困悲惨的窘迫、父母因日用缺乏而蒙羞、对儿子的不公平。外围堡垒一个个被攻克，只剩下可怜的灵魂还在忠心耿耿地守卫着她深藏于城堡中的爱。

在这场斗争开始的时候，她曾经写信给远在加尔各答的哥哥，婉转乞求他不要中断寄给父母生活费。她对家中窘迫拮据的生活状况做了真实描写，无助可怜的境况让人看了心生恻隐。她并不了解实情。约斯其实并没有中断寄钱，只是接受者换成了城里一个债主，老塞德利将这笔年金做抵押，借钱实施自己毫无前途的项目。埃米把发信的日子记在自己的记事本上，急切地计算着信抵达的时间，盼望着收到回信。关于自己的苦恼和悲伤，她一点儿也没有向儿子远在马德拉斯的保护人提起过。自从上次向那位好少校写信祝贺他即将结婚以后，她没有再给他去过信。想到唯一敬重自己的好朋友也已经离她而去，不禁感到心灰意懒。

一天，事情变得更糟了——债主来逼债，母亲哭得歇斯底里，父亲比平时更加忧郁消沉，家里人也躲着互相不见面，各自心头都压着沉重的负担，仿佛这都是自己的错。父亲碰巧跟女儿单独待在一起。阿米莉亚想安慰父亲，就把自己做的事情告诉他。她说给约瑟夫写过信了，再有三四个月就能得到回音。哥哥虽然粗心，人倒非常慷慨。他知道家里生活窘迫，不会不帮助自己的父母。

接着，可怜的老先生道出了真情，说他儿子并没有中断寄钱，是他自己糊涂行事，蒙受了惨重损失，一直不敢说出真相。他用颤抖的声音承认了这一切后，见阿米莉亚表情惊恐面孔惨白，后悔不该坦白。

“噢！”他嘴唇颤抖着扭过身去。“你现在也瞧不起你的老父亲了。”

“啊，爸爸！不是的，”阿米莉亚哭着扑过来搂着他的脖子，一再亲吻。“你永远是我慈祥的好爸爸。你这么做的想法是对的。我想的不是钱……我是想……啊，我的上帝啊！我的上帝！可怜可怜我吧，给我力量，让我承受这个考验吧。”接着，她热烈地亲吻过他，便起身走了。

父亲并不明白她这解释的真正含义，也不明白女儿离开自己时为什么如此悲痛。其实，是她心里明白自己已经被征服了。判决书已经宣布。孩子必须离开她，到别人身边去，把她忘掉。他是她的心肝宝贝，她的欢乐和希望，她全部的爱，他几乎就是她崇拜的上帝。她必须放弃他。然后，她就要到乔治身边去，他们会守望着孩子，直到他们在天堂团聚为止。

她动作机械地戴上帽子走到乔治放学回家的小巷。她经常在孩子放学时间到这儿来接他。这是五月一个只上半天课的日子。树叶已经都长出来了，天气十分宜人。孩子朝她奔跑过来，健康的小脸蛋泛着红光，嘴里唱着歌，课本用一根皮带子捆起来搭在肩膀上。

他来到她身边，她双手搂住孩子。不，这不可能。他们不能分开。“怎么啦，妈妈？”他问。“你的脸色这么苍白。”

“没事，我的孩子，”她弯下腰亲吻他。

这天晚上，阿米莉亚要孩子读《圣经》中撒母耳的故事给她听，故事中说他母亲汉娜给他断奶后，带他来找大祭司埃利，要把他献祭给天主。孩子朗读了汉娜唱的歌，歌中唱道：贫富尊卑由谁决定，穷人如何才能出头，不靠神的意旨，谁也休想获得力量。接着，他朗诵了撒母耳的母亲如何给他做衣服，每年献祭时，就把衣服带去。听完孩子朗读，她以质朴温和的声调对孩子解释了这故事的含义。说那母亲虽然爱自己的儿子，但是因为她发过誓言，所以不得不把他送去献祭。她在家里做那小衣服的时候，必然永远心怀念子之情。撒母耳也永远不会忘记自己的母亲。时间过得飞快，后来她见儿子长得强壮而且聪明，心里一定非常高兴。她讲这番道理的时候，声音温柔而肃穆，眼睛也没有泪水，后来，她说到他们母子团聚，突然变得泣不成声，激动中把孩子紧紧搂在胸前，轻轻摇动着孩子，默默淌着圣洁而痛苦的泪水。

这位寡妇主意已定，便开始采取必要的措施。

一天，拉塞尔广场的奥斯本小姐收到阿米莉亚一封信。阿米莉亚已经有十年没有写过那个房子的名字和号码了，写下这地址的时候，她年轻时的经历又回到心头。奥斯本小姐看过信，脸涨得通红，隔着桌子望了望神色阴郁的父亲。

阿米莉亚直截了当告诉她为什么自己改变了主意：她父亲再次遇到不幸，彻底倾家荡产了。她自己能得到的抚恤金数目太少，很难养活父母，无法让乔治获得本来属于他的优裕条件。虽然她离开儿子心里感到万分痛苦，但是为了孩子的缘故，希望上帝能帮助她克服。她知道领养孩子的人们有能力让孩子过得幸福。她根据自己的看法，描绘了孩子的性情，说他脾气急躁，桀骜不驯，但动之以情却能顺从。她在附言中要求立一纸协议，保证她能按自己的意愿常常看望孩子。不答应这一条，她无论如何也不愿离开孩子。

“什么？骄傲的太太屈服了？”老奥斯本听完奥斯本小姐用颤抖急切的声音读的信，说道，“到了要饿死的地步了，嗯？早知道她会这样的。”他设法保持自己的尊严，像往常一样读报纸，可他什么也读不进去。举着报纸时而咯咯发笑，时而出声地咒骂。

最后，他把报纸抛下，像往常那样皱着眉头瞪了女儿一眼，走进隔壁那间书房，片刻之后拿着一把钥匙回来，把钥匙丢给奥斯本小姐。

“把我上面那间屋子收拾好，就是他的屋子，”他说。

他女儿用颤抖的声音回答道：“好的，爸爸。”

这间屋子有十多年没有开过了。乔治的衣服、文件、手帕、马鞭、帽子、钓鱼竿、运动装等等仍然在里面。这里还有一张1814年的军人名单，封面上有他的签名；有他写文章时常用的小字典；壁炉架上还放着她妈妈以前送给他的《圣经》；旁边还放着一对马刺和一个墨水已经干涸的墨水缸，上面积了足有十年的尘土。啊，从里面的墨水还没有干涸到现在，已经有多少日子过去了，多少人死去了！他的记事本还在桌子上，上面有他斑驳的笔迹。

奥斯本小姐带着一个用人走进这间屋子的时候，心里颇多感触，脸色变得刷白，跌坐在那张小床上。“这真是个好消息，小姐，实在太好了，小姐，”管家说。“小姐，过去的好时光又要回来了。那准是个可爱的小家伙，小姐，他会多么幸福啊！不过，小姐，五月集那边有些人不会喜欢他的，”她拉开窗户插销，开窗通风。

“你最好给那女人送点钱去，”奥斯本先生出门前说。“她不会用不着。给她送一百镑。”

“那我明天上她那儿去？”奥斯本小姐问。

“那是你的事。记住，她不能上这儿来。不行。见鬼。就是把伦敦的钱都给了我，也不行。不过她现在也肯定不想来。你留着点神，把事情办好。”简短地说了这么几句后，奥斯本先生离开女儿，照例进城经商去了。

“爸爸，这钱给你，”那天晚上阿米莉亚亲吻着老父亲，把一张一百镑的钞票递给他。“妈妈，别对乔治那么严厉。他……他在我们这儿呆不久了。”她不能再多说什么，走回自己的屋子。我们让她独自在屋里祈祷，独自忍受悲伤吧。我看，对于如此强烈的挚爱和悲伤，最好还是少说一点。

奥斯本小姐照自己前一天写来的短信上所说，登门拜访阿米莉亚。两人的会见颇为友好。可怜的寡妇望着奥斯本小姐，跟她交谈几句后，稍感宽心，至少不用害怕这个女人在孩子心目中占据首要位置。她态度冷漠，有理智，倒也不乏慈悲心。假如对手是个比自己年轻漂亮而热心的女人，母亲反而不会感到愉快。奥斯本小姐回忆起过去的时光，对这个可怜母亲沦落到如此田地颇为同情。她已经屈服投降了。那天，她们一道做出安排，初步拟定了协议。

乔治那天没去上学，留在家里见自己的姑姑。阿米莉亚把他们单独留在那里，回到自己屋里。她在体会与儿子分别的滋味，就像年轻的简·格雷女王上断头台前，先用手试试夺取她年轻生命的斧刃。寡妇小心翼翼地把这事告诉乔治，想看看他听了有什么反应。谁料到孩子竟乐不可支，可怜的母亲顿时悲哀不已。孩子当天津津乐道地把这消息在同学间传开，说他要跟爷爷一起生活，那是他爸爸的爸爸，而不是偶尔来过这里的那个老头。还说自己发财了，要坐马车，骑小马，还要上一个比这好得多的学校，等他有了钱，要买个第一流的铅笔盒，跟卖甜饼的女人结清欠账。痴心的母亲想，这孩子跟他父亲真像一个模子里刻出来的。

为了亲爱的阿米莉亚，我实在不忍心从头到尾讲述乔治离开母亲那天的全部经过。

这一天终于来了。马车停在了门外。一个小包裹早已放在过道里，其中包含着慈母的爱心和许多纪念品。乔治穿上他的新衣服，那是裁缝前几天来为他量过尺寸后缝制的。他一大早就起床穿新衣，妈妈却在隔壁默默地躺着伤心，倾听这间屋子里的动静。在这之前好几天，她就开始做离别前的准备，为孩子买各种需要的东西，在他的书上和衬衫上写上缝上他的名字，跟他交谈，好让他有个思想准备，痴心的妈妈以为孩子需要这种准备。

他需要改变，有什么可在乎的？他渴望这种变化。他对离别丝毫不觉得伤心，嘴里喋喋不休地声称，跟爷爷住在一起后，他要做这做那。“我要常常骑着小马来看望妈妈，”他说。“我要坐马车来接你去海德公园兜风，你要什么我就给你什么。”可怜的妈妈听他这么说，觉得他虽然有些自私，却也不无孝顺之心，心里设法让自己相信，孩子真心爱自己，便觉得一丝淡淡的满足。他当然会爱她。哪个孩子不爱母亲呢。他只是渴望有点新鲜事，不，不能算什么自私，不过自以为是罢了。她的孩子一定要有自己的乐趣和抱负才行。自私的是她自己，是她一味愚爱，害得他迄今为止一直得不到理应属于他的乐趣。

很少有什么事情比女人自我贬低，承认自己错误更让人感动了。她承认，有错的是她自己而不是男人，她谈论的全是自己的过错，宁愿代人受过，放走真正的罪人！伤害女人的人却得到她们最善意的对待。她们天生既是胆小鬼，又是暴君，谁要是在她们面前怯懦，反而要受她们虐待。

可怜的阿米莉亚将悲哀藏在心底，默默做着孩子离别的准备，度过许多孤寂的时光。乔治站在母亲身边，无所谓地望着她做各种准备。他的箱子上落了母亲的眼泪；他喜欢的故事书上有些文章让母亲做了标记；旧玩具、纪念品和许多宝贝东西都为他收拾好，精心包装起来。孩子对这一切全都毫不在意。孩子走的时候脸上挂着微笑，全不顾母亲的心都要碎了。天哪，这真是可怜的一幕。在名利场上，母亲对孩子们的挚爱从来都是一场徒劳。

几天过去了，阿米莉亚一生中的大事结束了。没有天使来帮她的忙。孩子已经献祭给命运之神，留下孤零零的寡妇。

孩子当然常常来看望她。他骑着小马，身后还跟着个马夫，老塞德利见了外孙这般模样，心中极为喜欢，常常跟在他身边步行。她能见到他，可他已经不再属于她。他还坐车去了那个小小的学校去看望同学，炫耀自己的财富和显赫。没出两天，他已经稍有些盛气凌人和屈尊的态度了。他妈妈想道，他就像他爸爸一样，生来就是个统治者。

此时正值好天气。他不来看望的夜晚，她就长途步行，走进伦敦城，直达拉塞尔广场，来到奥斯本家房子对面，坐在栅栏下的路沿上。坐在那里真是愉快，天气又凉爽。她可以抬起头望着客厅明亮的窗户，到了大约九点钟，乔治卧室里亮起了灯。她知道他在哪间卧室睡觉，孩子告诉过她。熄灯后，她还在那里祈祷，怀着一颗卑微的心祈祷，然后蜷缩着身子默默回家。回到家，她会感到十分疲惫，往往能睡个好觉，还可以在梦中与乔治相见。

一个星期日，她碰巧在拉塞尔广场散步，离奥斯本家房子还挺远的，只能远远看见那里。这时礼拜的钟声响了，乔治陪姑姑走出房门，要去做礼拜。一个扫烟囱的孩子上来向他乞讨，替他们拿《圣经》的用人过来赶那孩子走，但是乔治停下脚步，给了他点钱。愿上帝保佑这孩子吧！埃米绕着广场跑过来，赶上扫烟囱的孩子，也施舍钱给他。到处都响起了礼拜的钟声，她跟在他们身后来到育婴堂教堂，走了进去。她选了个看得见儿子的位置，恰好在他父亲的纪念碑下面。几百个孩子清脆的嗓音齐声唱起圣歌，赞美慈悲的在天之父，雄壮动人的赞美诗给乔治心中灌进狂喜般的激越。他母亲泪眼迷蒙，一时看不见他了。

第五十一章
字谜表演

贝基在斯泰恩勋爵家不公开的贵宾晚会上崭露头角后，便确定了在上流社会中的地位。这个大都市中最高贵显赫的家族立刻对她敞开了大门，那些府第的门槛实在太高，我们亲爱的读者和本书作者都不敢奢望进去。亲爱的兄弟，我们到了那些庄严肃穆的大门前，都不免胆战心惊。照我猜想，里面的用人手里一定握着银光闪闪的兵器，无特权进入的人们见了就会胆寒。据说，门厅里有个报社记者，专门坐在那里登记允许进门的大人物，他因为受不了时髦人物们的气焰，竟然没过多久就死于非命，就像希腊神话中可怜的塞米莉见了全副戎装的大神朱比特，如飞蛾扑灯，焚身而死。伦敦富有的泰伯恩区和贝尔格莱维亚区的人们应当引以为戒，既要记住以这个神话故事为戒，大概贝基的故事也该引起人们的警惕。啊，女士们！不信去问问特里弗牧师，看他是不是说贝尔格莱维亚区就像一只铜锣，泰伯恩区就像一副铙钹，尽管名声显赫，却不过敲出些空洞的节奏，转眼就成过眼烟云。用不了多少时日，海德公园会变得像巴比伦外围的著名园林一样默默无闻，贝尔格莱维亚区也会变得如同贝克街或者塔德默一样荒凉冷落。幸而我们在这一代还不至于遭此厄运。

女士们，你们知道吗？伟大的战将皮特曾在贝克街上住过，他家公馆现在已经凋敝不堪，可是，当年赫斯特夫人在此举行晚会，你们的祖母们想要挤进去，什么代价不愿意付出呢？不骗你们，我本人曾在那里赴过宴。坐在餐桌旁边，我想象着许多伟人的鬼魂也盘桓其间。此时仍然健在的人们正襟危坐，畅饮红葡萄酒，过世者的鬼魂也飘然而至，在暗褐色的餐桌周围就座。与拿破仑交战时叱咤风云的英雄在这里大杯灌下高浓度葡萄酒，大将邓达斯的鬼魂一饮而尽，大将阿丁顿的鬼魂阴森森地鞠躬谄笑，酒瓶无声无息传到他身边，他可不甘示弱。斯考特将军的眼睛在两道浓眉下眨巴着，盯着虚无缥缈的酒浆。威尔伯福斯举目望着天花板，免得看到刚才举起的满杯，现在已经见了底。啊，不久之前，我们不是还聚在这块天花板之下吗？现在它已经成了个寄宿公寓。赫斯特夫人曾经在贝克大街住过，现在已经长眠荒野。作家约森在那儿见过她，不是在贝克大街，而是在荒野里。

这一切当然都是过眼烟云，但是谁见了能不喜欢？谁能因为烤牛肉转瞬即逝而不吃？烤牛肉的确不能维持长久，但是，为健康着想，我还是要请读了这书的人多多享用，即使我的读者能活到五十万岁，也要不断地吃。先生们，坐下来，敞开胃口，把肥肉、瘦肉、肉汤以及炖在里面的萝卜通通吃下去，一点儿也别剩。再来一杯酒，琼斯，我的伙计，再来一块上好的排骨。我们要把这些虚无缥缈的东西吃个尽兴，吃个心满意足。同样，让我们尽情分享贝基做了贵人后的乐趣，尽管它像任何其他乐趣一样都维持不久。

贝基到斯泰恩勋爵家拜访过后，第二天彼得瓦拉丁亲王殿下在俱乐部见到克劳利上校，马上与他亲热交谈，在海德公园的车道上见到克劳利太太，还脱帽深深鞠躬致意。她与丈夫立刻收到亲王邀请，到他的利万特大厦参加小型晚会。这座大厦的尊贵主人当时不在英格兰，殿下便暂住在那里。晚宴后，她为一小批宾客引吭高唱。斯泰恩侯爵也在场，像父亲般引导他的学生上进。

在利万特大厦，贝基见到了德·拉·热勃台公爵。他是欧洲第一流的谦谦绅士，也是欧洲最了不起的牧师，当时身任“最虔诚国王”[①] 的特使，后来官至那位皇帝的大臣。我的笔下流出如此显赫的名字，也深感荣耀，想到我们亲爱的贝基能与这些大人物交往，心中着实激动。她成了法国大使馆的常客，若没有这位魅力无穷的夫人在场，晚会就显得黯然失色。

大使馆有两位参赞，一位是伯利高家族的德·特鲁菲日先生，一位是香槟纳克先生。两人一见上校太太，立刻着了迷。哪个法国人离开英国的时候，没有破坏五六个英国家庭的幸福，没有带走许多破碎的心？这两位参赞按照那个国家的风俗，当众声称迷人了上校夫人，而且她已经跟他们混得如胶似漆。

不过我对这种断言表示怀疑。香槟纳克特别喜欢打两人扑克，贝基为斯泰恩勋爵唱歌时，他就在另一间屋子里陪上校打牌。至于特鲁菲日，大家都知道他欠了旅行者俱乐部侍者的许多小费，不敢再上那里去，假如没有大使供应一日三餐，他准会饿肚皮。所以我说，我不相信贝基会对这样两个年轻人特别垂青。他们两人倒是巴不得往返跑腿为她递送消息，为她买手套花束，借债为她定歌剧院包厢，千方百计讨好她。他们说的英语简单得总能惹她和斯泰恩勋爵发笑。她就当着一个人的面模仿另一位，还常常一本正经地夸奖他们英语有了长进，她的靠山侯爵听了总是觉得可乐。特鲁菲日送给布里格斯一条披肩，为的是请她给贝基送信。哪知道，老处女竟当着众人的面把信递给收信人。信上的内容让大家看了乐得大笑不止。斯泰恩勋爵读了信，大家都传看了一遍，只有老实的罗顿没看着。在五月集这所房子里发生的事情，没有必要全部让他知道。

没过多久，贝基不仅招待“最上流”的外国人，也开始招待最上流的英国人了。“最上流”这个术语在这高贵的社交圈里用得十分广泛。我并不是指品德最高尚的，或最低下的，不是指最聪明的，

① “最虔诚国王”：教皇赐封法国皇帝查尔斯十世的头衔。——原书编者注

也不是最愚蠢的，不是指最富有的或者出身最好的，只能是“最上流”的。换句话说，就是不容置疑的。就像最负盛名的圣阿尔马克街上盛大晚会的主持人，了不起的菲茨·威廉斯夫人；格雷·格拉里勋爵的女儿，了不起的格里泽尔·麦克白夫人这样的人。《贵族名录》上有记载，菲茨·威廉斯夫人是国王大街的后裔，只要她与某人来往，这人的地位就稳固了。谁也不能再对这人有什么非议。这根本不是因为菲茨·威廉斯夫人有什么非同凡响，正相反，她已经是个上了年纪的半老徐娘，时年五十七岁，人长得也谈不上漂亮，既不富有，也不风趣。可大家都认定，她是“最上流”的。去她家做客的都是最上流的。她年轻时名叫乔治亚娜·弗雷德里卡，因为父亲是威尔士亲王的宠臣波塔谢里伯爵，所以她便是上流社会赫赫有名的女士，一度想得到侯爵夫人的冠冕，因此至今与斯泰恩夫人仍有嫌隙。这位高贵著名的夫人故意对罗顿·克劳利太太表示热情，请她出席自己主持的宴会。又因为儿子圣·济慈的勋爵地位是斯泰恩勋爵帮忙弄到的，她也鼓励儿子常常光顾克劳利太太家。她请她到自己家出席小型晚会，席间当着众人面一连跟她亲切交谈了两次。于是，那天晚上这桩重要新闻立刻传遍了伦敦。以前诽谤过克劳利太太的人现在哑口无言了。斯泰恩勋爵的得力助手温罕律师向来以口齿伶俐著称，他逢人便对她赞不绝口。有些原来表示疑虑的人也立即向她表示欢迎。小汤姆·托迪以前曾警告索斯当不要拜访这种下作的女人，此时一反初衷，竟托人与她结识。总而言之，大家都承认，她已经是“最上流”的人物了。啊，我的好读者，好兄弟们，先别忙着羡慕可怜的贝基。这样的荣誉据说是靠不住的。大家都说，社交圈内最核心部分的人物并不比外面的流浪汉幸福多少。贝基打入最时髦人物中间后，曾与乔治四世面对面交往过，她也不得不承认，那无非是个浮华空泛的场面而已。

贝基的这段经历，我们必须一笔带过。关于社交中的宗派秘密，我无法描写，不过我十分清楚，那只是一种骗局，作为一个门外汉，我对上流社会的描写不可能准确，最好把看法藏在心底。

在以后的岁月里，贝基常常谈起当年在伦敦最上流时髦社交圈的经历。她的成功起初让她心花怒放，后来也就感到厌倦了。起初，没有什么比设计衣饰和添置新衣服更让她喜悦了。可是罗顿·克劳利太太财力极其微薄，这可不是件容易的事情，她不知为此伤了多少脑筋，费了多少麻烦。她要添置漂亮的新衣服和首饰，去参加晚宴聚会，还要受到重要人物的赏识。从高雅的小型晚宴到大型的上流聚会，她与之交往的同一批人，在前一天晚上曾聚在一起，第二天上午还要相见。年轻人衣着无可挑剔，脖子上打着漂亮的领巾，脚上踏着锃亮的靴子，手上戴着雪白的手套；老年人衣着庄重，衣服上钉着闪闪发亮的铜纽扣，显得高贵礼貌，只是言谈十分乏味；年轻姑娘们身着粉红裙袍，金发碧眼，腼腆怕羞；母亲们容貌美丽，雍容华贵，仪态端庄，个个佩戴着五光十色的钻石首饰。大家并不像小说里的贵族那样，用夹生法语交谈，他们全说英语。他们谈论人家住的房子，议论别人的人品和家庭琐事，与普通人之间的家常闲话毫无二致。贝基以前的熟人讨厌她，嫉妒她，这个可怜的女人本人却已经厌倦了这种生活。“我倒希望能逃出这圈子，”她自言自语道。“就是做个教区牧师的老婆，教教主日学校的孩子们，也比在这里鬼混强。要不就当个军官太太，坐在军用马车上到处奔波。啊，要是能穿上戏装裤子，在集市上跳舞挣钱，该多惬意啊！”

“你准会跳得很好，”斯泰恩勋爵笑道。她对这个贵族老爷无话不谈，态度总是显得那么纯真，她的话从来让他听了觉得新鲜有趣。

“罗顿能当个好马戏演员。那种脚蹬长靴，身穿制服，手握长鞭满场子甩响鞭的人，你把他叫什么？他身材高大健壮，有军人风度，”贝基沉思片刻，“记得小时候，父亲带我到布鲁克格林集市上看过一场马戏，回家后，父亲给我做了一对高跷，我穿了跳舞，把同学们等惊得目瞪口呆。”

“我倒真想看看，”斯泰恩勋爵说。

“我倒真想再那么跳跳，”贝基接着说。“布林克夫人见了准会睁得两眼滴溜圆，格里泽尔·麦克白夫人也会瞪大眼睛！嘘！别出声！帕斯塔开始唱歌了。”贵族聚会时，往往请一班专业歌舞演员来助兴，贝基就特意对他们表现得十分礼貌。她走到他们默默屈身的角落去，跟他们攀谈，跟他们握手，当着大家的面对他们颔首微笑。她自己也是个艺术家，她这话说得十分坦诚，承认自己出身的时候，态度带着卑微，让人们觉得无法忍受，却让他们都放松了对她的警惕，也让旁观者觉得好笑。一个人说："那个女人的脸皮真厚，居然装得超然物外，像她这模样，还是坐一边去的好，要是有人搭理她才怪呢。"另一个人会说："她真是个诚实善良的好人儿。"第三个人会说："哼，诡计多端的小狐狸精。"他们的话可能都没错。不过贝基依然我行我素，让那些专业演员觉得着迷，在她举行的晚会上，他们不再推说嗓子疼，还愿意免费教她唱歌。

不错，她有时也在柯曾街上那所小房子里举办晚会。门外便会停下几十辆马车，车灯把街道照得通明，道路被挤得水泄不通。隔壁 100 号和 102 号两家都被通宵达旦的喧嚣吵得气恼不已，嫉妒得睡不着觉。一大群随车而来的跟班人数太多，在贝基家门厅挤不下，就被打发到附近酒店去喝啤酒，等到需要他们的时候，跑腿的小厮就去招呼他们。几十名伦敦花花公子在她家小楼梯上推来搡去，相互踩踏，乐得放声大笑，觉得其乐无穷。许多品行端庄态度拘谨的夫人就坐在小客厅里，听专业演员歌唱。他们在台上表演惯了，一开口就底气十足，声音响亮得能把窗户都震下来。第二天早上，《晨报》上关于时髦聚会的专栏就会登出这样的报道：

“昨晚，克劳利上校与克劳利太太在五月集家中举行小型晚宴。赴宴的贵宾有：彼得瓦拉丁亲王与王妃、土耳其大使赫·伊·帕普什·帕莎及译员基鲍勃·贝、斯泰恩侯爵、索斯当伯爵、皮特·克劳利先生及简·克劳利夫人，还有瓦格先生等等。晚宴后，克劳利太太举办了大型晚会，参加者有斯蒂尔顿公爵夫人、德·拉·格鲁耶公爵、柴郡侯爵夫人、亚历山德罗·斯特拉契诺侯爵、德·伯利伯爵、夏普祖格男爵、托斯蒂骑士、斯灵斯顿伯爵夫人、弗·麦卡丹姆夫人、格·麦克白将军及夫人、两位麦克白小姐、帕丁顿子爵、赫拉斯·福葛勋爵、桑德斯·贝德温先生、鲍巴奇·巴豪德……”读者可以随自己喜好再用小字写上十几行人名。

我们亲爱的朋友对待这些显赫的大人物时，态度坦率得像与身份低微的街坊交往一样。有一次，丽贝卡在一个非常高贵的人家赴宴会时，或许是为了故意炫耀，与一位著名的法国男高音歌唱家在一起用法语交谈，格里泽尔·麦克白夫人扭过头，皱起眉头，瞪视着这一对。

“你的法语说得真好哇，”格里泽尔夫人说。她本人说法语时，总是露出明显的爱丁堡口音。

“这是应该的，”贝基垂下眼皮谦虚地回答。“我在一所学校教过法语，而且我母亲就是法国人。”

她的谦卑模样赢得了格里泽尔夫人的同情，夫人开始喜欢这个小女人了。时下兴起追求平等的时尚，不同阶级的人都想与远远高于他们的人平起平坐，格里泽尔夫人对这种趋势深恶痛绝。不过这位夫人承认，这位女子举止还算文雅，没有忘记自己卑微的地位。她是个好女人，对穷人好心，没什么心眼，无可指责，也没什么可疑之处。这位夫人以为她比你我都好，这不能算她的错。几个世纪以来，人们总是跪下来亲吻她祖宗的裙子边。据说，自从邓肯家祖先成为苏格兰国王时起，一千年来那里的王公朝臣一直用她们家设计的格子花布做男装裙。

斯泰恩夫人自从那次听过贝基歌唱后，不再讨厌她，或许还不无倾心。冈特家的年轻夫人们也不得不让步。她们曾怂恿人们攻击她，都以失败告终。才华横溢的斯汤宁顿夫人与她交过一次锋，结果受到无畏的小贝基一通反击，落得个一败涂地。贝基受到进攻就摆出一副天真烂漫的神态，其实，在这种时候她才最可怕。她说最恶毒的话，表情却真挚淳朴，最后还要为自己的鲁莽诚恳道歉，以便让大家都听清楚刚才的攻击之辞。

斯泰恩勋爵家一位食客瓦格先生以口角俏皮而著称，一天晚上，夫人们暗地怂恿他对付贝基。这位可敬的先生朝他的女保护人们挤眉弄眼，仿佛在说："等着看好戏吧。"接着开始向她发起进攻。当时贝基正在吃饭，丝毫没有料到会发生什么事，但是她的警惕从来没有松懈，一受到进攻立即避开对方的锋芒，照准对方的弱点猛烈反击。瓦格先生听了羞得脸上一阵红一阵白。她说完继续平静地喝汤，脸上挂着淡淡的微笑。瓦格的保护人不但常常请他吃饭，还时而借点钱给他。瓦格反过来帮他处理选举和报纸方面的事务，也办理种种杂事。斯泰恩勋爵朝这个不幸的家伙恶狠狠瞪了一眼，吓得他几乎哭出来，真想钻到桌子底下去。他可怜巴巴地望着勋爵，勋爵在这一餐的剩余时间中再也没跟他说一句话；他把目光转向夫人们，夫人们也不理睬他。最后，倒是贝基对他心生怜悯，跟他聊了几句。后来，他足有六个星期没收到赴宴邀请，勋爵有个亲信，名叫菲奇，瓦格自然对他百般讨好。菲奇奉命通知他说，假如他再敢对克劳利太太出言不逊，或拿她做笑柄，老爷就立刻把他的每一张借据都转到律师手中，决不通融。瓦格当着菲奇的面哭出了声，乞求他亲爱的朋友在老爷面前说说好话。他写了首赞颂罗顿·克劳利太太的诗，在自己主编的《痴言杂志》最近一期登载出来。到了俱乐部，他甜言蜜语讨好罗顿。不久之后，冈特公馆又准许他再次登门。贝基对他一如既往表示友好，幽默风度如故，从来没有发过脾气。

勋爵的首要亲信温海姆先生在议院有席位，在冈特公馆的餐桌旁也占有一席之地。他的举止和想法比瓦格先生谨慎得多。他父亲是英格兰北方的一个小煤商，他本人是坚定的保守派，从来反对那些暴发户。侯爵这位亲信对老爷的新宠非但没有表现过任何敌意，反而以狡黠而非凡的客套与她交往，暗中还帮她的忙。贝基不在乎明目张胆的进攻，对这个人的善意，倒觉得十分不安。

克劳利家打哪儿弄来那么多钱招待上流宾客？这个神秘的问题成了大家交谈的资料，或许也给这些小小的聚会增添了乐趣。有些人断言，皮特爵士定期给弟弟一笔不小的数目。假如是真的，贝基对男爵的操纵能力一定异乎寻常，他上了年纪，性格准是发生了极大的变化。另外有人猜测，贝基习惯于向丈夫的所有朋友们借钱，拿着账单对这个朋友说，房租到期了，不缴就要被赶出家门，对那个朋友下跪，说是某某账单若不支付，全家都得进监狱，要不就得自杀。据说索斯当勋爵就受过这种诱惑，为他们支付了几百镑。某骑兵联队年轻的费尔特罕是泰勒与费尔特罕军服军帽公司股东的儿子，由于他能进入上流社会全靠克劳利夫妇的引荐，据说他也饱受贝基的盘剥。人们还传说，她假装能从政府手中弄到机密肥差，从各式各样人物手中骗取贿赂。谁知道人们对我们亲爱的天真朋友说过什么或者没有说过什么坏话呢？有一样是真的：假如她真的照人们所说，靠乞讨、借贷或者偷窃，得到所说的钱财，她准能得到足够的资金，后半辈子过上诚实的生活，然而……不过，这都是后话了。

事实上，只要精打细算，花费极少的现金，尽量赊欠，也能短时间内支撑大场面。尽管人们对贝基家的晚会颇多非议，但是我相信，贝基家并不常常请客，就是开晚会，除了墙上蜡台里多点几支蜡烛外并没有太大开销。斯蒂尔布鲁克和女王的克劳利宅子向她提供大量野味和丰富的水果，斯泰恩勋爵的酒窖任她随意调遣，这位好贵族的名厨子来她家厨房中坐镇，勋爵还命令把家里的珍馐美味直接送过来。我认为，世人对淳朴好人滥加诽谤实在可耻，当时的人们诽谤贝基也实在不光彩，我要向大家发出警告，攻击她的谣言连十分之一的真实性也没有。假如一个人欠了债还不起就该受人排挤，假如一个人的开支得不到证明，大家就窥探人家的私生活，猜测人家的收入状况，最后竟然对人家不理不睬，这个名利场岂不成了不适于居住的蛮荒之地？我亲爱的朋友，假如真的成了那样，每个人都会跟邻居作对，文明将没有益处可言。人们将会相互争吵诽谤，见了面避之唯恐不及。我们将不得不住在洞穴中，我们将会穿上破衣烂衫，因为根本不在乎别人会怎么说。到那时，谁也休想收到房租，谁也不会再举行晚会，城里的商人全都要破产。假如人们都以自己愚蠢的准则行事，躲着不见自己不喜欢的人和责骂过的人，那么，好酒、美食、蜡烛、胭脂、带撑骨衬裙、钻石首饰、假发、路易十四的珍玩、古老的瓷器、公园里的出租马车、高头骏马拉的马车等等人生乐趣将不复存在。反过来说，只要人们相互多一点宽容，一切将变得相当愉快。我们尽管痛骂一个人是无耻至极的恶棍，早该上绞架才对，可是，我们当真希望绞死他？不。我们见了面照样握手言欢。只要他的厨子手艺好，我们就跟他一起用餐，我们也知道他会同样对待我们。这样，贸易可以进行，文明可以得到推进，和平得以维护，每周要举行晚会，新衣服就能卖出去，拉菲特产的隔年好酒卖得出去，也让诚实的酿酒商得到应有的收益。

我写这本书的时候，正值伟大的乔治国王当政。女士们时兴的上衣袖子瘦得像羊腿一样，头发上插着个乌龟壳似的大发梳。现在，女子流行宽松随便的衣服，头发上扎个漂亮的花环。照我看，当时上流社会的装束与时下没什么根本上的区别，两个时代的消遣作乐方式也大同小异。我们这些局外人，只能将目光越过警察的肩膀，望着那些美得让人眼花缭乱的夫人进宫觐见，或者参加豪华舞会，或者投身某种常人可望而不可即的高雅幸福的活动。正是为了让这些可怜的局外人获得些许安慰，我才写下这本书，描写亲爱的贝基如何奋斗，如何获胜，如何感到失望，凡是有本领的人都免不了经历这些过程，她也同样要尝试其中滋味。

在这个时期，字谜表演从法国传了过来，一时风行这个国家。漂亮女子于是得到展示美貌的机会，少数几个头脑机灵的也借此卖弄小聪明。贝基大概相信自己在这两方面都具有非凡天赋，便鼓励斯泰恩勋爵在冈特公馆举办晚会，内容一定要包括这种哑谜表演。我们必须请读者一起参加这次聚会，而且我要伤心地告诉大家，这恐怕是我们参加的最后一次大型晚会了。

冈特公馆中豪华的油画厅划出一部分做了哑谜表演舞台。乔治三世在位时期，这里曾用作戏台。至今，这里仍然挂着冈特侯爵演戏的一幅画像，他的头发扑了粉，用粉红丝带扎成罗马样式，正在演出艾迪生先生的一出悲剧，剧名叫《卡托》，他扮演的就是剧中名叫卡托的主人公。油画上，他的观众是威尔士亲王、奥斯纳堡主教和威廉·亨利亲王。当年，这些人物也像那位演员一样年轻。那时用过的道具现在堆在阁楼上，现在取出几件，翻新之后，准备继续在哑谜表演中使用。

年轻的贝德温·桑兹是一位文雅的花花公子，刚从东方旅行归来，演出就由他担任主持。以前，去东方旅行过的人颇受人重视。这位喜好冒险的贝德温在沙漠里住帐篷度过几个月时光，回来出版了一本游记，于是便成了个非同小可的人物。桑兹的那本书里有几幅他本人身穿不同民族服饰的画像。他到处游历时，身旁跟着相貌丑陋的黑人跟班，活像布赖恩·德·勃·吉伯特的模样。贝德温，连同他的异族服饰和黑人跟班在冈特公馆都大受欢迎。

第一个哑谜就由他领衔主演。幕启，只见一位土耳其军官盘腿坐在一张沙发床上抽水烟，当然啦，他只是假装抽烟，为了女士们考虑，水烟台上其实在焚香。看上去时代背景仍然是苏丹时期，军官还没有换上现代制服帽，仍然裹着巨大的缠头巾，土耳其军官打了个哈欠，显露出倦怠神色。他击了几下掌，侍从上场，那人光着胳膊，戴着手镯，腰佩弯刀和种种东方饰物，容貌丑陋，身材瘦削高大，举手触额，向老爷深鞠一躬。

满堂观众发出一阵惊呼，恐惧喜悦兼而有之。夫人们相互耳语。这个黑奴是桑兹用三打野樱桃酒从一个埃及官员那里换来的。据说，这人曾经把许多女奴装进麻袋缝起来，投进尼罗河。

“传奴隶贩子进来，”这个迷恋酒色的土耳其人挥了挥手说道。侍从把奴隶贩子领到主人面前。那奴隶贩子领来个戴面纱的女子。他把她的面纱揭开。屋子里立刻爆发出一片掌声。那是温克沃斯太太扮演的，她娘家姓阿布索朗。只见她身穿东方服装，眼睛极为漂亮，乌黑的发辫上点缀着无数珠宝，衣服上缀满了金币。那个讨厌的哈桑表示为她的美貌着迷。她跪倒在地，乞求他放她回到自己出生的山地去，因为她的恋人正在那里为她伤心。哀求打动不了这个铁石心肠的老爷，听她说起自己的恋人，这位军官还乐得直笑。女奴掩面伏地而泣，绝望的神色极为凄楚动人。看起来她根本没有希望了。突然……宦官上场。

宦官传来苏丹的圣旨。哈桑诚惶诚恐，把圣旨顶在头上。宦官还是由刚才那位侍从扮演的，只是换了身服装。黑奴脸上露出邪恶的得意神色。“饶命！饶命哪！”军官叫道。宦官咧开嘴巴阴险地笑着，从衣袋里掏出一根绞颈索。

他开始动手使用那件可怕的凶器时，幕落。哈桑在幕后叫道：“前两个音节。”罗顿·克劳利太太也要在这出哑谜剧中出演，走上前去恭维温克沃斯，说她的服装品位高雅，非常漂亮。

哑谜演出第二幕幕启。仍旧是东方布景。哈桑穿了另外一身衣服，坐在朱力卡身边，两人显得非常和睦。那宦官也变成个驯服的黑奴。时值日出，土耳其人面向远方的沙漠跪拜。由于不可能把骆驼牵来表演，乐队演奏了一支《骆驼队来了》。布景中出现一颗巨大的埃及人头像。人头还会唱歌，连那东方回来的旅行者也吃了一惊。唱的是瓦格先生作词的歌，充满喜剧色彩，东方旅行者舞蹈着下场，就像《魔笛》中的帕帕奇诺和摩尔王。“最后两个音节，”那颗人头咆哮道。

哑谜表演最后一幕幕启。这次背景是个希腊帐篷。一个高大魁梧的男人睡在卧榻上。墙上挂的头盔和盾牌，现在都没用了。特洛伊垮了。伊芙琴尼亚被杀。海伦也做了俘虏，关在外厅里。克劳利上校扮演万人之上的君主，可他根本不知道特洛伊陷落和海伦被俘的故事。国王就是阿加门农，此时正在睡觉。一盏灯将熟睡的勇士身影投在墙上，摇曳着。特洛伊的剑和盾牌在灯光中反射出闪烁的光芒。乐队演奏《唐·璜》中可怕的曲调。演员上场。

伊杰斯德里[①]脸色苍白，偷偷溜进来。帐后露出一张狰狞面孔，他举起手中匕首，准备对熟睡者下手。正在这时，床榻上的人翻了个身，将宽阔的胸脯朝向上面，仿佛准备接受行刺。他实在不敢朝那高贵的首领下手。克莱蒂门斯特拉像个鬼影般飘然上场，她裸露着白皙的胳膊，褐色长发披散在肩头，面色惨白，眼睛里带着一丝幽灵般的微笑，让人一见吓得瑟瑟发抖。

观众一阵骚动。“天哪！”有几个人说，“那是罗顿·克劳利太太。”

她露出一脸轻蔑，从伊杰斯德里手中夺过匕首，走到卧榻前。灯光下，匕首闪着寒光，一个凄惨的呼叫声中，灯灭。全场一片漆黑。

黑暗和刚才那一幕让大家感到恐惧。丽贝卡的角色演得实在太真实，太恐怖，观众全都吓得麻木了。突然，灯火齐明，大家欢呼鼓掌。“太好了！太好了！”老斯泰恩高声欢呼，压倒了其他声音。“天哪，她真下得了手，”他从牙缝里挤出这么几个字。大家一齐呼喊，要求演员谢幕：“主持！克莱蒂门斯特拉！”阿加门农不愿身穿紧绷绷的古式服装出来，就跟伊杰斯德里和其他演员躲在幕后。贝

① 伊杰斯德里：希腊神话故事中，阿加门农出征前，将妻子克莱蒂门斯特拉托付给伊杰斯德里，结果克莱蒂门斯特拉成了他的情人，两人合谋要杀死阿加门农。——译注

德温·桑兹先生带领朱力卡和克莱蒂门斯特拉出来谢幕。一位大人物坚持要见见迷人的克莱蒂门斯特拉。“嘿，哈哈！刺穿他的胸膛。再嫁别人，嗯？”亲王殿下恰到好处地开了个玩笑。

“罗顿·克劳利太太的角色真是太动人了，”斯泰恩勋爵说。贝基笑着丢了个媚眼，十分妩媚地行了个屈膝礼。

仆人们用带盖托盘奉上许多美味冷食，演员们退场，准备下一出哑谜戏。

这出哑谜有三个音节，剧情是这样的：

第一个音节。下级骑士罗顿·克劳利上校头戴软边帽，身穿大氅，一手拄拐杖，一手提着从马厩借来的提灯，大声吆喝着从舞台上走过，仿佛报时的更夫。一扇低矮的窗户后面，看得见两个推销商模样的人，他们显然在打牌，两人困得直打哈欠。一个为旅客擦皮鞋的上场，林伍德把这角色演得惟妙惟肖。不久，索斯当勋爵扮演的女佣手持两支蜡台和暖被子用的壶上场。她用那暖壶做武器，挡住两个推销商对她的调戏。她下场。两人戴上睡帽，拉下百叶窗。擦鞋人走出屋子，将底层屋子的百叶窗合上。听得见他从里面插门闩挂门链的声音。屋内灯灭。乐队奏《好好睡，我的爱》。幕后一个声音喊道：“第一个音节。”

第二个音节。突然灯火齐明。同一背景。乐队奏起《约翰在巴黎》中的一个老曲调“啊，我爱航海！”道具上一二楼之间画着斯泰恩家族的族徽。铃声响彻整个宅子。房子下面一层有个男人将一条长长的纸带交给另外一个人，那人晃动着拳头，威胁着，咒骂着。另外一个人在门口喝道：“马夫，把我的轻便马车赶过来。”他摸了摸女佣的下巴——索斯当勋爵扮演——她显出恋恋不舍的样子，就像那位著名的旅行者俄底修斯出门前卡莱普索与他难舍难分的情形一样。林伍德扮演的擦鞋匠提着个盛着银杯的木箱经过，嘴里喊着“修盘子补罐子喽！”他模仿得那么逼真幽默，博得满堂喝彩和掌声，有人还向他投去一束花。听得啪啪啪一阵响鞭，房东、女佣、仆人一齐奔向门口，贵宾就要进门时，幕落。舞台监督在幕后喊道：“第二个音节。”

“我看谜底准是‘旅馆’这个字，”禁卫军上尉格里格说。人们为上尉的聪明发出一片嗤笑。其实，他猜得离题不远。

为第三个音节的表演做准备时，乐队演奏许多航海曲调《英伦海峡中的航道》《停下吧，刺骨的北风》《至尊不列颠》《啊，比斯开湾》。显然要表现海上情景。幕启时听到一阵铃声。一个声音说：“先生们，靠岸啦。”旅客们相互道别，仿佛在焦急地指点着天空的云彩，其实那是由一块深色的帷幕代表的。索斯当勋爵扮演斯奎姆斯夫人，她抱着小狗和提包与丈夫一道坐下来，身旁还放着她的几只袋子。她握住旁边一根绳子，显然表现在船上的情景。

克劳利上校扮演的船长头戴三角帽，胸挂望远镜上场。他按住头上的帽子向远处眺望，他把衣摆弄得飘荡起来，仿佛被风拂起。他伸手拿望远镜时，帽子从头上弹落在地，仿佛被风刮掉一样，大家对这一表演技巧齐声喝彩。风越刮越猛，乐队奏出呼呼风声，船上的人作踉跄状，好像船剧烈颠簸。林伍德扮演的客船招待扶着船栏踉踉跄跄而来，手里托着六只盆子。他匆匆将一个盆丢在斯奎姆斯勋爵身边，斯奎姆斯夫人捏了狗儿一把，小狗立刻发出可怜兮兮的惨叫。她掏出手帕捂住脸，冲进客舱。乐队奏起尖厉的风暴声。第三个音节结束。

当时法国著名女舞蹈家诺勃雷有一个剧目《夜莺》很出名。瓦格先生将它移植到英国舞台上，改编成歌剧，他自己的拿手好戏是写诗，为这个剧目配上诗歌后，更增加不少浪漫色彩。这个戏是穿着法国古装演出的，索斯当勋爵这时扮演一个老太婆，拄一根弯弯曲曲的拐杖，一步三颤走上舞台。

台上用纸板搭了个漂亮的小屋，上面架着花棚，盛开着玫瑰。小屋后面传出一阵悠扬的歌声。“菲洛梅莉，菲洛梅莉，”老太婆喊道。菲洛梅莉上场。

观众发出喝彩声。那是罗顿·克劳利太太。她头发上扑着粉，脸上贴着美人痣，真是个世上少有的贵夫人。

她嘴里唱着歌，脸上挂着笑靥，行屈膝礼的模样活像歌剧中常见到的天真姑娘。妈妈说：“孩子啊，你干吗总是笑个不住，唱个没完。”话音还没落，她已经放开了歌喉：

阳台上的玫瑰

阳台上玫瑰花晨曦播馨香，
严冬里花不开枯枝盼春光，
为何玫瑰羞红脸颊洒芬芳？
和风扑面红日东升鸟欢唱。

夜莺儿歌声婉转回荡林间，
冬天里无声只因风猛枝寒，
要问为何鸟儿嬉戏歌喉展，
欢乐只为日出花开绿叶繁。

世间万物各司其职角色定，
玫瑰花蕾争奇斗艳鸟啼鸣，
心里洒阳光禁不住放歌声，
面浮红晕歌声悦耳晨光清。

那位扮演妈妈的人脾气温和慈祥，只是帽子遮不住他的大胡子，妈妈站在歌唱家身旁，她每唱完一段，妈妈就热烈表现自己的母爱，紧紧搂抱住女儿。每次爱抚都引得观众一片哄笑。结束时，乐队演奏一支交响曲，如无数鸟儿齐鸣，整个大厅爆发出欢呼声，一致呼喊“再来一遍”。掌声震耳欲聋，花束雨点般投向夜莺。斯泰恩勋爵的欢呼声最为响亮。贝基接住他扔给她的花束，以夸张的滑稽姿势抱在胸前。斯泰恩勋爵乐得如痴如狂。他的宾客们也像他一样喜不自禁。第一出哑谜表演中那位黑眼睛的美女曾经让大家产生过喜悦，她的美貌超过贝基两倍，但是贝基的熠熠光彩远远胜过了她。所有的声音都在为她欢呼喝彩。人们用她跟斯蒂芬斯、卡拉多里、朗兹·德·贝尼斯[①]比较，大家可能都有理由相信，假如她做个女演员登台献技，恐怕会技压群芳。她的表演简直是登峰造极了。她的花腔颤音明亮得盖过了雷鸣般的掌声，随同她的欢乐一起升上成功的巅峰。贝基成了当晚最出风头的人物，大家围在她身边邀她跳舞。那位王族贵宾发誓说，她就是完美的化身，一再找机会与她交谈。小贝基得到如此荣誉，又自豪又喜悦，想到财富名誉和上流生活就摆在自己面前，心中洋溢着得意。斯蒂芬斯勋爵成了她的奴隶，无论她上哪儿，都跟在她身后，整整一晚上，除了她几乎不跟别人谈话，而且当着众人对她赞不绝口，向她大献殷勤。她仍旧穿着表示侯爵身份的戏装，陪着德·拉·热勃台公爵的参赞德·特鲁菲尼先生跳了一支宫廷舞。公爵对宫廷一切传统均娴熟于心，宣称说，克劳利夫人真配得上做维斯特利[②]的学生，或者有资格出入凡尔赛宫。只是出于尊严和职责的考虑，这位大人才没有邀请她共舞，另外，他这时正患有关节痛。他当众宣布说，罗顿太太具有如此的谈吐和舞蹈才能，配得上做欧洲任何国家的大使夫人，出入于那里

① 斯蒂芬斯、卡拉多里、朗兹·德·贝尼斯：当时著名的歌唱家和女演员。——原书编者注

② 维斯特利：当年最伟大的舞蹈家和舞蹈教师，在巴黎舞台上走红达三十六年之久。——原书编者注

的宫廷。等到他听说她有一半法国血统，心里感到安慰。“除了我们法国同胞，”他声言，“谁能跳这么好的宫廷舞？”

接着，她陪彼得瓦拉丁亲王的表弟和随从德·克林根斯波尔跳了一曲华尔兹。兴高采烈的亲王没有法国外交家的风度，自己也坚持要与这个魅力无穷的人儿跳一曲，结果在舞场团团打转，把靴子流苏上和衣服上的钻石撒了一地，累得上气不接下气。帕布什·帕莎也很想陪她跳舞，可惜的是跳舞不符合他那个国家的风俗。人们把她围在中间，发狂般鼓掌，仿佛她是诺布雷或者塔布利奥尼[1]。每个人都如痴如狂，贝基自然也得意极了。她从斯汤宁顿夫人身旁走过时，脸上挂着不屑的神情。她对冈特夫人的态度仿佛屈尊纡贵，她那位妯娌既惊讶又自叹不如，没想到她胜过了一切富有魅力的女子。至于可怜的温克沃斯太太，虽然晚会开始时，她漂亮的眼睛和长长的头发一时引起轰动，可此时谁会注意她呢？她根本无法与贝基匹敌，恨不得撕下长发，哭瞎双眼，可是谁也不会心疼她。

贝基最大的成功还是在晚餐过程中。她被安顿在贵宾席上，在这张餐桌上就座的有刚才提到的皇家贵宾以及其他大人物们。向她奉上饭菜时用的是金盘子。假如她喜欢，她可以让人把珍珠溶在香槟酒里，那她就成了第二个克利奥佩屈拉[2]了。彼得瓦拉丁亲王若能得到她的青睐，宁愿将缀在衣服上的半数钻石奉送给她。热勃台在写给自己政府的信中还提到她的名字。在其他餐桌上就餐的女士们只能使用银餐具，她们注意到斯泰恩勋爵对她不断地献殷勤，发誓说，他准是迷恋上这可恶的东西了，对上流夫人简直是一种侮辱。假如带刺的恶语真能杀人，斯汤宁顿夫人一定会就地自杀。

罗顿·克劳利见她如此走红，心中感到恐慌。她的成功似乎把

① 诺布雷和塔布利奥尼：意大利芭蕾舞舞蹈家。——原书编者注

② 克利奥佩屈拉：埃及著名王后。莎士比亚著有以她为女主人公的诗剧《安东尼与克利奥佩屈拉》。——译注

他与妻子分隔得越来越远。想到妻子比自己强出不知多少倍，他心中便产生一种类似痛苦的感情。

分手的时候，一群年轻人跟在她身后，送她上马车。门外早有仆人高声呼唤马车，冈特公馆大门外手持火炬接应客人的也远远传递着吆喝，他恭维每一个出来的老爷，愿他们晚会上过得愉快。

罗顿·克劳利太太的马夫在大门外听到吆喝，把车赶进灯火辉煌的庭院，驶上有顶盖的车道。罗顿扶妻子登上马车，车便开了。温海姆先生与他有约在先，陪他步行回家。他向上校奉上一支雪茄。

外面接应客人的仆人手中握着火炬，他们在火炬上点燃雪茄，罗顿便随他的朋友温海姆先生一起步行。两个人离开人群和车马，跟在他们后面。等到他们离开冈特广场几十步远的地方，两人中的一个走上来拍了拍罗顿的肩膀说："对不起，上校，我想单独跟你谈谈。"另外那个人打了个口哨，等在冈特公馆门外的一辆出租马车就辚辚驶来。那人便挡在了克劳利上校面前。

勇敢的军官立刻明白发生了什么事。他落入索债警察手中了。他惊得往后退了一步，靠在刚才拍他肩膀的人身上。

"我们有三个人，你跑不掉了，"身后那人说。

"是你吗，摩斯？"上校显然认识说话的这个人。"一共欠多少？"

"小意思，"摩斯压低声音说，"只有欠内森先生的一百六十六镑，六先令八便士。"摩斯是米德尔塞克斯地方警察的助手，在钱塞利街科赛特巷办公。

"温海姆，看在上帝的分上，借给我一百镑，"可怜的罗顿说，"我家有七十镑。"

那可怜的温海姆先生说："我全部财产加起来还不足十镑呢。再见吧，我亲爱的伙计。"

"再见，"罗顿垂头丧气。温海姆走开了。出租马车停在拘留所门廊下，罗顿·克劳利正好抽完那支雪茄。

第五十二章

斯泰恩勋爵体贴入微

斯泰恩勋爵一旦有心帮忙，决不会帮到一半就罢手。不过，他施好意有明确的选择性，罗顿一家碰巧被他选中。勋爵也将他的好意施予小罗顿，向孩子的父母指出到学校上学的必要性。他说，他已经到了上学的年龄，在学校可以培养竞争精神，打下拉丁文基础，在学校能锻炼身体，而且跟同学交往对孩子十分有益处。他父亲表示反对，说是靠自己的财力不能送孩子上一所好的公立学校；孩子的母亲说，布里格斯就能做他的好教师，已经开始教英文、拉丁文基础和所有一般课程，她说的确实是真话。但是，斯泰恩侯爵慷慨解囊，执意坚持，他们都不好表示反对了。勋爵在一所历史久远的著名学校任董事，学校名字叫白袍修士学校。它的前身是一所西斯特教团修道院，当时名叫史密斯广场的比武场就与它相邻。由于地方宽阔方便，顽固不化的异教徒以前就带到那里焚化。新教的捍卫者亨利八世没收了这个修道院及其财产，凡不愿改信新教，不愿跟上他宗教改革步伐的修士，一律受酷刑或上绞架。最后，一个大商人买下这里的房产和邻近地产，其他富翁也捐赠了土地和金钱，他便在此建立了一所著名的老幼医院。在此基础上，渐渐发展成一所学校，还保留着修道院的特色，穿戴中世纪服装，沿用当时的制度。西斯特教徒为它能长久繁荣而祈祷。

这所学校有几位董事是英格兰极有权势的人物。学生在这里住宿条件好，伙食好，能接受良好的教育，毕业后能在大学得到丰厚的奖学金，将来还能在教会得到好差事，许多孩子自幼便定了终生，要从事宗教职业。因此，想进这所学校就要进行一番竞争。这学校以前是为穷苦人家的孩子开设的，教会人士或普通人的孩子，只要家境贫寒，均可入学。但是，许多董事任意扩大自己的行善范围，随意将各种人介绍进来。上学不用花费，学生的未来生活和职业又有保障，实在是个诱惑，结果，许多富有的人家也不敢低估这种机会。所以，不但富有人家的亲戚们，而且他们自己也把子弟送到这儿来享受这里的利益。大主教把自己亲戚的儿子送来，或者将他们牧师的儿子送来，也有些贵族富豪把自己家亲信用人的儿子送来。这样一来，这所学校成了个社会各阶层的缩影，一个孩子进了这所学校，什么社会阶层的人都能遇到。

罗顿·克劳利看的书只限于《赛马日程》，他早年在伊顿公学的高雅知识也仅限于打架斗殴，不过，他像英国绅士一样，对正统知识有真诚的看法。想到儿子将来前途有保障，而且还可能做个学者，心里自然高兴。有儿子在身边做伴是他主要的安慰，父子俩在千百种问题上都志同道合，许多不愿意跟妻子讲的事情，他都愿意跟儿子说，因为妻子对儿子总是极为冷漠。不过，罗顿立刻同意送孩子去上学。为了儿子的前途和利益，他愿意放弃自己最主要的乐趣和慰藉。直到孩子要离开了，他才感觉到自己如此喜欢儿子。孩子走后，他嘴里不愿承认，可心里感到闷闷不乐，非常悲哀。孩子倒并不怎么难过，他来到一个新环境，找到许多同龄伙伴。上校有一两次心里难受，对妻子说起孩子走后感到的悲哀，贝基听了放声大笑。这个可怜的男人觉得，自己真挚的喜悦和最亲近的人被人夺走了。他常常若有所思地望着孩子睡过的床发呆，每天早上都想念孩子，想靠独自散步排遣心头孤寂，结果努力终归失败。小罗顿离去之前，他还没意识到自己原来如此孤独。他愿意跟喜欢小罗顿的人交往，常常到好心的嫂嫂家闲坐，跟简夫人谈起儿子品格怎么好，长相怎么帅，还有种种说不完的好处。

我们说过，小罗顿的伯母非常喜欢他，她的女儿也一样喜欢这孩子，小罗顿离家上学的时候到来时，她伤心得痛哭流涕。老罗顿感激她们母女俩的一片好心，知道她们同情自己，也把心中对儿子最真挚的感情当着她们的面毫不掩饰地流露出来。他因此不但得到简夫人的好感，也获得她真心的关怀。他不愿当着妻子的面表露的感情也能在嫂嫂面前尽情发泄。妯娌俩尽量避免见面。贝基嘲笑简的懦弱和多愁善感，简夫人是个慈祥温和的人，对弟媳妇铁石心肠的行为十分反感。

罗顿与妻子的隔阂越来越深。可他并没有意识到，也不愿意承认。她呢，根本不在乎这种隔阂。其实，她不论对他，还是对任何人，全都不挂在心上。她仅仅把他看成个跑腿的、一个卑微的奴仆。他再怎么悒郁沮丧，她都不会留意，大不过见了挖苦他几句。她操心的事多着呢，她要在社交中占有重要的一席之地，要寻欢作乐，要继续往上爬。她应该占有重要地位才对，这一点是肯定的。

孩子离家上学前，是布里格斯为孩子收拾带的东西，孩子离去后，女佣莫利止不住泪水，在走廊里伤心哭泣。莫利是个好心人，虽然已经有很长时间没拿到薪水，可她对主人仍旧忠心耿耿。贝基夫人不准丈夫用家里的马车送孩子去学校。用她的马进城！怎么敢打这种念头！叫一辆出租马车就行了。孩子走的时候，她连个吻也舍不得给。孩子也不想跟她拥抱，却亲吻了老布里格斯，可是平常他却挺害羞，一般不愿跟她这么亲热，他还安慰她说，星期六他就能回家来看她。出租马车向市中心驶去的时候，贝基登上自己的马车去海德公园兜风去了。父亲陪儿子驶进那个古老校门时，她正在海德公园曲折蜿蜒的水池边跟几十个花花公子谈笑。罗顿把孩子留在学校里，自己返回来，心中怅然若失。自从懂事以来，他还从没有产生过如此纯洁的感情。

他闷闷不乐，一路步行回家，单独陪布里格斯吃饭。她对孩子满心疼爱，处处关心照顾，他心里感激，对她就十分客气。一想到他借了布里格斯的钱，还帮着妻子欺骗她，就感到一阵悔恨。关于小罗顿，两人谈论了很长时间，在此期间，贝基仅仅回来换了换衣服，就出去吃饭了。到了下午，他心里还是觉得不舒服，就去找简夫人聊天喝茶。他把发生的事情讲给她听，说起小罗顿怎么穿上制服和长及膝盖的小马裤，像个勇士一样离开家，说起以前连队战友杰克·布莱克鲍尔的儿子也在那学校，答应要好好照顾孩子。

不出一个星期，小布莱克鲍尔已经把小罗顿训练成自己的跟班，逼他给自己擦皮鞋，烤面包，教给他学拉丁文的窍门，揍了他三四回，不过打得不太要紧。这孩子长得慈眉善目，一副诚实相，因此赢得大家喜爱。他虽然挨了打，不过对他倒也不无益处。至于说擦皮鞋、烤面部、跑腿之类杂活儿，哪个英国年轻绅士的教育中缺得了这些必不可少的部分呢？

我们这本故事并不涉及主人公的后代，也不准备详细讲述罗顿少爷在学校的生活，要不然，就会变成个无限长的故事了。不久，上校去看望儿子，见他身体很好，过得快活，身上穿着黑袍子和小马裤，嘴角挂着微笑。

父亲对布莱克鲍尔彬彬有礼，送给他一个金镑，以便让这位年轻的绅士好生对待他的跟班。鉴于孩子的保护人是斯泰恩勋爵，还是议会议员的侄子，父亲不但有上校和下级骑士头衔，而且《晨报》上登出最时髦的上流宴会，常常提到他的名字，因此学校当局或许不至于藐视这孩子。他的零用钱挺多，就大手大脚地花钱请同学们吃杨梅饼。他常常得到允许，星期六回家看望父亲。每逢这种时候，家里就好像过节一样。他得了空就带孩子上剧院听歌剧，或者打发用人送他去剧院。到了星期日，他跟着布里格斯、简夫人和他的堂弟堂妹一起去教堂做礼拜。孩子讲起在学校怎么打架，怎么给人家当跟班，罗顿听了总是赞叹不已。没过多长时间，他就像小罗顿一样，能叫出学校里所有老师的名字，也熟悉了最有势力的孩子们。他请小罗顿最要好的两个同学听歌剧，完了还请到家里喝麦酒吃糕点和牡蛎，结果把两个孩子吃得病了一场。孩子拿出拉丁语法书，指给他看自己学到什么地方了。他对孩子一本正经地说："我的孩子，要努力学习。正统教育比什么都重要。"

贝基越来越瞧不起丈夫。"你爱做什么随你便，想在哪儿吃饭我不管，要是高兴就去吃姜饼，上阿斯特利吃锯末[①]，跟简夫人一道唱圣歌——可是别指望我围在孩子身边团团转。我得为你的利益操心，你自己又没这本事。要是没有我操心，我倒想知道你今天在哪儿混，你哪儿来这么高的社会地位？"事实上，贝基常常参加的晚会不需要可怜的老罗顿作陪，于是大家便只请夫人不请先生出席了。她谈论起大人物的口吻，仿佛她生来就是五月集上的贵族。凡是宫里办丧事，她肯定是全身丧服。

斯泰恩勋爵把小罗顿打发走之后，又像个父亲一样对这个可怜的家表示出进一步的关心，认为应该把布里格斯小姐也打发走，好节省开支。他认为，贝基这样精明的女主人，管理这个家应该毫无问题。前面我们已经讲过，这位好心的大人曾经付给贝基很多钱，要她偿还布里格斯小姐的债务，打发她走，可她至今仍然待在朋友家。勋爵便得出个痛苦的结论，认为克劳利太太挪用了那笔供专项使用的款子。不过，斯泰恩勋爵还不至于粗鲁到对此表示怀疑，怕的是伤了贝基太太的感情。再说，她挪用这笔慷慨赠款或许有种种理由。不过，他决定自己着手查清楚其真正原因，便使出最谨慎微妙的手腕，做了一番必要的调查。

① 阿斯特利吃锯末：阿斯特利是当时伦敦一个著名的圆形马戏场。场地上撒有锯末，马戏表演中常被践踏得扬在空中，贝基便以此挖苦丈夫。——原书编者注

首先，他尽快找到一个机会询问布里格斯小姐。这并不困难。只要向这位可敬的女士稍加恭维，她便会把心里话全数倾吐出来。一天，勋爵的亲信仆人从克劳利家马夫或者车夫那里打听到罗顿太太何时外出兜风，勋爵本人便显出偶然路过的模样，亲自来到柯曾街上这所房子里，请求布里格斯为他端来杯咖啡。他告诉她说，大家告诉他，孩子在学校表现很好。没出五分钟，他就从她嘴里得知，罗顿太太除了一件黑色丝质长裙之外，什么都没给她，就这已经让布里格斯小姐感激不尽了。

听了她一番毫无矫揉造作的叙述，他心中暗自好笑。原来，我们亲爱的朋友贝基先前对他栩栩如生地描绘过一番，说是布里格斯拿到那么大一笔钱如何欣喜若狂——总共是一千一百二十五镑呢——还说她如何将那笔钱用来投资，贝基给她那么大一笔钱的时候如何心疼。亲爱的贝基当时心里想："说不定他还会再给我一笔款子呢。"可是，勋爵并没有对她这个小小的阴谋做出反应，他很可能觉得自己已经足够慷慨了。

他当时颇有好奇心，就向布里格斯小姐询问起她的私事。她便向这位老爷推心置腹地讲述自己的处境：克劳利小姐给过她一笔遗产；她的亲戚们怎么骗走了一部分；克劳利上校将一部拿去投资，而且利润可望颇为丰厚；罗顿夫妇如何在皮特爵士面前替她求情，等他有了时间，就会将剩余数目也以最有利的方式投资。勋爵问她上校已经为她投资的数目有多少，布里格斯小姐立刻脱口而出坦诚相告，说是总共有六百多镑。

话一出口，管不住嘴巴的布里格斯立刻后悔了，请求这位爵爷别把这话告诉克劳利先生。"上校对我实在太好了，如果克劳利先生把这钱退还给我，我上哪儿得这么高的利润呢？"斯泰恩勋爵笑着许诺说，他一定保密。离开布里格斯小姐后，他笑得更加开怀了。

"真是个有本事的小鬼东西！"他想道。"戏演得出色，周转钱有两手！那天对我甜言蜜语，几乎第二次从我手里骗到钱。我过了大半辈子，还没遇到过比得上她的女人。跟她比起来，她们简直都是些小娃娃，我自己相比之下也只能算个生手，兼职是个老傻瓜。她撒起谎来比谁都厉害。”贝基的聪明伶俐得到证明后，勋爵老爷更加钦佩她了。“得到钱算不得什么——而且还是弄到了双倍的数目——结果根本没有偿还债务，真是个大手笔。再说克劳利吧，勋爵想道，克劳利虽然表面显出一副呆样，却并不是个傻瓜。这事他参与其中，办得也够漂亮。从他的表情和举止判断，谁也看不出他参与搞这笔钱，但是，这事无疑是他支使她那么做，而且钱也是他花的。我们当然都知道，勋爵的这一想法是错的，可它却让勋爵对克劳利上校的态度发生了变化，连以前面子上的尊敬也不复存在了。克劳利太太的保护人绝对没料到这位小女人会留一笔私房钱。他的这一判断也许来自他以前的经验。在他漫长的大半生中，对人类的种种弱点已经了如指掌。勋爵老爷一生收买过许多男人，因此，他对这个男人的看法也是情有可原。

后来他第一次得到单独与贝基在一起的机会，便盘问起这事。他先是口角俏皮地恭维她，说她实在够机灵的，居然骗到比需要的数目多一倍的钱。贝基仅仅小吃了一惊。这位小人儿除非万不得已并不习惯于扯谎，不过，在这种紧急情势下，她的做法是态度自如地说一大通谎话。一眨眼工夫，她就准备好另外一套天衣无缝的谎话，既合情合理，又详尽可信。她对自己的保护人说：先前讲的确实是谎话，她承认的确是个邪恶的谎话。但是，谁逼她那么说的呢？“啊，我的勋爵老爷，”她说，“你根本不知道我不得不默默忍受的苦难。我在你面前时，你看到的是一个愉快欢乐的女子，可你并不知道，没人保护我的时候，我要忍受怎样的痛苦。是我丈夫威胁我，用野蛮的手段折磨我，逼我要求那笔款子，我这才不得不欺骗你。是他预先想出你会问我要钱做什么，逼我编造了那一通谎话。

他把钱拿去了。他告诉我说，他已经把钱给了布里格斯小姐，我不想怀疑他，也不敢怀疑。请你一定要原谅我的错误，那是我男人逼我干的；你也要原谅一个可怜的人，一个可怜的女人。”她说着放声大哭。贤惠女子受了欺负，也不会显得更加悲戚可怜。

他们两人乘坐着克劳利太太的马车，在摄政王的花园里兜了一圈又一圈，两人交谈了很长时间，交谈细节就不必重复了。不过，贝基一回家，就立刻面脸堆笑地找她亲爱的布里格斯，宣布说有重要消息告诉她。她说，斯泰恩勋爵真是个最高尚慷慨的人，总是想着别人，一有机会就帮人的忙。现在呢，家里小罗顿已经上了学，她也不再需要一个亲爱的伴侣和朋友。要她离开布里格斯小姐，心里真是说不出的难过，可是家里收入拮据，不得不在每一方面俭省。不过，一想到她亲爱的布里格斯到了她的保护人那里，生活比这个卑微的家里好得多，她才稍感安心。事情是这样的：冈特公馆的女管家皮尔金顿太太年纪太大，身子也虚弱得厉害，而且害了痛风病，不适于管理那么大一个家了，必须找一个继任人。那可是桩美差事。冈特家的人有时两年都不回家一趟。剩余时间里，管家其实就是这幢豪华公馆的女主人，每餐吃四道菜，经常有郡里的牧师和最受尊敬的人物拜访，女管家就是冈特家事实上的女主人。皮尔金顿太太之前的几位管家，有的嫁了冈特教区的牧师。不过皮尔金顿太太不能嫁，因为她就是现任教区牧师的姑妈。这个职位还不能说定就给她，但是她可以去拜访皮尔金顿太太，看是不是喜欢接替那个职位。

什么样的言语能形容出布里格斯的狂喜和感激之情！她只提了一个条件：希望允许小罗顿上公馆去看望她。贝基立刻做出允诺，还说什么都行。她丈夫回家后，她朝他跑过去，向他报告这一令人愉快的消息。罗顿很高兴，高兴得厉害。他用了布里格斯的钱，如重负在心，听了这消息这才稍感安心。她的生活有了着落，可是，可是他心里并不平静。他看上去似乎有些不安。他把斯泰恩勋爵为他家做的事情讲给年轻的索斯当勋爵听，那年轻人用奇怪的眼神瞪了他好一阵，让他觉得吃惊。

他把斯泰恩第二桩慷慨举动讲给简夫人听，她也显出吃惊的模样，皮特爵士也是一样的表情。“她太伶俐，太活泼了，不该由她单独参加那么多晚会，”两人都这么对他说。“罗顿，你该陪她才对，不论她上哪儿，都该陪着她。而且你也该给她找个伴，比方说从女王的克劳利宅子的小姐中找一个，不过，她们大概有些太天真，不适于为她做伴。”

贝基总得有个人关照才对。但是，诚实的布里格斯不该失去机会，她的生活应该安顿下来才对。于是，她收拾好行装，踏上了旅途。这样一来，罗顿的两个哨兵双双落入敌人手中了。

皮特爵士到弟弟家，对辞退布里格斯和其他有关家庭利益的事务，对弟媳妇好生劝说了一番。她向他指出，有斯泰恩勋爵保护她可怜的丈夫多么必要；假如剥夺布里格斯的美差事，该有多残酷。可她的话全都不能打动他。她又是花言巧语，又是甜言蜜语，微笑和眼泪的本领全都使出来了，却不能打动皮特爵士。他与曾经崇拜过的贝基之间，仿佛有过一场争吵。他谈起家族的荣誉，说起克劳利家不容玷污的名声，用愤慨的腔调指责她不该在家里接待那些法国年轻人，不该接待那帮年轻时髦的花花公子。斯泰恩勋爵的马车总是停在她家门外，每天都要跟她在一起厮混好几个小时，搞得满城风雨。作为一家之长，他奉劝她谨慎言行。社会已经对她有轻薄的评论了。斯泰恩勋爵虽然是个地位高贵才华横溢的人，可是他跟女人们来往常常害了人家的名誉。皮特爵士对他弟媳妇又是恳求，又是命令，要她与那个贵族老爷交往时多加小心。

对皮特要求的每一样事情，贝基都做出承诺。然而，斯泰恩勋爵一如既往地来她家拜访，皮特爵士越来越怒不可遏。我倒真想知道，皮特爵士终于发现他喜欢的丽贝卡毕竟不是完美无缺，简夫人是不是因此打心底感到高兴？斯泰恩勋爵继续拜访，他便不再去看望她。他妻子打算不再与那个贵族老爷来往。一次，侯爵家要举办哑谜表演，侯爵夫人向她发来的邀请，她要拒绝。皮特爵士却认为应该接受，因为亲王殿下要参加。

虽然皮特爵士出席了上面说的演出，却早早退场回家。他妻子也为提前离开感到高兴。贝基几乎没跟他交谈，也难得注意嫂子。皮特·克劳利指责她，说她的举止轻浮得简直不像话，还痛责演戏和化装之类习俗绝对不是地道英国女性应有的行为。那次哑谜表演过后，他把弟弟罗顿叫去严厉教训了一顿，说他不该允许妻子参加那种抛头露面有伤风化的活动。

罗顿保证说，不准她再参加那种寻欢作乐的聚会。或许因为受到哥哥嫂嫂暗示的缘故，他从此变成个小心谨慎的模范看家丈夫，再也不去俱乐部，也不打台球了。他不再离开家。贝基外出兜风，他就陪在她身边；贝基参加晚会，总有他陪在身边；斯泰恩勋爵只要来访，肯定能发现上校的身影；如果贝基提出单独外出，或者收到只邀请她的请帖，这位先生就严词拒绝。说句公道话，对丈夫的殷勤关注，小贝基是以妩媚来回报的。他难免表现出愠怒，可她从来不动容。不论是否有朋友在场，她从来以和善的微笑面对丈夫，总是设法让他感到喜悦，设法让他感到舒适。他们仿佛在重温新婚宴尔的日子，一样的欢乐体贴，同样的无话不谈相敬如宾。她便常常这么说：“有你陪我兜风，比那个老傻瓜布里格斯真是愉快多了！亲爱的罗顿，我们应该永远这样才好。要是我们有点钱，那该多幸福惬意啊！”吃过晚饭，他就打个盹，当然看不见对面那张又憔悴又疲惫又难看的面孔。可是只要他一醒过来，她的面孔立刻浮现出欢乐。上来生气勃勃地亲吻他。他开始怀疑自己心里是不是对她有过猜疑。不，他从来没有猜疑过，那些无聊的疑惑是愚蠢念头，完全是出于嫉妒。她爱他，从来就爱他。她在上流聚会中出人头地并不是她的错。她的熠熠光彩是她天生的品质。难道有哪个女人有她那样的谈吐，能像她那样歌唱，能有她那样的作为吗？罗顿想，要是她能爱自己的儿子就好了！但是，这母子俩从来就合不到一块儿。

就是在这样不安和迷惑的心境中，上一章提到的那桩事件突然落在罗顿头上。这位不幸的上校被监禁起来，不能回家了。

第五十三章
营救引起的灾难

我们的朋友罗顿乘车来到柯西特大街的摩斯公馆，立刻被请进这座阴森森的房子里。马车辚辚驶过法院巷时，左右房子的屋顶已经开始沐浴在晨曦之中了。一个眼睛布满血丝的犹太孩子开门让进这一干人，孩子的头发红得像朝霞一样。摩斯先生及其旅伴将罗顿让进一楼的房间，口吻欢快地问他要不要喝一杯，压压夜晚的寒气。

要是换了别人，离开自己华丽的宅子，撇下心爱的娇妻，关进拘留所里，总会沮丧不堪。上校倒还算看得开，因为，说实在话，他先前已经上摩斯公馆来光顾过一两回了。在叙述过程中，我们觉得没有必要提起这类琐事，不过读者一定想象得出，毫无收入的人们不可能一辈子不上这种地方来。

上校第一回进来时还是个单身汉，慷慨的姑妈立刻把他救了出去。第二回遭遇不幸后，多亏贝基替他奔走，她有魄力，对他又体贴，因为对她来说，丈夫就意味着披肩、天鹅绒裙袍、带花边的手帕和各种首饰。她从索斯当勋爵手里借了笔钱，还甜言蜜语哄骗债主先收下部分钱，其余展期再付。由于前两回受屈时，几方面都没有遇到什么摩擦，摩斯和上校并没有伤了和气。

“上校，你还是睡原来那张床，说句老实话吧，你会发现，一切都非常舒适，”那位先生说道。“我可以向你保证，被褥都晾晒过，在上面睡过的也都是最上流的人物。直到前天晚上，第五十骑兵联队的费米什上尉还睡在上面。他妈妈是在两个星期后才接他走的，她说，为的是惩罚他一下。可是，我的上帝哪，他把我的香槟惩罚得够惨了，每天晚上都要开个晚会，客人全是西区的阔少爷，有拉格上尉，有住在圣殿街的德西斯先生，还有许多酒量大的公子哥儿们。现在，楼上还住着个神学博士，咖啡间还有五位绅士。下午五点半，摩斯太太招待大家吃饭，饭后还要打会儿牌，或者听听音乐，我们很高兴你能来参加。”

“我要什么会打铃的，”罗顿说完平静地走向自己卧室。他是个老兵，一点小小的惊吓不会让他大惊小怪。要是个神经虚弱的人，一关起来就会立刻给妻子写信。“打扰她睡眠有什么益处？”罗顿想道。“她不会知道我是不是在自己房间里。等她睡够了，等我也睡好了，有的是时间给她写信。只不过一百七十镑的小数目，要是搞不到才见鬼呢。”他想到小罗顿，他可不想让儿子知道自己在这么个龌龊的鬼地方待过。上校爬上费米什上尉不久前睡过的床，很快就睡熟了。一觉醒来，已经十点了，那个红头发孩子态度得意地给他送来一套银质梳妆盒，让他刮脸。摩斯先生的房子虽然有点脏，不过一应家具用具全都齐备。橱柜里有脏兮兮的托盘和冰镇酒用的盆子；檐板肮脏宽阔，上面还镀着金；朝向柯西特大街的窗户上装着铁条，挂着沾满油污的缎子窗帘；屋里的许多油画全出自名家之手，都嵌在污垢不堪的镀金画框中，有的油画是圣像，有的是些有趣的内容，据说经过一次次转手，价格抬得很高。上校的早餐也是用同样脏的豪华餐具奉上的。摩斯小姐是位黑眼珠的女佣，她头发里还缠满了卷发纸，就捧着茶壶走来，笑吟吟地问上校，昨晚睡得好吗？她还给他送来了《晨报》，上面登载着昨晚在斯泰恩勋爵家参加晚会的上流人物名单。报纸上还有那场庆典的详细描述，还特别提到罗顿·克劳利太太如何才貌双全，个性如何迷人。

摩斯小姐随便靠坐在餐桌边上，把长袜的垂穗和曾经是白色的拖鞋也露了出来，拖鞋后跟已经磨穿。克劳利上校跟这位姑娘语气轻快地聊了几句，便请她拿来笔墨和信纸。摩斯小姐拿来一叠纸，问他要几张，他只从她两个手指间抽出一张。这位黑眼睛姑娘给很多人送过信纸。许多可怜的家伙当着她的面，皱起眉头，奋笔疾书，向亲人求情，然后就在屋子里来回踱步，直到信使送来回答才停下脚步。这些可怜的人们从来都是找人专门送信，而不邮寄。谁没遇到过这类情形——信封口的糨糊还是湿的，跑腿送信的人站在门厅等着要回信。

罗顿满以为自己的要求很简单，心里并不着急。他写道：

亲爱的贝基：

希望你昨晚睡得好吧。早上我没有给你送来咖啡，你也别惊慌。昨晚，我边抽烟边步行回家的时候，遇了个事儿。柯西特大街的摩斯把我关起来了。我现在就在他金碧辉煌的客厅里给你写信。两年前我也是在这儿给你写信。摩斯小姐给我奉茶，她比以前胖多了，长袜也拖在脚后跟上。

这次是因为欠了内森的债，不过一百五十镑，外加打官司的费用，总共一百七十镑。请把我的书夹子拿来，我的几十镑在里面放着，再送些衣服来，我现在穿的是跳舞鞋，我的白领带也脏得跟摩斯小姐的袜子一样了。拿上这些东西后，赶紧坐车到内森那儿去，付给他七十五镑，就说我会上他那儿买酒，咱们还要买他的雪利酒，不过不买他的画儿，实在太贵了。

要是他不愿意，就把我的表拿去，再把你不常用的小玩意儿拿几样，典给鲍尔斯。今晚以前必须拿到钱。千万不能拖到明天，因为明天是星期日。这里的床单不干净，说不定还会惹出其他事来对我不利。幸亏罗顿星期六不回家。上帝保佑你。

罗顿·克劳利匆匆草书

附言：快点来吧。

这封信糊上口立刻由一位总是在摩斯先生门外等着跑腿的人送走了。罗顿见他走了，就到院子里抽雪茄，虽然墙头上面有铁栅栏，可他心里也不怎么着急。摩斯先生怕关在自己院子里的人不顾自己的好客擅自逃走，特地在墙上加装了铁栏杆。

照他计算，贝基最多只需要花费三个小时，就能把他弄出这个牢笼。他在这段时间里兴致勃勃地抽着烟，读读报纸，还在咖啡室陪一个碰巧也来了这里的熟人沃尔克上尉赌赌钱，赌注只有六便士，结果两人输赢相当。

但是，一天过去了，那送信的却没有回来。贝基也没来。摩斯先生家准时在五点半开晚饭，住在这里的先生们只要付得起账，都来豪华前厅吃饭了。克劳利先生的卧室与这客厅相连，摩斯小姐的父亲叫她“哼小姐”。她头发上的卷发纸取掉了，这时为大家端上羊腿肉炖萝卜。上校没什么胃口，勉强吃了几块。大家要求他请大家喝一瓶香槟，他答应了，女士们就为他的健康干杯，摩斯先生以非常客气的眼神望着他。

大家就餐过程中，门铃响了，红头发的小摩斯抓了钥匙起身去开门，回来的时候告诉上校说，送信人回来了，带来一个包，一个书夹子，和一封信。他把信递给上校。“上校，请你不必客套，看信吧，”摩斯太太挥了挥手说。他拆开信的时候，手有点颤抖。那是一封漂亮的信，上面洒了香水，封蜡是淡绿色的，信纸是粉红色的。克劳利太太在信上写道：

我亲爱的宝贝：

我昨晚一夜没合眼，一直想念我讨厌的丑八怪，只是到了天快亮的时候，打发人去找布伦奇先生，这才稍稍睡了一会儿。我发烧了，他给我开了点镇静剂，还告诉菲奈特说无论如何不能打扰我。所以，我可怜的老头子打发来的信差在过道里等了好几个小时，等着我打铃叫他。菲奈特说，他一脸凶神恶煞模样，还有一股酒气。你可以想象出我看了你那封错字百出的信，急成什么样子。

虽然我病得厉害，可我立刻叫人备马车，一穿好衣服，就坐车去了内森的店里。我连一口巧克力茶都没喝。没有我的丑八怪给我端茶，我怎么喝得下？我到了内森店里，对他伤心落泪，号啕大哭，跪在他讨厌的脚下。可是什么都打动不了这个可怕的家伙。他说，非把钱全都偿还出来不可，要不就让我可怜的丑八怪待在监狱里。我连忙赶车回家，打算把所有首饰都当掉，好把你救出来，可是恐怕这也弄不到一百镑，你知道，我的一些首饰已经给当进去了。回家后，发现勋爵老爷跟那个羊脸保加利亚老魔鬼等在家里。他们来恭维我昨天晚上的出色表演。帕丁顿也来了，一边拂弄自己的头发，一面秃嘴短舌咬字不清地说个没完。他们全都用漂亮言辞夸奖我，搞得我好心烦，巴不得他们快点走。心里老想着我的丑八怪。

他们走了以后，我对勋爵老爷下跪，告诉他说，我要把所有首饰都典当出去，乞求他给我两百镑。他气得直哼哼，要我别犯傻，不要当东西，说是想办法借给我点钱。最后他走了，许诺说第二天早上要把钱给我送来，让我把你保出去，还要我替他吻你。

贝基

附言：我头疼得厉害，真厉害啊。我是在床上写这封信的。

罗顿看完信脸涨得通红，显出一副凶样，餐桌旁的人都看得出，他得到坏消息了。他原来已经撇在脑后的全部猜疑重新回到心头。她甚至不愿意卖掉那些小玩意儿保他出去。他待在监狱里，她还有心笑谈人们对她的恭维话。究竟是谁把他关进来的？当时跟他散步的是温海姆。这里面……他简直不敢继续想下去，心头的疑惑越来越深。他匆匆离开餐厅，回到自己卧室，打开书夹，飞快地写了两行。信是写给皮特爵士或克劳利夫人的。他请信使赶紧送到冈特大街，他央求信使租辆马车快去，还许诺说，要是一个小时后能返回来，就给他一个畿尼。

在信中，他恳求哥哥嫂嫂看在上帝的分上，看在他亲爱的孩子分上，也看在他面子的分上，来救他脱离这艰难处境。他现在被监禁起来了，需要一百镑才能获得自由。他乞求他们来救他。

打发走信使后，他才回到餐桌边，又叫了瓶葡萄酒。他放声大笑，大声喧嚣，人们觉得他模样十分怪诞。有时候，他为自己的恐惧感到好笑，就狂笑一阵，接下来一个钟头不停地喝酒，同时仔细留神听外面是不是有马车来，带来决定他命运的消息。

一小时后，只听得外面有马车声接近了大门，小门房带着钥匙跑出去。他带进索债人家门来的是一位女士。

“克劳利上校，”她浑身颤抖不已。那门房会意地看了她一眼，把外面大门锁上，打开里面一层门，然后大声通报说：“上校，有你的客人。”然后带着她走进他正喝酒的餐厅。

罗顿从餐厅出来，走回后面自己的卧室。一道昏暗的光线随着他照进屋子里，那位夫人站在地板上，惊魂未定。

“罗顿，是我，”她十分胆怯，尽量装出欢快的声调说。“是简。”罗顿听见这个慈祥的声音，朝她跑过来，一把搂住她，结结巴巴说了些不连贯的感谢话，脑袋靠在她肩膀上呜咽起来。她不知道他怎么会如此伤心激动。

摩斯先生的账很快就结清了，或许那位先生还颇感失望呢，他本来以为上校至少要在他家待到星期日过后。简夫人眼睛里闪烁出愉快的笑容，带着罗顿离开索债警察的家。她赶来营救他时匆忙间叫了辆出租马车，这时仍旧搭着原来那辆车回家。“收到你的信，皮特已经出去参加议会的一个宴会了，”她说道，“我只好自己来。”她慈祥地把手搭在他手上。大概皮特不在家对罗顿·克劳利反倒有益。罗顿对嫂嫂千恩万谢，这个好心女人见他如此热心感激，先是非常感动，到后来几乎有点不自在了。“啊，”他以他那种毫无虚饰的直率口吻说，“你……你不知道，自从我认识你以后，发生了多大的变化，还有小罗顿，为了他，我也想改变改变。你看，我想……我想要做个……”他没说完那句话，可她心里已经明白了。那天晚上，两人分手后，她坐在自己儿子的床前，为那个迷途的羔羊虔诚地祈祷。

罗顿离开她后，匆匆步行回家。这时已经晚上九点了。他横过马路，穿过名利场上那座大广场，最后气喘吁吁站在自家房子对面。他朝上面望了一眼，立刻惊得后退一步，跌靠在栏杆上，浑身颤抖不已。客厅窗户里灯火辉煌，可她却在信上说自己病得起不了床。他在那里呆站了好几分钟，屋子里明亮的灯光投在他苍白的脸上。

他掏出钥匙，开门进屋。楼上有说笑声。他身上还穿着前一天晚上参加舞会的服装，悄悄上楼，靠着楼梯口的扶手站住。除了这间屋子，整个房子里寂静无声，用人们显然都给打发走了。罗顿听见屋子里传来笑声，还有人唱歌。贝基在唱昨晚表演过的节目片段。一个粗哑的声音喝彩：“好哇，唱得好！”是斯泰恩勋爵的声音。

罗顿推开门走进去。一张小桌子上摆好了晚餐，有酒有菜。贝基坐在沙发上，斯泰恩勋爵俯身面向她。那该死的女人浓妆艳抹，浑身戴满了首饰，手腕上戴着手镯，所有指头上都戴着戒指，脖子上戴着项链，斯泰恩勋爵送的这些首饰全都闪闪发光。他把她的手握在自己手里，低下头准备亲吻她的手。贝基突然瞥见罗顿苍白的面孔，顿时发出一声轻微的惊叫。她立刻装出个勉强的微笑，好像在欢迎丈夫归来。斯泰恩连忙站直身子，恨得咬牙切齿，脸上失去了血色，露出愤怒神色。

他也想勉强笑笑，走过来，伸出手说道："怎么，回来了！你好吗，克劳利。"他试图朝这个闯入者表现出笑容，可他面部的肌肉在扭曲。

贝基见罗顿面露狰狞，赶紧扑到他面前。"罗顿，我是清白的，"她说。"我对上帝发誓，我是清白的。"她抓住他的衣服和双手。她自己的手腕上、手指上戴满了手镯、戒指和其他饰物。"我是清白的，"她对斯泰恩勋爵说，"告诉他我是清白的。"

勋爵认为他们俩设了圈套害他，对丈夫和妻子一样怒不可遏。"你是清白的！见你的鬼，"他厉声喝道。"你是清白的！那还用问吗？你身上戴的首饰全是我花的钱。我给你的几千英镑全都让这个家伙挥霍掉了，他得了钱把你卖给我了。清白，见清白的鬼去吧！你像你那个跳芭蕾舞的娘一样清白，跟你当打手的丈夫一样清白。别以为你们能吓唬其他人，就能吓得住我。闪开道，先生，让我走。"斯泰恩勋爵抓起自己的帽子，眼光炽热得仿佛要冒火，恶狠狠瞪住自己的敌手，朝他走过去，丝毫也不怀疑对手会让路。

但是罗顿·克劳利一步跳过去，紧紧抓住他的领饰不放，勒得他几乎断了气，身子使劲扭曲，弯下腰躬身在他臂弯下面。"撒谎，你这条狗！"罗顿喝道。"撒谎，你这胆小鬼，你这恶棍！"他频频扬手狠抽，打了这个贵族老爷两个响亮的耳光，打得他满嘴流血，又一把将他推倒在地板上。这一切发生得太快了，贝基根本来不及阻拦。她站在他面前浑身颤抖个不停。她羡慕她的丈夫，他强壮勇敢，别人不是他的对手。

“过来，”他说。她立刻走过去。

“把这些玩意儿脱下来。”她浑身颤抖，动手脱下手腕上的手镯，从哆嗦的指头上摘下戒指，将那一堆东西捧在手上，胆战心惊地抬起头望着他。“扔掉，”他命令道。她把东西扔在地上。他从她脖子上把项链一把扯下来，朝斯泰恩勋爵打去，钻石在他的光秃秃的额头上划了一道伤口。斯泰恩到死也留着那道伤疤。

“上楼去，”罗顿对妻子说。

“罗顿，别杀我，”她说。

他狂笑一声：“我倒要看看这个人说我花了他的钱是不是撒谎。他给过你钱？”

“不，”丽贝卡说，“也就是说……”

“把你的钥匙给我，”罗顿回答道。两人一起上楼。

丽贝卡把钥匙给了他，只有一个没有交出来，心里希望他不会留意到。那钥匙是开小书夹用的，阿米莉亚以前送给她的那个小书夹，她藏在一个秘密的地方了。但是，罗顿翻箱倒柜，把里面形形色色的东西抛在地上，最后发现了那个书夹。女人被迫打开。里面有文件，有许多年前的情书，有各种各样的小首饰和女人喜欢的纪念品。里面还有一个皮夹子，装着钞票。许多钞票在里面足足攒了十年之久，只有一张是挺新的，那是张一千镑的钞票——斯泰恩勋爵送给她的。

“这是他给你的？”罗顿问道。

“是的，”丽贝卡回答。

“我今天就给他送去，”罗顿说。搜查过程持续了好几个小时。这时天已放亮了。“我还要把钱付给布里格斯，她对孩子那么好心，应该得到好报。还有其他债务也该偿还。剩下的给你，你可以告诉我放在什么地方。贝基，你有这么多钱，却连出一百镑保我出来都不肯。我可从来是跟你同甘苦共患难的。”

“我是清白的，”贝基说。他没有再说一句话，转身走了。

他走之后，她心里是什么滋味？她一动不动地坐在床边，任阳光洒在身上，抽屉都被拉开，里面的东西抛了一地。插有羽毛的衣服、围巾、首饰，所有这些虚饰品都乱七八糟扔在地上。她的头发披在肩膀上，罗顿从她脖子上撕扯项链时，把她的裙袍也撕破了。他离开她后，她听见他下了楼，把门狠狠摔上。她知道，他再也不会回来了。他永远走了。她在想，他会自杀吗？至少要在见过斯泰恩勋爵之后。她回顾了自己过去的生活道路，其中有那么多令人沮丧的事件。唉，多么沉闷悲惨的生活，自己多么孤独又多么无聊哇！现在，她的全部希望、计划、未来的成功全都成了泡影，是不是也该吞下鸦片，了此一生？也省得还债了。她的法国用人进来，发现她目光呆滞，双手合十，坐在一堆乱糟糟的衣服和杂物中间。这女人是她的亲信，薪水却是由斯泰恩支付的。“夫人，发生什么事啦？”她问道。

发生什么事了？是不是她的罪过？她说不是她的错。但是，从这张嘴里说出来的话，谁信呢？谁说得准，一颗腐朽的心这次是不是纯洁？她的所有谎言和计谋，她的自私和愿望，她的智慧和天才，现在全都破产了。那女人拉上窗帘，和颜悦色地劝女主人躺在床上休息。她便下楼去收拾散落在地板上的珠宝首饰。丽贝卡在丈夫命令下把那堆东西扔在地上，斯泰恩勋爵也走了，谁也没碰过那些玩意儿。

第五十四章
灾难后的那个星期日

皮特·克劳利爵士的冈特公馆刚刚开始为迎接早晨做准备，罗顿就来了。他身上的晚礼服已经穿了整整两天。正在打扫台阶的女佣见他这副模样，吓了一跳。只见他径直闯进哥哥的书房。楼上，简夫人身着晨服，正在孩子们的房间里照看孩子。孩子们双双跪在她脚下做晨祷。每天早上，她和孩子们都要单独举行这样的宗教仪式，然后才跟房子里所有的人聚在一起，参加皮特爵士主持的晨祷。罗顿在男爵的桌子前面坐下来。那桌子上整整齐齐摆满了蓝皮书和信件、议会提案和小册子、上锁的账本、书夹和公文包，仿佛列队等待检阅的士兵。

一本家庭训诫书展开在桌子上，等待男爵正确的选择。每逢星期日，皮特爵士照例要为家里人讲道。训诫书旁边有一份《观察》报，报纸有些潮湿，折叠得十分整齐，仅供皮特爵士一人阅读。不过，他的用人将报纸送上主人的书桌前，先要独自偷偷阅读一遍。这天早上，他已经在报纸上读到一篇淋漓尽致的描写："冈特公馆的庆典。"上面提到斯泰恩侯爵邀请的所有显赫人物的名字，这些贵族都是被请去陪亲王殿下的。这位用人读报纸的时候，正在女管家的屋子里喝早茶，吃刚刚烤热的黄油面包片，身旁还有管家的侄女。他说，他真弄不懂罗顿·克劳利到底靠什么生活。这位用人把报纸重新弄成潮湿的，看上去像新接收到的一样，供主人阅读。

可怜的罗顿拿起报纸，想靠读报消磨时间，等哥哥来，可是一个字也看不进去，看了半天也不知道到底上面有什么消息。皮特爵士出入于政界，不得不关注政府的消息和人事任免，否则，他才不会在星期日读报纸呢。报纸上有戏剧评论文章，有怒吼的屠夫与塔特伯里拳师各押赌一百镑斗拳的消息，有冈特公馆晚会的例行报道，其中对著名的哑谜表演及女主角贝基太太做了详尽的描绘。罗顿坐在那里等待这里的一家之主，报纸上的文章在他眼前一片模糊。

书房那座黑色大理石时钟以尖厉的声音敲响九点，皮特爵士准时进门。他精神饱满，衣着整齐，胡子刮得干干净净，光洁的皮肤闪烁出光泽，稀疏的头发梳得油光发亮。他里面穿了硬领衬衫，戴的领带浆得十分平整，外面套着灰色法兰绒晨衣，步履庄重走下楼梯时，还在修剪自己的指甲。总而言之，他浑身都是典型的英国绅士派头，完全是个整洁得体的模范。一眼看见可怜的罗顿坐在自己书房里，他吓了一跳。他发现弟弟衣着邋遢，眼睛布满血丝，头发耷拉在脑门子上。他以为弟弟准是喝多了酒，整夜没回家。“我的天，罗顿，”他面不改色地说，“这么早，你怎么会在这儿？怎么不待在家里？”

“家！”罗顿苦笑一声。“别怕，皮特。我没喝酒。把门关上。我想跟你谈谈。”

皮特关上门，走到桌子旁边，坐在另一把扶手椅上。这把椅子是为来访的客人与他谈机密事宜或商谈事务时准备的，自己的管家来报账也坐这把椅子。他坐下来，动作猛烈地修指甲。

“皮特，我完了，”上校停顿了一下说。“我绝望了。”

“我早说过会有这种结果，”男爵恼火地说，一面用修剪整齐的指甲在桌子上敲着节奏。“我警告过你一千遍。现在没法帮助你了。我的钱很紧，每个先令都派了用场，就连简昨天救你出来的那一百镑，原来也是答应明天付给律师的。没有这笔钱，我遇上大麻烦了。

我不是说以后再也不帮你了，但是要我偿还你的债务，简直比偿还国债还困难。你这想法不切实际，完全是胡闹。你必须通过折中契约解决问题。这当然对家族名声不利，可是人人都采用这种办法。拉格兰勋爵的儿子乔治·基特利上个星期就是在法庭这么解决的，我相信那叫作‘免除破产人债务负担’。拉格兰勋爵一个先令都没给他出，再说……”

“我要的不是钱，”罗顿打断他的话。“我来不是为我自己。别管我发生了什么事……”

“那是为什么事？”皮特这才稍感放心。

“是为孩子，”罗顿声音嘶哑地说。“我想要你保证，我走了以后，你好好照料他。你亲爱的夫人从来对他很好的。他爱她胜过他的……该死的东西。听我说，皮特。你知道，克劳利小姐的钱本来是要给我的。从我小时候起，大家就不把我当小儿子看待，处处鼓励我大手大脚，游手好闲。若不是那样，我很可能是另外一种性格。我在军队里服役时的作为并不坏。你知道我本来能继承那笔钱，你也知道谁得了那钱。”

“我做出了种种牺牲，还尽力帮助你，我认为这种责备毫无用处，”皮特爵士说。“你的婚姻是你自己的选择，不是我的错。”

“这桩婚姻完了，”罗顿说。“现在完了，”这几个字从他牙缝里挤出来后，他呻吟了一声。他哥哥听了吃了一惊。

“好我的上帝啊！她死了吗？”皮特爵士真的感到惊慌，也同情起弟弟来。

“我倒但愿是我死了，”罗顿回答道。“假如不是为了小罗顿，我今天早上就会抹了脖子，也不会饶了那个该死的恶棍。”

皮特爵士立刻猜到了事情的真相，推测出罗顿想杀的是斯泰恩勋爵。上校简要讲述了事情的经过，话说得断断续续。“是她跟那个流氓设的计策，”他说道。“索债警察是在我从他家出来的时候逮住我的。我写信给她，要她出钱保我出去，她回信说生了病躺在床上不能动身，要我再等一天。我回家后却见她戴着钻石首饰，跟那个混账单独待在家里。”接着，他匆匆描绘了跟斯泰恩勋爵的冲突经过。当然，对于这种性质的事情，只有一个解决办法，跟哥哥商量之后，他要去做决斗前必要的安排。“我可能在决斗中被打死，”罗顿结结巴巴地说，“孩子根本就没有母亲，我不得不把他托付给你和简。皮特，要是你向我保证好生对待他，我会觉得非常放心。”

哥哥受了感染，一反往常的冷漠态度，跟弟弟热烈握手。罗顿把哥哥的手拉到自己额头上，用又粗又浓的眉毛摩挲着。“谢谢你，哥哥，”他说。“我知道我能相信你的话。”

“我以自己的名誉担保，”男爵说。两个人几乎无言地达成了默契。

然后，罗顿从口袋里掏出从贝基书夹里发现的皮夹子，从里面取出一沓钞票。“这是六百镑，”他说，“你以前不知道我竟然这么富有。我要你把这钱交给布里格斯，这是她借给我们的，她对孩子那么好心，我一想到夺了那可怜老女人的钱，就觉得害羞。这儿还有一点儿，把它交给贝基过日子吧，我只留了几镑。”他边说边把钞票交给哥哥，他情绪激越，手在发抖，皮夹子掉在了地上，不幸的贝基最后骗到的那一千镑钞票从里面掉了出来。

皮特弯腰拾起皮夹和钞票，对那么大面额的钞票觉得惊讶。“这一张不能算在内，”罗顿说。“这钱的主人正是我希望开枪打死的家伙。”他心想，假如能把这张钞票裹上子弹，打死斯泰恩，那才痛快呢。

这段交谈过后，两兄弟再次握手，然后就分别了。简夫人早已听见上校来了，等在隔壁的餐厅里，她凭着女子的直觉，知道出了乱子。餐厅的门正好没关上，两兄弟从书房出来时，这位夫人装作碰巧朝这里走，就迎了上来。她向罗顿伸出手，说是很高兴他能来用早餐。不过，从他胡子拉碴的脸和丈夫阴沉的神色判断，一起吃早饭显然不合时宜。罗顿紧紧握住嫂嫂伸来的纤手，推托说要去赴个约会。她恳求的目光从他脸上看到的只有灾难。他没有再说什么，动身走了。皮特爵士也没有向她做任何解释，孩子们上来问候他，他像往常一样刻板地亲吻他们。母亲把两个孩子搂紧在自己身边，祈祷开始的时候还一手拉着一个。皮特爵士主持的周日祈祷不但有母子三人参加，所有用人也在场，他们有的穿着礼拜天才穿的套装，有的身穿制服。主仆之间有一只茶壶，沸腾的水发出嗞嗞的喷气声。发生了那件事，早饭耽搁到很晚才吃。吃饭的时候，教堂的钟声已经响了。简夫人推说身体不适，不能上教堂去。刚才在家庭祈祷时，她的心也老走神。

与此同时，罗顿·克劳利匆匆离开冈特大街，来到冈特公馆门外，敲响了门上一个硕大的蛇发女妖铜铸门环。一个身穿红色镶银边制服的用人应声开了门，只见他脸色红得发紫，活像酒神希尔纳斯。这仆人见了上校不修边幅的模样，也吃了一惊，挡住他的路，生怕他闯进门去。但是克劳利上校仅仅掏出一张名片交给他，要他一定转交斯泰恩勋爵，请勋爵看清楚上面的地址，还说克劳利上校一点钟后整天都在圣詹姆士街摄政俱乐部等他，请勋爵别去他家找。他大踏步走开，那红脸仆人惊讶地望着他的背影。一大早出门的人们身穿新衣服，准备去做礼拜，见了他这副模样，都觉得诧异。孤儿院的孩子个个脸上熠熠放光，蔬菜水果店老板靠在自己门前偷闲，教堂的礼拜就要开始，酒店老板在阳光下关上酒店的百叶窗。他雇出租马车的时候，周围的人们也取笑他的邋遢模样。他告诉车夫，去骑士桥军营。

他到达目的地时，所有教堂的钟声响成一片。假如他仔细观察，会发现他的老熟人阿米莉亚正从布罗姆敦区朝拉塞尔广场赶去。学校的孩子们列队走向教堂。郊外闪亮的石板路上挤满了轿子闪闪发亮的马车，满载着星期日外出游玩的人们。但是上校心事重重，根本无暇顾及这些现象，一到骑士桥，立刻赶往老朋友和老战友麦克穆多上尉的房间。他留在军营里没走，克劳利感到非常高兴。

麦克穆多上尉是参加过滑铁卢战役的老军官，深受联队官兵的喜爱，若不是因为囊中羞涩，准能弄个高级军衔。他此时正平静地躺在床上享受一上午不起床的闲适。前一天晚上，他参加了乔治·辛克巴斯上尉举行的晚会，地点在布罗姆敦广场的家中，请了联队的许多年轻人和一帮芭蕾舞演员。麦克穆多老头跟各种年龄、各种阶层的人都合得来，不管是将军、驯犬员、舞女还是打拳的，只要他跟人家凑在一起，准能谈得很投机。一夜作乐后累了，今天又不值班，就赖在床上不起。

他的屋子里挂满了以前战友们的画像，战友们或退役，或结了婚过安定生活。画像上的人物有的在打拳，有的在运动，有的在跳舞。他现在将近五十岁的人了，在军队服役已经二十四年，画像收藏丰富得能开个展览馆。他在英格兰算得上神射手，也算得上重量级好骑手。说实话，罗顿离开军队前，两人曾经在许多方面是对手。简而言之，麦克穆多先生这时躺在床上，读《贝尔的生活》杂志上登载的一场拳击赛报道，那正是前面提到的塔特伯里宝贝和怒吼的屠夫之间的角斗。他虽然上了年纪，却也是个骁勇的武士。他的脑袋不大，一头花白头发剃了个精光，戴了顶丝睡帽，下面露出红鼻子红面孔，再下面是染过的浓密的八字胡。

罗顿告诉这位上尉说，他需要个朋友。老人心里立刻就明白他需要的是什么样的友谊，自己需要扮演什么角色。其实，他为朋友们办过几十回这样的差事，事情处理得既周到又谨慎。已故的总司令为此特别厚待他，不论谁搅在里面，受罚的总是他。

“为什么争执，克劳利，我的伙计？”老勇士问道。“该不是因为赌博？咱们打死马克上尉还不是因为这？”

“是……是因为我老婆，”克劳利垂下脑袋，脸涨得通红。

另一位打了个口哨。“我没说过吗，她会甩了你，”他说，联队曾经为克劳利上校的婚姻打过赌，他的战友和所有世人都认为他妻子是个轻浮的女人。不过，麦克穆多见罗顿听了这话露出一脸凶相，就没有再说下去。

“老伙计，没有别的办法解决了？”上尉口吻庄重地问。“你只是猜疑，还是有什么其他事？收到情书了？能不能保持沉默？要是有其他办法，最好别张扬的好。”上尉心想：“他现在才看出她是个什么人。”他想起食堂里大家对克劳利太太名声扫地的上百种说法。

“除了一条路再没别的路可走，”罗顿回答。“我们俩只有一个能活着，你懂了吗，麦克？他们设下计谋把我关起来，我发现他们单独待在一起。我骂他是个骗子、懦夫，把他打倒在地。”

“干得好，”麦克穆多说。“是谁？”

罗顿说是斯泰恩勋爵。

“天哪！一位侯爵！他们说他……就是说，他们说你……”

“你这是什么意思？”罗顿咆哮起来。“你是说，你听别人怀疑我老婆，可你不告诉我，是不是，麦克？”

“老伙计，人们都爱瞎胡说，”他答道。“那帮傻瓜说的话告诉你有什么用？”

“麦克，你这可太不够朋友了，”罗顿一下子泄了气，两只手捂住脸哭起来。那个身经百战的大老粗见了他这副模样，也心软了：“挺起来，老伙计，不管他是个什么人物，咱们要让他吃颗枪子儿，让他见鬼去。至于说女人，她们全都一个样。”

“你不知道我多喜欢这个女人，”罗顿口齿不清地说。“真该死，我像个用人一样跟在她屁股后面跑腿。我把一切都给了她。因为娶她，我成了个穷光蛋。上帝作证，为了弄到她喜欢的东西，我把自己的表也典当了。她藏着一大笔私房钱，却不肯出一百镑保我出狱。”他激动得语不成声，结结巴巴讲出发生的事情，麦克穆多从来没见过他说话这么凶狠。不过，这位顾问从中听出点线索。

“不过，她可能的确是清白的，”他说。“她自己也这么说。斯泰恩以前单独跟她待在屋子里也足有一百次。”

“这话也许不错，”罗顿伤心地说。“可是这次看上去不一样。”他拿出贝基皮夹子里的那张一千镑钞票。“这是他给她的，麦克。她把它藏起来不让我知道。家里有这么大一笔钱，她却不肯保我出狱。”上尉不能不承认，私藏这笔钱的确不好解释。

两人交谈过程中，打发麦克穆多的跟班上柯曾街家里，取一包上校急需的衣服。跟班走后，罗顿和他的助手借助一本约翰逊编的字典，非常吃力地拟了一封信，打算由助手递交斯泰恩勋爵。信上说，麦克穆多上尉很荣幸能代表罗顿·克劳利上校为斯泰恩侯爵效劳，二位之间的争执只能以决斗解决，相信这也正是侯爵的意愿。麦克穆多乞求斯泰恩勋爵指定一位助手，与麦克穆多上尉联系，以便尽快做出安排。

在附言中，上尉声明说，他手中持有一张大面额钞票，克劳利上校有理由认为，那是斯泰恩侯爵的财产。他作为上校的代表，急于将这张钞票归还原主。

这封信拟好后，上尉的跟班也从柯曾街执行使命回来了，却没带来所需的衣服。这跟班面露难堪。

“她们不给我，”跟班说。“屋子里乱七八糟，简直闹翻了天。房东控制了那房子。用人们都在客厅里喝酒。上校，他们说……他们说你带走了所有银餐具，”停顿片刻之后，跟班又说，“一个用人已经走了。辛普森喝醉了酒，大吵大闹，说是不付清他的薪水，什么也休想从房子里拿走。”

五月集上这场暴动给沉闷的谈话增添了点生气，罗顿遇到的狼狈情景把两位军官逗乐了。

“我很高兴孩子不在家，”罗顿咬着指甲说。“你还记得他吧，麦克，他在骑马学校学过骑马。他骑的那匹马可真够糟糕的，不是吗？”

“说得不错，老伙计，”随和的上尉说。

当时，小罗顿坐在白袍修士学校的小教堂里，他是五十名学生中的一员。他听着讲道，心早已飞回家里，想着下个星期六父亲肯定会给他零花钱，说不定还要带他去看戏。

“那孩子是个好样的，”父亲心里还在想孩子。“我说，麦克伙计，要是我出了什么事，要是我死了，我想要你，要你去看看他，对他说，我非常喜欢他，或者这类的话。还有，老伙计，把这副金扣子给他，除了这，我什么都没有了。”他用脏兮兮的双手捂住脸，眼泪流下来，洗刷出一道道干净的痕迹。麦克穆多趁机拉下丝睡帽，揩了揩眼睛。

“下楼叫人备点早饭，”他用欢乐的声调大声对他的跟班说。“克劳利，你想吃点什么？我说，来一道炒腰子，再来盘鲱鱼好吧？克雷，给上校找些衣服，罗顿，咱俩身材从来差不多，现在骑马都不比刚入伍那阵子灵活了。”说完这话，麦克穆多翻身面朝墙，继续看他的《贝尔生活》杂志，好让上校换衣服。等到朋友穿戴梳洗停当了，他才起床开始打扮穿戴。

由于要去见一位贵族老爷，麦克穆多上尉打扮得特别仔细。他在八字胡上涂了蜡油，抹得光溜溜的，扎了条整洁的领带，穿了件整齐的黄色皮背心。吃早饭的时候，食堂的年轻人见了他这般模样，而且身边还有克劳利上校陪同，都问他是不是这个星期日要成婚。

第五十五章
继续上一章的话题

贝基没有恢复正常心境，前一天晚上的事件让她处于恍惚迷惑之中。柯曾街教堂下午的钟声响起时，她才从床上爬起来，拉铃叫她的法国女仆。那女仆几个小时前还在她身边。

罗顿·克劳利太太拉了好几次铃都没人答应，最后一次拉铃用的劲太大，把绳子都拉断了，可菲菲妮小姐还没有露面。她的女主人手里还抓着那截拉铃绳，披头散发冲到楼梯前，一再大声叫她的名字，可就是没人答应。

其实，女仆离开这座房子已经有好几个小时了。就像法国人习惯的那样，不辞而别了。那小姐先是把散落在地板上的首饰收敛起来，然后上楼回到自己屋子里，收拾起东西，叫了辆出租马车，自己动手把箱子搬下楼，根本没有请其他用人帮忙，也没有跟任何人道别，因为其他用人都打心底里恨她。她便独自离开了柯曾街。

照她看来，这个小家庭已经没戏了。菲菲妮坐马车逃之夭夭，就像许多法国名人在相同情景下的行为一样。不过，她比逃难的贵族更幸运，不但保住了自己的财产，还把女主人的财宝席卷而去，当然啦，那些财宝能不能算女主人的还成问题。她不但拿走了首饰，还偷走了几件上等衣服，她早已觊觎这些华服了。另外，她还趁机收拾起六只镀金的漂亮蜡烛台、六本金边纪念册、许多小摆设、漂亮的图书、曾经属于杜·巴利夫人[①]的一只金座鼻烟壶、一个精致的墨水缸、一个装吸墨纸的珍珠母架子，这是贝基构思她那些写在粉红信纸上的短简时常用的文具。随着菲菲妮小姐从柯曾街这所房子里消失的，还有摆在桌子上的银餐具，那是罗顿打断的庆祝晚宴上用过的。菲菲妮小姐没带走的东西大概全是些笨重的家伙，毫无疑问，由于同样的原因，她也没带走炉具、壁炉架上的镜子和黄檀木小钢琴。

不久之后，一位模样很像她的女士在巴黎的杜海尔德路开了家服装店，她在那里的声誉很好，还常常受到斯泰恩勋爵的光顾。这个人常常谈起英国，说那是个世界上最奸诈的国家，还对自己的学徒们说，她在那个岛国让当地人骗走了许多钱财。斯泰恩侯爵对这位德·圣·阿玛兰特夫人特别关照，无疑是出于对她不幸遭遇的同情。但愿她从此事业发达，善有善报。不过，她在我们这部专讲名利场的故事中不会再出现了。

克劳利太太明明听见楼下有嗡嗡人声和走动的声音，顿时恼上心头，这帮用人胆敢不听她的召唤！她匆匆披上晨衣，昂首挺胸下楼，朝闹哄哄的客厅走去。

厨娘正在客厅里，只见她阴沉着面孔，坐在印花布面的漂亮沙发上，正在向坐在身旁的拉格斯太太劝酒。一个打杂童儿穿一件扣子像糖球的制服，平时为贝基送粉红色短简，她坐马车出门时，他就围在马车周围伺候，这时把手指头伸进盘子里抓奶油吃。拉格斯满脸困惑悲伤模样，用人正在跟他说话。客厅的门开着，贝基近在几英尺大声招呼，可是，谁也不理睬她，没人服从她的命令。贝基身上的开司米晨衣非常细致漂亮。她走进客厅时，厨娘正在说："再喝一点儿吧，来吧，拉格斯太太。"

"辛普森！特罗特！"女主人怒气冲冲地喝道。"你们听见我的招

① 杜·巴利夫人：法国国王路易十五的情妇。——原书编者注

呼怎么敢待着不动？你们怎么敢当着我的面坐在那里？我的女佣在哪儿？”打杂童儿一时害怕，把手从嘴里抽出来。拉格斯太太喝了足够多的樱桃酒，厨娘又给自己斟了一杯，目光越过酒杯边缘瞪着贝基，然后一饮而尽。那甜酒显然让这个该死的反叛者增添了勇气。

“你的沙发，是吗？”厨娘说。“我是坐在拉格斯太太的沙发上。拉格斯太太，坐着别动，哼。我是坐在拉格斯先生和拉格斯太太的沙发上，这是他们老老实实干活挣钱买来的，而且花了他们很大一笔好钱。我在想，我要坐在这儿等拿到薪水才走，恐怕要坐上很长时间呢，拉格斯太太。我就坐这儿，哈哈哈！”说着，她又给自己斟了一杯酒。这次吞下酒的模样更加夸张可恶。

“特罗特！辛普森！把这个醉鬼拖出去，”克劳利太太厉声喝道。

“我不干，”仆人特罗特说。“该出去的是你。付给我们工钱，我也走。我们巴不得赶紧走呢。”

“你们聚在这儿是想侮辱我吗？”贝基怒不可遏地喊道。“等克劳利上校回来，我要……”

这话被用人们爆发出的一阵狂笑打断了，不过，拉格斯依然是一副阴郁的表情，没有跟着笑。“他不会回来了，”特罗特先生接着说。“他打发人来要这些东西，我不准拿。拉格斯先生倒是没意见。我看，他要还是个上校，那我也是上校啦。他已经走了，我猜你也要跟他一起逃走。你们两个不比骗子强，你们俩都是骗子。别吓唬我，我不吃那一套。我说，付给我们工钱。付给我们薪水。”特罗特先生面色通红，说话声调也变了，显然他也喝多了。

“拉格斯先生，”贝基气恼得要命，“你该不能让这个醉鬼欺负我吧？”

“别闹了。特罗特，住嘴吧，”打杂童儿辛普森说。女主人的难堪处境让他觉得可怜。那用人听人把自己叫成“醉鬼”，正打算反驳，被辛普森止住了。

“啊，夫人，”拉格斯说，“我绝对没想到会看到今天这般景象。我从小就认识克劳利家族。我当克劳利小姐的管家干了三十年，从来没想到这个家族的人会害得我倾家荡产。不错，害得我倾家荡产。”这个可怜人说着眼睛里涌出泪水。“你到底想不想付欠我的账？你在这所房子里住了四年。我的东西你随意用，我的餐具和巾单。光是牛奶和奶油账你就欠了我两百镑，你吃鸡蛋要新产的，你的狗都要吃奶油。”

“她自己的亲骨肉吃什么她倒不管，”厨娘打断他的话说。“要不是我关照，他经常饿肚皮。”

“他现在成了个慈善院的孤儿了，厨娘，”特罗特先生说着醉醺醺地哈哈笑道。诚实的拉格斯继续说下去，声调十分凄惨，数落自己的不幸。他的话全是真的。贝基和她丈夫害得他倾家荡产。他下个星期的账单都付不出了。他的店铺和房子都要给拍卖掉，就因为他信赖克劳利家族。他的眼泪和诉苦让贝基更加恼火了。

“你们好像都要跟我作对，”她气恼地说。“你们想要怎么样？今天是星期日我不能付给你们钱。明天来吧，我把欠的账都还给你们。我还以为克劳利上校已经跟你们结清了账呢。他明天会来结清账的。我以名誉担保，他今天早上离开家的时候，口袋里装着一万五千镑钞票。他什么都没给我留下。跟他要吧。拿来我的帽子和披肩，我出去找他。今天早上，我们吵了一架。你们就都知道了。我向你们保证，欠你们的钱都会给你们的。他刚刚得了个好差事。我去找他。”

这番话把拉格斯和所有在座的人惊得目瞪口呆，丽贝卡趁机离开了他们。她上楼打扮起来，这次没有那法国女佣在身旁伺候。她走进罗顿的屋子，看见一个收拾好的箱子和一个提包，看上去是准备上路的样子。旁边还放着一张纸条，吩咐说，有人来取这些东西的时候，交给来人。她走进法国女佣的屋子，见屋子搬空了，所有抽屉都是空的，她想起自己扔在地板上的首饰，认定那女人逃走了。

“老天哪！世界上难道还有比我更倒霉的人吗？”她自言自语道。“眼看就要交好运，突然落得一场空。难道一切都完了？不。还有一个机会。”

她穿戴好出了门，这次没人惹她，不过也没人伺候。时间是下午四点，她没钱坐车，只好匆匆步行，片刻没有耽搁，来到冈特大街上，抵达皮特·克劳利爵士家门外。她问用人，简·克劳利夫人在哪儿，回答说，她去了教堂。贝基并不感到遗憾。皮特爵士在自己的书房里，告诉人们不得打扰他。可她必须见他。她一闪身，从身穿制服的用人身旁溜进去，吃了一惊的男爵还没来得及放下报纸，她已经闯进他的书房了。

他的脸马上涨红了，连忙躲避她，表情极为惊慌恐怖。

“别这样，”她说。“我是无辜的，皮特，亲爱的皮特。你曾经是我的朋友。我对上帝发誓，我是清白的。当时看上去仿佛我有罪似的，一切都对我不利。啊，那样的时刻！就在我的所有希望就要实现的时候，就在我们的幸福就在眼前的时候，突然发生了那样的事。”

“这么说，报纸上说的都是真的？”皮特爵士问。报纸上有一段文章让他看了大为惊讶。

“是真的。星期五，就是在那个重要的舞会上，斯泰恩勋爵告诉我说，他已经得到许诺，六个月里就要得到一个职位。昨天，殖民部秘书玛特先生告诉他说，已经定了职位。结果他不幸被逮起来，接着发生了可怕的那一幕。要说我有罪，只能是因为我对罗顿太忠诚了。我以前也单独接待过斯泰恩勋爵足有一百次。我承认，我藏了私房钱。你知道他要是有了钱，花起来多么随便，我敢把实话告诉他吗？接着，她开始编造一个罗织连贯的故事，灌输进这位亲戚的耳朵。

故事梗概是这样的：贝基非常坦率又无比悔恨地承认说，她注意到斯泰恩勋爵对她钟情。皮特听了这个字眼，脸都红了。她在保证自己的情操不受损失的前提下，决定利用这个显贵的爱恋让自己和自己的家庭获得利益。“我还想要他帮你提高爵位，皮特，”她的哥哥听了这话，脸又红了。“我们曾经谈论过这事。你的天才加上斯泰恩勋爵的权势，这事就不仅仅是有可能而已。可惜这场灾难让我们的所有希望都化为泡影了。不过，我承认，我的首要目标是让我亲爱的丈夫摆脱贫穷。尽管他虐待我，怀疑我，可我还是爱他的。我看出斯泰恩勋爵对我有爱慕之心，”她垂下头说。“我就使出浑身解数，取悦于他，在一个正派女人允许的范围内，设法获得他的……他的敬慕。考文垂岛总督的死讯是星期五传来的，勋爵立刻为我亲爱的丈夫弄到了这个职位。我们本来想给他个惊喜。他本来今天就能在报纸上看到。即使是在他不幸被抓后，斯泰恩勋爵还说，要替我们还债，保他出来。我当时不便离开他去帮助丈夫。勋爵见我急得团团转的模样，笑话我说，我亲爱的罗顿在索债警察家从报纸上读到任命的消息，会得到安慰的。可是，接着……接着，他回家来了。他心里激起了怀疑。勋爵跟我凶狠的……凶狠的罗顿之间发生了一场可怕的打斗。啊，我的天哪，真不知道下一步还会发生什么事。皮特，亲爱的皮特！可怜可怜我，想办法让我们重归于好吧！”她说着朝前一扑，跪倒在地，放声大哭，抓住皮特的手热烈地亲吻着。

就在这时，简夫人从教堂回来，听说罗顿·克劳利太太在这儿，奔进丈夫的书房，恰巧发现男爵和他弟媳妇处在这种状态。

“这女人还有脸到这所房子里来，真让我吃惊，”简夫人浑身发抖，脸色变得惨白。“克劳利太太怎么胆敢闯进这所房子……这个清白的家庭？”早饭后，简夫人曾经打发自己的女佣去向拉格斯家的用人询问，也向罗顿·克劳利家的用人打听。女佣回来的时候把一切都报告给她，而且还添油加醋说了许多其他事情。

皮特爵士见妻子有如此勇气，惊呆了。贝基仍旧跪着没动，依然抓着皮特爵士的手不放。

“请把她不知道的事情告诉她。告诉她我是清白的，亲爱的皮特，”她号哭道。

“相信我的话吧，我亲爱的，我看你冤枉了克劳利太太啦，”皮特爵士说道。听了这话，丽贝卡心里一块石头落了地。“其实，我相信她是个……”

“是个什么？”简夫人嚷道。她声嘶力竭，心狂跳起来。“是个邪恶的女人，是个铁石心肠的母亲，是个不忠的妻子，对吧？她从来不爱自己的儿子，他常常逃到这里，告诉我她怎么虐待他。她不论到哪家去，都会带去灾难，用她的虚伪和邪恶的奉承破坏人家最神圣的感情。她像欺骗任何人一样欺骗自己的丈夫，她没有灵魂可言，利欲熏心，犯什么罪恶都不在乎。我碰一碰她都会发抖。我不让我的孩子们见到她。我……”

“简夫人！”皮特爵士跳起身，“这种话实在……”

“皮特爵士，我可是你忠心耿耿的妻子，”简夫人继续说，她的声音十分刚毅。“我忠于自己在上帝面前发的婚誓，从来就是个贤惠的妻子。但是正当的顺从是有限度的。在我家的屋顶下，我不能容忍那个女人，再不准她进来。假如她要进来，我就带孩子们离开。她不配与虔诚的基督徒平起平坐。先生，你——你必须做出选择，是要我，还是要她。”男爵夫人说完转身冲出屋门，为自己居然如此慷慨激昂心跳不已。丽贝卡和皮特爵士也吃惊不浅。

贝基并没有显出伤心模样，相反，她还挺高兴。“是因为你给我的钻石胸针，”她向皮特爵士伸出手说。男爵许诺要出去寻找弟弟，设法让他们和解。她离开的时候，简夫人当然在楼上化妆室窗户后面望着她走出这房子。

罗顿走进食堂时候，见联队的几位年轻人正在吃早饭，大家请他吃鸡腿喝汽水，他没有多推辞，陪大家一起吃。大家谈起这天这个时候感兴趣的话题，有的谈起下次在巴特西举行的信鸽放飞比赛，大家就分别在名字叫罗丝和奥斯保迪斯顿的两只鸽子上押赌；有的谈起法国歌剧团的阿利亚娜小姐，说是最近她刚被某某人甩了，好在有潘特·卡尔来安慰他；有的谈起屠夫和宝贝的拳击赛，说是其中恐怕有捣鬼行为。一个刚刚开始留八字胡的十七岁年轻人坦迪曼亲眼看了那场比赛，对两位拳师的态度和状态做了最翔实的讲解。他那天坐车把屠夫送上赛场，比赛前还陪了那赛手整整一天。假如没有人设下阴谋，他准会赢。赛场老油子们都参与了阴谋。坦迪曼才不付钱呢，该死，决不付。这位年轻军官一年前还是个喜欢吃奶糖的娃娃，在伊顿公学常常挨打，现在却成了克里布酒店的常客。

他们就这么不住地谈论跳舞娼妓、打拳酗酒。后来，麦克穆多来了，参加进他们的下流谈话。他并不考虑年轻人的话题应当有所克制，不论大家谈论什么，他都附和，既不考虑在自己的年纪上应该保持体面，也不顾忌有些话不该当着年轻后生说。老麦克讲好故事非常受大家欢迎。他不是贵夫人的宾客，也就是说，人们请他参加的晚会常常只有情妇在场，没有母亲作陪。恐怕没有谁的生活比他更卑微了，他倒也乐天知命，谦卑朴实地一天天混下去。

麦克穆多吃完那顿丰盛的早餐时，大多数同伴早已吃完。年轻的瓦利纳斯勋爵用一只硕大的海泡石烟斗抽烟，休格斯上尉抽的是雪茄。那个精力旺盛的小鬼坦迪曼把他的小猎狗夹在两腿中间，正兴致勃勃地跟德西斯上尉抛硬币赌博，他不是参加这种赌博，就是搞那种碰运气把戏。麦克和罗顿走出食堂，当然啦，两人谁也没有暗示出缠在心头的那桩大事，反而若无其事地参加进大家的谈话，还谈得津津有味。是啊，为什么要打断大家作乐呢？欢宴、酗酒、说下流话、放声大笑之类，从来都伴随名利场上的其他活动而发生。罗顿和他的朋友走上圣詹姆士大街，步入他们的俱乐部时，人们正从教堂里涌出来。

俱乐部的常客和过时的花花公子们常常在俱乐部窗户的大玻璃后面，望着马路上的过客，时而发呆，时而傻笑。此时，他们还没有坐在自己的位置上。读报室还差不多空着。其中有一个人罗顿不认识；另一个人曾经在打惠斯特牌中赢了他一笔钱，他欠着赌债，躲着不去见人家；第三个人在读《保王党》报的周末版，这份期刊倾向于教会和国王，上面专门登载各种丑闻。他抬起头会意地望了望克劳利，说道："克劳利，祝贺你。"

"什么意思？"上校问道。

"《观察》和《保王党》都登出来了，"那位史密斯先生说。

"什么？"罗顿的脸涨得通红，喊了起来，心里以为他跟斯泰恩勋爵的事已经公之于众了。史密斯抬起头，见他那副焦急模样，觉得奇怪，微微一笑。上校把报纸拿过去，双手颤抖，开始阅读。

史密斯先生和赢过上校钱的那位布朗先生在罗顿进门前刚刚谈论过他。

"来得真及时，"史密斯说。"我看克劳利连一个先令都拿不出来了。"

"这场风真好，给大家都带来了好运气，"布朗先生说。"他不付清欠我的二十五镑，休想离开。"

"那职位薪水有多少？"史密斯问道。

"两三千镑，"另一位回答。"可是那里气候太糟糕，他们享受不了多长时间。利弗希奇做了十八个月总督就死了，我听说，上一任只在任六个礼拜就送了命。"

"有人说，他哥哥是个非常聪明的人。可我总是觉得他完全是个废物，"史密斯感叹道。"不过，他一定有权势。准是他给上校搞到这个位置的。"

"他！"布朗轻蔑地说，"哼，是斯泰恩勋爵搞到的。"

“你这是什么意思？”

“一位贤惠的女人便是丈夫的王冠，”那位冷笑道，然后继续看他的报纸。

后来罗顿从《保王党》上读到如下一条惊人的新闻：

> 考文垂岛的总督职位——根据皇家邮船金银鱼号船长姜德斯从考文垂岛带来的众多信件和文件，总督托马斯·利弗希奇勋爵在斯旺普敦罹患传染性热病逝世。他的去世在这个繁荣昌盛的殖民地引起极大的悲哀。据悉这一空缺将由下级骑士罗顿·克劳利上校接替。克劳利上校在滑铁卢战役中表现出色。总督一职不但需要有战斗中骁勇的性格，更需要管理才干。这位先生受命于危难时期出任该殖民地行政官，定不负众望。

“考文垂岛！在哪儿？是谁任命你的这美差事？老伙计，你一定得把我带去当你的秘书官，”麦克穆多笑道。克劳利和他的朋友看了这条消息又惊奇又疑惑。这时，俱乐部服务员给上校送来一张名片，印着温海姆先生的名字，说是他请求与克劳利上校会见。

上校与他的助手明白这是斯泰恩勋爵派来的特使，就出去见这位先生。温海姆先生满面笑容，热情地与克劳利握手：“你好，克劳利，我很高兴见到你。”

“我猜想你是从……”

“没错，”温海姆先生说。

“这是我的朋友，绿色禁卫军麦克穆多上尉。”

“我很高兴认识麦克穆多上尉，”温海姆先生像刚才一样，再次堆起一脸微笑，跟这位助手握手。麦克手上戴着鹿皮手套，只向他伸出一根手指头，由于硬领带的限制，他只向他微微躬了躬身。或许他觉得与一个老百姓打交道有失身份，心里十分不满。大概他认为斯泰恩勋爵至少该打发一位上校来才对。

“麦克穆多是我的代表，了解我的意思，”克劳利说，“所以，我最好把事情交给你们去解决。”

“当然，”麦克穆多说。

“绝对不行，我亲爱的上校，”温海姆先生说。“我来访的目的是要跟你面谈，不过麦克穆多上尉在场当然也是最好不过的。事实上，我希望我们的交谈会导致最愉快的结果，希望与我的朋友克劳利上校预料的完全不同。”

“哼！”麦克穆多上尉心里说，“真该把这些老百姓都绞死，他们总是说废话，管闲事。”温海姆先生没等让坐，自己拉了把椅子坐下来，从衣袋里掏出张报纸，接着说：

“上校，今天早上，报纸上登出的这则令人满意的消息，你看到了吗？政府雇到一名有价值的人才，这可是桩美差事，我想，你应当接受才对。年薪三千镑，那里气候宜人，总督府富丽堂皇，在那个殖民地你可以随心所欲，将来肯定能高升。我忠心祝贺你。先生，我想，你一定知道这是受了谁的恩宠？”

“见鬼，我怎么会知道，”上尉说。他的主人脸涨红了。

“那是世界上最慷慨好心的人，也是地位最高贵的一位老爷——我们的朋友斯泰恩侯爵。”

“见他的鬼去，我才不要他给的位置呢，”罗顿吼道。

“你现在情绪不佳，不该反对我高贵的朋友，”温海姆先生平静地继续说道。“听我说，我们要用正常理性和公正态度判断。请你告诉我为什么不要？”

“为什么？”罗顿惊讶地喊道。

“为什么？见鬼！”上尉用手杖戳了戳地板。

“见鬼，可不是吗，”温海姆先生脸上露出非常和蔼的微笑。“咱们用实事求是的眼光看这问题，是不是你有错啊？你从外面回来，发现了什么？斯泰恩勋爵在柯曾街上你家房子里陪克劳利太太吃了顿晚饭——这种事值得大惊小怪吗？他以前难道没有做过一百次同样的事情？我以一个绅士的名誉和信誉担保，”温海姆先生说着将手按在自己的背心上，表现出一副议会议员的模样，“我要声明说，我认为你的怀疑非常荒诞，毫无根据，而且伤害了一位有名誉的绅士，可这位绅士却在千百种方面向你提供利益，表示出好意。而且你伤害了一位最纯洁无瑕的夫人。”

“你的意思是说，克劳利搞错了？”麦克穆多先生问。

“我相信克劳利太太像我妻子温海姆太太一样清白，”温海姆先生的口吻斩钉截铁。“我相信，这事完全是出于我们这位朋友嫉妒心太重，结果他不但用拳头对付了一位身体虚弱的高尚老人，一个不断给他以照顾的朋友和恩人，而且还伤害了他自己的妻子，损害了他自己的荣誉，他儿子的未来和他自己的前途。

“我来告诉你们发生了什么事情，”温海姆先生一本正经地接着说，“斯泰恩勋爵今天早上把我叫去，我发现他的身体实在太惨了。我用不着向克劳利上校细说，你也明白，一个上了年纪身体虚弱的人，怎么经得起你这么强壮的人痛打？我应该当面告诉你，克劳利上校，你如此恃强欺人未免太残酷了。你的拳头不仅伤了我高贵善良的朋友的身体，而且他的心也在淌血。一个向来受他喜爱，接受他恩惠的人，居然无故糟践他的尊严。报纸上这项任命难道不是他对你好意的证明？今天早上，我见到勋爵的时候，他那副模样真是让人惨不忍睹。他也像你一样，渴望用血来洗刷自己蒙受的羞辱。我猜想，你知道他曾经证明过自己的勇气吧，克劳利上校？”

“他的确有胆量，”上校说。“谁也没说他胆小。”

“他对我的第一个命令，是要我写信给克劳利上校，向你挑战。受了昨晚那样的屈辱，两个人只能有一个活着。”

克劳利点了点头，说道：“现在你说到正题上了。”

“我想方设法让斯泰恩勋爵冷静下来。我对他说：‘我的天哪，先生，我真后悔，我和温海姆太太没有接受邀请与她共进晚餐。’”

“她也请你们去吃饭了？”麦克穆多上尉问道。

“是啊。她的邀请信还在这儿呢……等一等……啊，不，不是这张……我还以为我带在身边呢。不过这并不重要，要不是因为温海姆太太头疼，我们就去了。她一到春天就犯头疼。假如我们也去了，你回家后就不会有那么一场争吵，不会有侮辱，不会犯疑心了。的的确确是因为我可怜的妻子犯了头疼，结果你就要让两个高尚的人冒生命危险，而且还要让这个王国里两个古老优秀的世袭家族蒙受羞耻和悲哀。”

麦克穆多望着主人，显得深感困惑。罗顿怒不可遏，没有注意他的乞求。对这个故事，他一个字也不相信，可是他既不能证实它是假的，也无法证实它是真的。

温海姆先生继续展示他在议会辩论时滔滔不绝的口才：“我在斯泰恩勋爵床前坐了一个多钟头，又是央求，又是劝说，要他打消决斗的念头。我向他指出，当时的情形的确容易让人疑心，他们两人在一起的样子的确能让人产生疑心。我承认，任何人处在你的地位上，都可能受到蒙蔽，我说，一个心里燃起妒火的人实际上没有理智可言，完全可以看成个疯子，两人为此决斗必然导致双方蒙羞。当今社会上，那种万恶的革命原则，以及下等人中极其危险的平等信条已经够可怕，像勋爵这种地位的人更经不起当众出丑。不论他多么无辜，平民都会认定他有罪。总而言之，我要求他不要送挑战书。”

“你这篇鬼话我一个字也不相信，”罗顿咬牙切齿地吼道。“通通是该死的谎话，照我看，温海姆先生，你也参与了这桩阴谋。要是他不送挑战书，以上帝的名义起誓，那就由我来送。”

上校凶狠打断温海姆先生的话，把他吓得面色苍白，眼睛直朝门口望。

好在他发现麦克穆多上尉还算支持他。这位先生咒骂了一句站起身，责备罗顿出言不逊。“既然你把这事交给我处理，就该让我判断是不是得体，不能照你这么胡闹。你不该用这种恶语侮辱温海姆先生。真该死，温海姆先生，他应该向你道歉才对。要是你想给斯泰恩勋爵送挑战书，那就另选个人，我可不去。勋爵挨了打不愿还手，那不更好。至于说克劳利太太的事情，我相信根本没有什么证据。既然温海姆先生说你妻子是清白的，那她就是清白的。不管怎么说，要是你不闭嘴，要是你不接受那个职位，你就是个该死的傻瓜。”

“麦克穆多上尉，你这话才像个有理智的人说的，”温海姆先生大声说，顿时放了心。“刚才克劳利上校在火头上说的话我决不计较。”

“谅你也不敢计较，”罗顿轻蔑地说。

“闭嘴，你这个老傻瓜，”上尉好心地说。“温海姆先生不是来跟你动手打架的，我认为他这事办得对。”

斯泰恩的使者大声说：“我相信，这事应该彻底埋在心底，再也不提。不能让一个字从这扇门走漏出去。我这话是为我的朋友和克劳利上校好，就是他一定要把我看作他的敌人，我也是这想法。”

“我看斯泰恩勋爵不会对这事大谈特谈，”麦克穆多上尉说。“我也看不出我们这一方面有什么理由宣扬。怎么说都不光彩，无论如何，越少说越好。挨了打的是你们那一方面，假如你们都能满意，我们还有什么可抱怨的。”

听完这话，温海姆先生抓起自己的帽子，麦克穆多上尉陪斯泰恩勋爵的代理人出门，关上门，把罗顿一个人关在里面生气。两人来到门外，麦克穆多狠狠瞪着那位特使，那张圆圆胖胖的脸上表情严厉，毫无尊敬可言。

“温海姆先生，你可真是不拘小节，”他说。

“麦克穆多上尉，谢谢你这么说，”对方微笑着回答道。“以我的名誉和良心发誓，克劳利太太真的在听了歌剧后邀请我们吃晚饭的。”

“当然啦，温海姆太太常犯头疼，这次又犯了。我说，我这儿有一千镑，请你给我开张收条，我把它交给你。我把它装进一只信封，你转交给斯泰恩勋爵。我的人不会朝他开枪。不过我们也不接受他的钱。”

“这是个误会……整个是个误会，我亲爱的先生，”对方说着装出一副彻头彻尾的无辜模样。麦克穆多上尉向他躬了躬身子，送他下台阶，正在这时，皮特·克劳利爵士走上台阶。两位先生以前见过面，上尉陪男爵走回罗顿那间屋子的时候，悄悄告诉皮特爵士说，他已经平息了斯泰恩勋爵与上校之间的纠纷。

皮特爵士听了这话当然很高兴，见了弟弟热情祝贺他和平解决这件事，讲了一番得体的道德经，说靠决斗解决纠纷是最不得体的方式。

作了这么个序言之后，他着手调和罗顿和妻子之间的矛盾。他扼要复述了贝基对他讲的话，指出其中真实的可能性，断言说他坚决相信她是清白的。

但是罗顿不愿听这话。“十年来她把那么多钱藏起来不让我知道，”他说道。“直到昨晚，她还赌咒说根本没拿过斯泰恩的钱。我发现钱，她知道全暴露了。就算她是清白的，皮特，她也跟有罪没有两样。我再也不见她了，绝对不见。”说这话的时候，他的脑袋耷拉在胸脯上，显出伤心绝望的样子。

“可怜的老伙计，”麦克穆多摇了摇脑袋。

起初，罗顿·克劳利拒绝接受那个该死的家伙替他谋的职位，而且要孩子离开那所学校，因为是受了斯泰恩勋爵的庇护入学的。在他哥哥和麦克穆多的劝说下，才答应不放弃这些优惠条件。他能回心转意，主要归功于麦克穆多。上尉向他指出，得到这些利益，让斯泰恩白白为仇人效劳，岂不让他有气没处发泄？

斯泰恩侯爵在这次事件后重新露面，殖民部秘书向他致意，恭贺他选定如此得力的人物继任总督。这些祝贺斯泰恩勋爵是在怎样的心情下接受的，大家都可想而知。

正如温海姆先生说的那样，勋爵与克劳利上校和他们的助手已经把这事深深埋进心底了。但是，那个夜晚还没有结束，这事已经在名利场上足有五十张餐桌上广为谈论。小卡克尔比一晚上串了七个宴会厅，不但讲述这故事，还在每次重复时添枝加叶补充自己的评论。华盛顿·怀特太太心里那份得意就别提了。伊林主教受到的震惊简直无法形容，他当天就去了冈特公馆，在来宾签名册上写下自己的姓名。小索斯当勋爵觉得难过，他妹妹简夫人当然就更觉得难过了。索斯当勋爵夫人写信给自己在好望角的另一个女儿，通报这事。它给搞得满城风雨，足足持续了三天之久。幸亏瓦格先生在温海姆先生的暗示下竭尽全力，才算躲过了报界披露。

至于说索债警察扣住了柯曾街上可怜的拉格斯家的房子，还有那漂亮的房客下落如何？她到底是不是有罪？谁会关心呢？一两天后，谁会管这闲事？我们都知道世人多么富有慈悲心，我们也知道名利场上对这类疑点有什么裁判。有人说她追随斯泰恩勋爵去了那不勒斯；有人说勋爵听说她抵达的消息后，逃离了那座城市，到了巴勒莫；有人说她住在比尔斯塔特成了保加利亚王后的侍从；有的说她在波罗涅；也有的说她住在切尔滕纳姆的一个寄宿公寓里。

罗顿给了她一笔能够维生的年金，我们当然都知道，她非常懂得节俭，就像俗话说的那样，一个子儿都能掰成两半花。假若罗顿离开英格兰时有一家人寿保险公司愿意为他保寿险，或许他能偿付身后的债务，可惜考文垂岛的气候太恶劣，他就是押上未来的年薪，也没人愿意借钱给他。不过，他后来定期给他哥哥寄来钱，每趟邮船都有他写给儿子的信。他不断供应麦克穆多雪茄烟，还给简夫人寄来大量贝壳、圭亚那胡椒、辣味泡菜、石榴酱等殖民地特产。他给哥哥定期寄来当地报纸。在《泥沼城公报》上有竭力歌颂新总督的文章。另外一份报纸《泥沼城前哨》指控他是个暴君，说是相比之下古罗马暴君尼罗王也算得上个慈善家了。究其原因，其实是因为总督府请客时，漏掉了该报主编的夫人。小罗顿喜欢这些报纸，从中了解他父亲大人的消息。

小罗顿的母亲从不看望儿子。孩子回伯母家度过星期日和节假日。他很快就对女王的克劳利宅子中所有鸟窝的位置了如指掌，还骑马随胡德尔敦家的猎狗出去打猎。他对第一次来汉普郡拜访时的情景记忆犹新。

第五十六章
乔治变成上流绅士

小乔治·奥斯本现在已经在拉塞尔广场上祖父的家里站住了脚。他占用了父亲以前的那间屋子，家里一切财富也要由他来继承。这孩子相貌英俊，举止高雅，一副绅士派头，很快便赢得了祖父的心。奥斯本先生为孙子感到自豪，如同过去对老乔治感到自豪一样。

其实，这孩子享有的豪华以及受到的溺爱比起他父亲有过之而无不及。近年来，奥斯本的商业经营极为成功。他的财富和他在城里的地位均大大提高。以前，他能送儿子上一所好的私立学校就感到高兴，老乔治在军队中的地位从来让他引为自豪，老头子对小乔治的未来抱有更大的野心。他常常说，要把这个小家伙培养成个上流绅士。在他的幻想中，这孩子将来准是个学者，能进议会从政，或许还能得个男爵封号呢。老头子觉得，要是能看到孙子走上这样的生活道路，他死也能安心了。他要在大学里找个拔尖的人才来教他，绝对不要那种假装有知识的江湖骗子。仅仅在不多几年之前，他还恶狠狠地咒骂所有牧师学者，把他们说成一帮废物，一群江湖骗子，除了嘴里说点拉丁语和希腊语能混口饭吃，做任何其他事都无法谋生；他诽谤他们是一群自命不凡的狗，竟然装出凭高视下的模样，藐视高贵的英国商人。他这个英国商人口袋里的钱买得下五十个这种家伙。现在他一改以往的口吻，哀叹自己幼年没有接受过正常教育，当着小乔治的面，他常常大发宏论，一再指出接受优秀的基础教育之必要性及其益处。

祖孙二人吃晚饭时见了面，老先生常常询问孩子这天读的是什么书，孩子向他汇报一天所学的功课，他便表示非常感兴趣，不懂装懂，结果漏洞百出，许多次显露出自己的无知。他的提问没有能提高孩子对这位长辈的尊敬。孩子思维敏捷，学到的知识比爷爷好，不久便发现祖父知识贫乏，脑子愚笨，心里瞧不起他，开始对他吆喝命令。小乔治以前虽然生活卑微没见过多少世面，可是受过的教育却使他获益匪浅，远比祖父想出的方法好。将他养育大的那个女人慈祥温柔，虽然不敢以任何事情自诩，却为自己的儿子感到自豪。那个女人心灵纯洁，态度谦恭，丝毫不缺乏大家贵妇风范。她忙于为他人服务，默默完成自己的种种职责。她从来不用漂亮华丽的言辞，不过，她心里的念头，嘴上说的话，无不充满善意。我们可怜的小阿米莉亚坦率正直，心地善良，毫不矫揉造作，从来以诚待人，谁能说她不是个真正的上流夫人？

小乔治以前像个贵族老爷一样统治着这颗温和好欺的心。那个乏味老头子的粗鲁高傲与她的质朴儒雅对照之下，显得愈发粗鄙。孩子也成了老头子的主人。即使他是个王子，也不会过更富有的生活，受到更好的养育，于是，他便更加目中无人了。

那位母亲在家无时无刻不在想念他。我相信，白天的每个小时她都牵挂着孩子，孤独凄凉的每个夜晚，大部分时光也是在想念儿子中挨过去的。可是祖父家为这位年轻的绅士安排了许多有趣的活动供他享乐，母子分离没有给他带来什么不适。小孩子上学校前会哭闹，因为他们害怕去那个不舒服的地方。可是很少有哪个孩子会为失去家人的爱而哭泣。如果我们回忆幼年往事，想起一见到姜饼，眼泪就会止住，与妈妈和姐妹们分离的悲伤可以用一块梅子饼来补偿，我们也就不敢为自己的真挚感情而自信了。

话说回来，乔治·奥斯本小少爷的生活极为舒适奢侈，凡是那位富有而乐于娇惯孩子的老祖父认为应该向他提供的东西，他一样也不缺。马夫得到他的指示，为孩子买了一匹金钱能买到的最漂亮的小马。乔治先骑着马上了一所骑马学校，他学会了不用马蹬骑马跃障碍，后来就骑马到摄政王花园和海德公园溜达，名叫马丁的马夫总是跟在他身后。老奥斯本心情好，生意上的事情就交给手下人去办，自己带着奥斯本小姐乘车在同样的时髦场所兜风。小乔治露出一副花花公子风度，踏着马蹬，打马朝他们的马车跑来时，他的老祖父就会推推孩子的姑妈，得意地说："瞧哇，奥斯本小姐。"他高兴得直乐，脸上露出熠熠红光，朝车窗外的孩子点头，马夫就向马车上的主人致敬，车上的侍从也向乔治少爷致敬。孩子的另一位姑妈也每天在这条路上兜风，弗雷德里克·布洛克太太的马车车身上、马具上镶嵌着家族的公牛徽章，车窗里露出布洛克家三个面色苍白的小娃娃，她们头上都扎着蝴蝶结，还插着羽毛。每逢弗雷德里克·布洛克太太看到乔治叉着腰，歪戴着帽子，神气得像个贵族老爷一样从车窗外经过，就朝这个一步登天的小子恶狠狠瞪上一眼，心里有说不出的痛恨。

虽然乔治少爷还不足十一岁，却穿了带鞋扣的皮靴，俨然一副成人模样。他脚上套着镀金的马刺，手中握着金柄马鞭，上衣口袋露出的手帕上还别着漂亮的徽章。他手上戴的羔羊皮手套是康督特街最上等的珍品。他母亲为他手工精制过两条领饰，特地仔细为他滚压出花边，还为他缝了几件衬衫，可是，他的宝贝儿子回家来看望母亲时，却总是穿着更加精美细致的衬衫。她那些卑微的礼物通通被他撇在一边了。照我看，奥斯本小姐准是把它们送给马夫的孩子了。阿米莉亚迫使自己相信，她对这个变化感到喜悦。不过，她见孩子看上去这么漂亮，心里的确感到幸福。

她曾经花了一个先令，请人为孩子画了个黑色的侧面像，把这幅画跟另外一幅肖像一起挂在她床头上。一天，孩子骑马来到布罗姆敦区这条小街上做例行拜访，街坊们照例凑在窗前欣赏这一壮观景象。孩子脸上浮出热切而得意的神色，从有丝绒领子的白色大衣口袋里掏出一个精致的红色皮面小盒子，交给母亲。

“妈妈，这是我用自己的钱买来的，”他说。“我想你也许会喜欢。”

阿米莉亚打开盒子，立刻发出一声喜悦的惊呼声，抓住孩子抱了又抱。那是一幅孩子的小画像，画得十分精致。当然啦，我们可以肯定，这位寡妇一定认为那画还不及孩子一半漂亮。他祖父有一次被南安普敦街一个橱窗里的油画吸引住了，就请展览油画的艺术家为他画一幅肖像。乔治口袋里有许多钱，就要求那位画家再为他画一幅一模一样的小画像，说是他自己出钱，为的是送给母亲。画家听了十分高兴，只要了个很低的价钱。老奥斯本听说这事，为孩子的精明觉得挺满意，乐得哼了一声，给了孩子两倍的补偿。

但是，与阿米莉亚欣喜若狂的喜悦比较起来，那老头子的满意又算得了什么呢？得到孩子孝敬的证明，她更觉得世界上没有谁家孩子比自己儿子更忠厚孝顺了。这事让她一连高兴了几个星期，一想到孩子对她的爱，她心里就美滋滋的。她在那幅小画像上压下多少个亲吻，望着它流过多少眼泪，说过多少祝福和祈祷的话语啊！她一心喜爱的人只要对她表达出一丁点好意，就足以使这颗胆怯的心灵感激不尽了。自从与乔治分离以来，她还没有经历过比这更加让她喜悦，更加让她安慰的事情。

小乔治像个贵族老爷一样统治着他的新家。他请女士们喝葡萄酒，神态十分镇静自若，喝香槟时的姿势让他的老祖父非常着迷。老头子就会戳戳身旁的宾客，说道：“快看哪。你见过这样的年轻人吗？我的天！用不了多久，他就会要求买套梳妆用具，马上就要开始刮脸了。不信等着瞧吧。”

不过，这孩子的滑稽行为只有奥斯本先生自己喜欢，老先生的朋友们却并不像他那么欣赏。考芬法官的故事讲到一半被乔治插进来再也讲不下去，他可一点儿也不高兴。福吉上校见那孩子喝得半醉，对他一点儿也不感兴趣。他胳膊肘一划，把一杯红葡萄酒打翻在托菲中士夫人的黄色缎裙袍上，还为这场灾难笑得不亦乐乎，夫人心里也不会感激他。中士夫人的三儿子比乔治大一岁，在蒂克琉斯博士的伊林学校上学，放假回家到了拉塞尔广场，吃了乔治一通拳脚，中士夫人当然也不会为此感到高兴。不过老奥斯本却兴奋极了，还给了孩子两枚金币，算是犒赏他创造的业绩，老头子还许诺说，他每打败一名比自己年纪大身体壮的对手，就会得到一次同样的赏赐。很难说清楚老先生认为打架有什么益处，不过他有一种模糊观念，认为争斗能使人性格变得坚强，称王称霸是必须学会的本领。这正是英国少年受到的教育，何时开始这种传统的实在无法考证。然而，孩子中间流行的这种野蛮残暴的不公正风气，不但受到许多人开脱，而且称颂它的还大有人在。

乔治打败托菲家少爷后受到赞扬，于是得意扬扬，自然希望进一步征服其他孩子。一天，他身上穿了极为鲜艳的衣裳，完全是一副花花公子模样，在圣潘克拉斯街溜达，面包店一个年轻人嘲笑他那身打扮，他顿时火起，脱下外套丢给自己的同伴。当时跟在他身后陪伴他的是拉塞尔广场大科兰街奥斯本股份有限公司的托德家少爷。乔治想让那小面包师尝尝他拳脚的厉害，不料这场战斗对他不利，他反被那小面包师打了一顿。乔治回家的时候一只眼睛打青了，漂亮的衬衫皱边上溅满了他鼻子里淌出来的血。他告诉祖父说，他跟一个身材高大的家伙干了一仗。后来到布罗姆敦区家里，对母亲讲述那场战斗时，编造了一个虚假的故事，把可怜的母亲吓得要命。

乔治的同伴托德住在拉塞尔广场的科兰街上，他不但是乔治少爷的朋友，而且是他的崇拜者。两个孩子都喜欢画舞台上的角色，也都喜欢吃杏仁糖和山莓饼。到了冬天，他们一道在摄政王花园和海德公园蜿蜒曲折的水池中滑冰。他们还喜欢看歌剧，奥斯本先生就命令指定给乔治少爷的贴身用人罗森带他们舒舒服服坐在后排观看。

在这位先生陪伴下，他们光顾过这座大都市的所有剧院，从德鲁利巷剧院到撒德勒泉剧院的所有演员，他们都能叫得出名字。他们还常常用硬纸板搭成戏台，在西区著名演员的协助下演戏给托德家人和小朋友们看。那仆人罗森是个十分大方的人，有了钱常常在看完戏后请年轻的主人吃牡蛎喝朗姆酒，然后安顿他上床睡觉。我们当然也可以断定，乔治感谢罗森先生带给他的乐趣，自己手头又阔绰，仆人自然也能得到他慷慨的馈赠。

奥斯本先生叫伦敦西区一位著名裁缝来为乔治量体裁衣，还下令说不必在乎花多少钱。他可不要城里的裁缝或者霍尔伯恩服装店给孩子做，不过，那里的裁缝为他本人做的衣服已经足够让他满意了。于是，康督特街的伍尔西先生放开自己的想象力，给孩子送来许多式样别出心裁的裤子、背心、上衣，数量多得足够把整个学校的孩子都打扮成小花花公子。乔治去参加晚会，就穿白色背心，吃晚饭要穿丝绒背心，还有梳妆用的精致披肩，简直不像个孩子应该有的东西。他每天都要穿戴起来才去吃晚饭。他爷爷就评论说："完全像个西区的名人。"家里专门指定了一个用人伺候他穿衣打扮，也应他的铃听他使唤，这人给他送来信的时候，总是放在一只银托盘上。

吃过早饭，可爱的乔治就像个成人一样在餐厅的扶手椅上看《晨邮报》。用人们见了他那副大人模样，觉得十分有趣，乐得喊起来："听哪，他都开始赌咒骂人啦。"还记得他父亲的用人们就会说，乔治少爷跟上尉相像得简直就是一个人。他时而蛮横霸道，时而咒骂，时而慷慨好心，他的活跃让这个家变得生气勃勃。

乔治的教育托付给了邻近一位私人学者兼教育家，这人在自己家开设了私塾。他的广告词说："招收年轻的贵族、绅士，培养学生升入大学上学，进入议会从政，从事学术生涯。本教育系统摒弃古老教育体制中的体罚恶习，在本校教育中，学生能体会到高雅上流的风气，享受家庭的温暖舒适。”这便是布鲁姆斯伯里区哈特街的劳伦斯·维尔牧师及其夫人招徕学生的广告。这位牧师还兼任巴里亚克斯伯爵的私人牧师。

私人牧师和他夫人如此孜孜不倦地登广告，往往能网罗一两个付高额学费的寄宿学生，学生公认，这儿的生活环境的确异乎寻常地舒适。这里有一个学生来自西印度群岛，身材粗壮皮肤黝黑，一头卷发，浑身花花公子派头，从来没有人看望他；另一个粗笨的学生已经二十三岁了，以前没有受过正规教育，维尔先生和维尔太太要设法把他介绍给上流社会；还有两个孩子是东印度公司班戈尔斯上校的儿子。乔治进入这所私塾时，这四个学生正在维尔太太家高雅的餐厅里用晚餐。

乔治和另外十几个学生是走读生。早上，他在他的朋友罗森保护下来这里上学，假如天气好，下午就骑着马回家，马夫就跟在他身后。学校里传说他祖父的财富多得无法估量。维尔牧师常常亲自恭维他祖父多么富有，教导他好好学习，将来一定要在社会上高居显要地位，还告诫他说，年轻时勤勉刻苦，成年后才能担负众望所瞩的职责，孩提时服从，长大成人才能指挥。因此，他要求乔治不要带奶糖到学校来，免得让两位班戈尔斯少爷吃坏了肚子，维尔太太的餐桌上饭菜丰盛美味，他们什么都不缺。

至于说学习，维尔先生挂在嘴边说的“课程设置”简直包罗万象。哈特街上的这些年轻人或许能学到些著名的科学知识。维尔先生有一只天象仪、一个静电发生仪、一台旋床、在洗衣房有个戏台、一套化学实验用的装置，还有个被他称作精品图书馆的地方，据称，其中收藏了古今各国一流作家的全部作品。他带着孩子们参观大英博物馆，给大家讲解其中陈列的古代遗物和自然标本，引得参观者都聚在他周围听。整个布鲁姆斯伯里区的人都为他学识渊博而崇拜他。他总是说个不停，只要开口就用高雅艰深的字眼，他深知，使用这种华丽、动人、深奥的词汇，其实跟使用平凡的小字眼一样廉价。

他在学校就是用这种腔调对乔治讲话的："昨晚我曾与敝人尊贵的朋友布尔德斯博士畅谈，探讨科学问题。诸位先生，敝人那位好友是位真正的考古学家，的确是位真正的考古学家。返回的途中，我发现令祖大人的华宅上每一扇窗户里均灯火辉煌，仿佛府上在搞庆典。我猜想，奥斯本先生当时在宴请社会名流，不知我的猜测是否准确？"

小乔治听了觉得可乐，便当着维尔先生的面模仿他的腔调说，维尔先生的判断准确无误。

"那么，先生，我敢断言，有幸接受奥斯本先生邀请的宾客绝对不会对府上的豪宴有任何挑剔。我本人也曾不止一次参加过那样的宴会。噢，我不得不提醒你，奥斯本少爷，你今天早上迟到了几分钟，而且这已经不止一次了。先生们，我刚才说起，承蒙奥斯本先生不弃，我被尊为上宾。我也曾有幸与最上流的贵族同桌饮宴，比方说，我的好友和恩人乔治·巴里亚克斯伯爵就是其中之一。但是我可以断言，英国商人餐桌上的菜肴美酒以及接待的庄重豪华，与最高贵的大人物家中不相上下。布拉克先生，请你原谅，请你接着朗诵伊特鲁皮由斯那篇文章。刚才奥斯本少爷迟到，把我们打断了。"

乔治就在这么一位大人物手下接受了一段时间的教育。阿米莉亚听了他用的字眼，觉得十分困惑，不过仍然认为他是个有学识的人。这位可怜的寡妇为了自己的原因，跟维尔太太交朋友。其实，她为的是能在乔治上学的时候见到他。她喜欢接受维尔太太用印着希腊文的粉红纸片发出的邀请，参加每月举行一次的恳谈会。会上，教授请学生们和他们的朋友喝淡茶，发表科学严谨的讲演。可怜的小阿米莉亚从来没有错过一次这样的招待会，只要有乔治坐在她身边，她就认为这种会议有趣极了。她总是从布罗姆敦区步行而来，等到散会，她就与维尔太太拥抱致谢，为度过一个迷人的夜晚几乎感激涕零。乔治在他的侍从罗森先生陪同下离开后，可怜的奥斯本太太就披上斗篷和披肩，再次步行回家。

至于说乔治从这位多才善辩的老师那里学到多少知识，他祖父根据他的成绩单判断，以为他取得了异乎寻常的进步。成绩单上赫然印着二十多种有益学科的名称，每一种学科都由这位教授下了评语。乔治在希腊语课程上的评语是用希腊文写的“优”，拉丁语课程是用拉丁语写的“优秀”，法语课的评语是“很好”，如此等等。一个学年下来，每一位学生在每一种课程上都得了奖，斯沃茨先生是麦克穆尔太太和布拉克先生的同父异母兄弟，就连他也得了份奖品。当然，那位来自乡下无人看望的二十三岁小伙子，还有前面提到过的那位毫无长进的托德少爷，大家都得到一份奖品。奖品是一本价值十八便士的书，上面印着“雅典”校名，及教授用华丽的拉丁文写的过度夸奖之辞。

托德少爷一家能有今天，全仰仗奥斯本先生的提携。在老先生提拔下，托德先生从一名小职员做到公司的下级合伙人。

奥斯本先生还是托德少爷的教父，托德少爷长大以后，在自己名片上印上奥斯本·托德先生，后来成了个非常时髦的人物。奥斯本小姐是玛丽亚·托德的伴侣，每年还送给她的保护人一本祈祷书，或者一本训诫言论集，或者非常低等的教会诗集，或者诸如此类的礼物来表示自己的善意。奥斯本小姐还不时带着托德家的孩子乘自己的马车兜风，假如他们生了病，她就会打发一名身穿制服的仆人，从拉塞尔广场跑到科兰街，给他们送去果冻之类的美食。科兰街总是战战兢兢地仰望着拉塞尔广场，托德太太手很巧，她能剪出漂亮的花饰，衬在羊腿肉下面，也能用萝卜雕刻成花朵、鸭子之类的漂亮装饰，要是奥斯本家请客，她就上“广场”帮忙——这个名称他们用来指奥斯本家。可他们从来没想过要与奥斯本家同桌共餐。假如哪位客人临时来不了，托德先生才能上桌子凑凑数。托德太太和玛丽亚天黑后来到门外，敲门都不敢大声，悄悄溜进屋里，等到奥斯本小姐带着女宾客来到客厅时，她们母女俩已经等在那里。等到先生们也走进来时，她们就为大家弹琴歌唱。可怜的玛丽亚·托德，可怜的年轻夫人！她们在家里不知练了多少遍，才敢当众表演这些重奏和奏鸣曲。

因而，乔治仿佛命中注定要统治一切接触过的人。他的朋友、亲人、用人全都拜倒在这位小家伙的脚下。说实在话，他自己非常喜欢这种安排。大多数人也都喜欢这样。乔治喜欢当主人，也许他天生就是个主子。

在拉塞尔广场，每个人都害怕奥斯本先生，而奥斯本先生怕的是乔治。这孩子风度翩翩，开口闭口都是一套套的书本知识和学问，他跟他父亲长得又特别相像，虽然那个葬在布鲁塞尔的人至死都没有与父亲和好，但是这老先生却十分敬畏他的孙子，孩子的权威因此更是至高无上了。孩子的长相和无意中说出的话与他父亲相像得简直如出一辙，老人常常被惊得目瞪口呆，无法辨明面前的究竟是儿子还是孙子，有时甚至以为站在自己面前的是儿子。他竭力娇惯孙子，以为这样可以弥补对儿子过于严厉的罪过。人们见他对这孩子如此娇惯，都吃惊不浅。他一如既往地以怒容和咒骂对待奥斯本小姐，但是，假如乔治吃早饭来迟了，他却面露宽容的微笑。

乔治的姑妈奥斯本小姐度过四十多年的枯燥光阴，外加父亲的粗暴折磨，已经变成个形容憔悴的老处女了。一个精神勃勃的男孩子要想统治她并不是件难事。无论何时，不论乔治要她的什么东西，不论是想要她柜子里的一罐罐甜酱，还是要她画盒里干裂的颜色，都是信手拈来，一旦到手，就再也不理会姑妈了。顺便说一句，那个画盒还是她在斯密先生指导下学画时的纪念品，当年她的红颜尚未消退呢。

他也有几个朋友和知己。学校里那个老校长满口空洞的奉承话，托德年纪比他大，甘心情愿挨他的打。好心的托德太太能让自己八岁的小女儿罗莎·杰迈玛跟他玩，心里觉得太高兴了。她常常说："这一对孩子在一起真是太般配了。"当然啦，我们可以想象，她并不敢当着"广场"的人说这话。"谁知道将来会发生什么事呢？他们难道不是幸福的一对吗？"这位充满爱心的母亲这么想道。

他那位失意的外公也受到这位小暴君的欺凌。孩子身穿如此漂亮的衣服，骑马高视阔步，身后还有马夫跟随，老头子哪能不尊敬他。乔治却并不尊敬外公。他在家常常听到奥斯本先生用刻薄挖苦的话无情地攻击他的宿敌约翰·塞德利，叫他穷光蛋、煤贩子、破落户，以及无数恶毒的字眼。乔治怎么能看得起这么个倒霉鬼呢？乔治跟祖父生活后几个月，塞德利太太去世了。她生前与孩子之间没有多少爱，他也表现不出什么悲伤。他不得不穿了套崭新的丧服去送葬，心里老大的恼火，因为他本来一心想去看一出戏呢。

老女人生病期间，阿米莉亚忙得什么也顾不上，或许这反而保护了她。哪个男人了解女人受的煎熬和折磨？女人日常忍受的痛苦如果仅仅分出百分之一让男人承担，我们也简直要发了疯。遭受无止境的奴役，却得不到任何报偿；永远以善意待人，得到的报答从来是虐待；献出满腔热爱，付出艰辛劳动，竭力克己忍耐，时时操心留意，结果连一句认可的好话都得不到。有多少女人默默忍受着这一切，还得面露微笑，装得没事一样。既然她们是温顺的奴隶，只有逆来顺受，佯装欢颜。

阿米莉亚的母亲先是只能坐在椅子上，后来移到了床上，就再也没离开过那张床。奥斯本太太不间断地守护在床边，只有跑去看望乔治的时候才走开。老太太甚至不情愿放她去做这种罕有而短暂的拜访。家境宽裕时，她曾经是个笑逐颜开的慈祥母亲，结果被贫穷和不幸折磨成个脾气恶劣的人。不论她生了病，还是与女儿感情疏远，阿米莉亚对她的孝顺并没有受到影响。病人不断叫她做这做那，她因而没有工夫考虑自己遭受的灾难。阿米莉亚温顺地忍受着母亲的恶劣脾气，抚平她不安的睡枕，和蔼地回答她乖戾的问题，用希望的话语安慰遭受苦难的母亲。母亲的眼睛在阿米莉亚虔诚质朴的安慰声中合上了，那双眼睛以前曾经对她闪烁出多么慈祥的光芒啊。

以后，阿米莉亚的全部时间和柔情就奉献给伤心的老父亲，给他以慰藉，让他过得舒适些。父亲受到如此沉重的打击，变得神志恍惚了。他的一切都已失去，爱妻、荣誉、财富，一切最心爱的东西都已远离他而去，只剩一个阿米莉亚在身边，用她温柔的臂膀支持这个颤巍巍的伤心老人。我们不再继续描写了。这家的故事太乏味无聊。我甚至都看得见名利场上有许多人开始打哈欠了。

一天，年轻的学生们正在上课，巴里亚克斯伯爵的私人牧师维尔先生像往常一样滔滔不绝地讲课。这时，一辆漂亮的马车驶来，停在装饰着雅典娜女神雕像的门前，两位先生走下马车。两位年轻的班戈尔斯少爷冲到窗前，心里希望是父亲从孟买来看望他们。那个肥胖的二十三岁学生本来把脸藏在伊特鲁皮由斯的文章后面偷偷哭泣，这时跑到窗前，把鼻子抵在玻璃上望着马车，见两个人下了车，就说：“一个胖子，一个瘦子。”这时只听得一阵雷鸣般的敲门声。

大家都觉得兴奋，私人牧师希望有位父亲送儿子入校上学，包括乔治少爷在内的学生们都乐于找任何借口暂时撇下书本。

有个听差总是身穿破旧的制服，上面的铜纽扣都失去了光泽，一听到有人敲门，就匆忙披上件小得穿不进去的外套去开门。这时，他回来通报说：“有两位先生要见奥斯本少爷。”这天早上，教授批评过这位学生，因为他不准学生上课时吃饼干。不过，他立刻恢复了和颜悦色的表情说：“奥斯本少爷，我允许你去会见马车上下来的客人。请向他们转达我本人和维尔太太的敬意。”

乔治来到接待室，见是两个陌生人，他抬起头，用往常那种目中无人的神情望着他们。一个人身材肥胖，留着八字胡，另一个身材颀长瘦削，身着蓝色外套，古铜色的脸庞，头发大半已经花白。

“我的上帝，他长得多像他呀！”高个子吃了一惊。“乔治，你能猜出我们是谁吗？”

孩子的脸飞红了。他一激动就脸红。他的眼睛闪烁出光芒。“我不认识那一位，”他说，“不过，我想你准是多宾少校。”

不错，这位真的是我们的老朋友。他跟孩子打招呼的时候，声音在颤抖，把孩子的两只手抓住朝自己拖过去。

“你母亲对你讲过我的事，对不对？”他问道。

“不错，”乔治回答，“她讲过许多许多遍。”

第五十七章
黎明时分

有一件事让奥斯本老头觉得十分得意。他的宿敌、对手、恩人到了晚年终于被他彻底击败，竟然羞辱到不接受他的恩典就不能活命的地步，然而，害得他最苦，侮辱得他最伤心的也正是奥斯本。这位生意场上的成功者无时无刻不在咒骂那个老乞丐，可是也不时接济他。他每次把付给阿米莉亚的钱交给乔治带去时，就用最野蛮粗鄙的话侮辱乔治的外公，说他是个可悲的老破落户，不靠别人就活不下去，说塞德利欠了他大笔的钱，现在他还慷慨养活那老家伙，那人总该心存感激才对。乔治将那笔丰厚的生活费交给母亲和那落魄鳏夫，母亲此时的主要职责便是照顾老人，孩子却对那失意虚弱的老人一脸的瞧不起。

阿米莉亚愿意从父亲的仇人手中接受钱财，好像有些没骨气，但是，这个可怜的女人从来就不知道什么是骨气。她天性淳朴懦弱，需要有人保护。自从成年以来，或者说自从嫁给乔治·奥斯本以后，长期受穷受辱，日用缺乏，听人恶语挖苦，逆来顺受是她的家常便饭。我们看到以前富有的人遭受命运的折磨后，现在每天遭受这样的屈辱，又贫穷又温顺，非但没有人怜悯，反而因为贫穷而遭人嫌弃，我们愿意屈尊帮助这些可怜的乞丐吗？就连随便想想他们，我们也会觉得厌恶，感到降低身份。“阶级分化是必然的，世界上肯定有贫富差别，”戴夫斯会咂着嘴里的红葡萄酒这么说。假如他肯把吃剩的残羹剩饭施舍给窗外的叫花子，就算很难得了。他这话说得的确不错。我们想一想吧，命运实在神秘莫测，有的人得到紫红色的袍子，有的人得到的却是件褴褛衣衫只能与野狗为伍。

所以，我不得不承认，阿米莉亚捡起公公不时丢给她的残羹剩饭喂自己父亲，心里不但毫无怨恨，相反，她心里倒颇有些感激呢。这位年轻女子——鉴于她只有三十岁，我们还是要称她为年轻女人——只要认识到某件事是自己的责任，便会牺牲自己的一切，奉献给自己爱的人。小乔治在家的时候，她在漫漫长夜中不停地为孩子做针线活儿，累得十指疲劳僵硬，丝毫得不到孩子的感激也不在乎。为了父母，她受尽折磨埋怨，自己的财物被剥夺，宁愿忍受贫穷。这些默默忍受和没人过问的牺牲，并没有赢得世人的尊敬，就连她自己也瞧不起自己。照我看，她在心中肯定认为自己是个无用的可怜虫，现在的处境已经算是上天的格外恩赐了。啊，你们这些可怜的女人！啊，你们这些不为人知的牺牲者兼受害者！你们到了卧室就像上拷问台，待在客厅又像要上断头台。男人们看到你们受的痛苦，瞥见你们受的折磨，哪个会不同情你们？心里不禁为上帝赐予他们一脸胡子感到庆幸。记得多年前，我曾经在巴黎附近的一间关疯人和白痴的监狱里见到一个可怜虫蜷缩在牢房里面，我们中间有人将价值半个便士的鼻烟盛在一张纸条上递给他。那个可怜的癫痫病人对这种恩赐感激得不知怎么表达才好，竟然乐得哭起来。就是有人给了你我一千镑的年金，或者救了我们的命，恐怕我们也不见得更加感动。同样，一个饱受虐待的女人假如得了只值半个便士的好意，也会感激涕零，仿佛你是个保佑她的天使。

降临在可怜的小阿米莉亚头上的命运就是这样。她早年的生活颇为富有，结果却沦落到这步田地，完全像是关进个龌龊的监狱，长期监禁起来却没有人注意。小乔治时而来探监，给她带来一线光明，让她得到点安慰。拉塞尔广场就是她这所监狱的外墙，她可以偶尔走到那里，到了晚上，却必须回到自己的牢房过夜，履行自己阴郁的职责，守护在毫无感激之心的病人窗前。任凭那个脾气恶劣的失意老人像暴君一般折磨她。世界上真不知道有几千几万遭受这种无尽折磨的奴隶，其中女人肯定是大多数，她们是些不拿薪水的护士，是些慈善院的修女，只是心中没有修女那样的献身理想和热情。她们努力劳作，仔细守望，遭受痛苦，得不到人们怜悯，在默默无闻中渐渐苍老死去。冥冥之中的神明分配命运实在神秘莫测，温柔慈善和聪明的人们往往饱受挫折，自私愚蠢或者邪恶的人们却常常志得意满。啊，我的兄弟们，富有得意时要谦逊！对不幸的人们要好心，他们不及你们只是由于命运的安排。想想看，你们有什么权利蔑视他们，你们的美德只不过没有受到过多的诱惑，你们的成功也仅仅来自机遇，你们的地位高只是祖辈的庇荫，你们富有很可能只是命运开的玩笑。

阿米莉亚的母亲葬在布罗姆敦区教堂墓地上，那是个阴雨绵绵的日子，就像阿米莉亚与乔治结婚那天一样。她的儿子身穿豪华的丧服坐在她身边。她还记得教堂里照管座位的老女人和书记官。牧师念经的时候，她的思绪飞到了早年经历的时期。假如不是乔治拉着她的手，她真想跟棺材里的人换个位置。接着，她像往常一样，为自己的自私心理感到羞愧，便在内心中祈祷，愿自己获得力量，完成自己的职责。

她于是下定决心，要尽力使老父亲生活得幸福。她像个奴隶一样服劳役，为老人缝补，为他唱歌，陪他打牌，为他朗读报纸，为他做饭，孜孜不倦地陪他上肯辛顿花园或者布罗姆敦区的小巷里散步，听他讲起昔日往事，就面露笑容，装出慈爱的表情，老人坐在花园长椅上回顾往事，嘴里喋喋不休地哀叹自己的失误和悲哀，她就不出声地陪在他身边，心里也回顾自己的往事，想着自己的心思。

这个寡妇的往事多么悲哀，多么凄惨啊！看到花园坡地上有孩子上下奔跑嬉戏，她就会想到乔治被迫离开自己身边。在两种情形下，她自私有罪的爱都已经得到了谴责和无情的惩罚。她在内心中竭力想使自己承认，她应该得到这样的惩罚，她是个可悲邪恶的罪人，所以变成个与世隔绝的孤独者。

我知道，这种孤独的囚禁乏味得让人无法忍受，除非有某种欢乐有趣的事情使之变得稍有生气。比方说，看守是位慈祥温和的人；要塞有个喜爱说笑逗乐的司令；一只老鼠溜出来，在囚徒的胡子周围玩耍；或者在城堡里用指甲和牙签挖出一条秘密越狱地道。遗憾的是，阿米莉亚被囚禁的故事中却没有这类有趣的事情好讲。我们可以想象，她在这个时期心情非常悲伤，但是，只要有人对她讲话，她却非常乐于对人微笑。她的生活非常卑微贫穷，却并不粗俗，她为了对父亲有益处，每天为父亲歌唱，做布丁，陪父亲打扑克牌，给他补袜子。所以，我们可以不管她是不是一位主角，你我年老的时候，不管是不是破了产，是不是每天骂骂咧咧，但愿我们晚年能依赖一只温和的肩膀，有一只温和的手搀扶我们衰弱的病体，为我们拍平病榻上的枕头。

老塞德利在妻子去世后，对女儿变得非常依恋，阿米莉亚也在服侍老人的过程中得到心理安慰。

但是，我们也不准备让这两个人长久地留在社会的底层，他们不久就要享受荣华富贵。聪明的读者也许已经猜到，陪多宾少校到学校看望乔治的另一位胖先生是谁。这位回到英国探亲的先生是我们的老熟人，他的到来能给他的亲人带来极大的安慰。

多宾少校请假立刻得到好心的司令批准，他启程奔赴马德拉斯，然后从那里出发回欧洲，办理紧急个人事务。他日夜兼程，一路旅途劳顿，抵达马德拉斯便发起了高烧。他的跟班们将他送到一位朋友家时，他已经处于昏迷状态。他原来就打算在这位朋友家小住几天，然后回欧洲，可是他一连许多天不省人事，大家便以为他恐怕再也不能继续旅行，下一步只能给移到圣乔治教堂的墓地里了，许多离乡背井的军人就葬在那里。军队甚至准备好，要为他的下葬鸣炮致哀。

这可怜的家伙发着高烧躺在床上翻来覆去，守护他的人或许能听见他在梦中胡话里念叨的是阿米莉亚。等到他清醒过来，一想到再也见不到阿米莉亚，就沮丧不堪。他觉得自己的生命已经走到尽头了，便庄严肃穆地安排自己的身后事，将自己拥有的一点点财产留给最想给的人。他的房东朋友就做了他的遗嘱见证人。他要求埋葬的时候脖子上仍旧要挂上那根用头发编成的项链，那是他在布鲁塞尔的时候，从阿米莉亚的女佣手里得到的。当时乔治·奥斯本在圣约翰山附近的高地上牺牲后，年轻的寡妇生了一场大病，病中剪了头发。

他的病稍有痊愈，又反复发作，医生又是给他放血，又是让他服用甘汞药剂，好在他身体结实得很。一艘由布拉格船长指挥的东印度公司邮船“拉姆钱德号”从印度的加尔各答途经马德拉斯，人们送多宾上了船，当时他已经骨瘦如柴，活像一具骷髅了。他的身体实在太虚弱，病中照顾他的朋友预言这位诚实的少校恐怕很难活着走完全部旅程，总有一天早上，他会让人用帆布和国旗裹着从船舷上抛入大海，连同脖子上挂的纪念物一起葬身海底。不知是因为新鲜的海风对身体有好处，还是心中的希望让他产生了力量，自从邮船扯起风帆，开上回家的航线，我们的朋友便开始康复，虽然他瘦得像条灰毛猎狗，可是船还没有抵达好望角，他已经基本痊愈了。“科克会感到失望，他补任少校的希望落空了，”他微笑道。“他盼望着在联队回国的时候，《伦敦公报》上登出他升任少校的消息呢。”我们必须做点说明。少校躺在马德拉斯养病的时候，他所在的某联队也奉调回国了。这个联队在西印度群岛驻扎多年后，刚回国就赶上滑铁卢之战，后来又从弗兰德斯调往印度，现在又奉调回国。假如少校不急着出发，说不定会与战友们在马德拉斯会合呢。

也许他不愿在身体如此虚弱的时候受到格罗维娜的保护。“要是奥多德小姐在这儿，我准得送命，”他对同船旅客笑道，“假如她在这条船上，等到把我抛进大海，她准会扑向你，把你当战利品俘虏到南安普敦，相信我的话吧，我的约斯伙计。”

原来，乘坐“拉姆钱德号”的旅客中，就有我们那位肥胖的朋友。他在孟加拉度过了十年光阴。不断出席晚宴、午餐会，喝淡味麦酒和红葡萄酒，公务忙得不可开交，不得不在工作时间喝香槟提神，结果，参加过滑铁卢之战的塞德利身体大受影响。医生宣布说，他需要回欧洲休养。他在印度服役期已满，由于干的是一桩肥差事，积攒了一大笔钱，他可以住在家里，靠一笔丰厚的养老金过活，要是愿意，还可以回印度继续任高官，他的资格和了不起的天赋理应获得那样的显赫地位。

他比我们上次见到他时明显消瘦了，不过模样更显得庄严堂皇。他重新留起了胡子，在滑铁卢有过那样的英勇作为，当然有资格蓄胡子。他头上戴一顶有金边的天鹅绒帽子，浑身挂着大量珠宝胸饰，在甲板上大摇大摆到处走动。他在自己的客舱里用早餐，然后穿戴打扮起来在后甲板上露面，仿佛是出现在邦德大街上，或者观看加尔各答的赛马。他带了个印度用人贴身伺候他，替他拿着烟斗，那用人的缠头帽上还绣着塞德利家的族徽。这位东方仆人在暴君般的约斯·塞德利统治下，日子可不好过。约斯的虚荣心强得像个女人，在梳妆上花费的时间不亚于一个容颜消退的美人。乘客中有几个年轻人，150 联队的查佛斯和可怜的小里基茨是生过三回热病后回国的，他们常常请塞德利坐在客舱桌子边，敦促他讲讲自己的往事，讲他怎么打老虎，打拿破仑。多宾少校不在身边的时候，他就得意扬扬地打开话匣子，说他曾经去囚禁拿破仑的圣赫勒拿岛看过那位皇帝的坟墓，于是感到极为得意。他对两个年轻人仔细描绘了滑铁卢战役，他的讲述全面而详细，只差没宣布说，没有他约斯·塞德利的卓越贡献，拿破仑就关不进圣赫勒拿岛。

邮船驶过圣赫勒拿岛后，他开始变得非常慷慨，把带上船的大量食品拿出来请客，其中有红葡萄酒、腌肉、大桶大桶的汽水等等。船上没有女宾，少校便请这位文职官员用餐时占了首席，布拉格船长和“拉姆钱德号”的军官们都十分尊敬他，当然啦，有他那样的地位，他也的确值得大家尊敬。有两天海上起了风浪，他吓得要命，把舱门堵上，躲在里面读起了《芬奇利荒地上的洗衣妇》。这小册子是埃米莉·霍恩布莱尔夫人留在船上的，她陪丈夫西拉斯·霍恩布莱尔牧师去好望角传教时，曾经乘坐过这艘船。平常，他只读小说和剧本，他把随身带的许多书借给船上的众人看，他的好意与随和风度赢得大家的一致好评。

有许多个夜晚，邮船破浪而行，夜空中月亮和星星闪烁着光芒，报时的钟声不时响起，塞德利先生与少校坐在后甲板上谈论家里的事情，少校抽他的雪茄，这位文官就抽仆人给他装的水烟。

在这些谈话中，多宾少校孜孜不倦地想出各种巧妙计策，总是把话题扯到阿米莉亚和她儿子身上。约斯一想到父亲的不幸，说到父亲不顾面子向他求助就觉得心烦，多亏少校好言解释，说是老人身体有病，年事已高，所以情有可原，他听了心里才稍感安慰。少校建议说，他与老两口住在一起大概不合适，因为他们的生活习惯和起居时间与年轻人有所不同，而且交往的人也跟年轻人不同。约斯听了这样的恭维，欠了欠身表示感谢。少校向约翰·塞德利指出，要是他能在伦敦自己租所房子，将是十分有利的，最好不是以前那种单身汉的公寓，而且最好能把阿米莉亚请来管理。他举出以前在布鲁塞尔和伦敦时的例子，说阿米莉亚温文儒雅，态度高贵，许多上流时髦的人都非常崇拜她。接着，他暗示说，最好能把乔治送进一所好学校好好培养，因为孩子在母亲和外婆家准会被惯坏。总而言之，少校巧妙地迫使这位文官许诺说，要照顾阿米莉亚和她那无依无靠的儿子。他不知道塞德利家发生了什么事情，无从了解这家的母亲已经去世，乔治已经住进那个富有的家。这位痴情的中年男子无时无刻不在想念着奥斯本太太，一心一意考虑着如何为她帮忙。他甜言蜜语哄骗、恭维约斯·塞德利，很可能他并没有意识到自己的热情和韧性。有些男人大概记得，因为他们家里有未婚的妹妹，或者有未婚的女儿，因而他们便受到上门求婚的男人们特别的殷勤关注。或许多宾这番殷勤也是出于同样的虚情假意。

多宾少校刚登上“拉姆钱德号”的时候，身体非常虚弱，邮船驶上马德拉斯航线三天后，他一点也没有恢复，就连他的老熟人塞德利先生出现在他面前后，他的身体也没有多少起色。后来，少校疲惫地躺在甲板的一张椅子上，两人交谈了一次，他才大见好转。他说，他觉得自己就要死了，在遗嘱里给自己的教子稍有馈赠，希望奥斯本太太能好心记住他，也祝她新婚幸福。“结婚？根本没有，”约斯回答道。“我收到过她的信，信上根本没提到什么婚事。可是，她却提到多宾少校就要结婚了，希望你们婚姻幸福。”塞德利从欧洲收到的信是什么日子发出的？文官把信找出来。那些信是在少校收到的信后面两个月写的。船上的医生为自己的医术高明沾沾自喜。他的新病人上船的时候，马德拉斯的医生几乎不抱什么希望了。可是，那天他刚刚更换了药方，多宾少校的病情立刻开始见好。这样一来，科克上尉尽管在军队中表现不凡，却失去了晋升少校的机会。

邮船经过圣赫勒拿岛后，多宾少校的健康迅速恢复，兴致大为提高，让同船乘客感到吃惊。他跟船员们嬉戏，跟大副二副比剑，像个孩子一样爬桅索。一天晚饭后，大家聚在一起喝酒的时候，他为大家唱了首滑稽的歌，逗得人们全都捧腹大笑，认为他是个活泼可爱的人。布拉格船长起初觉得他这位乘客是个精神萎靡不振的人，后来不得不承认，这位少校虽然态度比较保守，却也知识丰富，性格欢快。“他这风度可不行，伙计，”布拉格对他的大副说，“我进过总督府，威廉总督和总督夫人还当着大家的面跟我握手致意，请我陪他们喝啤酒，而且是在请总司令喝酒之前先请我喝。这伙计的模样到了总督府可不行，他不懂礼貌。不过他倒是另有……”布拉格船长这话显出他不但是个有能力的统领，而且有赏识人的眼光。

“拉姆钱德号”距离英格兰只剩十天航程时，海上变得风平浪静。多宾突然变得脾气暴躁心绪恶劣，旅客都感到吃惊，不知道这位兴致高脾气好的同伴怎么像换了个人似的。后来，海上起了风，他的精神才又好起来，等到领航员登上船，他简直兴奋得要命。南安普敦教堂的那两座熟悉的尖塔落入眼帘后，我的天哪，他的心跳得简直要发狂了。

第五十八章
我们的朋友多宾少校

我们的少校在“拉姆钱德号”上广受船员和乘客的欢迎，小渡船来接他和塞德利先生上岸，他们下邮船时，卓越的布拉格船长带领船员和乘客欢呼三声为多宾少校送行，他的脸涨得通红，颔首表示谢意。约斯很可能以为大家是为他而欢呼，脱下带金边的帽子，动作堂皇地挥动着致谢。他们的小船摆渡到岸边，很体面地上了岸，然后动身去“乔治王”饭店。

“乔治王”饭店一年到头摆着大块肥牛肉和银质大酒杯，让人一见就联想到真正英国酿制的麦酒和黑啤酒。刚刚回国的英国同胞一走进饭店里舒适温馨的英国咖啡间，就想在这饭店多住几天。然而，多宾一到南安普敦，立刻开始谈论雇马车，希望马上出发去伦敦。约斯可不干。他绝对不愿连夜赶路。这位孟加拉绅士在客舱窄小的床铺上吃尽了苦头，现在能睡在鸭绒床垫上好好享受一下了，谁能说服他挤在驿车上过夜呢？行李没有整理好之前，要他动身想都别想，再说，不抽足水烟他决不启程。少校只得暂等一夜，就给家里发了封信，通报说自己回国了。他还求约斯也给家人写封信。约斯答应了，却根本没有动笔。船长、随船医生、几位乘客来陪我们这两位先生一道吃饭，约斯慷慨地请大家吃了顿丰盛的晚餐。他许诺第二天陪少校上伦敦。饭店老板说，看塞德利先生一气喝下一品脱黑啤酒实在是痛快。要是我们有空扯闲话，准会专门写一章来描写他回到祖国如何痛饮那一品脱黑啤酒。啊，真是痛快！为了这场痛饮，就是离家一年也值得。

第二天一大早，多宾少校像往常一样剃了胡子，梳洗打扮得整洁无比。时间还很早，整幢饭店里谁也没起床，只有饭店里替人擦皮鞋的人在工作，他们似乎永远不需要睡觉，实在令人惊奇。少校穿着嘎吱作响的皮靴，在灯光昏暗的走廊里来回走动，一路听到各个屋子里发出此起彼伏的鼾声。那些不睡觉的擦皮鞋工悄没声地走到一扇扇门前，将门外的各式各样皮靴收集起来。约斯的印度仆人起床后，将主人的一整套梳妆用具准备好，又准备他的水烟袋。女用人们起来打扫的时候，猛然见到这么个皮肤黝黑的人，以为见了鬼，吓得尖声惊叫奔逃。他和多宾几乎被她们放在过道里的水桶绊倒。等到第一位没有刮脸梳洗的侍者出现时，少校认为出发的时间到了，就吩咐立刻雇辆马车，准备动身。

他走进塞德利先生的房间，拉开那张大床的帐子。约斯先生还在床上打呼噜呢。“起床吧，塞德利，”少校说。“该上路了，马车半个小时后就到。”

约斯咕哝着蜷缩在被窝里，问现在几点了。少校是个在任何情况下都不会说谎的人，涨红了脸把时间告诉他。他一听立刻破口大骂，我们当然不能把骂人的话写进书里。他对多宾赌咒发誓说，要是他在这个时候就起床，就是个魔鬼；少校要是想走，见鬼，那就独自走好了，他可不想陪多宾旅行；还说，如此无礼打扰一个人的美梦实在太过分，太没良心，太不像个绅士了。狼狈的少校只得退出屋子，让约斯继续享受他的美梦。

马车很快就到了，少校不能再等。

假如他是个出门去旅游的英国贵族，或者是个为报社递送急件的信使，也不会比现在跑得更快了。马车夫见他慷慨付出的车资，觉得十分惊讶。马车飞快驶过一块块里程碑，越过一片片让人心旷神怡的绿色田野，经过一座座好客的城镇和一个个招牌挂在老榆树上的乡村客栈，沿途看到马匹在树荫下饮水，车夫在饮宴，有古老的宅子和花园，有灰色的大教堂和周围的房屋。啊，多么美好迷人的一派英国风光。绝对是全世界独一无二。对一个回国的旅人，穿过这一切就像它在跟你握手一样。可是，我们的多宾少校从南安普敦到伦敦的一路上，除了里程碑上的数字外，对其他很少注意。我们当然想象得出，他渴望见到自己住在坎伯维尔的父母。

从皮卡迪利到斯劳德咖啡店花了许多时间，他感到很可惜。马车忠实地回到了斯劳德咖啡店。他跟年轻时的乔治在这里享用过许多豪宴，有过许多寻欢作乐的往事。自从那时以来，许多年头过去了。现在他已经像个老人了，头发开始花白，昔日的许多热情和情感已经淡漠。不过，站在门前的还是那个身穿油腻腻黑套服的老侍者，还是原来的双下巴和松垂的脸蛋，脖子上还挂着一大串铜印戳，口袋里的硬币仍旧弄得哗啦啦直响。他招待少校的模样，仿佛客人仅仅离开过一个星期。“把少校的东西送到二十三号房间，他就住那儿，”约翰丝毫不动声色地说。“我想，你晚饭要吃烤鸡，对吧？你还没结婚？人们说你已经娶了亲。是你那位苏格兰大夫说的。噢，不，是三十三联队的亨比上尉说的。他以前跟某联队一道驻扎在印度。要热水吗？你怎么单独雇了辆车，坐驿车回来还不成吗？”在这里住过的军官，忠实的侍者全都记得。对他来说，十年不过是一瞬间，往事就像发生在昨天。他带着多宾走进以前住过的房间，里面还是原来的那张大床，周围挂着绿色的床幔，旧地毯看起来更破旧了，黑乎乎的家具上铺着褪了色的垫子。一切都跟少校年轻时记忆中熟悉的一模一样。

他记得乔治结婚前那天在这屋子里来回踱着步子，咬自己的指甲，嘴里赌咒说，他父亲肯定会改变态度，就是不改变，他也不在乎。多宾好像再次看见他走进多宾的屋子，砰的一声把门关上。他的屋子就在隔壁……

“你看上去不年轻了，”约翰平静地打量着这位老朋友。

多宾笑了。“十年光阴外加上一场热病，怎么能让人显得年轻呢，约翰？可你总是老样子，还是那么年轻……不，你还是那么老。”

“奥斯本上尉的寡妇怎么样了？”约翰问道。“他可真是个好伙计，真是挥金如土。他离开这儿去结婚，后来就再也没回来过。到今天还欠我三镑。瞧这儿，我在本子上记着呢。‘1815年4月10日，奥斯本上尉，三镑。’不知道他父亲认不认这账，”斯劳德咖啡店的这位约翰的羊皮记事本子油腻腻的，上面歪歪扭扭记载着当年老主顾的事情。

约翰把客人引进屋子，便悄然离去。多宾少校不禁嘲笑自己的荒唐举动，羞红了脸颊。他从箱子里取出一身最漂亮合身的便服，对着梳妆台上一面肮脏的小镜子照照，嘲笑自己让太阳晒成古铜色的肤色和开始花白的头发。

“老约翰还记起我，真让人高兴，”他想道。“我希望她也能认出我。”他离开客栈，再次走上去布罗姆敦区的路。

朝她家房子走的过程中，这位忠心的好人心里回忆起最后一次见到阿米莉亚时的种种小事。他上次离开皮卡迪利的时候，拱门和阿基里斯的雕像还没有建成。周围有了上百种变化，可他完全无心注意。他离开布罗姆敦街，走上通往她家的那条熟悉小径，他浑身开始颤抖了。她是不是要结婚了？要是他见到她跟儿子在一起，他该怎么办？他看见一个女人朝他走来，带着个大约五岁的孩子……这是她吗？仅仅想到这种可能性，他就浑身剧烈发抖。最后，他来到她住的那排房子前面，走到栅栏门外，扶住栅栏门稍稍休息了一下。他都听得到自己心跳的声音了。“不论发生了什么事，愿万能的主保佑她，”他心里想道。“唉，她或许已经不在这儿住了，”说着，他走进栅栏门。

她家以前的客厅窗户敞开着，屋子里却没有人。不过，少校觉得自己认出了那架钢琴。钢琴上方还有那幅油画，与以前的摆设并没有两样。他再次心慌起来。克拉普先生的铜质铭牌仍然钉在门上，多宾拉起敲门槌敲响了门。

一个肥胖健壮的十六岁小姑娘应声开了门，露出一双明亮的眼睛和红扑扑的脸蛋，盯着少校看。

少校靠在门框上，脸色苍白得像个鬼魂，结结巴巴几乎说不出话来："奥斯本太太住这儿吗？"

她紧紧盯着他看了一阵，最后自己的脸色也变白了："我的老天哪，是，是多宾少校。"她伸出两条颤抖的胳膊，"你不记得我了？"她说，"我以前叫你棒棒糖少校。"少校一听这话，搂住姑娘亲吻了一下。我相信，他这辈子还从来没有这么鲁莽过呢。她激动得歇斯底里，不知道该哭还是该笑，大声叫着："妈，爸！"她的声音把那些可敬的人全都叫了出来。其实大家都从装饰漂亮的厨房里观察着他，发现女儿在走廊里被这么个高大的人抱在怀里难免感到吃惊。只见他上身穿蓝色上衣，腿上穿着白色细布裤子。

"我是你们的老朋友啦，"他说着脸不禁涨红了。"你不记得我了，克拉普太太？我还记得吃茶点的时候你奉上好吃的蛋糕。你认得出我吗，克拉普？我是乔治的教父，刚从印度回来！"大家热烈握手，克拉普太太受到极大的感染，乐得不知道该怎么才好，在那个短短的走廊里不停地叫："我的天哪！"

房东夫妇将可敬的少校领进塞德利家住的屋子。屋子里的每一件家具陈设他都记得。从那架有黄铜装饰的斯托瑟德牌漂亮的钢琴，到屏风和大理石小牌位，那牌位上还挂着塞德利先生嘀嗒作响的金表。他坐在房客的椅子上，房东夫妇和他们的女儿围在他身边，把塞德利家的种种遭遇讲给多宾少校听。这些变故我们已经知道了，但是他并不了解阿米莉亚的许多经历，比方说，塞德利太太去世、乔治被祖父奥斯本先生领养、孩子走后母亲如何伤心，还有生活中的许多其他细节。有两三回，他禁不住要提起阿米莉亚的婚姻问题，可是话到嘴边又没有勇气说。他不愿意将心事抖搂给这些人。最后，他们告诉他，奥斯本太太陪着父亲去肯辛顿花园散步了，每逢天气好，他们吃过午饭就去散步。他们还告诉他说，老先生身体虚弱，脾气恶劣，把她折磨得非常难过，不过她对他的态度当然好得就像个天使。

“我的时间很紧，”少校说，“今晚还有重要事务要办。不过，我还是想见见奥斯本太太。不知道波利小姐是不是能陪我出去，给我指指路？”

波利小姐听了这话觉得又惊又喜。“我知道他们走的路。我带你去。奥斯本太太去拉塞尔广场的时候，我常常陪塞德利先生散步。我还知道他喜欢在哪只凳子上坐。”她跳起身回自己屋子，回来的时候戴了顶漂亮的遮阳帽，还围了条妈妈的黄披肩，别了个嵌着大宝石的胸针，为的是走在少校身边能配得上他的魁梧气派。

这位身穿蓝上衣，戴着鹿皮手套的军官将胳膊伸给小姑娘，两人欢天喜地出了门。他很高兴身旁有个朋友陪着，免得单独遭遇难堪的局面。他向同伴提了无数个关于阿米莉亚的问题。听到她不得不离开儿子的情景，他的心感到悲哀。她到底怎么忍受得了？她经常去看儿子吗？塞德利先生生活起居舒适吗？波利尽自己所能回答棒棒糖少校的所有问题。

他们步行过程中，发生了一件事，虽然事情很小，却让多宾少校感到极为喜悦。一个脸色苍白的年轻人从对面走来，他戴着白硬领，胡子十分稀疏，两条胳膊各勾着一个女人，一个是中年女人，身材高大，一副目空一切的表情，长相和肤色与中间那位国教牧师十分相像，另外一位是个肤色较黑个头矮小的女人，头上戴着漂亮的新遮阳帽，帽子上箍着白色缎带，身上穿一件漂亮的外套，脖子上挂着一只豪华金表。中间那位先生两条胳膊被勾住，手上还拿着披肩、遮阳伞，另一只手提着个篮子。玛丽·克拉普小姐向他行屈膝礼，他当然不能举起手碰帽子边还礼。

他仅仅点了下头，算是还礼，两位女士露出一副屈尊纡贵模样也望了望玛丽算是回礼，与此同时，她们朝陪波利[1]的男人瞅了一眼，见他身穿蓝上衣，手拿竹手杖。

“那是谁呀，”少校闪身为他们让路，他瞧着他们觉得滑稽，就问波利。玛丽顽皮地望着他。

“那是我们的副牧师宾尼先生，”多宾少校听了脸上的肌肉抽搐了一下，“还有他妹妹宾尼小姐。上帝保佑我们吧，她以前在主日学校可把我们折磨苦了。另外那位眼睛低垂的矮个子女士是宾尼太太——就是格丽茨小姐。她爸是个杂货商，在肯辛顿路开一爿名叫正宗金茶壶的店铺。他们是上个月结婚的，刚刚从马盖特回来。她有五千镑财产。他们的婚事是宾尼小姐搭的桥，可是姑嫂俩已经开始吵架了。”

少校刚才脸部肌肉抽搐过一下，现在简直高兴得要跳起来。他用竹手杖在地上重重抽打了一下，把克拉普小姐逗乐了。他半张着嘴巴呆站片刻，望着走开的那对年轻夫妇，玛丽小姐讲述他们的故事，可是他除了听见牧帅已经结婚的消息外，其他什么也没听见，心里乐得开了花。这事发生之后，他加快脚步朝目的地走去。可他又觉得他们走得太快，一会儿工夫就穿过布罗姆敦区的一条条小巷，走进肯辛顿花园门口。十年来他昼思夜想，盼望着这个时刻，一想到马上就要跟她见面，又浑身紧张起来。

“他们在那儿，”波利小姐说。她感觉到他浑身一震。她立刻什么都明白了。她觉得整个情况就像《没有父亲的范尼》或者《苏格兰首领》中描写的一样。

---

① 波利：玛丽的昵称。——译注

“你跑过去告诉她，好吗？”少校说。波利奔跑过去，她的黄披肩在风中飘荡着。

老塞德利坐在一个长凳上，膝头铺了张手帕，嘴里照例念叨着陈年往事。阿米莉亚像以往一样，面带微笑听他说话。近来，她培养了一种习惯，可以边听父亲说话，边思考自己的事情，老人的话其实一个字也听不进她耳朵里。玛丽奔跑过来，闯进她的眼帘，她吃惊地从凳子上站起身。她的第一个念头是乔治出事了。不过，见到这位小信使这么愉快，胆小的母亲立刻打消了心头恐惧。

“好消息！好消息！”多宾少校的特使喊道。“他回来了！他回来了！”

“谁回来了？”埃米问道，心里想的还是自己的儿子。

“瞧那儿，”克拉普小姐转身说，阿米莉亚顺着她指的方向望去，看见多宾瘦削的身影和投在草地上那长长的影子。阿米莉亚也惊得身子震颤了一下，立刻涨红了脸，当然流出了眼泪。这个淳朴的小东西有了高兴的事情，当然会激动得流下眼泪。

他望着她——啊，多么深情的目光——她伸出双手朝他跑过去，准备拉住他的手。她并没有改变。她面色有点苍白，体形稍稍有点发胖，眼睛还是原来的样子，还是那双慈祥信赖的眼睛。她一头柔软的褐发上难得找到几根白发。她把两只手都伸给他，抬起头望着他，浮出红晕的脸上带着发自心底的微笑，一双眼睛透过泪水望着他诚实的面孔。他双手拉住她的两只小手，握着不肯放开。他一时不知该说什么好。唉，他为什么不把她搂进自己怀抱，对她发誓说永远不离开她？她准会屈服，她不可能不服从他。

“我……我对你说，还有一个人也回来了，”他停顿片刻后说。

“多宾太太？”阿米莉亚说着朝后面退缩了一下。他怎么不说话？

“不，”他放开她的双手。“谁对你撒的这些谎？我是说你哥哥约斯跟我乘同一条船回来了。他会让你们都幸福的。”

“爸爸，爸爸！”埃米喊道，“有重要新闻啦！我哥哥已经回到英格兰。他要来照顾你。多宾少校已经到这儿了。”

塞德利先生一下子站起身，浑身猛烈颤抖，定了定神。接着他走上前来，用古老的方式朝少校行了个礼，称呼他多宾先生，并问候他可敬的父亲威廉爵士好。他说承蒙威廉爵士不久前来访，他正打算回访呢。威廉爵士拜访他是八年以前的事情了，他还打算为那次访问回拜。

“他身体很虚弱，”埃米压低声音说。多宾走上前来与老人热情握手。

少校本来这天晚上在伦敦有要事处理，可是他很高兴接受塞德利先生的邀请回家去吃茶点。阿米莉亚与她那位围着黄披肩的小朋友勾着胳膊走在前面，大家一齐朝回家的方向走去，多宾便搀扶着塞德利先生。老先生走得很慢，一路讲述陈年旧事，有关于他自己的，也有对他可怜的贝丝的回忆，有时说起过去的富有，有时谈起他的破产。他的思路就像所有失败的老者一样，完全停留在过去的时代。除了他夫人去世的那场灾难外，现在的事情他几乎一无所知。少校很乐意听他不停地谈下去。他的目光集中在前面那个身影上了。这个亲爱的身影从来盘踞在他心头，出现在他的想象中，不论他是睡是醒，都永远占据着他的心，她的名字永远在他的祈祷中重复。

那天晚上，阿米莉亚也非常高兴，她脸上带着微笑，履行自己女主人的各种职责。多宾认为，她的举止从来都是那么高雅，那么落落大方。他坐在昏暗的光线下，目光追随着她飘来飘去。为这一时刻，他盼望了多长时间啊，远离家乡的时候，他总是惦念着她，不论是在印度炎热的大风里，还是在行军疲惫时，在他心目中，她永远是那么温柔，那么幸福，好心服侍着老人们，以自己的顺从给贫穷生活带来些许欢乐。他现在看到的与心中想象多年的情形完全一样。我并不是说他的品位是最高的，也不是说有聪明才智的人都该像我们这位朋友一样，满足于平淡的家庭生活乐趣。但是，不论是好是坏，这正是他的愿望，只要有阿米莉亚为他斟茶，他愿意像约翰逊大夫一样，一杯杯喝下去。

阿米莉亚见他这么喜欢喝茶，就笑吟吟地一杯杯为他斟，表情显得非常顽皮。她并不知道少校还没有吃饭，也不知道他在斯劳德咖啡店定了晚饭，台布已经铺上，盘子也已经摆好，位置就是他以前与乔治常常饮宴的那个厢座。当时她还是个孩子，刚刚从平克顿小姐的学校毕业回家。

奥斯本太太让少校看的第一件物品就是乔治的小画像，他们一回到家，她就奔上楼取下来。当然啦，这画像还不及孩子一半漂亮，不过，他能把画像送给母亲，不正说明他是个心灵高尚的好孩子吗？她父亲醒着的时候，她没有多谈乔治的事情。老人一听见奥斯本先生的名字和拉塞尔广场这个字眼，就不舒服。老先生恐怕并没有意识到，过去几个月来，他的生活主要靠他那个富有的死对头接济。只要有人提到那人的名字，他准会大发雷霆。

多宾将“拉姆钱德号”上发生的一切都讲给他听，或许还有点夸张，尤其夸张了约斯对父亲的孝敬之心，以及他保证让他晚年过得幸福。其实，在航程中，是少校将这桩义务强加给他的同船乘客，逼着他保证要照料妹妹和外甥。约斯说起老爷子怎么强行从他账上拿钱买酒，心里很恼火，少校就笑着把自己怎么买酒吃亏的事说了一遍，两人乐了一番。约斯先生脾气并不坏，只要受到点奉承，高兴了就会对欧洲的亲人产生亲密感情。

少校撒了个谎，对老塞德利先生说，约斯这次回欧洲来主要是想见父亲。他这话让我也替他难为情。

塞德利先生到了一定时候就在椅子里打盹，阿米莉亚便利用这个机会，开始谈自己的事情。她的话题完全集中在小乔治身上，谈得津津有味。她根本没谈起自己离开他后感到的痛苦，虽然她离开儿子几乎难受得要了命，但是她总觉得自己有愧，不该为离开孩子感到悔恨。她说起他的修养，他的天赋，他的前途，他的每一样优点，总之，她滔滔不绝地把孩子的一切都通通倾吐出来。她描绘他的长相，说他简直像天使一般英俊；叙述他在上百桩事情里表现得如何慷慨，跟她住在一起的时候人格如何高尚；说起在肯辛顿花园的时候，一位高贵的公爵夫人停下脚步对孩子赞不绝口；说起他现在的生活如何优裕，不但有自己的小马，还贴身跟随着一个马夫；说他思维和行动如何敏捷，说他在劳伦斯·维尔牧师那里上学得到怎样的进步，生活如何愉快。“他什么都懂，”阿米莉亚说。“他参加过许多迷人的晚会。你自己也非常有学问，有阅历，你非常聪明也很有才干……别摇头，别不承认。他从来都说你是个又聪明又有才能的人，要是你去参加维尔先生的晚会，准会觉得高兴。他在每月最后一周的星期二开会。他说，不论是做律师还是当议员，只要乔治愿意，他将来准能随意挑选。瞧这个，”她从钢琴乐谱架上取出乔治写的作文。这是篇天才之作，乔治的母亲至今还保留着，内容是这样的：

论自私

人类性格中最邪恶最卑鄙者，当首推自私，它是最可恶最可鄙的罪过。一切可怕的罪恶均源于过分自私，它能对家庭和国家造成重大灾难。一个自私的人会给家庭带来贫穷，导致倾家荡产；一个自私的国王会迫使他的臣民投身战争给人民带来灾难。

历史上就有这样的例证：在荷马史诗中，自私的希腊王阿基里斯带给希腊人民数不尽的痛苦（参见荷马史诗

《伊里亚特》第二卷[①])。自私的法国已故皇帝拿破仑·波拿巴带给欧洲无数战争，最后自己也葬身在大西洋圣赫勒拿岛上。

从这些例证上我们看出，我们不仅要考虑自己的利益和抱负，也要像考虑自己的利益一样照顾别人的利益。

乔治·塞德利·奥斯本

1827年4月24日于雅典学校

"想想看，这样的文章能出自他的手，而且年纪这么小已经能引用了希腊文了，"母亲得意地说。"啊，威廉，"她把手伸向少校补充道，"我能得到这孩子真是上天的恩赐啊！他是我生活中的慰藉，看见他就像看见已经离开我的人。"

"她忠于他我该感到恼火吗？"威廉想道。"阿米莉亚的心一生只能有一次爱，我该嫉妒死去的朋友，得不到她的爱我该感到伤心吗？乔治啊乔治，可惜你并不知道你有过怎样的福分，"威廉拉住阿米莉亚的手以后，这个念头从他头脑中匆匆闪过。

"亲爱的朋友，"她捏了捏握着的那只手，"你从来对我这么好！瞧！爸爸开始动了。明天你去看看乔治，好吗？"

"明天不行，"可怜的多宾说。"我有事要办。"他不愿意承认说，自己还没有去看望过父亲和妹妹安妮。我能肯定，任何一位办事周到的人都会责备少校。不久，他起身告辞，把自己的地址留下，等约斯回来请他们转告。第一天就这么过去了，他总算跟她见了面。

他回到斯劳德咖啡店时，烤鸡当然已经冷了，他就吃了一顿冷饭。既然时间已经不早，他也知道家人喜欢早早上床，就不便去打扰大家。有人看见多宾少校那天晚上在马料市场剧场出半价看了半场戏。我们希望他那天晚上过得愉快。

---

① 荷马史诗《伊里亚特》第二卷：原文为希腊文。——译注

第五十九章
那架旧钢琴

少校来访让老约翰·塞德利激动兴奋不已。他女儿无法引导他按日常习惯活动或者消遣了。他在箱子里、桌子上收拾了一个晚上，抖抖擞擞翻腾出文件，解开带子，整理得有条有理，准备让约斯回来看。其中有他的文件、收据；有他与律师和外地客户的信件；有销售葡萄酒计划的文件，那个计划开始非常顺利，后来却意外地失败了；有销售煤炭的计划文件，那个计划要不是缺乏资金准会大获成功；还有锯木厂锯末板专利计划；等等。整整一个晚上，他从这间屋子跑到那间屋子，准备着各种文件，颤抖的手端着蜡烛，摇曳的烛光一直闪烁到深夜。“这是我的葡萄酒销售计划，这是我的锯末计划，这是我的煤炭计划，这是我写给加尔各答和马德拉斯的信件，这是下级骑士多宾少校写来的回信，还有约瑟夫·塞德利先生的回信，”老先生喋喋不休地念叨着，“我可不愿意他回来看到我这儿的一切都是乱七八糟的，埃米。”

埃米报以微笑，说：“爸爸，我看约斯对这些文件不会感兴趣。”

“我亲爱的，你对生意一窍不通，”老先生自以为是地摇了摇头。我们不得不承认，埃米在这一方面非常无知，可惜的是，有些人却太精明了。所有这些一钱不值的文件都在桌子上堆得整整齐齐。老塞德利还用一块干净的手帕把它们仔细盖起来。就连这块手帕也是多宾少校送的。他还一本正经地告诫女佣和房东太太，不要动这些文件，因为这是准备好给约瑟夫·塞德利先生看的。他告诉她们说：“约瑟夫·塞德利先生是东印度公司孟加拉民政当局的官员。”

第二天早上，阿米莉亚发现他比以前起得早，情绪十分激越，比以前颤抖得更加厉害。“我亲爱的埃米，我昨晚没有睡多长时间，”他说。“我一直想念我可怜的贝丝。她要是活着，就能再坐坐约斯的马车了。她以前有自己的马车，坐在里面相当神气。”说着，他的眼眶里涌出了泪水，顺着皱巴巴的脸滚落下来。阿米莉亚替他揩干眼泪，微笑着亲吻他，在他脖子上系上领巾，扎了个漂亮的结。还在他最好的一件衬衫上别了个胸针。他就这样穿戴上最整齐的丧服，从早上六点钟开始便坐在椅子里，等待儿子的到来。

南安普敦大街上，有几家豪华服装店，橱窗里陈列着各式各样高级背心，有丝绸的，有天鹅绒的，有的是金色的，有的是绯红色的。橱窗里还有油画，上面画着戴夹鼻眼镜的英俊先生手上牵着大眼睛的孩子，望着全身骑马装的女士们骑马奔跑，背景是阿基里斯雕像和阿普斯利宫。约斯在加尔各答时已经买过几件当地最漂亮的背心，不过，他要回伦敦就非得再买几件漂亮背心不可。他选了两件背心，一件是红缎子的上面绣了金色蝴蝶，另一件是红黑格子天鹅绒的上面还有白条纹，他挑了个反卷的硬领，在上面扎了个蓝色缎面领结，还别了个金领花。领花上雕刻着一扇有五根栅栏的大门，一个用珐琅涂成粉红色的骑士正策马从门上腾越。约斯认为，自己回到伦敦必须有这样的尊贵外表。约斯以前见了人就脸红怕羞，说话结结巴巴；现在却一心要证明自己的勇气和价值。“我用不着遮掩自己的想法，”滑铁卢英雄塞德利先生常常对朋友说，“我是个喜欢穿着的人。”虽然在总督府参加舞会的时候，女士们望着他，他心里稍感不自在，尽管她们盯住他看，他难免涨红了脸心跳不已，匆忙把头扭向一边，不过，这主要是害怕她们爱上他，因为他根本不考虑结婚，所以他要避开她们。我听说，在整个加尔各答都没有像滑铁卢英雄塞德利这样的阔佬，他的服装是当地最漂亮的，他这个单身汉举办的宴会也是最豪华的，盛菜肴的餐具之豪华精美为当地所仅见。

为身躯如此巨大、地位如此尊贵的主顾制作背心至少需要花费一天工夫，这一天中，他雇了个用人伺候自己和自己的印度仆人，指示自己的代理人收拾自己的行李、箱笼、自己从来不看的书籍、一箱子杧果、泡菜、咖喱粉、准备送人的披肩，以及许许多多其他奢侈品。

最后，到了第三天，他这才身穿新做的背心，坐了马车，悠闲自得地上路回伦敦。他那位印度仆人与新雇的欧洲仆人一起坐在马车外面的座位上，印度仆人只穿了件披风，冷得浑身发抖，牙齿格格打战。约斯坐在车厢里，不时抽着水烟，态度堂哉皇哉，外面的孩子见了，以为乘客是位大总督，对着他欢呼不止。途经整洁的乡镇时，每逢有酒店客栈老板请他下车用餐，他从不拒绝。他在南安普敦刚刚用过早饭，吃了鱼、大米和煮鸡蛋，车刚到温彻斯特，他又觉得需要喝上一杯雪利酒了。到了阿尔顿，他的用人告诉他说，当地特产是一种淡麦酒，他又下车喝酒。到了法海姆，他叫车停下来参观主教的城堡，又吃了顿便饭，有炖鳝鱼、小牛肉片和法国扁豆。另外还喝了一瓶红葡萄酒。到了巴格肖特荒地，他浑身发冷，印度仆人上下牙打战更加厉害，约斯老爷又喝了些兑水白兰地。最后，他来到伦敦时，肚子里灌满了葡萄酒、啤酒、樱桃白兰地，塞满了肉食、泡菜，还饱吸了烟草。他这肚子简直像轮船客舱总管的仓库一样啦。他的大马车辚辚驶向布罗姆敦区那扇小街门的时候，天已经黑下来。这个重感情的家伙没有先去多宾先生在斯劳德咖啡店为他定的房间，而是先来到父亲家。

这条街上所有的面孔都挤在窗户后面朝外望。小女佣飞也似的奔出去开栅栏门。克拉普太太从她那间装饰一新的厨房窗户张望着。

埃米站在挂衣帽的过道里等待，心跳得厉害。老塞德利在客厅里，浑身颤抖个不停。从南安普敦雇的用人和印度仆人一边一个扶着约斯走下马车，他的皮靴嘎吱嘎吱作响，非常威风神气。那位印度仆人浑身冷得发抖，脸的颜色青得像火鸡胃。他立刻在过道里引起了极大的轰动，克拉普夫妇大概想到客厅门口听听里面的动静，却发现印度仆人洛尔·朱阿布坐在门厅一条凳子上，裹着衣服发抖，露出两只黄眼珠和一口白牙齿，可怜兮兮地呻吟着。

我们已经识趣地关上了那扇门，让约斯与他的老父亲和可怜温和的小妹妹见面。老人激动得厉害，他女儿也是一样，约斯也不无感动。离家十年，就是最自私的人也不能不想念家人以及早年的亲情。距离越远，家人和亲情就越显得神圣。融融天伦和昔日的喜悦在回忆中总是得到夸张，显得愈发迷人甜蜜。约斯与父亲之间虽然一向有嫌隙，但是，他见到父亲，握住老人的手还是感到由衷的高兴。在他记忆中，小妹妹从来非常漂亮，总是面带微笑，见到她也非常高兴。他见父亲被时光、忧伤、不幸折磨得老态龙钟，心里感到隐隐作痛。埃米身穿丧服在房门口见到哥哥时，已经把母亲去世的消息告诉哥哥了，还告诫他不要对父亲提起这事。可是她的谨慎纯属多余。老塞德利一开口就说起这桩变故，喋喋不休地说起母亲的去世，放任眼泪流了个痛快。印度仆人见这情景，吃惊不浅，自私之心也稍有收敛。

这次团聚结果非常令人满意。约斯登上马车回旅馆后，埃米温和地搂住父亲，得意地望着他问：“我从来都说哥哥有副好心肠，难道说得不对？”

约瑟夫·塞德利见亲人生活那么贫苦，心里真的受到了触动。第一次见面时，心中洋溢出一阵冲动，发誓说，再也不能让他们遭受匮乏之苦了。他说自己要在国内住一段时间，在此期间，他的房子和他的一切都要与他们分享，还要把阿米莉亚打扮得漂漂亮亮的，请客时在餐桌上做高贵的女主人，直到她愿意做自己家餐桌上的女主人为止。她悲哀地摇了摇头，像往常一样流下了眼泪。她理解他的意思。少校来访的那天晚上，她曾经与玛丽小姐推心置腹地讨论过这事。波利是个心里藏不住话的姑娘，就把自己当天的发现讲给她听，描绘了多宾少校见了宾尼先生带着新娘走过，得知自己没有竞争对手后的宽慰表现。“你问起他的婚事，没看见他浑身颤抖成什么样子？他当时说：‘谁对你撒的这种谎？’啊，夫人，”波利说，“他的眼睛一直盯在你身上，我敢肯定，他想你想得头发都花白了。”

阿米莉亚抬头望了望，丈夫和儿子的画像就挂在床头。她告诉这位年轻的知心朋友，绝对不要再提起这事，还说多宾少校是她丈夫最亲密的朋友，也是她和小乔治最好心的保护人，她爱他像爱自己的兄长。她指着墙上的画像说，与那样一位天使般的好人结过婚的女人，绝对不会再考虑与其他人结合。可怜的波利叹息一声，想到了诊所的年轻人汤姆金斯，一时不知心里是什么滋味。那年轻人在教堂里总是用炽热的目光望着她，她这颗小小的心儿一触到他的眼光就狂跳不已，愿意立刻向他屈服。要是他死了，她可怎么活呢？她知道他患有肺病，他的脸颊总是红红的，身子比别人瘦得多。

埃米知道诚实的少校爱她，却并不讨厌他，见了他也没有觉得不快。如此真挚忠实的军官对女人的爱恋绝对不会惹女人讨厌。苔丝德梦娜①并不讨厌卡西奥，毫无疑问，她看得出那位中尉对她的爱慕。照我看，那位可敬的黑人军官不知道的事情多着呢。就连米兰达②对卡立班也十分有意呢，这一点我们可以十分肯定，根据是同样的理由，她当然没有鼓励他追求自己，那只不过是个可怜的怪物

① 见第四十三章注。下文里的“黑人军官”指奥赛罗。——译注
② 米兰达：莎士比亚戏剧《暴风雨》中女主角。卡立班是服从她父亲指挥的一个鬼怪。——译注

而已，当然不能鼓励。埃米也根本没有鼓励她的崇拜者。她只愿意亲热友好地对待少校，因为他是个忠实的好人，只要他不向她求婚，她就会以诚相待。但是，假如他真的开口向她求婚，她就会立刻让他的希望破灭，因为它永远不可能实现。

所以，她跟波利交谈过的那天晚上，尽管约斯没有如期回家，她仍然睡得很酣畅。"我很高兴他不娶那个奥多德小姐，"她想道。"奥多德上校不可能有个配得上好多宾少校的妹妹。"那么，在她认识的人中间，谁配得上这位才华出众的人呢？宾尼小姐不行，她太老了，脾气也太恶劣；奥斯本小姐？也太老。而小波利又太年轻。奥斯本太太入睡之前也想不出一位配得上少校的女人。

那天，邮差送来约斯的一封信，才让父女俩不再焦心。信中说，他旅途有点儿疲惫，那天不能动身，不过第二天一早就离开南安普敦，晚上就能与父母见面了。阿米莉亚为父亲念信的时候，读到父母一词停顿了一下，她哥哥显然不了解家里发生过什么事情。他当然不可能得知。虽然少校了解约斯的脾性，知道他不可能在短短二十四小时之内动身，却没有写信通报他家遭遇的灾难，因为那天他跟阿米莉亚长时间交谈，分手的时候邮班已经错过。

同一天早上，多宾少校在斯劳德咖啡店收到他的朋友从南安普敦寄来的一封信，约斯在信中乞求亲爱的多宾原谅前一天早上被吵醒后对他发了脾气。他找了个借口，说自己头疼得厉害，当时刚刚入睡。他请求多宾为他和他的仆人在斯劳德咖啡店定房间。航行途中，少校成了约斯不可或缺的伴侣。他不但喜欢他，而且依赖他。其他旅客都动身去伦敦了。里基茨和小卡弗斯那天是乘邮车走的，里基茨坐在车夫旁边，把缰绳从波特利手中接过来赶车，随船医生回波特夏与家人团聚，布拉格船长到伦敦去找自己的合伙人。大副在忙着卸"拉姆钱德号"上的货物。约斯先生在南安普敦感到非常孤独，只好请乔治酒店的老板一起喝酒解闷。就在约斯喝酒的同一时间，多宾少校正坐在他父亲威廉爵士的餐桌旁。少校是不会撒谎的人，他妹妹只问了几句话就弄明白，他回家前看望过乔治·奥斯本太太。

约斯在圣马丁巷住得实在太舒服了，每天悠然抽自己的水烟，有了兴致可以大摇大摆上剧院听歌剧，假如不是他的这位少校朋友督促，他真想就这么住在斯劳德咖啡店享福。可是，这位孟加拉文官许诺要给阿米莉亚和他父亲安顿一个家，他不履行自己的诺言，那位先生就不让他安宁。好在约斯是个脾气随和的人，多宾办一切事情都片刻不肯耽搁，只有自己的事是个例外。这位文官对那位外交手腕高明的好心人言听计从，不论朋友要他做什么，买什么，租用什么或者抛弃什么，他一概照办。印度仆人洛尔·朱阿布教会了约斯的欧洲用人做咖喱饭、烩肉饭的手艺，还教给他如何准备水烟。这位黑脸仆人一到街上露面，立刻引得圣马丁巷上孩子们围上来毫不留情地捉弄他，主人只得将他打发回加尔各答，乘的船是东印度公司的“基克尔伯里夫人号”邮船。威廉·多宾爵士是该公司的一名股东。约斯和少校在邻近的朗阿克定了辆马车，他忙着监督打造自己的新马车，从中获得极大的乐趣和喜悦。他还从同一处租了辆车和两匹骏马，威风凛凛地坐车到海德公园兜风，或者去拜访在印度结识的朋友们。阿米莉亚常常陪在他身边，多宾也往往坐在后车座上。有时，老塞德利和女儿单独使用这辆马车，克拉普小姐经常陪她的朋友坐车，她围着那块黄色披肩坐在车里，受到诊所那位小伙子的青睐，觉得十分得意。每逢她坐在马车里外出，都能看到那位小伙子的面孔出现在诊所的百叶窗后面。

约斯来到布罗姆敦区后不久，在这所寒碜的小房子里出现了令人伤心的一幕。塞德利家在这所房子里度过了十年岁月呢。一天，因为约斯的大马车还没有造好，他便租了辆马车来，接走了老塞德利和他女儿，他们再也不回这里来了。房东太太和女儿伤心落泪，她们流出的泪水完全发自内心，真诚的程度绝不亚于这本故事中任何人淌的眼泪。回首长期亲密交往过程，她们这才发觉，阿米莉亚从来没有说过一句严厉的话，她从来都是那么亲切和善，对别人的好意感激不尽，总是那么文雅，就连克拉普太太逼他们缴房租发脾气的时候也不例外。这个好心的人儿从此一去不复返了，房东太太这才真心自责，悔不该当初对她那么不礼貌。她一面往窗户上贴招租广告，一面流出伤心的泪水。很明显，他们再也不可能找到这么好的房客了。这一不幸的预言后来得到了证实。克拉普太太痛责世风日下，于是在供应茶点或羊腿肉的时候大敲房客一笔。大多数房客又是责骂又是抱怨，有的干脆不付账，没一个长住的。房东太太当然对那家老朋友搬出这所房子后悔不迭。

至于玛丽小姐与阿米莉亚难舍难分的悲哀，我简直不敢描写。她自幼年起每天都陪着这位亲爱的好夫人，深深地依恋着她。那辆豪华马车终于来接她的朋友去享福了，这位好心的姑娘伤心得晕倒在朋友的怀抱里。她的朋友对她也是同样难舍难分，阿米莉亚爱她就像爱自己的亲生女儿。十一年来，这姑娘与她建立了不间断的友谊和亲密关系。与姑娘离别让她感到深深的痛苦。好在大家已经约好，玛丽要常常去奥斯本太太住的新房子里拜访小住，但是，玛丽保证说，她去了那个地方肯定不如住在他们这所卑微的茅舍舒服。克拉普小姐喜欢读小说，便常常引用书中的说法称呼自家房子。

我们希望她的判断不对。可怜的埃米在这所卑微的茅舍中几乎没有度过几天舒服日子。在这里，阴郁的命运总是压迫着她。一旦离开这房子，她绝对不想回来拜访，也不愿意面对那位房东太太，她暂时收不到房租，或者心绪恶劣时，就像暴君一般欺凌她；碰巧她高兴的时候，就换上一副过于亲密的态度，给人的感觉一样讨厌。此时她见埃米有了钱，就竭力奉迎拍马，我们的好女士却受不了她的那股子热乎劲儿。她到了他们的新房子里，见了每一样家具装饰都说恭维话，她抚摸奥斯本太太的新衣服，估计它们的价格。她赌咒说，像埃米这么甜美的人儿，使用再好的东西都不过分。虽然埃米听着她喋喋不休的恭维话，心里却没忘这个暴君以前怎么欺负她，自己不得不乞求她宽限房租；她为父母买回点上等食品，这女人也会大声挖苦她浪费钱财；她失意的时候，这个女人曾经残酷地作践她。

我们可怜的小夫人生活中的这些悲伤全都深深埋藏在她心底，从来没对人倾吐过。她甚至没有对父亲谈起过，可她受了那么多苦，根子就在她父亲的荒唐行为。她不得不承受他糊涂和错误的后果。她绝对逆来顺受，全无抱怨，仿佛她天生就是为了代人受过的。

我希望她从此再也不受人如此糟蹋了。人们都说，苦尽才能甜来。我该提一提那位可怜的玛丽。她的亲密朋友离开后，她伤心得死去活来，最后不得不请诊所那位年轻人来为她治疗，在他照料下，她没用多长时间便恢复了健康。埃米离开布罗姆敦区的时候，将屋子里的家具全都留给了玛丽，只带走了床头上那两幅画像和自己的钢琴。这架又小又旧的钢琴已届暮年，只能发出呆板的叮咚声，但是她喜欢这琴有自己的道理。她父亲送她这架钢琴，她一开始弹琴还是个孩子。读者还记得，后来父亲倾家荡产后，有人把琴买回来，物归原主。多宾少校监督安排约斯的新房子，坚持要把房子安排得漂亮舒适。马车从布罗姆敦区运来了搬迁者的东西，其中有那架小钢琴。多宾见了心中喜欢。阿米莉亚要求把这琴放在二楼她的起居室里，那是个小巧整洁的屋子，后来，老先生每到傍晚就在这屋子里闲坐。

人们抬来这架旧钢琴，阿米莉亚命令搬到刚才说的那间屋子里。多宾欣喜地说道：“你还保留这琴，我很高兴。我原来还害怕你不喜欢它呢。”

阿米莉亚说：“我觉得它比世界上任何东西都珍贵。”

"真的吗，阿米莉亚？"少校嚷道。虽然他从来没说过，可是我们知道，琴是他买的，他也没想过阿米莉亚可能认为送琴的是其他人。他当然以为阿米莉亚知道送琴的人是谁。"真的吗，阿米莉亚？"他再次问道。那句请求，那句最重要的请求已经到了他颤抖的嘴唇边。这时埃米回答道：

"这还有假？难道不是他送给我的？"

"我没想到是这样，"可怜的老多宾的脸耷拉下来。

埃米当时并没有多想，也没有马上留心到诚实的多宾露出的沮丧表情，不过她后来回想起当时情形，突然明白过来，送给她钢琴的是威廉，可她多年来一直以为是乔治送的，她从来认为这是爱人送她的唯一礼物，现在想来不禁感到无法言表的痛苦和悔恨。多年来，她对这件乐器视若珍宝，把它当作最珍贵的遗物，对着它述说与乔治的爱，在上面弹奏最心爱的曲子。她往往在钢琴旁边一坐就是长长的一个晚上，虽然音乐造诣不高，也尽可能在琴键上弹奏出忧郁的曲调，默默流淌伤心的泪水。结果它并不是乔治的遗物，那它就毫无价值了。后来，老塞德利要她弹琴，她推说琴走调严重，再说她头疼得厉害，不能弹。

她按照习惯，责怪自己脾气太坏，不知感恩，决心为自己过去轻视诚实的威廉给他一些补偿，虽然她没有公开对他送的钢琴表示轻蔑，可她心里已经这么想过。几天之后，大家饭后聚在客厅里，约斯已经心满意足地睡熟了，阿米莉亚结结巴巴地对多宾少校说：

"我得……请你……原谅。"

"为什么事？"他问。

"为……为那架小钢琴。你送琴给我已经许多年了，可我从来没谢过你。那还是我结婚以前的事。我还以为是其他人送我的呢。谢谢你，威廉。"她向他伸出手。可是，这位小女人的心在淌血，不过她的眼睛却在仔细注意着。

威廉再也忍不住了。“阿米莉亚，阿米莉亚，”他说，“的确是我为你买的。我那时就打心底爱你，现在也仍然爱着你。我不能不告诉你。我想，我第一眼见到你，就爱上你了。那是乔治把我请到你家去的时候，他当时想让我看看跟他订婚的阿米莉亚。那时你还是个姑娘，唱着歌下楼，身穿白色长裙，梳着卷发。你还记得吗？我们一起去了沃克斯游乐场。自从那时起，世界虽大，可我心里只有一个女人，那就是你。十二年来，我没有一小时不想念着你。我去印度之前，就想这么对你说，你心里不关心我，我也不想说出口。你并不关心我在哪儿生活，也不关心我要去什么地方。”

“我当时实在不懂感恩，”阿米莉亚说。

“不，只是冷漠而已，”多宾不顾一切地说。“我也不是个能迷住女人的男人。我知道你现在怎么想。你发现那钢琴的事情后觉得伤心，因为那是我送的，而不是乔治。怪我不留心，本来我永远不该说穿才对。该道歉的是我，是我一时糊涂，以为多年来一贯的忠心或许能让你动心。”

“你这话可够残酷的，”阿米莉亚有点激动。“乔治是我的丈夫，不论在世上还是在天堂都是我丈夫。我除了他哪能爱其他人？亲爱的威廉，我现在就像你第一次见到我一样，是他的人。是他告诉我你多么慷慨善良，也是他告诉我说，我应该像爱一位哥哥一样爱你。我和我的儿子难道不是把你看得比什么人都重要吗？我们不是把你当作最亲爱的、最真诚的、最好心的朋友和保护人吗？假如你能早几个月回来，或许能救了我，让我免受可怕的母子分离之苦。啊，离开儿子险些要了我的命。威廉，可你没回来。我整天祈祷，盼望你能回来，结果，他们把他从我身边夺走了。他不是个高尚的孩子吗，威廉？继续做他的朋友吧，也做我的朋友，”她的声音哽咽起来，把脸埋在他肩膀上。

少校把她像个孩子似的搂在怀里，亲吻她的手。“我不会变，亲爱的阿米莉亚，”他说。“我只要求你心里爱着我，我想，除此之外，我没有更多要求了。只要让我常常在你身边，经常看到你就行了。”

“好，经常来吧，”阿米莉亚说。威廉知道她可望而不可即，只有旁观玄想的份儿，就像个学校的穷学生，干看着卖甜饼女人托盘里的东西却没钱买，只得望而兴叹。

第六十章
回到上流社交圈

好运开始对阿米莉亚微笑了。多年来，她一直屈身在卑微的生活圈子里，现在总算出了头，开始踏进上流社会。与她交往的人虽然不及我们的贝基太太当时的朋友们那么尊贵高雅，但是也丝毫不乏上流时髦风度。约斯的朋友都是在英属次大陆结识的，他的新房子也是在伦敦的印度归国英国人居住区。这个地区的中心是莫哀拉广场。附近就是明托广场、大克莱伏街、瓦伦街、哈斯汀斯街、奥彻特洛尼广场、普拉西广场、阿赛耶花坛——早在1827年，水泥楼房前面有一层比一层高的沥青台地且种有花草的地方还不时兴叫“花园”——这些在印度暴富的人退休的聚居地，谁不对它们心怀敬畏呢？温海姆先生把这一地区称作黑洞。按约斯的地位，还不够显赫，住不进莫哀拉广场，那个地区只有退休的议会议员和印度公司的合伙人才有资格入住。这里的居民往往划给妻子十万镑，手头吃紧，就屈身住在这种邻近郊区的地方，靠四千镑的年金生活。约斯在吉莱斯皮街租了一所二三流的舒适房子，买了地毯、昂贵的镜子之类，一应家具非常美观舒适，全都是赛顿斯的设计，是从斯坎普先生的财产管理人那里买来的。斯坎普不久前加入了福格斯、费克和克拉克斯曼经营的加尔各答商行，可怜的斯坎普在这家著名的商行投资七万英镑，那是他一生正直生活的积攒，于是顶替了费克的位置。费克已经退休，在苏塞克斯一所豪华别墅里颐养天年。福格斯兄弟也早已不在公司做事，霍勒斯·福格斯爵士不久便要晋爵，成为班大纳的男爵了。斯坎普成为福格斯和费克公司成员后不到两年，公司亏损了一百万，也带累印度回来的半数人们跟着吃苦头。

诚实的斯坎普已经六十五岁了，结果搞了个倾家荡产，怀着一颗破碎的心到加尔各答收拾公司的残局。瓦尔特·斯坎普只得从伊顿公学退了学，进了一家商行做事。佛罗伦斯·斯坎普、范尼·斯坎普跟着他们的母亲住到波罗涅一所没名没姓的房子里，从此再也不会有出头的日子。长话短说，约斯来买了他们家的地毯和橱柜，原来反映他们家人慈祥漂亮面孔的镜子，现在到了约斯手里，让他充分欣赏自己的面孔。斯坎普家为人正直，没有亏欠与他家打交道的店铺，那些店铺纷纷来这里留下名片，渴望与这个新家庭做生意。先前为斯坎普家服务过的人，身材高大身穿白制服在餐桌旁伺候的听差、食品商、银行跑腿的、送牛奶的等等，都送来了名片，跟管家拉近乎。为这房子以前住过的三家人扫烟囱的查米先生也来讨好管家，埃米外出时穿制服护送的跟班也受到他甜言蜜语的奉承。

这个家不很排场。管家兼做约斯的听差，喝酒有节制，从来不超过一个小家庭管家的限度，而且对主人家的酒心怀敬意。埃米也有了个贴身女佣。这女佣是在威廉·多宾家在乡下的庄园长大的，人很不错，善良谦恭的态度很快便让奥斯本太太放了心。她一开始不习惯让人伺候，有人在身边让她觉得害怕，也根本不知道要用人做什么用。她对仆人们说话也毕恭毕敬。但是这个女佣对整个家庭非常有用，尤其是伺候老塞德利非常周到。老人现在几乎整天待在自己的屋子里，从来不参加大家作乐的活动。

来看望奥斯本太太的人很多。多宾夫人和女儿们为她命运的改观感到十分喜悦，来向她祝贺。奥斯本小姐也从拉塞尔广场坐了装饰着家族徽章的豪华马车来拜访她。人们传说约斯有巨额财产，老奥斯本倒也不反对乔治除了继承自己的财产也把舅舅的财产继承过来。“他妈的，我们要把这孩子培养成个大人物，”他说，“不等我死，我就想看着他在议会当上议员。奥斯本小姐，你可以去拜访他母亲，不过我可不见她。”于是，奥斯本小姐就来了。我们当然可以肯定，埃米见了她感到非常高兴，因为这样可以接近乔治。那个年轻人也得到允许，拜访母亲可以比以前更加频繁。他一个星期要在吉莱斯皮街吃一两顿饭，到了这里就对用人吆三喝四，对亲人们也一样豪强霸道，就像在拉塞尔广场一个样。

不过，他对多宾少校从来十分尊敬，只要这位先生在场，他的态度就比较礼貌温和。他是个聪明孩子，有点害怕少校。乔治见这位朋友生活简朴，性情随和，知识非常丰富却从来不夸口，而且富有正义感和博爱精神，不能不打心底佩服。他从来没遇到过这样的人，便本能地喜欢这位先生。他总是十分依恋教父，能陪多宾在海德公园散步，他觉得十分惬意。威廉给他讲述他父亲的故事，讲印度和滑铁卢发生的事情，总之，他什么都讲，就是不说自己。假如乔治比平常傲慢自负，少校就挖苦他，奥斯本太太便会认为他有些过分。一天，少校带孩子去听歌剧，孩子不愿坐在后排，说那里太粗俗，少校就把他带进包厢，让他单独在包厢里，自己到下面后排就座。他在那儿没坐多久，就觉得有一只胳膊插在他的臂弯里，那是一只戴着小羊皮手套的娇嫩小手。乔治感觉到了自己的行为太荒唐，便从上面下来跟他坐在一起。老多宾见了孩子悔恨的小脸蛋，露出得意慈爱的笑容。他爱这孩子，就像喜爱属于阿米莉亚的一切。她听到乔治这一善举后，心里别提有多高兴了。她的两眼望着多宾时，比以往任何时候都更充满善意。他觉得她盯着他这么看的时候，她的脸颊浮出了红晕。

乔治当着母亲夸奖少校的好处时简直不知疲倦。“我喜欢他，妈妈，因为他知道那么多事情。你不知道吗？他说话不像老维尔，老维尔满口大话，总是用长长的字眼。我们在学校给他起了个绰号叫

'长尾巴'。是我给他起的，挺不赖的，对吧？多宾读拉丁文和法文像读英文一样流利。我们一起出去，他给我讲我爸爸的故事，可他从来不讲自己的事。我在爷爷家听巴克勒上校说，他在军队是最勇敢的军官，作战勇猛极了。爷爷听了这话觉得奇怪，说：'真的？我还以为那家伙就是见了只鹅也不敢吭一声呢。'不过我知道他敢，对不对，妈妈？"

埃米笑了。她知道少校对付鹅的胆子还是有的。

乔治跟少校关系真挚融洽，可是他跟舅舅的关系却不怎么亲密。乔治会鼓起脸蛋把双手插进背心口袋里，说：'我的老天哪，怎么会有这种事？'他这模样跟老约斯的神气一模一样，谁见了都不可能不发笑。假如乔治要求用人拿点桌子上没有的东西来，装出这副样子，还说出那个著名的句子，用人准会放声大笑。就连多宾听了孩子惟妙惟肖的模仿，也会忍俊不禁。乔治没有当着舅舅的面模仿他，多亏了少校的斥责和母亲的央求。可敬的文官隐隐约约感到孩子瞧不起他，背地里可能嘲笑他，因此当着这位少爷的面更加摆出一副傲慢尊贵的架子。一旦听说这位年轻的先生要到吉莱斯皮街来陪母亲吃晚饭，约斯总是在某个俱乐部事先有约。或许大家并不为他缺席而感到遗憾。每逢遇到这种场合，大家就把老塞德利先生请下楼来。在家庭小聚餐会上，总有多宾少校的位置。他跟这家人的关系全都十分和谐。他是老塞德利的朋友，埃米的朋友，乔治的朋友，还是约斯的顾问。"我们总是见不着他，好像他还在马德拉斯似的，"安·多宾小姐在坎伯维尔的家中这么说。啊！安小姐，你难道没有意识到，少校想娶的不是你吗？

约瑟夫·塞德利过着一种豪华而无聊的生活，这倒正好配得上他这样的身份。他的首要目标是成为东方俱乐部的成员，所以，他上午就泡在俱乐部里，跟印度回来的同事聊天，吃饭，有时还把他们请回家来吃饭。

阿米莉亚只得留在家里招待来访的先生和夫人们。交谈内容无非是某位史密斯再有多久就要进议会；另一位琼斯买了多少花边带回家；伦敦的汤普森公司如何拒不付款给孟买的基勃布基公司；加尔各答公司肯定也是这种下场；某位布朗太太行为如何不检点，陪禁卫兵斯旺基在甲板上一直坐到深夜，在好望角陪他骑马，结果两人跑到没人的地方躲起来了，这种行为说得好点也算不够谨慎。大家还说起乡村牧师哈迪曼的太太如何把十三个女儿全带到印度，嫁出去十一个，其中有七个嫁了印度公司的高级官员；霍恩比因为妻子不肯离开欧洲，气得简直要发疯；特罗特已经得到任命，在乌姆拉普拉地方当收税官。在同样的豪华餐桌上，使用着同样的银餐具，嚼着同样的羊腿肉、炖火鸡和小点心，大家谈论同样的话题。吃过甜食后，夫人们动身上楼，去谈她们的孩子，抱怨生活中不如愿的事情，男人们就谈论政治。

这种闲聊到处都一个样。律师太太们的话题难道离得了巡回审判？士兵的妻子们难道不说有关军队里的闲话？牧师的太太们难道不谈论主日学校，以及谁接替了谁的位置？就连最富有高贵的太太们，谈话内容也超不出自己交往的小圈子。从印度回来的这些人哪能不按自己的愿望交谈呢？当然啦，我承认，一个陌生人偶尔坐在她们旁边听，难免觉得有些沉闷。

不久，埃米有了自己的访客登记簿，常常坐马车去拜访朋友。她常常登门拜访的有孟加拉陆军中将罗杰·布拉德耶爵士夫人、孟买陆军中将格·霍夫爵士夫人、行政官派斯夫人等等。生活发生改变后，我们用不了多长时间就能适应。马车天天往返于吉莱斯皮街，制服上钉满扣子的男仆从埃米的马车上跳上跳下递送埃米和约斯的名片，到了规定时间，埃米到约斯的俱乐部接他出来透透空气，要不就是把老塞德利扶上马车，带他到摄政王花园兜兜风。女佣、马车、访客登记簿、制服上钉满扣子的仆人——阿米莉亚没过多久便熟悉了这一切，就像熟悉布罗姆敦区的生活一样。这两种生活她全都觉得没什么不方便。假如命运要她做了公爵夫人，她也照样能履行自己的职责。在约斯交往的圈子里，夫人们都说她是个讨人喜欢的年轻女人，虽然没什么特殊本事，不过的确讨人喜欢。

男人们当然喜欢她毫不矫揉造作的善意和质朴文雅的态度。从印度休假回来的年轻花花公子们个个对她献殷勤。这是些最时髦的公子哥儿们，他们挂着表链，留着胡子，个个住西区的豪华旅馆，出门坐快马拉的车飞跑，戏院缺了他们仿佛就支撑不起来。不过，他们在海德公园里见了奥斯本太太的马车，总是鞠躬致意，得到允许，上午就到她家做客。禁卫兵斯旺基是个调情能手，此时从印度回国休假。一天，多宾少校发现他与阿米莉亚单独坐在一起，正施展自己的口才，滔滔不绝讲述自己打野猪的经历，说得谈笑风生。后来，这年轻人气哼哼地说起陆军里一个长相古怪的老家伙总是待在那所房子里，表面上他显得干巴巴没什么趣味，可是一开口满是风趣，让别人的话听起来全都没了味。

假如少校稍稍有些虚荣心，或许会嫉妒这位风流的孟加拉上尉，但是多宾天性质朴慷慨，对阿米莉亚根本不会产生任何怀疑。这位军官能来向她致敬，其他人对她表示崇拜，让他感到很高兴。差不多从她刚刚成年以来，她一直受苦受累，遭人白眼。现在，顺境衬托出她的优点，富有也让她变得精神勃勃，他见了心中高兴。人们看得起她正是对少校好眼力的恭维。当然啦，一个恋爱中的男人是不是有好眼力，还值得怀疑。

约斯作为一名国王忠实的臣民，当然要进宫觐见。那天，他浑身上下穿戴了进宫的朝服，在俱乐部等待多宾接他。那多宾来的时候却穿了身非常不起眼的旧制服。他从来就是个彻头彻尾的保王党，对乔治四世佩服得五体投地。见过国王后，更成了个坚定不移的保王党，对国王的统治拥护备至。他主张阿米莉亚也该进宫觐见国王陛下。他不知怎么产生一个念头，认为自己有责任维护公众的利益，如果他约斯·塞德利不携全家到圣詹姆士宫伺候国王，陛下就会不高兴。

埃米听了这话笑了。“约斯，我进宫的时候戴上祖传的钻石首饰好吗？”

“我真希望你愿意让我给你买几件首饰，”少校想道。“什么样的首饰不配戴在你身上呢？”

第六十一章
两盏灯熄灭了

一天，在约斯·塞德利先生家一系列乐事正在进行中，发生了一件大多数房子里都免不了的事情。我们从客厅上楼回卧室的时候，或许会注意到正面墙上有个小拱窗，这窗子是为二三楼之间的楼梯采光用的，三楼通常是保姆和用人住的地方。这个窗子还有个作用，殡仪馆的人会向你提示。他们往往把棺材放在这拱窗上面的位置，或者通过窗子送到外面，免得安息在黑色方舟里的冰冷身体受到不应有的惊动。

在伦敦的任何一所房子里，二楼上都有个拱形窗对着楼梯，凡是从楼梯上经过的人都逃不出它的注视。不等天明，厨娘蹑手蹑脚从这窗户旁边走过，去厨房收拾她的锅盆碗盏。少爷们在俱乐部狂欢一夜后，把靴子留在门厅，悄没声地从这窗子旁经过，溜回自己的房间。小姐们赴舞会前，打扮得楚楚动人，拖着飒飒作响的裙裾，也是从这窗前经过，准备在舞会上大出风头。小少爷宁愿不走楼梯，冒险从扶手上滑下去。母亲生了孩子，等到医生宣布说，漂亮的夫人可以下楼走走了，丈夫就用强壮的胳膊搂着夫人，步履坚定地走下楼梯，身后跟着伺候她坐月子的护士。晚上，一个名叫约翰的手端蜡台打着哈欠登上楼梯，不等天明，他又得下楼把门厅的靴子收拾起来擦拭干净。孩子们要从这楼梯抱上抱下，老人们被搀扶着爬上爬下，客人们在主人带领下通过这里走进舞厅，牧师从这里走去给孩子行洗礼，医生从这里走向病房，殡仪人员从这里上楼——假如你愿意坐在楼梯上打量这楼梯和上面的拱窗，仔细思量之下，你会发现这正是生命与死亡以及名利场的符号。我身穿世俗衣服的朋友啊，总有一天，医生会最后一次上楼来看望我们。护士朝床帐里张望，我们却再也不理会，她就把窗户推开，放进新鲜空气。然后，他们就把房子正面的百叶窗都拉上，搬到后面屋子里去住。后来，他们就请来律师和身穿黑色衣服的人们。我们离开这个喧嚣吵闹装腔作势的世界，演出的喜剧也就结束了。假如我们是上流人物，他们就会在我们以前住过的房子外面挂出报丧牌，上面画着金色的天使，还写上"在天堂里安息"的字样。儿子会重新装饰房子，或者把房子租出去，自己住到更加时髦的地段。第二年，我们的名字就会出现在俱乐部"去世成员"名单中。我们的寡妇就是裁制丧服也要合体整洁，厨娘照样打发人上楼来或者自己亲自上来问，晚饭希望吃什么。不久，活着的人望着壁炉架上我们的遗像就不再伤心。再过几天，遗像就被撤下来，换上儿子的画像，也就是房子新主人的画像。

谁死了最让活人痛不欲生呢？我相信，准是那些最不爱别人的人们。家里孩子死了，大人准会伤心得死去活来，我们这些大人死了却不会激起这样的感情。襁褓里的孩子几乎连人都认不得，一个星期不见，就把父母忘个干净，可是假如这娃娃死了，父母的伤心比最亲近的朋友死去更甚，也比失去已经生儿育女的长子更伤心。我们对犹大和西蒙的态度也许十分严厉，可是对最小的儿子本杰明的爱怜却像泉涌般强烈。假如我们的读者是位老者，或者我们的读者将来上了年纪，不论那时你是富是贫，或许有一天会这么想："我周围的人真好。可是，我有一天死了，他们倒不会为我伤心。我非常富有，他们想要继承我的财产——或者——我非常贫穷，他们都讨厌养活我。"

为塞德利太太服丧刚刚结束，约斯撇下黑衣服穿起心爱的花里胡哨背心还没有多少时候，塞德利先生显然也不久于人世，要去那黑暗的王国寻找妻子。“我父亲的健康状况，”约斯·塞德利在俱乐部一本正经地宣布说，“让我在本社交季节不能举办大型晚会了。不过，我的老伙计丘特尼，如果你愿意在六点半以后平静地到我家来，陪几位老朋友吃顿便饭，我非常欢迎。”老人躺在楼上，生命的沙漏渐渐流空的时候，约斯却在楼下平静地陪他的朋友吃饭喝红葡萄酒，兼做用人的管家给他们送上葡萄酒。饭后，他们围在桌子旁打扑克，多宾少校有时也参加进来。奥斯本太太服侍父亲睡着后，偶尔也下来。可是年老的人睡得很轻，不时惊醒过来。

老人生病期间，更加依赖女儿了，喝汤服药都要女儿伺候。照顾他几乎成了她生活中的唯一职责。她的床安在通往他那间屋子的门边，脾气恶劣的父亲只要发出一点响动，她就会立即惊醒过来。不过，说句公道话，他常常醒来一动不动躺上几个小时，怕的是惊醒体贴他的好心护士。

或许他现在爱女儿胜过她一生任何时候。要说悉心尽孝道，履行职责，这个纯朴的人儿放出的是特别温和真挚的光辉。“她走进屋子的时候，就像阳光一样安静，”多宾望着她出入父亲的房间，自忖道。她态度优雅，静悄悄来回忙碌的时候，脸上总是挂着欢乐甜美的微笑。女人俯身望着自己的婴儿，或者在病房里来往忙碌的时候，谁没见过她们脸上露出那天使般的爱和同情的光芒？

多年来藏在老人心底的积怨消除了，父女之间有了心照不宣的和解。老人在生命最后的时刻深深被女儿的孝敬和体贴所感动，全然忘记了对她的不满。以前，他和妻子在漫长的不眠之夜里常常埋怨女儿，责备她为了儿子什么都可以牺牲，指责她对年老不幸的父母如何不放在心上，心里只有儿子，说她跟儿子分离时伤心得像发了疯，简直是犯傻。老塞德利最后回顾自己的一生，把这些指控全都抛在脑后，对脾气温和任劳任怨的女儿做出合情合理的评价。一天夜里，她蹑手蹑脚来到他屋里，发现他醒着。伤心的老人承认了自己的错误。“噢，埃米，我一直在想，我们对你太不体贴，太不公道了，”他把冰冷无力的手伸给她。她跪在他床前祷告，他抓着她的手不放，也跟着祈祷。朋友，我们的大限来到时，但愿我们身边有这样一个人陪着我们祷告。

他睁着眼睛一动不动躺在床上的时候，或许眼前闪过自己一生的经历，早年的奋斗，成功后的富有和得意，晚年的失意，以及目前的绝望，命运已经将他击败，再也没有机会与之抗争，既没有赢得名誉，也没有挣到财富，穷困潦倒，徒劳一生，在失意和失望中结束生命！我本人弄不清楚，临死的时候到底是名利双收的好，还是穷困潦倒的好？是拥有一切却不得不撒手的好，还是赌了一生输个精光沉沦而死的好？那种感觉肯定非常怪诞，等到那一天到来时，我们说：“到了明天，不论成功还是失败，都没什么关系了。太阳照样升起，人类照样去做自己的工作，或者从事自己的娱乐，可我要离开这种喧嚣了。”

终于有一天来临，早上太阳照样升起，人们照样起床，开始各自不同的工作，或者寻找不同的乐趣，但是老约翰·塞德利却被排除在外。他不再与命运抗争，不再心怀希望，也不再设计自己的项目，而是要给送到布罗姆敦区教堂墓地，陪在老伴身旁，静悄悄地过一种没有人知晓的生活。

马车上罩了黑纱，多宾少校、约斯和小乔治乘车跟在他身后来到墓地。约斯是从里奇蒙德的星徽旅馆赶来的，家里出了这事，他便搬到那儿去住，在这种情形下，他可不愿意住在家里，因为家里有……你明白了，对吧？但是埃米一如既往住在家里，履行自己的职责。额外的悲伤并没有让她更加痛苦，她只是变得比较严肃，而不是更加悲哀。她对天祈祷，但愿自己的末日也能像父亲一样平静而没有痛苦，想起父亲病中说的话，显然他有了信仰，顺从天意，他当然有希望升天堂。她心中于是坦然产生崇敬的感觉。

照我看，他的末日毕竟算是两种里比较好的。假如一个人非常富有，过着奢华生活，临死的那一天说："我非常富有，也小有些名声。谢天谢地，我出生在一个极受人尊敬的家庭，一辈子交往的都是上流人物。我为国王和国家尽忠效力，还当过几年议员，我可以说，我的讲演不但受到大家倾听，还颇受欢迎。我不但没有欠任何人一个先令，而且还借了五十镑给我的大学老同学杰克·拉扎鲁斯。他还不起钱，我也不派人催逼。我给我的每个女儿留下一万镑，算得上很不错的嫁妆了。我把我的家具、餐具、贝克街上的房子和一笔丰厚的遗产留给我的寡妇，供她终生使用。我的地产、公债券、贝克街酒窖里的上等好酒都留给了儿子。我还给我生前的用人二十镑年金。我倒想知道，我死后谁能说我为人有什么瑕疵。"假如换了一种命运，这个人会说："我是个贫困潦倒的老头子，一辈子没干过一桩成功事。我天生没脑子，不走运，一生犯的错误不知有多少。我承认常常忘记自己应尽的职责，付不起欠的债务。现在就要死了，却落得无依无靠。我祈祷上苍饶恕我的懦弱，我怀着真诚悔悟之心，拜倒在上帝脚下。"照你看来，人们愿意在自己死前说那一种话呢？老塞德利说的是后面这一种，他低声下气地拉着女儿的手，生命、失意和虚荣都缥缈而去。

"你看出来没有，"老奥斯本问乔治，"有优点，肯用功，喜好钻营有什么用处？看看我和我的存款。再看看你那个穷光蛋外公塞德利和他的失败。可他二十年前比我强，他当时的钱至少比我多一万镑。"

除了这些人和从布罗姆敦区来的克拉普先生家人，没有别人给老约翰·塞德利送葬，也没有人关心他，甚至不记得世界上有过这么一个人。

老奥斯本第一次从他的朋友巴克勒上校那里听说，多宾少校是个有名望的军官，他又是轻蔑又是怀疑，奇怪那么个家伙怎么可能既有脑子又有声望。这事小乔治已经告诉过我们了。不过，他从自己交往的圈子里听到不同的人都这么说。威廉·多宾爵士对自己的儿子十分佩服，讲了许多往事说儿子怎么有学问，作战怎么勇敢，世人怎么看重他等等。最后，他的名字竟然两次出现在伦敦名人家宴的报道中。这件非同小可的事才让拉塞尔广场这位贵族老爷对他肃然起敬。

少校作为乔治的前保护人，自然少不了与孩子现在的保护人老祖父见几次面，老奥斯本是个精明的生意人，查看他替孩子和孩子的母亲记的账时，意外地发现一桩秘密，让他吃惊不浅，立刻觉得又难过又欢喜，因为那位可怜寡妇和孩子原来赖以维生的资本竟然有一部分出自威廉·多宾的口袋。

多宾是个不会撒谎的人，经他一追问，脸立刻红了，结结巴巴了半天，最后承认说："他们的婚事在很大程度上是我促成的，"老头子听了沉下脸来，"我认为，他们的关系既然已经那么亲密，破坏婚约将毁了他的名誉，而且还可能导致奥斯本太太送命。后来，她被撇下连过活的钱都没有，我当然不得不把自己的钱全拿出来养活她。"

"多宾少校，"奥斯本先生两眼直勾勾瞪着他，脸涨得很红，"你把我害苦了，不过，我应该直话直说，你是个诚实的伙计。跟我握握手吧，先生，我根本没想到我的骨肉竟然是靠你养活的。"两人握手时，多宾少校狼狈得几乎无地自容，他没想到自己唯恐人知的善举会这么让人揭穿。

他竭力安慰老人，想让他原谅记忆中的儿子。"他当年是个高尚的人，"他说，"我们大家都喜爱他，任何事都愿意替他效劳，我年轻的时候，他对我特别好，我宁愿跟他待在一起，也不愿陪总司令，"多宾尽自己记忆所能，对老人讲述了他儿子许多勇敢的往事和取得的成就。最后他补充道："乔治太像他了。"

"他的确太像他了，所以有时候让我觉得苦恼，"这位祖父说。

塞德利先生生病那阵子，少校上奥斯本先生家吃过一两次晚饭。两人单独在一起时，谈话内容都是关于那位牺牲的英雄。做父亲的暴露出弱点，像以前那样吹嘘自己的儿子，夸耀儿子的勇敢和本领，借此给自己脸上贴金。他对可怜儿子的态度总算有了改变，心境比以前好，也富有慈悲心了。少校是个虔诚善良的基督徒，见他转变成平静善意的态度，心里自然高兴。第二天晚上，老奥斯本用威廉来称呼多宾，就像多宾和乔治孩提时期那样。诚实的多宾认为这是个和解的迹象，感到非常欢喜。

第二天早上吃早饭的时候，奥斯本小姐评论起多宾的外表和性格，或许还有他的举止。老小姐自然有些怪癖，生性一开口就挖苦人。一家之主打断她的话："奥斯本小姐，其实你巴不得能嫁他。可惜是酸葡萄。哈哈！威廉少校是个好伙计。"

"他的确是好人，爷爷，"乔治表示赞成，站起身走到老先生旁边，抓住他灰白的胡子，露出真心喜悦的微笑，亲吻爷爷。到了晚上，他把这件事告诉妈妈，妈妈也完全同意儿子的看法。"他的确是个好人，"她说。"你亲爱的父亲生前总是这么说，他是个最善良、最正直的人。"母子俩这段交谈过后不久，多宾恰好来访，阿米莉亚的脸或许有点红。那小坏蛋把另一半故事也讲出来，大家觉得更窘了。他说："我说，多宾，有个非常了不起的好姑娘想嫁你呢。她很有钱，头上戴着假发，在家里从早到晚骂用人。"

"是谁？"多宾问道。

"是奥斯本姑妈，"孩子回答道，"爷爷这么说来着。我说，多宾，要是你做了我的姑夫该多棒。"老塞德利颤巍巍的声音从隔壁传过来，招呼阿米莉亚过去，大家这才止住笑。

老奥斯本显然已经改变了态度。他有时候还向乔治问起他舅舅，见孩子模仿约斯的举止，模仿他说："我的天哪，"一面狼吞虎咽般喝汤，老头就放声大笑。然后他就说："年轻人模仿大人是不礼貌的。奥斯本小姐，你今天出去兜风，把我的名片送一张给塞德利先生，听见了吗？我们俩之间反正没有发生过争吵。"

名片送去后又接收到回赠的名片，约斯和少校应邀来吃饭。这恐怕是奥斯本先生平生最豪华也是最沉闷的一次请客。奥斯本家每一件最上等的餐具都摆了出来，还请了最富有的客人陪席。塞德利先生搀着奥斯本小姐入席。她对他态度优雅，对少校却难得说上一句话。少校胆怯地坐在奥斯本先生旁边，不跟她坐在一起。约斯一本正经地声称，他一辈子从来没吃过这么美味的鼋鱼汤，还问奥斯本先生的马德拉葡萄酒是打哪儿买到的。

管家对主人耳语道："这是塞德利家拍卖的酒。"

"这是我珍藏多年的好酒，当时花了大价钱买到的，"奥斯本先生大声对客人们说。接着，他压低声音对坐在他右首的客人说，这酒还是拍卖那老家伙的家当时买的呢。

他不止一次迟疑地问起少校关于乔治·奥斯本太太的事。少校有兴致的时候，一谈起这个话题就滔滔不绝，他对奥斯本先生讲述她吃过的苦，讲述她对丈夫眷恋多么深，至今仍然在记忆中崇拜他。他述说她怎么尽孝道悉心照料父母，后来觉得有责任让孩子离开自己，就毅然与孩子分离。"你不知道她忍受了怎样的痛苦，先生，"诚实的多宾说着声音颤抖起来。"我希望，也相信你会改变态度，认这个儿媳妇。就算她原来夺走了你的儿子，可她现在把自己的儿子给了你。不论你如何爱你的乔治，可她爱儿子比你深切十倍。"

"上帝啊，你真是个好人，先生，"奥斯本只说了这么一句话表示赞赏。他从来没想过，那寡妇离开自己儿子竟然会感到痛苦，也没想过孩子享受荣华富贵竟然能让她伤心。他宣布说双方要尽快见面和解。阿米莉亚一想到要与乔治的父亲见面就觉得害怕，心就跳得厉害。

不过，两人注定不能见面。先是老塞德利的病缠住她出不了门，接着是料理丧事，他们一时不可能见面。塞德利的灾难和其他事件对奥斯本先生发生了不良影响。他近来受了极大的触动，又上了年纪，就独自想了不少心事。他叫来过律师，大概改动过遗嘱。医生诊视过，说他身体虚弱，精神烦躁，应该放点血，到海边疗养一段，可他哪样都不愿接受。

一天早上，在他本来该下楼吃饭的时候却没下来，用人上楼走进他的卫生间，发现他倒在梳妆台前，中了风不能动。人们立刻通知了奥斯本小姐，叫来医生，乔治也没有去上学。放血的医生和拔火罐的大夫也找来了。奥斯本恢复了部分知觉，他虽然竭力张了一两次嘴，却再也没有说出一句话，四天后就死了。医生大夫下楼，殡仪人员上楼，面对拉塞尔广场花园的所有百叶窗都关闭起来。布洛克急忙从市中心赶来。“他给那孩子留了多少钱？肯定不能把一半给他吧？当然应该是三一三拾一喽？”气氛一时十分紧张。

可怜的老人竭力张了两次嘴，想说的是什么话？我真希望他想说的是要见见阿米莉亚，在离开这个世界前与儿子忠实而亲爱的妻子和解。他很可能有这意思，因为他的遗嘱显示出，他心中的长期积怨已经消除。

人们在他晨衣口袋里找到了乔治从滑铁卢写给他的信，信封上还盖着那个鲜红的火漆印。他口袋里还装着开箱子的钥匙，显然也看过有关儿子的其他文件，人们发现所有信件和文件的封口火漆都拆开了。很可能是在他中风前一天晚上看过，当时他的管家把茶送到他的书房去过，见他在看那本红皮《圣经》。

他的遗嘱打开后，人们得知，他将一半财产留给了乔治，其余部分由两姊妹平分。根据遗嘱，布洛克先生可以继续接管商行事务，如果不愿意，也可以退出。从乔治的财产中，提出五百镑年金给

“我爱子乔治·奥斯本的寡妇”，母亲恢复对孩子的监护权。

“我爱子的朋友威廉·多宾少校”被指定为遗嘱执行人。“鉴于在我孙子和我儿子的寡妇生计无着落之际，他出于慈悲和忠诚，给予大力资助，我特此表示衷心感激，为了他奉献的爱心和关怀，我向他馈赠足够买到陆军中将军衔的数目，由他随意处置。”

阿米莉亚得知公公生前已经在心中与自己和解，早已心软了，也为遗留给她的财富心生感激。听说儿子依然归自己抚养，又得知这一切的经过——是威廉促成这一切，是他让她得到了自己的丈夫，是他在她贫穷的时候养活了她和她儿子，现在又是他让儿子回到自己身边——她心中涌起的感激无法言表，双膝跪地为那颗一贯忠诚的心祈祷祝福。她匍匐在地上，觉得自己实在渺小，那个人却慷慨完美，充满博爱之心，自己只配亲吻他的脚。

如此令人崇拜而感动的献身和奉献，她却只能表示感激，也只有感激！只要她想到用其他方式对他回报，乔治的影子仿佛立刻会从坟墓中现出来，对她说：“你是我的，过去、现在、永远都是我的。”

威廉了解她的感情，难道他不是一辈子都在洞察她的心理吗？

奥斯本先生的遗嘱公开后，乔治·奥斯本太太在熟人眼中的地位大大提高了。这对大家倒不失为一种很好的启发。约斯家的用人们以前得到她谦恭的命令，还要傲慢地说要“问问主人”，看是不是能按她的要求办，现在他们再也不敢说这种话。厨娘也不再嗤笑她的旧衣服，可是，以前每逢星期日，她穿上新衣服上教堂的时候，阿米莉亚的旧衣服相比之下黯然失色。其他用人听见她拉铃叫人也不再抱怨，听了她的召唤再也不敢耽搁。车夫以前赶车带老人和奥斯本太太外出兜风，嘴里总是抱怨个不停，说他们简直把马车当医院啦。现在他伺候奥斯本太太的时候战战兢兢，唯恐奥斯本先生的车夫抢了他的饭碗。嘴里念叨着说：“拉塞尔广场的车夫哪能认识城里的路？他们怎么配坐在夫人前面赶车？”约斯的朋友们，不论男女，全都对埃米发生了兴趣，寄来的悼念卡片把门厅的桌子堆得满满当当。约斯本人也发生了改变，他以前把妹妹当成个脾气温和却没有本事的叫花子，自己因此有责任向她提供食宿，现在却对她和富有的外甥表现得极为尊敬，竭力劝说她换换环境，取取乐，从多年受苦受难的心境中恢复过来。“可怜的好姑娘”成了他的口头禅。他开始每天下楼吃早饭，还询问她这一天打算怎么消遣。

她作为乔治的保护人，在征得另一位保护人，也就是少校的同意后，恳请奥斯本小姐继续住在拉塞尔广场，愿住多久都可以。那位小姐表示感谢，可是她说再也不想单独住在这么个阴森森的房子里了。然后带了两名老用人，身穿重孝，到切尔滕纳姆去了。其他用人都付给丰厚的薪水后辞掉了。奥斯本太太想留住忠心耿耿的老管家，可她还是谢绝了，她宁愿用多年积蓄开个酒店。我们希望她生意兴隆。奥斯本小姐不愿住在拉塞尔广场，奥斯本太太也不愿意，她与大家商量过后，决定不住那个阴郁的宅子。他们把房子里的东西都收拾起来。富丽堂皇的家具摆设和可怕的枝型吊灯打包好，屋子搬空后，镜子里除了对面墙壁什么都看不见，怪凄凉的，于是镜子也给包了起来。客厅里成套的豪华黄檀木家具都用干草垫着打包好，地毯卷起来捆结实，数量不多的精装好书装进两只空酒箱，所有这些东西装上几辆马车，运到潘太奇尼康家具库，打算在那儿堆放到乔治成年后再取用。几只黑乎乎的笨重餐具柜运到斯汤比－罗迪银行，存在这个著名的银行地窖里，也要等到乔治成年后再取出来用。

一天，埃米身穿丧服，带着乔治去她长大成人后一直没进去过的房子里查看。房子前面满地撒的都是干草，家具就是在这里装上马车运走的。母子俩走进一间间又空又大的屋子，墙壁上挂过镜子画像的位置上还留着污痕。他们登上宽大的石楼梯，上面的楼梯毯已经撤去。乔治悄悄告诉她，祖父是在哪间屋子里去世的。他们继续上楼，来到乔治住过的屋子。孩子紧紧靠在她身边，可是除了他之外，她心里还想着另外一个人。她知道这屋子曾经属于他父亲。

她走向一扇敞开的窗户，孩子离开她后，她常常怀着一颗破碎的心凝视这些窗户。从窗户望出去，越过拉塞尔广场上的树木，她看得见自己降生其中的老房子，她在那所房子里度过幸福而神圣的童年时光。那些美好的假日和慈祥的面孔，无忧无虑的欢乐日子，以及后来经历过的漫长而痛苦的煎熬，这一切仿佛重新回到她身边。她回忆着这一切，也想着那个好人，他是她一贯的保护人，她的守护天神，她唯一的恩人，她好心慷慨的朋友。

“妈妈，看这儿，”乔治说，“玻璃上有钻石划下的G·O[①]两个字母，我怎么以前就没看见过，这绝对不是我刻的。”

“乔治，这原来是你父亲住过的屋子，那时候你离你出生还早得很呢，”她亲吻着孩子，脸颊泛出了红晕。

他们乘车回里奇蒙德的时候，她一路非常沉默。他们在里奇蒙德暂时租了个房子，律师们满脸堆笑，在这里出出进进地来见她。我们当然知道，他们的来访是要收费的。这里当然也为多宾少校准备了一间屋子，他常常乘车前来，为他的小保护人办理各种事务。

这个时期乔治放了无限期的长假，可以不去维尔先生那里上学，那位先生也正忙着在一块精致的大理石上拟一篇墓志铭，准备将来安放在教堂里乔治·奥斯本上尉的那块纪念碑下面。

乔治的姑妈布洛克太太虽然被那小魔鬼抢走了一半家产，倒也没有出乎她对父亲的估计，她与孩子和他母亲和解后，对他们母子俩表现出慈悲心怀。罗罕普顿距离里奇蒙德并不太远，一天，她乘坐自家装饰着金牛族徽的大马车来到里奇蒙德，停在阿米莉亚家门外，车里露出面黄肌瘦的孩子们。布洛克家的孩子一下子拥到花园

① G·O：乔治·奥斯本的缩写。——译注

里。当时阿米莉亚正在花园看一本书，约斯坐在一个凉亭里，静静地在酒里浸草莓，少校身穿印度外套，弓着身子让乔治拿他当跳马。乔治腾身从他背上跳过，迎头冲进布洛克家的孩子群里。只见那帮小姑娘个个头上扎着黑蝴蝶结，腰上系着宽宽的黑带子，陪在她们身边的那位母亲身上穿着丧服。

“他的年纪将来正好配罗莎，”慈爱的母亲想道，她朝宝贝女儿望去。那个孩子今年才七岁，看上去病怏怏的。

“罗莎，去吻吻你亲爱的表哥，”弗雷德里克太太说。“你不认识我吗，乔治？我是你的姑妈呀。”

“当然认识啦，”乔治说。“不过，我可不喜欢让人吻我，别这样。”他见那个听大人话的女儿凑上来要吻他，连忙躲开。

“你这个乖孩子，带我去见见你妈妈，”弗雷德里克太太说。两位女士十五年后才再次见面。埃米艰难困苦的时候，这一位从来没想过要见她，可是，现在她生活富裕体面了，她的小姑子来认亲，还觉得是理所当然的事。

还有许多人也是这样。我们的老朋友斯沃茨小姐带着丈夫乘车由汉普顿宫辚辚而来，跟班车夫都身穿鲜艳的黄制服，她见了阿米莉亚仍然像以前一样亲热。说句公道话，假如斯沃茨能够见到她，倒也会一如既往地喜欢她。但是，这能怪谁呢？城市这么大，谁有时间到处找自己的朋友？假如他们失了地位，就消失得无影无踪，沉舟侧畔千帆过，名利场上少了谁会有人想念呢？

总而言之，奥斯本先生去世后的伤心还没有缓过来，埃米突然成了上流社交圈的中心人物。这个圈子的人们从来没想过其中任何人可能遇到不幸。虽然这些女士们的丈夫可能是城里的干货商，不过，几乎人人都有一两门贵族亲戚。有些女士非常有学问，见多识广，她们读萨默维尔太太的书，常去皇家学院。有些女士是福音教派虔诚的信徒，态度严肃，在埃克斯特教堂做礼拜。我们不得不承认，埃米跟这些女士交往时，简直是茫然不知所措。有一两回，她被迫接受弗雷德里克·布洛克太太的好意去做客，结果难过得像受煎熬。那位夫人坚持要栽培她，打定主意要重塑她的形象。她为阿米莉亚找裁缝，整肃她的家政，矫正她的风度。她不断乘车从罗罕普顿来拜访，对她的朋友讲述时髦场面和宫廷交往中微不足道的琐事和浅薄无聊的细节。约斯喜欢听这种闲话，可是少校一见这个女人来卖弄不值钱的高雅，就咕哝着躲开了。他在弗雷德里克·布洛克家吃过豪宴，当着银行家的面就能酣然入睡。弗雷德里克一心想把奥斯本家剩余的财产从斯汤比－罗迪银行提出来，存进自己的银行。阿米莉亚不懂拉丁文；不知道《爱丁堡》杂志最近一期上出色的作品出自何人之手；大家谈起皮尔先生近来提出天主教徒救济法案时的反常态度，都觉得不可思议，她听了却非常漠然，坐在女士们中间，两眼呆呆地望着大客厅窗外修剪整齐的草坪、工整的卵石路面和闪闪发亮的温室。

“她看起来脾气不错，不过索然无味，”罗迪太太说。“那个少校似乎对她十分有意。”

“可悲的是她风度差得远呢，”霍利约克太太说。“我亲爱的，你绝对不可能把她栽培成个什么人物。”

“她无知得可怕，要不就是冷漠，”格罗利太太说。她的声音仿佛是从坟墓里出来的，边说还边摇头，头上的大缠头帽也跟着晃动。“我跟她说，照乔尔斯的看法，教皇该在 1836 年下台，可是根据沃普肖特的说法，1839 年才该他下台。我问她有什么看法，她却说：‘可怜的教皇！我希望他别下台，他干了什么坏事非下台不可？’”

“她是我哥哥的寡妇，我亲爱的朋友们，”弗雷德里克太太回答道，“因此，我认为我们都该帮助她，好让她进入上流社交圈。你们都知道，尽管她很令人失望，可我们都不是为了贪图什么才这么做的。”

“这个卑鄙的布洛克太太，”罗迪和霍利约克共乘一车回家的时候说，罗迪说，“她总是要阴谋诡计。她想要奥斯本太太把存款从我们银行提出来，存进她家银行。瞧她甜言蜜语哄那男孩的样子吧，她要那孩子挨着她那烂眼圈女儿罗莎坐，真是可笑死啦。”

“我真希望格罗利让她说的那些东西噎死，她整天挂在嘴上说什么有罪的人，什么世界末日的善恶大决战之类。”马车就在这种喧闹中驶过普特尼桥。

这么高尚的社交圈对温柔的埃米实在太残酷了，有人建议到国外去旅行，大家听了全都乐得跳了起来。

第六十二章
莱茵河上

上文所述的日常琐事已经成为过去。又过了几个星期，议会的例行会议已毕，夏天渐渐来临。伦敦上流社会的人物们准备离开城市，做每年一度的观光游览，有的人是为了到乡下呼吸健康气息。一个阳光明媚的早晨，巴塔维耶号轮船满载上流乘客，从伦敦塔的台阶旁启程了。后甲板支起了凉篷，长凳和通道上挤满了面色粉红的孩子、为照料他们忙碌的女佣、身穿漂亮夏装头戴粉红色遮阳帽的女士、戴着旅行便帽穿着细布上衣而且开始为这趟旅行留胡子的男人们，也有身材结实服装整洁的老兵，他们戴着浆过的硬领，帽子刷得一尘不染，自从战争结束后，他们就常常在欧洲各大城市间乱闯，把本国的骂人话到处传播。船上到处摆满了帽子盒、布拉马专利的旅行保险箱、梳妆台之类。轻快活泼的剑桥学生在教师的带领下边旅行边学习，一路到诺能沃斯或克尼希斯温特去。船上有爱尔兰绅士们，他们留着漂亮的胡子，佩戴着珠宝首饰，喋喋不休地谈论马匹，对同船女乘客表现得非常殷勤。剑桥的年轻学生和脸色苍白的教师跟他们正相反，他们一见女人就躲避。乘客中也有蓓尔美尔街一带游手好闲的子弟，他们要到艾姆斯和维斯巴登去喝矿泉水，以便把一个社交季节肠胃里的积食冲刷干净，也要在轮盘赌博中试试手气，保持激动心情。老梅修赛拉也来了，他刚刚娶了个年轻妻子，禁卫军帕比隆上尉正替他们拿着阳伞和旅行指南。年轻的梅先生带着新娘正在度蜜月旅行，新娘原来是温特夫人，曾经是梅先生祖母的同校同学。旁边是约翰爵士和夫人带着十二个孩子和伺候孩子的十二个用人，在桨轮旁边坐着的是高贵的巴里亚克斯家人，他们瞪着眼睛观望，却不搭理任何人。他们家的几辆马车都装在前甲板上，马车上装饰着贵族宝冠，装在车上的箱笼闪闪发亮。同时装在前甲板上的还有许多辆马车，要想从其中穿行实在不是件容易事。占住前甲板客舱的可怜乘客们几乎没什么空间可活动。这些人来自汉兹迪奇，衣着十分豪华，全都带着自己的食品，他们的财富多得能把头等舱里的一半时髦人物都买下来。还有几位留胡子带画夹的诚实乘客，他们上船还不到半个小时，就打开画夹写生。船刚刚离开格林尼治，有一两个法国女乘客就开始晕船，狂吐不止。一两个马夫在自己照料的马房周围闲逛，或者靠在桨轮上面的栏杆旁俯视那水轮，交谈着谁会赢得里杰杯，古德伍德杯谁最有希望，谁肯定会输。

伴游服务员们在船上来来回回奔忙，将客人们安顿在客舱或甲板上后，聚在一起抽空闲聊两句抽抽烟。犹太人凑到他们面前，观望前甲板上的马车。约翰爵士的大马车足能装得下十三位乘客，还有梅修赛拉勋爵的马车、巴里亚克斯勋爵的大马车、敞篷马车、轻便马车，这种车随便什么人愿意出钱都买得着。真不知道勋爵哪儿来的钱出门旅行。倒是这些犹太人知道他的钱是哪儿来的。他们知道勋爵口袋里此刻有几个钱，得到这些钱他需要付多少利息，还知道这些钱是谁贷给他的。除此之外，还有一辆非常漂亮整洁的旅行马车。只有这辆马车他们不知是谁的。

"这辆马车是谁带的？"一个戴耳环拿摩洛哥大钱包的男向导用法语问另一个戴耳环提摩洛哥大钱包的同行。

"我看是基思的。我刚才看见他在里面吃夹肉三明治，"那位向导回答的法语带着强烈的德国口音。不久，基思从船舱出来，嘴里气呼呼地对船上收拾旅客行李的人发号施令，话语里夹杂着咒骂。他向同行兄弟们叙述了自己刚才的活动，还告诉大家说，这车的主人是个从加尔各答和牙买加回来的富翁，雇了他一路做向导。这时，一个年轻少爷从车里露出来。他刚才在桨轮罩上跳来跳去，人们连忙警告他别冒险，他就从那儿跳到马修赛拉家的马车顶上，又跳上其他车的行李箱上，最后攀登上自己家马车的车顶，从车窗口钻进轿子里。向导们见了惊叹喝彩不止。

“乔治先生，好身手哇，”一个向导抬了抬箍着金边的帽子笑着用法语说。

“见你那法语的鬼，”小少爷说，“饼干在哪儿，嗯？”基思就用英语凑合着回答。他几乎哪种语言都能说几句，可哪种也不精通，腔调蹩脚，错误百出。

态度蛮横的小先生正是我们的朋友乔治·奥斯本。他狼吞虎咽地大嚼着饼干。他在里奇蒙德吃早饭的时候是三个小时之前，也的确该填填肚子了。约斯舅舅和妈妈正陪一位先生在后甲板上，他们四个今年夏天要一路旅游。

约斯此刻正坐在甲板的天篷下，几乎跟巴里亚克斯伯爵一家面对面。孟加拉文官聚精会神地注视着他们一家的一举一动。这对贵族夫妇比 1815 年约斯在布鲁塞尔见到他们时反而显得年轻了。他在印度常常在夸夸其谈的故事里提到他们，说他们是他最亲密的朋友。巴里亚克斯夫人的头发当时颜色较深，现在却变成带有金黄色泽的红褐色。巴里亚克斯勋爵的八字胡以前是红色的，现在变成深黑色，在阳光下映射出紫色带绿的光泽。尽管他们有些变化，可是这两位贵族夫妇却把约斯的思想整个占住了。面对面见到一位贵族让他感到着迷，别的他什么都顾不上看了。

“那些人好像让你挺感兴趣的，”多宾望着他笑道。阿米莉亚也笑了。她戴了顶箍着黑带子的草帽，身上仍旧穿着丧服。不过，旅行前的忙乱和休闲让她觉得又激动又喜悦，她看上去显得非常高兴。

“天气真是太美了！”埃米感叹道，接着又发表自己的独特见解说，“我希望我们这趟航行风平浪静。”

约斯轻蔑地挥了一下手，顺便朝对面的大人物瞅了一眼。“要是你像我们一样走过长路，”他说，“就不会在乎天气好坏了。”他嘴上虽然这么说，可是晚上在马车轿子里睡觉的时候，却晕船吐得天翻地覆，他的向导伺候他喝兑水白兰地，给他拿来各种好吃的东西。

不久之后，这群愉快的乘客在鹿特丹码头上了岸，在那里换乘一艘轮船朝德国科隆驶去。抵达目的港之后，这家人和马车一齐上岸。约斯得知科隆报纸登出“塞德利勋爵先生携家人从伦敦抵达此地”，心中的得意非同小可。他随身带着朝服，还坚持要多宾将全套军装都带来。他告诉大家说，他要到各国觐见外国君王，向他们表示敬意，这将为自己的旅行增添光彩。

他们不论在哪里停留，约斯先生都要将自己和少校的名片奉上，给“我们的公使”一个邀请的机会。在自由市法兰克福受到好客的英国领事邀请时，大家很费了一番口舌，才劝说他放弃戴三角帽穿长筒袜。他每天都写旅行日记，住过的每一家高级旅馆的缺点和优点以及吃过的酒菜味道，他全都记载得清清楚楚。

埃米过得十分愉快。多宾随身为她带着画夹和凳子，对这位善良小画家的每幅画都赞不绝口，可是这些画以前却根本没有受过人们的赏识。她坐在轮船上画岸上的岩石和城堡，或者骑着驴去参观古代强盗的堡垒，多宾和乔治就陪在她身边。少校的腿太长，骑在驴背上两条腿都能踩在地上，她见了乐得开怀大笑，他也跟着笑。他熟悉德语，就成了他们的翻译，他和乔治模拟那场莱茵河之战和巴拉蒂纳之战时，乔治玩得开心极了。几个星期的乘车旅行途中，乔治与坐在驭座上的基思先生不断交谈，讲德语的本领大有长进，甚至能在旅馆中与侍者和马夫交谈，他母亲十分得意，就连他的保护人都感到吃惊。

约斯先生难得参加他们三人下午的外出观光活动。他午饭后要睡个长长的午觉，或者在旅馆花园的亭子里晒太阳。莱茵河畔的花园多么迷人啊！明媚而恬静的景色多么漂亮。远处是巍峨的青山，山巅倒映在辽阔的水面上，哪一个见过这景色的人不会留下美好深刻的记忆？我只要放下笔，回忆起那片漂亮的莱茵河畔，心里就会荡漾起愉快的情感。到了夏日傍晚，一群群牛从丘陵上下来，一片哞哞声与它们脖子上挂的铃铛声交织成一曲晚歌，回荡在这座古老的城镇上；一个个城门、一座座尖塔、一棵棵栗子树，把长长的影子投在碧绿的草坪上；晚霞将头顶的天空和脚下的河面染成辉煌的绯红色，月亮已经升起，淡淡的面庞对望着一轮落日。太阳落在山顶的城堡后面，夜晚便突然降临了，河水的颜色变得越来越暗，平静地反射着河对岸村庄里的灯火，发出粼粼波光。

约斯常常把一方印花大手帕盖在脸上舒舒服服大睡一觉。加里亚尼当地报纸上每一条关于英国的新闻他全都仔细阅读，连一个字都不放过。但愿出国旅行的所有英国人都祝福这种剽窃英国新闻的报纸繁荣昌盛！不论他醒着还是睡着，他的朋友们并不十分想念他。不错，大家全都过得十分愉快。到了晚上，他们常常去听歌剧，德国小城里的歌剧院舒适安逸，贵族夫人们坐在剧院里边听边流泪，手中还不停地织长筒袜，对面与她们遥遥相对的是中产阶级。尊贵的公爵和他尊贵的家人总是占据正中间的豪华包厢，他们全都十分肥胖，面目慈祥随和。下面后排座位上坐满了态度文雅个子高挑的军人，他们个个留着干草色胡子，全天的军饷不过两便士。埃米在这里找到了极大的乐趣。她就是在这里第一次听到神奇的莫扎特作曲的音乐和塞马罗萨的歌唱。我们在前面提到过少校的音乐品位，以及他吹笛子的本领。不过，他在这里获得的最大乐趣，是听歌剧的同时观望埃米狂喜的表情。她听了这些仿佛来自天国的圣乐，仿佛被带进一个充满爱和美的世界。这位女士天性敏感而热情，听了莫扎特的音乐怎么会不为所动呢？《唐·璜》中柔情的片断唤醒了她心中的柔情和激动，晚上祷告时，她甚至扪心自问，看了《我将与爱人相会》和《战斗吧，战斗》，她小小的胸中感到喜悦是不是属于一种罪过？她就此向少校请教。少校不但是她修养方面的顾问，自己也是个虔诚的信徒。他说，不论是艺术上的还是大自然中的美都能让他产生感恩和快乐心情，在他看来，听高雅音乐、遥望夜空的星星、欣赏美好的自然风景或图画都是一种上苍的恩赐，应当像得到实在的益处一样感谢上苍。阿米莉亚住在布罗姆敦区的年月里曾经读过诸如《芬奇利荒地上的洗衣妇》之类的书，受过它们的影响，便对这种说法表示淡淡的异议。他便对她讲了个东方寓言，说猫头鹰认为阳光太强烈，让它无法忍受，又认为夜莺的歌声太难听。"一种鸟天生会歌唱，另一种却只会呜呜叫，"他笑道，"你的声音这么甜美，当然属于夜莺一类。"

我喜欢讲述她这一段生活，她当时过得欢乐而幸福，让我一想起来就觉得高兴。我们知道，她一辈子没有享受过几天好日子，根本没有多少机会培养她的情趣或启发她的智慧。许多女人的命运就是如此。每一位好太太好女士都把同属一类的女人当成冤家对头，照她们慈善的判断，胆怯当然就是愚蠢，温柔就是迟钝，如果遇到占统治地位的人强加意志于人，懦弱一方敢怒而不敢言，这时表现出的沉默最得不到女性的同情。我亲爱的读者，假如你我今晚与一群菜贩子聚会，我们的交谈内容恐怕不会趣味横生；反之，假如一个卖菜的来参加上流茶会，周围都是些谈吐文雅机敏的人，大家个个满口俏皮话，把对方挖苦得体无完肤，那位陌生人很可能不会表现得健谈，既不可能逗人，也不会产生兴趣。

我们必须记住，这位可怜的夫人迄今为止还没有遇到过一位君子。或许真正的谦谦君子也不像我们心目中的那么多。心地慷慨，真挚永恒，心灵境界与日俱增，毫无卑鄙念头因而非常质朴，对人不论贫富一样真诚正直，我们谁能在自己交往的圈子里指出许多这种人呢？我们可能都认识一百个身穿上等衣服的人，也可能认识二十位对人以礼相待的人，或许还认识一两个钻进时髦圈子核心的幸运者，可是，谁认识几个真正的君子呢？我们可以拿一张纸，列个表，把认识的君子写下来看看。

毫无疑问，我写的正是我们的少校。他的腿很长，面孔晒成黄褐色，说话有些结巴，刚结识他的人听他说话觉得有点滑稽。但是，他的思想正直，他的思维有条理，他的生活诚实，他的心地热情而谦恭。他长了一双大手和大脚，两个乔治·奥斯本都为此嘲笑他，甚至为他作漫画，他们的嘲笑和讥讽大概是可怜的小埃米低估了他真正价值的原因。我们刚开始不是也错看了我们的这位英雄，后来还拿不准对他的看法吗？埃米在这一段幸福的时光中，发现了少校的许多优点，她对他的看法也发生了深刻的变化。

对于他们两人来说，这的确是他们生活中最幸福的一段，只可惜他们并没有意识到。谁能意识到自己生活中哪一段最幸福呢？谁能说得准某一段时间自己享受的是登峰造极的幸福？无论如何，这一对感到相当满足，尽情享受这次夏季旅行，就像那年夏天离开英格兰去度假的人们一样尽兴。每逢出去看戏，乔治总陪在他们身边，不过，剧终时，总是少校为埃米围上披肩。每逢外出散步游览，年轻人就会跑在前面，不是爬在树上，就是登上塔尖，稳重的一对就待在下面，埃米为风景或古代废墟画写生，少校就沉着地吸着雪茄烟陪伴她。这本真实故事的作者就是在这次旅行中第一次见到他们的。

皮特·克劳利爵士在庞波尼克小公国做参赞成名已经是很久以前的事，当时奥斯特里兹战役还不曾发生，在德国的外交官们还没有因此改变态度。可我就是在这座舒适的小城邦第一次见到多宾上校和他的同行伴侣的。他们是在向导带领下，乘坐私家马车来到全城最著名的旅馆“俄布普林兹”旅馆，全车人在旅馆吃了顿豪宴。约斯的体面外表和堂皇风度引起所有人的注意，席间，他点了约翰尼斯堡葡萄酒，他呷酒——或者说是啜饮酒的模样显得十分在行。那孩子的食欲也非常旺盛，凡是上了桌的菜肴，他一概吃个干净，火腿、烤肉、土豆泥、莓子酱、凉菜、甜点心、烤鸡、甜肉等等，食量大得实在能给他的祖国增光。十五道菜吃光后，又吃完餐末甜食才算罢休。最后，还把一点儿没吃掉的甜食带出门。同桌的几位年轻先生对他的冷静态度和豪迈洒脱风度十分赞赏，劝他再带点杏仁饼干，他饭后去剧院时，一路就吃这种小饼干。在这种德国小城市里，人们相处和睦，大家都上剧院看戏。吃饭的时候，身着黑丧服的母亲望着儿子吃饭时的劲头和创造的业绩，看得涨红了面孔，乐得眉开眼笑。多宾已经升为上校了。我记得他一本正经地开孩子的玩笑，告诉孩子说，还有许多菜没上，要是特别喜欢哪道菜，不必委屈自己的肚子，完全可以叫双份。

那天晚上，庞波尼克皇家大剧院有位明星出演。正值美貌与天才巅峰期的施罗德·德沃连特夫人要在著名歌剧《菲德利奥》中演女主角。我们坐在正厅前排，刚好看得见我们在餐桌旁见过的四位朋友，那是“俄布普林兹”旅馆的老板为房客订的包厢。我们听见那位留八字胡的胖先生称呼那位女士奥斯本太太。我不能不注意到，奥斯本太太被演员的演出和音乐深深打动了。剧中囚犯的动人合唱和女歌唱家激昂的歌唱优美得动人心魄，那位英国夫人的面部表情又惊又喜，竟然让时髦场上的老手参赞小费普斯先生都着了迷。他把望远镜对着那位夫人说：“天哪，真想不到一个女人能激动成那种样子。”演到狱中一幕，菲德利奥冲向她丈夫喊道：“不，不，我的菲罗奥斯坦，”她竟然掏出手帕捂上面孔。剧场中每一位女士此刻都在抽鼻子，但是我只注意到她，或许因为我命中注定要写这位女士的故事。

第二天晚上，剧场上演的是贝多芬的《维多利亚之战》。玛尔布鲁克一开场就上台，表示法国军队正在迅速进军。后来出现了鼓声、号角声、大炮轰鸣声、兵士垂死的呻吟声。最后奏出嘹亮雄壮的英国国歌《上帝保佑国王》。

剧场里大概有二十名英国人，听到这支衷心热爱的曲子，立刻起身肃立，表示自己是爱国的英国人。其中有前排的年轻人，有为了让孩子们接受教育在庞波尼克买了所房子的约翰·布密尼斯特爵士夫妇，有留着胡子的那位胖先生，有身穿白帆布裤子的高个子上校和那位带着孩子的夫人。就连身穿制服的向导基思也笔直地站起来。代理公使泰普沃姆在包厢里站起来弓着身子，脸上挂着假笑，仿佛他就是整个大英帝国的代表。泰普沃姆是老蒂普托夫元帅的侄子，也是他的继承人。在本故事开始的时候，蒂普托夫还仅仅是个将军，在多宾服役的某联队任上校。今年他由于过分饱食混有鸟蛋的肉冻而光荣牺牲。国王便委任指挥部队转战许多战场的下级骑士迈克·奥多德上校任联队统帅。

泰普沃姆一定在上校的上司家，也就是元帅家见过多宾上校，当晚在剧场竟然还认得他。国王陛下的这位代理公使极为赏脸，竟然离开自己的包厢，在众目睽睽之下与久别重逢的朋友握手。

“瞧泰普沃姆那个老混账，”费普斯从前排望着他的上司，压低声音说，“不论哪儿有了漂亮女人，他总要窜过去。”我想，假如外交官不做这种事，要他们有什么用?

“我能荣幸地认识多宾太太吗？”这位代理公使堆出一脸谄笑。

乔治听了放声大笑，说：“我的上帝，真是太妙啦。”埃米和上校都红了脸。我们从前排看得清楚。

“这位夫人是乔治·奥斯本太太，”上校说，“勋爵阁下，请允许我向您介绍，这位是她的兄长塞德利先生，著名的孟加拉行政官。”

勋爵对约斯努出个极为迷人的笑容，约斯看了几乎瘫倒在地上。

"你们要在庞波尼克住吗？"他问道。"这是个乏味的地方。不过，我们真希望有些上流人士住在这里。我们会让你们在这里生活得十分愉快。先生……啊哼……太太……喔嚯。我希望明天有幸前往您下榻的旅馆拜访。"他走出去还回头瞅了一眼，自以为这样一来准能让奥斯本太太迷上他。

演出结束后，年轻人拥到门厅，望着上流社会的人们逐渐离去。老公爵夫人在两位忠心耿耿的老女佣伺候下乘坐了旧马车，响着铃铛先离去。她还有一名模样傲慢的矮个子侍从官，这位先生长着两条细腿，身着棕色上衣，绿色外套，上面挂满了勋章，最引人注目的是吊在黄丝带上面的庞波尼克的圣迈克勋章。鼓声响起，卫兵致敬，旧马车隆隆开走。

接着出发的是公爵和他家人，身后跟着堂皇的官员和侍从。他态度雍容地向大家鞠躬致意。卫兵敬礼，身穿红制服的侍从举着火把来回跑腿忙碌，最后马车终于开走了。他家住在施罗斯伯格山上古老的城堡中，上面还有塔楼和尖顶。在庞波尼克，大家彼此都相识。外国人只要在"俄布普林兹"旅馆住下，立刻就有外交事务官员或者其他大大小小的官员去探听他的姓名。

我们呢，则是在剧院外面望着他们。泰普沃姆刚刚走出来。只见他裹着斗篷，摆出唐·璜般的姿态，在不离左右的高大卫兵保护下离去。首相夫人刚刚挤进车轿，她迷人的女儿伊达刚刚扎上头巾，套上木靴，我们关心的那几位英国人就出来了，男孩子疲倦得直打哈欠；上校保护着奥斯本太太围在头上的披巾，免得它滑下去；塞德利先生歪戴着帽子，一只手插在白色背心里，看上去十分堂皇。我们见了同桌用餐的朋友，都脱帽致意，那位夫人朝我们微微一笑回了个屈膝礼，大家便感到受宠若惊。

马车在基思先生的指挥下，早已从旅馆赶来，等着接这批人。但是，那位胖先生说，他要步行回去，顺便在回家的路上抽上支雪茄。于是，剩下的三位朝我们微笑着点了点头，留下塞德利先生，乘车走了。基思为主人拿着雪茄烟盒跟在他身后。

我们一起步行，跟那位肥胖的先生一路交谈，谈论本地的种种好处。这里对英国人来说是个非常愉快的地方。常常可以结伴外出打猎，好客的宫廷还常常组织舞会和娱乐活动。社交场上的人们一般说来还算不错，上演的戏都是上乘佳作，生活费用又十分低廉。

“而且我们的公使看上去是个非常让人愉快的好人，”我们的新朋友说。“有这样一位代表，要是再有一位好医生，我看，这地方的确算得上个最适合居住的地方。晚安，先生们。”约斯说完这些话，就在基思手举火把跟随下，嘎吱嘎吱登上楼梯，进自己的卧室去了。我们都希望能劝那位漂亮夫人在这座城市多住些日子。

第六十三章
我们与一位老朋友重逢

泰普沃姆勋爵的举止如此礼貌，塞德利先生自然不能不感到极其愉快。第二天用早餐的时候，他便表示说，庞波尼克是此次旅行途中最令人愉快的小城市。约斯的动机和手腕并不难理解。这位印度文官谈论起泰普沃姆城堡，以及其他家族的事情，仿佛对什么都了如指掌，多宾听了禁不住掩面而笑，他知道约斯肯定一大早就起床，查阅过随身携带的《贵族名录》。约斯说，他以前准是见过巴格维希伯爵，也就是那位勋爵的父亲，他肯定是在……是在宫廷里见过他，难道多宾不记得了？等到那位外交官如约前来拜访时，约斯对他百般施礼表示尊敬，让这位从来没见过如此大礼的公使受宠若惊。这位阁下一到，约斯就朝基思使了个眼色，那位跟班立刻按照事先安排好的计划，叫人准备了一桌丰盛的酒席，有凉肉、果冻和其他许多美味佳肴。约斯坚持请他的贵宾赏光。

泰普沃姆只要有机会欣赏奥斯本太太明亮的眼睛，看到她在白天的光线下依然十分娇嫩的肤色，并不拒绝约斯的盛情邀请。他提了一两个乖巧的问题，了解印度和印度舞女的事情；向阿米莉亚了解她身旁那个漂亮孩子，还恭维她说，她在剧院露面引起全场轰动，让阿米莉亚听了吃惊不浅；他还跟多宾套近乎，谈起以前的战事；还讲述了现在的庞波尼克大公以前率领军队创建的业绩。

泰普沃姆勋爵继承了家族的风流传统，自信凡是自己看得上眼的女人，没有一个不爱上他的。他离开埃米回家的时候，确信她已经完全迷上他俏皮的口角和动人的相貌了。回家后便动手写了封措辞文雅的短信给她。她并没有让他迷住，相反，她见了他咧开嘴巴做作的谄笑，闻见他挥舞的手帕散发出香气，听见他脚上厚底皮靴踏出的声音，只觉得莫名其妙。他的恭维她连一半都听不懂。她与人交往的经验不多，还从来没有见过一位专门逢迎女子的男人。望着这位勋爵，她只觉得奇怪，却丝毫没有愉快。她感到的没有崇拜，只有奇怪。约斯与她正相反，他感到喜悦。“勋爵多么友好和蔼呀，”他说，“勋爵还说要把自己的大夫叫来，他真是太好心了！基思，你拿我们的名片送给德·施拉瑟巴克伯爵，就说少校和我希望有幸尽快进宫觐见大公。基思，把我的制服取出来，把我们俩的制服都准备好。每一位英国绅士不论到了什么国家都应该表现出这种礼貌，不但要见自己国家的代表，而且要面见当地君主。”

泰普沃姆的大夫是大公的御医，他来跟约斯交谈了没多长时间，就让他相信庞波尼克的矿泉水外加这位大夫的独特治疗，必然能使他身材苗条，恢复青春。“去年有位英国将军到这儿来住了三个月，”他说，“那人比你肥两倍，先生。我给他治疗了两个月，后来送他回国的时候，身材好得能跟格劳勃男爵夫人跳舞了。”

约斯于是打定了主意。当地有泉水，有这位大夫，有宫廷需要拜访，还有那位公使，这一切让他深信该留下来。他决定在这个令人愉快的地方住到秋天再走。公使说话算话，第二天就带着约斯和上校去觐见大公，在宫廷礼宾司官员引导下与维克多·奥勒留斯大公会见。

大公还邀请他们在宫中用膳。他们准备在本城久住的消息传出去后，全城最上流的女士立刻来拜访奥斯本太太。这些人虽然也不乏家道贫寒的，但是，大家的头衔全都不小，至少也是个男爵夫人。约斯心中的得意简直无法言表。他写信给俱乐部的丘特尼，说德国人非常赞赏英国在殖民地设立的行政机构，还说，他要把印度捕野猪的方法表演给施乐塞巴克伯爵看，他尊贵的朋友大公和大公夫人礼貌之至，将他奉为上宾。

埃米也进宫觐见了皇室成员。由于在某些日子不适宜穿丧服进宫，所以她穿了套粉红色的裙袍，胸前还佩戴了哥哥送她的钻石首饰。如此打扮起来显得极为漂亮，大公和宫廷上下都对她赞不绝口。上校自然也称赞不已。他以前很难得见到她身穿晚礼服的模样，这时便赌咒说，她看上去还不到二十五岁。

她穿着这衣服在宫廷舞会上陪多宾上校跳了一曲波罗涅兹舞。这种舞不难跳，约斯有幸陪施乐塞巴克伯爵夫人跳舞，这是一位驼背的老太太，不过在国内有十六家近亲，与德国半数皇族有亲戚关系。

庞波尼克公国位于一片辽阔的谷地，波光粼粼的庞波河贯穿公国全境，灌溉肥沃的土地，最后注入莱茵河。不过我手头没有地图，无法具体告诉大家两河在哪个位置汇合。在某些地方，庞波河水深得能载得起渡船，在另外一些地方，落差大得能驱动水磨。两代以前的大公是伟大而著名的维克多·奥利留斯十四世。他建造了一座豪华的大桥，桥头树立起自己的雕像，周围有水神和象征胜利、和平和繁荣的雕像。他的雕像脚踏在一个土耳其人的脖子上。据史书记载，他曾经在波兰国王索宾斯基解放维也纳战役中，与一个土耳其人搏斗，最后刺穿了对手的胸膛。脚下的伊斯兰教徒面露痛苦，可他面带微笑，满不在乎地用手中的剑指向奥利留斯广场。当时他正在那里建造一座新宫殿，假如他有足够的资金，那座宫殿准能成为当时的奇迹。可惜由于缺乏资金，那座被诚实的德国人称作蒙布莱塞的宫殿并没有完工。宫殿的园林和花园现在也显得黯然失色，无非是当今宫中所需面积的不足十倍而已。

花园模仿凡尔赛宫的风格，在露台和树丛之间仍然有几座大喷泉，喷泉里的雕像都是寓言中的人物，每逢假日喷泉齐放，磅礴的气势让人叹为观止。花园里有个特鲁弗尼奥山洞，洞中铅铸的人身鱼尾海神不但能喷水，而且手中的铅铸海螺还能发出可怕的呻吟声。另外，还有神女的浴池和尼亚加拉瀑布。每逢议会一年一度开会，或者这个小公国王公们的诞辰或结婚纪念日，人们就聚在这里，人们见了这番景致都赞不绝口。

公国方圆有将近十英里，除了庞波尼克城，还有西面与普鲁士接壤抗衡的鲍康城，和大公拥有狩猎场的格罗格维兹城，该城隔庞波河与波兹泰尔公国相望。每逢佳节，人们就从三座城市、所有小乡村、农场上磨坊旁拥到这里来。女人身穿红衬裙头戴天鹅绒帽，男人头戴三角帽嘴里叼着烟斗，赶到宫廷来参加各种娱乐庆祝活动。剧院免费开放，蒙布莱塞的喷泉也一齐喷发。幸亏有那么多人观看喷泉，要是独自观看，未免感到害怕。这时就有骑马走江湖献艺的人们来凑热闹。人们都知道，大公对一位骑马女艺人非常着迷。据信，她是个法国间谍，大家也都用法语叫她随军贩子。节日期间，允许人们随意出入宫中各房间参观。平民们在数不清的房间里欣赏光滑的地板、奢华的帏幔，以及每间屋子都有的痰盂。蒙布莱塞宫有一座楼阁，据说是个巧夺天工的奇迹，那是嗜好享乐的奥利留斯·维克多十五世建造的。墙壁上画着希腊神话中酒神和阿利亚娜的故事，餐桌用机械装置转进转出屋子，因此用餐时没有用人在场的不便。但是，这座楼阁被奥利留斯十五世的寡妇巴巴拉封闭起来了。巴巴拉是鲍康皇室的公主，态度严谨，信仰虔诚，丈夫耽于享乐而死后，未来的贤明君主尚未成年，她本人便做了大公的摄政君主。

庞波尼克的剧院在德国这一地方十分著名。当今的大公年轻时，执意要求上演自己亲自编写的歌剧，剧院名声一时受损。据说有一天，他出席排练，嫌节奏太慢，一时火起，将一支巴松管照准指挥头上砸去，竟然将那么大一件乐器都砸坏了。在那个时期，大公夫人索菲娅也写家庭喜剧，看上去想必非常乏味。好在大公现在仅仅在私人聚会上演奏自己的音乐作品，大公夫人展示自己作品的对象也局限于拜访宫廷的外国贵宾。

宫廷生活非常奢侈。假如开舞会，即使有四百位宾客在舞会前用餐，每四位客人身后就有一名身穿花边红制服的用人伺候。每位宾客都是用银质餐具就餐。宫廷里喜庆和宴宾流连不断。大公有自己的许多侍从和听差，大公夫人也有贴身的宫女负责她的衣饰，另外还有许多女官。奢侈程度与其他国家的国王和王后不相上下。

这个国家的政治时而开明时而独裁，议会有时组成，有时解散。我在庞波尼克的时候从来没听说议会开过会。内阁首相住在宫里三层楼上，外相住在储藏室上面一个舒适的房间里。军队里有一个常常登台献演的乐队。有时我坐在奥利留斯广场对面的咖啡馆吃早饭，观看他们排练，这些可敬的人们身穿土耳其服装，脸上涂着胭脂，手里握着木制弯刀，或者扮成罗马勇士，吹起古式铜号。足足观看一上午的排练后，晚上在剧场里看他们重复同样的把戏，着实让人觉得滑稽。军队除了这个乐队外，还有一大帮军官，我相信，另有少数几名士兵。经常在宫门外站岗的三四个士兵身穿骑兵制服，可我从来没见过他们骑在马背上，说实在的，在这么个和平时期，要骑兵又有什么用？再说，他们骑着马又能在哪儿奔跑呢？

人人都拜访邻居。所谓“人人”当然指的是贵族，至于中产阶级，我们是不屑一顾的。德·波斯特夫人一星期要请一次客，施耐巴夫人也回请一次。剧院每周上演两个晚上，好客的宫廷也每星期请客一次。这样，一个人在这里的生活就是不断地寻欢作乐，当然，是以庞波尼克方式，并不铺张。

谁也不能否认，这里也有钩心斗角。庞波尼克的政治气氛浓厚，党派斗争激烈。一个是斯特朗普派，另一个是莱德龙派，我们的特使支持前者，法国公使德·马卡鲍为后者撑腰。斯特朗普夫人唱得好极了，她的确是两位歌唱家中最优秀者，高音比她的对手莱德龙夫人足足高出三度。但是，只要我们的公使出面赞扬她，法国公使就肯定会立刻表示反对。

城里的人不是属于这一派，就是归顺那一党。莱德龙当然是个漂亮人儿，身材矮小，音色甜美，也就是说还说得过去。斯特朗普无疑已经不似年轻时那么美貌，而且身材有些太粗。举例来说，她在《索南巴德》最后一幕中，要身穿睡衣，手托一盏油灯，钻出窗户，穿过磨坊的楼板。她肥胖的身躯钻出窗户实在勉强，楼板也被她压得嘎吱嘎吱直叫。但是，她在歌剧结尾唱出的拖腔多么洪亮啊！她扑向埃尔维诺的怀抱多么富有激情，几乎把他闷死！然而，那位身材娇小的莱德龙呢——啊，这种闲话还是不说的好。事实上，这两个女人就是英国和法国在庞波尼克的两面战旗。上流社会也分裂成亲英和亲法两大派。

这个公国倾向我们这一方的有内务大臣、掌马官、大公的机要秘书和储君的教师官；支持法国方面的有外交大臣、为拿破仑效过力的总司令的夫人、还有礼宾大臣夫妇，因为他们乐于接受法国巴黎的时装，他们的服装和她的帽子总是通过德·马卡鲍的使差采购的。法国使馆的秘书是个小个子格利涅克人，这个年轻人邪恶得就像个魔鬼，他在本地所有宾客签名簿上都画上泰普沃姆的漫画像。

他们的总部在另外一个旅馆里，名字叫作巴黎旅馆。两方面的先生们在公开场合见了面虽然保持礼貌风度，但是谈吐中却彼此挖苦，口角锋利得赛过刀刃。这种情景就像我在丹佛郡见过的一场角斗，双方狠抽对方的小腿，可是谁都不让脸部肌肉表现出皮肉的痛苦。泰普沃姆和马卡鲍向各自政府递送的公文中，没有哪一篇不拼命攻击对方。举例来说，我们这方面有这样的词语："大不列颠在本地和整个德国的利益，受到这名法国公使的持续威胁。这个人毫无廉耻，为了达到自己的目的，不惜采用任何虚伪手段，就是犯罪也在所不辞。他毒化宫廷的思想，使他们反对英国公使，恶毒诬蔑大不列颠的行动，不幸的是，他受到一位大臣的支持，这位大臣无知而贫穷，虽然臭名昭著却具有很重要的影响力。”在他们那一方面的公文中可能这样写：“泰普沃姆公使继续以岛国人特有的蛮横、粗野、虚伪攻击世界上最伟大的国家。据说，他昨日谈起高贵的伯利公爵夫人，口吻极其轻蔑，以前也曾侮辱英勇的安古莱米公爵，甚至胆敢暗示说，奥尔良公爵觊觎百合花王位，正在私下密谋。他采取种种手段拉拢党羽，愚蠢的威胁不能奏效，便以金钱收买，因此此地宫廷不少人依附在他周围。不消灭这条毒蛇，庞波尼克不得太平，德国不能平静，法国受不到尊敬，欧洲无法恢复和睦。”等等等等。不论哪一方面发出这样的尖刻报告，消息肯定会走漏出来。

冬天开始没过多久，埃米也开始择日宴请宾客。作为女主人，她的态度娴雅大方，十分谦虚。她请了位法语教师，那人对她的发音纯正和学习积极性大为赞扬。先前，她为了教授乔治，自己苦心钻研过法语语法。斯特朗普太太还来教她唱歌，她唱得很好，音色纯真。上校住在她对面首相下面那层。每逢上歌唱课，他就打开窗户，倾听她歌唱。有些德国女士们的趣味敏感而质朴，都喜欢上她了，见了面以“你”相称。虽然这些不过是细微琐事，不过却是这个幸福时期的标志。上校当了乔治的教师，教他读恺撒写的拉丁文文章，教他学数学。他们还请了位德语教师。傍晚埃米乘车出去兜风的时候，他们就骑马跟在她的马车旁边。她从来胆战心惊，只要马稍有颠簸，她就会吓得发出一声惊叫。她外出的时候，身边总有一位德国好朋友陪伴，约斯就在马车后座打盹。

他对范尼·德·巴特布罗德小姐越来越有好感。那是个心肠温和的天真姑娘，不但是位虔诚的教徒，而且是伯爵的女儿。可是，范尼的年金还不到十英镑。她于是单方面表示说，假如能做阿米莉亚的嫂嫂，那真是天大的福气，还说，约斯可以在轿车上自家的族徽旁再增添伯爵的盾形纹徽。不料此时发生了一件事。公国为庞波尼克的储君和汉堡施利本施洛本的公主阿米莉亚新婚举行庆典。

德国的这个小公国举行的这场庆典非常奢华壮观。自从嗜好奢靡的维克多十四世以来，还没有见到过如此铺张的场面。邻近的所有王公贵族都受到邀请前来赴结婚喜宴。庞波尼克的旅馆床位价格涨到每晚半个克朗，军队不得不倾其所有兵员，保护来自各地的各位王公殿下和贵宾们。结婚典礼在公主父亲家举行，新郎储君本人没有出席，由施乐塞巴克伯爵代表。宫廷定制了大量嵌有珠宝的鼻烟壶，在结婚典礼上向人们广为馈赠。可是我们从宫廷珠宝商那里了解到，他们向宫廷出售的这些鼻烟壶，事后宾客们又都卖给他们了。婚礼上还向各位宫廷王公颁发庞波尼克的圣迈克勋章。我们的使馆得到很多施利本施洛本公国的圣凯瑟琳纺车勋章和绶带，法国公使却两样勋章都得到了。“那家伙满身挂满丝带的模样，活像匹拉车马比赛得了奖，”泰普沃姆说。他本人按照国家规定，不能佩戴国外的勋章。“让他满身挂满绶带吧，咱们倒看看获胜的是谁？”他这话的意思是说，这桩婚姻是英国外交的一大胜利。法国方面曾竭尽全力，试图让储君与波兹陶森德唐纳瓦特的公主结婚，我们方面当然反对那桩婚事。

婚礼庆典欢迎所有人参加。娶亲的路上扎起牌楼，挂上花环，迎接新娘。圣迈克大喷泉喷出的竟然是酸葡萄酒；大炮广场的喷泉喷出的是啤酒；宫中的大喷泉一齐喷发。在花园和园林中竖起许多高竿，上面用粉红丝带吊着表、银刀叉、大香肠等等，让乡下人随意爬上去得奖取乐。乔治也拿到一件。他一口气爬到竿顶，围观的人们见了都叫好。然后他像瀑布一样飞速滑了下来。他拿那件奖品只是为了出出风头，下来随手就把香肠送给了旁边一位农民。那个农夫刚才也试着爬上去，眼看就要拿到奖品了，却支持不住，只得下来，这时在高竿下面为失败伤心得呜呜哭泣。

法国公使馆比我们使馆多点了六盏彩灯，可是我们的彩灯上透明玻璃画远远超过了他们。上面画着一对年轻夫妇携手而行，挑拨离间的邪恶妖仙飞逃而去。那妖仙的面孔画得与法国公使特别相像。我毫不怀疑，泰普沃姆不久升了一级，还获得一枚十字勋章，一定是由于这次的功绩。

参加婚礼庆典的有成群成群的外国人，其中当然也有英国人。除了宫廷举行的舞会之外，市政厅和城堡里也举行了舞会。市政厅还开设了赌场，供人们打牌转轮盘赌博，赌场由德国埃姆或者是埃克斯－拉－查贝尔的一家大公司经营，当然仅仅在庆典的一星期中开放。军官和本城居民不准参加赌博，但是，陌生人、农民、夫人们只要愿意试试运气，都可以参加。

淘气鬼乔治·奥斯本口袋里总是装满了钱，亲人们又都进宫去参加盛典去了，就跟着舅舅的向导基思先生来到市政厅舞会。以前，他在德国巴登－巴登时仅仅从外面朝赌场瞟过一眼，当时多宾拉着他的手，当然不准他赌博。现在，他渴望参加这种娱乐活动，在一张张桌子周围观看。女人也参加赌博，有的还戴着面罩。在这种狂欢的时节，允许有这种自由。

一个浅黄色头发的女人坐在赌台前，她袒露着肩膀和胳膊，身上穿了件不干净的裙袍，脸上戴一个黑色面具，眼睛从两个小孔里闪烁出古怪的光芒，手里拿着一张卡片和一个锥子，面前摆着两枚金币。庄家叫出赢家的颜色和数字后，她就在卡片上仔细扎个眼，扎得很有规律。等待红色与黑色出现几次后，她这才押赌。她的模样真奇怪。

尽管她满有信心，结果还是猜错了，随着庄家用冷酷的声音报出赢家的颜色和数字，她的最后两枚金币一个个被刮走了。她叹了口气，耸了耸本来就暴露在衣服外面的肩膀，把锥子狠狠扎向卡片钉在桌子上，坐在那里敲打锥子。后来，她朝周围望了一眼，看见乔治诚实的面孔，只见他眼睛直瞪瞪望着赌台观看。这个小捣蛋，跑这儿来做什么？

她见了那孩子，亮闪闪的眼睛透过面具，瞪着他的面孔，用法语说：“先生，你没赌过？”

“没有，夫人，”虽然孩子说的是法语，可是她一定从他的口音里分辨出他是哪国人。她用稍稍带点外国口音的英语说：“从来没赌过。那么，你愿意帮我个忙吗？”

“什么忙？”乔治的脸再次涨红了。这时，基思先生正盯着轮盘上的红黑颜色，顾不得照料小少爷。

“请替我押上这个赌注，随便放在哪个数字上都行，任何数字。”她从胸口取出一个钱包，掏出仅剩的一枚金币，放在乔治手里。孩子笑着照办了。果然这个数字赢了。人们说，头一回赌的人有手气。

“谢谢你，”她把钱拢过来说，“谢谢你。你叫什么名字？”

“我姓奥斯本，”乔治说着把手伸进口袋掏钱。就在他打算一试身手的时候，身穿军装的上校和打扮得像个公爵模样的约斯来了。其他人觉得宫廷舞会十分乏味，宁愿在市政厅取取乐，所以早早就离开了。上校和约斯很可能是回到家发现孩子不在，这才找来的。上校立刻冲到他身边，抓住他的肩膀，马上把他从那个诱惑人的地方拉开了。他又朝周围望了一圈，见基思正在赌钱，走过去质问他怎么胆敢把乔治先生带到这么个地方来。

“别烦我，”基思先生喝了酒，正玩得高兴，“人总得寻点开心，该死，我又不是你雇的。”

上校见他这副模样，并不想跟他争吵。拉着乔治就走，问约斯是不是一道回去。他正站在戴面具的女人身旁，只见她现在运气不错，他也看得饶有兴致。

“约斯，最好跟我们一道走吧，”上校说，“跟我和乔治一起回去。”

“我要等一等，然后跟那个该死的基思一起走，”约斯说。多宾出于同样理由，认为应该在孩子面前保持风度，就不再规劝约斯，离开他，带着乔治回家。

“你赌了吗？”他们出门走上回家的路，上校问道。

孩子说：“没有。”

“你要像个绅士一样向我保证，永远不赌博。”

“为什么？”孩子问道，“看上去有趣极了。”上校便用讲演般的口吻，一字一顿告诉他为什么不能赌博。他很想用乔治父亲的实例说服他，可他不愿玷污已故朋友的名声。把孩子送回家后，他也上了床，然后一直看着孩子的屋子熄了灯，孩子的屋子在阿米莉亚隔壁。她的屋子半个小时后也熄了灯。我不明白上校怎么知道得那么精确。

不过，约斯依然在赌台旁边逗留。他不是个赌徒，不过偶尔来点儿刺激，他也并不反对。他身上带花边的宫廷背心口袋里有几枚拿破仑金币叮当作响。他伸手越过前面那位漂亮女人的肩膀，把钱押在同一个数字上，两人都赢了。她稍稍挪动一下身子，给他腾出个空，把裙子从椅子上拉过去。

“来吧，借你点好运气，”她仍然用带点外国口音的英语说。刚才乔治替她赢了钱，她说“谢谢”的时候，英语说的字正腔圆，十分地道。胖先生朝周围望了一圈，看是不是有什么贵族人物注意他，然后坐下来喃喃地说：“啊，可不是吗，愿上帝保佑我的灵魂。我是个非常幸运的人，肯定能让你发财，”接着又说了些类似的恭维话。

“你想大玩吗？”那个戴面具操外国口音的人问。

“我一次押一两个拿破仑，”约斯神气活现地说着，丢下一个金币。

“可不是吗，晚饭后打个盹①呗，”戴面具的女人戏谑道。约斯听了觉得害怕。她带着好听的法国口音说：“你来玩不是为赢钱。我也不是。我是想借赌消愁，忘记过去，可是总也忘不掉。先生，我实

① 打个盹：原文是 nap，与拿破仑金币的俗称 nap 是同一个词。那女人说了个双关俏皮话。——译注

在忘不掉过去的事。你外甥长得真像他爸爸。可你……你一点儿也没变。不过，是啊，你变了。人人都会改变。人人都健忘，人人都没心肝。”

“老天哪，你到底是谁？”约斯慌了。

“你猜不出，约瑟夫·塞德利？”那小女人用悲哀的声调问道。说着把面具摘下去，望着他。“你不记得我了。”

“上帝呀！克劳利太太！”约斯气喘吁吁地说。

“丽贝卡，”她把手搭在他手上说。不过她没有停下赌博，可她的眼睛一直望着他。

“我住‘大象’旅店，”她接着说。“问罗顿太太，人们就会告诉你我的房间。今天我看见我们亲爱的阿米莉亚了。她看上去多美呀，多么幸福！你也一样！大家都幸福，只有我是个例外，我真是悲惨死了，约瑟夫·塞德利。”她把钱从红色挪到黑色上，仿佛是不经意的动作，一面掏出张带花边的破旧手帕擦眼睛。

结果还是红色赢，她把那堆赌注输了个精光。“走吧，”她说。“陪我一会儿。我们是老朋友了，不是吗，亲爱的塞德利先生？”

这时，基思先生也输光了自己的钱，跟着主人走进月光里。四下的彩灯摇曳着，渐渐熄灭，我们使馆外面的灯也几乎看不见了。

第六十四章
漂泊

我们不得不将丽贝卡·克劳利太太生平故事中的那一部分轻描淡写一笔带过，这样可以适应世人的要求。有道德的上流社会对邪恶倒也没有特殊反感，但是听到它的名称就难免打心底产生厌恶。在名利场上，有许多事情大家都参与，大家都知道得清清楚楚，不过大家都不说破。就像阿里曼人心里崇拜的是魔鬼，可是口头上却从来不提魔鬼的名字。有教养的人们读到邪恶的描写就觉得无法忍受，正如在英国和美国，高尚的女士们从来不准人们当着她们的面说“裤子”这个字眼。然而，女士们天天看得见邪恶之事，也没有哪天不看见裤子，却并不感到吃惊。假如一看见它们就脸红，不知道脸最后要变成什么颜色呢？只有在它们讨厌的名称被人提起时，文雅的人们才需要表示吃惊和愤怒。本书作者在讲述故事的过程中，自始至终顺从这种流行时尚，只是以轻松随意和令人愉快的笔调来描写邪恶，免得冒犯任何人高雅的感情。尽管我们的贝基有些不无邪恶之处，但是谁也不能说，我们把她介绍给大家的时候，她的态度不文雅得体。我要问问所有读者，我在描写这个歌声迷人、满脸微笑、花言巧语的水妖时，难道曾经忘记过上流社会的规则，难道曾让这个魔鬼的尾巴露在水面上？我要自豪地说：没有！要是愿意，人们可以钻到水下，在相当清澈的水中看到那丑陋可恶的尾巴藏在下面，在吓人的尸骨遗骸之间扭动拍打。但是，在水面之上，我倒要问问，难道一切不是得体规矩令人愉快的吗？就连名利场上最吹毛求疵的假道学家不是也挑不出毛病吗？水妖钻进水里，把水搅混，在尸骨之间游动时，就是再费眼神也看不清下面的情形。等到她们浮上水面，坐在石头上弹起竖琴，或者边梳头边歌唱，叫人过去为她举着镜子，她们就会显得十分漂亮迷人了。但是，这些美人鱼一旦潜进自己的王国，相信我的话吧，她们准不干好事。我们最好别看这些水怪们如何残害吞噬水中可怜的牺牲品。贝基不在我们面前时，准干了不少恶劣勾当，那种事我们说得越少越好。

柯曾街那场灾难发生后，假如我们把她两年来的行为讲述出来，大家准有理由认为，这本书有些不成体统。我们中间不顾一切追逐虚荣享乐的人们，行为常常不成体统；没有信仰，没有爱心，没有性格的女人还会干出什么好事？照我想象，贝基太太生活中有那么一段时期，虽然不是感到悔恨，心里却非常绝望，所以对自己的身子完全不懂得爱惜，自然也就不顾忌自己的名声了。

她并不是一下子堕落到底的。那场灾难之后，她也一再竭力挣扎，就像个落水的人抓住根圆木不放，想要保持在水面上，最后发现挣扎纯属徒劳，一切希望均已消失，干脆撒手沉了下去。

当初，她待在伦敦，丈夫准备离开英国去赴任。据信，她做过不止一次尝试，想要见到丈夫的哥哥皮特·克劳利爵士。他本来已经倾向于同情她，她便打算设法说服他。皮特爵士与温海姆先生一同走向议院时，她戴着黑面纱躲在立法机构外面。温海姆先生盯着她仔细看了一阵，她的眼睛与他相对后，她连忙悄然逃走，从此便再也没有打男爵的主意。

可能简夫人起过干涉作用。我听说她跟丈夫吵了一架，她态度非常强硬，说什么也不容贝基太太。她丈夫为她的劲头感到大为吃惊。罗顿赴考文垂岛上任之前，是她把罗顿请到冈特大街家里来住。她知道，有他在家里做保镖，贝基太太不敢擅自闯进家来。她还仔细检查寄到家里来的信件，生怕她那个弟媳妇与皮特爵士有信件来往。丽贝卡并不是没有想到可以用通信方式与皮特爵士联系，不过，她并没有打算到府上去拜访他，也没有想过往他家里写信。她写过一两封信后，皮特表示说，他们夫妇间的事最好通过律师来传达，她也只得顺从。

其实，别人的意见也影响了皮特。斯泰恩勋爵的事件发生后不久，温海姆先生就来找男爵，向他揭示了贝基太太的身世，女王的克劳利宅子的人们听了都感到极为吃惊。她的一切他都了解，他知道她父亲是谁，她母亲哪年在歌舞厅当过舞女，她早年的经历如何，她结婚后的行为等等。我毫不怀疑，他的故事很大一部分是虚假的，是与她有利害关系的人恶意编造的谎言，因此我们也就不在这里重复了。不过贝基在这位乡绅心目中的地位一落千丈，以前曾经比较偏袒她的亲戚现在再也不相信她了。

考文垂岛总督的收入并不多。这位大人将其中一部分留出来偿还债务。处在那么高的地位上，许多花费是免不了的，算下来，他只能一年给妻子省下三百来镑。他支付这笔年金的条件是，她绝对不能缠他。要不然把事情闹出去，就会传得沸沸扬扬，分居、离婚当然就免不了。不过，温海姆先生、斯泰恩勋爵、罗顿——每一个人都想把她赶到国外去，大家都想把这事平息下来。

为了安排这类事情，她跟丈夫的律师大概忙得不可开交，竟然忘记该怎么处置儿子了。也从来没想到要去看看小罗顿。孩子完全交由伯伯和伯母照顾，他们之间的感情本来就很好。他妈妈离开英国后，从波罗涅十分工整地给他写了封信。信上要求他好好读书，说自己要到欧洲大陆旅行一趟，途中还要给他写信。可是她此后一年再也没给他写过。皮特爵士的独生儿子从来就病怏怏的，后来得了百日咳外加上出麻疹，最后病死了。罗顿于是成了女王的克劳利宅子的合法继承人，简夫人也更加疼爱他了，她慈悲的心里早已把他当成了自己的亲儿子。他妈妈这才又给他写了一封信。罗顿·克劳利已经长成个大小伙子了，收到那封信，他涨红了脸说：“啊，简伯母，你就是我的母亲！那……那个人不是我妈。”话虽这么说，他还是给丽贝卡太太写了封充满敬意的信。她当时住在佛罗伦萨一所寄宿公寓里——这些都是后话了。

我们亲爱的贝基刚离开祖国后并没有走很远。她先是住在法国海岸边的波罗涅，当地有许多无辜的英国难民，都是被驱逐出国的人。她定了一套有两个房间的旅馆套房，雇了个女佣，像是个新近守寡的上流女人。她在旅馆里吃客饭，人们都觉得她是个令人愉快的人，她给大家讲许多故事，有大伯子皮特爵士的往事、有她在伦敦认识的许多名人的逸事，讲得津津有味，出神入化，让那些没见过什么世面的人大开眼界。许多人于是认为她是个重要人物。她在自己房间里举办小小的茶点招待会，也参加当地种种单纯的娱乐活动——海水浴、乘马车兜风、散步、看戏等等。一个印刷商的妻子伯热瓦赛太太也随着全家在旅馆里度夏，她说贝基十分让人喜爱。她丈夫星期六和星期日也来这旅馆住，结果对她过分殷勤关注，她这才改变了态度。不过，他们之间什么也没发生，只是贝基从来十分热情随和，脾气好得很，对男人尤其如此。

伦敦社交季节一过，许多人就要出国旅行，因此，贝基有许多机会从朋友对她的态度中了解上流社会对她的看法。一天，贝基正在波罗涅码头上平静地散步，隔着深蓝色的海水，望着对面英格兰海岸上的岩石在阳光下闪闪发亮。突然，她与帕特莱特夫人和她的女儿们相遇了。只见那帕特莱特夫人急忙伸出阳伞，把自己的女儿们拢在一起，立刻扭头离开码头，还朝可怜的小贝基投来恶狠狠的一眼。贝基呆呆地站在那儿不知所措。

另外一天，一艘班轮从英国开来。那天风浪不小，贝基从来喜欢望着下船乘客的狼狈相取乐。斯灵斯顿夫人碰巧乘了这艘船。夫人一路晕船，靠岸后疲惫不堪几乎走不下船桥了。但是，她一眼望见贝基戴着粉红帽子满脸微笑地站在那里，立刻恢复了体力，轻蔑地瞪了她一眼，不用人搀扶就噔噔噔冲向海关检查门。换了其他女人，绝对受不了那样的瞪视，但是贝基仅仅笑了笑。照我看，她也不喜欢那种眼神。她感到孤单，太孤单了。她再也登不上远处闪闪发亮的英国海岸了。

男人们对她的态度也发生了我无法理解的变化。格林斯顿冲着她的脸龇牙咧嘴地笑了笑，亲昵得让人感到不快。鲍勃·萨克林三个月前见了她就脱帽致敬，为了把她的马车招呼到冈特公馆门前来接她，就是淋雨跑上一英里路也在所不辞。一天，贝基在码头上散步，见他正在跟希豪勋爵的儿子禁卫兵菲佐夫交谈，见了她不再脱帽，只是扭过脸来朝她点了点头，然后接着与希豪的那位继承人交谈。汤姆·莱克斯嘴里叼着雪茄烟，想闯进她的旅馆房间，她连忙把门闭上，要不是他的手指头夹在门里，她一定要把门锁住。她开始感到，自己的确是孤零零无依无靠。“要是他在这儿，”她说，“这些胆小鬼绝对不敢欺负我。”她一想到“他”，心里就升起一阵悲哀，或许还有想念，想念他的诚实、愚鲁、一成不变的顺从、他的体贴和忠诚、他的温顺脾气、他的豪侠和勇气。她很可能哭过，因为她下楼吃饭的时候，显得比平常更加欢乐，脸上也多擦了点胭脂。

现在，擦胭脂成了她的日常习惯。另外，除了在旅馆吃饭时要喝酒外，她的女佣还从外面为她买柯纳克白兰地酒。

不过，男人们的侮辱大概还不如某些女人的同情更让她不好忍受。克拉肯伯利太太和华盛顿·怀特太太去瑞士的途中经过波罗涅，与她们同行的有霍纳上校、年轻的鲍莫瓦先生，当然还有老克拉肯伯利和怀特太太的小女儿。她们并不躲避她，相反，她们又是咯咯笑个不停，又是喋喋不休地扯闲话，不断地安慰她，那副降贵施恩的模样简直要把她气疯了。她们离开的时候，搂着她亲吻假笑不已，她心中愤然想道：我竟然要受她们施恩保护！她听到鲍莫瓦上楼的时候发出的响亮笑声，对其中的意思知道得清清楚楚。

虽然贝基住旅馆每星期按时付账，而且与每个人都和睦相处，见了旅馆老板娘就微笑，用“先生”称呼用人们，对女佣态度十分客气，常常赔个不是，贝基知道，这种说法比花钱更有效果。她花钱向来比较吝啬。但是，在那两位太太的拜访之后，她收到老板的通知，要她搬出去。有人告诉老板说，她这样的人住在旅馆里十分不合适，因为英国上等女人绝对不会与她同桌共餐的。她于是不得不搬进一个寄宿公寓，那里的孤寂让她觉得实在难以忍受。

尽管受了这些挫折，可她仍然不屈不挠地坚持着，试图保持一种好名声，消除各种闲话的影响。她定期去教堂，唱圣歌的声音洪亮得把任何人都压了下去。她为海难渔民的寡妇们服务，为非洲传教团贡献作画，她向教会捐款，而且再也不参加舞会。总而言之，她的一切行为都令人敬佩。所以我们才比较热心讲述她这一段生活中的经历。后来的生活不那么愉快，我们也就不想多说。人们见了她就躲避，可她却竭力对人家微笑，人们绝对想象不出，她心里忍受着怎样的屈辱和痛苦。

她过去的经历总归是个谜。人们对她的看法也不尽相同。有些人嗜好寻根究底，不惜花费辛苦了解她的经历，然后一口咬定说她是个有罪的人。另外一些人赌咒发誓，认为她清白无辜，错误全在她丈夫一边。她一说到自己的儿子就放声大哭，一提起儿子的名字或者见到与儿子长相类似的孩子，就伤心得痛不欲生，因此赢得了许多人的同情。她就是这样赢得了奥尔德尼太太的心。这位太太在波罗涅的英国侨民中威信很高，如同这里的女王一样，她宴请宾客和开舞会的次数比其他侨民都多。有一次，奥尔德尼少爷从斯威士退尔博士的学校放假回来看望妈妈，贝基见了就痛哭不止。“他和我的小罗顿年龄相当，长得实在太相像了，”贝基痛苦地抽泣着说，其实，他们年纪相差五岁，长相根本没有相同之处，如同读者与本书作者不可能相像一样。后来，温海姆出国去基辛根找斯泰恩勋爵，就这个问题向奥尔德尼太太做了解释，告诉她说他比罗顿的妈妈更了解那孩子，因为那个母亲不但从来不去看望儿子，而且有个讨厌孩子的恶名声。还说他已经十三岁了，小奥尔德尼才九岁，这孩子肤色洁白，那个小宝贝却有黝黑的皮肤，等等。总而言之，夫人对自己过分慷慨后悔不已。

不论贝基怎么下功夫卖力气结交几个朋友，总有某个人来残酷地揭露她，结果，她就不得不从头开始。这对她实在非常艰难，她觉得孤独而灰心丧气。

有一位纽布赖特太太被她在教堂甜美的歌喉所吸引，又赞赏她对宗教问题的恰当见解。贝基太太以前在女王的克劳利宅子就受到不少这类宗教教诲，得到的传教小册子全都读过。她不但给非洲人做裙子，给西印度群岛的居民制作睡帽，而且还为教皇与犹太人和解做了手工画屏。她每星期三听罗尔斯先生讲道，星期四听哈格顿先生的训诫辞，每星期日要去教堂两回，晚上还要听达拜特教会的鲍勒先生讲道。但是，这一切功夫终归枉然。好心的纽布赖特太太参加了向斐济群岛捐献暖被盆[①]的组织，偶然给索斯当伯爵夫人写了封募捐信，信中提到她"甜蜜"的朋友罗顿·克劳利太太。伯爵夫人在回信中对贝基的过去又是使用特殊词语暗示，又是摆事实揭露，恐怕还免不了造谣中伤，结果，纽布赖特太太与克劳利太太的亲密友谊便就此告终了。这桩不幸的事情发生在图尔，当地笃信宗教的圈子里，人们便立刻不再与这个邪恶堕落的人来往。凡是熟悉海外殖民地的人都知道，我们不论在哪里定居，都会带去我们的傲慢、

① 暖被盆：英国人用的一种铜制长柄容器，内装点燃的木炭在铺好的被子中来回拉动，可避免冬天钻进被窝时的寒冷不适。然而，南太平洋上的斐济气候温暖，根本用不着这种东西。属于作者的戏谑。——译注

偏见、丸药、哈维酱油、卡宴胡椒和其他必不可少的居家必备物品。在当地营造一个小小的英国生活圈子。

贝基心怀不安，从一个殖民地逃向另一个。从波罗涅逃到迪耶普，从迪耶普逃往卡昂，又从卡昂逃向图尔。在每一地都绞尽脑汁设法做个受人尊敬的规矩女人。可悲啊！到头来总能让人发现，然后被可恶的乌鸦们咬出来，不得不逃出笼子。

在其中一处，她受到一位胡克·伊格尔斯太太的喜爱，那是一个品格无可挑剔的夫人，家住波特曼广场。当时贝基逃到迪耶普，住进一家旅馆时，她当时正住在那里。两人第一次见面是在海水中游泳的时候，后来在旅馆吃饭时再次相遇。伊格尔斯听说过一点儿关于斯泰恩的绯闻，这种丑闻谁会听不见呢？她与贝基交谈过一次后，便认定克劳利太太是个天使；她丈夫是个混蛋；至于斯泰恩勋爵，大家全都知道，他是个毫无道德准则的可怜虫；陷害克劳利太太的事件完全是温海姆那个恶棍一手策划的。“假如你是个有骨气的男人，伊格尔斯先生，下次在俱乐部见了那个混蛋，就该抽他耳光，”她对丈夫说道。但是，伊格尔斯只是个脾气平和的老绅士，只能顺从地做伊格尔斯太太的丈夫，他感兴趣的仅仅是地质学。再说，他个子太矮，伸出手也够不着任何人的脸。

伊格尔斯夫人便成了罗顿太太的保护人，她请她到巴黎住在自己家，还跟英国驻法国大使的夫人吵了一架，因为她不肯接待她的贝基。她尽了一个女人的最大努力，提携贝基走上贞节清白的道路。

起初，贝基的生活过得非常规矩，井然有序，但是，没过多久，这种单调的操守日子就让她烦了。每天是同样的起居习惯，同样乏味的舒适，同样在波罗涅大街上愚蠢的兜风，每天晚上都与同样的客人交往，到了星期日晚上，又是同样的布莱尔讲道，这一切就像同一出歌剧没完没了地演了一遍又一遍。贝基觉得都要烦死了。幸运的是，年轻的伊格尔斯先生从剑桥回家来度假。母亲见她把儿子迷住了，直截了当向她发了警告。

后来，她设法与一位女伴同住一所房子，可惜两人不久便开始争吵，而且她还欠了债。然后她决定住在供应伙食的寄宿公寓里，就在巴黎皇家大街上由德·圣·阿莫尔夫人开办的一所有名的房子里住了一段时间。常常光顾房东太太客厅的，有些衣衫褴褛的花花公子和品格不良的美女，她于是开始向这些人施展自己的魅力。贝基热爱与人交往，少了社交活动，就像一个鸦片烟鬼丢了烟枪一样活不下去。她住在这个寄宿公寓期间，算得上她生活中比较幸福的一段。“这里的女人们跟五月集的人们一样有趣，”她这么对一个偶然相遇的伦敦老朋友说，“只是她们的衣裙不像她们的那么新而已。这儿的男人戴的都是洗过的旧手套，当然都是些讨厌的流氓，可是并不比这个汤姆那个杰克坏多少。房东太太有点粗鄙，不过，照我看，她要是比起某一位夫人来，还算好多了。”她说了个上流夫人的名字，可是我宁愿死也不想揭露她的姓名。说实话，到了晚上，看到德·圣·阿莫尔夫人的屋子里个个亮起灯火，男人们戴着勋章挂着绶带，围在桌子旁打牌，女人们站在稍远些的地方，人们见了这番景象，难免认为这是个上流聚会场所，说不定会认为房东太太是个伯爵夫人。许多人都产生过这样的错觉。贝基就是这里一位出尽风头的女人。

很可能是1815年的一个老债主发现了她，迫使她离开了巴黎，因为这位可怜的小女人走得十分突然。后来她便去了布鲁塞尔。

这座城市她记得多么清楚啊！她从街道上望着自己曾经住过的屋子，想起巴里亚克斯家的马车停在旅馆门外，闹哄哄地想跟她买马逃命的场面，不禁惬意地笑了。她去了滑铁卢和利肯，见了乔治·奥斯本的墓碑，她很受触动。她为那墓碑画了张写生。“那个可怜的爱神！”她说。“他当时多爱我啊，真是个大傻瓜！不知道小埃米是不是还活着。真是个好心肠的小人儿。还有她那个胖子哥哥，我的画集里还有他滑稽的胖脸画像呢。他们倒是些好心人。”

贝基到布鲁塞尔来之前，德·圣·阿莫尔太太向她推荐了自己的好朋友勃罗蒂诺伯爵夫人。她是个寡妇，丈夫德·勃罗蒂诺伯爵生前是拿破仑手下一员著名的大将。英雄战死后，她生计没有着落，就靠开旅馆办餐厅开牌桌维生。这里的常客是些二流的花花公子和经常与人争讼的寡妇们，他们不是把钱输在德·勃罗蒂诺太太的桌子上，就是在这里填饱肚子。殷勤的年轻人在旅馆吃饭时请大家喝香槟，陪女人出外骑马兜风，租了马匹去乡下野游，凑钱使用包厢看戏听歌剧，越过夫人们漂亮的肩膀押赌。头脑简单的英国人到了这里，以为就是见到了“大陆上的社交活动”，于是便写信给英国德文郡的父母，述说自己在国外过得多么快活。

贝基在这里也像在巴黎寄宿公寓里一样出风头，像女王一般统治着公寓。她从不拒绝人家敬她的香槟、送她的花束、带她乘车兜风，或者请她在包厢看戏。不过，她最喜欢的还是晚上打牌赌钱。她押的赌注数目很可观。起初她仅仅押很小的赌注，渐渐增加到五个法郎一注，后来变成一个拿破仑金币，最后便开借据。接着，她就无力支付每月一付的旅馆食宿费，见了德·勃罗蒂诺夫人只好甜言蜜语。然后她开始向年轻先生们借贷，得了钱便态度强硬地欺负勃罗蒂诺夫人。手头拮据时，她只能以十个苏一注小赌；一个季度的生活费到手后，归还了德·勃罗蒂诺夫人的食宿费，她又用剩余的钱跟德·罗西诺尔先生或德·拉夫爵士在牌桌上交锋。

不幸的是，贝基离开布鲁塞尔的时候，欠了德·勃罗蒂诺夫人三个月的食宿费没有偿还。后来，只要旅馆里来了英国客人，德·勃罗蒂诺夫人就会对他们数落罗顿太太的恶行，说她怎么赌钱，怎么喝酒，怎么跪倒在英国教会的摩夫牧师脚下向他借钱，怎么向迈勒·努道尔卖俏送秋波，甜言蜜语把他勾引到自己屋子里，在牌桌上赢了人家大笔的钱。那可是努道尔爵士的儿子，还是摩夫牧师的学生呢。凡此种种，以及不下一百桩其他勾当，勃罗蒂诺太太每逢见了英国人就述说。她说罗顿太太比毒蛇还可恶。

我们的小流浪者就这样在欧洲许多城市四海为家，就像希腊的俄狄浦斯和英国的班菲尔德·莫尔·卡鲁[①]一样行踪不定。她对下流生活越来越能迁就，没过多长时间，她就成了个彻头彻尾放荡不羁的人，与她为伍的人让人见了头发能吓得倒竖起来。

在欧洲，没有哪座城市缺少一小帮英国流氓。每隔一段时间，郡法庭的汉普警长就会公布一次他们的名字。这些年轻人往往出身非常上流人家，只是家里不再认他们而已。他们常常光顾台球房、酒馆、跑马场和赌场，欠了债还不起就被关进负债人拘留所。他们酗酒、吹牛、吵嘴、打架，欠了账还不起就逃之夭夭，常常与法国和德国军官玩命决斗，在牌桌上捣鬼欺骗斯普尼先生这类人，一旦钱到了手，就乘坐豪华马车去德国巴登，输了钱就加倍下注，总要把本钱赢回来，衣袋空空时就鬼鬼祟祟凑在牌桌旁，露出一副穷酸绅士落魄公子相，直到用假币蒙骗过犹太人庄家，或者再骗上一个斯普尼先生，他们才会重新得意起来。这些人时而飞上暴富的顶巅，时而落进赤贫的谷底，让人看了惊讶不已。他们的生活肯定充满了极大的刺激。老实说，贝基过的不正是这种生活吗？而且她过得十分自在。她随着这帮放荡不羁的人从一座城市漂泊到另一座城市。在德国，每个赌场都知道罗顿太太的手气好。在佛罗伦萨，她与德·克拉彻卡西太太同住一所房子。据说她是被驱逐出慕尼黑的。我的朋友弗雷德里克·皮金先生断言说，他在她住的房子里吃饭时，准是有人给他下了药，结果他输给罗德少校和德西斯先生八百镑。大家知道，对于贝基的遭遇，我们应该有所交代才对。可是，关于她这一段生活，还是说得越少越好。

他们说，克劳利太太运气特别不好的时候，就到处卖唱或者教

① 班菲尔德·莫尔·卡鲁(1693-1770)：被称作“英国的吉卜赛王”的著名流浪汉。——原书编者注

人唱歌。在威尔巴德地方的确有一位名叫德·罗顿的夫人卖过唱，伴奏的是瓦拉契亚乐队最好的钢琴师斯波夫先生。我的小朋友伊夫斯先生到处旅行，什么人都认识，他成天挂在嘴上说自己1830年曾经在斯特拉斯堡呆过，当时有一位丽贝卡夫人在《布兰奇太太》一剧中上场饰演过角色，结果惹起观众愤怒，把她嘘下场。一方面是她自己演技不行，但主要是普通座位上一帮禁卫兵给她叫好，这反而坏了她的事。伊夫斯言之凿凿地说，那个不幸下场的人正是罗顿·克劳利太太。

她事实上成了个流浪者。一有了钱就赌博，输光了钱就凑合着维生，谁知道她到底怎么对付过来的。据说有人还在圣彼得堡见到过她，但是很快就被当地警察驱逐出境了。有报告说，她是个俄国派到特普利兹和维也纳的间谍，这种说法显然没什么真实性。有人甚至告诉我说，她在巴黎的时候，找到了自己娘家的亲戚，那人不是别人，正是她的外婆。那老太婆根本不是什么蒙特莫伦西家族的贵妇人，而是在波罗涅大街一家戏院里管包厢的。她们两人会面的事情，有人在别的地方也提起过，看来有不少人都知道，想来一定十分感人。不过本故事无法详细叙述其详情。

德·罗顿太太在罗马的时候，一次她半年的生活费刚刚汇进当地一家主要银行。波罗尼亚亲王和王妃是个大商人，他们冬季举办大型聚会请客的标准是在银行有五百斯库第以上存款。于是贝基也收到一张请柬，参加了一次晚会。那王妃娘家姓庞贝利，是罗马第二朝皇帝以及奥林匹斯家族伊格里亚的直系后裔。亲王的祖父亚历山德罗·波罗尼亚却做过小商贩，经营肥皂、香水、烟草和手帕之类东西，还替绅士们跑腿，放点小笔高利贷。罗马的上流人物全都聚到他家客厅里来了。其中有王公贵族，有大使、艺术家、提琴师、教堂祭司、年轻的公子哥儿和他们的教师，各式各样的人物都有。他的一个个大厅里灯火通明，装饰得富丽堂皇。墙壁上挂着镀金画框，当然里面也有油画，摆设的古董是否赝品还值得怀疑。金色的王冠图案和他家的族徽和庞贝利家族的族徽在天花板上、门上、护壁板上以及接待教皇和皇帝准备的豪华天鹅绒帏幔上随处可见，他家的族徽图案是红色背景下一只金色的蘑菇——正好与他家以前卖的手帕上图案一样——庞贝利家的族徽是个银色的喷泉。

于是，贝基刚刚从佛罗伦萨乘驿车抵达，住进一个非常普通的小客栈，就得到波罗尼亚亲王的请柬。她的女佣格外仔细地为她打扮好，她便搭在罗德少校的胳膊上，去参加这场非常上流高雅的舞会了。她碰巧与罗德少校一路来到本地，两人便结伴走进亲王家的宫殿。这位少校第二年在那不勒斯开枪打死了拉维奥利亲王；以前还在牌桌上捣鬼，约翰·巴克斯金爵士发现他的帽子里有四张老K，让他狠狠吃了顿棍棒。贝基来到亲王家，见到许多熟悉面孔，都是在过去那些好时光中认识的。当时她的品行虽然并不清白，但是还没有让人揭露出来。罗德少校认识许多外国人，他们留着八字胡，表情严酷，扣眼里挂着勋章，彩条丝带已经变得脏兮兮的，领口只露出衬衫的很少一部分。少校的本国同胞见了他都退避开，装没看见。贝基也在大厅里偶然见到几位认识的夫人，有法国的寡妇们，有受丈夫虐待而出走的意大利冒牌的伯爵夫人。哼，我们在名利场上与上流人物常来常往，怎么屑于描绘这帮无赖流氓社会渣滓？我们就是玩纸牌赌钱，也要用一副新牌，绝对不用这副肮脏的扑克。凡是出外旅行的人都见过数不清的这种江湖骗子，他们就像尼姆和皮斯托尔[①]一样混在旅客中间，身上穿着军人的制服，谎称自己有公干在身，仿佛正规军编外的散兵游勇，不过他们谋生靠的是打劫，被抓住了就吊死在路边的树上。

贝基胳膊勾在罗德少校的胳膊上，两人一齐在一间间屋子里穿行，在酒吧台旁边大喝了不少香槟，许多人在那里怒气冲冲地吵闹

① 尼姆和皮斯托尔：莎士比亚喜剧《温莎的风流娘儿们》中打劫旅客的匪徒。——译注

着要酒喝，其中主要是少校那帮散兵游勇。两人喝够了，就挤出人群，一直向宅子深处走去，来到亲王夫人那间粉红色基调的客厅里。屋子里有维纳斯的雕像和威尼斯产的银框大镜子。亲王一家正在这里宴宾，最尊贵的客人围在一张大圆桌旁用餐。贝基记得，以前在斯泰恩勋爵家就享受过这种小规模宴请的殊荣，她抬头一看，竟然发现勋爵本人就坐在波罗尼亚的餐桌旁。

他白皙的秃头上还留着钻石割伤留下的伤疤，颜色血红刺眼。他的红胡子染过后泛着紫色，衬托之下，脸色显得愈发苍白了。他脖子上戴着领饰，肩膀上披着蓝色绶带，胸前挂满了各式各样勋章。同桌的有一位大公，一位亲王，以及他们的王妃，可他看上去地位更加显赫。勋爵身旁坐着漂亮的贝拉多纳伯爵夫人，公爵夫人自己的姓氏是德·格兰迪尔，她丈夫保罗·德拉·贝拉多纳伯爵以嗜好收藏昆虫标本而著名，现在正肩负使命去见摩洛哥皇帝，长期不在家。

贝基看到这张熟悉的杰出面孔后，罗德少校在她眼中立刻变得多么粗鄙不堪啊！这个少校浑身的烟味立刻变得十分强烈刺鼻！转眼之间，她又变成上流贵妇了，脸上再次浮出五月集上有过的表情和笑容。“他身边那个女人看上去又傻又没趣，”她想道，“我敢肯定她不能逗他开心。不能。她一定让他厌烦了，可我从来不会让他厌烦。”激动中，无数希冀和恐惧震撼着她那颗小小的心房。她脸上涂的胭脂一直延伸到下眼皮，使她的眼睛显得特别明亮，她努力使眼睛射出更加明亮的光芒，望着那位贵族老爷。斯泰恩勋爵每逢佩戴了勋章出席晚会，就竭力摆出一副配得上自己身份的尊贵模样，仿佛自己也是一位了不起的王公。贝基欣赏着他雍容高贵富态自如的微笑。啊，我的天，他真是位愉快的伙伴，口角多么俏皮，交谈题材多么丰富，举止又多么大方啊！她竟然失去这样一位伙伴，换来个出言不逊，满身烟酒味的罗德少校，还有玩笑粗俗满嘴赛马俚语的鲁克上尉一类的人。“不知道他是不是还记得我，”她想。斯泰恩勋爵正在陪身边那位显赫的贵妇人谈笑，偶然抬起头，看见了贝基。

他们四目相对时，她激动得心儿狂跳不已。她脸上尽可能露出最迷人的微笑，怯生生地微微向他行了个屈膝礼。他惊得呆住了，眼睛直勾勾瞪着她望了片刻。麦克白在宴会上突然看见班戈的鬼魂，眼神大概也是这样。他的嘴巴一直半张着，呆若木鸡，直到该死的罗德少校把她拉开。

“罗顿太太，去饭厅吧，”这位先生说。“看着那帮高贵的家伙吃饭，我肚子都饿了。咱们去尝尝老头子的香槟味道怎么样。”贝基心想，这少校喝得已经够多了。

第二天，她去平新山散步。对罗马人来说，这里就像海德公园一样高雅。贝基心里大概希望再次看到斯泰恩勋爵。可是她遇到的是另外一位：勋爵的亲信菲奇先生。他露出熟人的样子，朝她点了点头，用一根手指在帽子边上靠了靠。“我知道夫人在这儿，”他说。“我从你住的旅馆一直跟随而来。我有几句忠告要对夫人讲。”

“是斯泰恩勋爵的忠告吗？”贝基尽量恢复尊贵模样，心里不无希冀。

“不，”这用人说。“是我本人的。罗马是个对健康非常不利的地方。”

“这个季节还没什么，菲奇先生。要说不好，也是复活节以后。”

“我告诉夫人，这儿现在就不卫生。有些人总是得疟疾。从沼泽那边刮来的风，不论什么季节都能要许多人的命。听我说，克劳利夫人，你从来就是个好人，我很关心你，我担保说的都是真心话。要当心哪。赶快离开罗马吧，我告诉你，否则你会生病，还会死的。”

贝基笑了，可她心里怒不可遏。“什么！暗杀我这么个贫穷的小人物？”她问道。“那该多浪漫啊！难道勋爵出门不带向导，贴身带着刺客，行李中藏着短剑？哈！我要留在这儿，专门惹他生气。我在这儿可是有人保护的。”

这次轮到菲奇先生放声大笑了。“保护你，”他说，“谁会保护你？是少校还是上尉，夫人见到的那些赌棍只要得了人家一百个金路易，准会从命杀死你。我们知道那个罗德少校是谁，他要是个少校，那我就是侯爵大人。他干过的坏事多得就是把他判个苦役犯也是轻的。我们什么都知道，到处都有自己的人。我们知道你在巴黎见过什么人，在那里找到什么亲戚。可不是吗，夫人吃惊了，可我们的确知道。为什么整个欧洲大陆没有一位公使愿意接待夫人？因为她得罪了某个人，那人永远不会原谅她，那人一见了你就加倍心烦。他昨天晚上回家以后像发了疯。德·贝拉多纳夫人为了你大闹了一场。”

“噢，这么说是因为贝拉多纳夫人，对吧？”贝基听了这消息心里舒坦了一些。

“不对。她倒没什么，反正她总是心怀嫉妒。我对你说，是老爷本人。你不该在他跟前露面。要是你继续留在这儿，会后悔的。记住我的话，走吧。哎呀，勋爵的马车来了。”他拉住贝基的胳膊，匆匆拐上一条小径。斯泰恩勋爵的豪华马车风驰电掣般顺着大路驶过去，只见车具铮明瓦亮，拉车的马匹都是无价的骏马。德·贝拉多纳夫人靠在车座上，她皮肤稍黑，十分娇美，一脸的恼火，腿上趴着小宠物狗，一把阳伞在头顶上方晃来晃去。斯泰恩勋爵直挺挺坐在她旁边，脸色难看，眼露凶光。那双眼睛现在仍然能由于憎恨、愤怒或者渴望而闪闪发光，不过，平时却黯然无神，仿佛懒于朝这个世界投上一眼。世界上的一切欢乐、最美好的事物都不能引起这个老家伙的兴趣了。

“老爷昨晚受了惊吓，根本恢复不过来，”菲奇先生对克劳利太太耳语的模样仿佛马车就在近旁。她透过树丛望去，心想：“不管怎么说，也算我出了一口气。”

这个菲奇后来在勋爵大人死后回到自己祖国，花钱买了个爵位，舒舒服服做起男爵来了——这是后话。听了他的话，贝基不知勋爵是真的动了杀机，要谋害她，还是勋爵想在这里过冬，见了贝基太太心里恼火得厉害，怕她再去打扰他，才支使用人来恫吓她。不过，他的威胁对这个小女人起了作用，后来她再也没有试图在老头子面前露脸。

人人都知道，勋爵大人1830年法国大革命两个月后，在那不勒斯忧郁而死。报纸上登载说，古老的法国皇室崩溃，使斯泰恩勋爵的感情遭到沉重打击，最后逝世。他生前曾是最高荣誉爵士乔治·古斯塔夫斯、斯泰恩侯爵、冈特和冈特城堡的伯爵，在爱尔兰贵族名录中的赫尔布拉子爵、皮彻利男爵，他还是格利斯比男爵、曾荣获最高骑士勋章、西班牙金羊毛勋章、俄国圣尼古拉一级勋章、土耳其月亮勋章的获得者，历任宫廷第一粉妆大臣、后宫侍卫官、冈特上校兼任摄政王御前军团司令、大英博物馆的董事、白袍教会学校校董、白袍修道院管理人、民法学博士等。

一份周刊上登载出一篇口吻雄辩的文章，追忆他的美德、他的显赫、他的天赋和他生前的善举。文章说他不仅对波旁王朝富有感情，而且与该王朝的显贵有姻亲关系，许多亲人遭遇不幸，他自己也痛不欲生。他的遗体葬在那不勒斯，可是，他那颗宽宏而富有高尚情操的心用一只银罐运回冈特城堡。那份周刊的瓦格先生写道："随着他的去世，穷苦人失去了依靠，高雅艺术失去一位热心的赞助人，社交场失去了最光彩的伴侣，英格兰失去最高贵的爱国者和政治家。"等等。

家人为了他的遗嘱闹得翻天覆地，争执的一个中心是要逼迫德·贝拉多纳夫人交出一颗大钻石，那是一颗著名的宝物，名叫"犹太人的眼睛"。勋爵生前一直戴在食指上，据说是她在勋爵去世后抹下来拿走的。但是，勋爵的亲信菲奇先生证实说，那颗钻戒是在侯爵去世前两天赠给德·贝拉多纳夫人的。菲奇先生还证实，勋爵将文件夹中的现钞、珠宝、那不勒斯公债券、法国公债券等财产都遗赠给了这位夫人。勋爵的财产继承人让他妻子饱受了割爱之苦。

第六十五章
公务与消遣

约斯与贝基在赌台边见过面后，第二天约斯把自己打扮得漂亮迷人，一早就出了门。他没想到有必要把这事告诉家人，或者需要他们陪伴。不久，有人看见他在大象旅馆门外打听。由于正值庆典活动期，旅馆里住满了客人。摆在人行道上的茶桌旁也早已围满了顾客，人们抽烟、喝本地特产的淡啤酒。酒吧间弥漫着烟雾。约斯先生模样富态，神气活现地用蹩脚的德语打听自己要找的人，旅馆跑堂的告诉他在顶楼上。途经二楼时，见一些小商贩住在那里，他们兜售的货色是珠宝首饰和绸缎，此时就陈列出来。三楼由赌博公司的人占用，四楼住着著名的波希米亚杂耍演员，顶楼都是些小阁子间，住着学生、小贩、乡下人，都是来赶集凑热闹的。贝基在这里也筑了个窝。要说美人的藏身处，这里算最肮脏不过的。

贝基却喜欢这种生活。她跟这地方的人在一起觉得很舒服，不论是陪着沿街叫卖的小贩、驾小舟的、翻跟头的、学生还是什么其他人，她全不在乎。她天生具有流浪本性，一定是从父母那里继承来的，他们二老生前不论在性情上，还是在实际生活中，也都具有波希米亚性质。只要没有勋爵在场，她能与他的向导谈得很投机。这里的喧闹、杂乱、酗酒、抽烟、犹太小贩说的废话、可怜的杂要演员装出的自负神态、赌场庄家讳莫如深的交谈、学生的夸夸其谈和随意歌唱，以及整个旅馆里的噪音和闹哄哄的气氛让这个小女人觉得很对脾胃。即使在她不走运的时候，在她没钱付账单的时候，也觉得兴致勃勃。现在，她口袋里还装满了昨晚小乔治为她赢来的钱，周围的吵闹在她耳朵里听来多么令人愉快啊！

约斯哼哧哼哧爬楼梯，楼梯在他脚下发出嘎吱嘎吱的呻吟。登上最后一层时，他已经喘得说不出话来，他擦了擦脸寻找 92 号房间。旅馆的人告诉他，要找的人住在这屋子里。屋子对门 90 号敞开着，只见一个脚穿皮靴身穿邋遢外套的学生躺在床上抽一支长长的烟斗。另一名学生一头黄发留得很长，身上的外套边上缝着穗带装饰，可惜肮脏得要命，他跪在 92 号门前嘴巴对着钥匙孔大声向里面的人哀求。

“走开，”一个熟悉的声音从里面传来，约斯听了顿时战栗起来。“我在等人呢。我在等我爷爷。可不能让他看见你这副模样。”

“啊，英国最美的天使！”跪在地上的学生大声嚷道。他一头黄发深浅不匀，手指上还戴着个大戒指。“可怜可怜我们吧。陪我们一起出去吧，陪我和弗里兹到公园客栈去吃饭。我们要吃烤野鸡，喝黑啤酒，吃梅子布丁，喝法国葡萄酒。你要是不来，我们都要死了。”

“真的要死了，”躺在床上的那位公子哥儿说。约斯听见了这段对话，只可惜他并没有听懂，他从来就没有学过他们交谈所使用的这种语言。

“92 号，请，”约斯的呼吸平息下来后，摆出堂皇姿态，用半生不熟的法语说。

“92 号！”那学生惊得一个箭步跳起身，冲进自己房间，把门砰的一声关上。约斯听见他跟躺在床上那个同伴放声大笑。

孟加拉文官被眼前这一幕搞得困惑不解，呆站着不知所措。92 号门打开了，贝基的小脑袋探出来观望，表情顽皮淘气。她发现是约斯。“是你呀，”她说着走出门来。“让我久等了！等一等！过一分钟再进来。”她立刻把一个胭脂盒、一瓶白兰地和一盆切碎的肉藏在被单下，拢了拢头发，然后才把客人让进屋。

她披着一件粉红色带兜帽的长外套，把它当晨衣穿，衣服褪了色，沾着尘土，散布着斑斑发油污渍。但是，松松垮垮的袖子里露出的胳膊却闪耀着迷人的光泽，白皙而漂亮，衣服的腰身上系着腰带，衬托出她纤细的腰身。她拉着约斯的手，把他让进自己的阁楼里。“请进，”她说。“来陪我聊聊。坐在那张椅子上。”她捏了一下这位文官的手，笑着把他安顿在椅子上。她自己坐在床上——当然不能碰住瓶子和盘子。假如约斯坐在床上，难免压在那些东西上面。她就坐在那儿与过去的旧情人交谈。

“这么多年了，你一点儿也没变，”她关切地注视着他。“不论在什么地方，我一眼就能认出你。他乡遇故知，而且是老朋友如此坦诚的面孔，该多让人高兴啊！”

说实话，这张坦诚的面孔此刻的表情根本没有坦诚可言。正相反，他的表情困惑而慌乱。约斯正在打量旧恋人此时屈身的这间奇怪的小屋子。她的一件外套挂在床栏上，另一件挂在门后的衣钩上。她的遮阳帽把半面镜子挡住了，镜子旁边的梳妆台上还放着一双非常漂亮的褐色小皮靴。床头柜上放着一本法国小说，蜡台上面没有蜡烛。贝基本打算把蜡台也藏在被子下面，后来只在上面盖了顶纸睡帽。她晚上入睡前就用这东西熄灭蜡烛。

“不论你到了哪儿，我一眼就能认出你，”她接着说。“有些事情一个女人永远不会忘记。再说你是我第一次……第一次遇到的男人。”

“真的吗？”约斯问道。“愿上帝保佑我的灵魂。你……你这话当真？”

“我陪你妹妹从奇斯威克回你家时，我还不过是个孩子，”贝基说。“那个亲爱的人儿好吗？她丈夫是个坏蛋，当然啦，她有点吃醋，倒像是我看得上她丈夫似的，嗨！周围还另外有人……喔，不……我们不谈过去的旧事了。”说着，她用一张花边破旧的手帕擦了擦眼皮。

“这儿真怪，不是吗？”她接着说，“以前过的是那样的日子，现在却住到这么个地方。约瑟夫·塞德利，我遭受过许多痛苦和虐待，吃尽了苦头，几乎发了疯。我在任何地方都待不住，只能不安地到处漂流，永远遭受不幸。我的朋友全都是些伪君子。全都是。世界上根本就没有什么诚实的人。我是世界上最忠实的妻子，只可惜当初一时赌气嫁了他，因为另一个人……唉，不说这些了。我对他忠心耿耿，可他却蹂躏我，抛弃了我。我是个慈爱的母亲，只生了一个孩子，他是我唯一的心肝宝贝，唯一的希望，唯一的欢乐，我给了他全部的母爱，因为他就是我的生命，我每天为他祈祷，为他祝福。可他们……他们却把他从我身边夺走了……活生生把我们母子分开。”她把手放在胸口上，做出激情和绝望的姿势，然后把脑袋埋在床头上半晌没有说话。

被子下面的白兰地酒瓶碰得盛冷香肠的盘子叮当作响。它们无疑也受到感动，表示出伤心。迈克斯与弗利兹在门外偷听，听到贝基太太哭泣，觉得十分奇怪。约斯见他往昔的恋人如此伤心，也大受感动，心里一阵惊慌。她开始讲述自己的经历，语言简洁质朴，毫不矫揉造作。听了她的话，人们自然认为，假如真的有身穿白袍的天使降临人间，受到下界魔鬼阴谋摧残蹂躏的话，那个毫无瑕疵的天使就坐在约斯对面的床上，坐在白兰地酒瓶上面。

他们亲切交谈了很长时间，她的态度一点儿也不让他害怕讨厌。约斯·塞德利渐渐体会到，他本人就是第一个让贝基着迷心动的男人；乔治·奥斯本当然不恰当地追求过她，也因此导致阿米莉亚的嫉妒，所以，最后她们两人闹翻了。但是，贝基从来没有响应过那位不幸的军官，而且自从她第一次见到约斯后，直到现在，她没有哪天不想念他。当然，她作为一个有夫之妇，忠于丈夫是主要的义务，她也从来尽自己做妻子的本分，至死不变，除非像人们说的那样，由于克劳利上校任职的地方气候太恶劣，他最后把她从婚姻的枷锁下解放出来，否则，她虽然痛恨他对待她太残忍，却只能忍受。

约斯离开的时候，心里认为她是个最贤惠、最迷人的女人，于是，开始盘算为了她的利益着想该怎么帮助她。她的苦难该结束了，她本来是社交场上的明星，应该回到社交圈子里才对。他要承担起责任，着手帮助她。她必须离开那个地方，在一个安静的地方安身。阿米莉亚必须来看她，帮她。他要去把这事定下来，还要征求上校的意见。贝基与他分手的时候，流淌了许多感激的泪水。道别时，肥胖殷勤的先生弯腰亲吻她的手，她紧紧握了握他的手。

贝基鞠躬送出约斯，姿势优雅得就像站在宫门外送贵宾。身体肥硕的先生消失在楼下后，迈克斯和弗利兹嘴上叼着烟斗溜出自己的巢穴，她就一边嚼自己的冷面包冷香肠，一边喝心爱的兑水白兰地，一边对他们模仿约斯的举止，自得其乐。

约斯步行来到多宾家，神色显得极为庄重。他把刚才听来的故事全盘转述给多宾，当然，对前一天晚上赌博的事情掩盖起来没说。贝基在旅馆里吃她的冷肉当早餐时，这两位先生就凑在一起讨论该如何帮助她。

她到底怎么来到这座小城的？又怎么会一个朋友也没有，只身漂泊？孩子们在小学的拉丁语课本上就读到过，通往那不勒斯阿弗纳斯湖的小径如何让人堕落。我们权且避开她堕落的经历不谈，就说她现在的处境，其实除了运气不佳之外，她现在的日子并不比以前过的好日子差。

至于说阿米莉亚太太，她是个心肠软到近乎愚鲁的女人，一听说有人遭遇不幸，立刻便会产生同情心。她自己从来没有做过缺乏道德观念的事情，所以对于邪恶也不像学识渊博经历丰富的伦理学家那么深恶痛绝。既然她对善意交往的任何人都加倍以善相报；既然她拉铃叫用人都道歉麻烦人家；既然店员拿来丝绸请她挑选她都表示谢意，对扫街工人也行屈膝礼赞扬马路扫得干净，当然对任何人都能干出傻事来。想到一个老朋友竟然在遭受苦难，她的心马上就软了，绝对不愿听什么恶有恶报的说法。假如世界的法律由她来定，人们就无法在有秩序的社会中生活。幸而像她这样的女人并不多，至少统治者不是这样的人。我相信，假如由这个女人做主，她准会取缔所有监狱、惩罚、手铐、鞭笞，不容世界上有贫穷、疾病、饥饿。我们不得不承认，就是有人残酷伤害过她，她这种没有骨气的人也不会追究。

说实在话，上校听了约斯充满感情的叙述，并不像这位孟加拉文官那么感兴趣。正相反，他非但不感兴趣，反而觉得厌恶，对那个不幸的女人只做了个不合时宜的评论："那个轻佻女人又露面了？"他对她从来没有一丝好感。以前她那双绿眼睛第一次跟他四目相对时，他就对她产生了不信任。

"那个小鬼不论到哪儿都会带去不幸，"上校不客气地说。"谁知道她一直过着什么日子？她独身一人在国外搞些什么？别对我说什么有人虐待她或者有人与她为敌的事情，一个诚实的女人从来有自己的朋友，而且绝对不会离开自己的家庭。她为什么离开自己的丈夫？他倒可能做过不名誉的事情，像你说的，他也可能是个坏蛋。他从来就不是个好人。我记得那个该死的骗子，以前他还骗过可怜的老乔治。他们夫妻分居不是有些不好的绯闻吗？我好像听到过一些说法，"从来不听人说闲话的多宾上校突然大声说出这话，约斯再怎么分辩，说贝基太太是个无可非议的好人，是个贤惠的女子，只是受了委屈，可多宾怎么也不信。

"好吧，好吧，咱们请教一下乔治太太吧，"手腕高明的外交家上校说。"咱们还是去请教她。我想你该相信，她不管怎么说也是个好裁判，知道这种问题怎么处理。"

"哼！埃米的确不错，"约斯说。可他并不喜欢妹妹。

“不错？上帝啊，先生，我一辈子从来没见过比她品格高尚的女子，”上校脱口斥责道。“我再说一遍，咱们去找她请教一下，看该不该去拜访那个女人。她做了决定我会照办。”这个有谋略的上校自以为得计。他记得，埃米曾经对丽贝卡嫉妒得要命，一听到她的名字就气得浑身发抖。多宾以为，吃醋的女人绝对不会原谅自己的冤家对头。两人穿过马路来到乔治太太的房子里。她正心满意足地上斯特伦夫太太的音乐课。

那位夫人离开后，约斯用他习惯的浮夸口头禅谈起这事：“阿米莉亚，我亲爱的，我刚刚遇到最非同凡响的……不错……上帝保佑我的灵魂吧！……最非同凡响的事情……一位朋友……不错，是你的一位最有趣的老朋友，我或许可以说，是昔日一位老朋友，她刚到这里，我想要你见她。”

“她！”阿米莉亚说，“是谁？多宾上校，请你别弄坏我的剪子。”夫人往常用一根链子把剪子挂在腰间，上校就拿着链子甩起来绕圈子玩，简直有划伤自己眼睛的危险。

“是一个我非常讨厌的女人，”上校顽固地说。“你也绝对不会喜欢那个人。”

“是丽贝卡，我敢肯定那准是丽贝卡，”阿米莉亚说着脸红了，情绪立刻显出不安。

“说的对，你从来不会错，”多宾回答道。在布鲁塞尔、在滑铁卢，往昔的悲哀和痛苦记忆涌上阿米莉亚温柔的心头，在心里产生不安。

“别让我见她，”埃米接着说。“我不能见她。”

“我跟你说过，”多宾对约斯说。

“她现在非常不幸，还有……还有诸如此类的事情，”约斯劝说道。“她非常贫穷，无依无靠。又生了病……病得很厉害……她那个混蛋丈夫把她给抛弃了。”

“啊！”阿米莉亚说。

“她举目无亲，”约斯不失时机地接着说。“她说，她或许能信任你。她那么悲惨，埃米。她伤心得简直要疯了。她的经历让我听了感动。相信我的话吧，我以名誉担保，要是她没有一颗天使般的心，绝对忍受不了那么残忍的虐待。她家的人对她真是太残酷了。”

“可怜的人儿！”阿米莉亚说。

“要是她连个朋友都找不着，她说她就要死了，”约斯的声音越来越低，开始颤抖。“愿上帝保佑我的灵魂！你知道吗，她想过要自杀。她随身带着鸦片酊，我亲眼在她屋子里看见的……那么小的一间可怜屋子……在一个三流旅馆里，名字叫‘大象旅馆’，住在顶层的阁楼里。我去了她那儿。”

埃米听了并没有感动。她甚至面露一丝微笑。大概心里在想象约斯气喘吁吁爬楼的情景。

“她伤心得快要失去理智了，”他接着说。“那个女人忍受过的痛苦让人听了都于心不忍。她有个跟乔治一样大的儿子。”

“对啊，对，我记起来了，”埃米说。“怎么啦？”

“那个是个少有的漂亮孩子，”约斯说。他很胖，也很容易受感动，贝基对他讲述的经历让他受到深深的触动。“简直像个天使。他对母亲崇拜备至。可是，那帮无赖不顾孩子尖着嗓子哭叫，硬是把他从母亲身边拖走，后来再也不准他去看望母亲。”

“好，约瑟夫，”埃米听了嚯的一声站起来，“咱们马上去看她。”她奔向隔壁卧室，戴上遮阳帽，匆匆扎好帽带。披肩夹在胳膊下面，走出屋门，要多宾陪他们一起去。

他走上来替她围上那条白色开司米披肩，那是上校从印度带回来送她的。他见事已至此，除了服从没有别的办法。她把手搭在他胳膊上，大家一齐出发。

“92 号房间，在四楼上，”约斯说。大概他不大情愿再爬那些楼梯了。他待在自己的客厅窗户旁没走，从那里看得见“大象”旅馆所在的那个地方。他远远望着两人穿过市集走去。

幸亏贝基从她的阁楼上也看见他们了，她当时正在与那两个学生调情打趣嘻嘻哈哈笑个不停。两个学生目睹了贝基爷爷的来去行踪，就嘲笑他的滑稽外表。她赶紧把他们轰出去，趁“大象”旅馆老板带他们上来之前，匆匆把房间收拾了一下。旅馆老板知道奥斯本太太在宫里是个受欢迎的人物，便十分尊敬她，亲自为她领路上到顶楼，边走边鼓励夫人和上校先生继续往上爬。

“尊敬的夫人，尊敬的夫人！”老板敲着贝基的门喊道。昨天他称呼她还用的是太太这个字眼，而且态度一点儿也不客气。

“是谁呀？”贝基探出头来看了一下，轻轻发出一声惊叫。门外站着浑身颤抖的埃米和陪在她身旁握着手杖的上校。

他不动声色地旁观着，仿佛对这一幕很感兴趣。埃米立刻宽恕了她，伸开双臂向丽贝卡扑过去，感情真挚地搂着她亲吻。啊，可怜的东西，你的嘴唇何曾被如此纯洁的人吻过呢？

第六十六章
爱人的愤怒

阿米莉亚这么坦诚好心，就连铁石心肠的贝基也难免受到感动。对于埃米的抚爱，她甚至产生了感激之情，尽管不能持久，当时至少还算真心实意。幸运的是，贝基当初说自己的孩子哭喊着被人从怀中抢走。那种折磨人的场面赢得了朋友的心。我们可以肯定，我们单纯可怜的小埃米向重逢的朋友询问的第一件事就是这桩不幸。

“这么说，他们把你的小宝贝抢走了，”我们这位头脑简单的朋友哭着问道。“啊，丽贝卡，我可怜的好朋友，你吃苦头了。我尝过失去儿子的滋味，所以同情失去儿子的人。但愿上帝大发慈悲，把你的儿子送还给你。感谢慈悲的上帝，他已经把我的儿子还给我了。”

“孩子，我的孩子？噢，是啊，我简直伤心死了，”贝基承认，她说这话的时候良心不无内疚。她不得不马上应答，可是，朋友真诚对她说知心话，她却报以谎言，心里觉得相当别扭。一开始就说谎，难免遇到这种困难。一句小小的谎言既出，为了前后呼应，就得继续撒谎，为了圆话，谎撒得越来越大，到最后，被人抓住把柄的可能性也就越来越大。

“他们把他从我身边夺走，”贝基心想，她可别坐在我的酒瓶子上，“我真是伤心死了。我觉得简直活不下去，幸亏害了一场热病，大夫都说我没希望了。可是……可是我恢复过来，后来……后来，我流落到这里，又贫穷又没依靠。”

“他多大了？”埃米问。

“十一岁，”贝基回答。

“十一岁！哎呀，他跟乔治是同年生的，他……”

“我知道，我知道，”贝基也喊起来。其实，她差不多都忘记小罗顿的岁数了。“亲爱的阿米莉亚，伤心几乎让我把许多事情都忘记了。我变得多了，有时候有点疯狂。他们把他夺走的时候是十一岁。愿老天保佑他那张可爱的小脸蛋。我后来再也没见过他。”

“他的皮肤白不白？”那个荒唐的小埃米追问道。“把他的头发拿给我看看。”

贝基听了她头脑简单的问题，几乎笑出来。“亲爱的，今天不行，以后再给你看吧。等我的箱子从莱比锡运来。我就是从那儿来的。我还有过去好时光中为他作的一幅小画像。”

“可怜的贝基，可怜的贝基！”埃米说。“我真该感谢上苍啊！”我们自幼就由妇人们强加给我们一种宗教观念，自己比别人日子过得好，就该感谢上帝，我实在说不上这种观念是不是合理。埃米又像平时一样，开始想自己的儿子，认为他是世界上最漂亮、最聪明、最好的孩子。

“你会见到我的乔治，”埃米以为最能让贝基得到安慰的便是让她看看自己的儿子。

两个女人继续交谈了一个多小时，贝基就利用这个机会完整讲述了自己的经历。她说罗顿·克劳利家从来就对他们的婚姻充满敌意；她妯娌是个狡猾的女人，调唆她丈夫对付她；罗顿移情别恋跟坏女人厮混；她自己却不得不忍受一切：贫穷、无人过问、爱人的冷淡，这一切全都因为她的儿子；最后丈夫混账到让她忍无可忍的地步，她不得不要求与丈夫分居，因为他为了做官，竟然要求她牺牲自己的贞操，屈身给一个有权有势却毫无道德准则的家伙斯泰恩侯爵。那个万恶的魔鬼！

对于她变故最多的这一段经历，贝基以女人特有的细致讲得栩栩如生，慷慨陈词中更显出她高洁的美德。她说她受了丈夫的侮辱，不得不离家出走。那个懦夫为了报复她，把孩子从她身边夺走。因此贝基变成个流浪者，成了个无亲无友没人保护的可怜穷人。

凡是熟悉埃米性格的人都知道，她听了这么一篇详细的叙述，肯定会笃信不疑。她听了可恶的罗顿和无恶不作的斯泰恩干的坏事，气得浑身发抖。贝基讲到她那个傲慢的婆家怎么迫害她，她怎么背离丈夫，她讲的每一个句子都让埃米敬佩得眼睛闪闪发光。贝基倒并没有辱骂丈夫。她的话中与其说是愤怒，不如说是悲哀，显出对他的诚挚爱心。他毕竟是孩子的父亲嘛。贝基描述他们母子分离的情景时，埃米不得不用手帕捂住眼睛，杰出的悲剧演员看到自己演出的效果，心里一定感到得意。

两位夫人交谈的时候，阿米莉亚忠心耿耿的伴侣并不想打断她们的商谈，上校在过道里踱着步子，楼板在他脚下嘎吱嘎吱作响，低矮的天花板把他的帽子都蹭得起了毛，他觉得厌倦了，就下楼来到“大象”旅馆的大厅里。大厅里从来都弥漫着烟雾和喧嚣，到处洒满了啤酒。一个肮脏的桌子上摆着几十个蜡台，上面插着牛油蜡烛，供住宿的旅客取用。墙上，每个蜡台后面都对应挂着客房的钥匙。埃米刚才经过这间屋子时，不禁涨红了脸。这里聚集着各式各样的人，有贩卖奥地利蒂洛尔手套的；有来自多瑙河沿岸携带着一个个大布包的布商；有大嚼奶油面包和肉食的学生；有些闲散的人在洒满啤酒的湿桌子上打牌掷骰子；有演出结束后吃喝的杂耍演员。总而言之，凡是在德国集会时旅馆中遇得上的人物，这里全有。侍者自然而然为上校送上一大杯啤酒，他掏出一支雪茄，一边抽那种有毒的东西消遣，一边读报纸消磨时间，等待他照料的人下楼。

不久，马克斯和弗利兹歪戴着帽子下楼来了。他们靴子上的马刺相互碰得叮当作响，嘴里叼的烟斗上印着族徽，吊着穗子。他们把90号房间的钥匙挂在墙上，叫了份奶油面包和啤酒，在上校旁边坐下来。两人聊天的内容当然免不了灌进上校耳朵里。他们交谈的主要内容是大学新生和镇子上居民之间发生的事情，还有邻近的叔本豪森大学决斗或者斗性子喝酒的事情。他们大概是为了观瞻庞波尼克储君的婚礼，特地赶来的，在公共马车上碰巧与贝基坐在一起。

“那个英国小女人在这儿好像有许多熟人，”马克斯用法语对弗利兹说。“她那个大胖子爷爷走了以后，又来了个漂亮的英国小女人。我听见她们在她那间小屋里边哭边交谈。”

“咱们该买票听她的演唱会，”弗利兹说。“你有钱吗，马克斯？”

“哼，”另一位说，“她那种演出不可靠。”马克斯说，她在莱比锡贴广告说要演唱，许多学生买了票，结果她没唱就溜掉了。她昨天在马车上说，她的钢琴师在德累斯顿生了病。听我的话，她不会唱，她的嗓子沙哑，不比你这个有名的啤酒桶好多少。”

“她的音色的确沙哑。我听见她在窗口唱过一首叫作《阳台上的玫瑰》的英国歌，难听死了。”

“喝酒的人不可能唱好歌，”红鼻子弗利兹说。他显然喜欢喝酒胜过听人唱歌。“千万别买她的票。她昨晚在赌台上赢了钱，我亲眼看见的。她让一个英国小男孩替她押赌注。咱们要么就拿你的钱去赌博，要么就去戏院看戏，要不就请她到奥利留斯花园喝法国葡萄酒，或者法国白兰地，反正咱们不买她的票。你说呢？再来一杯啤酒好吗？”他们一再把黄胡子浸在那种令人作呕的饮料里面，然后捻一捻胡子，大摇大摆走向集市。

上校看见两个大学生把90号房间的钥匙挂在钩子上，也听见他们的交谈，心里毫不怀疑，他们说的事与贝基有关。“这个小鬼又来耍老把戏了，”他想道。想起她以前向约斯卖俏调情的老把戏，以及荒唐的结局，不觉脸上露出微笑。他和乔治事后常常为此笑个不停。不想，乔治婚后没过几个星期，自己也落入这个女妖的罗网，他的朋友当然见疑，但是宁愿假装没看见。威廉为这事觉得丢人而且感到难过，当然不好意思了解那桩不光彩的秘密。不过，乔治有一次在懊悔中暗示过那事。那是在滑铁卢战役前的早晨，两个年轻人站在自己的阵地前沿，望着对面高地上黑压压的法国士兵，当时天下起了雨。“我真糊涂，跟一个女人搅在一起，”乔治说，“我很高兴咱们能行军离开她。假如我倒下了，我希望埃米永远也不知道那桩倒霉事。但愿那事永远没有发生过！”在卡特布拉斯那场恶仗之后，奥斯本向他的战友谈起自己的妻子和父亲时，洋溢着柔情爱意，后来威廉常常用他当时讲的话安慰他的寡妇，多宾想起这事，心里就觉得喜悦。威廉与老奥斯本也常常提起那次交谈，也正因为如此，老人在临终前才与记忆中的儿子和解了。

“看来，这个小妖精仍然在耍她的阴谋，”威廉想道。“我真希望她待在离这儿千百英里之外。她不论到哪儿都会给人带去伤害。”他双手托着脑袋，一连串不愉快的思绪在脑子里形成个不祥的预感，眼前的《庞波尼克公报》根本看不进去。突然有人用阳伞轻轻敲了敲他的肩膀，他抬起头，见是阿米莉亚。

这个女人有一种统治多宾上校的手段，就连最懦弱的人也能对某些人作威作福。她命令他四处跑腿，轻轻拍打他，让他取东西，拿东西，仿佛使唤一只纽芬兰狗一样。假如她喊上一声：“喂，多宾！”他简直乐于为她跳进水里，或者嘴里叼着她的网兜傻头傻脑跟在她身后。假如读者到现在还没有意识到上校是个大傻瓜，这本书简直是白写了。

“先生，你怎么不等着陪我下楼？”她扬了扬脑袋，带着讽刺模样向他行了个礼。

“走廊低得厉害，我连身子都站不直，”他回答道。他的表情中诙谐反对兼而有之。他很高兴把胳膊伸给她，带着她离开这个烟雾笼罩的讨厌地方。假如不是侍者追上来，把他拦在门口要他付款，他甚至连个招呼都不愿跟他打。“大象”旅馆的这个侍者要他付的是啤酒费，可那啤酒并不是他点的，他一口也没喝。她嗔怪他是个想赖账的调皮鬼，其实，她对这事和那杯啤酒倒是开了个恰到好处的玩笑。她的兴致很高，脾气也好，穿过市场时脚步十分轻盈。她想马上见到约斯。上校笑话阿米莉亚太太表现出的冲动，因为她想要“立刻见到哥哥”的情形十分罕见。

他们发现那个文官待在二楼的客厅里。他一直在屋子里咬着指甲来回踱步，埃米在那间阁楼里陪着朋友交谈，多宾在楼下的大厅里无聊地敲打着湿漉漉的桌子时，他的眼睛隔着市场朝“大象”旅馆不断地张望，过去一个小时里至少望了一百遍。他非常急于见到奥斯本太太。

“那个可怜的东西，真是吃尽苦头了！”埃米说。

“愿上帝保佑我的灵魂，这话的确不错，”约斯摇了摇头，脸颊上松弛的肥肉像果冻一样晃动着。

“她可以住佩恩的屋子，让佩恩到楼上住，”埃米接着说。佩恩是个踏实的英国女佣，也是奥斯本太太的贴身用人，他们的向导仿佛履行职责一样追求着她，小乔治常常对她讲鬼故事，说些德国强盗之类的故事捉弄她。她平时嘴里抱怨个不停，把女主人吆来喝去，总是说“第二天一早就回自己老家克拉普罕村”。埃米这时说：“她可以住佩恩的屋子。”

“什么！你该不是要把那个女人接到这所房子里来吧？”上校跳起身脱口问道。

“当然是啦，”阿米莉亚的神态天真得举世无双。“别生气，别把家具砸坏了，多宾上校。我们当然要接她来家里住。”

“当然，我亲爱的，”约斯说。

“可怜的人儿，她吃了那么多苦，”埃米接着说。“她存钱的银行破产后银行家逃之夭夭；她那个可恶的丈夫抛弃了她，把孩子也夺走了，”她说着握紧双拳，威胁般举在胸前。上校见了她这么一副无畏的女英雄模样，心里觉得着迷。“那个可怜的人儿！她孤零零一人，不得不教人唱歌课挣钱糊口。你还说不让她上这儿来！”

“那就上她的课，我亲爱的乔治太太，”上校喊道，“但是别让她到这个家里来。我求求你。别让她来。”

“哼，”约斯说。

“你一向对人那么好，那么慈祥，至少以前对人慷慨慈祥，威廉上校，你真让我感到吃惊，”阿米莉亚嚷道。“患难时不帮助她，还等什么时候？现在帮她正是时候。她是我最老的朋友，又不是……”

“她并非一直是你的朋友，阿米莉亚，”上校说。他非常生气。这个暗示对埃米有些太过分了，她恶狠狠地瞪着上校说：“多宾上校，太丢人了！”她开了这一炮后昂然走出屋子，砰的一声把门摔上。显然她的尊严受到了伤害。

“竟然提起那种事！”门关上后她说。“让我想起那事真是太残酷了。”她抬头望着乔治的画像。那幅画像如往常一样，挂在儿子的肖像上面。“他太残酷了。既然我都表示原谅了，他还该说那种话吗？难道不是他对我说，我原来的嫉妒完全毫无根据吗？他还对我说，你是纯洁的，啊，当然啦，你是纯洁的，我在天的圣人！”

她怒气冲冲地在屋子里来回踱步，气得浑身发抖。她靠在肖像下面的衣橱上，眼睛直勾勾地盯在画像上。画像上的那一对眼睛里似乎带着责备，俯视着她，她注视得越久，那责备的眼神就越显得深沉。早年短暂的爱情涌上她的心头。岁月尚未修复的伤口又开始淌血，啊，多么痛苦！她不能责备面前这个丈夫。不能，绝对不能！

可怜的多宾，可怜的威廉！一句不幸的话让多年的工夫付之东流。终生的爱情和不变的忠诚辛苦建成的大厦，不为人所见的根基如压制的激情，耸立在地面上的结构凝结了无数的挣扎和不为人所知的牺牲。结果，只因为说了一句话，希望的大厦就此倒塌，他终生希望捕捉的鸟儿从此飞走了！

尽管威廉从阿米莉亚的表情上看出，他们的关系遇到了危机，可他执意恳求塞德利，要他一定要对丽贝卡存有戒心，甚至态度狂热地央求约斯别把她接到家里来。他请求塞德利先生至少应该先打听一下她的为人，告诉他说，自己从别人那里听说，她不但参与赌博，还与不光彩的人们混在一起。他指出她早些年犯的罪过，说她怎么与克劳利勾结，把可怜的乔治引入歧途；照她自己所说，现在她跟丈夫分居肯定有恰当的背景；对他妹妹这样一个不涉世事的女子来说，她肯定是个危险的伴侣。威廉本来是个沉默的人，现在却使尽自己的善辩能力，设法劝说约斯把丽贝卡挡在门外。

假如他的态度不那么激烈，或者说，假如他的手腕稍稍机灵些，他对约斯的恳求或许能够奏效，可是，这个文官觉得上校在自己面前摆出高人一等的架子，心里难免嫉妒。约斯甚至向他的向导基思表示过自己的不满，因为多宾上校在旅途中检查他的账单，向导自然向着自己的主人。约斯于是咆哮起来，说自己有能力捍卫自家的荣誉，希望上校不要干涉别人的事情，总而言之，他反对上校的说法。他慷慨激昂的独白突然结束，因为贝基太太从“大象”旅馆搬来了。那里的脚夫送来她少得可怜的行李。

她向主人热情致意，态度热烈，怀着敬意。然后，畏缩着跟多宾上校打招呼，倒也不失友好。她本能地感到，上校是她的敌人，一定说过她的坏话。这阵喧闹和交谈把阿米莉亚从屋子里引了出来。埃米走上来，热情奔放地拥抱自己的朋友，却根本不理睬上校，只向他恶狠狠扫了一眼——这个可怜的小女人有生以来恐怕从来没有用如此轻蔑的眼神看过人。她自有自己的道理，决意要生他的气。多宾也生了气，并不是为自己的失败恼火，而是对如此不公正的对待感到气愤。他态度倨傲地朝她微微鞠了一躬，她也冷冷回敬他一个屈膝礼向他道别。

他走后，埃米态度非常活泼，对丽贝卡热情备至，来回奔跑忙碌，把客人安顿在给她准备的屋子里。我们这位沉着庄重的小朋友很少表现出这样的热切心情张罗忙碌。凡是懦弱的人要做一桩不正当的事情，最好赶快行动。埃米以为，自己只有态度坚定果断，才能对已故的奥斯本上尉表示恰当的情感和敬意。

乔治观瞻过庆典活动回家吃饭，发现餐桌上像往常一样摆了四套餐具，但是一个位置让一个女人占据了，多宾上校却不在。“哎哟，多宾在哪儿？”年轻人脱口问道。“多宾上校可能去外面吃饭了，”他妈妈把孩子拉到身边，一再亲吻他，将他额头上的头发掠到脑袋后面，把他介绍给克劳利太太。“丽贝卡，这是我儿子，”奥斯本太太这么说的意思仿佛在说，你见过世界上有更好的孩子吗？贝基露出狂喜的模样望着他，怜爱地抚摸他的手。“多可爱的孩子啊！”她说，“就像我的儿子……”她一时感情冲动得说不上话来，但是阿米莉亚能理解她没说完的话，她知道贝基在想念自己亲爱的孩子。不过，克劳利太太在朋友们的陪伴下，觉得很受安慰，一顿饭吃得很香。

进餐过程中，她好几次开口讲话，乔治就盯着她听她说。上甜食后，埃米离开大家，去张罗家务，约斯坐在一张大椅子上拿着报纸打起了盹。乔治与这个新来的人座位凑得比较近，他不止一次刻意朝她望了几眼，最后把核桃夹子放在桌子上。

“我说，”乔治说。

“什么？”贝基笑道。

“你就是我在赌场见过的那个人，当时戴着面具。”

“嘘！你这个小捣蛋鬼，”贝基拉起他的手亲吻着说。“你舅舅也去了那儿，千万不能让妈妈知道。”

“啊，当然，一定不能让她知道，”小家伙回答道。

埃米回到屋子里来，贝基对她说：“你瞧，我们已经成了好朋友。”我们不得不承认，奥斯本太太引回家来的是一位最贤惠和蔼的朋友。

威廉心怀极大的愤慨，气呼呼地步行而去，对自己还会受到怎样无礼的对待心里没底。突然他遇到代理公使泰普沃姆，公使邀请他共进晚餐。两人吃饭过程中，他趁机问这位秘书是否认识一位罗顿·克劳利太太，据说她在伦敦名噪一时。泰普沃姆对伦敦的所有闲话当然了如指掌，另外，他还是冈特夫人的亲戚，就把贝基与丈夫之间的故事全部倒进上校的耳朵里，他听得惊呆了。本书作者几年前就是在这张餐桌旁听到这些故事的。塔夫托、斯泰恩、克劳利家人以及他们的故事，凡是与贝基有联系的，这位外交家没有不知道的。世界上发生的事情，他没有不灵通的，而且还不止于此——总而言之，他向单纯的上校揭示出最让人目瞪口呆的内幕。多宾告诉泰普沃姆说，奥斯本太太和塞德利先生把她接到自己家去住了，他突然爆发出一阵狂笑，把上校惊吓得不轻。他说，他们应该从监狱里请个剃光了脑袋、身穿黄背心、在庞波尼克一对对铐在一起扫马路的犯人，让他给那个小坏蛋乔治当家庭教师。

这消息让上校听了惊恐不已。这天早上，他和阿米莉亚约好，晚上要到宫里参加舞会，当然是在遇到丽贝卡之前。他决定到了那里把这事告诉她。上校回家穿上军装，做好进宫准备，满心希望能见到奥斯本太太。可她没去。等他回到家，塞德利家住的房子里已经熄了灯。只有第二天早上才能见到她。我真不知道，上校脑子里装着这样一个可怕的秘密，在床上会怎样辗转无眠。

早上，他在尽可能早而又比较方便的时候，打发用人给她送去一封信，说有要事与她商量。得到的回信说，奥斯本太太非常不舒服，连自己的屋子都不能出。

她也度过一个不眠之夜。她考虑的问题以前已经折磨过她足足一百次了。足有一百次，她处在让步的边缘，最后又认为不该做出这么大的牺牲，从那个边缘退缩回来。虽然他对她怀着永恒不变的爱，她对他也怀着敬意和感激，可她不能迈出那一步。好处、优点和不变的至诚又算得了什么呢？在人们的心目中，这些还不及女人的一绺卷发或者男人的两撇八字胡更有价值。它们在埃米心里也与其他女人心中的价值没什么不同。她努力认定他的价值，又打不定主意，现在，这个狠心的小女人找到了口实，决定摆脱他。

这天下午，上校总算得到个见阿米莉亚的机会。许多天来，他们一直以真挚而热情的方式相互问候，可是，这天她只对她行了个屈膝礼，伸向他的手上戴着手套，稍稍握了一下便缩回去了。

丽贝卡也在屋子里，走上来面带微笑向他伸出手。多宾颇为狼狈地退缩回去。“我……我请你原谅，夫人，”他说。“我应该告诉你，我到这儿来并不是为了跟你交朋友的。”

“哼！真该死！别让我们听这种话！”约斯喊道。他觉得吃惊，想要排遣这种尴尬场面。

“我倒想知道，多宾上校有什么对丽贝卡不利的话要说？”阿米莉亚清晰的声音很低，微微有些颤抖，目光中流露出坚定。

“我不准在我的房子里发生这种事情，”约斯再次插嘴说。“我说过了，我不准发生这种事情。多宾，我请求你，先生，你应该停下来了。”他浑身发抖，脸色变得通红，气喘吁吁地朝自己的屋子走去。

“亲爱的朋友，”丽贝卡露出天使般的甜美表情说。“我们听听多宾上校有什么对我不利的话要说吧。”

“我说过了，不听，”约斯拼命吼道。他抓起自己的外套，出了门。

“现在只有我们两个女人，”阿米莉亚说。“你可以讲了，先生。”

“阿米莉亚，你用这种态度对我说话很难说是恰当的，”上校高傲地说，“我也相信，自己从来没有粗鲁对待女人的习惯。我要来履行的职责并不是桩愉快的事情。”

“请你快点讲吧，多宾上校，”阿米莉亚说。她已经越来越不耐烦了。她这话说得这么盛气凌人，多宾脸上也露出不愉快的表情。

“我到这儿来要说的是……既然你留在这儿，克劳利太太，我只好当着你的面讲了……我认为你不该住在我朋友家里。一个与丈夫分居的女人，一个用假名字旅行的女人，一个常常光顾赌场的女人……”

“我是去跳舞的，”贝基喊道。

“……不适合做奥斯本太太和她儿子的伴侣，”多宾不听她的话，接着说道。“我还有话要说。这儿有人了解你和你的行为，我不愿当着……当着奥斯本太太的面说那些事情。”

“你的诽谤非常谨慎巧妙，多宾上校，”丽贝卡说。“你让我蒙受指责，可你又不说出来。到底是什么？难道我对丈夫不忠？我蔑视这种说法，我倒想知道谁能拿得出证据。我也要求你拿出证据来。我的荣誉丝毫没有受过玷污，不比那些恶毒诽谤我的人差。难道因为我现在贫穷，落得可怜地步，你就该侮辱我？不错，如果说这些是罪过，那我的确犯有这些罪过，而且为了这些罪过每天都在受惩罚。让我走吧，埃米。就当我没见过你，我今天过得不比昨天更糟糕。就当黑夜已经过去，可怜的流浪者又该上路了。在很久很久以前的好日子里，我们唱过一首歌，你不记得了？我自从那时起就一直在漂泊。我是个没人理睬的可怜虫，因为我遭受痛苦，所以受到蔑视，因为我孤零零无依无靠，所以人们侮辱我。让我走。我在这儿妨碍这位先生的计划了。

“的确如此，夫人，”上校说。“假如我能够在这座房子里行使权力……”

“权力，不！”阿米莉亚打断他的话。“丽贝卡，你要跟我们住在一起。我不会因为你受到指责或者侮辱，因为……因为多宾上校打算这么做，就抛弃你。我们走，亲爱的。”两个女人朝她们的屋门走去。

威廉替她们拉开门。两个女人走出门的时候，他拉住阿米莉亚的手：“请你稍等片刻，跟我谈谈，好吗？”

“他想背着我跟你交谈呢，”贝基露出殉道士般的模样说。阿米莉亚使劲拉回自己的手，算是回答。

“我以名誉起誓，我要谈的不是你的事，”多宾说道。“阿米莉亚，回来吧。”她回到屋里。多宾向克劳利太太鞠了一躬，把门关上。阿米莉亚靠着镜子望着她，她的面色和嘴唇都显得发白。

“我刚才说话有些语无伦次，”上校停顿片刻后说。“我不该用有权这个字眼。”

“这话没错，”阿米莉亚说话的时候上下牙咯咯打战。

“至少我还有权请你听我几句话，”多宾接着说。

“你能提醒我们欠你的恩惠，也算够慷慨的，”那女人回答道。

“我所指的权力是乔治的父亲留给我的，”威廉说。

“不错，可是你侮辱了他。你昨天的确侮辱他了。这你自己知道。我永远不会原谅你。永远不会！”阿米莉亚说。她的每一句话都是用颤抖的声音说出来的，其中夹杂着激愤。

“这不是你的真心话吧，阿米莉亚？”威廉悲哀地问道。“你不至于为了责怪火头上的几句话，就忘了多年的忠诚吧？我认为我的方式并没有开罪乔治的在天之灵，假如我们以后相互责备，我相信，他的寡妇和儿子不该这么责备我。以后等你有了闲暇，坐下来好好想想，你的良心会撤回这种指控的。即使是现在，你也已经撤回了。”阿米莉亚低下了头。

“让你感动的并不是昨天那一席话，”他接着说。“那不过是个借口，阿米莉亚，十五年来，我一直从心底里爱着你，衷心照顾你，你的感情和想法我哪样不知道？我知道你的感情有多深，它能为过去的回忆忠贞不贰，把幻想看得无比珍贵，却并不认为我的爱情更有价值，可我的感情配得上比你更慷慨的女子。不。你配不上我忠诚的爱心。我也知道我毕生为之努力的奖赏配不上我为之付出的代价。我知道我是个喜爱空想的傻瓜，一心想以自己全部真心的热情去交换你残存的一点点可怜的爱意。我从此不再讨价还价，我退出了。并不是我发现你有什么过错。你是个天性很好的人，我为你尽了最大的努力。但是你不能……你配不上我给你的爱，它应该由比你高尚的人来享用。再见了，阿米莉亚！我目睹了你的挣扎。现在让这一切结束吧。我们都已经厌倦了。”

威廉突然从阿米莉亚的锁链下挣脱出来，发表了自己的独立宣言，宣称自己比她更加高尚。阿米莉亚听了惊得目瞪口呆，一时哑口无言。他长期以来匍匐在她脚下，这个可怜的小女人已经习惯于践踏他了。她并不想跟他结婚，但是她却想保持与他的关系。她什么都不想给他，可他应该把一切都给她。这种交易在爱情中并非少见。

威廉的突然打击让她心碎，把她打垮了。她的进攻早已失败。

“你是不是要走，威廉？”她问道。

他苦笑一下。“我以前就走过，”他说，“时隔十二年又回来。我们当时都还年轻，阿米莉亚。再会。我在这出戏里已经演了足够长的时间。”

两人谈话的时候，奥斯本太太的房门一直开着一道缝。其实，多宾把门关上时，贝基的手抓着门把手没放。两人的谈话她每一个字都听到了。“这个人的心多么高尚啊，”她想道。“那个女人玩弄这样一颗心实在太可耻了。”尽管多宾憎恨她，可她心里却崇拜他。他这一步走得光明正大，公平合理。她想道：“啊！假如我能有这样一个丈夫，一个既有感情又有理智的人，该多么幸福！我不会在乎他的大脚。”她跑回自己屋子里，竟然想帮他的忙，便给他写了封信，恳求他稍等两天，并表示愿意在阿米莉亚的事情上为他帮忙。

两人已经分手。可怜的威廉最后一次走到门前，离去了。这个小寡妇赢得了这场胜利，可以得意扬扬地享受自己的胜利成果，所有的女士都该嫉妒她取得的胜利才对。

到了传奇般的晚餐时光，乔治先生走进餐厅，再次注意到“老多宾”不在餐桌旁。大家闷闷不乐地吃饭，谁也不想开口说话。约斯的好胃口没有稍减，可是埃米几乎什么都没吃。

饭后，乔治懒洋洋地缩在古老的窗户边的靠垫里，那是个凸出墙外的宽敞窗户，尖角屋顶下三面都是玻璃，可以眺望远处的市集，再远一些，可以看得见“大象”旅馆。他母亲在他身边忙碌着。突然，他注意到街对面上校住的房子里有人在走动。

“哎哟！”他说，“那是多宾的陷阱，他们把那东西搬到院子里了。”那个所谓“陷阱”的东西，其实是个马车，是上校花了六英镑买到的，大家常常为这事嘲笑他。

埃米吃了一惊，可是什么都没说。

“哎呀！”乔治又说，“弗朗西斯提着旅行提包出来了，那个独眼马夫孔兹从集市上牵来三匹马。瞧他那些靴子和黄衣服，真是滑稽。怎么，他们在套多宾的马车。他要走了？”

“是啊，”埃米说，“他要去旅行。”

“旅行？什么时候回来？”

“他不回来了，”埃米回答。

“不回来了！”乔治喊着跳起身。

“待着别动，”约斯咆哮道。“别去，乔治，”母亲的脸上浮出悲哀。孩子只得停下脚步，却在屋子里到处踢踏，跪在窗户边的座位上辗转个不停。又好奇又局促不安。

马套在车上，行李也捆上去，弗朗西斯把主人的剑、手杖和雨伞打成一捆插在车里有空的地方，把他的书夹和旧铁皮帽盒塞在座位下面。弗朗西斯拿出污渍斑斑的丝绸里子蓝斗篷，十五年来，这件旧衣服一直陪伴着它的主人，就像流行歌曲里唱的那样，它已经

“饱经沧桑”了。滑铁卢战役打响时，它还是件新衣服，卡特布拉斯之战后，曾经让乔治和威廉当作被子盖在身上。

房东老伯克走了出来，然后又是弗朗西斯，提出更多行李，那是最后一批行包，最后是威廉上校，伯克想亲吻他。凡是与上校打过交道的人都崇拜他。他费了不少努力才避免了这种亲昵的表示。

“上帝呀，我要去！”乔治尖声喊道。“把这个给他，”贝基一直在关心着眼前的事情，把一张纸片塞进孩子手里。片刻之后，他已经冲下楼梯，越过马路了。一个身穿黄色制服的车夫轻轻甩响了手中的马鞭。

威廉从房东的拥抱中脱出身，已经上了马车。乔治立刻跟着跳上车，双臂搂住上校的脖子。大家都从车窗外面看见这一举动。孩子开始向他提出无数问题。后来，他从衣服口袋里摸出一张纸条，递给上校。威廉急切地抓住纸条，双手颤抖着展开。但他一看信上的内容，表情立刻发生剧烈变化，用力把那纸片撕成两半抛出车窗外。他亲吻了乔治的头，弗朗西斯把孩子劝下了马车，转身用双拳捂在眼睛上。孩子徘徊在马车旁边不肯离去。黄制服车夫使劲甩了下鞭子，弗朗西斯一个箭步跳上马车，马车开动了。多宾在马车里把脑袋耷拉在胸脯上。马车经过阿米莉亚的窗户时，他根本没有抬起脑袋望一眼。乔治孤零零站在马路中间，当着许多人的面号啕大哭。

埃米的女佣听见他夜里再次号啕，就给他送去些杏脯安慰他。结果，她也陪着他一起哭泣起来。凡是贫穷卑微而诚实的好人，只要认识这位质朴好心的先生，都会爱戴他。

至于埃米呢，难道她没有尽到自己的责任？乔治的画像便是她的安慰。

第六十七章
出生、婚姻与死亡

究竟贝基私下打算怎么帮助多宾，让他的真挚爱情终获成功？这个小女人认为最好先把这计划藏在心底。其实，在她看来，任何事情都不及她自己的利益更为重要。她现在有大量问题需要考虑，这些问题都比多宾上校的终生幸福重要得多。

她突然落进个舒适的安乐窝里，周围是友善质朴天性善良的朋友，她已经有很长时间没有跟这样的人打过交道了。受环境所迫，外加上她生性好动，浪迹天涯之间，能够稍稍休息一下也不无愉快。最铁石心肠的阿拉伯人骑着单峰骆驼跨越沙漠时，尚且喜欢靠在水边的椰枣树下歇息片刻，或者进城走走，在公共浴池里洗个澡，在清真寺里做个祈祷，然后再次进行劫掠。约斯的帐篷和东方肉炒饭让她觉得十分惬意。她便拴起自己的战马，挂起自己的武器，在他的炉边享受一下温暖的滋味。在漂泊不定的生活中能驻扎下来，她觉得说不出的安慰和愉快。

既然她自己感到十分愉快，也就尽一切努力取悦大家。我们都知道她在取悦大家方面多么老练。至于说约斯，她在“大象”旅馆跟他短暂交谈几句后，已经基本上赢回了他的好意。她在这个家居住的一个星期之中，把印度文官彻底收为自己死心塌地的奴隶和狂热的崇拜者了。以前，由于阿米莉亚让他觉得索然，他吃过晚饭后便酣然沉入梦乡。现在，他晚饭后却要陪贝基乘坐敞篷马车出去兜风。他还找机会以她的名义开晚会作乐，请小批朋友来聚会。先前辱骂贝基的代理公使现在也来约斯家赴宴，天天向贝基表示敬意。多宾走后，可怜的埃米更加阴郁沉默，有这位超凡出众的天才露面，大家几乎忘记她的存在了。法国公使对她极为着迷，程度丝毫也不亚于他的英国对头。德国的夫人们从来不拘泥于道德观念，对英国人尤其随便，她们对奥斯本太太这位迷人的朋友俏皮的口角和过人的聪明十分器重。虽然她没有要求进宫觐见，但是，这里最显赫著名的人物都对她的魅力有所耳闻，都渴望能见到她。后来，大家了解到她在英国本是高贵出身，丈夫是禁卫军上校，现任一座岛屿的总督，造成夫妇分居的争执微不足道，因为在那个国家，《少年维特之烦恼》仍然有人在阅读，歌德的《亲合力》在那里也被认为是有益道德的读物。于是，在这个小小的公国里，没有人反对上流社会接纳她。夫人们都与她亲昵地以"你"相称，发誓与她结成终生友谊，比原来与阿米莉亚的友谊更加深厚。这些夫人们的痴情和自由，远不是约克郡或者萨默塞特郡诚实的人们所能理解的。在这些达观文明的城市里，一位夫人可以跟许多位可敬的丈夫离婚，却并不影响她在社会中的地位。约斯有了自己的房子后，从来没有象现在这样令人愉快，这都归功于丽贝卡。她在这里歌唱、玩耍、欢笑、用两三种语言交谈，把人们都吸引到这所房子里来。她还让约斯相信，是他自己的睿智和社交天才把本地上流人物吸引到自己家里来的。

至于埃米呢，她发现自己已经不再是这所房子的女主人了，只有需要付账时是个例外。贝基很快便发现一个安慰她取悦于她的办法。她不断地对她谈起赴任的多宾上校，毫不掩饰自己对那位高尚杰出先生的崇敬，还指责埃米对他的态度太残酷。埃米为自己的行为进行辩护，说自己完全遵循了宗教最纯洁的原则；一个女人应该从一而终，她有幸嫁了个天使般的好人，就应该为他守贞节。不过，贝基赞扬上校，她丝毫也没有异议。于是，她们常常把话题转向多宾，一天足有二十多次。

赢得乔治和用人们的好感并不难。据说，阿米莉亚的女佣全心全意爱戴慷慨的上校。起初，女佣讨厌贝基，因为是她使上校离开了女主人，后来，贝基成了威廉热烈的崇拜者和拥护者，她也就跟克劳利太太和解了。两位女士在晚会后亲密交谈时，或者在女佣佩恩小姐为她们梳头的时候，不论是梳一位夫人的浅黄色直发，还是梳另一位的褐色卷发，她总要插嘴替那位好先生多宾上校说几句好话。她这些鼓吹之辞既不会引起阿米莉亚的反感，也不能增加丽贝卡对他的崇拜。她鼓励乔治常常给他写信，坚持要他在附言中补充妈妈对他的亲切问候。到了晚上，这位母亲望着丈夫的画像，仿佛它不再责怪自己，由于威廉离她而去，很可能她倒反而有些怪它了。

埃米做出英雄般的牺牲后，并没有感到愉快。她的神情非常恍惚，情绪不安，沉默寡言，很难有什么事能让她高兴起来。家人从来没见过她这么心绪恶劣过。她变得脸色苍白，脾气乖戾。有时，她试着唱几首歌，其中有《并非独自一人，可我仍然孤独》，那是韦伯的作品，以前的女士们常常唱这类老歌，那时许多读者还没有出生，可见那时的人们也懂得如何恋爱和歌唱。那都是上校偏爱的歌曲。暮色中，她常常在起居室唱到一半，就躲回隔壁自己的卧室，毫无疑问，她在那里望着丈夫的小画像寻求心灵的安慰。

多宾走后，他的几本书仍然留在这里，上面有他的签名。比方说，有一本德语辞典的扉页上就写着："某联队威廉·多宾"；一本旅游指南上有他姓和名的第一个字母。另外还有一两本上校的书。埃米把这些书都收拾起来，放在小衣橱上，那里放着她的针线盒、书夹子、圣经和祈祷书，衣橱上方挂着两位乔治的画像。上校临走忘了戴走自己的手套，乔治到处翻东西的时候，偶然在妈妈平时收藏秘密东西的抽屉里发现那副手套，只见手套整整齐齐叠好了放在里面。

埃米不喜欢交际，外加上心情忧郁，夏日傍晚的最大乐趣便是带着乔治长时间散步。每逢此时，丽贝卡就单独陪着约瑟夫先生。母子俩总是谈起上校，母亲谈起他的方式常常逗得儿子发笑。她对他说，她认为威廉上校是整个世界上最好的人，谁也比不上他慈祥温和，他的勇气无与伦比，他的态度又极为谦和。她一遍又一遍地告诉他说，他们现在拥有的一切，全都仰赖那个朋友的善意相助；告诉孩子他们在贫穷不幸的时候，他怎么向他们伸出友谊之手，在大家全都不理睬他们的时候，只有他悉心照顾他们；虽然他从来不宣扬自己的勇敢行动，可是他的战友们全都崇拜他；乔治的父亲信赖他胜过任何人，他毕生都是好威廉的朋友。"你知道吗，"她说，"你父亲小时候，常常对我说，在学校里有个恶魔，是威廉保护他免受那个恶魔的欺负。他们之间的友谊自打那时起就没有中断过，直到你亲爱的父亲牺牲。"

"多宾杀了那个欺负我爸爸的人？"乔治问道。"我敢肯定准是这样。要是他能逮住那人，准会杀了他，对不对，妈妈？要是我参了军，难道不会痛恨法国人？"

母子俩在一起常常这样交谈。这位天真的女人成了孩子的知心朋友。他像一切认识威廉的人一样，也是他的好朋友。

顺便提一句，贝基太太的感情并不迟钝，她也在自己卧室墙上挂了一幅小画像，大家都感到吃惊，因为那画像上不是别人，就是我们的朋友约斯。塞德利先生有一次进她的屋子拜访，见了画像心中非常得意。她的随身物品非常破旧，她的衣箱和纸质帽盒全都破烂不堪，大概她为此感到十分尴尬，便大谈她留在莱比锡的行李，说是一定要取回来。假如一位旅行者喋喋不休地对你说起自己的行李如何华丽，却没有带在身旁，请你一定要留心那人！这人十有八九是个骗子。

可惜的是，约斯和埃米都不知道这一重要的箴言。在他们看来，贝基有没有大量好衣服藏在箱子里没什么关系。埃米见她身上的衣服非常破旧，就拿自己的衣服给她穿，或带她到城里最好的服装店去，给她从头到脚添置新衣服。我可以向大家保证，破了领子的衣裳她现在再也不穿了，肩膀上也不再有褪色的踪迹。生活环境改变后，贝基的习惯也发生了变化。她不再涂唇膏胭脂，另外一种嗜好也暂时撇在一边，或者说，只是私下放纵一番，比如说，埃米和儿子出去散步后，在约斯力劝之下才喝上点掺水的烈酒。虽然她并不放纵自己痛饮，可是那位向导却是狂饮个没完，那个恶棍基思一抓住瓶子就不放手，一旦敞开怀就连自己也不知道喝了多少。有时候，他见塞德利先生的白兰地酒减少得那么快，自己也觉得惊奇。好啦，好啦，这种事让人说起来怪尴尬的。贝基进了这个上流人家后，很可能喝的酒没以前那么多了。

最后，吹嘘已久的衣箱终于从莱比锡运来了，一共有三只箱子。可是箱子一点儿也不富丽堂皇，尺寸也没有多大，而且，贝基似乎也没有从里面取出什么新衣服来穿在身上。其中一只箱子里装了大量文件，当初罗顿在盛怒中搜寻贝基私藏的钱财，翻腾的就是这只箱子。她兴高采烈地从这箱子里取出一幅画像，钉在自己卧室的墙上，叫约斯进来看。那是个骑在大象背上的绅士，他的脸蛋涂成粉红色，背景是椰子树和佛塔，一派东方景象。

“上帝保佑我的灵魂吧，这是我的肖像呀，”约斯喊道。那真的是他，画像上的人正值青春年华，十分英俊迷人，身上穿着 1804 年样式的米黄色上衣。这是当年挂在拉塞尔广场家中那幅旧画像。

“是我买来的，”贝基的声音激动得颤抖起来。“当时我想去帮帮我好心的老朋友。我一直珍藏着这幅画像，绝对不愿抛弃它。”

“是吗？”约斯狂喜着喊道，脸上露出极为满意的表情。“你真的是为了我的缘故才珍视它？”

“你了解我的心，”贝基说。“唉，说这些又有什么用，回顾往事又有什么用处？现在都太晚了。”

这天晚上的交谈让约斯神情爽快。埃米回来后疲惫得厉害，觉得不舒服，直接上了床。约斯与他漂亮的客人单独待在一起，他妹妹在隔壁躺在床上久久不能入睡，还听见她为约斯唱1815年的老歌。这天晚上，他也像阿米莉亚一样失眠了，这可是桩稀罕事。

时值六月，正是伦敦社交旺季。约斯每天都要阅读举世无双的报纸《加里涅尼》，这报纸是旅居国外的英国人不可或缺的好朋友。吃早饭的时候，他就念上两段以饕夫人们的好奇心。每个星期，这份报纸上都登出军队调动情况的详细报道。约斯目睹过军队的行动，便十分感兴趣。有一天他读了如下内容：

> 某联队回国。格拉维森德6月20日讯。东印度公司的“拉姆钱德号”今天早上驶入内河，船上载着这支英勇部队的十四名军官和一百三十二名士兵。他们在滑铁卢战役中表现英勇，为国争光，一年后奉调离开英国，至今已经有十四个年头。在此期间曾在缅甸战争中大显身手。久经沙场的上校、下级骑士迈克·奥多德爵士昨天携夫人及妹妹在此登陆，随他一道回国的有波斯基上尉、斯塔布斯上尉、迈克罗上尉、马洛尼上尉、史密斯中尉、琼斯中尉、汤普森中尉、弗·汤普森中尉、希克斯旗手和格拉迪旗手。军乐队在码头高奏国歌，他们入住韦德旅馆时，群众欢声雷动。旅馆为英格兰的捍卫者们举行了菜肴丰盛的宴会。席间，室外热烈的欢呼声不绝于耳，奥多德夫人与上校走上阳台，举起满杯韦德旅馆最上等的红葡萄酒，为同胞们的健康干杯。

另外一次，约斯读了一份简短的消息：多宾上校返回查塔姆军营。不久之后，下级骑士迈克·奥多德上校爵士、奥多德夫人和格罗维娜·奥多德小姐进宫觐见国王，奥多德太太的引见人是巴利马洛尼的莫利·马洛尼太太，格罗维娜·奥多德的引见人是奥多德太太本人。多宾的名字出现在陆军少将名单上，因为蒂普托夫老将军在离开马德拉斯归国途中去世了。回到英格兰后，国王提升迈克·奥多德上校为总司令，并且下令由他任上校，统率长期来一直统领的这支出色部队。

阿米莉亚对这些变动已经早有所耳闻。乔治与他的保护人之间从来没有中断过通信联系。威廉离开她后，甚至与她也通过一两次信，只是态度无比冷淡而已。这位可怜的女人自然感觉到，她对他的统治力量已经丧失殆尽，正如他自己说过的，他已经自由了。他已经离开了她，她变成个可怜兮兮的人了。回忆起以往他帮她做过的无数事情，想起他是那么高尚而体贴，她心里只剩下自责悔恨。她习惯于为过去而悔恨，此时便为自己并没有重视他的珍贵价值而后悔。他的爱那么纯洁，他的心灵那么美好，她便为自己轻易抛弃了如此珍贵的东西深感悔恨。

他的爱情真的一去不复返了。他已经死了心。他认为再也不可能像以前那样爱她。再也不可能了。他多年来贡献给她的忠心和敬意被抛在脚下，践踏得支离破碎，就是他的心最后能修复旧伤，也不可能不留下伤疤。那个轻率的小暴君把它伤害得那么惨重。威廉一再思忖："是我硬要欺骗自己，假如她配得上我给她的爱，肯定早就该给我报答了。完全是我一厢情愿。过去的经历不是证明了这一点吗？假如我真的赢得她的爱，第二天难道不后悔？何必埋怨，何必为失败感到羞愧？"他对过去漫长的生活想得越多就越清楚地觉得自己受了蒙蔽。"我要继续从戎，"他说，"在那种庄严的生活中尽我的职责，看来这是天意。我要负责让新兵把铜纽扣擦得锃亮，让中士们别在账目里出错。我要在食堂吃饭，听苏格兰中士讲他的故事。等到我老得不中用了，就领半薪退休回家，听我的老妹妹们数落我。就像席勒的《华伦斯坦》剧中所说：‘我活过爱过。’我疲惫了……弗朗西斯，把账结了，给我拿一支雪茄来，看看今晚有什么戏可看。明天，我们乘‘巴塔维亚’号启程回国。”他在鹿特丹的勃姆皮耶旅馆踱来踱去说了这么多话，可是弗朗西斯只听到最后两句。“巴塔维亚”停在港湾里，他看得见船的后甲板，以前在愉快的日子里，他曾经陪埃米愉快地出游。才不管克劳利太太说他什么呢，哼！明天，我们就要开始旅行，返回英格兰，回到祖国，履行自己的职责！

六月过后，庞波尼克公国小小的贵族圈子里，人们纷纷按照德国习惯离开本地，前往许多有泉水的避暑胜地，喝矿泉水，骑毛驴，假如有兴致又有钱，就在赌场里消磨时光，在旅馆狼吞虎咽地吃饭，消磨整个一夏天的光阴。英国外交官们前往托普利兹和基辛根，他们的法国对手锁上自己的办事机构，匆匆迁往心爱的德·冈德大道。大公一家也去泉水边避暑，或者住进狩猎别墅。凡是自称属于上流社会的人物都离去了，当然，宫廷御医冯·格劳勃大夫及其男爵夫人也要陪同前往。洗矿泉浴的季节是大夫收入最丰的日子，还可以在做生意的同时享乐。他常去的地方是奥斯坦德，德国人最常去的就是那个地方，而且这位大夫还可以陪他的夫人享受海水浴。

他那位有趣的病人约斯，现在成了他定期挤奶的奶牛。他轻而易举地说服了这位文官，让他相信出于自己健康的考虑，应该到那个讨厌的海港城镇去度夏，她漂亮妹妹的身体更是虚弱，极需疗养。埃米并不在乎自己去什么地方。乔治听说要动身，乐得跳了起来。贝基理所当然认为自己应该在约斯买的那辆漂亮的四轮马车里占有一席之地。两个用人的位置则在前面的驭座上。她或许有点担心，害怕去了奥斯坦德会遇到以前的朋友，不过，哼！她有能力应付。她已经在约斯身上抛了锚，没有特大的暴风雨不会让她受到震动。她偶然留在身边的那幅骑象者的画像彻底把他稳住了。贝基摘下画像，装进阿米莉亚多年前送给她的箱子里。埃米也捧着她的两幅守护神像。这一干人最后住进奥斯坦德一所非常昂贵，特别不舒服的房子里。

阿米莉亚开始洗温泉澡，利用它的治疗功能。贝基遇见几十个熟人，大家从她身旁经过全都不理睬她。虽然奥斯本太太陪在她身边，可是那些人她连一个也不认识，也就体会不到朋友的遭遇。贝基明智地认为，没有必要让自己的同伴了解真相。

罗顿·克劳利太太的某些熟人很愿意认她，恐怕倒是她不愿跟他们交往。其中有不属于任何部队的罗德少校、曾在步兵服役的卢克上尉。这两个人每天都在海堤上抽烟，或者盯着看女人，他们很快便成了好客的约瑟夫·塞德利先生家的常客。实际上，他们是不容分说地闯进家来，不论贝基在不在家，他们都会步入奥斯本太太的客厅，两人的衣服上、胡子上喷着香水，对约斯以“老伙计”相称，站在桌子旁边长时间地说笑、喝酒。

“他们说的话是什么意思？”乔治不喜欢两位先生。“我昨天听见少校对克劳利太太说：‘不，不，贝基，你不能一人独占那个老花花公子。咱们一定得对半分，他妈的，要不然，我就告发。’妈妈，少校这话是什么意思？”

“少校！别叫他什么少校！”埃米说。“我可听不懂他那些鬼话。”他和他的朋友出现在这里，让这个小女人感到无法遏制的恐惧和厌恶。他们喝得醉醺醺的向她说恭维话，隔着桌子向她递送秋波。那个上尉向她步步进逼，让她觉得又讨厌又害怕。没有乔治陪伴，她绝对不敢单独跟他在一起。

说句公道话，丽贝卡也绝对不让他们任何一个人跟阿米莉亚单独在一起。那少校也是个放荡不羁的家伙，发誓说要把她弄到手。两个恶棍竟然在这个纯洁的人家里打赌要把她弄到手。虽然她并没有意识到两个流氓策划着算计她，但是有他们在场她就觉得不舒服，渴望离开这个地方。

她对约斯又是恳求，又是乞求，要他赶紧离开这地方。他不走。他被大夫拴在这里了，大概还有其他羁绊，所以行动迟缓。至少贝基并不渴望回英格兰。

最后，她下了个大决心，迈出大大的一步。她给大海彼岸的一位朋友写了封信。她没有对任何人提起这封信的事，独自把这信藏在披肩下去了邮局。不过，她见到乔治后脸涨得通红，情绪激动得厉害。那天晚上，她搂着儿子长时间地亲吻着。那天散步之后回到屋子里就再也没出来。贝基认为是罗德少校和上尉把她吓坏了。

“她不该待在这里，”贝基自忖道。“这个愚蠢的小傻瓜该去别的地方。她直到现在还为那个没脑子的丈夫痛哭呢。都死了十三年了——他真是罪有应得。她不会嫁给这两个人中的任何一个。罗德太坏。不。她还是该嫁给那个手持竹手杖的人。我今晚就把这事搞定。”

于是，贝基端了杯茶来到阿米莉亚的卧室。她发现那个女人正面对着两幅小画像，神情极为悲哀紧张。她放下茶杯。

“谢谢你，”阿米莉亚说。

“听我说，阿米莉亚，”贝基当着她的面在屋子里来回踱着步子，对她又可怜又轻蔑。“我想跟你谈谈。你必须离开这里，避开那两个鲁莽无礼的人。我不能让你受他们折磨。你待在这儿只能受他们的侮辱。他们是些恶棍，都该关进大牢。别在乎我是怎么认识他们的，我什么人都认识。约斯保护不了你，他太无能，自己都需要有人保护。你不比个怀里的婴儿更适应这个世界。你必须结婚，要不然，你和你的宝贝儿子都要遭殃。你这个小傻瓜，你必须有个丈夫才成。一个我从来没见过的好人向你求过一百次，可你这个糊涂的人儿却拒绝了人家，真是个不知感恩没心肝的小东西！”

“我做过最大的努力，真的，丽贝卡，”阿米莉亚反驳道，“可我实在忘不了……”她的目光投向那幅画像。

“忘不了他！”贝基嚷道，“忘不了那个自私的骗子，忘不了那个卑贱的伦敦花花公子，忘不了那个草包蠢货！他是个没风度，没头脑，没心肝的人，跟你那个手持竹手杖的朋友根本没法相提并论，就像你跟伊丽莎白女王不能相提并论一样！你难道没有意识到，那个人早就对你心生厌倦，要不是多宾逼他信守诺言，他根本就不会娶你。他对我说过这话。他根本就不喜欢你。他当着我的面说藐视你的话，跟你结婚过了才一个星期，就向我求爱。”

“你撒谎！你撒谎，丽贝卡，”阿米莉亚嚯的一声坐直身子大声喊道。

“听我说，你这个傻瓜，”贝基仍然保持着平静态度，让对手看了更加生气。她从裙带下取出一张小纸片，展开，丢在阿米莉亚腿上。“你认识他的笔迹。这是他写给我的，要我跟他私奔，还是当着你的面给我的，就在他挨枪子的前一天。活该他短命！”贝基说道。

埃米没有听见她后面说的话。她在读那封信。这是里奇蒙德公爵夫人举行舞会的那天晚上，他夹在花束里送给她的信。她说得没错，那个愚蠢的年轻人请求她跟他私奔。

埃米的脑袋耷拉下去，开始哭泣。这恐怕是她在这个故事中最后一次哭泣了。她的脑袋耷拉得越来越低，双手抬起来捂住眼睛。她放纵自己的感情哭啊哭，贝基站在一边旁观着。谁能说得准这些眼泪有什么含义，其中蕴藏的是痛苦还是甜蜜？她伤心得死去活来，是因为毕生崇拜的偶像被人推翻砸碎在她脚下？是因为自己纯真的爱情受到如此的蔑视而愤慨？还是因为世俗礼仪的障碍已经去除，她因而可以重新拥有真挚的爱情而欢欣？“现在什么都不能阻止我了，”她想道。“我可以全心全意地爱他了。啊，我要，我要，但愿他允许，但愿他能原谅我。”我相信，这个温和的小胸脯中激荡着的正是这样的感情。

其实，她并没有像贝基预料的那样哭个没完。贝基安慰她，亲吻她。贝基太太从来没有表示过这样的好意。她像对待一个孩子一样安慰埃米，轻轻拍她的脑袋。“现在，我们该拿出笔墨，马上给他写封信，”她说。

“我……我今天早上已经给他写过信了，”埃米的脸涨得通红。

贝基乐得尖声大笑。高声唱起罗西娜[①]的台词：“一封信啊，一封信！”整个房子都回荡着她高亢的歌声。

这件事过后的第三天早上，阿米莉亚一夜失眠，听着窗外咆哮般的暴风雨声，心里可怜着海上和陆地上的一切旅行者。她一大早就起床，执意要带乔治到海堤上去散步。到了那里，她任凭雨点抽打自己的面庞，在海堤上来回踱着步子，目光投向黑暗的海面，越过汹涌澎湃的波涛，眺望着西方。两人都没有多说话，只是孩子偶尔向胆怯的母亲说两句话，表示自己的同情和保护。

“我希望他不会挑这么个恶劣天气渡海，”埃米说。

“我敢打赌，他十有八九会来，”孩子回答道。“瞧，妈妈，那边有轮船冒出的烟。”的确，海天之际出现了船的踪迹。

虽然轮船载着重荷，可他很可能不在船上。他可能没有收到信，也可能不愿来。巨大的浪涛拍向海堤，上百种恐惧也灌进这颗小小的心田。

浓烟下，轮船渐渐出现了。乔治有一只时髦的望远镜，老练地瞄向那船。他嘴里不断描述船在浪中上下颠簸越来越近的情形。码头升起信号旗，表示一艘英国轮船正在靠近。我敢说，阿米莉亚太太的心旌也像那面信号旗一样呼啦啦飘荡着。

埃米也靠在乔治肩膀上用望远镜看，可是她什么也看不见，只

① 罗西娜：意大利作曲家罗西尼的歌剧《塞维利亚理发师》中女主角。贝基暗示的意思是：剧中费加罗提示罗西娜写一封信，而那封信她已经写好了。——原书编者注

看到一团黑影在眼前一起一伏。

乔治再次把望远镜抓在手中，瞄向那条船。“船颠簸得多厉害啊！”他说道。“一个浪头拍碎在船头。除了舵手，甲板上只有两个人。一个人躺着，另一个……穿着斗篷……手里拿着……万岁！……真是太棒啦，是多宾！”他放下望远镜，双臂搂住母亲。那位夫人怎么样呢，她就像著名的诗句所说：“欢喜得流下了眼泪。”她知道那肯定是威廉。不可能是其他人。她刚才说希望他不要来的话全是违心的。他当然会来。他怎么会不来呢？她知道他会来的。

轮船快速驶近了。母子俩走向码头去迎接，可是埃米的双腿颤抖得几乎跑不动。她真希望能跪下来就地祷告。啊，她想道，她要终生祷告，感谢上苍。

天气太恶劣，轮船靠在码头上时，周围连个看热闹的人都没有，负责接待乘客的人都找不到。淘气鬼乔治也跑开了。身穿红里子旧斗篷的先生上岸后，旁边没有一个人目睹当时发生的事情，情况大致是这样的：

一位头戴白帽肩披白披肩的夫人张开双臂向他迎上去。片刻之后，她便消失在他的旧斗篷下面，热烈地亲吻他的双手。照我猜想，那位先生一面把她紧紧搂在自己的胸口上，一面竭力保持着平衡，免得她滑倒在地。她嘴里喃喃地说了许多，大概是说原谅亲爱的威廉，说威廉是她亲爱的，亲爱的，最亲爱的朋友。两人亲吻啊，亲吻啊，亲吻个不停。在斗篷里发生这样的事情实在够荒唐的。

等到埃米从斗篷里重新露出身子后，她仍旧紧紧抓着威廉的一只手不放，两眼盯着他的面孔。只见那张面孔上充满了悲哀，露出慈祥的爱意和同情。她从中看出了责备，垂下自己的脑袋。

“你早该叫我回来了，亲爱的阿米莉亚，”他说。

“再也不让你走了，威廉。”

“不走了，永远不走了，”他说着再次把那个亲爱的人儿紧紧贴在心上。

两人走出海关后，乔治举着望远镜朝他们扑过来，大声欢笑着向他表示欢迎。他围在他们两人身边欢快地舞蹈，请他们进屋的时候用夸张的古式礼节。约斯还没起床，贝基也没有影子，不过她躲在百叶窗后面看到了他们。乔治跑去照料早饭。埃米把帽子和披肩交给佩恩太太后，动手为威廉解开斗篷带子。我们最好随着乔治去厨房，看看为上校准备的早饭吧。船已入港。他已经得到了终生为之奋斗的奖赏。亲爱的鸟儿终于归顺了。她靠在他肩膀上，张开颤动的翅膀贴在他心口上咕咕叫着。这不正是十八年来他昼思夜想的结果吗？这不正是他渴望得到的报酬吗？这就是他生活的顶点，希望的终结，三部曲的最后一页。再见了上校，愿上帝保佑你，诚实的威廉！再会，亲爱的阿米莉亚，愿你恢复青春，像藤萝一样缠绕在这棵粗粝的老橡树上！

※ ※ ※

也许丽贝卡觉得太愧疚，不敢面对这位亲切质朴的人儿。阿米莉亚是她生命中第一个保护过她的人。丽贝卡或许不喜欢这么多情的场面，她反正在其中尽了自己的职责，便没有在多宾上校和他夫人的婚礼上露脸。照她所说，她有件“特殊事务”要办，去了布鲁日。婚礼只有乔治和他舅舅出席。婚礼后，乔治与父母团聚，贝基太太回来安慰孤独的约瑟夫·塞德利。她说，过几天就离开。他说，他喜欢住在欧洲大陆，不愿意跟他妹妹妹夫住在一起。

埃米心里非常高兴在读到乔治的信之前便给丈夫写了信。“那事我早知道了，”威廉说。“可我怎么忍心用那种武器对付我们可怜的牺牲者呢？正因为这样，我听了你的话心里才难受得……”

“再也别提那天的事情了，”埃米嚷道。她后悔得要命，觉得自己实在太卑鄙了。威廉连忙改变话题，谈起格罗维娜和亲爱的老佩吉·奥多德。他收到她的召唤信时，正陪她们坐在一起。“假如你不写信叫我，”他笑着说，“谁知道格罗维娜现在已经改用了什么姓氏呢！”

现在，她成了格罗维娜·波斯基，也就是波斯基太太。她打定主意，决不嫁这个联队以外的人，便在他的第一任妻子去世后嫁了他。奥多德太太也深深依恋这个联队，声称假如迈克有个三长两短，她发誓要在这个联队里再挑个人嫁给他。但是，中将身体很好，住在奥多德镇上，养着一群小猎狗，过得十分阔气排场，除了邻近地区霍格蒂城堡的霍格蒂之外，郡里没人能比得上他的地位。他夫人仍旧喜欢跳奇格舞，在中将上次举办的舞会上，她还坚持与主人的马倌比赛，看谁跳的时间长。她和格罗维娜都一口咬定，多宾不该玩弄格罗维娜的感情，幸亏波斯基同意娶她，格罗维娜才感到些许安慰。奥多德收到从巴黎寄来的一方头巾，心头怒气因此平息了。

多宾上校婚后立即退役，在汉普郡租了个漂亮的小房子，距离女王的克劳利宅子不远。改革议案通过后，皮特爵士携全家长期定居在宅子里。男爵在议会中的两个席位失去后，晋爵的希望彻底落空。那场灾难过后，他囊中羞涩，情绪低落，身体渐渐垮了，就闷闷不乐地预言帝国很快就要毁灭。

简夫人与多宾太太成了极为要好的朋友。宅子与上校的常青别墅之间经常有车马来回走动。这别墅是向他的朋友庞托少校租的，因为少校全家长期旅居国外。简夫人是多宾太太的孩子的教母，孩子从了她的名字，由詹姆士·克劳利牧师行洗礼。詹姆士继承了父亲的牧师职位。乔治和罗顿都进入剑桥大学学习，放假时一起持枪打猎，两个年轻人之间建立起友谊，不过为了简夫人的女儿，两人颇有争执，因为两人都爱上了这位姑娘。两位夫人早有意让乔治与这位年轻的女子结合，不过我听说，克劳利小姐本人却倾向于她的堂兄。

两家都不提罗顿·克劳利太太的名字。大家在她的问题上保持沉默是有原因的，因为不论约瑟夫·塞德利先生到哪儿，她总在他身旁，那个糊涂蛋似乎完全成了她的奴隶。上校的律师向他通报说，他妻子的哥哥为自己投了笔数额巨大的人寿保险，很可能为的是筹款偿还债务。他向东印度公司请了长假，而且他的身体的确一天比一天虚弱。

阿米莉亚听说哥哥保寿险的事感到极为惊慌，恳求丈夫上布鲁塞尔找他，了解真实情况。上校很不情愿离开家，因为他正在悉心撰写《旁遮普历史》，再说，他心爱的女儿刚刚出过水痘。他到布鲁塞尔后，发现约斯住在那座城市中一家豪华旅馆里。克劳利太太住在同一旅馆的另外一套客房中，拥有自己的马车，常常宴请宾客，生活非常上流气派。

上校当然不想见那位夫人，甚至不愿让人得知他来到布鲁塞尔的消息，只是打发用人私下送了个信给约斯。约斯央求上校当晚就去看他，因为克劳利太太要出门做客，两人可以单独会见。他发现大舅子身体极为虚弱，处境可怜，虽然满口奉承丽贝卡，却对她怕得要命。他患了一系列莫名其妙的病症，一直由她照料，她对他忠实得令人敬佩，简直像他的女儿一样用心。“不过……不过，啊，看在上帝的分上，跟我住得近些吧，常常来看看我，”这个不幸的人呜咽道。

上校听了这话，眉头紧紧拧在一起。“我们不能，约斯，”他说。“在这种情形下，阿米莉亚不能来看你。”

“我向你们发誓，我把手放在《圣经》上发誓，”约瑟夫气喘吁吁地说，还想凑过去亲吻那本书，“她像个孩子一样纯洁，像你妻子一样清白无瑕。”

“也许这话不错，”上校阴沉沉地说，“不过埃米不能来看你。约斯，像个男子汉一样振作起来，断了这种不光彩的关系。回家跟你的家人团聚吧。我们听说你的经济状况不佳。”

“经济状况不佳！”约斯喊道。“是谁这么胡说？我的钱全都按最高的利润存在外面。克劳利太太……也就是说……我的意思是说……我的钱是用最高的利润存着。”

“这么说你没有借债？那你为什么保寿险？”

“我想……给她一点儿礼物……假如发生个三长两短。你知道我的身体非常不好……算是博爱和感激……我打算把钱都留给你们的……我可以从自己的收入中省下来，真的能省下来，”威廉这位意志懦弱的大舅子大声嚷道。

上校要约斯立刻逃走，回到印度去，克劳利太太不可能跟他去那儿。这样就能断了这种能要他性命的关系。

约斯双手合十，哭喊道：“我要回印度去。怎么都行。可是必须有充裕的时间才成。绝对不能跟克劳利太太说，要不然她会杀了我。你不知道她是个多么可怕的女人，”可怜的家伙说。

“那你干吗不跟我走？”多宾问道。可是约斯没有这个勇气。“你明天早上要再次来看我，我绝对不能让她知道你来过。你现在该走啦。贝基马上就要回来。”多宾离开他的时候，心里充满了不祥的预感。

他从此再也没见到约斯。三个月后，约瑟夫·塞德利在艾克斯-拉-查波尔地方去世。人们发现他的钱完全是笔糊涂账，丢在各种虚无缥缈的公司搞的投机生意中，成了一堆毫无价值的股票。唯一有价值的东西便是两千镑人寿保险金，这笔钱留给“我亲爱的阿米莉亚和下级骑士罗顿·克劳利上校夫人丽贝卡”，由两人平分，因为丽贝卡在他病中曾悉心伺候他，遗嘱也由她来执行。

保险公司的律师赌咒说，他一辈子从来没见过这么糊涂的案子，说应该派专员到艾克斯调查他的死因，公司拒绝支付保险金。克劳利太太自称是克劳利夫人，立刻带了一帮来自伯克公司、戴维斯旅馆的瑟特尔和海斯公司的律师，到伦敦大闹，看他们敢不支付。他们说欢迎调查，还声称说有人多年来一直阴谋暗害她。最后钱到了手，她还保全了自己的名声。但是多宾上校把他那份钱退还给保险公司，并表示坚决不与丽贝卡有任何通信来往。

她也不再是克劳利夫人了，可她继续用这个头衔。广受爱戴的罗顿·克劳利上校大人在考文垂岛罹患黄热病去世，受到臣民深切的哀悼。他的哥哥皮特爵士六个星期后辞世，地产由现在的罗顿·克劳利男爵继承。

他也拒绝与他母亲见面，不过倒算慷慨，按时给她一份丰厚的生活费，没有这笔生活费，她也过得十分阔绰。男爵长期住在女王的克劳利宅子里，与简夫人和她的女儿一起生活。丽贝卡，或者说是克劳利夫人主要住在巴斯和切尔滕纳姆，许多人认为她是个受了大委屈的女人。她也有敌人。谁没敌人呢？她现在的生活就是对他们的回答。她整天忙于从事宗教活动。她上教堂，身后总跟着个仆人。她的名字登在所有慈善捐款名单上。对于穷苦的卖橘子女孩、没人照顾的洗衣妇、贫苦的卖松饼贩子，她是个可靠而慷慨的朋友。为这些不幸的人们举行的义卖会上，总有她开的摊子。不久之前，埃米和上校带着孩子到伦敦来，突然在这种义卖会上见了她。他们大吃一惊，乔治已经长成个大小伙子了，埃米急忙拉着乔治的胳膊从她身边逃走，她见了这情形只是垂下眼皮微微一笑。上校连忙抱起自己心爱的女儿简妮。他认为自己的女儿比世界上的一切都宝贵，甚至超过了他的《旁遮普历史》。

"他爱女儿胜于我，"埃米想着不由叹一口气。但是他从来没有对阿米莉亚说过一句严厉的话，对她从来非常温和体贴，她的要求他总是想方设法满足。

啊，名利虚荣，虚荣名利！人生在世哪个能幸福？哪个能如愿？即使如愿，哪个又能满足？好啦，孩子们，我们要收拾起箱子，装起木偶，我们的戏已经演完。

名利场

上

[英]威廉·萨克雷 著
贾文浩 贾文渊 译

中国友谊出版公司

图书在版编目（C I P）数据

名利场 / (英) 威廉 · 萨克雷著 ；贾文浩，贾文渊译. -- 北京 ：中国友谊出版公司，2017.2（2018.5重印）
书名原文：Vanity Fair
ISBN 978-7-5057-3980-2

Ⅰ. ①名… Ⅱ. ①威… ②贾… ③贾… Ⅲ. ①长篇小说－英国－近代 Ⅳ. ①I561.44

中国版本图书馆CIP数据核字(2017)第030123号

书名 名利场
著者 [英]威廉 · 萨克雷
译者 贾文浩 贾文渊
出版 中国友谊出版公司
发行 中国友谊出版公司
经销 新华书店
印刷 北京中科印刷有限公司
规格 880×1230毫米 32开
25.25印张 620千字
版次 2017年10月第1版
印次 2018年5月第2次印刷
书号 ISBN 978-7-5057-3980-2
定价 68.00元（全二册）
地址 北京市朝阳区西坝河南里17号楼
邮编 100028
电话 (010) 64668676

目录

译本序

本书作者威廉·梅克比斯·萨克雷于1811年7月18日出生于印度加尔各答，四岁丧父，六岁回到英国，先后在著名的卡尔特豪斯公立学校、三一学院、剑桥大学读书。上大学时开始对文学和美术发生浓厚兴趣，尚未获得学位就离开剑桥大学，先在一家杂志社任编辑，后于1834年前往巴黎学习绘画，1837年返回英国。

萨克雷从上大学时就开始在各种杂志上发表文学作品，并编辑多种杂志。1846年开始在杂志上连载自绘插图的小说《名利场》。最初几期没有引起读者过多注意，不久，读者便迫不及待地盼望下一期的到来。作品引起极大的轰动，奠定了他作为英国伟大现实主义作家和幽默大师的基础，使他成为当时与狄更斯齐名的著名作家。他的作品一般是先在报刊上连载，然后编辑成册。其他著作有：融史实与虚构为一体的《亨利·埃斯蒙德》，讽刺幽默作品《凯瑟琳》《巴利·莱顿》《势利者》《霍格蒂大钻石》《彭登尼斯》《丽贝卡与罗维娜》《莱茵河畔的基克尔伯利一家》《英国幽默家》《后来者》《四个乔治》《玫瑰与戒指》《菲利普历险记》《四面八方的报纸》等。

1863年冬天，他开始为杂志写他的最后一部连载小说《丹尼斯·杜瓦尔》，小说尚未完成便不幸于当年圣诞节前夜突然去世。

萨克雷早年在印度和欧洲大陆生活学习，命运坎坷，经历非常丰富。在他的众多作品中，他无情地揭露当时社会的种种弊端，特别善于揭去贵族和上流人物的假面具，因而他的作品不仅具有匡正时弊的积极作用，也因勾画出当时从宫廷到贫穷百姓的广阔生活画卷而超越时代，具有永恒的历史价值。

在《名利场》场中，他主要塑造了19世纪初英国资本主义社会一个女冒险者的典型。这个人物并不邪恶，也不善良，但非常富有人情味，完全是时代的产物。小说中，作者频频与读者交流，叙述中夹杂着议论，时而冷嘲热讽，时而严肃说理，时而歪理歪推，喜剧效果强烈。读者在参与思索的过程中，不但能理解作者的用心，也颇受教益。

《名利场》的故事以两条线索展开，从同一个起点出发，相互交织，最后到达同一个终点。其中一条线索讲述善良、笨拙、生活在富有家庭中的女子阿米莉亚·塞德利；另一条线索讲述的是一个机灵、自私、放荡不羁、贫穷的孤女丽贝卡·夏普。两人于1813年乘坐同一辆马车离开平克顿女子学校。两人都在遭到家庭反对的情况下，于1815年结婚，分别嫁给即将参加滑铁卢战役的两名英国军官。新婚不久，那场具有历史意义的战役打响了。阿米莉亚的丈夫战死沙场；丽贝卡的丈夫战后生还。接下来的十年中，丽贝卡生活一帆风顺，在社会的阶梯上不断攀升，直至有幸觐见国王，而阿米莉亚却因父亲破产承受着极大的不幸。到了1827年，命运发生了逆转，丽贝卡的生活落入毁灭的深渊，这其实是罪有应得；阿米莉亚却转而变得富裕幸福，可归因于善有善报。但是，作者以灵活的讽刺手法，使两位女主角最后的命运归于平衡，仿佛在一个大的轮回之后，回到故事开始时两人命运的起点。

故事中，滑铁卢战役是两人命运的重要分水岭。战役之前，故事的焦点是两位女主角的婚事。两人的婚事分别受到男方家庭的反对，也都因此得不到家庭的支持，两位丈夫的遗产继承权均被取消。滑铁卢战役之后，故事的焦点是两个女主角的贞节问题。两个三角关系分别展开。丽贝卡对丈夫不忠，与放荡好色的贵族富豪斯泰恩侯爵勾搭；阿米莉亚对自己去世的丈夫恪守贞节，拒绝与十几年如一日忠实爱慕她的多宾结婚。

作者营造了这样一个充满各种悬念的框架，便游刃有余地在其中穿插当时社会的林林总总——从英国伦敦到比利时布鲁塞尔，从法国巴黎到虚拟的德国庞波尼克大公国；从宫廷贵族到追求上流生活的中产阶级，从商人平民到管家女仆；有追求奢侈的欲望，有尔虞我诈的争斗；为了金钱地位宁肯抛弃人格，为了享受空虚的浮华生活耍尽种种欺骗手段；诚实忠贞的人忍受贫穷灾难，不顾廉耻的人在上流社会尽享富贵荣华。作者在讲述两个女主角的命运时，以真实的笔墨描绘出当时英国乃至欧洲的社会风貌，用犀利的雕刃剥去蒙蔽其表的华丽外壳，刻画出畸形社会中一个个活脱脱的丑恶人物。在阿米莉亚和多宾这样善良、诚实、富有普遍道德观念的人物对比下，那些上流人物的形象就愈发显得丑陋。

作者以现实主义的手法，创造了丽贝卡这个一心顺着社会的阶梯向上爬的女冒险家形象。作者的过人之处是对这个人物的塑造既不理想化，也不简单化，而是把她描绘成一个心理复杂、充满欲望，但却十分真实可信的普通女人。作者在对这个人物的描述中，灌注了对病态社会的诅咒；强烈对比之下，对阿米莉亚这个信守道德价值观念的善良女子的描写，又抒发了他对真、善、美的渴望。

萨克雷的写作手法幽默中含着严肃，评论中充满对世人的劝诫，睿智的比喻包含了自己丰富的生活经验和深刻的人生哲理。故事始终紧紧扣着名利场这个主题，作者在故事结尾时说：“啊，名利虚荣，虚荣名利！人生在世哪个能幸福？哪个能如愿？即使如愿，哪个又能满足？”作者以这样一句问话高度概括了追逐名利的金钱社会，同时提出了一个没有答案的问题。

萨克雷作为现实主义小说家，不但希望花钱买他作品的读者从中获得娱乐受到教益，也希望给小说的发展指出一条相对进步的道路。我们可以从他的小说中看出，他希望提高19世纪中期的小说作品格调。在他和狄更斯之后，英国小说逐渐脱离了缠绵的爱情故事框架，走上坚实的现实主义道路，赢得了更多的读者。

五十多年前，著名翻译家杨必曾翻译出版过这部著作的一个译本，公认是一代名译。我们的译本不敢望其项背，只能说在语言上更靠近这个时代。这是译者充分考虑了当代读者的阅读习惯后做出的选择，如果能得到读者的认可，那便是译者最大的满足。

译者

2016年8月

幕启之前

演出编导背靠幕布坐在舞台上朝集市望去，面对一片熙熙攘攘的喧闹景象，一阵深深的忧伤不觉涌上心头。人群中食客在大吃二喝；喜新厌旧的情人在调情打趣；有人放声大笑，有人伤心落泪；有人抽烟，有人闲聊，有人打斗，有人跳舞，有人拉琴；暴徒恃强凌弱，花花公子和女人打情骂俏，窃贼掏人家钱包，警察警惕地巡视，卖假药的在货摊前大声叫卖——也是一帮走江湖的，愿他们遭瘟疫！庄稼汉们翘首观望衣着艳丽的舞女和涂脂抹粉的可怜杂耍老汉，不料指头敏捷的家伙却从身后掏光了他们的衣袋。唉，这的确是个名利场，它当然不是个道德所在，尽管热闹无比，却绝不是个令人愉快的地方。看看那些下场后的演员和小丑吧。傻瓜汤姆卸去脸颊上的油彩，在天幕后面坐下来，与妻子和一群等着填饱肚子的娃娃一道吃饭。幕布马上就要开启，他不久便要一连翻几个筋斗，高喊："嘿，诸位看官好。"

我以为，一个天生善于思索的人，穿过这样一种场所时，不会被自己或其他人的狂欢情绪所左右。出于心情愉快或者善意，他有时会觉得周围林林总总颇为有趣——一个孩子贪婪地望着姜饼摊；一位漂亮姑娘听情人对她倾诉衷肠，看着他为她挑选礼品，脸颊泛起红晕；大篷车那边，可怜的傻瓜汤姆正跟他诚实的家人一起啃骨头，这家人赖以维生的本钱就是他翻的筋斗——但是，总的来说，忧伤的印象胜过喜悦。等到回了家，才能在恬静益思和不无适意的心境中坐下来，开始读书或者从事自己的正事。

我只能以这个带点寓意的引子开始讲这个《名利场》的故事。有些人认为名利场完全是个不道德的场所，他们和家人用人全都对此避之唯恐不及。他们的看法很可能不错。但是那些想法不同的人，那些情绪慵懒态度友善的人，或者那些持尖刻讥讽态度的人，或许想进去混上半个钟头，观看一下表演。这里有各式各样的场景，有可怕的搏斗，有华丽壮观的马术，有的场景表现上流生活，有的实在属于低级趣味；有些是伤感的爱情故事，有的是轻松喜剧；每出戏的背景都恰如其分，全都由作者本人思想的烛光所照亮。

编导还有什么话要说？鸣谢。感谢在英格兰各大城市上演获得的善意，感谢尊敬的报界主管们、贵族和绅士们给予的赞同和关注。一想到戏中角色能让这个帝国的最上层人物满意，他便感到自豪。受人欢迎的木偶“贝基”各关节灵活得异乎寻常，在提线上活泼无比；傀儡“阿米莉亚”的崇拜者较少，却是艺术家精心雕琢修饰的杰作；木偶“多宾”尽管显得笨拙，可是跳起舞来动作自然，引人入胜；“小人舞”颇受一些人的喜爱；“邪恶的贵人”费用不菲，华丽的衣着无懈可击，这场唯一的演出一结束，魔鬼就要把它带走。

编导想到这里，朝他的衣食父母——观众们——深鞠一躬，退入幕后，幕布开启了。

1848年6月28日于伦敦

名 利 场

一部没有男主角的小说

第一章
奇斯威克林荫道

本世纪十几年六月份一个阳光明媚的早晨，一辆大型家用轿车以每小时四英里的速度，朝奇斯威克林荫道上平克顿女子学校的大铁门驶来，轿车套着两匹膘肥体壮的马，马具锃明瓦亮，肥胖的车夫头上戴着假发和三角帽。马车在平克顿小姐闪闪发亮的铜校牌前停下，坐在胖车夫驭座旁的一个黑仆人伸开罗圈腿站起身，拉响了门铃。这所堂皇的老式建筑上，狭窄的窗户里立刻露出至少二十多颗年轻的脑袋。啊，如果目光敏锐，望着平克顿小姐的客厅窗户，或许能从窗台上的天竺葵花盆之间，分辨出脾气善良的杰迈玛·平克顿小姐那只小红鼻子。

“姐姐，是塞德利太太的马车，”杰迈玛小姐说。“拉铃的是那黑仆人萨姆波，车夫穿了件红色的新马甲。”

“杰迈玛小姐，塞德利小姐上路的必要准备你都做好了吗？”说话的是仪态庄重的平克顿小姐本人。她就是哈默史密斯笔下的塞米拉米斯①，还是约翰逊博士②的朋友，与查波恩太太③通信的那个人就是她。

---

① 塞米拉米斯：传说中亚述的女王、叙利亚女神的女儿、古巴比伦的创立者、伟大的统治者及征服者。——译注

② 塞缪尔·约翰逊(1709–1784)。英国著名作家。18世纪主办过英国著名的杂志《漫步者》双周刊并发表许多文章。他因编纂过一本英语辞典而获牛津大学荣誉博士称号。——译注

③ 波恩太太：在《漫步者》杂志上发表过《开阔思维书信集》。——原书编者注

“姑娘们早上四点就起床为她收拾箱子，姐姐，”杰迈玛小姐回答，“我们为她弄了一捆花。”

“要说一束花，杰迈玛妹妹，这样说才比较文雅。”

“是啊，那‘书’花大得活像一捆麦秸。我为塞德利太太装了两瓶紫罗兰露，制作那种花露水的配方装进阿米莉亚的箱子里了。”

“杰迈玛小姐，我相信你已经抄了一份塞德利的账单。是这个，对吗？很好……九十三镑四先令。请交给约翰·塞德利先生，把我写给他太太的短简封起来。”

在杰迈玛小姐的眼中，她姐姐平克顿小姐的亲笔信简直像国王的喻旨一样神圣。只有她的学生毕业离校时，或者她们即将结婚的时候，平克顿小姐才会亲笔给她们父母写信。有一次写信是在可怜的伯奇小姐罹患猩红热去世之后。杰迈玛认为，除了平克顿小姐宣布这个事件用的虔敬而雄辩的措辞之外，什么也不能让失去女儿的伯奇太太得到安慰。

这一次，平克顿小姐的“短简”内容如下：

夫人：

阿米莉亚·塞德利小姐在敝校住读修业六年，已具备英国淑女风范，可以胜任立足上流文雅社会。现在我荣幸而愉快地将她呈还给她的父母。塞德利小姐品行性格均不乏英国淑女规范，才学教养皆符合其家庭出身及地位之等级。塞德利小姐因勤勉恭顺而深受导师们钟爱，因天性淳美而令长幼同伴喜欢。

在音乐、舞蹈、拼写、各种刺绣和女工等方面，均能实现亲朋最美好的愿望。在地理知识方面尚需做出更大努力。为取得时髦女士的每一种高贵举止风度，建议在今后三年中，每日谨慎而不懈地缚用矫姿背板四小时。

在恪守宗教和道德准则方面，塞德利小姐值得受到本校的嘉誉，本校以受过伟大的辞典编纂家惠顾并受到查波恩太太的赞赏而深感荣幸。阿米莉亚小姐毕业离开本校，她同伴们的爱心和校长挚爱的祝福将伴她同行。

校长本人荣幸地亲笔致函如是。

夫人，您最谦恭的仆人

巴巴拉·平克顿

18×× 年 6 月 15 日于奇斯威克林荫道

附言：塞德利小姐由夏普小姐陪伴。夏普小姐在拉塞尔广场居住的时间不可超逾十日，特此要求。她预定供职的那个名门之家请求尽快得到她的服务。

短简写毕，平克顿小姐便准备着手在一本约翰逊所编的字典扉页上填上她自己和塞德利小姐的名字，这是一项让她感兴趣的工作，凡是从本校毕业的学生，在离校时均能得到这样一本纪念品。封面加有如下字样："奇斯威克林荫道平克顿女子学校毕业留念——已故塞缪尔·约翰逊博士。"其实，这位字典编纂家的名字随时都挂在这位庄重的女人嘴边。他生前对她的拜访便是她荣誉和财富的源泉。

杰迈玛小姐听到姐姐要她从柜子里取《辞典》的命令，便从指定的位置取出两本。平克顿小姐在第一本上题写完毕后，杰迈玛胆怯而迟疑地将第二本奉上。

"这是要给谁啊，杰迈玛小姐？"平克顿小姐的口吻冷淡得吓人。

"给贝基·夏普，"杰迈玛回答时浑身剧烈颤抖，枯瘦的面颊和脖子整个涨得通红。她转过身去背对着姐姐说："给贝基·夏普，她也要离开。"

"杰迈玛小姐！"平克顿小姐一字一顿厉声喝道。"你疯啦？把这本字典放回柜子里，以后再也不准这么冒昧。”

“唉，姐姐，那不过是两先令九便士的价钱，要是可怜的贝基得不到这么一本，她会觉得极为难过的。”

“立刻去把塞德利小姐带到我这儿来，”平克顿小姐说。可怜的杰迈玛没敢再冒险说一句话，心慌意乱，匆匆走开了。

塞德利小姐的父亲是伦敦的一位商人，颇有些财富。可是教夏普小姐不过是按契约尽义务，平克顿小姐认为，就是离别时不颁赠代表高尚荣誉的字典，自己对她也已尽了足够的职责。

尽管女校长的信函与教堂墓地的墓志铭一样不值得信赖，然而，偶尔也有一个人离开人世后确实配得上石匠刻在他墓碑上的所有赞誉之辞，这个人或许是个虔诚的教徒、慈父、孝子、贤妻或良夫，真能让一个忧伤的家庭为失去他而深感悲痛；在一所男校或女校里也不时会发生类似的情形，一位学生可能完全配得上教师对该生的公平盛赞之辞。阿米莉亚·塞德利小姐正是这样一个罕有的典型，她不仅配得上平克顿小姐对她的赞誉，而且还具有许多其他迷人的品质，只是那位傲慢自负的老米涅瓦[①]由于年龄差异以及与学生之间的等级区别，并不能看出这些品质。

她的歌唱得像云雀一样动听，几乎能与林顿太太[②]的悦耳歌喉媲美，舞跳得像希利斯伯格或帕里索特[③]那么优美，刺绣十分漂亮，拼写如字典一样精确，而且她的心地非常慈善和蔼，温柔慷慨，因而自然赢得了每一个接近她的人的爱戴，上自米涅瓦本人，下至厨房中的可怜女佣，还有得到允许每周来学校向姑娘们兜售用品的那个姑娘——那个独眼女人的女儿——大家全都喜爱她。在二十四位年轻姑娘中，她有十二位亲密无间的知心朋友。就连专好嫉妒的布里

① 米涅瓦：希腊神话中司智慧、学问、战争的女神。此处指平克顿小姐。——译注

② 林顿太太（1768-1818）：英国最著名的女高音歌唱家。——原书编者注

③ 希利斯伯格，帕里索特：1780 年到 1800 年之间法国两位著名舞蹈家，曾在英国伦敦国王剧院演出。——原书编者注

格斯小姐也从不说她的坏话。德克斯特老爷那尊贵非凡的外孙女萨尔苔小姐也承认她的身段符合上流社会的品位。至于那位来自圣基茨岛[1]富有的卷发混血儿，在阿米莉亚离校那天，她哭得死去活来，最后不得不求助于弗洛斯大夫，用溴盐对她进行麻醉。可以想象，平克顿小姐对她的喜爱发自居高临下的地位和她尊贵平和的德行。但是杰迈玛小姐一想到阿米莉亚小姐要离开本校，早已悄然啜泣过多次，但是由于对她姐姐的畏惧，并不敢放纵自己像付双倍学费的圣基茨岛财富继承人那样歇斯底里。如此奢侈的悲伤，只允许出高价的特别寄宿生享受。诚实的杰迈玛必须监管全部账目，还得监督洗涤、缝补、做布丁、收拾盘子炊具之类杂务。但是为什么要谈起她呢？也许我们从此刻起永远也不会再听到她的消息，等到那两扇花式铁栅门一关上，她和她那位可怕的姐姐将再也不会出现在这个故事中。

不过，由于我们要经常见到阿米莉亚，所以我们在刚刚认识她的时候，把她说成个可爱的小人儿，一点儿也不会有害处。不论在生活中还是在小说里，如果我们能常常与一个坦诚善良的人为伴，实在是件幸事，然而，在生活中，尤其是在小说里，却充满了最阴险的恶棍。由于她并不是个女主角，因而也就没有必要描写她的外貌，其实，我感到难过的是，她的鼻子不但不高挺，反而比较扁平，再说，她的脸蛋也太圆太红，配不上主角的形象。不过她的脸颊常泛出健康的红晕，她的嘴唇挂着生动的微笑，她的一对眼睛闪烁出最明亮诚实的光芒，只有涌出泪水时才会走样，只是她哭泣的时候太多了。猫儿侥幸捕捉住一只金丝雀或者小老鼠，这个傻孩子都会为它们的死而号啕，还竟然会傻到为一部小说的结局而伤心落泪。假如任何人能硬着心肠说点儿对她冷酷的话，那可就糟了。就连那位神一般严厉的女人平克顿小姐，尽管她像不懂代数一样体会不到

① 圣基茨岛：在美洲加勒比海小安德列斯群岛中部。——译注

姑娘的感情，但是在第一次责骂她之后，对所有主任和教师下了特别命令，要求他们对待塞德利小姐时要特别温和，因为粗暴态度对她有害。

塞德利小姐离校的这一天到来时，她不知道该在习惯的哭和笑两种感情之间选择哪种才好。她很高兴回家去，可是对于要离开学校却感到极为悲伤。在这之前的三天中间，孤儿小劳拉·马丁像只狗儿一样一直跟在她身边到处跑。她至少要接受十四份礼物，也如数回赠，还要一本正经做出十四个保证，说每周要给她们写信："寄给我的信附在给我外公德克斯特伯爵的信里，"萨尔苔小姐说。顺便提一句，萨尔苔小姐比较吝啬。"别在乎邮资[①]，一定要天天给我写信，你这个亲爱的人儿，"那个脾气激越，一头卷发，但是慷慨热情的斯沃茨小姐这么说。那个孤儿小劳拉·马丁正好在她身边，拉着朋友的手，满面愁容地仰望着她的面孔说："阿米莉亚，我给你写信的时候，要称你妈妈。"我毫不怀疑，琼斯[②]在他的俱乐部读这本书的时候，会宣称所有这些细节愚蠢透顶，会把这些叫作琐细无聊的废话，会认为这是感情用事。不错，我此刻能看得见琼斯啃着他的羊腿骨，喝着那半品脱啤酒，脸上浮出些许红晕，掏出铅笔在这些话下面批上："愚蠢、无聊的废话，"等等，嘴里对自己的批语评论道："对极了。"是啊，他是个天才的伟人，崇拜的是生活中和小说里的英雄和光辉业绩。所以最好接受告诫，到别的地方去。

话说回来。萨姆波将塞德利小姐的鲜花、礼物、衣箱和几只帽盒装上车，还把钉有夏普小姐铭牌的一个非常小的旧牛皮箱装进车里，萨姆波搬这只箱子的时候不屑地咧开嘴笑了笑，车夫相应轻蔑地哼了一声——离别的时间到了。此刻的悲伤气氛被平克顿小姐对她这位学生令人崇拜的演说大大冲淡了。这番离别讲演并没有让阿

---

① 当时英国的邮资由收信人支付。——译注

② 琼斯：常与本书作者在杂志上就作品进行讽刺争论者。——原书编者注

米莉亚产生深刻的思索，其论点也没有使她的感情变得坚强而平静，它只是太空洞堂皇，乏味无聊得让人无法忍受，由于对她的校长心存极度的恐惧，塞德利小姐不敢当着她的面任凭自己的感情自由迸发。客厅里摆上了芝麻蛋糕和一瓶葡萄酒，为的是在这个庄严的场合请来访的父母，这些食物被享用后，塞德利小姐便获得离开的自由。

“贝基，你该进去跟平克顿小姐道别啦！”杰迈玛小姐对一位年轻女子说道。谁也不注意这位姑娘，她独自提着自己的手提箱下楼。

“我看这是免不了的，”夏普小姐口气平静地说，杰迈玛小姐对她的态度感到很吃惊。杰迈玛敲门，得到允许后，夏普小姐带着无所谓的态度走进去，用纯正的法语说：“小姐，我来向你道别。”

平克顿小姐不懂法语，她只能向会讲法语的人发号施令。她咬着嘴唇扬起那颗年高德劭的脑袋，抖动头上戴的缠头式大号女帽，翘起笔直的罗马式鼻子说道：“夏普小姐，我祝你晨安。”哈默史密斯笔下这位塞米拉米斯一边说，一边挥开一只手，那是告别的手势，故意留了一根手指头在拳握的手外面，好让夏普小姐有机会握住它。

夏普小姐只是双手交叠露出个勉强的微笑，鞠了一躬，决意拒绝那片奉送的殊荣。塞米拉米斯于是将缠头帽扬得比什么时候都更愤慨。这实际上是这位年轻女子与这个老女人之间的一场交锋，后者显然被击败了。“老天保佑你，我的孩子，”她说着拥抱了阿米莉亚，一双眼睛越过阿米莉亚的肩膀对夏普小姐怒目相向。“走吧，贝基，”杰迈玛小姐惊恐地把那位年轻女子拉开，客厅的门在她们身后永远关上了。

接下来是纷乱的活动和离别。词语难以形容那种景象。挤在门厅里的是所有的用人，所有亲密的朋友们，所有的年轻女子，还有刚来的舞蹈教师。到处是混乱的身体接触、拥抱、接吻、哭泣，从斯沃茨小姐的屋子里传来这位特别寄宿生歇斯底里的猛烈号哭声。这一切足能让软心肠的人晕倒，实在是笔墨所无法描绘的。拥抱过后，她们离去了——也就是说，塞德利小姐离开了她的朋友们。夏普小姐几分钟前已经娴静地上了车。没有人为离开她而落泪。

罗圈腿萨姆波砰的一声关上车门，将泪流满面的女主人挡在车轿内。他跳上马车后辕。“停一停！”杰迈玛小姐喊道，她手提一个小包冲向铁栅门。

“这是几块三明治，我亲爱的，”她对阿米莉亚说。“你路上饿了吃。贝基，贝基·夏普，这是给你的一本书，我姐姐……我是说我……是约翰逊的字典，你知道的，你离开我们不能没有这个。再会。赶车吧，车夫。上帝保佑你们！”

这个好心人退回园子里，放纵自己屈服于汹涌的感情。

可是，天哪！就在车开始移动的时候，车窗里探出夏普小姐苍白的面庞，那本书又给扔回到园子里。

杰迈玛几乎被这个突变吓晕了。“哎呀，我从来，”她说道，“多么傲慢无礼……”激越的感情不容她讲完那个句子。马车向前驶去。大铁门关上了。舞蹈课的铃声响起。展现在两位年轻女子面前的是整个世界。她们就这样告别了奇斯威克林荫道。

第二章

夏普小姐与塞德利小姐酝酿一场战役

夏普小姐采取了上一章提到的英雄般的举动，看到那本辞典从园子小道上空划过，最后落在惊恐万状的杰迈玛小姐脚下，这位年轻女子的脸上浮出一丝类似微笑的表情，她的脸色原来由痛恨而几近铁青，此时也没有好看多少。她靠回车座靠背，心情舒畅地说："去它的辞典吧。感谢上帝，我总算离开了奇斯威克。"

塞德利小姐目睹这一公然反抗的举动后，心中的惊慌程度几乎像杰迈玛小姐一样深刻。想想看，她离开这学校的时间充其量不过一分钟，在这么短的时间里，还不可能忘却六年来产生的印象。是啊，有些人年轻时对一些人的畏惧一辈子都不会忘记。比方说，我认识一位六十八岁的老绅士，他有一天早上吃饭时，情绪不安地对我说："昨晚我做了个梦，梦见雷恩博士[①]用鞭子抽我。"那天晚上想象力把他带回到五十五年以前的情景。在他心中，雷恩博士的棍子在他六十八岁的时候仍然像十三岁时一样可怕。假如那位博士手握桦树枝条活生生站到他面前，对他厉声喝道："小子，扒下裤子！"即使他年过花甲已经有八年了，又会怎么样呢？是啊。难怪塞德利小姐看了那种大逆不道的行为惊恐不已。

"你怎么能这么做呢，丽贝卡[②]？"她呆了一会儿才开口说道。

---

① 雷恩博士：马修·雷恩（1760-1811）1791 年担任卡尔特豪斯公立学校校长。据说他有个抽打学生的恶名声。本书作者萨克雷曾在该校就读。——原书编者注

② 丽贝卡：贝基是丽贝卡的昵称。——译注

“怎么，你以为平克顿小姐会跑出来，下命令把我关进黑屋子去？”丽贝卡笑道。

“不。可是……”

“我痛恨整个这所房子，”夏普小姐接着用愤怒的声调说。“我希望永远也不再看到这个地方。我但愿这个地方整个让泰晤士河淹掉，我真这么希望。假如平克顿小姐给淹在水里，我可不救她，我真不救。啊，我多希望她漂在那边的水里，在旋涡里打转，身后拖着长长的裙裾，鼻子像个船头的萧口。”

“嘘！”塞德利小姐喝道。

“怎么啦，难道这个黑用人会翻闲话？”丽贝卡大声笑道。“他可以回去告诉平克顿小姐，说我恨死她了。我倒但愿他能告诉她。而且我还希望能证明她听到了这话。两年来，我承受的只有来自她那方面的侮辱和暴行。我得到的对待比厨房里的女佣还糟。我没有朋友，除了你以外，连一句慈祥的话都没人对我说过。我被迫照料低年级的小姑娘们，对小姐们讲法语，到后来，我对自己的母语都产生了反感。不过，对平克顿小姐讲法语倒是我极大的乐趣，不是吗？她连一个法语词都不懂，却碍于面子不愿承认。我相信，正是因为这个原因，她才不得不放我走。我要为法语而感谢上帝。”接着她用法语喊道：“万岁法国！万岁吾皇！万岁波拿巴！”

“噢，丽贝卡，丽贝卡，真不害羞！”塞德利嚷道。因为丽贝卡喊的这些话是极大的亵渎之辞，在当时的英格兰，说“万岁波拿巴！”几乎等于说“万岁恶魔！”“你怎么能，你怎么敢有这么邪恶的报复念头？”

“报复也许是邪恶的，不过再自然不过了，”丽贝卡回答道。“我不是个天使。”说实在话，她的确不是个天使。

或许可以对马车懒洋洋沿河岸行驶过程中的这段交谈做点评论。尽管丽贝卡·夏普小姐说过两次感谢上帝，不过第一次是因为摆脱了一个她痛恨的人，第二次是她使她的敌人处于迷惑或者茫然状态，两次都不是出于宗教上的感恩而产生出诚挚亲切的动机，也与性情笃厚温和的人们感谢上帝时的心情完全不同。丽贝卡小姐根本不具有笃厚温和的性情。这个年轻的厌世者说，整个世界都以恶劣的态度对待她。我们可以相当肯定地说，遭世人虐待的人们，当然是咎由自取。世界就像一面镜子，每个人在里面看到的反映就是他自己的容貌。你朝它皱起眉头，它就会以愠怒相报；你朝它笑笑，它就会变得慈眉善目。所以，每一个年轻人应该自己做出选择。假如世人都没有善待过夏普小姐，那肯定是她从来没有为任何人做过好事。不能指望二十四位姑娘都像这部作品中的女主角一样和蔼可亲。我们选塞德利小姐做女主角，正因为她脾气最好，否则的话，什么能阻止我们选择斯沃茨小姐，或克伦普小姐，或霍普金斯小姐来取代她呢？我们不可能指望每个人都有阿米莉亚·塞德利小姐一样谦恭温和的性格，都能征服丽贝卡的铁石心肠和恶劣脾气，也不能指望大家都用千言万语相劝，至少会有一次以慈善征服她的敌意。

夏普小姐的父亲是位艺术家，并以此资格在平克顿小姐的学校里教过绘画课。他是个聪明人，与伴侣交谈非常风趣，却不愿下功夫学习；他最大的爱好是欠债，特殊嗜好是下酒馆，一喝醉就打老婆打女儿。等到第二天早上，他头疼得要命，就会咒骂世人瞎了眼不赏识他的才华，还会诬蔑其他画家全都是傻瓜，他的话非常俏皮，有时也不乏无懈可击的理由。早先，鉴于独身生活苦不堪言，再说他在栖身的索霍方圆一英里的店铺里都欠了债，便娶了个法国年轻歌女改善自己的生活环境。夏普小姐从来没有提到自己母亲卑微的行当，只是声称说外祖父的姓氏昂台让是加斯科涅[①]的一个望族，她为自己是他们的后代感到自豪。不料，随着这位年轻女士年龄的增

① 加斯科涅：地名。在法国西部濒临大西洋的比斯开湾岸上。——译注

长，她祖先的地位和荣耀真的随之逐渐提高了。

丽贝卡的母亲不知在什么地方接受过些许教育，因而她女儿讲的法语是一口纯正的巴黎口音。当时，那可算作一种罕有的才能，她借此与作风保守的平克顿小姐订立了契约。她母亲去世后，她父亲第三次酒后谵妄醒来，自觉无望恢复健康，便给平克顿小姐写了封男子汉气概与感伤情绪兼而有之的遗书，乞求她保护这位孤女。他死后，两位行政官为他的遗体埋葬权争论不休[①]，然后才被送进坟墓。丽贝卡十七岁到奇斯威克，成为受一纸契约束缚的契约生。正如我们先前所知，她的义务是讲法语；她的权利是免费寄宿，一年小有几个畿尼[②]的零用钱，并能从该校任教的教师那里乱拣些不系统的知识。

她的身材低矮孱弱，面色苍白，沙黄色的头发缺乏光泽，目光习惯于垂向地面。抬起头看人时，那对眼睛大得出奇，十分迷人，实在太迷人了，于是在奇斯威克教堂里，克里斯普牧师被她发自学校包厢射向讲坛的炽烈目光击中，对夏普小姐一见钟情。克里斯普先生刚从牛津来，担任奇斯威克教区牧师弗劳尔迪先生的副牧师。这个热恋中的年轻人曾由母亲介绍，认识了平克顿小姐，时而与她一道喝茶。他指使那个独眼女苹果贩子递送类似求婚的情书，被人截获。克里斯普太太受到召唤，连忙从巴克斯顿赶来，带走了宝贝儿子。不过，平克顿小姐发现奇斯威克鸽巢中竟有这么一头恶鹰，心中大感震惊。平克顿小姐若不是考虑到会因此沾染恶名，准会将夏普小姐赶出校门。她绝对不能全信这位年轻女子的抗辩，夏普小姐声称自己除了当着她的面在喝茶的时候见过克里斯普先生两次之外，一句话也没有与他交谈过。

在学校里，丽贝卡·夏普小姐站在许多身材高大健壮的年轻女

---

① 为他的遗体埋葬权争论：即决定死者的债务该由哪位近亲负责偿还，这位亲属便有埋葬死者的权利。这是 19 世纪身后债务的追索惯例。——原书编者注

② 畿尼：昔日英国金币，合 21 先令。——译注

子旁边，相形之下判若小童。她早早有了贫穷的意识，脸上挂着忧郁表情。她与许多讨债人推托，诳他们离开父亲的门口；她对许多店铺老板甜言蜜语，哄得他们心情愉快，好多赊一顿饭吃。她与父亲坐在一起不拘礼节，父亲为她聪慧的心智深感骄傲，对她大谈自己那帮疯狂的朋友，那种事常常不适于讲给一位姑娘听。可她说，她从来没有做过姑娘，自从八岁起，她已经担当起成年女人的角色。啊，平克顿小姐怎么能将如此危险的一只凶鸟引进自己的笼子？

问题是，那位老女士相信，丽贝卡是最能逆来顺受的人。丽贝卡父亲带她来奇斯威克时，她的模样天真无邪得让人惊叹不已。丽贝卡十六岁那年，也就是她进校前一年，平克顿小姐举止堂皇地赠送给她一只布娃娃，还附带有一段演说。那只布娃娃是从斯温德尔小姐手中没收过来的，因为发现她在上课时间有偷偷爱抚布娃娃的举动。那天的晚会邀请了所有教师参加，并发表了许多讲演。晚会后父亲和女儿步行回家时笑得多么开怀啊，假如平克顿小姐看到丽贝卡把布娃娃当成她的化身，惟妙惟肖地对着布娃娃模仿她的讲演，该多么怒不可遏。贝基常常对着布娃娃学说那番话，这成了纽曼街、杰拉德街和艺术家们聚会上的乐趣。年轻的艺术家们来陪这位态度懒散，自暴自弃的乐天前辈喝掺水杜松子酒时，常常问丽贝卡，平克顿小姐是不是在家里。她成了大家熟知的人物，大家称呼她劳伦斯先生或者韦斯特校长[①]，可爱的宝贝！一次，她荣幸地获准在奇斯威克过几天，那以后她按照对杰迈玛的回忆，制作了另一个布娃娃，取名杰米[②]，虽然那个诚实的人给她的果冻和蛋糕足够三个孩子吃，分别的时候还给她一枚七先令的硬币，可她嘲弄人的兴趣远远胜过感激，像她姐姐一样毫无怜悯之心地拿杰米做了牺牲品。

---

① 劳伦斯先生，韦斯特校长：托马斯·劳伦斯爵士和韦斯特校长曾先后任皇家学院校长。——原书编者注

② 杰米：杰迈玛的昵称。——译注

结果灾难来了，她被送到奇斯威克林荫道，以那里为家。那个地方的死硬规矩让她窒息。祷告、三餐、课程、散步，全都安排得规矩刻板，雷打不动，几乎让她无法忍受。回忆起索霍街上破画室中的自由和赤贫，心中抱憾不已，包括她自己在内的每一个人，都认为她为父亲悲伤得身心全都憔悴了。她在顶楼上住一间小屋子，女佣们能听见她夜里踱来踱去的脚步声和呜咽的悲声，可那不是因为哀伤，而是出于愤怒。她从来不作假，此时孤独的生活却逼着她不得不假装。她从来没有与女人们一起生活过，她父亲尽管是个堕落的人，却极有天赋。他的交谈趣味横生，超过现在遭遇的这些同性别的人们千百倍。老女校长傲慢虚荣，姐妹们愚蠢善良，大家扯无聊闲话揭大姑娘们的短，教师们讲课准确无误得索然乏味，这些都让她恼不堪言。她并不具有温和的慈母心，这个不幸的姑娘，如果不是这样，假如她用心尽责照料低年级孩子，听她们喋喋不休说些傻话，她的心或许能得到安慰，也能产生兴趣。但是，她在她们中间生活了两年之后，离开时没有任何人觉得难过。心地善良脾气温和的阿米莉亚·塞德利是她唯一稍感喜爱的人，当然啦，又有谁能不喜欢阿米莉亚呢？

丽贝卡周围的年轻女子们活得幸福优越，让她感到说不出的嫉妒。“那姑娘因为外祖父是个伯爵，才摆出那么一副高傲派头，”她这么评论一位姑娘。“瞧她们对那个混血儿卑躬屈膝，不就因为她有十万镑家产吗？我比那个东西聪明千倍，尽管她富有，可我还是比她迷人得多。我的家世高贵，血统纯正，不亚于那个伯爵的外孙女。这里的每一个人都小觑我，可是，我在父亲家里的时候，大家为了跟我在一起消磨夜晚时光，不是都愿意放弃最愉快的舞会和晚会吗，”她发觉自己简直是在蹲监狱，便决心无论如何要逃出去，她开始为自己打算，第一次开始为自己的未来做通盘周密计划。

因此，她利用起这个地方向她提供的学习手段。她几乎是个音乐家，而且语言学得也很好，她加速发奋学完当时上流女子必修的那点儿课程。她连续不断地练习演奏，有一天，姑娘们全都出去后，她独自待在屋子里，米涅瓦听到她的琴声那么优美动听，便产生了明智的念头，以为能省下一个低年级音乐教师的开销，便通知夏普小姐说，她以后要教低年级音乐课。

姑娘拒绝了。这位尊贵的女校长第一次体会到吃惊为何物。“我在这儿的职责是教孩子们说法语，”丽贝卡态度生硬地说，“而不是教她们音乐，替你节省钱。你给我钱，我就教。”

米涅瓦当然不得不让步，自从那天起，就讨厌她了。“三十五年来，”她说道，而且的确是大实话，“从来没有任何人，敢在我的学校里，向我的权威挑战。我这可是紧贴胸口养了条毒蛇啊。”

“毒蛇——哼，一派胡言，”夏普小姐对老女士这样讲话，几乎把她惊得晕过去。“你接受我是因为我有用。我们之间没什么感激可言。我恨这地方，想要离开。除了我该干的事，什么也别想要我做。”

老女士问她是不是意识到在跟平克顿小姐本人说话，可这没用。丽贝卡冲着她的面孔放声大笑，声调讥刺尖刻像着了魔，险些把这位女校长吓昏过去。“给我一笔钱，”姑娘说，“把我打发走，要不就给我在一个上流人家找个家庭教师的职位——这点能力你还是有的。”后来的争辩中，她总是回到这个话题上：“给我找个职位，我们彼此痛恨，我准备走。”

尽管可敬的平克顿小姐长着一只罗马式鼻子，头上戴着缠头帽，身材高大得犹如一个掷弹兵，迄今为止一向是个大家百依百顺的公主，然而她却不具备这位小弟子的意志和力量，想要以威严压服她，或者想要与她斗争全都没用。有一次她试图当众责骂她，可是丽贝卡采取以前提到过的策略，用法语应答，立刻把老女人打得溃不成军。为了维护自己在学校的权威，现在有必要剔除这个反叛者，这个魔鬼，这条大毒蛇，这个煽动分子。正在这时，听说皮特·克劳利爵士家需要个家庭女教师，她当真推荐了夏普小姐担任这职务，虽然她是条毒蛇，是个煽动分子。“当然啦，”她说，“我对夏普小姐的行为挑不出毛病，只有她对我的行为是个例外。而且我不能不承认，她的天赋和才能皆属上乘。至少就理解力而言，她替我校遵循的教育体系增了光。”

女校长就这样在良心中调和了这个推荐，契约解除，弟子获得了自由。上述几行中描绘的战斗自然又持续了几个月。塞德利小姐现在已满十七岁，就要毕业离校。她与夏普小姐之间颇为友好。米涅瓦说：“阿米莉亚的行为只有这么一点让她的女校长感到不满意。”夏普小姐的这位朋友邀请她，在她进入一个家庭开始做家庭女教师之前，到阿米莉亚家客居一个星期。

就这样，两位年轻女子的新生活开始了。对阿米莉亚来说，这是一种相当新鲜瑰丽的生活，其中充满了鲜花。对丽贝卡来说却没什么新鲜的，假如与克里斯普的关系公开的话，这生活的确没什么新鲜可言。那个女商贩对某人暗示过，那个人又转而对另一个人发誓说，克里斯普先生与夏普小姐之间的事，远比公开的情节多得多，他的信仅仅是对另外一封信的回复。但是事实真相又有谁能说得准呢？不论怎么说，即使丽贝卡不是开始过新生活，她也是再次开始这种生活。

两位年轻女子抵达肯辛顿收费关卡时，阿米莉亚虽然还没有忘记她的同伴们，可是已经揩干了眼泪，看到一位年轻的近卫骑兵军官，心中一阵喜悦，飞红了脸蛋。那军官骑马经过从车窗外窥视着她说：“天哪，真是个好闺女！”马车还没到拉塞尔广场，她们已经开始大谈起客厅，以及年轻女子出席活动该戴裙箍，是不是也该擦粉才对，她不知道是不是有幸出席那类活动。她知道她会应邀出席市长老爷举行的舞会。最后终于到家时，阿米莉亚·塞德利小姐一步跳出车门，落在萨姆波的臂弯里。她的美貌和幸福超过了整个伦敦城的任何一位姑娘。他和车夫的看法一致，她父亲和母亲的感觉也是一样，家里的每一个用人站在门厅迎接年轻的女主人，大家微笑着行屈膝礼向她致敬时心里也都有同样的想法。

我们可以肯定，她带着丽贝卡参观了家里的每一间屋子，看她的书、她的钢琴、她的服装、她的项链、胸饰、饰带，以及各种华而不实的小玩意儿。她坚持要丽贝卡接受白玉项链和绿松石戒指，以及一件绣着枝形图案的细布裙，这裙子小得她现在已经穿不上了，可她的朋友穿着正好合身。她心里还决定要求母亲准许将她的一条开司米披肩送给她的朋友。难道她没有它不成吗？她哥哥约瑟夫不是刚从印度给她带回两条吗？

丽贝卡见到约瑟夫·塞德利给他妹妹带回来的那两条豪华的开司米披肩，说了句真心话：“有个哥哥真让人喜悦。”这自然激起心肠温和的阿米莉亚为这个孤女孤独一人，在世界上没有亲友而表示同情。

“你并不孤独，”阿米莉亚说，“你知道的丽贝卡，我永远是你的朋友，像爱自己的姐姐一样爱你——我真的会这样。”

“唉，要是我有你这样的父母就好了——慈祥，富有，充满慈爱的父母，你要什么他们都给，他们的慈爱比什么都更珍贵！我可怜的父亲什么都不能给我，我的全部家当只有两条连衣裙！再说，你还有个哥哥，一个亲爱的哥哥！啊，你多么爱她啊！”

阿米莉亚笑了。

“什么！难道你不爱他吗？你说你爱每一个人的。”

“是啊，当然是的，我当然……只是……”

“只是什么？”

“只是约瑟夫并不在乎我是不是爱他。他出门十年，回来的时候只伸出两根手指头让我握！他是个很善良的好人，可是很难得跟我讲话。我认为他爱自己的烟斗远远胜过……”阿米莉亚说到这儿赶紧打住，她干吗要说哥哥的坏话呢？“我还是个小孩子的时候，他对我很慈祥，”她补充说，“他离开家的时候我才五岁。”

“难道他不是很富有吗？”丽贝卡问道。“人们说，在印度的英国富翁全都富得流油。”

“我相信他的收入很高。”

“你嫂嫂是个漂亮可爱的女人，对吗？”

“哎哟！约瑟夫没结婚，”阿米莉亚说着再次笑了。

或许她对丽贝卡提到过这事，可这位年轻的女士显然不记得了。然而，她又是赌咒，又是发誓，说她以为会见到阿米莉亚的许多侄儿侄女。她为塞德利先生没有结婚感到失望。她能肯定阿米莉亚说过他结了婚，她非常喜爱小娃娃。

“我想你在奇斯威克跟小孩子们在一起已经够烦的啦，”阿米莉亚说这话的时候，对她朋友突然产生的慈爱感到奇怪。后来，夏普小姐再也没有说这种话，这谎话很容易就给揭穿了。但是我们必须记住，她只有区区十九岁，并不习惯于欺骗，只是根据自己的感觉在进行试验，可怜的天真姑娘！上述问答的意思如果在这个聪明姑娘心里翻译成简单的语言，应该是这样的：“假如约瑟夫·塞德利先生既富有又是个单身汉，我干吗不嫁他呢？当然，我只有两个星期的时间，可是试一试又有何妨？”她心中做出了决定，要进行这种值得称颂的尝试。她对阿米莉亚加倍哄骗，亲吻过那白玉项链，然后才戴上，发誓说自己要永远把它戴在脖子上。吃饭的铃声响起后，她按照当时年轻女子的习惯，搂着朋友的腰走下楼梯。在客厅门口，她激动得几乎没有勇气走进去。“摸摸我的心，天哪，跳得多厉害！”她对朋友说。

“我看并不厉害，”阿米莉亚说。“来吧，别害怕。爸爸不会吓着你。”

第三章
丽贝卡面对敌手

两位姑娘进门的时候，一个非常粗壮肥胖的男人正坐在壁炉前读报纸，他身穿鹿皮裤，脚登长筒皮靴，脖子上套着好几圈领饰，高得几乎盖住了鼻子，上身里面穿一件带红色条纹的背心，外面罩一件苹果绿色的外套，外套上的铁纽扣足有五先令硬币那么大——这是当时花花公子或者世家子弟的晨服。一见她们俩，他猛然从椅子上跳起身，脸涨得通红，几乎把脸整个藏进那幽灵般装束的领饰中了。

“我是你的妹妹呀，约瑟夫，”阿米莉亚握住他伸出的那两根手指头，笑道。“你知道的，我这次回家来就不走了。这是我的朋友，夏普小姐，你听我提到过的。”

“不，没有，我敢打赌，”领饰下面的那颗脑袋说，他颤抖得厉害，“我是说，是的，小姐，天气冷得真可怕哪，”说完他便全神贯注捅那炉火，可这时正值六月中旬。

“他长得非常帅，”丽贝卡对阿米莉亚耳语道，可声音足够大的。

“你真的这么看？”阿米莉亚问道。“我去告诉他。”

“亲爱的，千万别！”夏普小姐边说边胆怯地朝后面退缩，活像头小鹿。她先前曾摆出童贞修女般的模样对这位先生行过礼，她谦恭的目光盯在地毯上并没有抬起来过，真奇怪，她怎么有机会看到他呢？

“哥哥，谢谢你送给我的漂亮披肩，”阿米莉亚对捅火的那个人说。“丽贝卡，披肩很漂亮，不是吗？”

“是啊，可爱极了！”夏普小姐说着将目光直接从地毯转向枝形吊灯。

约瑟夫仍然不停地摆弄捅火棍和火钳，弄出一片响亮的咔啦声，他呼哧呼哧喘个不停，棕黄色的面孔涨得不能再红了。“约瑟夫，我没有那么漂亮的礼物送你，”他妹妹接着说，“不过，我在学校的时候，为你绣了一对非常漂亮的裤子背带。”

“好老天哪！阿米莉亚，”哥哥喊了起来，他真的感到了吃惊，“你这是什么意思？”他伸手拼命拉叫人铃，结果把绳子整个扯了下来，这个诚实的人于是更加混乱了。“看在老天的分上，看看我的巴基[1]是不是等在门口。我等不及了。非走不可。……我的马夫。我非走不可。”

正在这时，父亲走了进来，像英国商人那样，手里玩弄着一把哗啦啦作响的印章。“怎么啦，埃米[2]？”他问道。

“约瑟夫要我看看他的……巴基是不是在门外。爸爸，巴基是什么？”

“就是一匹马拉的东方轿子，”老绅士说。他是个爱逗乐的人，颇有自己的特色。

约瑟夫一听这话顿时爆发出一阵狂笑，突然他与夏普小姐四目相对，笑声戛然而止，仿佛挨了一颗子弹。

“这位年轻的女士是你的朋友？夏普小姐，我非常高兴见到你。你和埃米跟约瑟夫吵过架，所以他才想要走掉，对吗？”

“爸爸，我跟我们公司的博纳米有约，”约瑟夫说，“我要陪他

① 巴基：二轮敞篷轻便马车。该词源于印度，当时在英国尚不流行。为了下文内容的连续性，该词采取音译。——译注

② 埃米：阿米莉亚的昵称。——译注

吃饭。”

“啊，胡扯！你不是对你妈妈说要在家里吃吗？”

“可穿着这身衣服不行。”

“看看他吧，他难道不够好看，在哪儿吃不合适呢，对不对，夏普小姐？”

听了这话，夏普小姐当然朝她的朋友望去，她们俩立刻爆发出一阵笑声，老先生听了很高兴。

“你们在平克顿小姐的学校里见过这种鹿皮裤子吗？”他利用自己的优势接着问道。

“好老天哪！爸爸，”约瑟夫嚷道。

“瞧，我伤他心了。塞德利太太，我亲爱的，我伤了你儿子的心。我谈论他的裤子啦。问问夏普小姐我是不是说过。得了，约瑟夫，跟夏普小姐交个朋友，咱们一起吃饭吧。”

“约瑟夫，有你喜欢吃的东方烩肉米饭，还有爸爸从比灵斯盖特带回家来的最上等的大比目鱼。”

“走吧，走吧，先生，陪夏普小姐下楼，我来陪这两位年轻女士跟在你们后面，”父亲说着挽起妻子和女儿每人一只胳膊，愉快地走开了。

诸位女士，假如丽贝卡·夏普小姐打定主意要征服这个大块头花花公子，我认为我们没有任何权利责备她，因为儒雅的女子一般将找丈夫的差事委托给母亲去干，但是我们应该记得，夏普小姐并没有慈祥的父母替她做这种微妙的安排，如果她不自己下手找个丈夫，世界尽管无比广袤，又有谁肯替她操这份闲心，接手这桩苦差事呢？若不是因为婚配的崇高抱负，什么能把年轻人拖进社交界？什么逼她们吃尽旅途之苦赶往海水浴场？什么把她们困住不走，整整一个冗长乏味的交际旺季夜夜共舞，直至清晨五点钟？什么让她们弹钢琴奏鸣曲劳苦受罪？什么赶她们去找流行歌手学唱四首歌，不惜破费一个畿尼上一堂课？什么让她们弹奏竖琴袒露出漂亮的胳膊和溜圆的胳膊肘？什么促使她们戴上林肯郡产的绿色射箭帽，上面还插上根羽毛？还不是指望凭借手中致命的弓箭，射翻某个“称心如意”的年轻男子？又是什么逼着她们的父母卷起家里地毯，把屋子翻个底朝天，再花费一年五分之一的收入，举办舞会晚宴，供应加冰块的香槟？难道仅仅因为他们热爱自己的同类，心中丝毫没有杂念，只是希望看到年轻人幸福，并旁观他们舞蹈？哼！他们是企图把女儿嫁出去。诚实的塞德利太太在善良的心中已经策划好了二十个小计谋，为的是让她的阿米莉亚有个着落。我们亲爱的丽贝卡无依无靠，比她的朋友更需要丈夫，她打定主意要尽自己全部能力把丈夫弄到手。她有生动的想象力，另外，她读过《天方夜谭》，学过格思里编的《地理读本》。事实上，丽贝卡问过阿米莉亚她哥哥是不是富有之后，在她穿戴好准备吃饭的过程中，心中已经建造了一座极尽奢华的空中城堡，她自己就是其中的女主人，那个丈夫隐在暗处，因为她当时还没见到这个男人，所以他的形象不可能十分清楚。她打扮起自己，用了无数的围巾、缠头帽、钻石项链，坐在象轿上，大象踏着《青髯公》[①]进行曲的节奏前进，送她去参加蒙古大可汗举行的仪式。迷人的阿尔纳沙[②]白日梦！年轻人有塑造你的愉快特权，在这之前，除丽贝卡·夏普之外，许多绝妙的年轻人都喜欢沉湎于欢乐的白日美梦！

约瑟夫·塞德利比妹妹大十二岁，在东印度公司民事部供职。我们写这本书的时期，在东印度公司孟加拉分公司的登记册上，他的职位是博格利沃拉的收税官。大家都知道，那是个人人景仰的肥

① 青髯公：法国传说故事中，一个连杀六妻的恶魔。作者指据此传说改编成的同名歌剧。——原书编者注

② 阿尔纳沙：《天方夜谭》中做白日美梦的乞丐。——原书编者注

差事。欲知约瑟夫后来升任何种职务，可查阅同一登记册。

博格利沃拉所在的地区是个与外界隔绝的优美地方，多沼泽和热带树木，以适于射猎沙锥鸟而著称，在那儿，惊动一头老虎的事也并非偶然。约瑟夫担任收税官后，写信给父母，说那地方距离行政司法所在地拉姆冈只有四十英里，再远三十英里有个骑兵营地。他在那个迷人的地方独自生活了八年，很难得见到一个欧洲人的面孔，只有一支分遣队两年去一次，将他收敛的税金运往加尔各答。

幸运的是，此时他患了肝病，为了治病，他回到欧洲，这场疾病也成了他在自己国度享受极度舒适和乐趣的根源。到了伦敦他也不住在父母家，而是像风流单身汉那样，租了套自己住的公寓。去印度前他还太年轻，不参与男人在城里寻欢作乐的活动，回来后却专心致志沉湎其中了。他在海德公园驱车，在名酒店用餐，因为当时东方俱乐部还不存在。他在剧院频频露面，当时那便是上流生活方式，要不就吃尽苦头穿戴上紧腿裤和插羽毛的帽子去听歌剧。

返回印度之后，以及在后来的日子里，他便热衷于谈论那段生活过得多么富有乐趣，从他的话里可以了解到，他和布鲁迈尔是当初最出众的两个花花公子。可他在这儿孤独得就像在博格利沃拉一样。他在这个大都市里连一个人也不认识。假如没有他的大夫，假如不需要去药房取他的汞丸，假如他没有患上肝脏疾病，他准会死于孤独。他情绪懒散，脾气乖戾，讲究饮食。一位女士突然出现在面前，他的惊骇简直无法言表。本来他很难得来拉塞尔广场与家人团聚，享受天伦之乐，他老父亲善意的玩笑威胁到他的自尊。约瑟夫巨大的身躯让他产生极大的担忧和惊慌，他不时做出疯狂的努力，想要除去身上的赘肉，但是由于天性懒惰，加上喜爱优裕生活，那种努力很快归于失败，不由自主便恢复了每日三餐。他的穿戴从来不佳，却花费极大的辛苦打扮自己的身体，每日要付出许多个小时的光阴从事这桩事业。伺候他衣着的用人从他的衣饰上赚了大不少钱；他的化妆台上摆满了润发香脂和香精，数量种类之多绝不亚于一位风韵将尽的美人梳妆台上的陈列。为了让自己显出腰与身的区别，他试过当时发明出的种种肚带、紧身褡和腰带。他像每一个胖子一样，喜欢把衣服制作得尽可能紧身，而且总是选择最鲜艳的颜色和年轻的式样。到了下午，终于这么穿戴好了，结果却只是独自驱车到海德公园兜兜风。回家的目的是重新穿戴起来，然后并不陪伴任何人，而是独自在广场咖啡店用餐。他的虚荣心强得像个姑娘，他的极度羞怯或许是极度虚荣的结果。假如丽贝卡能在刚刚踏进社交的门槛后便把他掌握在手心里，那她准是个才智非同寻常的姑娘。

丽贝卡的第一步便显示出娴熟的技巧。她说塞德利长得非常帅的时候，心里知道阿米莉亚会把这话告诉母亲，母亲或许会告诉约瑟夫，或者她心中至少为这种对儿子的恭维感到喜悦。所有母亲都会这样。假如你对西克拉克斯说，他儿子卡利班[①]长得像阿波罗[②]一样漂亮，尽管她无比邪恶，可还是会感到高兴。也许当时约瑟夫也听到了那句恭维话，因为丽贝卡的话声音足够大。他的确听到了，心中便认为自己是个非常好看的男人。这句赞誉钻进他庞大身躯的每一个细胞，喜悦让他的身体为之震颤。不过，他接着便畏缩了。“这姑娘难道不是取笑我？”他想道，于是正如我们看到过的，他直接奔向叫人铃，打算逃避，这时他父亲的玩笑和母亲的哄劝才让他待在原地没动。他引导那位年轻女子下楼去吃饭的途中，心中怀着狐疑，情绪十分不安。“她真认为我长得好看？”他想道，“还是想取笑我？”我们说过，约瑟夫·塞德利虚荣得像个姑娘。愿上帝饶恕我们！姑娘们会转过来，站在自己性别的立场上说：“她虚荣得就像个男人，”而且她们有充足的理由。长胡子的人们也像喜好卖弄风

---

① 卡利班：莎士比亚戏剧《暴风雨》中，半人半兽的怪物。常用来比喻丑陋残忍的人。——译注

② 阿波罗：希腊神话中太阳、音乐、诗、健康等的守护神。常用来比喻美男子——译注

情的女人一样渴望受到称赞，对梳妆台也一样讲究，对自己的个人长处也一样感到骄傲，对自己的魅力心里十分清楚。

他们来到楼下，约瑟夫的脸涨得很红，丽贝卡则很谦恭，一对碧绿的眼睛低垂着。她身穿洁白的长裙，袒露的肩膀洁白如雪——完全是一副纯朴天真、孱弱谦恭的年轻处女形象。“我必须保持非常安静，”丽贝卡自忖道，“而且要表现得对印度非常感兴趣。”

我们已经听说过塞德利太太准备了她儿子喜欢的美味咖喱菜，也有人请丽贝卡尝尝这道菜。“这是什么？”她转身用请求的目光望着约瑟夫先生。

“好极了，”他说。他嘴里塞满了这种东西，狼吞虎咽的喜悦又让他涨红了脸。“妈妈，这就像我在印度吃的咖喱菜一样美味。”

“啊，是印度菜，那我一定要尝尝，”丽贝卡说。“我能肯定，从那儿来的东西一定都是好的。”

“我亲爱的，给夏普小姐舀点咖喱菜，”塞德利笑道。

丽贝卡从来没吃过这种菜。

“你觉得这菜像印度来的其他东西一样好吗？”塞德利先生问道。

“啊，好极了！”丽贝卡嘴里这么说道，可她却在遭受辣椒粉的折磨。

“嚼上根凉椒就着吃，夏普小姐，”约瑟夫说，他真的产生了兴趣。

“凉椒，”丽贝卡喘气吁吁地说，“啊，是啊！”她以为凉椒是一种清凉爽口的东西，因为名字听上去有这个意思。有人送上几根。“看上去多么鲜嫩翠绿啊，”她说着把一根整个放进嘴里。结果它比咖喱菜还要辣，她确实再也忍受不了啦，连忙放下叉子。“水，天哪，水！”她喊起来。塞德利先生放声大笑。他是个粗人，搞股票交易的时候常喜欢搞种种恶作剧。“我向你保证，这可是真正的印度货，”他说。“萨姆波，为夏普小姐拿点水来。”

约瑟夫附和父亲放声大笑，觉得这是个绝妙的把戏。女士们只是稍稍面露微笑。她们觉得可怜的丽贝卡受了大罪。她真想扑上去掐死老塞德利，可她把那口可怕的咖喱菜先吞下肚后，又将屈辱也咽了下去。一恢复开口讲话能力，她便带着幽默口吻诙谐地说："我本该记起，《天方夜谭》中的波斯王子吃奶油馅饼也放辣椒的。先生，你们在印度是不是往奶油馅饼里放小椒粉？"

老塞德利笑了，认为丽贝卡是个诙谐的姑娘。约瑟夫只是简单地说："奶油馅饼，小姐？在孟加拉，我们的奶油非常糟糕，我们一般吃山羊奶。爸爸，你知道吗？我已经习惯山羊奶了。"

"夏普小姐，你现在不会喜欢印度的任何东西了吧，"老绅士说。等到女士们离开餐桌，狡猾的老头对儿子说："乔[1]，当心，那个姑娘想追求你呢。"

"哼！胡扯！"乔说。可他感到满心得意。"爸爸，我记得达姆达姆有个姑娘，是炮兵团卡特勒的女儿，后来嫁给了军医兰斯，零四年的时候，他是我和马利盖陶尼的死对头，吃饭前我对你提到过马利盖陶尼，他是个好的要命的伙计，他是巴基巴基的行政官，肯定在位干了五年。后来呢，爸爸，炮兵团举行舞会，国王14联队的昆廷对我说：'塞德利，我拿十三镑跟你赌十镑，那个索菲·卡特勒不等雨季到来，不是爱上你就是爱上马利盖陶尼。''行，'我说。大哪，爸爸，这种法国红葡萄酒真好。是亚当森的还是卡博内尔的？……"

回答他的是一阵轻微的鼾声，那位诚实的股票经纪人已经睡着了，结果约瑟夫这故事的剩余部分这天只得放弃。不过在男人们的聚会上，他总是非常健谈，这段让他喜悦的故事，他对戈勒普大夫讲过几十遍，每逢大夫来诊视他的肝病，询问用汞丸的效果，他就讲这故事。

鉴于正在生病期间，约瑟夫·塞德利吃正餐喝过马德拉白葡萄

① 乔：约瑟夫的昵称。——译注

酒后，餐末只喝一瓶红葡萄酒便感到满足。另外，他还吃了满满两盘草莓和奶油，还有一盘小蛋糕遗留在桌子上离他比较近的地方，他信手拈来，一气吞掉二十四块。当然啦——小说家有了解一切的特权——约瑟夫脑子里对楼上那个姑娘转了许多念头。“是个漂亮欢乐，讨人喜爱的年轻姑娘，”他自忖道。“我拣起她掉在地上的手帕时，她看我时眼光多美！她把手帕丢了两次。谁在客厅唱歌？爸爸！我上去看看好吗？”

他无法克制突然涌上心头的羞怯。他父亲睡着了，他的帽子在门厅挂着，紧靠南安普敦路停着一辆出租马车。“我要去看《四十大盗》，”他说，“还要看德坎普小姐的舞蹈。”他踮起脚尖悄悄溜出门，没有惊醒他可敬的父亲。

“约瑟夫走了，”阿米莉亚正在客厅敞开的窗口张望，丽贝卡正在弹着钢琴歌唱。

“夏普小姐把他吓跑了，”塞德利太太说道。“可怜的乔，他干吗这么怕羞？”

第四章
绿色丝荷包

可怜的乔一连持续惊慌了两三天，没来家里探望，在此期间，丽贝卡小姐一次也没有提到他的名字。她对塞德利太太表现出满心的尊敬和感激，到了百货商店她有说不出的喜悦。这位脾气善良的太太带她去剧院，她好奇得茫然不知所措。一天，阿米莉亚头疼，不能出席邀请两位年轻女士参加的晚会，她的朋友说什么也不独自去参加。“是你让我这个穷孤儿平生第一次享受到幸福和爱，我说什么也不能撇下你！”那对天真的眼睛仰望上方，一对碧绿的眼睛涌出泪水。塞德利太太见了不得不承认，她女儿的朋友有一副迷人的好心肠。

对于塞德利先生的种种笑话，丽贝卡听了总是由衷地乐个不停，这位善意的绅士也不无喜悦和得意。夏普小姐并非仅仅取悦这个家庭的主要成员。管家的房间里正在制作供储藏的山莓酱，她对布伦金索普太太表示深深的关心，使她产生了好感。她坚持对萨姆波称“先生，”和“萨姆波先生，”这位随从于是心生喜悦。她为自己冒昧拉铃叫了夫人的女佣而向她道歉，她的甜美和谦恭使用人们像主人一样喜欢她。

一次，丽贝卡观看学校寄回给阿米莉亚的图画，看到其中一幅时，她突然放声大哭，连忙离开屋子。这事发生在乔·塞德利第二次露面时。

阿米莉亚连忙追上朋友，询问动容的缘由，这位好心的姑娘返回的时候，她的同伴没有跟来，她颇为感动："你知道，妈妈，她父亲生前在奇斯威克当过我们的绘画教师，我们那儿最好的画大半是他画的。"

"亲爱的！可我总是听平克顿小姐说，他根本不教，只是装装。"

"那叫作装裱，妈妈。丽贝卡记得这幅画，想起她父亲的工作。她突然想到，所以，你看，她就……"

"这个可怜的姑娘真有感情，"塞德利太太说。

"我真希望她能跟我们多住一星期，"阿米莉亚说。

"她跟卡特勒小姐像得要命，就是我在达姆达姆遇到的那个姑娘，只是她要漂亮得多。她现在跟兰斯结了婚，就是那个炮兵团军医。你知道吗，妈妈，14 联队那个昆廷打赌说，我们……"

"啊，约瑟夫，我们知道那个故事了，"阿米莉亚笑道。"别再讲了。劝妈妈给那个什么克劳利先生写封信，替可怜的丽贝卡请个假吧。……她来了，眼睛都哭红了。"

"我现在好多了，"姑娘说。她脸上挂出甜美的微笑，托起好心的塞德利伸给她的一只手，恭敬地吻了吻。你们大家对我真是太好心了，"她笑着补充道，"只有你是个例外，约瑟夫先生。"

"我！"约瑟夫说着，心里已经开始盘算立刻拔脚开溜。"好老天哪！夏普小姐！"

"不错。我第一天见到你，你怎么那么残忍，让我吃那种可怕的辣椒？你不像亲爱的阿米莉亚对我好。"

"那是因为他不如我了解你，"阿米莉亚嚷道。

"我不容许任何人对你不好，我亲爱的，"她母亲说。

"咖喱菜是最好的，真是最好的，"乔一本正经地说，"也许里面的香橼汁放得不够多……对，的确不够。"

"那么凉椒呢？"

“老天在上，你当时嚷的那个声音啊！”乔说着回忆起当初的滑稽情景，顿时爆发出一阵笑声，又像往常那样戛然而止。

“下次我让你替我选择的时候，我要留心，”大家下楼的时候丽贝卡说。“我没想到男人们喜欢让那些可怜而无辜的姑娘吃苦头。”

“上帝在上，丽贝卡小姐，我绝对没想害你。”

“是啊，”她说，“我知道你不会。”接着，她用小手十分轻柔地捏了他一下，然后十分害怕地把手缩回去。她第一次正面望了一眼他的面孔，然后赶紧将目光投向楼梯地毯压杆。这位淳朴的姑娘发出这样一个小小的、偶然的、胆怯的、温柔的动作之后，我不准备说，乔的心没有狂跳。

这是一个进展。某些行为循规蹈矩的上流女士或许会谴责这举动，认为它实属不正派。但是，大家明白，可怜的丽贝卡宝贝儿不得不自己搞这种活动。一个人尽管高雅，但是假如他穷得连个用人也雇不起，就不得不自己动手清扫的房间。同样，如果一个可爱的姑娘没有亲爱的妈妈帮她处理与一位小伙子之间的关系，她也不得不自己下手。啊，幸运的是这些女人并不常常运用自己的本领！假如她们真的这么做，我们其实无法抵御她们。只要她们稍稍显出些倾向性，男人便会立刻拜倒在她们的石榴裙下，不论她们年纪有多大，容貌有多丑，情形都是一个样。我坚信，这是个确定无疑的事实。一个女人只要有恰当的机会，只要背上没有一个明显的罗锅，想嫁什么人全随自己便。我们该谢天谢地，那些宝贝们就像农田上的使役畜生，并不了解自己的能力。假如她们意识到自己的力量，准会完全征服我们。

“天哪！”约瑟夫走进餐厅时想道，“我的感觉像在达姆达姆跟卡特勒小姐的感觉一个样。”席间，夏普小姐就桌上的菜肴向他提出许多甜蜜的请求，态度中诙谐温柔参半。她现在已经与这个家庭十分熟悉了，两位姑娘亲热得情同姐妹。未婚姑娘们在同一所房子里居住十天，总是这样亲密无间。

阿米莉亚仿佛一心想从各方面促进丽贝卡的计划，她提醒哥哥上个复活节休假时的许诺。“我在学校上学的时候，”她笑着提起约瑟夫要带她去沃克斯游乐场。“丽贝卡跟我们在一起，”她说，“现在正是时候。”

“啊，太让人高兴了！”丽贝卡乐得想鼓掌，可她立刻便想起自己扮演的角色，于是像一个谦恭的人那样没有越矩。

“今天晚上不开，”乔说。

“那就明天晚上。”

“明天你爸爸和我要出去吃饭，”塞德利太太说。

“你不会认为我也要去吧，塞德利太太？”她丈夫说，“再说，这么可怕的雨天，你这把年纪、这种身份的女人外出恐怕要着凉吧？”

“可是必须有人陪伴孩子们才行啊，”塞德利太太嚷道。

“让乔去陪，”他父亲笑道。“他年纪足够大了。”听了这话，就连站在橱柜旁的萨姆波也笑出声来。可怜的胖子约瑟夫感觉狼狈，险些产生忤逆念头。

“夏普小姐，解下他的围嘴！”不留情面的老绅士接着说。“朝他脸上喷点水，要不就把他抱上楼去，这个可怜的宝贝要晕倒了。可怜的东西，受了委屈！抱他上楼。他轻得就像一根羽毛！”

“爸爸，要是连这也能忍受，我就……”约瑟夫咆哮起来。

“萨姆波，去把乔的大象牵来！”父亲喊道。“送到埃克斯特交易所抛出手，萨姆波。”但是，这个讲笑话的老头看到乔又急又恼，差不多要哭出来，打住笑声，向儿子伸出一只手说道：“股票交易完全是公平买卖，乔……萨姆波，忘掉大象的事吧，给我和乔每人来一杯香槟。我看波拿巴自己的酒窖里也没有这么好的酒，我的孩子！”

一高脚杯香槟下肚，约瑟夫的镇静终于恢复了，作为一个病人，他只敢喝三分之二瓶酒。一瓶酒还没有喝光，他便答应带两位年轻女士去沃克斯游乐场。

“姑娘们必须每人有个先生做伴，”老绅士说。“乔肯定会让埃米在人群中走失，他的注意力会让这位夏普小姐完全占住的。打发人到96号去，请乔治·奥斯本来，希望他能来。”

听了这话，我也根本不懂是什么缘故，塞德利太太望着丈夫笑了。塞德利先生眨巴一下眼睛，一副不好捉摸的恶作剧模样，他朝阿米莉亚望了一眼，阿米莉亚垂下脑袋，脸顿时涨红了，只有十七岁的姑娘才会红脸。丽贝卡小姐一辈子没红过脸——至少自从八岁以来就没红过，那是她教母发现她从橱柜里偷果酱的时候，她的脸涨得通红。“阿米莉亚最好写个条子，”她父亲说。“让乔治·奥斯本看看，我们从平克顿小姐那儿学到多漂亮的书法。埃米，你记得当时写条子给他，请他一起去看《第十二夜》[①]，单词里缺了个字母的事吗？”

“那是很多年前的事情了，”阿米莉亚说。

“就像发生在昨天，不是吗，约翰？”塞德利太太对丈夫说。

在房子正面三层楼的一个房间里，像帐篷一样的大床幔用双层细布制成，外面印着富有印度风味的奇妙图案，内层是玫瑰红色，里面铺着羽绒床垫，上面摆着两只枕头，枕头上有两张红红的圆面孔，一张露在绣花睡帽外面，另一个睡帽用单色棉布制成，边上有垂穗流苏。这天夜里，塞德利太太在对丈夫吹枕边风，她劝丈夫别对可怜的乔那么残酷。

“塞德利先生，你未免有些过于毒辣，”她说，“干吗把可怜的儿子折磨成那样？”

“我亲爱的，”戴棉布流苏帽的为自己辩护道，“乔的虚荣心比你最爱虚荣的时候都厉害。你的虚荣也够凶的。不过，三十年前，那是一七八几年吧，不是吗？也许你有权爱虚荣，这我不能否认。可

① 《第十二夜》：莎士比亚喜剧。——译注

是乔那套花花公子式的虚荣我实在受不了。亲爱的，那是约瑟夫本质中不该有的约瑟夫，这孩子除了自己什么都不考虑，多好的小子。妈妈，我担心他要给我们惹麻烦了。埃米的小朋友住在这儿尽力向他求爱。这事非常明显。就是她不逮住他，其他女人也会下手的。你儿子是个女人的猎物，就像我每天要搞股票生意一样肯定。我亲爱的，他要是不给我们带回个黑人姑娘，就算我们的幸运了。不过记住我的话，第一个把他当成鱼儿钓的女人准会引他上钩。”

“明天就打发这个诡计多端的小东西走，”塞德利太太恶狠狠地说。

“干吗不要她而要换别人呢，塞德利太太？那姑娘的面孔不管怎么说还是白的。我不在乎谁跟他结婚。让乔高兴就成了。”

不久，两个人的声音渐渐静下去，被鼻子发出的不太浪漫的音乐所取代。除了教堂钟声和守夜人的报时呼喊之外，拉塞尔广场上股票经纪人约翰·塞德利先生的房子里一片寂静。

早晨来临时，好心的塞德利太太已经不再打算实施对夏普小姐的威胁了。虽然没有什么比母亲的嫉妒更加强烈，更加正常，更加合理，可她自己不能假设那个身材瘦小，态度谦恭，满心感激，生性温和的家庭女教师，敢于动高攀的念头，妄想得到博格利沃拉收税官这样了不起的人物。再说，替这位年轻女子延长假期的请求信已经发出去，现在很难找到口实突然打发她走。

仿佛一切都巧妙地凑在一起帮助温柔的丽贝卡，她起初都没有意识到种种因素全都对她有利。预订要去沃克斯游乐场这天晚上，长辈们应邀到海伯里仓路的鲍尔副市长家赴宴，乔治·奥斯本来这里吃晚饭。本来该去沃克斯游乐场了，天公突然降来一场雷雨，年轻人们只得待在屋子里。奥斯本先生对这场变故似乎丝毫不感失望。他和约瑟夫·塞德利在餐厅里一杯杯对饮，将数量可观的红葡萄酒灌下肚，喝酒时，塞德利讲了许多他在印度最得意的故事。他在有男人作陪的时候，是个非常健谈的人。在这之后，阿米莉亚小姐在客厅里招待大家。四个年轻人在一起消磨了一个非常惬意的夜晚，他们声称，幸而这是个雷雨之夜，不去沃克斯游乐场才有了这么多乐趣。

塞德利是奥斯本的教父，二十三年来，奥斯本任何时候来访，都可以把这儿当成自己的家。他出生六星期时，接收到约翰·塞德利送给他的一只银杯作礼物。六个月时得到的礼物是挂着金哨子和铃铛的珊瑚。自从儿时以来，他在圣诞节都要接受老绅士送的零用钱。他记得清清楚楚，上学的时候被约瑟夫·塞德利痛打过一次，当时约瑟夫是个傲气十足的小伙子，乔治只有十岁，还是个鲁莽的顽童。总而言之，乔治是这个家庭的熟人，由于日常交往和善意的行动，熟惯程度可想而知。

"你还记得吗，塞德利，我割断你军靴上的穗子，你当时气成什么样儿。还有塞德利小……嗨……阿米莉亚想救我免遭你毒打，都对你下跪了，哭喊着她哥哥乔的名字，要你住手别打小乔治，你还记得吗？"

乔对这件了不起的事件记得清清楚楚，可他口头上却发誓说忘了个干净。

"那么，你还记得去印度前，你坐一辆轻便二轮马车，到斯威士退尔博士那儿去看过我的事吗？你给了我一个畿尼，还拍了拍我的脑袋。我心里一直以为你身高至少有七英尺，结果你从印度回来，我发现你还没我高，真让我奇怪极了。"

"塞德利先生真好，去你学校看你，还给你钱！"丽贝卡赞叹道，声调极为喜悦。

"是啊，还是在我割断他皮靴上的穗子之后。男孩子们从来忘不了在学校得过的赏钱，也忘不了给钱的人。"

"军靴让我感到高兴，"丽贝卡说。约瑟夫·塞德利对自己的两条腿极为得意，所以总是穿装饰豪华的靴子，听了这句评论心里喜不自胜，不过他此时将两条腿探进椅子下面，想掩饰自己心中的兴奋。

“夏普小姐，”乔治·奥斯本说，“你是一位聪明的艺术家，一定要为那双靴子作一幅历史性的画。塞德利也应该穿着鹿皮裤出现在画面上，一只手提起那双割破的靴子，另一只手抓着我的衬衫领口。阿米莉亚应该跪在他附近，两只小手伸向上方。这幅画应该有个寓言般的标题，就像历史课本和拼写课本扉页上那些画一样。”

“我在这儿没时间画了，”丽贝卡说。“等我离开以后再画吧。”她的声音越来越低，显得悲伤让人可怜。大家便觉得她实在命苦，舍不得离开她。“哦，亲爱的丽贝卡，你可以多待些时间的，”阿米莉亚说。

“为什么？”对方的回答更加伤心。“那样的话，我失去你不是更难过，更不情愿吗？”她将脑袋扭向一边。阿米莉亚开始放任自己的天性弱点从泪水中发泄出来。我们已经说过，那是这个小傻瓜的缺陷。奥斯本望着两位年轻女子，深感好奇。约瑟夫·塞德利从巨大的胸中呼出一口气，仿佛与叹息颇为类似，他将目光垂下去，投向他喜爱的军靴。

“我们来点音乐吧，塞德利小姐……阿米莉亚，”乔治说。他此刻感到一种几乎不可抵御的冲动，想扑上去将这位小姐拥入怀抱中，亲吻她的脸。她也盯着看了他一阵，假如我说他们两人此刻是一见钟情，恐怕我说的不是实情。事实上，两个年轻人的父母自他们幼年起便有此意图，十年来，他们各自的家庭随时都在考虑他们已成定局的婚姻。他们起身朝钢琴走去，钢琴通常都摆在后客厅，由于里面比较暗，阿米莉亚小姐毫不矫揉造作地将手伸给奥斯本先生，他当然比她看得清楚多了，带领她从椅子和矮凳间穿过。不过这一安排使约瑟夫先生与丽贝卡面对面留在了客厅桌子旁，她正在那儿编结一只绿色的丝荷包。

“想要知道家庭的秘密用不着提问，”夏普小姐说。“那两位已经泄露了自己的秘密。”

“等他晋升成连长以后，”约瑟夫说，“我相信他们的婚事就定了。乔治·奥斯本是个顶呱呱的好伙计。”

“你妹妹是世界上最可爱的人，”丽贝卡说。“能赢得她的人真幸福！”说完这话，丽贝卡长长叹息一声。

当两个未婚男女聚在一起，谈论起目前这种微妙的话题，彼此立刻便有了信任和亲密关系。其实没有必要就塞德利先生和这位年轻女士之间的谈话详细叙述，因为这种交谈正如刚才那段例子一样，并不俏皮动人，私下交谈很少具有这种特征，除非是在非常夸张和虚假的小说中。由于隔壁传来音乐声，谈话当然在继续，两人的声音较低，声调比较和谐。不过，即使他们的交谈声音很大，隔壁屋子里那一对也不会受到打扰，因为他们在忙自己的事情呢。

塞德利先生平生第一次与女子交谈而丝毫不感到胆怯或迟疑。丽贝卡向他提了许多有关印度的问题，这使他有机会叙述许多关于那个国家和关于自己的趣闻逸事。他描绘了在总督府中举行的舞会，讲述人们如何在炎热气候中靠棕榈叶制成的扇子、湿香帘和其他巧妙的设计来保持凉爽。对于受总督明托庇护的许多苏格兰人，他的看法十分明智。接着他描绘了一次打虎狩猎活动，说起他的象夫被一头激怒的老虎拖下象鞍。总督府舞会让丽贝卡感到喜悦；她嘲笑那些苏格兰幕僚，把塞德利先生称作俏皮的讽刺专家；大象的故事把她吓得够呛！“看在你妈妈的分上，”她说，“为了你的朋友们，以后再也别去搞那种可怕的冒险活动了。”

“哼，夏普小姐，”他把衬衫领子往上拉了拉，“正因为危险，这项活动才更有乐趣。”他只有过一次打虎经历，就发生了那次事故，几乎丢了命，要命的不是老虎，而是他自己的恐惧。随着交谈继续进行下去，他渐渐变得越来越胆大，越来越鲁莽，甚至问丽贝卡是为谁织那个绿色的丝荷包。他为自己居然用优雅亲密的口吻讲话感到喜悦，感到吃惊。

“谁想要荷包就给谁，”丽贝卡小姐用最温柔得意的目光望了他一眼，回答道。塞德利打算做一段慷慨激昂的讲演，他刚开口说：“啊，夏普小姐，为什么……”这时，隔壁刚才弹奏的一首曲子结束了，他听见自己的声音竟然如此清晰，连忙打住，涨红了脸，擤擤鼻子掩饰自己激越的情绪。

“你发现你哥哥有这么好的口才吗？”奥斯本先生问阿米莉亚。“哎哟，你的朋友真能创造奇迹。”

“奇迹越多越好，”阿米莉亚小姐说。她像所有稍有些头脸的女人一样，本质上也喜欢做媒，假如约瑟夫能带个妻子回印度去，她会感到喜悦的。这几天的朝夕相处，她与丽贝卡的友谊变得十分亲密，发现了她的无数长处和善良的品质，她们在奇斯威克的时候，她却没有体会到这些东西。女子的感情增长得极其迅猛，如同童话中杰克的豆茎一样，一夜之间便能伸上天空。因而，婚后对爱的渴望骤然消退也怪不得她们。那些多愁善感喜好玩弄辞藻的人把这叫作对理想爱情的渴望，意思不过是说，一般情形下，女人只有将爱奉献给丈夫和孩子们，才会感到满足，同样的爱在其他地方只愿付出点零头。

阿米莉亚小姐将自己知道的歌全都唱完后，或者说是在后客厅待了足够长的时间后，便觉得该请她的朋友也来参加歌唱。“假如你先听丽贝卡歌唱，准不想听我唱了，”她对奥斯本先生说。不过，她知道自己说了个小小的谎话。

“不过，我要向夏普小姐发个警告，”奥斯本说，“不论对还是错，我都会认为阿米莉亚·塞德利小姐是世界第一歌唱家。”

“你会听到的，”阿米莉亚说。约瑟夫·塞德利十分礼貌地将蜡烛台端向钢琴，奥斯本暗示说，他喜欢坐在暗处，可是塞德利小姐笑着表示不愿与他继续做伴。两人便跟在约瑟夫先生身后。丽贝卡的歌唱比她朋友好得多。当然奥斯本有保留自己看法的自由。丽贝卡使出浑身解数唱得不能再好，让阿米莉亚也大感吃惊，她从来没见过她有如此上佳的表现。她唱了一首法语歌，约瑟夫一点儿也听不懂，乔治也承认自己听不懂。然后又唱了几首简单的歌谣，那是四十年前的流行歌曲，歌中所唱是吾王陛下、可怜的苏珊、蓝眼睛的玛丽和诸如此类的内容。一般认为，从音乐的角度讲，这些歌并无特色，但是其中包含着无数柔情爱意，人们对那些歌比对现在这些淡而无味的东西更喜欢。现在我们喜爱的是永恒的唐尼采蒂[①]式的《拉格丽姆》《索斯皮利》和《费里西达》。

最后一支曲子内容是这样的：

啊，暴风雨怒吼狂叫！
啊，荒原上萧瑟凄凉！
小茅屋屋顶结实牢靠。
屋里炉火熊熊真暖和，
流浪儿从窗户前经过，
看到屋里温暖的炉火，
午夜疾风刺骨太难挨，
风雪中更觉饥寒交迫。

人们看到他窗前经过，
心情颓丧，步履艰难。
好心人召唤他来歇脚，
热情迎接他躲避风寒。
曙光初露，客人启程，
小茅屋炉火依然明亮，

① 唐尼采蒂（1797–1848）：19世纪意大利最多产的歌剧作曲家。他的作品风格被认为是意大利作曲家罗西尼与威尔第之间的过渡阶段。——译注

老天怜悯孤独的路人！

凛冽的山风尤感凄凉！

唱这歌谣时的伤感情绪，就是前面说“等我离开以后”时情绪的翻版。夏普小姐唱到最后几个字的时候，声音低沉哽咽。大家都感到这暗示出她要离去，也都体会到她的孤儿身世。约瑟夫·塞德利喜欢音乐，而且心肠又软，听这首歌的时候，感到心旌荡漾，及至歌唱结束，他被深深地打动。假如他有勇气，假如乔治和塞德利小姐按乔治的建议留在较远的那间屋子里，约瑟夫·塞德利的单身汉身份恐怕要就此告终，要是那样的话，这部作品也就根本不会存在了。但是，这首歌谣结束后，丽贝卡起身离开钢琴，把手伸向阿米莉亚，走向正面客厅的昏暗之中。正在此刻，萨姆波端着托盘出现了，上面放着三明治、果冻，还有闪闪发亮的玻璃杯和玻璃塞酒瓶。约瑟夫·塞德利的注意力立刻集中在瓶子上。塞德利家父母赴宴归来时，发现年轻人谈兴正浓，连马车抵达的声音都没听见。约瑟夫先生正在说：“我亲爱的夏普小姐，请来一小勺果冻，算是犒劳你极大的……你的……你付出的辛劳结果让人喜悦。”

“好哇，约斯[①]！”塞德利先生说。听到这种熟悉的玩笑，约斯立刻故态复萌，惊慌得住了嘴，匆匆离去。他并没有彻夜不眠，思考自己是不是爱上了夏普小姐。爱的烦恼从来不会减低约瑟夫·塞德利先生的食欲，也不会影响他的酣睡。不过，他觉得自己听到那些歌十分喜悦，就像在卡特彻利[②]听到那些歌的感觉一样。她是个多么了不起的姑娘啊，法语说得比总督太太本人还好。假如她出现在加尔各答，会引起多大的轰动啊。“很显然，这个小鬼东西爱上我了，”他想道。“她的富有程度就像去印度的姑娘们一样。我等得越

① 约斯：约瑟夫的又一昵称。——译注

② 卡特彻利：印度一行政司法机构名称。——原书编者注

久可能越倒霉，该死！”脑子里这么想着，他已经沉沉进入梦乡了。

夏普小姐躺在床上久久不能入睡，思索着，不知道他明天能不能来。我们就不在这里细说了。第二天来临时，约瑟夫·塞德利先生像命运一样光临，来吃午饭了。他以前从来没有赐给拉塞尔广场的这家人如此的荣幸。乔治·奥斯本不知什么时候已经在这儿，害得阿米莉亚不能按计划给奇斯威克林荫道的十二位最亲密的朋友写信。乔的二轮轻便马车驶来，像以往一样雷鸣般敲门，又在门口摆起架子忙乱一阵后，这位前博格利沃拉收税官哼哧哼哧爬上楼梯，站在客厅门外。奥斯本和塞德利小姐交换了个会意的眼色，然后两人将目光集中在丽贝卡脸上，丽贝卡飞红了脸颊，赶忙垂下脑袋，金色发卷遮在手中编织物上。约瑟夫一出现，她的心跳得多么猛烈啊。约瑟夫爬楼梯时，喘气吁吁，闪亮的皮靴踏出嘎吱嘎吱的脚步声，只见他身穿一件新背心，紧张炎热交加，搞得满头大汗，蓬松的衣领中间，一张面孔涨得通红。大家都很尴尬。阿米莉亚比大家更加难堪。

萨姆波赶紧拉开门，宣布说约瑟夫先生到。然后他咧开嘴巴笑眯眯地跟在收税官身后，手中握着两束芬芳的鲜花——是这位巨人今天上午殷勤地从考文特公园市场买到的——并不像当今那种麦捆一般粗，用华而不实的纸包起来，让女士们怀中抱着到处跑的花束。两位年轻女士得到如此礼物感到十分喜悦，约瑟夫向每位女子送花的时候还一本正经地鞠了一躬。

“好哇，约斯，”奥斯本欢呼道。

“谢谢你，亲爱的约瑟夫，”阿米莉亚说。假如他愿意的话，她就准备凑上去吻他。要是换了我，为了得到阿米莉亚这么可爱的人亲吻，我宁愿将李先生的整个花窖[①]买下与之交换。

① 李先生的花窖：詹姆士·李（1715–1795）英国著名动植物养殖专家，曾将许多罕有物种引入英国，其中有倒挂金钟属植物。——原书编者注

“啊，多么多么可爱的花儿啊！”夏普小姐赞叹道。她着迷地闻着花儿，把花束搂在怀中，然后陶醉般举目望着天花板。或许她先朝花束中观看过，想看看是不是有情书藏在花枝中间，可惜里面没有。

“塞德利，博格利沃拉的人们也用花朵交流感情吗？”奥斯本笑着问道。

“哼，胡扯！”那个多情的年轻人说。“是在内森花店买的。很高兴你们喜欢。哦，阿米莉亚我亲爱的，我同时还买了只菠萝，给萨姆波了。我们午饭时吃吧，这么热的天吃起来非常凉爽可口。”丽贝卡说她从来没吃过菠萝，特别想要尝一尝。

就这样，谈话继续着。我不知道奥斯本以什么借口离开了屋子，也不知道阿米莉亚为什么也很快便离开了，也许是去照料人们削那菠萝。结果，约斯与丽贝卡单独留在了屋里。她恢复了手头的活计，绿色的丝线和闪亮的编织针在她白皙的手指间剧烈颤抖。

“你昨晚唱的歌多么漂亮，多美……啊，亲爱的夏普小姐，”收税官说。“几乎让我落泪。我以名誉发誓，真是这样的。”

“因为你有一颗善良的心，约瑟夫先生。我认为塞德利家的人都善良。”

“我昨晚睡不着觉，今天早上躺在床上还试着哼那曲子。凭我的荣誉发誓我说的是真话。戈勒普大夫 11 点来，因为，你知道，我是个不幸的病人，每天都要请戈勒普大夫看病。天哪！当时我就像只知更鸟一样引吭高歌。”

“噢，你这人真逗！那就让我听你唱唱吧。”

“我？不，你来唱，夏普小姐。我亲爱的夏普小姐，快唱吧。”

“现在不唱，塞德利先生，”丽贝卡叹了口气说。“我现在没精神。再说我必须织完这个荷包。你愿意帮帮我吗，塞德利先生？”这位东印度公司的约瑟夫·塞德利先生还没想到该问问帮什么忙，已经面对面与一位年轻姑娘坐在一起，以最炽热的目光盯着她看。他的双臂乞求般伸向她，双手架起一绞绿色丝线，她开始动手绕线团。

奥斯本和阿米莉亚进来叫他们吃饭的时候，发现这一对有趣的人处在这种浪漫状态。那股线刚刚绕成线团，不过约斯什么也没有说。

“我敢肯定，他今晚会说的，亲爱的，”阿米莉亚说着捏了一下丽贝卡的手。塞德利自忖道：“上帝啊，在沃克斯游乐场我要提出来。”

第五章
我们的多宾

卡夫与多宾打架的经过和后来出乎意料的结果，是每一个在斯威士退尔博士那所著名学校上过学的人很长时间都不会遗忘的。多宾是斯威士退尔博士学校里最不善言谈，最迟钝，而且看起来也是最愚笨的学生，孩子们叫他“哈哈—多宾，”要不就是“嘿嘿—多宾”之类，表示对他的轻蔑。他父亲是城里的一个杂货店主。外面有传言说，他能到斯威士退尔博士的学校就读，是根据当时称作“互利互惠原则”，也就是说，他的学杂费、食宿费不是付现金，而是由父亲提供实物来支付。他的学习成绩特别差，几乎在全校垫底。他的外表也很惨，身子长得骨瘦如柴，灯芯绒裤子和夹克衫小得不合身，瘦巴巴的骨节从绷开的线缝里撑出来。他上学的代价是许多磅茶叶、蜡烛、食糖、劣质肥皂、部分用来制布丁的梅子等商品。有一天，一个学生偷偷溜出学校，去买杏仁糖和嫩香肠，不期发现伦敦泰晤士街多宾和拉奇杂货粮油店的送货车，正在博士的学校门外卸下他们经销的货物。对年轻的多宾来说，那可真是个不祥的日子。

那以后，多宾就不得安宁了。无数笑话残酷无情地朝他袭来。一个调皮鬼对他说：“嗨，多宾伙计，报上有条好消息，说是食糖涨价了。”另一个就会有模有样地出一道算术题：“如果一磅羊油蜡烛值七点五便士，那么多宾共值多少钱？”淘气鬼们会立刻爆发出一阵哄笑，连助教们也跟着笑。大家认为开杂货店是一种不光彩的丢人行当，上流绅士自然对此不屑一顾。

“你爹也不过是个商人，”多宾私下对那个引起风波的小孩子说。那孩子的回答十分傲慢：“我父亲是个有私家马车的绅士。”威廉·多宾躲在运动场角落的一间空屋子里伤心苦闷地挨过半个休息日。谁小时候没有过类似的苦恼呢？心地宽厚的孩子，受了欺负难道不觉得不公平？受到怠慢难道不会畏缩？受了委屈不是更加伤心？受到善待不是感激得脸上放光？因为算术稍有疏忽，该死的拉丁文搞得一团糟，难道就该受到高高在上的教师责难、侮辱和折磨？

威廉·多宾怎么也学不进拉丁文，搞不懂伊顿公学[①]编的拉丁文语法，于是在斯威士退尔博士的学校里总是倒数第一名。他不断留级，身穿紧绷绷的灯芯绒衣服，捧着用旧的初级读本，耷拉着脑袋，傻呆呆地跟脸蛋粉红身穿宽罩衫的娃娃们一起上课，跟大家排成一行的时候，活像个羊群里的骆驼。大大小小的学生没一个不捉弄他的。他们把他已经很瘦的裤腿缝得更瘦；他们割断他的床绷子；他们弄翻水桶和凳子碰疼他的腿骨。他从来没有一次不遭殃。他们寄给他邮包，打开一看却是他父亲经营的肥皂和蜡烛。没有哪个小娃娃不嘲笑捉弄多宾。这一切他全都一声不吭，逆来顺受地忍耐了。

卡夫与他正相反。他是个花花公子，斯威士退尔学校的孩子王。他把酒偷带进学校。他跟城里孩子们打架。到了周末，家里派马车来接他回家。他屋子里放着高筒靴，专为假日穿了打猎。他有一只金表，还像校长一样吸鼻烟。他去看过歌剧，能分辨出主要演员的特色，最喜欢的演员是基恩先生和肯布尔先生。他能在一个钟头里读完四十首拉丁诗，让你惊得目瞪口呆。而且他自己还会写法文诗。难道有什么他不懂不会的？大家说，就连博士本人也惧他三分。

卡夫是学校不容置疑的孩子王，他凭高视下，统治、欺侮自己

---

① 伊顿公学：英国一所著名学校。名为公学，实为培养富家子弟的私立贵族学校。——译注

的臣民。这个为他擦皮鞋，那个为他烤面包，整个夏天的每一个下午，他打板球时，其他孩子疲于奔命般为他捡球。他最瞧不起的是个绰号叫“废物点心”的家伙，他总是嘲讽讥刺他，却从来不屑于正面跟他说句话。

一天，两个小伙子发生了矛盾。废物点心独自在教室吃力地写家信，这时卡夫走进来，逼他为自己跑个腿，可能是要他去买块甜点心。

“我没空，”多宾说。“我要写完这信。”

“你没空？”卡夫先生把信抢过去。只见上面许多字都拼错了，不少地方划得一塌糊涂。我不知道写信的人费了多少心血。这个可怜的孩子是给妈妈写信。虽然杂货商的妻子住在泰晤士街店铺的背后，可天下母亲都疼爱儿子的。“你没空？”卡夫说。“我倒要问问你这狗崽子怎么没空。明天再给你那老娘写信就不成，废物点心？”

“你别骂人，”多宾说着从板凳上站起身。

“好啦，先生，你要去？”这只雄鸡叫道。

“把信放下，”多宾回答道，“好人不看人家的私信。”

“这么说，你要去了？”对方说。

“我不去。别动手，要不我打扁你，”多宾吼道，他一个箭步跳过去抓起铅制墨水缸，露出一脸凶相。卡夫呆了，把卷起的袖子放下来，双手插进裤兜哼了一声走了。不过，这以后，他再也没敢惹这个杂货商的儿子。不过，他背地里提起多宾，总是带着轻蔑口吻。

这次交锋过后不久，一个晴朗的下午，卡夫先生碰巧跑到可怜的威廉·多宾面前。其他孩子正在做各种游戏。多宾当时躺在操场边一棵树下，吃力地读一本自己心爱的《天方夜谭》，他独自阅读觉得比较愉快。如果能让孩子们独自从事自己喜爱的事情，如果教师们不再欺负他们，如果家长不主张引导他们的思路，如果家长教师多给孩子们点独处的机会，如果不控制他们最神秘不过的感情，绝对不会有什么害处，只不过少读点 as in praesenti[①] 而已。父母要尽可能放任孩子自由些，而不要规定他们的感情取向，想想看，你我互相了解多少？对孩子们、对我们的教师、对我们的邻居又有多少了解？你手下那些可爱的男女孩子们，你知道他们的思想比迂腐世故的长辈高明多少吗？

这时的威廉·多宾将整个世界都抛在了脑后，思想随着辛巴达航海到了钻石山谷，或者钻进阿赫迈德王子发现仙女佩利班诺的那个美妙山洞。我们大家其实都渴望到那儿去看看。突然，一阵尖厉的哭闹声把他从白日美梦中唤醒。抬头一看，见卡夫在痛打一个小男孩。

就是这个小孩子将杂货店送货车的事捅出来的。不过他并无恶意，至少对这个小孩子没有恶意。“你小子怎么胆敢打碎我的瓶子？”卡夫对那个小鬼嚷着扬起一根黄色板球棍准备打他。

这孩子刚才接受卡夫的命令，翻过运动场边的墙，到四分之一英里外去给他买一品脱果子酒，博士在墙外派了监视人员，他还得冒着被发现的危险，再爬回来。那段墙上的玻璃碴子已经被压平，墙上还有些踩脚的小坑便于翻墙，可是他翻墙回来的时候脚下打了个滑，瓶子打碎，酒泼在地上，马裤也弄脏了。虽然并没有受伤，可他深感愧疚，站在主子面前吓得浑身发抖，一副可怜相。

“你小子怎么胆敢打烂瓶子？”卡夫说，“你这个粗心的贼小子。准是把酒偷喝了，假装打了瓶子。把手伸出来。”

球棍挥过来，在孩子手上发出重重的打击声。跟着是尖厉的呻吟哀哭。多宾抬起头望。仙女佩利班诺和阿赫迈德王子双双逃进了山洞深处，水手辛巴达被大鹏背负着飞出钻石谷，消失在白云深处无影无踪了。摆在诚实的威廉面前的是现实生活，眼前一个大小伙子在无缘无故毒打一个小孩子。

① as in praesenti：伊顿公学出版的拉丁文初级语法读本。——原书编者注

“把另一只手伸过来，”卡夫对他的小同学咆哮道，小同学疼得脸都走了样。多宾浑身颤抖，紧绷在衣服里的身体更加紧张了。

“吃这一棍，你这个鬼东西！”卡夫喊道。棍子再次落下，打在孩子的另一只手上。——女士们，请别害怕，学校里的每一个男孩子都经历过这场面。你的孩子很可能不是打人就是挨打。球棍再次打将下来。多宾惊得跳了起来。

我也说不出他是出于什么动机。在公立学校虐待同学就像在俄国鞭笞人一样合法。在某种意义上，要想抗拒是不体面的。大概多宾愚蠢的灵魂想要反抗这种暴政般的做法。也许他心里早已酝酿着报复的念头，渴望与那个专事欺负人的暴君较量一番。那家伙在这地方耀武扬威，趾高气扬，到处擂战鼓，处处受人敬畏。总之，不管他有什么想法，他一步跳起来，高喊“住手，卡夫，不许你再欺负这孩子，要不我就……”

“要不你就怎么样？”卡夫没料到杀出这么一条好汉，吃了一惊。“伸出手来，你这小畜生。”

“我要叫你尝尝从来没有过的苦滋味，打你个半死，”多宾回答了他的前半句话。那小奥斯本泪流满面，抽泣着，见有人突然出来保护自己，抬起头望着，惊讶得不敢相信自己的眼睛。卡夫的惊讶也绝不亚于奥斯本。体会一下已故的国王乔治三世接到北美殖民地反叛的通报，以及厚颜无耻的巨人歌利亚见身材矮小的大卫[①]走上前来要求决斗时的心情吧。雷金纳德·卡夫先生听到挑战后的感觉便不难理解了。

“放学后见，”他当然这么说。他恶狠狠盯着对手看了一会儿，意思显然是：“利用这段时间写你的遗嘱吧，小子，再跟你的朋友道个永别。”

---

① 歌利亚、大卫：这里指非利士大力士歌利亚被少年大卫打败的故事，事见《圣经·旧约·撒母耳记》上卷第17章。——译注

“随你的便，”多宾说。“你一定要来替我助威，奥斯本。”

“好，听你的吩咐，”小奥斯本回答道。他父亲有私家马车，倒由这种人替他打架报仇，难免觉得丢人。

可不是嘛，战斗时刻来临，他几乎不好意思喊“下手吧，废物点心”。在最初两三轮打斗中，这场著名的战斗除了他没有任何人站在这边呐喊。开始，卡夫颇有章法，他脸上挂着轻蔑的微笑，态度轻松得俨然是在参加一场舞会。他一拳拳重重打在对手身上，三次将觊觎冠军宝座的不幸对手打倒在地。每次倒地都引来一阵欢呼，大家都渴望对征服者下跪致敬。

“看来事情结束后我要挨一场好打了，”小奥斯本一边想一边把他的打手拉起来。“你认输算了，”他对多宾说。“他不过打了我几下，废物点心，我习惯了。”可是废物点心气得四肢发抖，鼻孔生烟，把他的助威人推开，扑上去打第四轮。

他根本不懂该怎么回避朝他打来的重拳，再说前三轮卡夫先下手为强，不容对手有机会开打。废物点心打定主意这次要先下手。他是个左撇子，竭尽全力用左勾拳重打了对手两拳，一拳击中卡夫先生的左眼，另一拳击中他漂亮的罗马式鼻子。

这次倒下的是卡夫，众围观者大吃一惊。“嗬呦，打得好，”小奥斯本带着内行风度拍拍打手的脊背说道。“废物点心，我的好伙计，用左拳打。”

废物点心的左拳在后半场搏斗中发挥出可怕的威力。卡夫接连被打倒。打到第六轮，高喊“打呀，废物点心”的人数与“打呀，卡夫”的人旗鼓相当。到了第十二轮，卡夫彻底垮了，正如解说词里常听到的那样，他体力精神全崩溃了，既无心进攻，又无力防守。废物点心跟他正相反，镇定自若得像个贵格教会的教徒。他脸色苍白，两眼圆睁，闪烁出光芒，下嘴唇开了一绽，血汩汩往外流，模样狰狞可怖，把许多围观的孩子也吓得够呛。不过，他那个无畏的对手还准备再打第十三轮。

假如我有内皮尔[①]的笔法，或者《贝尔生活报》[②]的风格，准能将这场战斗描写得淋漓尽致。这简直是近卫军的最后一战，不过当时滑铁卢战役还没有发生，因而只能说类似那场战争。一方面是奈将军[③]的军队向圣拉海耶山发起进攻，一万支刺刀闪闪发亮，二十面军旗上鹰徽傲然，另一方面是吃牛肉长大的英国军士，他们在山呼般喊杀声中扑下山岗，与敌人殊死搏斗。换句话说，卡夫踉踉跄跄站起身，并不乏战斗勇气；商人的儿子废物点心照例又是一记左拳打在对手鼻子上，最后一次将他打倒在地。

"我看这下子够了，"废物点心说。他的敌手展展地摔倒在草地上，痛快得就像杰克·斯波特打台球入洞一样干脆利落。该站起来的时间到了，雷金纳德·卡夫先生不是爬不起来，就是不打算再站起来了。

这时，所有的孩子爆发出喝彩声，为废物点心叫好，仿佛他们在战斗过程中自始至终都为他们的冠军叫好似的。斯威士退尔博士闻声从书房赶来，想弄清楚这阵喧嚣的原因。当然啦，他威胁说要狠狠收拾废物点心。可是卡夫苏醒过来，揉了揉伤口站起身说："先生，是我的错，不能怪废物点心——不能怪多宾。是我欺负了一个小同学。他教训得对。"这番话不但免了他的征服者吃顿鞭子，而且也挽回了战败后在孩子们中间失去的面子。

小奥斯本给家里写信时这么描写这场战斗：

---

① 内皮尔：威廉·内皮尔爵士(1785-1860)，英国将军和历史学家，以善于描写战争场面著称。——原书编者注

② 《贝尔生活报》：当时伦敦的一份报纸，其中有报道诸如拳击之类的体育赛事。作者故意以此做不恰当的比喻。——原书编者注

③ 奈将军：滑铁卢之战法国方面将军。——译注

亲爱的妈妈：

近来身体好吧。请给我送来一个蛋糕和五个先令。这儿卡夫和多宾打了一架。你知道卡夫是学校的大公鸡。他们打了十三轮，多宾胜了。所以卡夫现在成了排行第二的公鸡了。打架是因为我的缘故。卡夫因为我打碎一个奶瓶就打我，废物点心不让他打。我们叫他废物点心，因为他父亲是个杂货商。那店铺在城里泰晤士街上，是费格斯和拉奇杂货店。我想哪，因为他为了保护我才打架，所以你们应该在他父亲的店铺买茶叶和食糖。卡夫每个周末都回家，不过这个周末不能回了，因为他的两只眼睛都给打青了。他有匹小白马来接他，马夫骑的是匹栗色牝马。我希望爸爸能给我一匹小马，让我也能骑马回家。

乔治·塞德利·奥斯本

18××年3月于里士满甘蔗大楼

附言：替我问小埃米好。我正在用硬纸片为她剪一辆马车。蛋糕不要撒芝麻的那种，要带梅子的。

多宾打胜后，他的名望在所有同学的心目中大大上升。侮辱性的绰号废物点心超过任何其他绰号，成为学校最受尊敬最受欢迎的称呼了。“他父亲开杂货铺毕竟不是他的错，”乔治·奥斯本说。奥斯本虽然还是个小孩子，可是在斯威士退尔学校学生中的声望却很高。大家对他的观点一致赞成，觉得因为他的出身小瞧他是卑鄙的。“老废物点心”这个绰号渐渐变成表示友好亲切的称呼。那个暗地里跟着窃笑的助教也不再嘲讽他了。

处境改变后，多宾的精神大为振奋。在学习上取得了惊人的进步。不可一世的卡夫本人也亲自帮他学拉丁文诗歌。多宾见他这么屈尊，不免吃惊，挺觉得难为情。卡夫还在业余时间“辅导”他，将他从低级班带上中级班，十分让人得意。而且在中级班里的成绩也挺不错。大家发现，他虽然拉丁文学得不很好，演数学题却异乎寻常地快。让大家感到满意的是，他在夏季统考中代数考了第三名，还得了个奖品，是一本法文书。在全校师生和家长出席的仪式上，博士亲自将那本名叫《特利马克》的传奇故事书[①]颁赠给他，扉页上还写着他的拉丁文名字：古利艾尔莫·多宾。你要是见到他母亲的得意表情就好了。同学们全都对他热烈鼓掌称赞。他接受奖品的时候脸颊绯红，走路踉踉跄跄，不知踩痛了多少人的脚，才回到自己的座位上。他父亲老多宾第一次看得起他，当众给了他两个畿尼，这笔钱他大半花在请同学美餐一顿上了。假期过后，他穿了件燕尾服返校。

多宾是个非常谦虚的小伙子，绝对不认为处境的变迁皆源于自己的豪侠，而是将好运完全归功于小乔治·奥斯本带来的机会。从那以后他便立誓要对这孩子倍加爱护，他们之间的深厚情谊只有孩子们之间才有，对此，我们可以从迷人的童话故事中略见一斑，比如野蛮的奥尔森对征服他的年轻人瓦伦丁[②]，就有这样的感情。他彻底拜倒在奥斯本脚下，对他充满衷心挚爱。其实在他们相识之前，他已经暗暗崇拜他了。现在，他成了他的奴仆，他忠实的狗，他的星期五[③]。他深信，奥斯本是所有孩子中最完美，最漂亮，最勇敢，最活泼，最聪明，最豪侠的一个。他把自己的钱分给他花，为他买过无数礼物，其中有小刀，铅笔盒，金光闪闪的图章，奶糖，儿童

① 《特利马克》：法国作家费尼龙的作品。学校中很流行，内容是讲一个顽童变成个好学生的故事。——原书编者注

② 奥尔森，瓦伦丁：法国童话中人物。两人本是亲兄弟，奥尔森幼年被野兽劫往丛林，成了与众兽为伍的野人，后为瓦伦丁救出并教化。——译注

③ 星期五：英国作家迪福的著名冒险小说《鲁滨逊漂流记》中，鲁滨逊拯救的土人，经他教化后成为他忠实的奴仆。——译注

歌本，还有许多关于骑士和大盗的浪漫故事书，其中还附有彩色插图。许多礼物上都题有“赠给乔治·塞德利·奥斯本先生，好朋友威廉·多宾赠”的题词。乔治接受这些礼物时表现出高贵的大度。

大家约定要去沃克斯游乐场的这一天，奥斯本中尉来到拉塞尔广场的这个家里，对女士们说：“塞德利太太，我希望你们这儿有空位子，我请我们的多宾来吃饭，然后跟我们一道去沃克斯游乐场。他几乎像约斯一样羞怯。”

“羞怯！胡扯！”胖先生得意地朝夏普小姐扫了一眼说。

“是他羞怯，不过，塞德利，你的高雅风度是无与伦比的，”奥斯本笑着补充道。“我是去找你的时候，在贝德福德遇到他的。我告诉他说，阿米莉亚小姐已经毕业回家了，今晚我们要出去玩。我还对他说，塞德利太太已经原谅他来参加同学聚会时，打碎混合酒钵的过失。夫人，你还记得七年前那次糟糕事吗？”

“全流在弗兰明哥太太的大红缎子裙袍上，”好心的塞德利太太说。“多笨拙的举止！他的姐妹也斯文不了多少。多宾太太昨晚跟他们三个都去过海伯里。我的天哪，那种身材。”

“副市长家很富有，对不对？”奥斯本诡谲地问道。“你觉得我娶他的一个女儿是不是桩好买卖，夫人？”

“你这个傻蛋！谁会要你这个棕黄皮肤的东西才怪呢。”

“我的脸黄？等你看了多宾的脸再说这话吧。他患过三次黄热病，两次是在拿骚[①]，一次在圣基茨岛。”

“好啦，好啦，在我们的眼睛里，你的面孔就够黄了。对不对，埃米？”塞德利太太问道。阿米莉亚听着这话，红了脸，仅仅露出点微笑。她望着乔治·奥斯本先生白皙动人的面孔，看了看他所珍爱的漂亮卷曲的黑色八字胡，她柔嫩的心里觉得，在皇家军队里，或者说在整个世界上，绝对找不着第二张这样漂亮的面孔，也没有

---

① 拿骚：美洲加勒比海岛国巴哈马的首都。——译注

第二个比得上她的英雄。“我不在乎多宾上尉的皮肤是什么颜色，”她说，“他笨拙我也不在意。我知道我从来都喜欢他。”她只有个小小的理由，他是乔治的朋友，还是他的保护人，这就够了。

“军队里没有比他更好的人了，”奥斯本说，“也没有比他更好的军官。不过他当然不是个阿多尼[①]。”他不经意地望着镜子里自己的模样，突然发觉夏普小姐的目光盯着看他，不禁稍稍红了脸。丽贝卡心里想道：“啊，我的漂亮先生！我看出你的心思了。”真是个有手段的疯姑娘！

那天晚上，阿米莉亚嘴里像只百灵鸟一样唱着动听的歌，蹦蹦跳跳来到客厅，她身穿洁白的纱裙，鲜嫩得像朵玫瑰，准备动身去沃克斯游乐场，让那儿的所有人为之倾倒。一个身材非常高大，动作笨拙的人走上前来，朝她鞠了一躬，只见那人长着大手大脚大耳朵，留着一头短短的黑发，身上穿着难看的军装，手里拿着当时那种硬边三角帽，他的鞠躬姿势笨拙得令人难堪。

这人正是皇家步兵团的威廉·多宾上尉。他因为患黄热病，从西印度群岛返回家来。他的众多勇敢同伴都在半岛[②]上立战功捞荣誉，可他的联队却被指派到西印度群岛驻扎。

他刚才来的时候敲门声很轻，仿佛胆怯似的，楼上的女士们都没听见，要不然，阿米莉亚小姐肯定不会贸然唱着歌跑进客厅。她的甜美歌声径直闯进上尉的心田，被他珍爱地藏在心底。她向他伸出手，他伸手前迟疑片刻，想道：“哎哟，你很可能是我不久前见过的那个身穿粉红罩袍的小姑娘，就是我正要宣告入伍的那天晚上，我还打碎你家的果酒钵。你就是乔治·奥斯本说过要娶的那个姑娘吗？多么漂亮的姑娘，真跟花儿一样鲜艳，那小子真走运！”想到

① 阿多尼：希腊神化中，维纳斯钟爱的美貌猎人。欧洲文学作品中常用来比喻美男子。——译注

② 半岛：指伊比利亚半岛。当时英国联合西班牙和葡萄牙两国，与法国交战。文中所指的立功，是指18世纪英法七次战争的一次战争中。——译注

这儿他握住她的手，激动之间，帽子也掉在地上了。

从他离开学校到我们再次有幸在这里见到他，这中间他的生活经历，我们尽管没有完整地叙述，但是聪明的读者一定能从前面一页的谈话中，得到完整的印象。让人瞧不起的杂货商多宾就是多宾市长，他还是市轻骑兵上校，当时热血沸腾地抵御法国入侵。多宾上校的部队曾经受过约克公爵的检阅，老奥斯本先生在这个部队里却仅仅是个不起眼的下士而已。这位上校兼市长被册封了爵位，他儿子入了伍。小奥斯本也紧跟着加入同一个联队。他们一同在西印度群岛和加拿大服役。他们的联队刚刚奉调回国。多宾对乔治·奥斯本的挚爱如同学时期一样热烈而慷慨。

不久，这些可敬的人们坐下来吃饭。他们谈论战争和军功，谈论波拿巴和威灵顿公爵[①]，谈起最近一期伦敦公报的报道。在那个辉煌的时期，每一期公报都登载着胜利的消息，两位勇敢的年轻人渴望看到自己的名字出现在荣誉名单上，也埋怨自己不幸被派到没机会立功的鬼地方去。夏普小姐听了这些激动人心的交谈，兴奋得两眼闪闪发光；可是塞德利小姐听了却吓得浑身发抖，几乎晕过去。约斯先生讲起自己几次打虎经过；接着讲完卡特勒小姐和军医兰斯的故事。他为丽贝卡布菜，将桌子上的每一道菜端给她，请她尝，自己也敞开怀豪饮大嚼。

饭后离席时，他跳起身殷勤地为女士们开门，风度极为优雅迷人。然后他回到饭桌前，一杯接一杯喝红酒，速度快得上气不接下气。

“他这是给自己壮胆子呢，”奥斯本对多宾耳语道。最后，时间到了，马车来接他们去沃克斯游乐场。

① 威灵顿公爵：滑铁卢之战打败拿破仑·波拿巴的英国将军。——译注

第六章

沃克斯游乐场

我很清楚，直到现在为止，我吹的还是个十分平淡的调子，不过后面很快就要有几个触目惊心的章节了。我不得不请求好心的读者记住，我们目前叙述的，只不过是拉塞尔广场一个股票交易商家里发生的事情，这些人日常无非散散步，一起吃顿午餐或晚餐，要不就是谈谈天，像普通人那样谈情说爱，他们之间的柔情爱意也没有产生任何激动人心的惊人突破。现在的情形是奥斯本爱着阿米莉亚，他请老朋友来吃晚饭，然后一道去沃克斯游乐场玩；约斯·塞德利爱上了丽贝卡。他会娶她为妻吗？这是个最让人关心的问题。

这个题材，我们可以用时髦的手法处理，也可以用浪漫的或者诙谐的手法处理。同样的事件，假如我们将地点移到格罗夫纳广场，是不是有些人不愿意听下去呢？假如我们说约瑟夫·塞德利少爷开始恋爱，并且奥斯本先生深深爱上了阿米莉亚女士，公爵和她高贵的父亲也完全赞成；或者我们不去描述上流角色，改为讲述最底层人物，描写塞德利先生家厨房里的用人，说黑人萨姆波如何如何爱上了厨子——其实果真有这事——并且为了她的缘故跟车夫如何打了一架；描写磨刀童如何偷了块冷羊腿肉，塞德利小姐新雇的贴身使女不点个蜡烛就不敢上床睡觉等等，这类小事或许能逗人发笑，并且能让人觉得它们代表了真正的"生活"场景。或者我们采取截然不同的手法，想象出恐怖的情节，把那位贴身女佣的情人说成个惯盗，带一帮匪徒闯进家，将黑人萨姆波杀死在他主人脚下，把身穿睡衣的阿米莉亚从床上掠走，不等写到第三卷就不放她回来。那样写一个刺激够味的故事或许能让人产生极大兴趣，让读者一章章埋头读下去，紧张得大气都不敢出。不过我的读者可不要指望读到这种情节，我要讲的只有日常琐事，关于沃克斯游乐场，读者只能迁就这短短的一章，它实在短得称不上一章。然而它的确是一章，而且是十分重要的一章。每个人的生活中不是都有些小小的篇章，看起来无足轻重，却对以后的生活产生影响吗？

我们跟随拉塞尔广场的这群人一起上车，到公园去吧。约斯和夏普小姐坐在前面的座位上后，两人之间挤得几乎没什么空隙。后座上，奥斯本先生坐在多宾上尉和阿米莉亚之间。

车里的每一个人都明白，约斯这天晚上要向丽贝卡求婚，请她做塞德利太太。家里父母亲已经默许，不过，跟你说句悄悄话吧，老塞德利先生挺小瞧他儿子。他瞧不起他的虚荣、自私、懒惰和他那种女孩子气，受不了他赶时髦的习惯。一听他夸口吹牛，父亲就哈哈大笑。“我的财产留给他一半，”他说，“他自己的财产也很多。不过我十分肯定，假如你、我和他妹妹明天突然都死了，他也不过说上句：‘我的天哪！’然后像往常一样吃他的饭，我不打算为他操心。他爱娶谁随他的便。跟我不相干。”

阿米莉亚的态度正相反。她已经是个年轻女人，已经形成了自己的谨慎态度和性情。她对这桩婚事很热心。有一两次，约斯仿佛要对她说点要紧事，她特别想听听，可那个胖子欲言又止不愿吐露心中秘密，他长叹一声，转身走开了，让他妹妹大失所望。

这个谜团让阿米莉亚的温柔心肠一直激动不已。她不能跟丽贝卡谈论这个敏感问题，便跟管家布伦金索普太太推心置腹长谈，心里这才觉得舒坦。管家私下向夫人的贴身女佣吐露风声，那女佣或许转而向厨子暗示个梗概，我毫不怀疑，那厨子将消息透露给那些商贩，于是拉塞尔广场圈子里的众多人物都谈论起了约斯先生的婚事。

当然啦，塞德利太太觉得，儿子娶个画师的女儿未免屈尊俯就。“天哪，夫人，”布伦金索普太太对她嚷道，“咱跟塞先生结婚前，家里也不过是个开杂货铺的罢了，他当年只是个股票经纪人的职员，咱家财产总共不过五百镑，可现在咱不是发了。”阿米莉亚完全赞同这看法，好心的塞德利太太渐渐也就习惯了大家的意见。

塞德利先生保持中立态度。“约斯爱娶谁随他的便，”他说，“跟我不相干。这姑娘没财产，可塞德利太太结婚时也一样穷。她看上去脾气挺好，而且人也聪明，也许能管好他。我亲爱的，最好娶了她，胜过娶回个黑种人塞德利太太，生出十来个棕色皮肤的孙子。”

一切都预示着丽贝卡要交好运。她走向餐厅吃饭时，已经习惯于挽着约斯的臂膀。坐他的敞篷车外出时，她靠坐在他身边。他赶那两匹灰色马的模样，雍容富态很有男子汉气概。虽然他们没有提到结婚，可大家都心照不宣。她只等他求婚了。啊！丽贝卡深深体会到有母亲的必要性。一位温柔慈爱的母亲只消十分钟就能解决这问题，只要跟这年轻人私下交谈一阵，稍稍用些心计，准能逗他道出那句难以启齿的请求。

马车驶过西敏寺大桥时，大家的情绪就是这样。

不久，这群人来到皇家花园。约斯堂皇地走下咯吱作响的马车，众人见来了这么一个大胖子，乐得叫起好来，闹得他羞红了脸。他搀着丽贝卡走开，相形之下是个庞然大物。乔治当然照料着阿米莉亚。她面露喜色，漂亮得仿佛阳光下整簇盛开的玫瑰。

“我说，多宾，”乔治说，“替大家照料一下披肩什么的，好伙计。”说完他便与塞德利小姐双双走开，约斯陪丽贝卡挤进园门后，诚实的多宾为自己能用一条胳膊抱住那些披肩，并且替大家付费买门票便感到满意。

他怯生生地跟在他们后面，不愿意扫大家的兴。对于丽贝卡和约斯，他才不关心呢，不过，他觉得阿米莉亚是个好姑娘，甚至能配得上杰出的乔治·奥斯本了。他望着这漂亮的一对在小径上穿行时显出无比的欣喜欢乐，看到那姑娘质朴天真的欢乐，自己心里体会到父亲般的喜悦。或许他喜欢自己臂弯里不仅仅挂条披肩。人们见这个笨拙的年轻军官抱着女人的东西，都觉得好笑。不过，威廉·多宾很少动自私的念头，既然他朋友玩得高兴，他还有什么不满意的？说实在话，威廉·多宾上尉对园子里发生的一切都很少留意。这里有千百盏所谓"特别增加"的灯，每晚却从不熄灭；园子中央的舞台上方有个金光闪闪的扇贝形顶盖，戴卷边帽的提琴师们在台上奏着迷人的曲子；歌手们有的唱出滑稽的调子，有的民歌颇为伤感，但是全都很动听；伦敦本地人跳着土风舞，时而蹦跳，时而跺脚，时而欢笑；一块广告牌上赫然写着：萨基夫人马上要攀登天索上天摘星星；一位隐士总是坐在灯光明亮的茅庐中；光线幽暗的小径正是情人们的好去处；身穿破旧制服的侍者传递着一罐罐黑啤酒；餐座里灯光明亮，愉快的就餐者装模作样地吃火腿，可是盘子里的火腿肉却少得几乎看不见；还有这地方的主管——那个满脸堆笑的傻瓜辛普森。可是威廉·多宾上尉对这一切全都很少注意。

他抱着阿米莉亚那条洁白的开司米披肩到处走动着，在金色扇贝壳顶子下驻足观望了一会儿，听萨蒙太太演唱《波罗的诺之战》，歌词猛烈抨击那个不可一世的科西嘉小人[1]，讥讽他最近在俄国吃了败仗。多宾先生走开的时候，嘴里试着哼那曲调，结果发现自己其实哼的是阿米莉亚下楼吃饭时唱的那个曲子。

他不禁笑出声来，嘲笑自己。他其实就像猫头鹰一样不会歌唱。

我们明白，这几个年轻人两人结成一对，大家保证说，整个夜晚要保持集体行动，这当然是顺理成章的事，可是他们不足十分钟

① 科西嘉小人：指拿破仑。——译注

后便散开了。集体进入沃克斯游乐场的人们总是走散，不过到了消夜时分便会聚在一起，叙述各自刚才的经历。

奥斯本先生和阿米莉亚小姐有过什么游览经历？那是个秘密。不过有一点十分肯定：他们玩得非常愉快，而且行为毫无越规之处。十五年来他们已经习惯于常常在一起，两人面对面的窃窃私语也就没什么新奇内容。

不过丽贝卡·夏普小姐和她那肥胖的同伴却迷失在人迹罕至的小径上了。周围像他们一样迷路的情侣最多不超过一百对。两人都觉得这是个温柔而关键的时刻，夏普小姐自己认为，这是个绝无仅有的机会，此时不引逗羞怯的塞德利先生将那庄严的请求从颤抖的嘴唇里吐出来，更待何时？他们刚才看莫斯科的微缩景观时，一个鲁莽的家伙踩在夏普小姐脚上，她轻轻尖叫一声，倒在塞德利先生的臂弯里，这一小小的事件增加了我们这位先生的温柔之情，坚定了他的信心，于是重复讲述起津津乐道的印度故事，这至少是讲第六遍了。

“我多想亲自看看印度啊！”丽贝卡说。

“你说的是真心话？”约瑟夫极为动情地问道。毫无疑问，在这巧妙的问题之后，他的话会更加充满柔情，因为他开始呼哧呼哧大喘气，丽贝卡的手正搭在他心口附近，能数得出他猛烈的心跳次数。突然，令人气恼的事发生了！焰火的铃声响起，接着便是一片杂沓的脚步声，这对有情的爱侣不得不顺着人流挤过去。

多宾上尉觉得最好跟大家一起吃夜宵。说实在话，他觉得沃克斯游乐场的种种表演并无乐趣。那两对男女已经双双聚在餐座上。可是，他两次在他们面前走动，却没人理会他。他们面前摆着四套餐具。两对情人各自谈兴正酣，多宾于是明白，大家早已把他忘到脑后，仿佛世界上并没有他这个人。

“看来我是个多余的人，”上尉望着他们，明智地想道。“不如去找那隐士谈天。”他徜徉着避开嘈杂的人声和欢宴发出的杯盘声，走上一条黑黢黢的小径，小径尽头住着那个虚有其表的著名独居隐士。对多宾来说，这并没有什么乐趣，独自逛沃克斯游乐场绝无乐趣可言。照我的经验，一个单身汉独自进园子是最无聊不过的事情。

那两对在厢座里却享受着极大的乐趣，在亲密气氛中谈得乐不可支。约斯大出风头，威仪森严地把侍者摆布得团团转。他动手拌色拉，开香槟，剁鸡，自己把满桌酒菜吞下大半。最后他还坚持要一钵混合酒，凡去沃克斯游乐场的人没有不喝混合酒的。“侍者，上混合酒！”

我写这故事的念头正是从那一钵混合酒来的。那么，为什么是这钵混合酒而不是其他原因呢？这有什么奇怪，难道美丽的罗莎蒙德[①]不正是因为一碗氢氰酸才辞世的吗？亚历山大大帝断送性命的原因不也是因为一杯酒吗？至少伦伯利哀博士[②]不是这么说过吗？所以，这一钵混合酒对这本“没有男主角的小说”中的所有主要人物，都产生了重要的影响。它对他们的生活产生了重要的影响，不过他们大都一滴这种酒也没尝过。

年轻女士们没喝酒。奥斯本不喜欢这种酒。结果，那贪馋的大胖子把整整一大钵酒全都灌进肚子里。灌下那么大一钵子酒的直接后果，便是突然变得无比健谈，起初大家都颇感惊异，后来他们都几乎感到难受了。他喋喋不休的高声谈笑，招来几十个人围在他们厢座四周看热闹，厢座里其他几位无辜受扰的年轻人难堪极了。他还用感伤般的高嗓门大唱了一首歌，只有醉酒的男人才会如此失态。这阵离奇的歌声，几乎把金色扇贝屋顶下听音乐的听众全都吸引过来，大家乐不可支地为他鼓掌叫好。

---

① 罗莎蒙德：英国国王亨利二世的情妇。传说王后伊利亚诺因嫉妒将她毒死。——原书编者注

② 伦伯利哀博士：欧洲古典文化学者。1788 年出版的《古典时期藏书目录》深受本书作者萨克雷喜爱。——原书编者注

“唱得好，胖子！”一个人喝彩道。“再来一个，丹尼尔·兰勃特[①]！”另一个这么叫道。“这样的身材正好走钢丝！”一个油嘴滑舌的家伙喊道。女士们惊恐得不知所措，奥斯本先生怒不可遏。

“天哪，约斯，咱们赶快起身回家吧，”奥斯本喊道，年轻女子们站起身。

“等一等，我最最亲爱的乖宝贝，”约斯这时胆子壮得像头狮子，一把搂住丽贝卡小姐的腰肢。丽贝卡吓得不轻，可她抽不出手来。观众的哄笑声更加洪亮了。约斯继续喝酒，继续向她求爱，继续唱歌。他向观众举起杯子，向所有人们发出挑战，问他们敢不敢陪他喝。

一个穿高筒靴的家伙想趁机来蹭酒喝，奥斯本正打算一拳将他打倒，看来一场混战不可避免了。突然极大的幸运降临了，多宾先生游园后经过他们的厢座。“都滚开，你们这些蠢货！”这位先生从后面拨开人群，人们一见他的硬边帽和他那副凶相，立刻一哄而散。他愤怒地冲进厢座。

“老天哪！你上哪儿去了，多宾？”奥斯本从他朋友的臂弯里夺回那条洁白的开司米披肩，给阿米莉亚披好。“干点有用的事，照料约斯，我送两位女士上马车。”

约斯还想起身反抗，可奥斯本用指头轻轻一推，他就跌坐回座位上，中尉这才平安带女士们离去。约斯吻了一下自己的手，向他们送了个飞吻，连连打着呃，说：“上帝保佑你们！愿上帝保佑你们！”接着他抓住多宾上尉的手，哀哀地哭着，将藏在心中的爱吐露给他，说他崇拜那个刚刚离去的姑娘；说他的心碎了，多宾从他的举止上知道他的心的确是碎了；他说他明天一大早要去汉诺威广场的圣乔治教堂跟她结婚；他说他要先上兰勃特去敲坎特伯雷大主教的门，他发誓一定要去！要他提前做好准备。多宾上尉借这个机

① 丹尼尔·兰勃特（1770–1809）：《英国人名字典》上记载的最肥胖的人，体重为 728 磅（约合 330 公斤）。——原书编者注

会，巧妙地引诱他离开园子，说是要带他去兰勃特宫，一出大门就找到一辆出租马车，毫不费事便将他送回住处。

乔治·奥斯本将姑娘们平安送回家，等到门关上后，他一边步行穿过拉塞尔广场，一边放声大笑，把守夜人惊得诧异不止。上楼的时候，阿米莉亚沮丧地望着她的朋友，两人吻别后，一句话也没说就上了床。

“他明天肯定向我求婚，”丽贝卡想道。“他一连四遍把我叫成他的亲宝贝；还当着阿米莉亚的面使劲抓住我的胳膊不放。他明天肯定向我求婚。”阿米莉亚也是这么想的。我敢说，她还设想了做女傧相的时候该穿什么衣服，还考虑该送给她可爱的嫂嫂送什么礼物。而且她进一步想象出自己扮演主要角色的另一场仪式，她就这么想啊想啊。

啊，无知的年轻姑娘！你们对混合酒的威力多么无知！晚上的酒醉与早上的宿醉未消比较起来，又算得了什么呢！作为一个男人，我可以发誓，世界上最厉害不过的头疼，要首推喝过沃克斯游乐场的混合酒的宿醉。事隔二十年，我仍然忘不了那两杯酒的后果——我只喝过区区两杯酒而已！我以一位绅士的名誉发誓，仅仅两杯而已。然而，约瑟夫·塞德利不但患有肝病，而且足足喝了一夸脱那种要命的酒。

第二天早上，本来丽贝卡以为自己的好运气要成定局，结果塞德利痛苦得呻吟个不停，那情形实在难以描写。当时还没有发明苏打汽水，令人难以置信的是，隔夜宿醉只能靠淡啤酒缓解。乔治·奥斯本到他的住处去看望，结果发现这位博格利沃拉的前收税官面前正摆着这种软饮料。多宾已经在屋子里善意地照顾他前一晚照料过的病人。两位军官望着面前这位有气无力的酒徒，会意地互相递了个眼色，咧开嘴笑笑，表示不屑的同情。就连塞德利的仆人，尽管表情一本正经，从不出格，可是望着他不幸的主人，也不出声地扭歪了面孔。

“先生，塞德利先生昨晚一反常态，狂暴得可怕，”仆人在奥斯本上楼的时候对他这么说。“他想打马车夫，先生。上尉不得不像抱个娃娃一样把他弄上楼。”说着，布拉仕先生的面孔上闪过一丝微笑。但是片刻之后便恢复深奥莫测的平静，打开客厅门，宣布道：“奥斯本先生到。”

“你好吗，塞德利？”这个年轻的调皮鬼看了看他的病人说。“没有伤着骨头吧？楼下有个马车夫，眼睛给打青了，脑袋上包着绷带，发誓要上法院告你。”

“你说什么……法院？”塞德利昏沉沉地问道。

“告你昨晚打他，是不是这么回事，多宾？你出拳简直像莫利纽克斯[①]一样凶。守夜人说他从来没见过一个人倒地时那么惨。不信你问多宾。”

“你的确跟马车夫打了一轮，”多宾上尉说，“表现非常凶狠。”

“还有沃克斯游乐场上那个穿白色外套的家伙！约斯把他打得真够呛！女人们玩命地尖声叫喊！上帝啊，伙计，我看得真高兴。我以为你们这些老百姓全都没胆量。可你喝了酒我绝对不敢跟你较量，约斯。”

“我相信我来了火的确不是好惹的，”约斯在沙发里突然喊道。他说话的时候，那副难受模样实在丑陋不堪，上尉的礼貌再也装不下去，跟奥斯本一起爆发出一阵大笑。

奥斯本毫不留情地穷追猛打。他认为约斯纯粹是个懦夫。对于约斯和丽贝卡之间有可能结成的亲事，他已经转过几个念头，认为

① 莫利纽克斯：当时著名的美国黑人拳师。1810年曾与英国拳击冠军克里布交手。——原书编者注

既然他乔治·奥斯本这个某联队的军官要跟那个家庭联姻，这个家庭就不该屈尊俯就一个仅仅渴望往上爬，却在社会上没头脸的家庭女教师。“你真的能打人，你这个可怜的老家伙？”奥斯本问道。“你真有那么可怕？得了吧，伙计，你在公园的时候站都站不起来，让大家看着取乐，你还当众痛哭。约斯，你昨晚醉得一塌糊涂。你不记得唱了一首歌的事情啦？”

“一首什么？”约斯问道。

“一首情歌。你还叫着罗莎……丽贝卡……阿米莉亚的那个小朋友叫什么来着？你把她叫作你的亲宝贝，不记得啦？”这个残酷的年轻人不顾好心的多宾劝他留点情面，硬拉住多宾的手，当着始作俑者的面，重演了昨晚那一幕。

戈勒普大夫来了以后，奥斯本和多宾离开他们的病人，奥斯本不顾抗议，说道：“我们干吗要放过他？那小子凭什么摆出一副神气十足的派头，让咱们在沃克斯游乐场丢脸？那个跟他递送秋波谈情说爱的小女学生又算个什么人？该死，那个家庭即使没有她，地位也够低了。她当个家庭教师还不赖，可我夫人的嫂嫂至少应该是个上流淑女。我是个开明的人，可我有恰当的荣誉感，对自己的地位也知道得清清楚楚。她也该知道自己的地位。我挫了挫那个印度财主的锐气，免得他犯傻过了火。所以我才告诉他要当心，以免她对他下手。”

“我猜想你懂得更多，”多宾说，可是他的态度仍然显得疑虑重重。“你一直是个保守派托利党人，你的家庭属于英格兰最古老的家族。可是……”

“得了吧，咱们去看望那两位姑娘，你自己向夏普小姐求爱好啦，”奥斯本打断上尉的话。可是多宾上尉并不想参与他每日到拉塞尔广场拜访小姐们的活动。

乔治从霍尔伯恩顺着南安普敦路朝塞德利家的宅子走去，见那座两层楼的房子里有两颗脑袋在翘首观望，他不禁笑出声来。

只见阿米莉亚小姐在客厅阳台上，目光穿过广场，望着对面的奥斯本家，渴望看到中尉本人。夏普小姐从三层楼上自己的小卧室里焦急地等待着，盼望约瑟夫那巨大的身躯出现在面前。

“安小姐在瞭望塔上观望[①]呢，”他对阿米莉亚说道，“不过谁也不会来的。”奥斯本对自己的笑话觉得乐不可支，放声大笑，接着他竭尽讽刺挖苦之能事，对塞德利小姐描绘了她哥哥凄惨的状况。

“乔治，你还乐得大笑，可真够残酷的，”她非常不快地说。乔治见她那副沮丧的模样，乐得愈发不可收拾，更加觉得自己的笑话妙不可言。夏普小姐下楼以后，他加倍绘声绘色地逗乐，说那个文官如何被她的魅力迷得神魂颠倒。

“啊，夏普小姐！要是你今天早上看见他身穿花晨服，蜷缩在沙发上扭来扭去，哼个不停，”他说道，“假如你看见他伸出舌头让戈勒普大夫检查的滑稽模样，你准会笑个半死。”

“看见谁？”夏普小姐明知故问。

“谁？啊，谁？当然是多宾上尉。昨晚我们都对他殷勤关注过的。”

“我们对他太不公平了，”埃米说着脸上泛出红晕。“我……我都几乎忘记他了。”

“你当然忘记了，”奥斯本笑着嚷道。“你知道阿米莉亚，谁也不会总是想着多宾。对不对，夏普小姐？”

“只有他吃饭的时候打翻酒钵的事情是个例外，”夏普小姐扬起脑袋风度高贵地说，“我片刻也没有想到过多宾上尉。”

“好极了，夏普小姐，我把这话告诉他，”奥斯本说。夏普小姐听了他的话，顿时对这个年轻军官产生出不信赖和仇恨的感情，可他并没有料到会有这种效果。“他这是要取笑我，不是吗？”丽贝卡

① 安小姐在瞭望塔上观望：法国民间故事《青髯公》中的一个插曲。安小姐登上瞭望塔，等待她哥哥们来营救她。——原书编者注

想道。“不知道他当着约瑟夫的面是不是也这么取笑我。他威胁过他吗？也许他不会来了。”想到这里，她眼前似乎蒙上一层雾霭，心跳也加快了。

“你这人总是喜欢开玩笑，”她尽量装出天真的微笑说。“乔治先生，请随便捉弄吧，反正没人保护我，”她说完走开了。阿米莉亚用责备的眼光望着乔治·奥斯本，他也为无端欺负这么个无依无靠的女子觉得内心不安。“我亲爱的阿米莉亚，”他说，“你这人太好了，太善良了。你根本不谙世事人情，可我懂。你的小朋友夏普小姐必须了解自己的地位才对。”

“难道你不认为约斯会……”

“相信我的话吧，我亲爱的，我不知道。他或许会，或许不会。我不是他的主人。我只知道他是个非常爱虚荣的傻瓜，昨晚让我亲爱的小姑娘蒙受痛苦难堪。我的小亲宝贝！”他说着再次放声大笑，笑声那么滑稽，埃米也不禁跟着笑起来。

这天，约斯根本没有露面。不过阿米莉亚并不担心。这个小有心计的姑娘打发萨姆波的听差去过约瑟夫先生的住处，索取一本他答应给她的书，还询问了他的情况。约斯的用人布拉仕先生的答复是，他主人病倒在床上，大夫刚刚来看过。她于是想道，他明天准会来，不过她没有勇气跟丽贝卡谈起这事，那位年轻的女子也根本没有提起前一天晚上发生在沃克斯游乐场的事情。

第二天，两位年轻姑娘坐在沙发上假装干活的时候，萨姆波带着往常那种微笑走进屋子，他胳膊下面夹着个包裹，托盘上放着一个便条。“约斯先生写来的短简。”

阿米莉亚拆开那封短简的时候手在颤抖。

短简内容是这样的：

亲爱的阿米莉亚：

捎去《林中孤儿》。我昨天病得不轻不能前往。今天动身去切尔滕纳姆。请你原谅我，如果有可能，请代我向温柔的夏普小姐致歉，我在沃克斯游乐场的举止对不起她，请她原谅。我吃那顿该死的饭时激动中说了许多胡话，请她把每一个字都忘掉。我现在的健康状况很糟糕，等我身体稍好些，我要去苏格兰疗养几个月。

诚挚的

约斯·塞德利

这简直像个死亡通知书。一切全完了。阿米莉亚不敢看丽贝卡那苍白的面孔和炽热的眼睛，她把那封短信丢在朋友的腿上，冲上楼，钻进自己的房间痛哭了一场。

不久，管家布伦金索普太太去安慰她。阿米莉亚伏在她肩膀上哭个不停，便觉得心里舒服多了。“别太往心里去，小姐。我本不想告诉你的，我们大家刚开始喜欢她，可后来就不一样了。我亲眼看见她读你妈妈的信。平纳说，她总是翻腾你的首饰盒子和抽屉，也翻腾大家的抽屉，她还敢定说，那姑娘把你的白色围巾放进她自己的箱子里了。”

“是我给她的，我给她了，”阿米莉亚说。

可是这话并没有改变布伦金索普太太对夏普小姐的看法。“平纳，我不信赖那些家庭女教师，”她对那女佣说。“她们摆出一副攀高结贵的小姐派头，可她们的薪水并不比你我多。”

现在，家里每个人心里都十分清楚，丽贝卡该走了。上至家长下至用人，大家都盼望她早点离开，只有可怜的阿米莉亚不情愿。我们这位可怜的好孩子将自己的所有抽屉、柜子、针线囊、玩具匣子通通打开，一件件审视她所有的裙袍、披肩、好看的花边丝带、长筒丝袜、花布头等等，选出一大堆送给丽贝卡。她去找父亲，这位好心慷慨的英国商人曾许诺说，她有几岁，就给她几个畿尼做零用钱。她现在乞求这位老绅士把那钱给丽贝卡，因为她肯定需要钱，而自己什么都不缺。

她甚至逼着乔治·奥斯本捐献一些东西。那个年轻军官在军队里一向大手大脚，此时也并不吝啬，跑到邦德大街买来最上等的帽子和外套。

“这是乔治送你的礼物，亲爱的丽贝卡，”阿米莉亚对捆着丝带的礼品颇感自豪。“他的品位真是不俗！谁的眼光都比不了他。”

“的确谁也比不了，”丽贝卡回答道。“我真是太感谢他了！”她心里在想：“我的婚事准是乔治·奥斯本从中作梗。”她对乔治·奥斯本的感激便可想而知。

她极为平静地准备动身，好心可爱的阿米莉亚送她的礼物，她得体地推托迟疑之后全都收下了。当然啦，她对塞德利太太千恩万谢。不过并不想过多打搅那位好心的太太。这位太太颇感窘困，显然不希望跟她照面。塞德利先生送她钱的时候，她亲吻他的手，希望他允许她将他看作自己最慈祥的朋友和保护人。她的举止那么动人，他几乎忍不住要再给她填写一张二十镑的支票，可他最后控制住自己的感情。外面有一辆马车等着接他去吃饭，于是他跟她匆匆道别：“愿上帝保佑你，我亲爱的。进城的时候一定要来这里。……詹姆士，我们去市长官邸。”

最后，与阿米莉亚小姐分手的时候到了，我真想蒙住眼睛不看这场面。一方面是真情实感，另一方面是完美无瑕的作假表演，两人之间什么都用上了：最动情的拥抱、最伤心的泪水、非用溴盐瓶子不可的歇斯底里，以及最真诚的感情。丽贝卡与阿米莉亚分手了，丽贝卡发誓说，她会永远永远爱她的朋友。

第七章

女王的克劳利镇上的克劳利一家

18××年出版的《宫廷名人录》中，在字母C项下的人名，最显赫的当首推皮特·克劳利男爵了。他的宅第在汉普郡，女王的克劳利镇，冈特大街上。这个体面的名字一连许多年不断地出现在议会名单里。与这个名字印在一起的是本选区轮流当选的许多其他可敬绅士们的名字。

关于女王的克劳利镇这个选区，有个来历。据说伊丽莎白女王一次出巡，曾在克劳利镇用过早膳，对本地特产上等汉普郡啤酒顿生好感，向她献上这种啤酒的是一位胡须修剪整齐，两腿修长的漂亮男子，即当时的克劳利先生。女王大悦，便将克劳利镇特设为一个选区，并且可选派两名代表入议会。受到女王那次驾临宠幸后，这个镇子就改叫女王的克劳利镇，直至如今依然是这个名字。时光流逝，世事变迁，帝国、城市和选区盛衰，女王的克劳利镇的人口远不及当年贝丝[①]女王在位时那么稠密，已经堕落成一个所谓腐败的选区[②]。然而，皮特·克劳利爵士却要以自己独特的文雅说法为它正名："腐败！见他们的鬼吧！靠着它我每年有一千五百镑的进项呢。"

皮特·克劳利爵士是第一代男爵沃波尔·克劳利的儿子。沃波尔在乔治二世在位时，曾在文书档案处供职，像当时许多诚实的

① 贝丝：伊丽莎白的昵称。——译注

② 腐败的选区：当地望族收受贿金，将议员名额私下转让给其他选区，故而得名。——译注

绅士一样，他也因侵吞公款受弹劾。沃波尔·克劳利的父亲是约翰·丘吉尔·克劳利，他的名字是按照安妮女王在位时一位著名的将领名字起的。女王的克劳利镇子上挂着他家的族谱，倒溯上去接着是查尔斯·斯图亚特·克劳利，也就是后来称作光杆克劳利的那位，他父亲是詹姆士一世在位时的克劳利。最后一位是女王伊丽莎白时期的克劳利，他的肖像十分显眼，只见他留着翘胡子，身着铠甲，一副神气活现模样。像一般的族谱一样，这位显赫的人物肖像腰身上支出一个树形的分枝，主要枝干上写着刚才说的这些名人的名字，我们这本传记的主要人物皮特·克劳利爵士的名字旁边，是他兄弟布特·克劳利牧师的名字。他是克劳利及斯奈比教区的牧师。族谱上还有克劳利家族的许多男女成员的名字。

皮特爵士的第一位夫人是芒戈·宾基勋爵的六女儿格里泽尔，宾基勋爵也是邓达斯先生的表兄弟。她为他生了两个孩子：皮特和罗顿。皮特的名字与其说是随了父亲，倒不如说是随了当时著名的首相，罗顿的名字是随了当时乔治四世尚未加冕时的一位朋友的名字，可惜这位威尔士亲王后来把那朋友忘了个干净。皮特·克劳利爵士的夫人去世多年后，他才与穆德伯里镇上一位道森先生的女儿罗莎结婚，婚后生了两个女儿。丽贝卡来做家庭女教师的目的就是教这两位女儿。我们看得出，这位年轻的女士来到一个上流门第，这个家庭交往的都是非常上层的人物。她要进入一个高贵的社交圈子，远不是她在拉塞尔广场离开的那家卑微的人们敢于奢望的。

她收到过要她开始教课的指示，那是一个写在旧信封上的便条，内容如下：

皮特·克劳利爵士请求夏普小姐带行李于星期二抵达，因为我明天一早要离开家去女王的克劳利镇。

于冈特大街

丽贝卡从来没见过一位男爵。她与阿米莉亚刚刚分手，数清了好心的塞德利先生放在她钱袋里的畿尼有多少，马车刚刚转过街角，她便揩干眼泪，开始想象一位男爵可能是什么模样。“不知道他是不是戴着星徽？”她想道，“是不是只有勋爵才戴星徽？不过他的穿戴一定非常漂亮，就像考文特公园的演员劳顿先生那样，穿着带有皱边的宫廷服装，头发上还扑着粉。我猜想，他一定骄傲得不得了，对待我的时候无比的鄙视。不过我必须尽量忍受残酷的命运。至少我是在与上流社会的人们打交道，而不是跟粗俗的世井小人。”接着她想起了拉塞尔广场的朋友们，在某种程度上她的感觉就像那只吃不到葡萄的狐狸。

她乘坐的马车穿过冈特广场进入冈特大街，最后在一座高大阴暗的房子前停下来，这座房子夹在两座同样高大阴暗的房子中间，每座房子中间的客厅窗户上都挂着一块丧徽。这是冈特大街上的一种风俗景观，可是亡灵似乎永远统治着人间。皮特爵士家的房子上，一层的所有窗户里百叶窗都闭着，只有餐厅的百叶窗稍稍开启一点儿，所有窗帘都用旧报纸整整齐齐地遮盖起来。

车夫约翰独自赶了一路车，累得不想下车拉铃。于是便乞求从旁经过的一个送奶童儿替他代行这一使命。铃响之后，餐厅的百叶窗缝隙间出现了一个脑袋。一个下身穿马裤裹绑腿，上身穿脏兮兮旧上衣的男人开了门，只见他脖子上一条满是污垢的旧领饰盖不住脖子皮肤粗糙，光秃闪亮的脑门下一张红面孔挂着不屑表情，一张大嘴巴常带笑，两只灰眼睛眨不停。

“这是皮特·克劳利爵士家吗？”约翰在驭座上问。

“是喽，”那人点了点头说。

“那就把这箱子搬下车，”约翰说。

“你自家搬吧，”那仆人说。

“你没见我不能离开我的马？来吧，帮个忙，好伙计，小姐会赏你啤酒喝的，”约翰说完放声大笑。他这时已经用不着尊敬夏普小姐，因为她跟那个家的关系已经断了，再说她临走时根本没给仆人们赏赐。

听他这么一说，那秃顶男人把手从马裤口袋里掏出来，上来把夏普小姐的箱子扛上肩膀，搬进门。

“请你提这只篮子，拿着这条披巾，把门打开，”夏普小姐说着，恼火地下了车。“我要给塞德利先生写封信，把你的行为报告给他，”她对车夫说。

“可别，”那用人连忙答道。“希望你别忘下什么东西。阿米莉亚小姐的裙子……你都拿上了吗……本来是要给夫人的女佣。我希望你穿着合身。关上那扇门，吉姆，你下去也得不着好处，”约翰接着说，他伸出大拇指朝夏普小姐指了指：“她不是个好东西，告诉你吧，她不是个好东西。”塞德利先生的车夫说完这话赶着车走了。其实他跟上面提到的夫人那个女佣有恋情，见夏普小姐得了本该赏给她的东西，心头恼怒。

丽贝卡按那裹着绑腿的人的指示走进餐厅，发现屋子里死气沉沉，一派上等主人离家外出后的景象。眼前这个屋子颇像忠实怀念主人的模样。土耳其地毯卷起来蜷缩在橱柜脚下，一幅幅肖像都用棕色牛皮纸遮住面孔，天花板上的吊灯用难看的棕色布套子包裹起来，窗帘都严严实实藏身在各式各样的破旧材料里面。沃波尔·克劳利爵士的半身雕像从一个黑黢黢的角落望着下面光秃秃的地板和上了油漆的炉具，壁炉架上的名片架空空如也，酒柜躲在卷起的地毯后面。椅子都正反相叠沿墙摆放，雕像对面那个黑暗的角落里，一个餐具盒子上了锁，仿佛一个傻头傻脑的用人。

壁炉前有一张圆桌和两把厨房用的椅子，炉旁还有一套旧巴巴的拨火棍和火钳，一个平底锅搁在有气无力的炉火上。桌子上有个锡蜡台，还有一丁点奶酪和面包，一个大啤酒杯里剩了点黑啤酒。

“我想，你吃过饭了？你不太觉得热吧？想喝点啤酒吗？”

“皮特·克劳利爵士他在哪里？”夏普小姐摆出一副高贵派头问道。

“他，他！我就是皮特·克劳利爵士。别忘了我为你搬了行李，你还欠我一品脱啤酒呢。不信你问廷克太太。廷克太太，这是夏普小姐！家庭女教师小姐，这是打杂女佣太太。哈哈！”

这位被叫作廷克太太的女人这时走过来，只见她手里拿着一个烟斗和一纸包烟草。夏普小姐到达前，她刚被打发出去买烟草，她把这两样东西交给在壁炉前坐下来的皮特先生。

“那一个法新[①]的找头呢？”他问道。“我给你的是三枚半便士的硬币，找来的钱呢，老廷克？”

“拿去！”廷克太太把那个硬币扔给他。“只有你们这些男爵才会看得起法新这么小的铜币。”

“每天一法新，一年就是七先令哪，”这位议员回答道，“要知道，每年七先令，是七个畿尼的利息呢。一个个法新地攒，不久便聚成一个个畿尼。”

“姑娘，这当然就是皮特·克劳利爵士，”廷克太太说，“因为他把法新都看得那么重。用不了多久，你就熟悉他了。”

“夏普小姐，你会喜欢我的，”老绅士说。他的风度几乎接近礼貌。“我必须先讲公平，然后再慷慨。”

“他一辈子从来没有白给人一个法新，”廷克抱怨道。

“从来没有，将来也不。因为那违背我的原则。廷克，你要想坐下，就再去拿把椅子来。然后我们就吃点晚饭。”

男爵用一把叉子伸向炉火上的平底锅，弄出一条肠子和一只葱头，平分成两份，与廷克太太一起享用。“你看，夏普小姐，我不在这儿的时候，廷克太太就独自吃饭。我进城来的时候，她就能跟家

① 法新：1961 年以前英国面值最小的铜币，价值四分之一便士。——译注

人一道吃饭啦。嚯，嚯！我很高兴夏普小姐不饿，对吧，廷克？”说完，他们便开始吃那顿可怜的晚饭。

晚饭过后，皮特·克劳利爵士开始抽他的烟斗。天色已经很黑时，他将蜡台上蜡烛中间的灯芯草点燃。然后从他那可怕的大口袋里掏出一大堆文件，开始阅读，还将它们弄整齐。

“我亲爱的，我到这儿来是为了处理法律事务的，所以明天才有幸与这么漂亮的旅行者做伴。”

“他总是打官司，”廷克太太说着抓过那杯黑啤酒。

“喝吧，喝酒吧，”男爵说。“不错，我亲爱的，廷克说得不错。我输掉的官司和打赢的官司比英格兰任何人都多。看看这个案子，克劳利男爵对斯内弗。我要打赢这场官司，否则我就不叫皮特·克劳利。这个案子是波德尔和另一个人对克劳利男爵；这个是斯奈利教区监理对克劳利男爵。他们不能说那是片荒地，我要对他们抗诉，那土地属于我。它既不属于你，不属于这位廷克，当然也不属于那个教区。我要击败他们，就是花上一千个畿尼，也要打赢这场官司。看看这文件，我亲爱的，要是你喜欢的话就读读吧。你的书法好吗？等我们回到女王的克劳利镇，我要重用你，相信我的话吧，夏普小姐。老夫人已经过世了，我需要个帮手。”

“她跟他一样可恶，”廷克说。“她跟每一个生意人都打官司。四年中打发走四十八个用人。”

“她的手紧，非常紧，”男爵直率地说。“可她对我是个有用的女人，省了我一个男总管的开销呢。新来的人听着他们的亲密交谈，觉得很滑稽。他们的交谈持续了挺长时间。不论皮特·克劳利爵士有什么品质，无论是好是坏，反正他毫不隐瞒。他对自己的事大谈特谈，有时操着汉普郡最难懂的方言和最粗俗的说法。有时候说的话还算通情达理。他叮嘱夏普小姐第二天早上五点要起床动身，然后便跟她道了晚安。“今晚你跟廷克睡一张床，”他说。“那是张大床，足够两个人睡。克劳利太太就死在那张床上。晚安。”

说完这些祝福的话，皮特爵士就走了。表情一本正经的廷克端起蜡台在前面领路，从阴森可怕的客厅经过，只见门把手上还包着纸，两人登上光秃秃的石台阶，来到阳面的大卧室，这是克劳利离开人世的地方。你可以想象，这张床和整个这间屋子都显得阴森凄凉，仿佛克劳利太太不仅死在这里，而且她的阴魂仍然盘桓在这里不肯散去。可是，趁那位老女仆祷告的时候，丽贝卡却欢天喜地跳来跳去，窥视巨大的柜子和壁橱里的东西，想拉开抽屉，却发现都上了锁。她仔细观望墙上的画像，查看卫生间。“要不是我良心清白，小姐，我可不敢睡这间屋子，”老女人说。“这屋子里现在有我们俩，还有五六个鬼魂在里面，”丽贝卡说。“对我讲讲克劳利太太和皮特·克劳利爵士，还有这家里每一个人的事。给我讲讲吧，我亲爱的廷克太太。”

但是这些问题并不能撬开老廷克的嘴巴，她说床是让人睡觉的，不是让人在上面交谈的，不久，她在床那一侧打起了呼噜，只有良心清白的人，鼻子里才会打出这样坦然的呼噜。丽贝卡久久不能入睡，她在考虑明天，想象她要去的那个新世界，以及她在那里成功的机会。灯芯草的火苗在蜡台底部跳跃着，壁炉架遮挡的大片阴影投在一张发霉的刺绣上，把它遮挡了一半，那显然是克劳利太太的作品。阴影还投在两幅家人的小画像上，画像上有两位小伙子，一个身穿学校制服，另一个穿着红色上衣，像个士兵。丽贝卡入睡时，选择了这一个出现在她的梦境里。

在这个玫瑰般迷人的夏日早晨，就连冈特大街也稍显出些生气。四点钟，忠实的廷克就唤醒她的同床，催促她准备动身。她自己下楼打开门钮，拉开门闩，乒乒乓乓的声音回荡在依然沉睡的街道上。她走上牛津街，叫了一辆停在那里的马车。我们用不着具体说那马车的车牌号，也不必说明马车一大早等在燕子街头，是希望等上某个通宵在酒店作乐的花花公子，他或许需要马车送他回家，酒后所付的车资往往比较慷慨。

廷克所雇的车夫如果心怀上述希望，自然会大失所望。他把马车赶到城里后，男爵在车钱外一个便士也不会多付。耶和[1]又是哀求，又是嚷叫，结果全是徒劳，他气得把夏普小姐的好些盒子扔在天鹅酒店外面的水沟里，扬言说要为车钱告他。

“你最好别告，”酒店的一个马夫说。“这位是皮特·克劳利爵士。”

“说得对，乔，”男爵赞许地说。“我倒想见见能对付我的人。”

“我也想见见，”乔说着，无奈地咧开嘴笑了笑，将男爵的行李搬上车顶。

“伙计，驭座旁给我留个空，”这位议员对车夫说。车夫回答：“是，皮特爵士。”他用手碰了碰帽子表示致意，可心里十分恼火，因为他已经答应过一位剑桥来的年轻先生给他留这座位，那先生肯定会给他一个克朗的赏钱。夏普小姐坐进马车里后面的座位，让这马车带她进入广阔的世界。

剑桥来的年轻人气呼呼地将五件大衣放在前座上，后来身材娇小的夏普小姐不得不离开自己的座位爬上车顶，坐在他旁边，他这才消了气。后来，他用一件本杰明牌大衣裹在她身上后，脾气变得十分和蔼。一个气喘不止的先生，一个抓着白兰地酒瓶的胖寡妇，和一位一本正经的女士坐进车里，她发誓说自己一辈子从来没有坐过公共马车。公共马车上从来都有说这种话的女人，可惜啊！原来那种驿车现在哪儿有呢？我们不必细说，那脚夫如何向每位旅客讨脚钱，那个气喘吁吁的男人给了六便士，那寡妇掏出五枚油腻腻的半便士硬币；也不必细说马车最终出发，穿过奥尔德门的黑黢黢小径，不久，马蹄声便响起在蓝色屋顶的圣保罗教堂外的街道上，马

① 耶和：《圣经·列王记》中以色列王，相传曾为莽撞的车夫。——译注

车急促地鸣着车铃进入舰队市场。现在，舰队市场和埃克斯特市场全都不复存在了。我们也不必详细描述他们如何经过皮卡迪利大街上的白熊旅馆，看到骑士桥边的市场花园里，露水升腾成轻雾，也不必细说他们如何经过特恩罕草坪、布伦特福德、巴格肖特。本书作者当年也乘车走过同样的路线，当时阳光也一样明媚，回想起往事，作者不禁产生甜蜜温馨的留恋之情。有过许多愉快见闻的那条路如今在何处？那个红鼻头的诚实车夫再也不能驾车去彻西区和格林尼治了吗？我真想知道那些好人们如今何在？老韦勒现在还活着吗？还有那些侍者们和他们服务的客栈，还有里面供应的冷牛肉，还有那矮个头蓝鼻子提着叮当作响水桶的马夫，他现在何处，他的同时代人又在哪里？那些将为本书读者的孩子们写小说的天才们，现在还只是些身穿连身衣裤的娃娃，对他们来说，刚才提到的人和事简直是历史或传说中的故事，遥远得就像尼尼微古城[①]，勇狮国王[②]，或者像杰克·谢泼德[③]一样。在他们看来，驿站马车富有浪漫情调，拉车的四匹栗色马简直是神话，就像关于亚历山大大帝的爱马和神马黑贝丝的神话传说一样。啊，马夫将它们的马衣拉开后，那皮毛多么光亮，鞭子一甩，它们便如箭离弦一般奔跑起来，到了下个驿站，它们浑身汗气腾腾，摆动尾巴，姿态稳重地走进客栈的院子。啊，我们再也听不到午夜时分的号角，再也看不到道路关卡的栅栏门豁然打开了。话说回来，这辆四匹马拉的特拉法加轻盈马车要带我们去什么地方？我们就停在女王的克劳利镇，别再继续漂泊了。我们看看丽贝卡·夏普小姐在这里过得怎么样吧。

---

① 尼尼微古城：古代亚述的国都。——译注

② 勇狮国王：英国国王理查一世以勇猛果敢著称，有此雅号。——译注

③ 杰克·谢泼德：英国小说家安斯沃思于1839年出版的畅销小说中描写的大盗。——原书编者注

第八章
私人密信

丽贝卡·夏普小姐致伦敦拉塞尔广场阿米莉亚·塞德利小姐。

（免费——皮特·克劳利[1]）

我最亲爱的，最知心的阿米莉亚：

我提笔给我最亲爱的朋友写信时，心头的感情多么复杂，真是悲喜交集！啊，昨日与今天之间的变化多大啊！现在我无亲无友，孑身一人；可是昨天我却在家里，与我最亲密的妹妹做伴，我会永远爱你！

我不准备对你细说，离开你后如何在伤心落泪中度过了一个悲惨的夜晚。相信你是在欢乐和幸福中度过了星期二，身边有你母亲和你那位忠心耿耿的年轻士兵陪伴；我整个晚上都在想你，想象你在珀金斯家跳舞，我敢肯定，你是舞会上最漂亮的年轻小姐。那天我坐了旧马车抵达皮特·克劳利爵士在城里的公馆，车夫约翰对我无比的粗鲁无礼。唉，侮辱贫穷不幸的人毕竟不会冒什么风险，于是我被转到皮特爵士手下，在一张阴森森的旧床上挨了一宿，同睡在那张床上的还有看管房子的老女仆，那是个阴阳怪

---

① 皮特·克劳利爵士的邮资免费，可能有两种原因，或者因为他是国会议员，或者因为他与邮政驿车订有合同。——原书编者注

气的可怕女人。我整个晚上都没有合眼。

皮特爵士不是我们这些傻姑娘在奇斯威克读《茜茜莉娅》时想象的那种男爵。其实，他与奥韦尔勋爵有着天壤之别。他是个老迈的人，五短身材，又笨又胖，粗俗肮脏，身穿旧衣服，绑着旧裹腿，嘴里叼着个臭烘烘的烟斗，自己动手用平底锅做晚饭。他讲一口乡下土话，对那个老女佣骂骂咧咧，还咒骂那个送我们到客栈的车夫。从客栈乘车出来，我一路上大部分时间坐在车顶上。

我是在拂晓时分被唤醒的，抵达那个客栈后，起初坐在马车轿子里面。可是等我们到了一个名字叫利金敦的地方时，雨下大了。你能相信吗？我被迫坐到车外面的顶子上。原来，那马车属于皮特爵士，因为一个乘客在穆德伯里要上车，而且想要坐在车轿里，我便不得不为他让出位子，到外面去淋雨。好在一个从剑桥来的年轻先生非常好心地用他的一件大氅为我遮风挡雨。

这位先生和车警似乎都熟悉皮特爵士，他们一路嘲笑他，叫他老守财奴，这个字眼的意思是又贪心又吝啬的人。他们说，他从来不白给别人一个子儿，我最恨这种小气行为。那位年轻先生让我注意到有两站路车子跑得非常慢，那是因为皮特爵士坐在驭座上，在那两站之间，拉车的马是爵士的。“要是缰绳在我手里，我非使劲鞭打它们不可，让它们一路奔跑到斯夸斯莫，”那位年轻先生说。“应该，杰克老爷，”车警说。后来我理解了他们的意思，明白那位杰克老爷希望在剩余路段上赶马，是想打皮特的马出出气报复他本人。我当然也跟着笑起来。

不过，到了离女王的克劳利镇还有四英里的穆德伯里，一辆套着四匹骏马的马车在等我们，车上有盾形纹徽。我们便这样豪华庄严地进入男爵的园子。园子里有条一英里长的漂亮车道通向宅子。宅子大门两侧门柱上各有一条蛇和一只和平鸽雕塑，将克劳利的族徽架在中间。门房看门女人开门时朝我们一再行屈膝礼。那两扇雕花的古老铁大门有些像奇斯威克那讨厌的门。

“这条林荫道有一英里长，”皮特爵士说。“林子里足有值六千镑的木材。你能说这无足轻重吗？”他把林荫道说成“林影道，”把无足轻重说成“无足请准”，真滑稽。有位霍德森先生是他在穆德伯里的农场管理人，那人跟他一道上车，两人一起谈什么扣押、出手、排涝、翻底层土之类，还大谈佃户和农作的事情，许多事情我都听不懂。说是山姆·迈尔斯偷猎时被人捉住，彼得·贝利终于进了济贫院。“活该，”皮特爵士说。“他们家一百五十年来一直在那片田地的事情上跟我们家玩欺诈把戏。”我猜想那是个缴不起租子的老佃户。皮特爵士本该说“他和他家”才对，可是富有的男爵说话时用不着操心语法，可贫穷的家庭女教师就非注意不可。

从园子里经过的时候，我透过一片老榆树的树梢，看见一个漂亮的教堂尖屋顶。那片榆树前面，草坪和一些外围房子环抱着一所老式红砖房，房子的烟囱全都很高，墙上爬满了常春藤，窗户在阳光下闪闪发光。“先生，那是你的教堂吗？”我问道。

“可不是嘛，见它的鬼，”我的天哪，他这人太喜欢说脏话了。“那个美人儿怎么样啊，霍德森？我亲爱的，美人儿是我哥哥，我那个做牧师的哥哥。我叫他野兽美人儿，哈哈！”

霍德森也跟着笑，然后点了点头，显得挺严肃，说：

“皮特爵士，恐怕他的身体好了些。昨天他还骑着小马来查看过咱们的玉米地。”

“他操心的是他教堂该抽多少税，见他的鬼，”他又用那个脏字。“他喝了那么多兑水的白兰地，怎么就没醉死？他结实得就跟那个叫什么来着——老玛士撒拉[①]一样。”

霍德森先生再次跟着笑。“年轻人都从学校回来了。他们把约翰·斯克罗金打得死去活来。”

“打我的猎场第二看守！”皮特爵士咆哮道。

“他当时在牧师的地段，先生，”霍德森回答道，皮特爵士怒不可遏，赌咒发誓说，再逮住他们在他的地段偷猎，就把他们从本地赶走。不过，他说：“霍德森，我已经把那个牧师举荐权卖掉了，他家小崽子们休想靠牧师职位谋生。”霍德森就说他做得对。我从他的这番话听得出，他们弟兄俩是冤家。弟兄们往往都是这样，姐妹们之间也是这样。你不记得斯克罗金家两位小姐吗，她们以前不是常常闹架吗？还有玛丽·博克斯，她总是欺负路易莎。

不久，只见两个小男孩在树林里拣干树枝，霍德森先生听到皮特命令，跳下马车，手持皮鞭哄他们走。“抽他们，霍德森，”男爵吼道。“把他们都给我打死，带他们到房子里去，这些流氓，不关他们禁闭我就不是皮特。”我们听见霍德森先生的皮鞭抽在那可怜的小娃娃们肩膀上，他们疼得哭喊起来。皮特爵士见罪犯给看管起来了，才驾车驶往宅子。

用人们都等着迎接我们……

※※※

① 玛士撒拉：《圣经·创世记》中记载的长寿老人，据说活了九百六十多岁。——译注

我亲爱的，昨晚我写到这儿被一阵敲门声打断了。你猜是谁？是皮特·克劳利爵士。他身穿睡衣，头戴睡帽，那模样真怪！我吓得连连后退，他冲上来一把夺走蜡烛。“贝基小姐，”他说，“十一点后必须熄蜡烛。就黑着灯上床吧，你这个漂亮丫头，”他就这么叫我。“要是你不想要我每天来收蜡烛，就在十一点前上床睡觉。”说完这话，他就跟管家霍罗克斯先生笑着走开了。当然啦，以后我再也不鼓励他们来了。他们晚上放出两条大猎狗，整个晚上都对着月亮狂吠不止。“我把这狗叫嗜血暴徒，”皮特爵士说。“它咬死过一个人呢。那条狗敌得过一头牛，它娘以前的名字叫花花，可现在我叫它汪汪，因为它太老了，除了汪汪叫根本不会咬人。哈哈！”

女王的克劳利宅子是一座丑陋的老式红砖楼房，上面耸立着高烟囱和贝丝女王时代的尖角阁楼。房子前面有个大露台，上面嵌着蛇和鸽子族徽。大厅的门就开在露台上。啊，我的天，那个大厅真大哪，又大又阴森，恐怕就像《乌道尔夫城堡》里的那个大厅一样。大厅里有个巨大的壁炉，足能容得下平克顿女子学校的半数学生。壁炉架上至少能烤整只牛。大厅墙壁上挂着克劳利家族不知道多少代的肖像，画像上的人有的留着胡子戴皱领，有的头戴假发两脚分开，有的身穿硬挺的紧身衣和长袍，看上去像一座座高塔似的，有的人还留着长长的卷发，啊，我的天哪！这些人身上根本就没穿贴身的衣服。大厅的一端是黑色橡木楼梯，阴森的气氛简直难以描绘。高大的门两侧，几扇门通向台球室、图书室、黄色大客厅和晨厅，每扇门都很高大，门上方的墙上挂有鹿头标本。照我判断，二层楼上至少有二十间卧室。有一间屋子里，摆着伊丽莎白女王睡过的床。今天上午，我的新学生们带着我参观了所有这些布置精美的房间。我向你保证，由于百叶窗总是关着，屋子里总是显得说不出的凄凉；不论哪间屋子，只要透进一丝光亮，准能见到鬼。我的教室在三楼，教室一面跟我的卧室相通，另一面通向女孩子们住的屋子。旁边是皮特爵士的屋子、这家大儿子克劳利先生的屋子、罗顿·克劳利先生的屋子——他就像某个人，也是个军官，正在他的联队服兵役。这房子里不缺少屋子。拉塞尔广场家里的人全来了也住得下，而且我认为还有空。

我们抵达后半小时，叫人吃饭的大铃响了。我带着两个学生下楼。她们一个十岁，一个八岁，身子都长得挺瘦弱。我身上穿着你好心送我的白色细布裙袍——那位讨厌的平纳因为你把这衣服给了我，对我很无礼——他们把我当作家人一样对待，只有在外人来吃饭的时候，我才带着两个女孩子在楼上吃饭。

话说回来，那个叫人吃饭的大铃响了，我们都聚到小起居室，只见克劳利夫人正坐在里面。她是第二任克劳利太太，是两位女孩子的母亲。她父亲是个铁器商，大家认为她的婚姻实在是攀高结贵。她看上去以前曾经挺漂亮，可她的眼睛总是带着泪水，似乎为自己失去的美貌深感痛心。她脸色苍白，身材瘦小，肩膀高耸，显然一句话也不想说。她的继子也在屋里。他穿戴很整齐，庄重得好像个殡仪馆的职员。他面色很白，瘦长身材，容貌丑陋，沉默不语，他的两条腿很长，胸脯扁平，胡子颜色黄得像干草，头发也是干草色。他的容貌长得跟壁炉架上他妈妈的肖像一个样，他妈妈就是高贵的宾基家那位格里泽尔。

“克劳利先生，这位是新来的女教师，”克劳利太太介绍说，她走上前来握住我的手，“夏普小姐。”

“噢！”克劳利先生从他正埋头阅读一个大册子上抬起头望了一眼，然后又埋下头去。

“我希望你好生对待我的女儿们，”克劳利太太说。她的眼圈红红的，总是挂着泪水。

“哎哟，妈，她当然会的，”大女儿说。我一眼就看出，我用不着害怕那个女人。

“夫人，请用餐，”管家进来说道，他身穿黑色衣服戴着大皱边白领饰，好像大厅挂的画像上伊丽莎白戴的领饰。她把手搭在克劳利先生的胳膊上走在前面，我一手拉一个女孩子跟在后面。

皮特爵士已经坐在餐厅里，面前摆了个银酒罐。他刚才下过酒窖，现在穿戴整齐了，所谓整齐不过是脱掉了裹腿，一双黑色长袜勾画出他两条形状难看的短腿。橱柜上摆满了闪闪发亮的老式杯盘；老式杯子，既有黄金的，也有白银的；还有老式的小罐子和调味瓶架。餐桌上的所有餐具也都是银的。橱柜两侧各站着一个红头发的用人，他们身穿淡黄色的制服。

克劳利先生念了一段长长的祷告词，皮特爵士跟着说阿门，然后，菜盆上那个巨大的银盖子就给打开了。

“今天午饭吃的是什么，贝齐？”男爵问道。

“我想是羊肉汤吧，皮特爵士，”克劳利夫人回答。

“Monton aux navets,”管家一本正经地说，可他的法语读音不准，听上去像“毛头狗那位”，“汤是 potage de mouton a l' Ecossaise, 另外两道菜中有 pommes de terre au naturel 和 choufleur a l'eau[1]。”

“羊肉就是羊肉，”男爵说，“而且的确是上等好货。这是哪头羊，霍罗克斯，你把哪头羊宰了？”

“一只黑脸苏格兰羊，皮特爵士。我们星期四杀的。”

“有没有人买羊肉？”

“穆德伯里的斯蒂尔买走了一扇带肋条的肉和两条腿，皮特爵士。不过他说肉太嫩，上面毛又太多，皮特爵士。”

“请喝点汤好吗？嗯……布朗特小姐[2]，”克劳利先生说。

“虽然他们用法语叫它，”皮特爵士说，“可的确是顶好的苏格兰浓汤。”

“照我那样叫是上流社会的风俗，”克劳利先生高傲地说。接着，身穿制服的用人用银汤盘给我们端上汤，与羊肉萝卜一道吃。然后奉上兑水的麦酒，用玻璃酒杯让我们女士们喝，我喝不出麦酒的好坏，不过我宁愿喝水。

我们用餐的时候，皮特爵士趁机问起羊的里脊肉哪儿去了。

“我相信用人们吃了，”我的女主人谦恭地回答。

“的确是这样，我的夫人，”霍罗克斯先生说，“除此之外我们什么也没吃到。”

皮特爵士放声大笑，接着跟霍罗克斯先生交谈：“肯特郡种猪下的那头猪崽一定很肥了吧。”

“还没有肥得胀破肚皮，皮特爵士，”管家特别一本正经地回答。皮特爵士跟两个小姐听了一齐大笑不止。

“克劳利小姐，罗斯·克劳利，”克劳利先生说，“你们

---

① 管家用法语报菜名，显出著名法国菜的气派。其实不过是羊肉炖萝卜、羊肉汤，另外两道菜中有白水煮土豆和菜花。——译注

② 布朗特小姐：夏普的意思是“尖锐”，克劳利没记准，联想到相反的意思。布朗特的意思是“钝”。——译注

这么笑，让我吃惊，我觉得极为不合时宜。”

“没关系，我的老爷，”男爵说道，“我们星期六吃猪肉。约翰·霍罗克斯，星期六早上把猪宰了。夏普小姐特别喜欢吃猪肉，对不对，夏普小姐？”

吃饭时的谈话我记得就是这些了。饭后，用人在皮特爵士面前放了一大罐开水，还摆了一个带套子的酒瓶，我相信里面装着朗姆酒。霍罗克斯先生为我和我的两个学生斟了三小杯葡萄酒，为我的女主人斟了一大杯。离开饭桌后，她从抽屉里拿出个长得没有尽头的针织活计继续没完没了地织下去。两位年轻小姐取出一副肮脏扑克，玩起双人牌戏。屋里只点着一支蜡烛，可是那蜡烛是插在一个豪华的老式银蜡台上，我的女主人只向我提了很少几个问题，然后我的消遣便是从两本书中挑一本来读，一本是宗教训诫书，另一本是克劳利先生饭前读过的册子，内容是英国的谷物法。

我们大家就这么坐了一个钟头，直到传来一阵脚步声为止。

“孩子们，把扑克收起来，”我的女主人惊慌失措地喊道，“夏普小姐，快把克劳利先生那本书放下。”这些命令还没来得及执行，克劳利先生已经走进屋子了。

“我们继续昨天的活动吧，小姑娘们，”他说，“你们俩每人轮流朗读一页。让……哦，肖特小姐[①]有机会听听你们怎么朗读。”可怜的姑娘们便开始一个字一个字地拼读一篇冗长的训诫讲演，那是一篇在利物浦贝特斯达教堂做过的著名讲演，目的是劝人们募捐，以便支持向契卡索印第安人传教。这个夜晚过得真有趣，不是吗？

① 肖特小姐：克劳利先生又记错了夏普小姐的名字，这次用了个读音近似的姓氏。——译注

到了十点钟，用人奉命招呼皮特爵士和全家人都来做祈祷。皮特爵士第一个到，只见他脸色很红，脚步不稳。跟在他后面来的是管家、身穿制服的用人们、克劳利先生的用人、另外三个人身上带着马房的气味，还有四个女佣，我注意到其中有一个穿戴有些过于讲究，那女佣下跪时朝我扫了一眼，一脸的蔑视神色。

克劳利先生的祷告词冗长啰唆。完事后我们领到蜡烛，回卧室睡觉。后来我写信的时候受到打扰，这话我已经对我最亲爱、最知心的阿米莉亚说过了。

晚安。一千个，一万个吻！

星期六。今天早上五点钟，我听见那头黑猪的嘶叫声。罗斯和瓦奥莱特昨天带我去看过那猪，她们带我去看过马厩、猪圈，还看见花匠采摘水果运往市场出售，孩子们苦苦央求他给一串温室种的葡萄，可他说，皮特爵士每一串葡萄都过了数，要是他给了人，准得丢饭碗。两位亲爱的姑娘在围场里拉住一匹小马，问我想不想骑。她们自己骑上马刚玩了一会儿，马夫就来了，骂骂咧咧把她们哄走。

克劳利夫人总是在编织。皮特爵士每晚都喝得醉醺醺，我猜想，他总是跟管家坐在一起交谈。克劳利先生晚上总是读祈祷书，到了早上就把自己关在书房里，要不就骑马上穆德伯里处理镇上的事务，星期三和星期五去斯夸斯莫给那里的佃户讲道。

请代问你父母亲好，向他们致以千万遍谢意。你可怜的哥哥已经从混合酒后的病中恢复过来了吗？啊，天哪！噢，天哪！男人们真该认识到混合酒的害处才对！

你永远永远的好朋友

丽贝卡

照我看，我们那位拉塞尔广场的亲爱的阿米莉亚·塞德利能与夏普小姐分开，不论从哪方面考虑都是件好事。丽贝卡当然是个滑稽有趣的人物，她描写那位可怜的女主人为失去的美貌哭泣，描写那位漂亮的先生长着干草般的黄胡子，和干草色的头发，足见她对人情世故了解颇深。我们不禁想到，她跪在那里做晚祷时，或许心里考虑的事情远不限于霍罗克斯小姐的丝带。我善良的读者，请记住这个故事的名字是《名利场》，名利场当然是个充满虚荣、邪恶和无聊的地方。那里有虚假、伪装和欺诈。本书封面上画的那个道德家便是作者本人的肖像，他在滔滔不绝地说教，可他显然既没有穿长袍，也没有戴领圈，只穿着普通的长摆制服，与他的听众并无二致。可是一个人知道了实情只能实话实说，哪怕他是个帽子上挂铃铛的小丑，或者是个戴宽边帽的教士。写故事的时候也就免不了要讲些不愉快的事情。

我在那不勒斯听说过一位讲故事的弟兄，他在海边对一群游手好闲的诚实懒汉们讲故事的时候，讲到一些自己编造出的恶棍及其邪恶行为，自己先怒不可遏，义愤填膺，结果听众无法不受感染，跟着那讲演者一起呼喊，咒骂虚构的故事中那子虚无有的恶棍，等到帽子轮着圈转到大家面前时，人们在风暴般激越的感情驱使下，将意大利硬币雷雨般一个个投在里面。

在另一种场合，在巴黎的剧院里，你不仅会听到人们呼喊："噢，坏蛋！啊，魔鬼！"不仅会听到包厢里咒骂暴君之声，而且扮演邪恶人物的演员都绝对不愿演诸如可恶的英国鬼子、野蛮的哥萨克人之类角色，演员宁肯少拿薪水，也希望得到个忠实的法国人的角色。我讲了两个相互矛盾的故事，以便让你明白，我这个演员渴望揭露并惩罚邪恶的家伙，并非出于贪图利益的动机，而是出于对他们无法忍受的痛恨，非用痛快恰当的词语发泄一番不能解恨。

我要向仁慈的读者发出警告，我要讲的故事中有让人难以忍受的恶棍和复杂狡诈的罪行——不过我相信，情节非常迷人。我向你保证，这故事中的恶棍并非无能的废物。到了适当的地方，我们手下决不留情！不过，我们到了恬静的乡间，口气自然也该缓和。洗脸盆里发生暴风雨是荒诞不经的。我们只能把那种情形留给广阔的大洋和孤寂的夜色。现在这一章非常平静。至于其他的章节——我们还是不预报的好。

等我将我们的角色介绍出来时，作为大家的一个朋友加兄弟，我要求准许我走下讲台，不仅介绍他们，而且谈论他们。如果他们善良慈祥，我就喜爱他们，跟他们握手；如果他们愚蠢，就把脸藏在读者的袖子里偷偷嘲笑他们；如果他们是些铁石心肠的邪恶坏蛋，就在礼貌允许的前提下用最强烈的词语咒骂他们。

要不预先讲清楚，你也许会将夏普小姐嘲笑别人祷告误认为是我自己持讥讽态度，或者认为我看到男爵像个愉快的醉汉那样跌跌撞撞走来时，自己偷偷发笑，其实，发笑的是个除了财富什么都看不在眼中的人，是个为了成功可以什么都不顾忌的人。既然世界上有这种没有忠心，没有慈善，没有希望的人，而且还生活得很好，亲爱的朋友们，我们就要奋起与之斗争。还有些人过得也非常安逸，可他们不是些骗子，便是些傻瓜，毫无疑问，讽刺家的职责便是揭露他们，与他们做斗争。

第九章
家庭人物肖像

皮特爵士是个达观者，对所谓下层生活颇感兴趣。他第一次结婚娶的是贵族宾基家的小姐，那是遵照父母的旨意行事。克劳利夫人在世的时候，他就当面对她说，她是个讨厌的饶舌妇，是个出身高贵的泼妇，要是她死了，他宁愿上吊也不会娶她这种女人。他妻子死后，他果然信守自己的诺言，娶了穆德伯里铁器商约翰·托马斯·道森家的女儿罗斯·道森小姐。罗斯能嫁给他成为克劳利夫人感到多么幸福啊！

我们来看看她有多幸福吧。首先，她跟彼得·巴特断绝了关系，那失恋的小伙子于是自暴自弃，干起了走私、偷猎等种种恶劣勾当。其次，她出于地位所带来的职责，跟以前所有的朋友和亲近的人们都闹翻了，因为那些人没有资格被我们的女主人请到女王的克劳利宅子来做客。然而，与她的新地位相当的人们又没有一个愿意理睬她。谁又愿意呢？赫德尔森·富德尔森爵士有三个女儿，个个都曾希望做克劳利夫人。贾尔斯·沃普肖特爵士家感到受了侮辱，因为这桩婚姻没有优先考虑沃普肖特家的姑娘。本县其他男爵全都愤怒不已，因为他树了个屈尊俯就的恶劣榜样。其余普通老百姓，我们就不指名道姓，让他们自己唠叨吧。

照皮特爵士自己的话说，他才不关心那帮人不值半个铜子儿的废话呢。他得到了漂亮的罗斯，一个男人要想得到幸福舍此之外更有何求？于是，他每晚都喝得醉醺醺的，有时还打他的漂亮罗斯，他到伦敦去履行国会议员职责时，就把她孤零零丢在汉普郡，可她在芸芸众生中连一个朋友也没有。就连教区牧师的妻子布特·克劳利太太也不愿拜访她，照她的话说，她不愿考虑拜访一个商人的女儿。

老天对克劳利夫人的唯一恩赐便是两只红脸蛋和一张白皮肤，由于她没有性格，没有天赋，没有主见，没有正事可做，没有自己的乐趣，就连愚蠢女人少不了的恶劣脾气都没有，所以皮特爵士对她的爱自然没有多深。生了两个孩子后，脸颊上的玫瑰色渐渐消退，身材也不再迷人，于是她沦落成丈夫家里的一部机器，作用超不过已故的克劳利夫人留下的那架卧式钢琴。她是个皮肤白皙的女人，就像所有金发碧眼的人那样喜欢穿浅色衣服，她最喜欢穿浅绿色和淡蓝色衣服。她日夜不停地编织那个织片，或者类似的其他东西。几年来，她已经将克劳利宅子中所有的床上都换上自己编织的床罩。她有个小小的花园，那是她颇为喜欢的地方，除此之外，很难找得出她喜欢或者不喜欢的东西。丈夫粗鲁对待她，她无动于衷；丈夫打她，她就哭。她没有骨气，就连借酒消愁也不敢，她到了哪儿都在呻吟，整天邋邋遢遢拖着鞋，头发上挂满了卷发纸。啊，名利场啊名利场，它或许只是个欢乐少女玩耍的地方。彼得·巴特要是娶了罗斯，在温馨的小农舍里生儿育女，过小家庭生活，享受符合自己身份的喜悦，忍受难免的烦恼，承担应有的劳作，心怀不过分的希望，准会过得十分幸福。但是，在名利场上，一个称号，一辆四匹马拉的车，这些重要的玩具比幸福重要得多。假如娶过六个妻子的亨利八世或者法国传说中的青髯公在世，打算娶第十位妻子，你以为他们得不到这个社交时期崭露头角的最漂亮姑娘吗？

母亲如此感觉迟钝，无精打采，自然不能唤起年幼的女儿们对她产生爱。她们在用人的房间和马厩里找到的乐趣倒不少。那位苏格兰花匠很幸运，娶了个好妻子，养了几个好孩子，两位小姐跟这些好伙伴交往玩耍学到不少规矩，夏普小姐到来之前，她们得到的教育完全来自那里。

夏普小姐能受雇从教，完全仰赖皮特·克劳利先生的规劝。他也是克劳利太太唯一的朋友或者说是唯一的保护人。她除了喜爱她的孩子之外，对他也稍有一丝感情。皮特·克劳利先生接受了宾基家高贵的遗传，举止十分礼貌，完全是位绅士。他长大成人，从牛津大学基督学院毕业回家，见家里一片混乱，便不顾父亲的反对，开始整顿懒散的风气。他父亲于是也惧他三分。他的高雅风度近于刻板，宁肯饿死也不愿吃饭时不戴上洁白的领饰。一次，他刚从学院回家后，管家霍罗克斯将一封信递给他，而没有将信先搁在托盘中奉上，他朝那位家仆狠狠瞪了一眼，斥责用的词语尖刻吓人，后来，霍罗克斯一见他就浑身瑟瑟发抖。家里上上下下对他都臣服了。他在家的时候，克劳利夫人的卷发纸早早就取掉了，皮特爵士也不敢当着他的面裹那沾着泥泞的绑腿，这个不可救药的老头虽然有许多老毛病，可是当着儿子的面绝对不敢开怀畅饮加水的朗姆酒，跟用人说话的时候态度也非常客气，非常有节制。大家注意到，只要儿子在家里，皮特爵士从来不对克劳利夫人说脏话。

是他教会管家通报说“夫人，请用餐”，而且他坚持要搀着夫人进餐厅。他很少跟她交谈，不过一旦开口总是保持尊严怀着敬意。每逢她出门，他必然态度庄重地起身为她开门，风度优雅地向她鞠躬。

他在伊顿公学上学时，同学叫他克劳利小姐。说来难过，他在那儿常常饱受弟弟罗顿的拳脚。他天姿不聪颖，可他极为用功，因而弥补了才华不足。在校八年，从来没有受到过体罚，一般说来，那所学校的体罚只有天使才躲得过。

上大学后，他的事业当然受到人们高度敬重。他发奋努力，意在谋求个公职，外公宾基勋爵对他表示支持。他于是非常勤勉地学习古今雄辩家的演说，也在各种辩论活动中滔滔不绝。他声音比较低，可是能用文言侃侃而谈，风度甚是堂皇，自己感到得意。然而，他从来提不出超乎陈腐俗套的见解和情感，只能从拉丁文中引经据典。他这样的平庸之辈本该发迹才对，可是不知是何缘故却失败了。他发表的诗没能获奖，可是朋友们原来都预料肯定获奖。

大学毕业后，他当了宾基勋爵的私人秘书。后来被任命为驻庞波尼克公国的领事馆参赞，在职期间成绩斐然，回国时，为当时的外交大臣带回许多礼品盒，里面装着斯特拉斯堡名产——肥鹅肝馅饼。担任参赞十年之后，他发觉升迁太慢，最后厌倦了外交生涯，辞职回乡开始乡绅生活。这时他外祖父去世已有多年。

回到英格兰后，他写了一本关于麦芽酒的小册子。他是个雄心勃勃的人，总是希望在社会上出头露面，便参加解放黑奴的运动，担任重要角色。后来他成了威尔伯福斯[①]的朋友。他佩服威尔伯福斯的政见，他也曾与西拉斯·霍恩布洛尔神父通信讨论向加纳的阿散蒂地区传教，因而出名。每年五月他要去伦敦，并不是去国会开会，而是参加宗教会议。在乡下，他是个行政司法长官，他积极访问那些听不到宗教声音的人们，对他们布道。据说他正在追求索斯当勋爵的三女儿简·希普尚克斯小姐，那小姐写过迷人的宗教宣传册《水手忠实的罗盘》和《芬奇利的卖苹果女人》。

夏普小姐信中对他在克劳利宅子中活动的描写并不夸张。正如信中说过的那样，他命令用人都来参加晚祷，也要求父亲参加，这倒不无益处。他在克劳利的教区惠顾过一个独立教派的会场，他伯父是那个教区的牧师，为此大为光火，可皮特爵士却感到喜悦，自己也去了一两次，牧师在克劳利教堂讲道时指着男爵的哥特式厢座猛烈抨击，诚实的皮特爵士并没有感到任何不适，因为他在讲道的时候总是打瞌睡。

克劳利先生对民族和基督教世界的利益着想非常真诚，老先生

---

① 威尔伯福斯（1759–1833）：英国主张解放黑奴的政治家。——译注

真该把国会的位置让给他才对。可是老头子不肯。父子俩当然都不情愿放弃另一个位置带给家庭的每年一千五百镑收入。这个位置现在由一位混血儿先生占据，在奴隶问题上他有权发表任何意见。这个家庭的经济状况其实很拮据，从选区得来的这笔收益在女王的克劳利宅子能派上极大的用场。

第一位男爵沃波尔·克劳利在文书档案处受弹劾，并被课以重罚后，家庭经济从此一蹶不振。沃波尔爵士是个喜欢寻欢作乐的人，渴望抓钱，也乐于花钱。“贪图别人的钱财，浪费自己的家产，”克劳利先生常常叹口气这么评论他。他在世时受到全县人的喜欢，因为当时女王的克劳利宅子中酒宴不断，招待连连。酒窖中贮满了法国勃艮第红葡萄酒。狗场上养着猎犬，马厩中蓄着良马。可现在，女王的克劳利宅子中仅存的马匹用来拉犁，或者套上特拉法加公共马车。夏普小姐来这里的旅途上正是由那队马匹拉的车。皮特爵士虽然是个粗人，可是在本地很注重面子，只要外出，就要乘坐有四匹马拉的车，只吃点炖羊肉，也要有三个用人伺候。

假如仅仅靠吝啬节俭就能致富，皮特·克劳利爵士早成了大富翁。有他那脑筋，假如他仅仅是个没有资本的乡村律师，也能渐渐培养起自己的能力，爬上权势宝座。不幸的是他继承了一个头衔和大而无当的领地，这两样东西不但不能给他带来好处，还对他有害。他嗜好打官司，结果每年要花费几千镑诉讼费。他太精明了，照他自己的话说，害怕遭一个管账的抢劫，于是雇用了十几个人理财，可他一个也不信赖。他是个刻薄的地主，他的佃户几乎没有一个不让他榨得一贫如洗。种地的时候，他连种子都舍不得下足，结果老天也舍不得给他好收成，只对慷慨的农民施恩。他在各种方面投机，开矿，买运河股票，为公共马车提供马匹，与政府签订包工合同，他是乡里最忙碌的人，最忙碌的行政官。他在开采花岗石工程中不愿付钱请诚实的代理人，结果，四个工头携巨款逃往美国。由于没有给予适当注意，他的煤矿让大水灌了。他卖给政府腐败牛肉，政府将采购合同甩回他手里。在拉车马方面，全国的公共马车老板都知道，他损失的马匹比谁都多，因为他买马舍不得出大价钱，还不给马吃饱。他的性情随和，绝对不傲慢，相反，他喜欢农民和马贩子胜过喜欢他儿子这种绅士们。他喜欢饮酒，喜欢骂脏话，喜欢与农民的女儿们开玩笑。谁也没见他白给人一个先令，也没见他帮人做过一件好事，不过他的脾气令人愉快，人有些小聪明，总是乐呵呵的。他今天跟佃户在一起逗笑喝酒，明天就出卖人家。他赶走偷猎者时也哈哈大笑，不失诙谐。从他对待丽贝卡·夏普小姐的态度上，我们看得出，他对女性颇有礼貌——总而言之，整个英国的男爵中，贵族和平民中，绝对找不到一个像他这么狡猾、卑鄙、自私、愚蠢、下流的老头子。皮特·克劳利爵士血红的手[①]总是伸向别人的衣袋，可就是不插进自己的口袋。我们都崇敬英国贵族，可是不得不承认，《贵族人名录》中却记载着这么一个有许多恶劣品质的人，实在让人痛心疾首。

克劳利先生得到父亲的喜爱，其重要原因之一是金钱方面的关系。男爵欠儿子一笔钱，那是他母亲给他的遗产，男爵认为还这笔钱着实不方便。他对不得不归还任何人的债务感到深恶痛绝，不受到逼迫绝不还钱。我们很快就会知道，夏普小姐对这个家庭的秘密已经掌握了大半。照她计算，这位体面的男爵仅偿还债务一项，每年就要付出几百镑。他不愿割舍的一项乐趣，便是让可怜的讨债人等了又等，打官司换了一个法庭又一个法庭，一个条款又一个条款研究个没完，对他来说是无穷的乐趣。要是当了议员还不得不归还欠债，去国会又有什么用？所以，议员地位对他的确用处不小。

名利场啊，名利场！这个人不愿费心读书，写的东西错误连篇，他有乡下人的恶习和狡猾，他毕生的愿望就是永远做个讼棍。他的

① 红手：所有男爵的族徽上或族旗内上角都有一只红手标志。——原书编者注

趣味、情感或者乐趣没有一样不卑鄙龌龊，然而他有地位，有名誉，在某种程度上也有权力，他是高官显贵，是国家的栋梁。他入则地方长官，出则金色马车。显赫的大臣和政治家们也要对他献殷勤。在名利场上，他的地位超过才华横溢的天才和品格纯洁无瑕的人。

皮特爵士有个未婚的同父异母姐姐，她从母亲那里继承到大笔遗产。男爵曾向她提出建议，愿意以抵押方式向她借钱，可是克劳利小姐为这笔资金的安全着想，拒绝了他的请求。不过她表示过要将这笔财产遗赠给皮特爵士的二儿子和牧师家的孩子。有一两回，她为罗顿·克劳利偿还了在大学和军队里欠的债。克劳利小姐因而成了女王的克劳利宅子极受尊敬的人物，她的银行存款数额足以使她在任何地方受欢迎。

那样一笔银行存款能给一位老太太带来多大的尊严啊！假如她是我们的亲戚，我们对她的种种缺点会多么不在意，我们会认为她是个脾气善良的慈祥老人！但愿每一位读者都有二十个这种亲戚。霍布斯和道布斯律师事务所的年轻律师们，会满脸堆笑地扶她登上她的马车，并不顾忌车上嵌着表示未婚女子的菱形盾徽，也不在意马车夫是个气喘吁吁的大胖子！她来拜访我们的时候，我们总是找机会把她的地位透露给我们的朋友们！一个人会说句大实话："我真希望迈克沃特小姐能签一张五千镑的支票送给我。"他的妻子会说："她不会在乎这么点钱的。"假如有个朋友问："迈克沃特是你的亲戚吗？"这人就会不经意地说："她是我姨妈。"妻子会不断地赠送她小礼品，表示爱心，女儿们会不知疲倦地为她编织篮子、坐垫和脚垫。她来拜访的时候她住的屋子里生起多么旺的炉火，可是主人的妻子只能在不生火的屋子里裹紧衣裳御寒！她小住的日子里，宅子里像是在过节，整洁而温暖，欢乐而舒适，任何其他时候都不能与之相提并论。男主人饭后不再打盹，突然对打牌发生了兴趣，尽管每局必输也不在乎。餐桌上的食品异常丰盛，每天都有野味、醇香葡萄酒和从伦敦源源不断采购来的鲜鱼，就连厨房的用人们也从这种普遍的繁华景象中分享到好处。迈克沃特小姐在宅子中小住期间，不知不觉中，她的马车夫杯子里的啤酒酒精度数变大了，育儿室中，用人们一日三餐的茶叶和糖的用量根本无人过问。我倒要问问中产阶层的人们，是不是有这种情况？上帝啊，求你也赐给我一个上了年纪的未婚姨妈或姑妈。她的马车上要嵌有菱形盾徽，她的前额上要有淡咖啡色的假发刘海儿，让我的孩子们有机会为她编织提包，我和我的朱丽娅会让她过得非常舒适！多么甜蜜的景象！多么愚蠢的美梦！

第十章
夏普小姐开始交朋友

前面几页已经勾画出这个友好家庭成员的素描。现在丽贝卡已经成为这个家庭的一员，用丽贝卡自己的话说，她有责任让她的恩人们感到满意，愿意竭尽全力得到他们的信任。一个无依无靠的孤女表达出这样的感激之情，谁能不为之感动？如果说她的想法中有些许自私的成分，谁能说那不是合情合理的？“我在这个世界上是孤身一人，”这个没有朋友的姑娘说。“除了自己的力量之外，什么都指望不上。那个脸蛋粉红的小闺女阿米莉亚，论智慧不及我的一半，可她有一万镑年金，有吃有穿有住处，可怜的丽贝卡身材比她好得多，却只能靠自己的智慧维生。哼，等着瞧吧，看我的智慧是不是能为我赢来受人尊敬的生活，将来有一天，咱们看我能不能让阿米莉亚小姐看到我的生活比她优越得多。我并不是讨厌阿米莉亚，谁能不喜欢那样一个对谁都无害的好心肠姑娘呢？只是将来有一天，我能在世界上立于她之上，那将是件乐事。我为什么不该这么办呢？”我们这位浪漫的朋友就这样憧憬着自己的未来。在她的空中楼阁中，主要角色是一位丈夫，这一点我们也不该责怪她。年轻姑娘们除了丈夫又有什么其他好想？她们的妈妈又有什么其他可指望呢？“我必须承担起妈妈的责任，”丽贝卡说。可她回忆起与约斯·塞德利失败的经历，心中并非没有一丝认输感。

所以她想要首先巩固自己在女王的克劳利宅子中的舒适生活和

安全感，于是她决定与周围能影响她舒适生活的人交朋友。

克劳利太太并不属于这种人，她是个态度漠然，没有性格的女人，在自己家里毫无影响力，丽贝卡很快便发现，根本没有必要培养她的好感，其实就是做出努力，也是枉然。她常常跟她的学生们谈起那位“可怜的妈妈”。她在每一方面都对夫人显示出疏远的尊敬，将主要注意力集中在其他家庭成员身上。

她完全获得了年轻姑娘们的喜欢，其实方法十分简单。她并不往她们年轻的脑瓜里填太多知识，正相反，她主张由她们按自己的方式得到知识。有什么谆谆教导比自学更有效果呢？大女儿比较喜欢读书。女王的克劳利宅子的老图书室中藏有许多上个世纪的轻松文学作品，既有法文的，也有英文的，那是文书档案处那位职员在蒙受不幸的时期购买的。由于除了丽贝卡没人费心动那些书，她便让罗斯·克劳利小姐从那些书中寓教于乐。

她和罗斯小姐一起读了许多有趣的法文和英文作品。其中值得一提的作家有知识渊博的斯莫利特博士、天才的亨利·菲尔丁先生、风格典雅构思奇特的小克雷比勇先生，不朽的诗人格雷对他的作品推崇备至，另外还有举世公认的伏尔泰先生。一次，克劳利先生询问孩子们读些什么书，女教师回答道：“斯莫利特。”“哦，斯莫利特，”克劳利先生感到十分满意。“他写的历史比较枯燥，不过不像休谟先生的作品那么危险。你也在读历史书吗？”“是的，”罗斯回答。不过她并没有明确说，她读的是汉弗莱·克林克尔写的故事书。另外一次，他发现他妹妹读一本法文剧本，不禁反感，教师解释说，读剧本可以让她们掌握法语成语，他也就感到满意了。克劳利先生作为一个外交家，对自己的法语口语颇感得意，因为他对世界事务仍然十分关注。他听了女教师不断称赞他法语能力强，心中的得意非同小可。

瓦奥莱特小姐的兴趣与姐姐正相反，她举止鲁莽，喜欢吵闹。

她知道母鸡在什么隐蔽的角落下蛋。她能爬上树从鸣禽窝里掏出它们带斑点的蛋。她的乐趣是骑在小马背上，像神话里的卡米莉娅女骑手那样在平原上飞奔。她是父亲和马夫宠爱的宝贝。厨子对她既爱又怕，因为她能从隐秘的地方把果酱罐子找出来，凡是她够得着的美味，没有不偷吃的。她总是跟姐姐争吵。夏普小姐发现她这些小毛病，并不告诉克劳利夫人，以免她转告孩子的父亲，要是克劳利先生得知了就更糟。不过，她保证不告发的条件，是要瓦奥莱特做个好孩子，并且热爱她的女教师。

夏普小姐对克劳利先生表示出尊敬和顺从。虽然她母亲是个法国人，可她还是难免遇到自己不懂的法语文章，她便常常向他请教，每逢这种时候，他会仔细向她讲解，直到她满意为止。他除了在法语文学方面帮助她之外，还向她介绍比较严肃的读物，与她长时间交谈。她听了他向卡什玛博传教的募捐演说对他佩服得五体投地；对他写的关于麦酒的小册子，她很感兴趣；听了他整个晚上的讲道，她常常能感动得流下眼泪，仰望着冥冥中的上苍，嘴里叹息着喃喃说："啊，谢谢你先生。"他因此偶然屈尊与她握手。"血统毕竟是最关键的，"这位贵族宗教专家说。"这里的人听了我的话没一个受感动，可夏普小姐的悟性却能被唤醒。我的话对他们来说太微妙高深，我必须改变风格让他们能理解。可是她却能理解。她母亲毕竟是法国名门蒙特莫伦西家族的后裔。"

夏普小姐的外婆家似乎真的是那个名门望族，可她对母亲当过舞女的事绝口不提，恐怕犯了克劳利先生的宗教忌讳。法国那场可怕的革命后，有多少贵族逃亡海外沦为贫民啊！她来到这里没过几个月，就讲了许多关于她祖先的故事。克劳利先生碰巧在图书室的一本德胡泽尔字典中查证了一些事实，这增强了那些故事和丽贝卡高贵身世的可信程度。我们和我们的女主人公，是不是根据克劳利先生的好奇，以及他甚至要查字典求证，就断定他对她感兴趣？

不，那只是出于朋友般的感情而已。我们难道没有说过，他爱恋着简·希普尚克斯小姐吗？

他见丽贝卡与皮特爵士下过两次十五子棋，就责备她，说那是一种不敬神的游戏，还教导她说，最好读读《特朗普的遗产》和《穆尔费尔德的盲人洗衣妇》或诸如此类的严肃作品。可夏普小姐说，她亲爱的母亲生前曾陪特利克特拉克爵爷和科奈修道院的院长玩过这种棋，她这么一说，就为这类世俗的乐趣找到了借口。

这位可爱的女教师并不仅仅靠玩十五子棋取悦她的雇主。她发现在许多方面都能帮他的忙。她还没到女王的克劳利宅子时，他就许诺要让她读点法律文件消遣消遣，她此时孜孜不倦地耐心苦读那些东西，还主动提出为他抄写许多信函，修改其中的拼写错误，并使之符合当今的文体。她开始对庄园中的一切发生兴趣：农场、猎苑、花园、马厩。她是个十分令人愉快的伴侣，所以男爵每天早饭后散步都要她陪同，当然也要带上两个孩子。她在散步途中就向他提出这种建议，诸如灌木该如何修剪，花圃如何翻土，庄稼是不是该收割，马匹是该拉车还是拉犁。她在女王的克劳利宅子住了不到一年后，已经赢得了男爵的信任。以前餐桌上的交谈是在他和管家霍罗克斯先生之间进行，现在完全被皮特爵士和夏普小姐所取代。克劳利先生不在家的时候，她简直就是这里的女主人。不过，虽然她新获得了很高的地位，可她非常谦虚谨慎，绝不冒犯厨房和马厩中的权威人物，在他们中间，她的举止总是格外谦虚和蔼。她现在与我们以前熟悉的那个傲慢、羞怯、满腹牢骚的小姑娘简直判若两人。她的脾气转变证明她极为精明，真诚渴望改正错误，无论如何都能证明她在道德方面极为有勇气。至于丽贝卡委身苦中取乐是不是出于真心，还有待后面的情节证明。假如一个年仅二十一岁的人作假，很难在整整一年中都不露馅，不过，读者都记得，我们的这位女主人公年纪虽小，可是生活经验却很老成，如果读者没有发觉她是个聪明女人，我写这书便没有达到目的。

克劳利家的长子和次子，就像晴雨指示箱中代表晴天的男人和表示雨天的女人形象，从来不同时出现在家里。他们俩打心眼里仇恨对方；龙骑兵罗顿·克劳利对这个家满怀蔑视，除了他姑妈每年来拜访一次的时候，他难得回家。这位老女士杰出的品质，前面已经提到过了。她的财产达七万镑之巨，而且她几乎收了罗顿做自己的干儿子。她极其讨厌她的大侄子，对他特别鄙视，认为他是个窝囊废。他对此毫不迟疑地做出报答，说她的灵魂绝对毫无救药，还认为他弟弟到另外一个世界的命运一丝一毫也不会比她好。“她是个不敬神的世俗女人，”克劳利先生常常这么说。“她跟没有信仰的人和法国人混在一起。我一想到她可怕至极的地位，心灵就不禁要颤抖。她距离进坟墓的日子已经那么近了，还那么酷爱虚荣，行为还那么放荡，思想愚昧，对神不虔敬。”老女人拒绝听他每晚一小时的讲道。如果她是单独上女王的克劳利宅子来做客，他便不得不暂时中断惯例的宗教活动。

“皮特，克劳利小姐来的时候别讲道，”他父亲说。“她来信中说，她受不了别人说教。”

“啊，父亲！替用人们想想吧。”

“让那些用人上吊去吧，”皮特爵士说。他儿子认为，他们被剥夺听他教诲的益处后，简直比上吊还糟。

“这还用问吗，见鬼，皮特！”父亲听了他的规劝这么说道。“你不至于糊涂到眼睁睁看着三千镑年金白白从家里流走吧？”

“跟灵魂比起来，钱又算得了什么呢？”克劳利先生接着说。

“你的意思是，那老女人不会把钱留给你，对不对？”究竟这是不是克劳利先生的本意，只有天晓得。

老小姐克劳利的确是个堕落女人。她住在帕克巷一所小宅子里，由于她在伦敦的社交旺季吃喝不能节制，夏季就到哈罗盖特或切尔滕纳姆去避暑。她是老姑娘中最好客最喜欢热闹的一位，据她自称，她年轻时是个美人呢。我们当然知道，所有老女人年轻时都曾漂亮过。她是个才女，当年是个可怕的激进分子。她去过法国，据说在那里，大革命领袖圣贾斯特不幸激起她的爱恋，打那以后，她一直喜欢读法国小说，吃法国菜肴，喝法国葡萄酒。她衷心喜欢伏尔泰和卢梭的作品，认为离婚是件稀松平常的小事，谈起妇女权利便兴致勃勃。她宅子里每间屋子都挂着福克斯的画像，这位嗜赌的政治家在野的时候，我不知道她是不是陪他赌博过。他执政后，她引为自豪的是自己为他拉了皮特爵士本人以及女王的克劳利选区的另一张选票。其实，她就是不操这份心，皮特爵士也会投他一票。不消说，那位伟大的辉格党政治家去世后，皮特爵士改变了自己的政治见解。

这位老女人在罗顿·克劳利很小的时候就喜欢他，资助他上剑桥大学，以便跟牛津大学的哥哥对峙。两年后，这所第一流大学的校当局勒令他退学，她又出资为他在禁卫军中谋了个职位。

这位年轻军官是城里有名的纨绔子弟，或者叫花花公子。当时的英国贵族喜好拳击、捕田鼠、打壁球、驾驭四匹马拉的马车。他对这些高尚的学问没有一门不精通。他在禁卫军服役，职责是保卫摄政王，因而没有海外沙场作战的经历。不过，罗顿·克劳利已经决斗过三次，证明自己视死如归。每次决斗都是由赌博引起的，罗顿已经嗜赌成性。

“他死后怎么办呢，”克劳利先生常常将黑草莓色的眼珠子翻起来望着天花板，这么评论道。他总是考虑他弟弟的灵魂，也考虑那些与他意见不合者的灵魂。许多严肃的人们都像他这样，从这种想法中获得安慰。

愚蠢而浪漫的克劳利小姐，丝毫不为她喜欢的孩子有勇气决斗感到害怕，反而在每次决斗后替他还债，还不听人们私下对他道德观的微词。她说 :“年轻人难免干些荒唐事，总比他那个叽叽叫唤的虚伪哥哥强得多。”

第十一章
淳朴的田园生活

这所宅子中淳朴甘美的田园生活，显示出乡村生活优于城市中的喧闹。除此之外，我们还必须介绍这一教区中，他们的亲戚和邻居：布特·克劳利及其夫人。

布特·克劳利牧师个头很高，容貌威武，性情欢快，他总是头戴宽边教士帽，在本地远比他那位男爵哥哥受人欢迎。上大学的时候，他是牛津大学基督学院船队的桨手，并且牛津最好的拳手全都败在他的手下。他在业余时间始终喜欢打拳和体育锻炼。方圆二十英里范围只要有拳击比赛，他没有一次不设法去参加。他也不会错过这个地区的赛跑、赛狗、划船比赛、舞会、选举、考察午餐会，当然更不会错过本县最丰盛的宴会。如果富德尔敦宅子、罗克斯宅子、沃普肖特宅子，或者本地任何一位老爷家举行宴会，你很可能在二十英里外就能看到牧师宅子的栗色牝马拉的马车和车灯，他与这些贵族全都是亲密朋友。他的音色很美，唱《南风吹动云满天》那首歌的合唱中那声“啊——”的时候，能引得大家鼓掌喝彩。他打猎时身穿灰白相间的猎装，他的钓鱼技能是本县最高超的。

牧师的妻子克劳利太太是个身材娇小的女人，可敬的牧师布道时的讲稿全是她代写的。她生性喜欢家务，与女儿们一起理家，在牧师宅子里拥有绝对主宰权。她十分明智地允许丈夫在外面享有充分自由，他不论在家还是外出，全都自便，在外面吃多少次饭全都可以随着自己兴致所至自由决定。克劳利太太是个节俭的女人，对葡萄酒的价格知道得一清二楚。她出身名门，父亲是已故的赫克托·麦克塔维什中将，她和母亲协同努力，在哈罗盖特宅子里赢得了布特的爱。自从布特太太将年轻的牧师从女王的克劳利宅子中拐出来后，她一直谨慎节俭持家。可是，尽管她如此仔细，他还是有没还完的债。他父亲在世的时候，他在大学里欠下许多债，至少用了十年才还清。旧债刚刚清偿，在179×年，他一次押二十只筹码，以一百镑跟人家赌一镑，认为一匹名叫袋鼠的马不可能赢得德比赛马，结果那马却赢了。牧师只得借高利贷还债，从那以后便一直在苦苦奋斗。他姐姐不时资助他一百镑，不过，他最大的希望寄托在她死后的遗赠。他常常带着“上吊去吧”的话把子说：“玛蒂尔达肯定会把一半遗产留给我的。”

所以，男爵和他弟弟像任何弟兄一样，有各种理由成为冤家对头。皮特爵士在数不清的家庭经济事务中都占上风。小皮特非但不打猎，而且还在叔叔的鼻子底下建了个讲道的会堂。人所共知，罗顿要得到克劳利小姐的绝大部分财产。这些金钱上的转手交易，这些生前和死后的算计，这些为争夺遗产不动声色的战斗，使兄弟们成为热衷名利场的伴侣。我本人就了解一桩争斗，那是两兄弟为区区五镑争执不休，毁了半个世纪来的同胞手足情谊。一想到世人之间完美的爱竟然能那么持久，不禁对他们赞叹不已。

女王的克劳利宅子来了丽贝卡这么一个人物，并且逐渐赢得了家里每个人心目中的好感，这不可能不引起布特·克劳利太太的注意。布特了解宅子里一扇牛肉能吃几天，知道每次大洗涤要洗多少条单子，熟悉南墙下的桃树上结了多少桃子，清楚男爵夫人生病时吃多少剂药——这类细节在乡下某些人眼睛里是非常要紧的事情。布特太太不可能不留心宅子里来的家庭女教师，不可能不了解她的经历和性格。牧师宅子和男爵宅子之间的用人们有着深厚的交情，牧师宅子家厨房里从来都备有好麦酒，请男爵宅子来的用人们享受，而男爵宅子里供应的家常麦酒数量很少。男爵家每桶酒用了多少麦芽，牧师夫人知道得很清楚。男爵的家佣与牧师的家佣之间关系紧密，如同两位主人彼此关心一样。通过这一渠道，每个家庭对另一个家庭的活动全都非常熟悉。顺便提一句，这是一种非常普遍的情形。当你与兄弟和睦相处时，你并不关心他在做些什么。可是，等到你们发生过争执后，他的外出回家你全都了如指掌，仿佛你是个侦察他行踪的间谍。

所以，丽贝卡到达宅子不久，她就出现在克劳利太太从男爵宅子获得的定期报告中了。报告有这样的内容："那头黑猪宰了，称过后重量为X磅，肋条肉腌起来了，晚饭吃的是猪肉布丁和猪腿肉。穆德伯里来的克兰普先生来找皮特爵士，商量把约翰·布莱克莫尔送进监狱。皮特先生去过会堂——去的人名字一个都没有落下。两位小姐跟教师在一起。

在以后的报告中，新来的女教师成了个罕有的管理天才，皮特爵士与她非常亲密，克劳利先生也一样，他还读传教小册子给她听。"多么放荡的可怜家伙！"这位专好听闲话的矮个子布特·克劳利太太沉下脸来咒骂道。

最后的几份报告说，女教师赢得大家的喜欢，代皮特爵士写信，帮他处理事务，照料他的账目，成了家里的顶梁柱，夫人、克劳利先生、小姐们、全家人都得听她的。克劳利太太立刻就断定，这是个诡计多端的丫头，心里肯定藏着可怕的念头。这以后，男爵宅子里的一切活动都成了牧师宅子餐桌上的主要谈话内容，布特太太雪亮的眼睛死死盯着敌营中的一举一动，不但发生的事情逃不出她的眼睛，就连许多其他事情她也要了解。

布特·克劳利太太寄给奇斯威克林荫道的平克顿小姐的信：

我亲爱的女士：

我欣喜地在您的学校接受了不可估价的教育，获益匪浅。虽然毕业以来已经过去许多年了，然而我对平克顿小姐和母校的诚挚敬意始终如一。我祝您身体健康。世界和教育事业永远不能没有平克顿小姐。我的朋友富德尔敦夫人跟我谈起想为她的女儿们请一位家庭女教师，尽管我自己没有经济能力为我的孩子们请家庭教师，可是，难道我不是奇斯威克毕业的学生吗？我自然对她说："这事除了向平克顿小姐请教，还能问谁呢？"总之，亲爱的夫人，您的名单上是不是有合适人选，向我的朋友和邻居提供这种服务呢？我向你保证，除了您选中的家庭女教师，她不会雇用其他人。

我亲爱的丈夫愉快地说，他喜欢平克顿小姐学校毕业的所有学生。我多么希望向他和我亲爱的女儿们介绍我年轻时的朋友，让他们有机会见识伟大的辞典编纂家都佩服的人！克劳利先生请求我向您表示说，假如您旅行途经汉普郡，请务必光临我们的乡村牧师寓宅。这里虽然贫寒，毕竟是幸福的家。

敬爱您的

玛莎·克劳利

12月×日，于女王的克劳利镇牧师宅

附言：

克劳利先生的哥哥是那位男爵先生。可惜我们没有像情同手足的同胞那样住在一起。他为他的女儿们请了一位家庭女教师，就我所知，她有幸在奇斯威克受到过教育。

我听到关于她的各种传闻，我对我的两个亲爱的侄女非常关心。尽管两家有些不和，但她们仍然常常与我的孩子们在一起相处。我对您的任何学生都无不表示关心，所以，希望亲爱的平克顿小姐能将这位小姐的身世介绍给我，由于您的缘故，我渴望与这位小姐交朋友。

玛莎·克劳利

平克顿小姐写给布特·克劳利太太的信：

亲爱的夫人：

倾接来翰，不胜荣幸。鄙人身任此职，常以不敢误人子弟而自勉，倘若竟然激发学子之热情，校长幸甚。荣获当年优秀学生布特·克劳利夫人垂奖，并获学识渊博的玛莎·麦克塔维什女士欣然信赖，更感愉快。您的同窗学友中，将女儿委托敝校培养者并非少数，如果您的朋友愿意将亲爱的女儿们委托我指导，敝人十分喜悦。

请代我向富德尔敦夫人致敬，我愿意荣幸地致函我的两位好友塔芬小姐和霍克小姐，将她们介绍给爵士夫人。

这两位小姐均完全能胜任教授希腊文、拉丁文、希伯来文入门、法文、西班牙文、意大利文，以及数学、地理、音乐声乐及器乐，她们能单独教授舞蹈而无须其他大师指导。她们能教授自然科学的初步知识，均具有使用地球仪之技能。另外，塔芬小姐是已故托马斯·塔芬牧师之女，塔芬牧师曾任剑桥大学法学院院士。塔芬小姐可教授叙利亚文和宪法基础知识。但是，由于她年仅十八岁，容貌又特别秀丽出众，恐不适于在赫德斯敦·富德尔敦爵士家任教。

利蒂希娅·霍克小姐本人容貌并不出众，她现年已二十九岁，脸上布满天花斑点，瘸腿红发，眼睛略带斜视。然两位小姐的道德品格、宗教信仰均完美无瑕。她们的薪金当然应与具备的才能相适应。请向布特·克劳利牧师致以感激和谢意。

您最诚挚忠实的

巴巴拉·平克顿

18×× 年 12 月于奇斯威克林荫道，约翰森宅

附言：

您在信中提及赴国会议员皮特·克劳利爵士府上任教的家庭女教师。她也是敝人的学生。我不愿谈起于她不利的事情。尽管她的面目令人不悦，然非由人力所能控制。虽然她的父母无声誉可言，父亲是个画师，几度穷困潦倒，我还惊讶地了解到，她母亲竟然做过舞女，但是她本人的才能非凡，因而我以慈善的方式收她做学生并不感到遗憾。唯担心我收容的这名弃儿受到母亲生活原则的影响。据称，她母亲曾是公爵之女，在法国革命的恐怖中逃亡而来，不过我发现她是个道德准则极为低贱的人。不过我相信，这位女学生的道德准则迄今为止尚未发生谬误，并且相信在著名的皮特·克劳利爵士府上，不会有损害她的道德准则的条件。

丽贝卡·夏普小姐写给阿米莉亚·塞德利小姐的信：

已经有好几个星期没有给我亲爱的阿米莉亚写信了，我给这所宅子起了个绰号叫“乏味宅”，实在没什么值得一提的话，也没有值得描绘的活动。难道你会关心萝卜收成是好还是坏，肥猪的重量是多少，吃甜菜是不是对猪生长有益？自从我上次写信以来，每天都跟前一天一模一样。

早饭前，陪皮特爵士散步，他随身带着铁铲。早饭后就在教室里上课，其实徒有其名而已。我还得为皮特爵士阅读或撰写法律文件，那是些关于契约、煤矿、运河之类的东西。我现在成了他的秘书。晚饭后不是听克劳利先生讲道，就是陪爵士下十五子棋，不论我们搞哪种活动，我的女主人全都默不作声地旁观。后来，她生了病，宅子里的空气变得比较活跃，因为来了一位定期的新客人。那是个年轻的医生。我亲爱的，年轻姑娘永远用不着感到绝望。那位年轻的医生对你的朋友表示，假如她愿意做格劳勃太太，便能使他的诊所蓬荜生辉！我对这个鲁莽的人说，他的镀金研药钵子已经足能起到装饰作用了。我这样出身的人，难道竟然要做个乡村医生的老婆吗？格劳勃先生遭拒绝后沮丧得像生了大病，回去服过一剂清凉散，现在已经康复了。皮特爵士对我的决心非常赞赏，我想，他害怕失去自己的小秘书。我相信，这个可怜的老家伙本性不喜欢任何人，唯独比较喜欢我。结婚，哼！跟一个乡村郎中！经过以前……不，绝对不，人对过去的老关系不可能这么健忘，我也就不多说了。再回过头来谈谈乏味宅吧。

过去这几天，这里不再是个乏味宅了，我亲爱的，克劳利小姐来这儿拜访了。她坐着肥马拉的车，由肥胖的用人伺候左右，身边还跟着肥胖的狗儿。克劳利小姐是个了不起的富婆，她有七万镑财产，每年能获百分之五的利息，她的两位兄弟全都崇拜她——我还不如说他们崇拜的是她的钱。这个好女人看上去似乎容易中风，所以两兄弟才那么替她的身体担心。你真该看看他们如何手忙脚乱地为她安排坐垫靠背，如何为她献上咖啡！“我到乡下来的时候，”她讲话十分风趣，“我就把围着我团团转的布里格斯小姐留在家里。因为我兄弟们在这儿会围在身边仔细照顾我。我的天，他们真是配合默契的一对！”

她一到乡下来，我们的宅子就开放了，至少有一个月时间，你会以为老沃波尔爵士又复活了。我们举行了许多次宴会，出门的时候乘坐四匹马拉的车，用人们全都穿上最新的鲜黄色制服，我们放开量喝红葡萄酒和香槟，仿佛这是我们的日常习惯。教室里点上蜡烛照明，升起炉火取暖。大家要求克劳利夫人穿起鲜绿耀眼的裙袍，我的两个学生也脱掉了厚重的旧靴子和粗格子呢衣服，穿起了丝长袜和细布衣裙，打扮得像个男爵的女儿。昨天，罗斯回来的时候模样悲惨不堪，她非常宠爱的一头威尔特郡品种的母猪跑过来跟她亲热，在她的丝质花裙上乱踩乱跳，搞得一塌糊涂。假如这事发生在一个星期之前，皮特爵士准会骂声震天，打这可怜孩子耳光，命令她一个月内只准吃面包喝白水。可这天，他只说了句：“等你姑妈走了，再跟你算账，”然后随便笑了笑，仿佛那不过是一件不足挂齿的琐事而已。希望不等克劳利小姐离去，他的怒气就烟消云散。为了罗斯着想，我心里当然这么希望。金钱多么迷人！它真是个能息事宁人的和平使者啊！

从两位克劳利兄弟的举止上，也看得出克劳利小姐七万镑财产令人崇拜的影响力。我指的是男爵与牧师二兄弟，不是我们这个家的两兄弟。老兄弟俩一年到头相互憎恨，可是到了圣诞节却变得相当亲热。去年我在信中对你描绘过那个嗜好赛马的讨厌牧师，他在教堂布道时直截了当指责我们，我描绘过皮特爵士如何以呼噜声作为回答。可是克劳利小姐一到，就根本不会听到他们之间发生什么争吵，不是男爵宅子的人去拜访牧师宅子，就是那边的人上这儿来。牧师与男爵谈论养猪，谈起偷猎，讨论县里的事务，气氛极为和谐，我相信，他们就是喝多了酒也不会争吵。其实，那是因为克劳利小姐不允许他们争执，她发誓说，要是自己受到冒犯，就把钱遗赠给什罗普郡的克劳利。我认为，假如什罗普郡的克劳利一家要点小聪明的话，准能全数得到这些遗产，不过，什罗普郡的克劳利也像住在汉普郡的堂兄弟一样是个牧师，他大大开罪了克劳利小姐，她在愤怒中逃离那位道德观念冥顽不化的堂兄弟。我相信，那个堂兄弟每天都会在家里为自己坚持的信念祈祷不止。

克劳利小姐一到，我们的道德经书全都合上了。她讨厌皮特先生。他就觉得进城避开她比较方便。那位年轻的花花公子克劳利上尉便出现了，我想该把他叫作“纨绔公子”才对。我想，你也许希望知道他是个怎样的人。

他是个身材高大的花花公子。身高足有六英尺，嗓音洪亮，一开口就咒骂不断，对用人吆三喝四，可是用人全都很崇拜他，因为他出手非常慷慨，用人们什么都愿意替他做。上星期，从伦敦来了个法警和他的搭档，要逮捕上尉，用人发现他们躲藏在院墙下，以为是两个偷猎者，把他们按住一顿好打，要不是男爵出面干涉，几乎开枪要了他们的命。

我看得出，上尉打心眼里鄙视他父亲，他骂他爹是个乡巴佬、老土鳖、老贱货，以及许许多多诸如此类的漂亮名称。他在女士中间的名声恶劣得可怕。他带着自己追求的女人回家，住在乡绅们的家里，随便请人上家里来做客，皮特爵士不敢说个不字，生害怕开罪了克劳利小姐，怕她万一中风死去得不到她的遗产。你愿意听听上尉对我的恭维话吗？他说得太好了，我必须讲给你听。有一天晚上，我们举行了一场舞会。参加舞会的人里有胡德尔敦·富德尔敦爵士一家，贾尔斯·沃普肖特爵士和他家的年轻女士们，还有数不清的其他人。我听见他说："我的天哪，这匹漂亮的小母马可真精神！"他指的就是我。他还开恩陪我跳了两曲乡村舞。他跟年轻的乡绅们在一起玩得非常开心，跟他们一道喝酒、赌钱、骑马，聚在一起谈论打猎、射击。不过，他说乡村姑娘全都让人乏味，我觉得他这话不无道理。要是你见了他们小瞧我这个可怜人儿的模样准会伤心。他们跳舞的时候，我就非常恭顺地弹钢琴，可是，有一天晚上，他从餐厅出来的时候喝得脸色绯红，他大声骂骂咧咧着说，家里谁也没有我跳舞跳得好，还赌咒说，要从穆德伯里请一班提琴师来。

"我来弹一支乡村舞曲，"布特·克劳利太太欣然说道。她是个小个头老女人，头上缠着头巾，两只眼睛闪闪发亮，一副狡猾模样。上尉陪着你可怜的朋友丽贝卡跳舞，她竟然开恩夸奖我舞跳得好。她以前从没夸奖过什么人。这位骄傲的布特·克劳利太太是蒂普托夫公爵的亲叔伯姊妹，若不是丈夫的姐姐来访，她绝对不肯屈尊拜访克劳利夫人。可怜的克劳利夫人！大家在楼下寻欢作乐时，她总是独自躲在楼上服她的药丸。

布特太太突然对我发生了兴趣。"我亲爱的夏普小姐，"她说，"你为什么不带小姐们上牧师宅子来玩呢？她们的堂姊妹们都很高兴见到她们。"我明白她的意思。克莱门蒂先生没有白教咱们弹钢琴，布特太太希望为自己的孩子们请个免费的钢琴教师。我一眼便地看穿了她的计划，清楚得就像她直接告诉我一样。不过我打算去，我决心做个脾气随和的人——这难道不是无依无靠的穷教师无法推诿的职责吗？布特太太为我的学生进步快夸奖过我二十多次，毫无疑问，她是想让我打心底感动。头脑简单的可怜乡下佬！好像我会真心关心我的学生！

最亲爱的阿米莉亚，我穿了你送我的印度细布裙袍和粉红色丝绸衣裳，他们说跟我十分相宜。这些衣裳都很旧了。不过你知道，我们这些穷姑娘们买不起新衣服。你多么幸福啊！只要乘车上圣詹姆士大街去，亲爱的妈妈就会替你买想要的一切。再会了，亲爱的小姐。

爱你的

丽贝卡

附言：

罗顿上尉选我做舞伴的时候，你要是能看见布莱克布鲁克家小姐们的表情就好了。我亲爱的，她们是阿德米罗·布莱克布鲁克家的女儿，长得很漂亮，身上穿着从伦敦买来的裙袍。下面画的就是她们的模样。再见，再见！

布特·克劳利太太得到夏普小姐前往拜访的许诺后，开始着手劝说铁腕人物克劳利小姐迫使皮特爵士答应这一请求。这位善意的老女士生性喜好欢乐，也希望自己周围的人们全都高兴，愿意让她的两位兄弟建立和解亲密关系。结果，大家一致同意，让两家的孩子们相互频繁拜访，两家之间的友谊自然一直维持下去，直到这位愉快的调解人离去，和平关系这才崩溃。

“你怎么能请那个混账罗顿·克劳利来吃饭呢？”牧师陪夫人步行穿过园子的时候问道。“我不准他来。他鄙视咱们乡下人的样子，好像咱们是一帮黑鬼。他不喝光我那瓶黄印封口的葡萄酒就不会罢休，那可是十先令一瓶的上等货色啊，真该吊死他！再说啦，他是那么个恶魔，又赌钱又酗酒，是个十足的荒淫放荡之徒。他跟人决斗打死一个人，背了一屁股债，他还把克劳利小姐该给咱们的那份遗产大半也抢走了。韦克希说，她……”牧师说到这儿气得对着月亮晃动拳头，仿佛是在发誓，然后用伤心的腔调说：“她在遗嘱中将五万镑留给了他。剩下来两个兄弟分的还不到三万。”

“我看她快完蛋了，”牧师的妻子说。“吃完饭出来的时候，她的脸憋得通红。我当时不得不替她宽衣。”

“她喝了七杯香槟，”牧师先生压低声音说。“那香槟里尽是沉淀，我那兄弟存心要把咱们都毒死。你们这些女人什么都分辨不出来。”

“我们什么都不懂，”布特·克劳利太太说。

“她饭后喝了樱桃白兰地，”牧师接着说，“咖啡里还搀了陈皮酒。就是白给我五镑我也不喝，那东西喝下去烧心。克劳利太太，她受不了那个，不得不离开，血肉之躯哪能受得了那个。我拿五镑跟你赌两镑，玛蒂尔达不出一年准得要命。”

牧师先生一路陪着太太走，心里一直考虑着这些事情，他苦思冥想着自己的债务，自己正在上大学的儿子吉姆，在乌尔威奇的儿子弗兰克，以及四个容貌不出众的可怜女儿们，他们除了指望姑妈的遗产外，一个子儿也得不到。

“皮特那个无恶不作的混账不会将咱们赖以维生的牧师继承权卖掉吧，”克劳利先生停顿了片刻后说。“他那个卫理公会的废物大儿子一心想谋议会的位置。”

“皮特·克劳利爵士什么事都干得出来，”牧师的妻子说。“我们必须劝克劳利小姐逼他保证将那位置留给詹姆士。”

“皮特什么不能保证？”牧师说。“我父亲临死的时候，他还保证过要替我付大学里的账单。他答应过给咱们的牧师宅子加盖厢房，他答应过把吉布种的地转到我名下，还答应给我那六英亩牧草地。他的保证哪样兑现了？玛蒂尔达却把大部分财产都给了他那个恶棍儿子，那个流氓、赌徒、骗子、凶手！我要说，这简直是对基督的亵渎！以上帝的名义起誓，这真是亵渎神圣。那条混蛋恶狗真是五毒俱全，就差没有他哥哥的虚伪。”

“嘘！我亲爱的。我们现在是在皮特爵士的土地上，”他妻子打断他道。

“我要说他五毒俱全，克劳利太太。别欺负我，太太。难道开枪打死马克上尉的不是他？在“可可树”酒店骗走小达夫代尔勋爵钱财的难道不是他？干扰比尔·索姆斯与切希尔·特朗普比拳，让我损失四十镑的还不是他？他知道自己是个什么东西。你比我先了解到他跟那些女人们的丑事，就在我们地方长官的屋子里……”

“看在老天的分上，克劳利先生，”这位女士说，“别对我说那些细节啦。”

“而你还要把那个混账请到家里来！”怒不可遏的牧师接着说。“看在上帝的分上，别忘了你是一个家庭年轻的女主人，是英格兰国教一位牧师的妻子。”

“布特·克劳利。你是个傻瓜，”牧师太太轻蔑道。

“哼，夫人，傻不傻随你说，玛莎，我也没说我比你聪明。我从来没说过这话。不过，干脆一句话，我不见罗顿·克劳利。克劳利太太，我要上胡德尔敦家去，看他的黑灰毛猎狗。我要押五十镑，让咱们的兰斯洛特跟它赛跑。我真要这么干，要不就让咱的狗跟英格兰的任何狗赛跑。可我就是不见罗顿·克劳利那头畜生。”

“克劳利先生，我看你又喝多了，”他妻子回答道。第二天早上，牧师醒来要喝淡啤酒解昨夜的宿醉，她提醒他说，他说过星期六要去拜访胡德尔敦·富德尔敦宅子，他知道要在那里喝一夜酒。他答应说，要在星期日早上骑马赶回教堂做礼拜。这样看来，克劳利教区的居民真该为有这样的老爷和牧师感到愉快才对。

这位脾气善良行为荒唐的伦敦女人克劳利小姐到宅子里来住下没

过多久，就像我们描绘过的朴素单纯的乡下人一样，为丽贝卡的魅力感到着迷。一天，她照例外出兜风前，突然一阵心血来潮，要求那位“小女教师”陪她去穆德伯里。没等她们返回来，丽贝卡已经将她征服，逗她放声笑了四次，在短短的旅途中让她一路觉得很有趣。

皮特爵士正在安排一次排场的宴会，要请附近的所有男爵来赴宴。“不请夏普小姐作陪！”她对皮特爵士说。“你以为我能跟富德尔敦太太谈论照料小娃娃，还是跟那只呱呱叫的老鹅贾尔斯·沃普肖特爵士谈法律事务？我要夏普小姐在场。要是没空座位，就让克劳利太太留在楼上好啦。可是夏普小姐不能缺！乡下只有她还配跟人说说话！”

当然啦，在如此独断的命令之后，夏普小姐自然也接受了下楼陪同显赫客人们吃饭的指示。胡德尔敦爵士态度极为体面，非常讲究礼貌地将克劳利小姐搀到桌旁，打算在她身边就座时，这位老女士尖声喊了起来：“夏普小姐！贝基·夏普！你过来坐在我身边，给我逗逗乐。让胡德尔敦爵士挨着沃普肖特女士坐。”

等到晚会结束，马车辚辚而去后，意犹未尽的克劳利小姐还说：“到我的梳妆间来，贝基，咱们骂一骂那帮家伙，”这两个朋友就私下痛快淋漓地发泄了一番：老胡德尔敦爵士在餐桌上总是发出咂嘴声；贾尔斯·沃普肖特爵士吸着喝汤的声音难听死了；他夫人总是眨巴左眼；贝基把这些怪毛病和晚会上的交谈细节模仿得惟妙惟肖。人们谈论过政治、战争、法庭季度审理、汉普郡猎狗出猎的趣事，以及乡绅们感兴趣的种种话题，全都让她们觉得乏味极了。沃普肖特家小姐们的滑稽打扮和富德尔敦太太的黄帽子更是夏普小姐嘲笑挖苦的笑柄，克劳利小姐听了乐得要命。

“我亲爱的，你真是我意想不到的宝贝，”克劳利小姐说。“我真希望你能到伦敦来陪我，我可不能像对付可怜的布里格斯那样那样欺负你，不，当然不会，你这个伶俐的小人儿，你实在太聪明了。

对不对，弗金？”

弗金太太正在仔细梳理克劳利小姐头上残留的稀稀落落的头发，听了她的话，把头一扬，口吻尖刻地说：“我看小姐的确非常聪明。”实际上，弗金太太像所有诚实女人那样，天生的主要特征就是嫉妒。

克劳利小姐拒绝了胡德尔敦·富德尔敦爵士，每天要求罗顿·克劳利搀她进餐厅，并且要求贝基拿着靠垫跟在她身后，有时候她拉着贝基的胳膊，要罗顿拿着靠垫。“我们必须挨着坐，”她说。“本县只有咱们三个才算真正的基督徒，我亲爱的。”不得不承认，汉普郡的宗教气氛实在太淡薄了。

克劳利小姐除了是这样一个好基督徒之外，还有特别开明的观点，她总是利用一切机会，以最坦率的态度表达自己的这些观点。

“我亲爱的，出身算得了什么？”她这样对丽贝卡说。“看看我的兄弟皮特。看看胡德尔敦一家，他们自从亨利二世时代就住在本地。看看牧师宅子那位可怜的布特。他们哪一个在智慧和血统方面比得了你？不用说跟你相比，就连我那亲爱的伴侣布里格斯小姐，和我的管家鲍尔斯都比不上。你实在是个珍贵可爱的小宝贝，你的脑子比半个郡的人加起来都多。假如按照优点论地位，你该做个公爵夫人才对——不，根本就不该有什么公爵夫人。反正不该有什么人在你之上，我亲爱的，我认为你在任何方面跟我都是平等的。我亲爱的，往火里加点煤好吗？你能替我改改这件衣服吗？你的针线做得太好了。”这位口惠而实不至的老慈善家就这样支使与她平等的女子，让她为自己干各种活计，晚上还为她读法语小说，直到她睡着为止。

在这个时期，年纪大些的读者可能还记得，上流社会发生了两件相当激动人心的事情，按照当时的报纸说，那些身穿长袍负责司法的绅士们因此不得不忙碌一阵子。步兵少尉沙夫顿带着巴巴拉·菲茨尔斯私奔，这巴巴拉是布鲁因伯爵的女儿和财产继承人；可怜的维尔·文是个年届四十的绅士，养活着一大家子人，品格一向受人尊敬，可是突然荒唐离家，带着一名六十五岁的女演员鲁什蒙特太太私奔而去。

“纳尔逊勋爵最迷人的品格就是这一点，”克劳利小姐说。“为了一个女人不怕遭难。能这么做的准是个好男人。我崇拜一切门不当户不对的婚姻。我最喜欢的是一个贵族男子娶一个磨坊主的女儿，就像弗劳尔迪勋爵那样，把所有的女人都气得要死。我真希望你能跟一个了不起的男人私奔。我觉得你长得足够漂亮了。”

“像两个邮差一样溜走！——啊，那可太有趣了！”丽贝卡承认道。

“除此之外，我还喜欢看到一个贫穷的男子跟一个富有的女子私奔。我心里希望罗顿跟某个姑娘逃走。”

“跟个富有的，还是贫穷的？”

“这还用问吗，你这只傻鹅！罗顿除了我给他的钱之外，连一个子儿也没有。他借了一屁股债，必须补救自己的名声，以便在世上名利双收。”

“他非常聪明吗？”丽贝卡问道。

“我亲爱的，他聪明吗？他除了自己的联队、马匹、打猎，以及寻欢作乐之外，什么也不甚了了。可他是那么个惹人喜欢的调皮蛋，必须名利双收。你不知道他打死个人，还朝那人悲痛欲绝的父亲开了一枪只打中帽子的事吗？他的联队里人人都崇拜他。沃蒂酒馆和可可树酒馆的年轻人们，赌咒发誓不用上帝的名字，而是以他的名字赌咒。”

丽贝卡·夏普小姐写信给她亲爱的朋友时，提到女王的克劳利宅子举行舞会的事情，说起克劳利上尉挑选她做舞伴的情形，说来奇怪，她的描写并不准确。那上尉在这之前也选中她许多次，还在十几次散步中遇见过她，在走廊和小路上与她迎面相见足有五十次。夏普小姐弹琴歌唱的时候，上尉一个晚上要从钢琴旁边走过二十几次。在这种场合，夫人总是独自待在楼上，没人照料。上尉给她写过几封短简，那可是这个傻大兵费尽心思拼写出来的作品，一般来说，愚鲁就像其他品质一样，也能惹女人喜欢。但是，他将第一封短简放在她的乐谱上时，她站起身来，眼睛盯着他看了一阵，将那个折成三角形的短简像三角帽一样轻轻拿在手上晃动着，她朝敌人走过去，将那短简投进火里，对他深深行了个屈膝礼，然后坐回琴凳上，弹唱得比先前更加欢乐。

“那是什么？”音乐声中断将克劳利小姐从晚餐后的小睡中惊醒。

“一个不谐和音符[①]，”夏普小姐笑道。罗顿·克劳利又羞又恼。

布特·克劳利太太看到克劳利小姐显然喜欢这位新来的女教师，她实在太好心了，不但不嫉妒，反而欢迎这位年轻女子去牧师宅子做客，还请了罗顿·克劳利，尽管罗顿把老小姐的百分之五年息的大半夺走，是她丈夫的死对头。克劳利太太和她丈夫的侄子之间，关系变得十分融洽。他放弃了打猎，谢绝了去富德尔敦宅子做客，也不去穆德伯里军营跟大家聚餐。他现在的极大乐趣便是步行去克劳利牧师宅子，当然克劳利小姐也一起去。既然孩子们的妈妈生了病，她们为什么不让夏普小姐带着一起去呢？所以可爱的孩子们也陪着夏普小姐一起走。等到晚上，喜欢回家的还可以一起步行回去。克劳利小姐可不想步行，她宁愿坐车回去。不过，在皎洁的月光下，步行穿过牧师的园子，出了园子的小门走过一片黑黢黢的田地，走上通往女王的克劳利宅子的林荫道，地面上洒满斑驳月光，对上尉和丽贝卡小姐这两个有情人实在是件着迷的事情。

“啊，那些星星，那些星星！”丽贝卡眨动一双绿眼睛望着星星说。“我望着它们，觉得自己几乎就是神仙。”

“哦……啊……天哪，我的感觉完全一样，夏普小姐，”另外一位热心地回答道。“我抽雪茄烟你不反对吧，夏普小姐？”夏普小姐

① 一个不谐和音：原文一语双关，兼有“一封虚伪的短简”的意思。——译注

说，她在室外最喜欢闻的气味就是雪茄烟。她还接过烟来抽了一口，风度极为优雅地喷出烟，尖叫一声，咯咯笑起来，把雪茄还给上尉。他捋了捋胡子，使劲抽了几口，烟头在黑黢黢的田野上显得分外明亮，他便咒骂道："天老爷，我从来没他妈抽过这么好的雪茄，噢，"他的智慧和谈吐全都与一位年轻气盛的大兵相符。

老皮特·克劳利爵士此时正在他的书房里抽着烟斗，喝着啤酒，与约翰·霍罗克斯谈论宰一头羊的事，隔着窗户看见那一对在抽烟交谈，恶狠狠地赌咒说，要不是为了克劳利小姐的缘故，他就把罗顿这个流氓赶出家门。

"他肯定不是个好东西，"霍罗克斯先生评论道，"他那个跟班弗莱彻斯更混账，他在管家房间里大闹，抱怨说饭菜啤酒不合胃口，就是老爷们也没那么凶的。"他停顿片刻补充说："不过，照我看，夏普小姐能制服他们，皮特爵士。"

这话说得不错，她的确能制服他们——既能对付父亲，又能对付儿子。

第十二章
充满柔情的一章

现在，我们不得不暂时离开那片田园，告别那些乡间淳朴善意的人们，回到伦敦，了解一下阿米莉亚小姐的情况。

“我们根本不想关心她，”一位不知名的读者来信说，这位读者的来信字迹娟秀，信封还用粉红色火漆封口。“她是个乏味无聊，毫无趣味的人，”一些好心的读者做出类似的评论。我也就不一一重复这些说法了。不过这些正是对我们谈到的女士进行最杰出的恭维。

好心的读者在社交场合上，难道从来没有听到过善意的女士们发出类似的评论？女士们对一位史密斯小姐让你着迷往往感到不解；或者奇怪一位少校为什么会向一位傻乎乎的汤普森小姐求婚，那小姐除了脸蛋长得像蜡制洋娃娃一样漂亮之外，只会傻笑着说满嘴废话，一无可取。在那一对粉红脸蛋和蓝眼睛之中到底蕴藏着什么？这些可敬的道德学家们会明智地暗示说，天赋和才能，曼格奈尔所著教科书《历史问题》，女士们应该掌握的植物学和地理学知识，写诗技巧，按照赫兹手法演奏钢琴奏鸣曲的能力等等，这些才是女性应该掌握的有益本领，而表面的魅力维持不久，几年后便会消失殆尽。女士们关于美貌不足取和红颜不持久的说法，颇使人受启发。

尽管美德的确更加美好，尽管不幸天生丽质的人们心里不得不常常担心悲苦的命运，尽管女士们崇拜的女才子，比男人们供奉在家里的那些心地善良、脸蛋鲜嫩、满脸堆笑、毫不做作的可爱女子更加光彩夺目，然而，低人一等的美貌女子尚有一丝值得安慰之处——毕竟男人们还是崇拜她们的，虽然有好心的朋友们发出警告，提出抗议，但是我们仍然要顽固不化地坚持错误，硬要讲完这一章。我有些极受尊敬的朋友一再对我说，布朗小姐完全是个不足取的傻丫头；怀特太太除了脸蛋长得好看，其他一无所有；布莱克太太连一句自己的意见都没有。然而，我跟布莱克太太却谈得极为投机愉快，当然啦，我们谈的内容绝不越矩。我还看到男人们全都聚在怀特太太椅子周围，所有年轻男子都争着与布朗小姐跳舞。我于是不禁认为，一个女子受到同性别人们的诋毁，其实是极大的荣誉。

阿米莉亚交往的圈子中，年轻女士们在这方面对她的恭维十分令人满意。比方说，乔治的两个妹妹奥斯本小姐和多宾家小姐们一致认为，她的优点简直不值一提，都奇怪自己的哥哥们怎么会觉得她有什么魅力可言。“我们对她太好了，”奥斯本家小姐们说。她们是一对长着黑眉毛的漂亮小姐，受过男女家庭教师的培养，穿戴着上好的衣饰。她们对她竭尽屈尊俯就的善意，对她施恩的模样让她难以忍受，结果，这位可怜的姑娘在她们面前难免显出一副愚鲁模样，这倒正吻合了她们对她的看法。她把她们当作未来的小姑，便尽力喜欢她们。她与她们一起度过漫长的上午，那可是最令人乏味难堪的时光。她乘坐她们家的马车陪她们兜风，乘坐同一辆马车的还有她们的家庭女教师沃特小姐，那是个瘦骨嶙峋，修女模样的女人。她们带她去听古典音乐会，算是对她的款待，还陪她听圣乐，去圣保罗教堂看望慈善机构的孩子们，她对自己的新朋友们非常畏惧，甚至听了他们唱的诗都不敢动情。她们的房子非常舒适。她们家餐桌上的饭菜既丰盛又好看。与她们交往的都是一本正经的上流人士。她们有着异乎寻常的强烈自尊心。她们家在教堂的厢座是最上等的。她们家的习惯铺张有序，所有的乐趣全都合乎礼仪，乏味不堪。谢天谢地，她的例行拜访终于结束了！奥斯本小姐、玛丽亚·奥斯本小姐和那位修女般的女教师沃特小姐全都奇怪：“乔治从这个人身上能发现什么呀？”

这到底是怎么回事？喜欢探究原因的读者会感到诧异。阿米莉亚在学校的时候有那么多朋友，而且广受热爱，进入社交界怎么竟然受到女性的歧视？我亲爱的读者，请大家注意，在平克顿女子学校，除了那位上了年纪的舞蹈教师之外，根本没有男性，难道姑娘们会爱上他不成？在这里，小姐们漂亮的哥哥乔治早饭后便不见了踪影，一星期倒有六天在外面吃饭，难怪受到忽视的妹妹们稍感恼火。隆巴德大街赫尔克与布洛克银行的小布洛克先生，过去两个社交季节中一直向玛丽亚小姐大献殷勤，此时却邀请阿米莉亚跳舞，难道玛丽亚小姐会感到高兴？可她口头上却宽宏大度地说自己很高兴。“你能喜欢亲爱的阿米莉亚我感到十分喜悦，”一支舞曲终了，她热切地对布洛克先生说。“她跟我哥哥乔治订了婚。她这人没什么本事，可她是个脾气最温顺，最质朴的人。在家里我们都那么喜欢她。”可爱的姑娘！谁摸得准她说的“那么”两字表达的爱到底有多深呢？

沃特小姐和这两位充满爱心的年轻女子常常诚恳地对乔治·奥斯本说，他爱上阿米莉亚是在做出巨大牺牲，他施予的浪漫爱情实在过于宽宏慷慨。我不禁认为，他后来真的以为自己是英国军队里最值得女子追求的目标，自然乐于大受别人喜爱。

尽管我们刚才说过，他每星期有六天在外面吃饭，可是，他妹妹们以为他每天都围在塞德利小姐身边团团转，大家都以为他拜倒在她的石榴裙下，他却并不总是陪着阿米莉亚。有一点是肯定的，多宾上尉来拜访他的朋友时，奥斯本小姐不止一次地指着广场对面笑道：“啊，你得上塞德利家去找乔治，我们从早到晚都见不着他。”听了这话，上尉会露出尴尬表情，老练地将话题转向大家都感兴趣的方面，诸如歌剧、亲王最近在卡尔顿大厦举行的舞会，或者天气之类没话找话的话题。奥斯本小姐则对上尉十分关注，渴望听他讲军队里的故事，也希望了解他母亲的健康状况。

“你这个心上人可真憨厚，”玛丽亚在上尉走后对简小姐这么说。“你看见了吗？他听说可怜的乔治到对面去执勤时，脸都红了。”

“真可惜，玛丽亚，弗雷德里克·布洛克缺乏他那种谦虚，”姐姐扬起头回答道。

“谦虚！你是说笨拙吧，简。我可不想让弗雷德里克在我的细布裙子上踩出个洞。可多宾上尉在珀金斯太太家的舞会上就踩破了你的裙子。”

“‘踩破了你的裙子，’他，他！他怎么会踩破我的裙子？他不是陪着阿米莉亚跳舞吗？”

其实，多宾上尉红了脸，露出尴尬的样子，是因为一件他并不愿意告诉年轻姑娘们的事情。他已经去过塞德利先生家，去的时候当然是以看望乔治的名义，可乔治不在那儿，只有可怜的小阿米莉亚闷闷不乐地坐在窗前沉思。他们互致问候，闲聊了几句废话后，阿米莉亚壮着胆子问，联队很快要出国的消息是不是属实，还问多宾上尉这天见过奥斯本先生没有。

联队并没有接到出国的命令，多宾也没有看见乔治。“他很可能跟妹妹们在一起，”上尉说。“我去把那个懒散的家伙找来好吗？”她于是感激地向他伸出手，他便穿过广场。她等啊等，可就是不见乔治露面。

可怜这柔情的小姑娘，她的心不停地颤抖着，满怀渴望和信赖。读者看得出，这里没什么好描写的，其中并没有发生多少事件，一整天只有一种感情：他什么时候才能来啊？从入睡到醒来只有一个念头。我相信，阿米莉亚向多宾上尉询问乔治的时候，他正在燕子街跟坎农上尉打台球，因为乔治是个热爱各种技巧游戏的人，喜欢与人们交往。

一次，阿米莉亚小姐三天没见着乔治，便戴起宽边帽，径直闯进奥斯本家宅子。“怎么！你把我哥哥丢下，只身来找我们？”年轻女士们问道。“你们吵架了，阿米莉亚？快告诉我们是怎么回事！”她说，他们真的没吵架。“谁能跟他吵架呢？”她说着眼睛里已经涌出泪水。她只是想来看望她的朋友们，已经这么长时间没见过面了。这天，两位奥斯本小姐和她们的女教师望着她伤心离去，觉得她愈发愚鲁笨拙，更加奇怪乔治到底看上了这个可怜的阿米莉亚的哪一方面。

她们当然会感到奇怪。她那颗胆怯的心怎么能忍受得了这些年轻女子用乌黑的眼睛盯着审视她？这颗心能将心事深深藏起来倒是件好事。奥斯本家小姐评论起开司米披肩和粉红色缎子裙袍来，眼光倒是十分锐利。特纳小姐将裙袍染成紫色，改成短披风，皮克福德小姐将貂皮斗篷改成暖手筒，并制成衣服上的镶边，这些全都没有逃过她们的眼睛。然而，世界上有许多东西比毛皮和缎子更细致美好，所罗门的荣耀和希巴女王的所有服饰加在一起都不能与之相提并论，这些东西却是许多鉴赏家的目光所无法看到的。甜蜜谦恭的心灵，如柔嫩芬芳的花蕾，只在僻静的角落幽然开放。当然也有怒放在花园中的花朵，花朵大如铜盆，直勾勾瞪着太阳。塞德利小姐并不是向日葵的类型。照我看，如果将娇小的紫罗兰画得像双层大丽花，未免比例失衡。

我们不能那么勾画。一位尚未出嫁的好姑娘，并没有许多浪漫故事中女主角那样的惊险经历。老鸟儿在外捕食时尚且可能被枪弹射中或误入罗网，它们还得躲避鹰隼的捕捉，若不能侥幸逃脱，难免遭难。羽翼未丰的小鸟儿就不得不躲在干草和羽毛铺成的窝里，苦挨着尽管舒适却毫无浪漫的生活。贝基·夏普已经振翅乡间，在各种枝条上蹦蹦跳跳，躲避各种罗网，成功地啄食维生；然而阿米莉亚还不得不在拉塞尔广场舒适的家中屈身，要想在世间翱翔，还必须接受长辈的指引。似乎根本没有什么灾难可能降临在她头上，也不会降临在她那个舒适富有的家里。她在家里得到的只有爱心和庇护。妈妈每天上午有自己的职责，每天还要驱车兜风，并且从访客和购物中获得乐趣。伦敦的富有女士们无非借此消磨时光，我们不妨称之为她们的职业。爸爸在城里从事他那种神秘的工作，那当时是一种令人不安的地方，因为战火已经在整个欧洲蔓延，许多王国风雨飘摇。《信使报》有成千上万的订户，今天传来维多利亚战事的消息，明天又登载莫斯科大火的报道。有时，在晚饭时分，报童举着大喇叭在拉塞尔广场喊："快来看报，莱比锡开仗啦……六十万人参战……法军惨败，打死二十万。"老塞德利先生有时回到家脸色难看，这种消息无疑会搅乱每个人的心，也自然给欧洲股市造成大波动。

在此期间，布鲁姆斯伯里区拉塞尔广场的生活一切照常，仿佛欧洲根本没有发生任何动荡。从莱比锡撤军并不影响萨姆波在用人下房的一日三餐；联盟军队攻入法国，餐厅的晚饭铃声照样在五点钟敲响。照我看，可怜的阿米莉亚根本不关心发生在布里纳和蒙特密雷尔的战事，法国皇帝退位后，她才对局势稍稍发生些许兴趣。她当时听了这消息乐得鼓掌叫好，祈祷感谢上帝。接着扑进乔治·奥斯本的怀抱中，目睹这一热烈场面的人们全都惊呆了。事实上，这时已经宣告了和平，欧洲可以安定下来了。那个科西嘉人被推翻，奥斯本中尉的联队用不着受命备战。阿米莉亚小姐的推理就是这样。欧洲的命运就是她的乔治·奥斯本中尉的命运。他的危险消失，她便唱起了赞美诗。他就是她的欧洲，就是她的皇帝，就是她的联盟国众国王和有权有势的摄政王。他是她的太阳和月亮。我相信，政府大厦中举行晚会招待各国君主，她心里以为那是专门为乔治·奥斯本开的。

照我们以前的叙述，贝基·夏普小姐是在变迁、贫穷和自立这三位令人沮丧的教师指导下接受自己的教育。现在，阿米莉亚·塞德利小姐的最后一位指导教师便是恋爱。在这位受人欢迎的教师指导下，阿米莉亚取得了令人惊异的进步。十五到十八个月来，在这位杰出教师的不懈关心下，阿米莉亚掌握了无数的秘密，那些知识是沃特小姐、那两位黑眼睛的年轻女子和奇斯威克的老平克顿小姐根本望尘莫及的。那些体面古板的处女们如何学得到这种知识？平克顿老小姐和沃特老小姐根本不可能体会到温柔的恋情为何物。我也不敢说这种话去亵渎她们。玛丽亚·奥斯本小姐的确爱上了赫尔克与布洛克银行的弗雷德里克·奥古斯塔斯·布洛克，不过，那是一种值得尊敬的恋爱，就是换了老布洛克也完全没什么不同。她就像一切有教养的女子一样，心里想的只是在帕克巷有一所房子，在温布尔登有一所乡间别墅，要有一辆漂亮的大马车，两匹出众的高头大马和一班用人，还要占有著名的赫尔克与布洛克银行每年四分之一的利润，这一切代表了弗雷德里克·奥古斯塔斯的优势。假如象征买卖婚姻的方式——结婚戴橘子花的习惯已经从法国传了过来，玛丽亚小姐准会戴上那纯洁的花环，在老迈、秃顶、长鼻子、饱受风湿病折磨的老布洛克搀扶下，踏上他的马车，将自己的美貌拱手献给他，让他获得幸福——只可惜这位老先生已经结了婚，她便不得不转而将自己的爱情奉献给银行的低级合伙人。芳香、盛开的橘子花！不久前我还看见特罗特小姐戴着这种花环，从汉诺威广场的圣乔治大教堂飘然走出，踏上一辆旅行马车，身后一瘸一拐地跟着梅休西拉勋爵。多么纯真可爱的姑娘啊！她拉下车窗窗帘的动作多么端庄谦恭啊！名利场上足有半数马车到场参加他们的婚礼。

阿米莉亚得到的爱情教育与上述情况完全不同。经过一年多的教育，一位品格优良的年轻姑娘变成了一个优秀的成熟妇女，等到时机到来，很快就可以胜任一位贤妻的角色了。这位年轻女士全心全意爱上了国王陛下的军队中那位我们已经熟悉的年轻人。或许她父母鼓励她产生愚蠢的浪漫念头，热爱一位英雄般的人物实属鲁莽。她每天一醒来首先想到的就是他，晚祷中念到的最后一个名字也是他。她从来没见过比他更英俊或者更富有聪明才智的男人。他在马背上是那样的威武，在舞池中是那么和谐的舞伴，在任何情况下都是个英雄。人们谈起亲王的鞠躬彬彬有礼，可是比起乔治来又算得了什么？她见到过布鲁迈尔先生，大家全都极力称赞他，可是他又怎么能与乔治相提并论！当年的花花公子们都戴着高礼帽去听歌剧，可是没有一个能与他相比。他好得就像童话中的王子，啊，他多么善良好心，竟然肯屈尊爱上她这个灰姑娘！假如平克顿小姐了解到阿米莉亚的心事，准会设法劝阻她对乔治的盲目崇拜，不过，请相信，她的努力将终归徒劳。有些女子的天性就是这样，有的生来爱施展阴谋诡计，有的天生就是为爱情而存在。我希望读到这本书的单身汉们能选中深深爱着自己的心上人。

阿米莉亚在这种不可抗拒的感情压力之下，残忍地忘记了奇斯威克的十二位朋友，这与自私的人们通常的做法如出一辙。当然啦，她有这样重要的事情要考虑，实在情有可原。萨尔苔小姐太冷漠了，不能对她推心置腹讲述这样的知心话。至于那位卷头发的圣基茨岛继承人，这种话她又觉得难以讲给她听。学校放假时，她曾经将劳拉·马丁接到家里来住过。我相信，她对她说过知心话，可能还对她许过诺，说是结婚后要请劳拉来家里住。她或许对劳拉介绍了大量有关爱情的知识，对那个小娃娃来说，这些知识既新奇又毫无用处。啊！天哪！我恐怕埃米的脑袋有些乱套了。

她的父母在做什么啊，为什么不设法防止她幼小的心灵过于感情奔放？老塞德利似乎很少注意到事情的发展。近来，他显得忧心忡忡，市政事务也耗费了他的许多时间。塞德利太太过于随和，放任她自流，甚至连嫉妒的感情都不曾产生过。约斯先生不在家，他被一个爱尔兰寡妇缠住，去了切尔滕纳姆。阿米莉亚现在是独自在家，啊！有时候实在寂寞。她从来没有怀疑过乔治，他当然在骑兵近卫营里，并不能经常请假离开查塔姆。一旦回到城里来，又有朋友们和两位妹妹需要看望，还得与人交际应酬，他在交际圈子里是那样一位必不可少的人物。他在军队里的时候，总是疲惫不堪，不可能给她写来长信。我知道她在什么地方藏着那包信，而且能偷偷进入她的房间，就像亚奇莫[①]一样。像亚奇莫？不，那是个讨厌的角色。我要像月光一样，和善地趁她熟睡的时候偷眼看看这位忠心耿耿的天真美人儿。

奥斯本写给阿米莉亚的信带着士兵们的干练简洁。但是，我不得不承认，塞德利小姐写给奥斯本先生的信却长得不适于在书中复述，否则我们这本书将长达数卷，就连最多愁善感的读者也会觉得不耐烦。她不仅写满大张大张的信纸，而且有时候一时兴起又将大段大段文字划掉。她也不可怜读信的人，常常整篇整篇抄写诗歌。她心血来潮时在有些句子下面画上一条条横线加强语气。总之，完全将她此时的心境暴露无遗。她并不是个女英雄。信中满是重复的句子，有时文理不通，她写的诗非常随意，不注意押韵。但是，女士们，假如你们写诗偶然不注重韵脚就得不到心上人的爱，分不清三步韵和四步韵的区别就不能打动爱人的心，那就让诗歌全都见鬼去，让每一个教书匠全都不得好死！

① 亚奇莫：莎士比亚戏剧《辛白林》中的角色，曾潜入女主角房间偷窃。——译注

第十三章
痴情姑娘负心郎

我恐怕接受阿米莉亚小姐信件的先生是个铁石心肠的刻薄鬼。奥斯本中尉不论到了哪里，总有一封封信跟着他，食堂里同伴们的逗笑几乎惹恼了他，他便向他的跟班下令，寄给他的信只能送进他的房间里。多宾上尉看见他用一封信点燃雪茄烟，不禁感到惊恐，我相信，假如他能得到这些信，就是让他花钱他也干。

有一段时间，乔治设法保守秘密，不让这段风流事流传出去。他承认说，的确有个女人。"不是第一个了，"旗手斯普尼告诉旗手斯塔布斯说。"奥斯本这小子真有手腕。在圭亚那的德梅拉拉，有个法官的女儿险些为他发了疯。后来，在圣文森特有个漂亮的混血姑娘派伊小姐爱上过他。自从回国后，大家都说，他完全是唐·璜[①]在世。我的老天哪。"

斯塔布斯和斯普尼认为能做个"唐·璜"简直是男人可能拥有的最佳品质了，因而认为奥斯本在联队年轻人中有着异乎寻常的声誉。他运动有两下子，歌唱得好，操练有本领，花钱出手大方。他父亲给他的钱非常充裕，他的衣服裁制得比联队任何人的都好，而且衣服比其他人多。他受到大家的崇拜。他的酒量比食堂里的任何军官都大，就连老希维托普上校也甘拜下风。他打拳连二等兵纳克

---

① 唐·璜：西班牙传说中的人物，风流贵族，好色成性，为许多诗歌，戏剧和歌剧的男主角。英国诗人拜伦（1788-1824）曾写过一部以他为主人公的长诗。——译注

尔兹也不是他的对手。这个二等兵曾经参加过正式拳击赛，若不是因为酗酒，他早已升到下士了。他打棒球和保龄球也是联队俱乐部第一高手。他曾经骑着自己的一匹名叫“加油闪电”的快马，在加拿大魁北克赢得卫戍部队赛马杯。看来，除了阿米莉亚之外还有别人崇拜他。斯塔布斯和斯普尼就把他看作阿波罗般的人物。多宾认为他就是文武双全的克莱顿本人，奥多德少校的夫人认为他是个风度优雅的年轻人，在脑子里把他归入卡斯特尔福格蒂勋爵的二公子菲茨杰拉德·福格蒂之例。

联队里的斯塔布斯、斯普尼以及其他军士们于是产生了种种荒诞的念头，猜测说那位给他写信的女子是个伦敦的女公爵，深深地爱上他了；有的猜测说那是个将军的女儿，本来已经跟别人订了婚，却爱他爱得发了狂；有的说那是个国会议员的夫人，向他提议乘一辆四马拉的快车私奔；反正是个坠入情网的女子，这种痴情让大家都感到又喜悦又激动又浪漫，然而某些有关人物难免丢脸。奥斯本对这些无稽之谈全都置之不理，任凭他的崇拜者和朋友们随意编造一套套有鼻子有眼的故事。

倘若不是多宾上尉不留神说漏了嘴，联队里根本不会了解到事情的真相。一天，上尉在食堂吃饭的时候，助理军医卡克尔跟上面提到的两位宝贝人物胡猜乱编着奥斯本的故事，斯塔布斯坚持认为那位女子是夏绿蒂王后宫中的女公爵，卡克尔赌咒说准是个臭名昭著的歌剧演员。多宾一听这话，怒从心头起，当时嘴里填满了鸡蛋、面包和黄油，本不该说话才对，可他禁不住喷发出来：“卡克尔，你是个蠢货。满嘴的胡话谣言。奥斯本才不会跟什么女公爵私奔，也不会毁坏什么人的名声。塞德利小姐是世界上最迷人的年轻女子。他们早已订了婚。说她坏话的人当心别让我听见。”多宾说完这话，气得满面通红，喝了口茶几乎呛住。不到半个小时，这事就在联队传遍了。这天晚上，奥多德少校夫人给住在奥多德镇的妹妹格罗维娜写信，要她别忙着从都柏林赶来，因为年轻的奥斯本早已订婚。

当晚，她举起一杯调制的威士忌，措辞得体地向中尉道贺。他怒不可遏，回到寝室与多宾大吵，指责他泄露了自己的秘密。多宾没有出席少校夫人举行的晚会，独自待在屋子里吹笛子，我相信，他同时在写一首忧郁的诗。

“谁准许你谈论我的事？”奥斯本怒吼道。“全联队怎么都知道我要结婚的消息了？那个饶舌妇佩吉·奥多德凭什么在她家饭桌上拿我的名字寻开心，满世界宣传我订婚的事？多宾，你小子有什么权利说我订了婚，有什么权利干涉我的事？”

“我当时觉得……”多宾上尉开口说。

“‘你觉得’，见你的鬼，多宾，”他的下级打断他的话。“我明白我是你的下级，还受到过你的保护，我知道得清清楚楚。虽然你比我大五岁，可我用不着永远受你保护。我宁肯上吊也不吃你那套高高在上的腔调，不受你的怜悯和保护。怜悯和保护！哼，我倒想知道，我在哪方面在你之下？”

“你是不是已经订了婚？”多宾打断他道。

“我订不订婚干你什么事？干这儿的人什么事？”

“你为订婚感到羞愧？”多宾接着问。

“我倒要问你，你有什么权力提这问题，先生？”乔治回答道。

“好我的上帝，你不是要跟她吹吧？”多宾惊得站起来。

“换句话说，你这是问，我是不是个有名誉的男人，”奥斯本尖刻地说，“你是不是这意思？你最近对我说话的口气好像我……我再也受不了啦。”

“我怎么啦？我告诉你说，你冷落了一个温柔的姑娘，乔治。我对你说，你进城该去看望她，而不是去圣詹姆士街的赌场。”

“我猜你想要我还你的钱，”乔治鄙夷地说。

“我当然想，从来都这么想，对不对？”多宾说。“你的口吻像个慷慨的伙计。”

“不。该死。威廉，我请你原谅，”乔治心里一阵悔恨，“上帝明白，你在无数方面都是我的朋友。你帮我渡过了几十道难关，禁卫军的那个克劳利赢了我那笔钱的时候，要不是你我就完了。这我知道。可你不该对我那么严厉。你不该总是教训我。我很喜欢阿米莉亚。我崇拜她，这是没问题的。别显出怒气冲冲的样子。她是个十全十美的姑娘，我知道她是个好姑娘。不过你明白，不费吹灰之力得来的东西总是没味。见鬼。联队刚从西印度群岛调回来，我得乐一乐才行。等我结了婚，我会改过自新的。以我的名誉发誓，我会的。我说多宾，别生我的气，下个月我还你一百镑，我知道我爹会给我一大笔钱。明天我向希维托普请假进城，去看阿米莉亚。满意了吧，伙计？”

“谁能老生你的气呢，乔治，”天生好心的上尉说。“至于说钱的事，老伙计，你知道，我用钱的时候，你会把你最后一先令都给我的。”

“老天在上，我当然会啦，多宾，”乔治说话的口吻好像他是最慷慨不过的人，可他从来没给过人一个子儿。

“我只希望你快点撒完野收场，乔治。要是你看见可怜的埃米小姐那天向我打听你时的面孔，你准会抛下那些该死的台球。去安慰安慰她吧，你这个混账东西。去给她写上封长信。做点让她高兴的事，她只有这一点小小的心愿。”

“我相信她喜欢我，”中尉神气自得地说完，便回到食堂去，跟几个伙伴寻欢作乐去了。

与此同时，在拉塞尔广场，阿米莉亚正在望着月亮，月光洒在这片宁静的土地上，也洒在奥斯本中尉驻扎的查塔姆军营的场地上。她在想象自己心目中的英雄此时在从事什么活动。她想，也许他在查哨，也许在露营，也许他在看望受伤的战友，要不就是独自在屋子里研究战术。她善良的愿望如同长了翅膀的鸟儿，沿河飞去，抵达查塔姆和罗彻斯特，竭力想看看乔治所在的兵营。营门紧闭，哨兵不允许任何人入内，我们这位身穿白裙袍的天使因而听不见士兵们狂饮威士忌混合酒时的咆哮声。

奥斯本与多宾在查塔姆兵营交谈过后，第二天便履行自己的诺言，准备进城去，多宾上尉对此表示赞赏。“我本想送她点礼物，”奥斯本私下对自己的朋友说，“可是我眼下一个子儿也没有，非得靠父亲接济不可。”多宾可不能眼看着这番好意落空，立刻给了奥斯本先生几镑的钞票。奥斯本先生推让一番后也就收下了。

我敢说，他本来打算为阿米莉亚买点非常漂亮的礼物，只是他在舰队街下车后，注意力突然被珠宝商店橱窗里一只漂亮的衬衫别针吸引住了，实在爱不释手，付款买下后，所剩无几，想表示自己的好意也心有余而力不足了。不过这无所谓，大家知道，阿米莉亚希望得到的并不是他送的礼物。他出现在拉塞尔广场后，她的面孔立刻闪出熠熠光彩，仿佛他就是阳光。一看到那张熟悉的面庞和魅力无穷的微笑，原来有过的一点点担心、忧心、伤心、疑心，多少个日日夜夜不眠的思念，全都忘到脑后。他站在客厅门口望着她，他的光芒投在她身上，他的胡子让他看上去美得像希腊神话中威武的神祇。萨姆波脸上露出同情的灿然微笑，通报说奥斯本上尉到——他给这位年轻的军官晋升了一级。姑娘吃了一惊，一步从窗前的座位上跳起身。萨姆波退了出去。门刚关上，她便扑向乔治·奥斯本中尉的心窝里，仿佛那儿才是她安全温暖的家。啊，你这气喘吁吁的可怜人儿！整个丛林中你选择了一株茎干最挺直，枝杈最坚实，叶子最茂密的树在上面筑巢，你哪里知道，这棵树已经被别人选中，你的窝巢不久便会给推到地下摔得支离破碎。这是人与树之间多么古老的比喻啊！

不过，这时乔治非常亲昵地亲吻了她的额头和闪闪发亮的眼睛，态度非常温存善良。她认为他的钻石衬衣别针是最漂亮不过的装饰，以前她从来没见过这件饰品。

细心的读者目睹上面的举止，记起他与多宾上尉的谈话，就奥斯本先生的品格可能会得出某种结论。某个玩世不恭的法国人[①]说过，一桩爱情的两方，一方是主动地爱，另一方是施恩让对方来爱。痴情的一方可能是男方，也可能是女方。痴情的男子会将女子的麻木不仁错当成含情脉脉，她的无动于衷会被看作少女的腼腆，茫然神色自然是羞怯，简而言之，在他的眼光里，笨雁就是天鹅。反过来，一位可爱的女子想象中光彩无比的男子其实不过是头蠢驴，她所敬佩的质朴其实无非愚鲁，她所崇拜的尊贵只不过是他的自私，他的愚蠢无知会被她当作含而不露的庄重，总之，会像漂亮的仙女泰坦尼娅看待雅典一位织布工那样慷慨。我自己就亲眼见过这种愚蠢的笑话。不过这一点是肯定的：阿米莉亚相信她的爱人是帝国最英勇最杰出的男子，奥斯本中尉也可能对自己有同样的想法。

他的确有点疯狂，可是除他之外，许多男人不是跟他一样吗？再说，姑娘们不是宁愿喜欢浪荡哥儿，也不喜欢窝囊废吗？他还没有撒够野，不过他很快就会收敛。现在，那个科西嘉魔鬼已经囚禁在厄尔巴岛上，宣告和平了，升迁已经无望，再也没有炫耀军事才干和勇猛作战本领的机会，他要离开军队。他父亲给他的年金，加上阿米莉亚的嫁妆，足够在乡下某个有娱乐场所的地方安个舒适的家，经常打打猎，种点地，他们会过得非常幸福。要想婚后留在军队里绝对不可能。不敢想象乔治·奥斯本太太住在小镇上，或者更糟糕些，住在印度或者西印度群岛，周围是一帮军士，她还得受奥多德少校夫人的垂顾！听奥斯本讲述奥多德少校夫人的故事，阿米

① 玩世不恭的法国人：指法国著名作家拉什罗富科(1613–1680)。主要作品为《箴言录》(1665)。书中的道德论述和箴言皆为针对世人自私本性的警句。——原书编者注

莉亚笑得几乎要了命。他太爱她了，不忍心让她受制于那个粗鄙可怕的女人，再说，也不能让她忍受军人妻子的煎熬。他并不在乎自己，但是他亲爱的姑娘应该在上流社会占有一席之地。作为他的妻子，她应该享有这种权利。可以肯定，阿米莉亚接受了他这建议。他的任何建议，她都乐意从命。

谈话就这样继续着，无数空中城堡建造起来。阿米莉亚筹划着如何装点各种花园，想象着在乡间散步，去乡村教堂做弥撒，去主日学校，等等。乔治一心想着马厩、猎狗场和酒窖。两个年轻人就这样度过两个小时的愉快时光。由于中尉在城里只能停留一天，还有许多极为重要的事务要处理，于是建议埃米到家里与未来的小姑们一起吃饭。阿米莉亚情绪欢乐地接受了这一邀请。他把她带到家里，交给自己的妹妹们，自己出门去办事。阿米莉亚这天谈笑风生，简直换了个人，姐妹俩吃惊不浅，心想，说不定乔治真能将她培养成个人物呢。

简而言之，乔治在查林路口的点心店吃了冰点，在帕尔莫尔试了几件新外套，进斯劳特咖啡店盘桓一会儿，然后找坎农上尉，跟他打了十一局台球，赢了八局，回到拉塞尔广场时吃饭时间已经过了半个钟头，可他的兴致却很高。

老奥斯本却没他那好兴致。这位先生从城里回来时，女儿们和那位风度优雅的沃特小姐在客厅里迎接他。他总是板着肿胖的脸，就是在最高兴的时候，脸也是黄褐色的。此刻，她们立刻从他颦蹙的双眉和满脸的怒容中看出，他那件宽大的白色背心里面准是装了一肚子乱糟糟的心事。阿米莉亚像以往一样胆战心惊地走上前去向他问候，他咕噜了一声算是招呼，用他那毛茸茸的爪子跟她草草握了一下，然后扭过头阴沉沉地望着大女儿。女儿准确理解了那眼光的含义："她怎么会在这儿？"女儿立刻回答道：

"乔治进城来了，爸爸。现在去了骑兵营，要回来吃饭。"

“哦，是吗？我可不想专为等他推迟开饭时间，简。”说完这话，这位可敬的男人倒在专门由他坐的那把椅子上。这间家具陈设精美的高雅客厅于是陷入死寂之中，只有墙上巨大的法国挂钟发出嘀嗒嘀嗒的声音。

这只大钟上装饰着色泽鲜亮的铜塑人像，那是希腊神话中伊菲琪尼娅献祭的形象。钟敲五响，音色类似低沉的教堂钟声。奥斯本先生拼命拉响右手边的铃，管家连忙赶来。

“开饭！”奥斯本先生吼道。

“乔治先生还没回来呢，先生，”用人回道。

“让乔治先生见鬼去。难道我不是这所房子的主人啦？开饭！”奥斯本先生咆哮道。阿米莉亚吓得浑身发抖。其他三位女士匆匆交换一下眼色。下面的房间里立刻顺从地响起了铃声，宣布开饭。铃声过后，那位一家之长双手插进有一排铜纽扣的大衣口袋里，不等进一步通报，迈开脚步独自下楼，回头朝那四位女士恶狠狠瞪了一眼。

“这到底是怎么回事，亲爱的？”大家跟在这位先生身后下楼的时候，其中一位胆战心惊地悄声问道。

“我猜准是公债跌价了，”沃特小姐跟她们耳语道。女士们不敢作声，颤抖着跟在脸色阴沉的家长身后。大家默不作声地就座。他粗声粗气祷告两句，可是那声音听上去活像是在骂人。大菜盆的银盖子揭开了。阿米莉亚坐在自己的位子上战抖不已，因为她就坐在这位可怕的奥斯本旁边，而且桌子这边只有她一个人，中间给乔治空了一个位子。

“来点汤？”奥斯本先生抓着汤勺，眼睛盯着她，声音死气沉沉地问道。给她和大家都舀过汤后，很长一段时间一句话也不再说。

“把塞德利小姐的盘子端走，”最后他说。“她不能喝这种汤，我也不能喝。这种玩意儿还能下咽？把汤撤走，希克斯。简，明天叫这个厨子滚蛋。”

奥斯本先生骂完那汤，又开始咒骂鱼，用的也是简短的野蛮挖苦之辞。他骂比林斯盖特鱼市，肮脏的语言活脱脱像个鱼贩子。此后他安静下来，喝了几杯闷酒，越来越显得凶神恶煞。直到一阵轻快的敲门声传来，大家知道乔治回来了，这才长吁了一口气。

"我实在脱不了身。达圭勒将军让我在骑兵营等了很久。没汤没鱼都没关系，随便吃点什么都行，我不在乎。羊肉好吃极了，什么都好极了。"他的愉快心情与他父亲的严厉怒容恰恰相反。吃饭的时候，他喋喋不休地说个不停，大家都感到愉快——其中一位更是如此，当然我们用不着提她的名字。

不久，年轻女士们谈论起奥斯本先生家沉闷餐桌上的收尾节目——橘子和葡萄酒，然后悄悄打了个手势，大家便起身离开餐厅。阿米莉亚希望乔治能很快跟大家在客厅相聚。她开始在客厅那架皮革覆盖、镂花琴腿的大钢琴上演奏刚从国外传来的华尔兹，那是他最喜欢的乐曲。这一小小的计谋并没有把他引上来。他根本无心听华尔兹。弹琴的姑娘非常失望，演奏越来越有气无力，不久便起身离开那架巨大的钢琴。她的三位朋友轮流弹奏着旋律明亮动听的新曲子，可她一个音符都听不进去，只是呆呆地坐在那儿思索，担心发生可怕的事情。老奥斯本的怒容从来都很可怕，却从来没有像这次一样吓得她魂飞魄散。他的目光一直盯在她身上，直到她离开餐厅，仿佛她犯了什么罪过。管家希克斯为她奉上咖啡时，她吓了一跳，好像那是赐她死的一杯毒药。到底暗藏着什么神秘的事情？唉，女人啊！她们紧紧抱住一些不祥之兆不放，越是丑恶的念头，她们越是当成宝贝一样藏在心头，仿佛那是她们先天畸形的宝贝孩子。

父亲阴沉的面容同样也让乔治·奥斯本深为担忧。眉头拧成这个样子，如此怒容满面，让他怎么从这位统治者手中榨出自己需要的钱来？他开始赞扬父亲的酒好。这是他通常哄骗这位老先生的成功手段。

"爸爸，我们在西印度的时候绝对喝不上你这么好的马德拉白葡萄酒。那天希维托普上校去看我，把你送去的酒掖在皮带下拿走了三瓶。”

“真的？”老先生说。“我可是每瓶花了八先令呢。”

“六个畿尼一打，你卖不卖，爸爸？”乔治笑道。“王国里有个最伟大的人想买呢。”

“是吗？”长者咆哮道。“我倒真希望他能买得着。”

“爸爸，达圭勒将军在查塔姆的时候，希维托普上校请他吃了顿早饭，跑来向我讨这种葡萄酒。将军也喜欢得要命。想要买些送给元帅。他可是摄政王的左膀右臂呢。”

“这可真是好酒，”那眉头显得舒展了些。乔治便准备利用眼前的有利形势，将需要钱的事情提到红木桌面上来。父亲尽管面容仍然严峻，但是态度显然缓和多了，要求他拉铃叫人送上红葡萄酒。“乔治，咱们尝尝红葡萄酒是不是跟马德拉白葡萄酒一样好。我想摄政王会喜欢的。喝酒的时候，我要对你讲点重要事情。”

阿米莉亚在楼上如坐针毡，听见打铃，便认为这铃声隐藏着神秘和不祥。有些人的确能感到某种预兆，有些预兆肯定事出有因。

“乔治，我想知道，”老先生尝了第一杯后说，“我想知道，你跟楼上那个小东西的关系怎么样啦？”

“爸爸，我认为这不难看出来，”乔治咧开嘴自得其乐地笑了笑说。“非常清楚，爸爸。多好的酒啊！”

“你这非常清楚是什么意思？”

“这还用问吗，爸爸，别逼我太甚。我可是个谦虚谨慎的人。我……嗯，我不打算做什么调情专家，不过我承认，她一心一意爱我。任何人半闭起眼睛都能看得出。”

“那你自己呢？”

“怎么啦，爸爸，不是你命令我娶她吗？难道我不是个好孩子？不是我爸爸早就把这事定下来了吗？”

“你的确是个好孩子。难道我没听说过你干的好事？跟塔奎恩勋爵、跟禁卫军的克劳利上尉、跟可敬的德西斯先生之流干的好事！当心点吧，孩子，要当心。”

老先生对这些贵族名字津津乐道。他见了上层人物总是卑躬屈膝，只有布莱顿的自由民才会那样自卑。他回家后便会在《贵族人名录》中查阅这人的身世，然后便在日常对话中把这个名字挂在嘴边，在女儿们面前也卖弄勋爵的名字。他拜倒在贵人的脚下，沐浴在他的恩宠中，仿佛拿波里的乞丐躺着晒太阳一样。乔治听了这些名字十分惊慌。恐怕父亲对他们之间的赌博活动已经有所耳闻。好在父亲放过了他，平静地说：

“唉，年轻人就是年轻人。乔治，我感到安慰的是，你的朋友都是英格兰最上流的人物。这是我的希望，我也认为你的确不辜负我的希望。我的能力也能够让你……”

“谢谢你，爸爸，”乔治说着立刻提出自己的要求。“人不能凭空跟这些大人物交往呀。爸爸，你看看我的钱袋，”他取出钱袋，那是阿米莉亚以前送给他的一件礼物，里面只有多宾送给他的那笔钱剩余的零钱。

“孩子，你不会缺钱的。英国商人的儿子不会缺少钱花。我的畿尼不比他们的少，乔治，我的孩子。我也不会吝惜钱。明天去城里找肖勃先生，他会给你的。你跟上等人来往，我不会让你丢脸，我知道上等人绝不会做错事。我这人从来不骄傲。其实我出生在下层社会，可你现在地位优越。很多人连一块钱都拿不出的时候，你却有一个畿尼，我的孩子。至于说到粉红帽子，”说到这儿，那两道重重的眉毛下面闪过一丝狡黠的笑意，“唉，孩子就是孩子。不过有一件事我要你设法避免，假如你不愿意的话，我就不给你遗产。那就是不能赌博。”

“啊，当然不赌，爸爸，”乔治说。

"再回到阿米莉亚的事情上来吧。你为什么不能高攀上一门好亲事，非娶个股票经纪人的闺女不可？乔治，这就是我想知道的事情。"

"这是家里包办的呀，爸爸，"乔治夹开一只榛子说。"这不是你和塞德利先生早在多少年前私下定的吗？"

"我也不抵赖。不过人们的地位是不断变化的，孩子。我也不否认塞德利帮我得到了财富，或者说是他给我指了条赚钱的路子，我靠自己的天才和能力获得现在值得自豪的地位，在伦敦牛脂蜡烛行里占了一席之地。我对塞德利也算报过恩了，近来他常常找我帮忙，我的支票簿记得清清楚楚。乔治！对你说点心里话，我不看好塞德利先生的业务。我的主要雇员肖勃先生说，他的生意不行，肖勃是个老手，比伦敦任何人都懂证券交易。赫尔克与布洛克银行如今见了塞德利都要回避。我恐怕他是在胡折腾钱。人们说，他的'小阿米利'号船被美国的私掠船[1]'莫拉西斯'号扣起来了。直说了吧，除非我亲眼看见阿米莉亚的一万镑嫁妆，否则你别娶她。我可不想要一个破产经纪人的女儿进我的门。把葡萄酒递给我，或者拉铃叫人送来咖啡。"

说完这话，奥斯本先生打开了晚报，乔治见了这一信号，知道父亲的训诫已经结束，准备打个盹了。

他兴致勃勃奔上楼梯去找阿米莉亚。真不知道是什么让他一反常态，这天晚上对她无比关注，极为渴望听她讲话，对她特别温存，非常健谈。难道是因为他宽宏大度的心希望抚慰她不幸的前景？抑或是他即将失去这位可爱的宝贝因而才更加感到她的价值？

以后许多天里，她的生命是靠这个愉快晚上得来的营养维持着。她回忆他说过的话，想念着他的面庞，耳朵里回响着他唱的歌，记

① 私掠船：战时特准掠捕敌方商船的武装民船。由于美国和英国于1812年6月订立并执行到1814年的《根特条款》，美国人敌视英国商船，当时许多英国商船被掠捕。——原书编者注

起他远远朝她俯身时的姿态。她仿佛觉得，以前从来没有一个夜晚像她在奥斯本家过得这么快。萨姆波先生为她送来披肩时，他感到从来没有过的恼火。

翌晨，乔治来家里与她温存地道别。然后便匆匆赶往市中心，拜访他父亲的主要雇员，从那位先生手中拿到支票，在赫尔克与布洛克银行兑换成满满一口袋的现金。乔治走进银行的时候，老约翰·塞德利正从银行大厅穿过，面色显得非常沮丧。不过乔治当时正乐得忘乎所以，根本没有注意到他这位做股票经纪人的教父满脸笼罩着愁容，两眼望着他时阴郁不堪。小布洛克先生也没有像以往那样，满脸堆笑地送他出门。

赫尔克与布洛克银行的门在塞德利先生出去后碰上了。出纳奎尔先生是个对大家最有益处的人，因为他的职责是从抽屉里数出唰啦啦作响的崭新钞票，从硬币匣子里数出丁零零响的硬币。这时他朝右首的德赖弗先生挤了挤眼睛，那德赖弗先生也朝他眨巴了一下眼。

“没门，”德赖弗先生低语道。

“绝对没门，”奎尔先生说。“乔治·奥斯本先生，你准备要哪种钞票？”

乔治急切地将大把的钞票塞进几个衣袋，当晚还了多宾五十镑。

也在这天晚上，阿米莉亚写了好几封充满温情的长信给乔治。她止不住心里洋溢的柔情爱意。可她仍然禁不住感到担心，奥斯本先生阴沉沉的面孔究竟是为了什么缘故？她自忖道。是他跟他爸爸之间发生了分歧？她自己可怜的爸爸怀着忧伤从城里回来，家里一切都让人惊慌。总之，她写了满满四张大纸，记载着她的痴情和恐惧，希望和担忧。

“可怜的小埃米，亲爱的小埃米。她多爱我啊，”乔治读着那些情书说。“哎哟，我的老天，喝了那种混合酒我的脑袋都要裂啦！”

他这话不错，小埃米真够可怜的。

第十四章
克劳利小姐回家

大约在同一时间，帕克巷驶来一辆旅行马车，车身上有菱形盾徽，车轿外面的后座上坐着一位女子，只见她戴一方绿面纱，头上戴着带卷的假发，脸上挂着不满的神色，驭座上赶车的是个肥胖的车夫。马车在一所看上去极为舒适整洁的房子前停下。车窗全都关着，平常总是伸着舌头将脑袋露在车窗外面那只胖狗儿，这时蜷缩在那位神色不满的女人腿上酣睡。车停下后，几个女佣和一位年轻女士先是将一团披肩从车轿里拿出去，然后才陪伴着裹在一堆斗篷里的克劳利小姐下车。大家簇拥着她登上楼梯，走进卧室，将她安顿在预先暖过的屋子里，活像照顾一个重病号。已经打发人去请她的几位医生。医生们来问诊，开药，最后离去。克劳利小姐的年轻伴侣在访客终于散去后，走进来问她有什么吩咐。然后服侍她吞下几位名医开的药。

第二天，克劳利上尉骑着马从位于骑士桥的禁卫军兵营赶来。他将那匹黑马拴在姑妈门前的草地上，任凭它在草地踩蹄子，自己进门看望生病的亲戚，好心的姑妈生了病，他自然要热情问候一番。看来这回病得不轻。他发现克劳利的女佣——就是那个神色不满的女子——脸上挂着阴郁和沮丧的表情，还发现姑妈的伴侣布里格斯小姐在客厅里落泪。她听说亲爱的朋友生了病，匆匆赶回家来，一心想赶快扑到她的病床前。以前克劳利小姐生过无数次病，每次都是她布里格斯殷勤抚慰悉心照料。可这次呢，甚至不准她走进克劳利小姐的房间。照料她服药的是个陌生人，还是个从乡下来的陌生人，是个不知姓名的小姐。这位贴身伴侣伤心得泣不成声，用手帕掩住自己满腔的委屈和那只红鼻头。

罗顿·克劳利叫这位脸色阴郁的伴侣通报他的名字，克劳利小姐的新伴侣脚步轻快地从病房走出来，他急切地走上前去，她伸出一只小手握住他的手，同时朝茫然不知所措的布里格斯投去轻蔑的一瞥，她带年轻的禁卫兵走出后客厅，带他下楼走进此时冷落的餐厅，这里曾经举行过多少盛大的宴会啊。

两人在这儿交谈了十分钟，谈论的内容当然是楼上那位病人的症状。谈话即将结束时，客厅响起急促的铃声，应铃的是克劳利小姐的管家鲍尔斯先生，那是个身材粗壮的人，两人交谈的大部分时间里，他肯定透过锁眼偷看过。上尉走出门外，捋了捋弯曲的小胡子，跳上不住地踢踏着草地的黑骏马，聚过来看热闹的孩子们全都羡慕不已。他朝餐厅窗户望了一眼，拉动缰绳，马腾起前蹄，姿态优美极了。窗口那个姑娘的身影一闪即逝，显然是上楼去克尽自己美好的职守。

我真想知道，这位年轻的女士是谁？这天晚上，餐厅里摆好了两个人的简单饭菜。老小姐的女佣弗金太太利用新护士不在的空隙，去小姐的房间里穿梭忙乱了一阵。那新护士和布里格斯小姐坐下来吃那顿便餐。

布里格斯激动得无法下咽，连一小口肉都吞不下去。年轻女子仔仔细细切好鸡肉，发音清晰地要布里格斯给她来点酱油佐料，那种美味的调料就在她面前，她仿佛吃了一惊，用勺子舀的时候弄出一片敲击声，接着又开始歇斯底里抽泣个没完。

“是不是给布里格斯小姐来杯葡萄酒比较好？”姑娘对身材肥胖的亲信鲍尔斯先生说。他立即照办。布里格斯机械地抓住杯子，呜咽着把酒灌下肚，呻吟了一声，动手玩弄她盘子里的鸡。

“我看咱们最好自己动手，”姑娘极为客气地说。“不必麻烦好心的鲍尔斯先生了。鲍尔斯先生，请便吧。我们需要你的时候会拉铃的。”他悻悻然下楼，遇到一个手下的用人，无缘无故责骂他一顿出气。

“布里格斯小姐，你何必这么伤心呢，”年轻女子口气冷淡，话里稍带讽刺口吻。

“我最亲爱的朋友病得那么厉害，可她却不……不……不见我，”布里格斯的悲声再起。

“她的病没什么大不了的。放心吧，亲爱的布里格斯小姐。她只是吃得多了点，如此而已。现在好多了。很快就能恢复健康。医生给她拔过火罐，治疗过后有点虚弱，很快就能大见好转。请你放心吧。再喝点酒。”

“可是为什么，为什么她不愿见我了？”布里格斯小姐呜咽道。“啊，玛蒂尔达，玛蒂尔达，二十三年来我悉心照料你，你就这么报答可怜的，可怜的阿拉贝拉吗？”

“别哭得太伤心了，可怜的阿拉贝拉，”姑娘嘴角带出一丝微笑。“她不想见你，只是因为她说你照料她没有我照料的好。我整夜守着也不舒服。我倒真想要你去守。”

“多年来难道不是我在她床前照料？”阿拉贝拉说，“可现在……”

“现在她喜欢让别人来照料。病人都有些怪念头，只能顺从她的意思。等她好了，我就走。”

“决不会，决不会，”阿拉贝拉嚷道，她狠狠吸了一口溴盐。

“她决不会好，还是我决不会走，布里格斯小姐？”另一位问道，口吻同样尖刻。“得了，她用不了两个星期就会好，我还得回到女王的克劳利宅子去教我的两个学生，去看她们的妈妈，那位母亲比我们这位朋友病得还重。你用不着嫉妒我，我亲爱的布里格斯小姐。我是个无亲无友的穷姑娘，也没安坏心眼。我不会讨好克劳利小姐把你排挤走。等我走后，不过一个星期，她就把我忘掉了。可她对你的好感是多年培养起来的。给我斟点酒，咱们交个朋友吧。我真的需要朋友。”

善良的布里格斯心肠很软，经她这么一番劝说，默默地把手伸给她。不过布里格斯心里仍然为她的玛蒂尔达喜新厌旧的做法伤心痛苦不已。半小时后，饭吃完了，我们一直没有说出名字的丽贝卡·夏普小姐再次上楼，回到她的病人身边，以最负责任的礼貌态度将可怜的弗金请出门外。“非常感谢你，弗金太太，这儿没你的事了。你办得实在太好了。需要什么的时候，我会打铃叫你的。”弗金说了声“谢谢你”，窝了满腹妒火，糟糕的是又不能发作出来。

她走下二楼的楼梯平台时，客厅门突然打开了，这难道是她心中爆发的怒气把门吹开了？不。是布里格斯偷偷把门拉开的。布里格斯一直在暗中观望。布里格斯清清楚楚听见弗金下楼的脚步声，也听见这位受到冷落的女子将汤盘和勺子碰得咔啦啦作响。

“我说，弗金，”她在弗金进门后问道，“怎么样了，简？”

“糟透了，布小姐，”弗金摆了摆头说。

“这么说她没有好转？”

“她只开过一次口，我问她是不是觉得稍好点，她却要我别说废话。啊，布小姐，我绝对没想到会有这么一天！”说完这话，她的眼泪又像喷泉一样涌出来。

“弗金，这个夏普小姐是个什么人？我根本没想到，我陪老朋友莱昂内尔·德拉米尔牧师和他好心的太太一起欢度圣诞节的时候，一个陌生人竟然夺走了我最亲爱的玛蒂尔达对我的爱心！”从布里格斯小姐的话语里，我们看得出她是个有文才，有感情的人。她以前甚至应出版社之约，出版过一本诗集《夜莺之歌》。

“布小姐，大家都被那个年轻的女人迷住了，”弗金回答道。“皮特爵士不愿放她走，可他又不敢违背克劳利小姐的任何意旨。牧师宅子的布特太太也一样糟糕，离了她就快活不起来。上尉喜欢她的样子像是发了疯，克劳利先生见了嫉妒得要命。克太太生了病，除了夏普小姐之外，谁都不见。我说不上是为什么，也不知道是什么原因，可我觉得大家都着了魔。”

那个夜晚，丽贝卡通宵守在克劳利小姐身边。到了第二天晚上，老女士睡得非常舒服，丽贝卡于是在主子那张床脚下的沙发上舒舒服服睡了几个小时。不久，克劳利小姐恢复得能坐起来，听着丽贝卡对她惟妙惟肖地模仿布里格斯小姐的伤感表情，开心地放声大笑。布里格斯小姐伤心落泪的模样和她用手帕揩泪的姿态被丽贝卡再现得那么逼真，克劳利小姐乐得不亦乐乎。医生们来看望的时候觉得十分欣喜，因为这位老女士以前就是生了一点无关紧要的小病，也会沮丧不堪，生怕因此一命呜呼。

克劳利上尉每天都来看望，从丽贝卡嘴里打听他姑妈健康的消息。病人的健康恢复得很快，可怜的布里格斯也得到允许来看望主人。好心的人们可以想象得出这位多愁善感的女子见了主人会有怎样的纵情表现。

克劳利小姐不久就愿意常常由布里格斯陪伴。丽贝卡喜欢当面不动声色地模仿她，那位可敬的主子就觉得加倍有趣。

克劳利小姐居然生了这么一场可悲的疾病，害得她匆匆离开乡下兄弟家。那病因说来实在不雅，不好在这么一部描写上流人物柔嫩感情的小说中叙述。我们怎么可能暗示说，一位生活在上流社会的文雅女子，竟然在牧师宅子举行的晚宴上，见了热辣辣的龙虾，过量狂吃猛喝，竟然积食成疾？又怎能按照克劳利小姐自己的话，把病因说成是冒了风寒？玛蒂尔达那病生得实在太急了，照牧师先生的话说，她几乎“玩完”。全家都热心期待着看她的遗嘱，罗顿·克劳利以为在伦敦社交旺季到来时，自己能稳拿到四万镑。克劳利先生从宣传宗教的小册子中挑选出许多本，寄给她一包，以便她离开名利场和帕克巷，走向另一个世界时武装自己。然而，一位南安普敦的医生及时受到召唤，征服了几乎要了她老命的龙虾，让她得到足够了力量返回伦敦。男爵面对这一转机，丝毫也不掩饰自己心中的遗憾。

当时大家全都忙着照料克劳利小姐，牧师宅子每小时都派人将她的病情通报给男爵宅子热心关切的人们，可大家根本不关心宅子里另一个角落有一位女士病得更重，那就是克劳利夫人本人。那位好大夫为她诊断过后直摇头。皮特爵士同意让他诊视，因为用不着额外再付诊费。她于是被孤零零抛弃在自己的屋子里等死，仿佛她是园子里的一棵野草。

两位小姐也失去了女教师不可估价的教导。夏普小姐实在是个非常充满爱心的护士，克劳利小姐于是不愿由任何其他人服侍。弗金早在女主人动身去乡下前便不再是心腹。让这位忠心耿耿的奴仆稍感安慰的是，回到伦敦后，布里格斯小姐也像自己一样，惨遭同样不义的对待，只能含恨嫉妒。

见姑妈生病，罗顿上尉延长了自己的假期，孝顺地守在家里。她生病后，卧病在那间蓝色小客厅里面的大卧室中，他总是守在卧室外面的过厅里。他父亲总是在那里跟他见面，就是他蹑手蹑脚穿过走廊，他父亲也肯定会打开门，闪出那张鬣狗似的面孔。两人怎么会如此警惕对方的行为？毫无疑问，他们是两个好心的对手，都想表现自己对大卧室中病榻上亲爱的人儿表现自己更加热心。丽贝卡便常常出来安慰父子俩，更确切些，她有时安慰那父亲，有时又抚慰那儿子。两位可敬的先生都渴望从这位小信使嘴里得知病人的消息。

晚饭时，她下楼来待上半个小时，设法维持父子间的和平，饭后，她便整夜守候在楼上。罗顿就骑马回到穆德伯里的150团指挥部，把他父亲留给霍罗克斯先生做伴，喝他的掺水朗姆酒。她在克劳利小姐的病房里度过了疲惫不堪的两个星期，不过她似乎有钢铁般的神经，病房里的单调职责并没有磨垮她的意志。

直到很久以后，她才讲出那段痛苦的经历，说出那位愉快的老女士生病的时候多么乖戾，如何生气，因为畏惧死神到来，怎样彻夜不眠，整夜整夜呻吟个不停，害怕那个未来的世界到了近乎谵妄的地步，可她健康时却丝毫也不考虑那个世界。那位俗气、自私、缺乏美德、不知感恩、不信宗教的老女人头上没戴假发，疼得在床上打滚，害怕死神到来心里怕得已经半死。啊，年轻漂亮的读者，想象一下那副可悲的模样！别等自己老迈时才悔恨当初，现在就虔诚祈祷，培养自己的博爱心灵吧。

夏普小姐以不屈不挠的耐心守望着身旁这个粗鄙的女人。什么都没有逃脱她的注意，她像个节俭的家仆一样，将身边的一切都利用起来。在后来的日子里，她讲述了许多克劳利小姐病中逸事，就连涂抹在脸上的脂粉，也掩盖不住这位女士羞红的脸颊。守望病人期间，她从不急躁，总是十分警觉，她睡得很轻，脑子极为清醒，几乎在任何时候，一有动静便能恢复清醒。从表面上看，很难发现她疲惫的迹象。也许她的面色稍有些苍白，眼圈比平时稍稍青一些，不过她任何时候从病房走出来，脸上总是挂着微笑，显得神清气爽，身上那套裙袍仿佛参加晚会时一样整洁。

上尉就是这么想的，他狂热地围着她团团转，动作难免粗俗笨拙。六个星期来的相处，种种接触的机会，就像爱神一支支带倒钩的利箭，射穿了他厚厚皮囊，他完全成了个爱的牺牲品。世界上有那么多人，他偏偏选中了牧师宅子的那位婶娘倾诉衷肠。她安慰他，说她早已感觉到他神魂颠倒，她警告他。不过她不得不承认说，那个娇小的夏普是个绝顶聪明的小东西，脾气又好，品质朴实，整个英国都难得找到这么一个奇怪而善意的人。她警告罗顿千万不要玩弄她的感情，否则克劳利小姐饶不了他，因为她也深深喜欢上了这个小小的女教师，喜欢夏普就像喜欢自己的亲生女儿。罗顿必须离开，回到讨厌的伦敦，回他的部队，不能戏弄这个纯洁姑娘的感情。

有许多次，好心的女士出于同情，替这位禁卫军士兵在牧师宅子创造机会与夏普小姐相会，让他们一道步行回男爵的宅子，这种活动我们以前已经看到过。有些男人尽管能看到女士们下的钩，也能看见那钓丝和全部钓具，可他们非咬那饵不可，他们实在抵御不了那种诱惑，最后难免被拉上岸，除了挣扎喘气再没其他法子好想。罗顿还是看出布特太太显然想利用丽贝卡钓他上钩。他并不聪明，不过他是城里人，有过几年的交际经验。一次听了布特太太的一席话，他愚钝的脑瓜突然开了窍。

“记住我的话，罗顿，”她说。“将来有一天，夏普小姐要成为你家的亲戚。”

“什么亲戚？布特太太，堂弟媳妇？弗兰西斯喜欢她，对吗？”军官打趣道。

“比那还亲，”布特太太说着眼睛闪烁出狡黠的光芒。

“不是皮特吧？他不会娶她。那小子不配娶她。他已经跟简·希普尚克斯女士订了婚。”

“你们这些男人什么都体会不到。你这个又傻又瞎的东西——假如克劳利夫人发生什么事情的话，夏普小姐会成为你的继母。准会发生这样的事情。”

罗顿·克劳利先生听了这话惊诧不已，不禁打了个口哨，他不能否认。他父亲对夏普小姐的喜爱十分明显，连他也不能不注意到。对那位老先生的性格他知道得清清楚楚，没有比那个老东西更不瞻前顾后的……哎哟……他没有说完那句话便起身回家，路上捋着自己卷曲的小胡子，心里觉得已经了从布特太太的神秘中发现了一丝线索。

“我的老天，这可太糟了，”罗顿说，“实在太糟了，我的天！我相信这个女人想毁了那个可怜的姑娘，为的是防止她成为克劳利夫人。”

他趁丽贝卡独自一人的时候，态度温文尔雅地对她讲起他父亲喜欢她。她轻蔑地将脑袋一扬，正面对着他的眼睛，说：

“就算他真的喜欢我。我知道他喜欢我，可其他人也喜欢我。你不会以为我怕他吧，克劳利上尉？你不会认为我无力保护自己的名誉吧，”这个小女人的态度尊贵得像个女王。

“哦，啊，当然不………不过是个善意的告诫……当心就是了……如此而已，”那位捻着小胡子的人说。

“那么你是想暗示说发生过什么不光彩的事情？”她勃然道。

“啊……天哪……真的……丽贝卡小姐，”这位傻大个打断她的话。

“你以为我贫穷，所以就没有自尊；因为富有的人没有自尊，我这个无亲无友的人也不会有？你以为我是个教师，就没有理性，没有感情，没有上等的出身，不及你们这些汉普郡的上等人？我是蒙特莫伦西家族的后裔。你以为蒙特莫伦西家族的门第不及你克劳利家族？”

夏普小姐说到激动处，提起自己母系家族，语音中带出些许外国方音，她银铃般的清脆嗓音便更加迷人。她继续讲下去，情绪越来越激越：“我能忍受贫穷，但不能忍受屈辱，人们可以不理睬我，但休想侮辱我，我更不能忍受你的侮辱。”

她控制不住自己的感情，大放悲声。

“真见鬼，夏普小姐……丽贝卡……老天在上……我发誓，就是给我一千镑，我也不敢侮辱你。别哭啦，丽贝卡！”

她抽身便走。这天乘车陪克劳利小姐离去。这事发生在克劳利小姐生病之前。晚饭时分，她一反常态，态度活泼，神采奕奕。可她根本不注意那个神魂颠倒、卑微笨拙的禁卫兵。在这场小小的战役中，这类交锋不断发生，细说难免枯燥，不过结果总是一个样。克劳利的重甲骑兵屡战屡败，每天都落荒而逃。

女王的克劳利宅子的男爵要不是害怕眼睁睁失去他姐姐的遗产，绝对不允许让他亲爱的女儿们失去宝贵的女教师给她们学业上的指导。丽贝卡对这个家实在太有用，太让人愉快了，没有她，这座古老的房子似乎变成荒凉的沙漠。这位小秘书一走，皮特爵士的信件没人誊写修改，账目没人整理，家政无人料理，众多计划也无法实施。他写了许多封信，央求她、命令她赶紧回家。只要看看他写信的结构和拼写错误，就不难看出，他多么需要一位秘书。男爵几乎每天都要写一封信，信中急迫地央求贝基赶紧回来，也可怜巴巴地提请克劳利小姐注意他女儿们的学业已经荒废到什么地步。克劳利小姐对这些信全都置之不顾。

布里格斯小姐并没有给辞退掉，可她的伴侣地位已经名存实亡。她只有在客厅陪伴那条耷拉耳朵的长毛狗，偶尔也在管家的下房里陪伴一下那位满腹牢骚的弗金。那位老女士坚决不允许丽贝卡离开，但是她在帕克巷也没有名正言顺的地位。克劳利小姐就像许多富有的人们一样，习惯于接受下人们尽可能多的服务，等到他们对自己没什么用处的时候，客气地撵他们走。某些富人本性中很少有感激之情，也很少考虑到感激为何物。他们得到所需服务时，认为理所当然。啊，那些可怜的依附者和卑微的食客们也没有什么理由好抱怨！他们与富豪之间的友谊真诚，其实与得到的回报不相上下。他们爱的是人家的钱，而不是那人。假如克利萨斯[①]与他的奴仆换个地位，这些人愿意奉承哪一位？

① 克利萨斯：公元前6世纪吕底亚王，以富有著称。——译注

尽管丽贝卡淳朴活泼，文温儒雅，生性乐天，不知疲倦，但是，我也不敢肯定，这位承受她如此爱心照料的精明伦敦老女士对朋友和护士不生疑心。克劳利小姐的脑子里肯定常常考虑过，谁也不会平白无故做任何事情。假如她以自己对世人的感情来衡量，准能以同样的尺度清楚了解到世人对自己的态度。也许她能想到，一个不考虑别人的人，自然不会有真正的朋友。

既然现在贝基既给了她极大的精神安慰，又使她获得身体上的舒适，她便送给她两件新裙袍和一条旧项链和一条旧披肩，还以诽谤所有亲密朋友的方式证明与新朋友的友谊，恐怕没有比这更加让人感动的方式了。她还粗略地替她考虑未来的生活，或许可以让她嫁给药剂师克朗普，或者帮她过上比较上等的生活。无论如何，等到伦敦社交季节完全开始的时候，她那时没用处了，就可以打发她回女王的克劳利宅子去。

等到克劳利小姐病后渐愈，能下楼到客厅里活动了，贝基就为她唱歌，或者做其他游戏替她解闷。等到她能乘车外出时，贝基就陪她兜风。她们一起驱车去过许多地方，克劳利小姐甚至好意地陪她来到布鲁姆斯伯里区的拉塞尔广场，走进约翰·塞德利先生家的房子。

不难想象出，在这个事件发生之前，两位亲密的朋友通过许多信。丽贝卡在汉普郡居住期间，两位朋友之间永恒的友谊已经大为淡漠，如年老体衰的躯体，行将就木了。事实上，两位朋友都有自己的切身利益需要操心，丽贝卡需要得到雇主的赏识，阿米莉亚自然有自己主要关心的问题。但是，两位朋友一见面，立刻扑向对方的怀抱，只有年轻姑娘才有这样勃然的激情，丽贝卡紧紧搂住朋友，可怜的小阿米莉亚亲吻朋友的时候羞得满脸通红，觉得自己冷淡了朋友，心里有愧。

她们第一次见面非常短暂。阿米莉亚当时正打算出去散步，克劳利小姐也等在楼外面的马车里，她的用人都觉得这是个奇怪的地段，盯着诚实的黑人萨姆波看个不停，认为布鲁姆斯伯里区实在是个最怪诞不过的地方。等到阿米莉亚带着一脸的微笑送下楼来，帕克巷身穿制服的贵族们这才为布鲁姆斯伯里区竟有如此高雅的人物而惊讶。丽贝卡以前一定介绍过她的朋友，克劳利小姐当然渴望见她一面，只可惜身体不佳，不能下车与她答礼。克劳利小姐见了这位小姐心里非常喜欢，只见她飞红了甜美羞怯的脸颊，风度十分高雅地上来向朋友的保护人致敬。

“我亲爱的，多么漂亮的肤色啊。她的声音多么甜美！”克劳利小姐在她们分手后向西驱车的途中赞叹道。“我亲爱的夏普，你年轻的朋友实在迷人。一定要带她上帕克巷来玩，记住啦？”克劳利小姐的鉴赏品位不凡。她喜欢自然天成的大方姿态，稍有点胆怯就更加迷人。她喜欢自己身边有漂亮的面孔，就像喜欢漂亮的油画和瓷器一样。那天，她有五六次带着狂喜的心情谈起阿米莉亚。罗顿·克劳利孝顺地前来陪她吃鸡的时候，她对他提起阿米莉亚。

当然啦，丽贝卡立刻声明说，阿米莉亚已经订婚，是与一位奥斯本中尉订的婚，两人的关系已经有许多年了。

“那人是不是步兵军团里的？”克劳利上尉问道。他思索了一阵，甚至将那个部队的番号也说了出来，说是第某某步兵联队的。

丽贝卡认为的确是那个联队。“那个联队的上尉，”她说，“名叫多宾。”

“是个瘦骨嶙峋的大高个，”克劳利说，“走路总是撞在人身上。我认识他。我也认识奥斯本，那小子长得挺好看，留着两撇黑胡子。”

“胡子浓极了，”夏普小姐说，“我向你保证，他为自己的胡子很得意。”

罗顿·克劳利上尉爆发出一阵大笑算作答复。等到狂笑结束，在女士们的敦促下，做了许多解释。“他自以为打台球技术很高明，”他说。“我在‘可可树’俱乐部赢过他二百镑。那个大傻瓜，他那天本来会下大赌注的，可他的朋友多宾上尉把他拉走了，真该绞死他！”

“罗顿，罗顿，别那么赖，”克劳利小姐乐得不可开交，嗔怪道。

“你知道吗，夫人，那个部队的人没有比他更傻的。塔奎恩和德西斯想赢他多少钱都像探囊取物一样容易。他喜欢舍命陪君子。人家在格林尼治吃饭，由他付账，他们还带了许多人一起去吃饭。”

“我敢说，那都是些宝贝饭桶。”

“说得对，夏普小姐。你总是切中要害，夏普小姐。那可是些非同寻常的同伴，哈哈！”上尉笑得简直止不住，自以为讲了个够滑稽的笑话。

“罗顿，别淘气！”他姑妈喊道。

“据说，他爹在市中心经商，人们说他富得流油。该让那帮商人上绞架，非让他们出血不可。我可以告诉你们，我要狠狠敲他一笔呢。哈哈！”

“得了吧，克劳利上尉。我要警告阿米莉亚。竟然要嫁个赌棍丈夫！”

“他真是糟透了，不是吗？”上尉非常一本正经地说。接着他突然想出个主意，补充说：“天哪，我说，姑妈，咱们把他请到这里来好吗？”

“他是个值得一请的人吗？”姑妈问道。

“值得请？啊，非常值得。你看不出他与别人有什么差别，”克劳利上尉回答道。“等到你身体好些，能跟人们交往的时候，咱们真的请他来吧，还有他那个叫什么……他的情人……哦，夏普小姐。你是这么叫她的吧，请他们一起来。我给他写个邀请，看看他除了打台球，是不是还会打扑克牌赌钱。他住哪儿，夏普小姐？”

夏普小姐把中尉在城里的地址告诉克劳利。这次谈话结束几天后，奥斯本中尉收到一封像小学生笔迹的信，里面有克劳利小姐的请帖。

丽贝卡也给亲爱的阿米莉亚发了一封信。阿米莉亚听说乔治也要去，当然欣然答应。她们安排阿米莉亚来帕克巷陪大家度过上午时光，大家都非常喜欢她。丽贝卡以高高在上的身份接待她，两个姑娘中，她聪明得多，她的朋友却十分谦恭温和，随时愿意顺从任何人的命令，自然对丽贝卡百依百顺。克劳利小姐的好意也十分迷人。当着小阿米莉亚的面，她不断表示自己对她由衷的喜爱，仿佛她是个布娃娃，或者是一个用人，或者是一幅肖像画，对她极尽赞叹夸奖。上流社会的某些人有时对平民的赞赏，实在让我敬佩。没有什么比梅费尔地区的人屈尊降贵的模样更让人愉快了。克劳利小姐对可怜的小阿米莉亚百般怜爱，却让她不胜厌烦，我敢肯定，她觉得帕克巷的三位女士中，还是布里格斯小姐更加令人愉快。她同情像布里格斯一样受到冷落的可怜上等人。她并不是个性格刚强的女子。

乔治来吃晚饭。他和克劳利上尉两个单身汉共进晚餐。

奥斯本家的大型私家马车把他从拉塞尔广场送到帕克巷，奥斯本家两位小姐没有得到邀请，嘴上声称并不在乎，却翻开《贵族人名录》找到皮特·克劳利爵士的条目，将克劳利家族的族谱亲戚，以及宾基家族等内容一字不落读了一遍。罗顿·克劳利诚恳优雅地接待了乔治·奥斯本，赞扬他打台球的本领，问他打算什么时候赢回输掉的赌注，还建议这天晚上玩纸牌赌钱。但是克劳利小姐绝对禁止在自己家赌博。于是年轻的中尉至少在这一天，钱袋并没有被这位勇敢的东道主掏空。不过，他们相约下次在某个地方看看克劳利要出售的一匹马，到公园试骑一番，然后一起吃饭，跟几位愉快的伙计一起吃顿饭。“也就是说，要找个你不需要陪伴那位漂亮的塞德利小姐的时候，”克劳利煞有介事地眨了眨眼说。“我说，奥斯本，那可真是位绝顶漂亮的姑娘啊。”他又好意地补充一句：“我猜，她很有钱，对吧？”

奥斯本说用不着陪伴她，他很乐意陪克劳利。克劳利第二天见了他，尽量做出诚实的样子，夸他马术高明，还把他介绍给三四位一流的时髦年轻人，能与他们结识，让这位单纯的年轻军官非常得意。

“顺便问问，夏普小姐好吗？”奥斯本边喝酒边以花花公子那种风流口吻问他的朋友。“那可是个脾气很好的姑娘。她在女王的克劳利宅子让你们满意吗？塞德利小姐去年跟她相处的时候特别喜欢她。”

克劳利上尉睁圆一对小蓝眼睛，恶狠狠瞪了他一眼，后来他上楼与漂亮的家庭教师叙旧的时候，克劳利也盯着他不放。假如这位禁卫兵心怀嫉妒的话，她的举止一定让他感到放心。

两位年轻人上楼，奥斯本被介绍给克劳利小姐后，他朝丽贝卡走去，态度像个保护人那么随便。他打算对他表示出好意，并且保护她。他甚至打算与她握手，因为她是阿米莉亚的朋友。他对她说：“啊夏普小姐！你好吗？”说着向她伸出左手，以为她会受宠若惊。

夏普小姐却仅仅伸出右手的食指，朝他微微点了下头，冷淡得真能要了他的命。他呆了一下，这才不得不屈尊握了一下那根伸给他的手指头，罗顿·克劳利从隔壁屋子里望着中尉吃惊的窘态，禁不住笑出了声。

“天哪，她就是见了魔鬼，也能将它打个落花流水！”上尉狂喜道。中尉想说点话打破窘境，便客气地问丽贝卡是不是喜欢她的新位置。

“我的位置？”夏普小姐冷淡地问道，“你真是太好心了，承蒙你想着！我的位置不错，薪水很好，当然，我想，不能与拉塞尔广场教你妹妹的沃特小姐相提并论。两位小姐好吗？——我本不该问的。”

“为什么不该？”奥斯本先生吃惊道。

“这还用说吗。我陪阿米莉亚住在一起的时候，她们从来没有屈尊邀请过我，不过你知道的，我们这些穷教书的习惯于受这种怠慢了。”

“我亲爱的夏普小姐！”奥斯本嚷道。

“至少某些家庭是这样，”丽贝卡接着说。“不过在有些家庭里并没有什么歧视。我们汉普郡的人们没有你们城里人这么富有。不过我是在一位绅士的家里，是在一个有根基的英格兰家族里。我想你知道皮特爵士的父亲谢绝过加爵的荣誉。你也看得出我受到怎样的对待。我过得非常舒适。不错，我的位置的确很好。你能动问实在是太好心了。”

奥斯本简直要被气疯了。这个小教师倒对他摆出一副屈尊俯就的样子，把这头英国狮子讽刺得毛焦火辣，可他又没有足够的心智，找不着什么圆滑的托词改换话题。

“我以为你非常喜欢城里人家呢，”他傲慢地说。

“你指的是去年，我刚刚离开那个可怕粗鄙的学校时的事情吧？当时我的确喜欢过。每一位姑娘不是都喜欢离开学校度假吗？我又怎么会了解更多的事情呢？不过，奥斯本先生，十八个月的经验是多么不同啊！十八个月过去了，请原谅我这么跟绅士们讲话。至于亲爱的阿米莉亚，我向你保证，她是一颗珍珠，在任何地方都富有魅力。瞧，我看得出，你的情绪开始好转。不过，啊，那些奇怪的城里人！还有约斯先生……那位了不起的约瑟夫先生好吗？”

“我仿佛觉得，去年你并非不喜欢那位了不起的约瑟夫先生，”奥斯本善意地说。

“你这人可真严厉！跟你说句实话吧，我并没有为他伤过心。不过假如他向我提出那种请求，我也不会反对，你眼神里已经表示出那种请求的含义，而且表达得非常生动，富有善意。”

奥斯本先生换了一种眼神，仿佛在说：“是啊，多么善解人意！”

“你在想，做了你的内嫂该是多大的荣耀吧？做可敬的乔治·奥斯本先生的内嫂，他父亲可是约翰·奥斯本先生，他的祖父是……

奥斯本先生，你祖父是哪一位？哎哟，别生气嘛。你无法选择自己的出身。我同意你的看法，我本来会同意嫁给乔·塞德利先生，一个身无分文的穷姑娘又有什么其他法子好想呢？现在你知道全部秘密了。我讲话很直爽。考虑到刚才种种，你愿意费心提起当时情形，足见你的善意——非常礼貌，非常好心。亲爱的阿米莉亚，奥斯本先生与我正在谈论你可怜的哥哥约瑟夫。他现在好吗？”

这一来，乔治被打得一败涂地了。丽贝卡并不是正确的，可经她成功地扭转局面，反倒让他处于错误地位了。他丢人败兴，赶紧逃遁，唯恐继续盘桓下去，在阿米莉亚面前丢脸。

尽管丽贝卡当面占了乔治的上风，可他还不至于下作到背地里说一个女人的闲话来发泄自家的怨气。第二天，他仅仅对克劳利先生上尉明智地讲出自己对丽贝卡小姐的一点看法，说她是个刻薄危险的女子，见了男人没命地卖弄风情，等等。克劳利放声大笑，对这些看法一概表示赞同，他在二十四小时之内便将这些说法完全转达给丽贝卡小姐。这些更加佐证了她对奥斯本先生起过什么作用的想法。女人敏锐的直觉告诉她，破坏她第一次婚事计划的就是乔治。于是，她对他的尊敬也做了相应的调整。

“我只是想提醒你，”乔治对罗顿·克劳利狡黠地眨了眨眼睛说，“我只想警告你，我了解女人，劝你多留神。”他买下了那匹马，饭后又输给他几十镑。

“谢谢你伙计，”克劳利面露奇怪的感激表情说。“我看得出，你非常清醒。”乔治离去的时候，认为克劳利说的话很对。

他后来将自己做的事告诉阿米莉亚，告诉她自己怎么向罗顿·克劳利提出忠告，因为那是个大好人，性情直爽，要他警惕那个诡计多端的小滑头丽贝卡。

“警惕谁？”阿米莉亚喊道。

“你那位当教师的朋友啊。别显出那么一副惊讶的神情。”

"噢，乔治，你做了些什么？"阿米莉亚说。她那女子特有的敏锐目光，被爱情陶冶得更加锐利，当时立刻发现一个秘密。这秘密克劳利小姐、单纯可怜的布里格斯根本体会不到，当然啦，那个留胡子的愚蠢大兵奥斯本中尉就更看不出了。

丽贝卡在楼上帮阿米莉亚围上披肩，两位朋友有机会说点知心话，享受一点女性生活中的乐趣，阿米莉亚凑到丽贝卡跟前，握住她的两只手说："丽贝卡，我全都明白了。"

丽贝卡亲吻她。

两位年轻女子谁都没有就这个秘密多说一句话。但是，用不了多久，这秘密就要披露出来。

上述事件发生不久之后，丽贝卡·夏普小姐仍然住在帕克巷的恩主家里。我们知道，冈特大街以挂满阴郁的丧徽而著称，此时又多了一块这种不吉利的东西。牌子挂在皮特·克劳利爵士家的房子外面，并不是为可敬的男爵去世而悬挂。那是一块女人去世的丧徽，曾经在皮特爵士老母去世时使用过，后来又宣布过克劳利夫人的噩耗。报丧期已毕，这牌子也就被深藏在皮特爵士公馆的一间后屋里。现在又挂出来是为可怜的罗斯·道森。皮特爵士再次成为鳏夫。当然啦，那盾形纹徽也不是罗斯家的。她家并没有纹徽。上面的天使是为皮特爵士的母亲而绘制，自然也适用于她，下面还用拉丁文写着"复活"的字样。两侧有克劳利族徽上的鸽子和毒蛇。族徽和丧徽，隐含着复活的含义。现在又是个道德教化的机会！

只有克劳利先生在她死前照料过，除此以外连一个朋友都没有。她离开这个世界的时候，得到的安慰之辞也是他给的。多年来，除了他没有别人对她表示过善意，只有他的友谊稍稍安慰过这个虚弱孤独的灵魂。她的心早已先她的躯壳死去了。她成为皮特·克劳利爵士夫人的时候早已出卖了自己的灵魂。母亲和女儿们，每天都要在名利场上进行同样的交易。

她去世的时候，她丈夫正在伦敦照料自己数不清的计划，忙着处理自己没完没了的官司。不过，他仍然能挤出时间上帕克巷看望，还给丽贝卡写过许许多多封短简，又是请求，又是央求，又是命令，要她返回乡下教导她的两个学生，因为她们在母亲生病期间，连个伴也没有。但是克劳利小姐就是不允许她走。虽然伦敦上流社会的女人中，没有哪个比她更加喜新厌旧，尽管她的伴侣没有几个能长期让她感兴趣的，但是，她仍然对丽贝卡感到着迷，便不允许她轻易离去。

克劳利夫人去世的消息在克劳利小姐家的圈子里既没有激起伤心，也没有引出什么评论。“我认为，第三次婚宴必须推迟，”克劳利小姐说。停顿片刻后又补充说：“我希望我弟弟倾向于不再娶。”

“假如他再娶的话，那个该死的皮特该多么恼火，”罗顿用往常的口吻挖苦他哥哥。

丽贝卡一句话也没说。她似乎是这家里唯一伤心而且感情沉重的人。这天她没等罗顿离开就走出客厅，不过他们在楼下偶然遇见，当时他正要离去，两人便交谈了几句。

第二天早上，丽贝卡隔窗观望着时候，突然嚷起来，把克劳利小姐吓了一跳。克劳利小姐在读一本法文小说，兴致正浓。“夫人，皮特爵士来了！”话音刚落，就传来男爵的敲门声。

“我的天哪，我可不能见他。我不见他。告诉鲍尔斯我不见客人，也不下楼，就说我病得厉害，不能见任何人。我的神经此刻也实在经不起我弟弟的折磨，”克劳利小姐喊道，然后继续埋头读小说。

“她病得厉害，不能见你，先生，”丽贝卡跌跌撞撞跑下楼，阻止皮特爵士上楼。

“那倒更好，”皮特爵士回答道。“我想见的是你，贝基小姐。跟我到客厅去，”两人一起走进那间屋子。

“小姐，我想要你回女王的克劳利宅子，”男爵盯着她的眼睛说，他脱下黑手套和箍着黑带子的礼帽。他的眼神那么奇怪，而且死死盯着丽贝卡不放，她不禁吓得瑟瑟发抖。

“我也希望尽快回去，”她压低声音说，“等到克劳利小姐病情好转后，就回到……回到亲爱的孩子们身边。”

“这话你说了三个月啦，贝基，”皮特爵士说，“可你现在仍然跟我姐姐待在一起，她厌倦你的时候会抛弃你，简直如弃敝屣。我告诉你，我需要你。我要去参加葬礼。你愿意回去吗？愿意还是不愿意？”

“我不敢……我认为……这样不行……跟你在一起不行，先生，”贝基似乎激动得厉害。

“我再说一遍，我需要你，”皮特爵士拍着桌子说。“我没有你不能活。你走了以后我才感觉到这一点。家里不成个家了。完全不是原来那个样子。我的账目又成了一塌糊涂。你必须回去。回去吧。亲爱的贝基，回去吧。”

“以什么身份……回去，先生？”丽贝卡气喘吁吁地问。

“要是你愿意，以克劳利夫人的身份回去，”男爵抓起自己的帽子。“这你满意吗？回来吧，做我的妻子。你的聪明配得上我。让什么家世之类东西上吊去吧。你比我见过的上流女士都好。你的小手指头里的智慧都比县里任何男爵妻子的脑子里都多。愿意跟我回去吗？愿意还是不愿意？”

“啊，皮特爵士！”丽贝卡大受感动。

“说愿意，贝基，”皮特爵士继续说道。“我是个老年人，可是身体还好着呢。我还能活二十年。我要让你幸福，咱们等着瞧吧。你喜欢什么就做什么好了，喜欢花多少钱随你便，全按你的意思生活。我要给你一笔私房钱。我一定守规矩。相信我的话！”说着，这位老人双膝跪在地上，眼睛像色鬼一样斜视着她。

丽贝卡吓得直往后退，一副惊恐模样。故事开始以来，我们还没见她这么惊慌失措，她真的没了主意，急得眼泪都流出来了，那可是真诚的泪水。

“啊，皮特爵士！”她说。“啊，先生……我……我已经结过婚了。”

第十五章
丽贝卡的丈夫短暂露面

一位非常富有感情的读者——缺乏感情的读者当然是没有的——读了刚才结束的那一幕一定感到非常喜悦。难道还有什么情景比痴情郎向美人下跪更加令人感动的情景吗？

当时，痴情郎听美人说，她已经结过婚了，一步从地毯上蹦起，开口大声嚷叫，直把个美人吓得更加浑身瑟瑟发抖。“结婚了，你开什么玩笑，”男爵在最初的咒骂之后喊道，“贝基，你别逗我了。谁愿意娶你这么个分文嫁妆没有的穷姑娘？”

“结过婚了！就是结过婚了！”丽贝卡满面泪水，泣不成声。她用手帕捂住眼睛，疲惫地依在壁炉架上。真是一幅令人心酸的景象，就是铁石心肠的人也能被它软化。“啊，皮特爵士，亲爱的皮特爵士，别认为我不知感恩。你对我恩情如山。要不是你对我这么慷慨，我也不会道出心中的秘密。”

“让慷慨上吊去吧！”皮特爵士吼道。“你跟谁结的婚？在哪儿结的婚？”

“让我跟你回乡下吧，先生！让我像以前那样忠心耿耿地望着你吧！别把我从女王的克劳利宅子赶走！”

“那小子把你甩了，是不是？”男爵问道。他开始认为自己已经猜到了一些缘由。“好吧，贝基，愿意的话，就回去。人们不能既想吃完蛋糕又带着蛋糕走。不管怎么说，我算是公平对你了。回去继续做家庭教师好了。完全按照你的方式教书。”她伸出一只手，扶着大理石壁炉架，脑袋也靠在壁炉架上，一头卷发落下来散在脸上，哭得心肝欲裂。

“这么说，那个混账跑走了，对吧？”皮特爵士的口吻轻蔑得可怕。“别在意，贝基。我会关心你的。”

“啊，先生！我能回到女王的克劳利宅子会感到非常自豪，我会像以往那样指导孩子们，并且为你服务。你说过，你对小丽贝卡的服务感到高兴。听了你刚才向我提出求婚，我心中充满感激之情。我说的句句是实话。我不能做你的妻子，先生。让我做……让我做你的女儿吧。”

丽贝卡一边说着，一边极为悲哀地跪了下去，以自己一双白皙漂亮像缎子般柔软的手合抱住皮特爵士一只粗粝的黑手。她抬头望着他的面孔，表情悲痛中带着信赖。这时……这时门开了，克劳利小姐像条鼓起帆的船一样驶进来。

弗金太太和布里格斯小姐碰巧在男爵与丽贝卡走进客厅时待在客厅门外，她们偶然透过锁孔看见那位老绅士跪倒在女教师的石榴裙下，听见他屈尊俯就向她求婚。他的话刚说出口，弗金太太与布里格斯小姐便鱼贯上楼，闯进克劳利小姐正在读那本法文小说的起居室，向她报告这则惊人的消息，说是皮特爵士跪着向夏普小姐求婚。如果我们计算一下事情发生的时间——布里格斯小姐和弗金飞也似的冲进起居室的时间，加上克劳利小姐将手中那本皮高·勒布朗的书掉在地上惊呆了片刻的时间，再加上她下楼的时间——我们便会发现，这个故事讲得多么精确，克劳利小姐肯定是在丽贝卡表示自己卑微的感激时刻出现在他们面前的。

“跪在地上的是女士，而不是先生，”克劳利小姐的面色和声音全都显示出极大的轻蔑。“她们告诉我说跪在地上的是你，皮特爵士。你再跪一次，让我瞧瞧你们这漂亮的一对！”

“夫人，我在向皮特·克劳利爵士表示谢意，”丽贝卡说着站起身，“对他说，我……我绝对不能做克劳利夫人。”

“拒绝了他！”克劳利小姐说。她比任何时候都感到迷惑不解。布里格斯和弗金在门口也都惊得眼睛嘴巴都张圆了。

“是的……拒绝了，”丽贝卡继续含泪放悲声。

“我是否能有幸得知，你真的向她求过婚，皮特爵士？”老女士问道。

“是的，”男爵说，“求过。”

“她像她自己说的那样，拒绝了你？”

“是的，”皮特爵士痴笑道。

“看上去你一点儿也不伤心，”克劳利小姐评论道。

“一点儿也不，”皮特爵士回答时的口气淡漠，态度轻松，把克劳利小姐迷惑得几乎昏过去。一个有地位的绅士居然愿意向一个身无分文的家庭女教师下跪，受到拒绝后竟然还笑；一个身无分文的女教师竟然会拒绝一位年收入四千镑的男爵求婚，这个谜团克劳利小姐实在无法解开。她喜欢皮高·勒布朗故事里的离奇情节，可眼前这个谜更加让她费解。

“我很高兴你觉得这事挺有趣，兄弟，”惊讶中她胡乱扯了一句。

“棒极了，”皮特爵士说。“谁想到会是这样！狡猾的小鬼东西！真是个小狐狸！”他自言自语地嘟囔道，还乐得咯咯笑个不止。

“谁想到会是怎样？”克劳利小姐跺着脚喝问道。“请问你，夏普小姐，难道你在等摄政王离婚？你以为我们这个家庭配不上你？”

“你进门的时候，夫人，”丽贝卡说，“我的态度表明我并非鄙视这位好心的——这位高尚的人赏给我的面子。你认为我没有心肝吗？你们大家都爱我，对我这个无依无靠的孤女百般爱怜，难道我不知感恩？啊，我的朋友！啊，我的恩人！难道我不是在付出自己的生命，尽自己的职责，努力偿付你们对我的信任吗？克劳利小姐，难道你连感激之情也不允许我拥有吗？其实我的心里充满感激，洋溢着感激之情啊。”她跌坐在一张椅子里，模样那么惹人怜悯，在场的观众见了都觉得于心不忍。

“不管你是不是同意嫁给我，你都是个可爱的好姑娘，贝基，记住，我是你的朋友。”皮特爵士说着戴上那顶箍着黑带子的礼帽。他走了，丽贝卡于是觉得非常宽慰，因为她的秘密并没有披露给克劳利小姐，形势稍稍缓解了一些。

她用手帕捂住眼睛，布里格斯小姐本想陪她上楼，她点头示意不必，自己上了楼。布里格斯与克劳利小姐情绪激动，留下来讨论起这桩奇怪的事件。弗金的激动丝毫也不亚于她们俩，冲下楼到厨房里向所有男女用人通报这件惊人的消息。弗金太太实在太冲动了，认为有责任当晚就写信，将这则消息通报给牧师宅子的布特·克劳利太太和她的全家，说皮特爵士来向夏普小姐求婚，受到她的拒绝，大家全都极为惊讶。

两位女士在餐厅里不停地交谈，奇怪皮特爵士竟然向丽贝卡求婚，而且她居然谢绝。可敬的布里格斯小姐感到满心喜悦，因为她的恩主又一次开始与她进行推心置腹的交谈了。她十分明智地猜测到，丽贝卡一定已经有了自己的心上人，否则，她这样的年轻姑娘绝对不会拒绝高攀这么一门亲事。

“布里格斯，假如你是她的话，你不会拒绝吧？”克劳利小姐慈祥地问。

“能做克劳利小姐的弟媳妇，不是一种绝好的机会吗？”布里格斯低声下气地回答道。

“不管怎么说，贝基要是做了克劳利夫人肯定合适，”克劳利小姐这么评论道。既然现在她不需要做出什么牺牲，便口头上表示一下宽容大度。“她是个非常有脑子的姑娘，她手指头上的智慧也超过你的整个脑袋，亲爱的布里格斯。她的礼貌举止经过我的规范，现在实在是好极了。布里格斯，她可是蒙特莫伦西家族的后裔呢，虽然我鄙视家族出身，可血统的确有些关系的。她比汉普郡那些喜好虚荣的傻瓜们更加体面，比铁匠那个不幸的女儿好得多。”

布里格斯像以往一样表示自己也有同样的想法。接着，她们开始讨论那位“心上人”到底是谁。克劳利小姐说：“你们这些没有朋友的可怜虫，总不免有点愚蠢的痴情。你本人就爱上过一个什么教书法的。别哭啊，布里格斯，你怎么总是哭个没完。反正哭也不能让他起死回生。我猜想，这个不幸的贝基也是个傻乎乎的痴情种。说不定爱上了什么药剂师啊，管家啊，画家啊，年轻的副牧师啊什么的。”

“可怜的人，可怜的人儿！”布里格斯小姐回忆起二十四年前的事情，那个罹患肺病的书法教师龙飞凤舞无法辨认的书信，以及他的一绺黄色的头发还被她珍藏在楼上那只旧书桌里。“可怜的人儿，可怜的人儿啊！”布里格斯念叨着。她心里再次变成个十八岁的姑娘，又回到教堂唱诗班，她与那个患肺病的书法家合看一份乐谱，放声歌唱。

“对于丽贝卡如此的行为，”克劳利小姐热情激昂地说，“我们家庭应该有所表示才对。布里格斯，想法子弄清楚她那个对象是谁。我要帮他开上间店铺，或者要她替我画幅肖像，要不就在我那个当主教的表弟面前帮他说说情，我要给贝基一份嫁妆，布里格斯，咱们筹备婚事吧，到了那天，你张罗早餐，由你做伴娘。”

布里格斯小姐说，这真是件令人喜悦的事情，又恭维亲爱的克劳利小姐为人慷慨大方。然后她上楼到丽贝卡的房间里安慰她，唠唠叨叨说起那求婚、拒绝的过程，想询问原因。还暗示出克劳利小姐慷慨的意图，探问夏普小姐那位心上人到底是哪位先生。

丽贝卡的态度非常和蔼可亲，对布里格斯的好意表示深受感动，承认自己心里的确暗暗爱着一个人。布里格斯心里直惋惜自己没有在锁孔前面多停留半分钟，否则准会多解开一点那个诱人的谜！丽贝卡本来或许会多透露一些秘密的，可是五分钟后克劳利小姐本人也走进她的卧室——这可是以前闻所未闻的恩赐。她实在按捺不住心中的好奇，等不及她的特使慢吞吞的行动，于是亲自来访，把布里格斯打发出去。她对丽贝卡的行为表示赞赏后，询问起皮特爵士此次求婚以前，两人之间有过什么样的交往。

丽贝卡说皮特爵士对她的好感她早有意识，因为他表达感情的方式从来十分坦率，毫无保留。不过，她目前还不能提出藏在心中的真正理由来麻烦克劳利小姐。她口头上只是说皮特爵士的年纪、地位、习惯等等都使他们之间的婚姻成为不可能。再说，一个有自尊心的高尚女士难道能在这个时刻答应求婚？此时，那位痴心的求婚者的妻子刚刚去世，葬礼还没有进行。

“别胡说，我亲爱的，若不是你心里另有别人，绝对不会拒绝他，”克劳利小姐直截了当地说。“把你的秘密告诉我。讲出你心中的秘密。准有另外一个人，你那个心上人是谁？”

丽贝卡垂下眼皮，承认说的确有一个人。“你猜得不错，亲爱的小姐，”她说话结结巴巴，声音却十分甜美。“你一定觉得奇怪，像我这样贫穷，这样无亲无友的人也会产生爱情，对吧？我还从来没听说过贫穷能阻止爱情呢，可我倒真希望它能阻止。”

“我亲爱的宝贝孩子，”克劳利小姐嚷道，她总是随时乐于表现自己丰富的情感，“那么你是在闹单相思？你是在偷偷爱着一个人？快把一切都讲给我听，让我来安慰你。”

“要是你能安慰倒好了，夫人，”丽贝卡抽泣道。“真的，的确，我多么需要安慰啊。”说着她将脑袋埋在克劳利小姐的肩膀上，哭得那么自然，老女士惊奇中自然动了恻隐之心，慈母般搂住她，嘴里喃喃地说了许多爱怜的话，发誓说要像爱自己的女儿一样保护她，要尽自己的能力帮助她。“好了，我亲爱的，现在告诉我，那个人是谁？是那个漂亮的塞德利小姐的哥哥吗？你说过你跟他有过一段亲密交往。我亲爱的，我把他叫来。让你得到他，你真的能得到他。”

“现在别问我，”丽贝卡说。“你很快就会知道的。真的。亲爱的好心的克劳利小姐，亲爱的朋友，我可以这么说吗？”

“可以的，我的孩子，”老女士亲吻着她回答道。

“我现在不能告诉你，”丽贝卡呜咽着说，“我是个非常悲惨的人。啊！不过请你一如既往地爱我，请你保证要一如既往地爱我。”年轻女子的伤感唤醒了老女士的同情，两人一起涕泪交零，克劳利小姐庄重地做出了保证，并祝福这位受她赏识的姑娘。虽然她无法理解这个奇怪的孩子，却觉得她是个充满爱心柔肠的纯真女子。

现在，她独自留在屋子里了，便开始考虑这天突如其来的美妙事件，回顾过去发生的事情和本来可能有什么样的结局。读者认为丽贝卡小姐——不，应该说是丽贝卡太太有什么样的秘密感情呢？既然在前面几页中，作者声称自己有权深入阿米莉亚·塞德利小姐的卧室，并且享有了解隐私的特权，掌握了盘桓在那位纯真小姐枕侧的柔情与痛苦，为什么不能同样把握打开这位年轻的女子心灵之锁的钥匙，打开丽贝卡的心扉，了解她心中的秘密呢？

丽贝卡首先为面对那么好的机遇却不得不拒绝而感到深深的后悔。这种自然而然的情感任何心智健全的人都会有同感。哪位母亲不会为这个身无分文的姑娘感到惋惜？本来她可以做男爵夫人，享受那一年四千镑的收入啊。名利场上哪位上流出身的年轻人不同情她的损失？这位受尽辛苦、品行优秀的才女眼睁睁看着来到自己面前的诱人机会，却失之交臂，不能接受。我相信，我们的朋友贝基的失望心情值得每一个人同情。

我记得，一天晚上，我应邀参加一个浮华的晚会，发现一位托迪老小姐也在场。她将注意力集中在高级法庭律师的妻子布里夫利斯太太身上，对她极尽恭维。那位太太当然是上流出身，不过就我们所知，却穷得一文不名。

我不禁暗自思忖，托迪小姐为什么对她如此谄媚？是布里夫利斯在县法院有了新差事，还是他妻子新得了一笔遗产？托迪小姐不久便对自己的行为做出了解释。“你知道吗，”她说，“布里夫利斯太太是约翰·雷德汉德爵士的孙女，他已经在切尔滕纳姆卧病，不出六个月准会要命。布里夫利斯太太的父亲要继承爵位，所以，她即将成为男爵的女儿了。”托迪还邀请布里夫利斯携夫人于接下来的那个星期参加她的宴会。

既然仅仅成为男爵的女儿也如此受世人尊敬，那位年轻女子失去做男爵夫人的机会，心里的痛苦实在该受到我们的同情。谁会想到克劳利夫人这么快就去世？她向来是个病怏怏的女人，看上去再拖十年都没问题。丽贝卡又悔恨又伤心，自忖道：我本来就要做男爵夫人了！本来想要那个男爵做什么全都由我随心所欲。我本来可以对布特太太的好意表示感谢，对皮特先生的看重做出报答。我本来能将城里的房子摆上新家具，装饰一新。我本来能买上一辆伦敦最漂亮的马车，在戏院里订个包厢，在下个社交季节中崭露头角。这一切全都是假设，可现在呢……现在一切都值得怀疑，完全是个谜。

然而，丽贝卡是个意志刚毅生气勃勃的姑娘，不能允许自己为不可挽回的过去徒感悲伤。适度的追憾过后，她开始将自己的注意转向未来，未来对她重要得多。她仔细研究了自己的地位，未来的希望，不明朗的因素和机遇。

她已经结过婚，这是个重要的事实。皮特爵士得知了。她当时并非情急疏忽脱口说出来的，她匆匆思忖过一下，将来总要公之于世，何不现在说出来？既然他向她求婚，肯定会对她的婚姻保持沉默。至于克劳利小姐如何对待这个消息，将是个大问题。丽贝卡心里忐忑不安，不过她记起克劳利小姐的种种言论，这位老女士对出身问题表示出轻蔑，观点非常开明，性格总的来讲十分浪漫，对她侄子钟爱备至几近溺爱，而且一再表达出对丽贝卡的喜爱。丽贝卡想道，既然她那么爱他，肯定什么都会原谅他；她已经习惯了我的存在，我认为没有我，她不会觉得舒服。等到事情揭出来，会有一场好戏，会有歇斯底里的发作，会大吵大闹一场，最后终归和好大家皆大欢喜。无论如何，耽搁时间又有什么用处？骰子已经掷出，现在亮牌还是明天再亮，结果都是一样。于是她做出决定，让克劳利小姐知道这事。年轻姑娘思想斗争一番，盘算着以什么方式让她知道，另外，自己是面对这场风暴呢，还是逃避开第一阵愤怒的暴风。在这种想法中，她写了下面这封信：

最亲爱的朋友：

我们常常讨论的危急关头到了。我的秘密已经被揭出一半，我左思右想，认为现在该公开谜底了。皮特爵士今天上午来找我，你能想象出他的目的吗？——向我求婚。想想吧！我这个可怜的小人儿，居然要做克劳利夫人。假如我竟然高居布特太太之上，她要是得知了该多么高兴啊，还有姑妈！我或许还能做某个人的妈妈，而不是他的……啊，一想到很快就要将事情公布给大家，我就害怕得浑身发抖，真的浑身发抖。

皮特爵士知道我已经结了婚，只是不知道跟谁结的婚，所以还没有大光其火。姑妈得知我竟然拒绝他，真的生了气。不过她是个慈祥高雅的人，宽厚大度地说，要是我嫁了他，准是个好妻子，还发誓说，要做小丽贝卡的母亲。要是她得知了真相，会感到震惊的。但是，我们害怕的除了短暂的愤怒之外，还有什么呢？我想不会有什么别的，可我不敢保险。她对你那么溺爱，你这个淘气的浪荡哥儿，她什么都会原谅的。真的，我相信我在她心里占据着第二位，没有我，她会感到难过。最亲爱的，我体会到，我们能取胜。你要离开那个讨厌的军队，再也不要赌钱赛马，做个好男儿。我们一起住在帕克巷，姑妈会把她的钱全留给我们。

明天3点钟我想办法去老地方。假如布小姐陪我去，你一定要来吃晚饭，把你的回答带来，夹在波特乌斯主教著作的第三卷里。不管发生什么事，你千万要来啊。

丽

信封上写着：

骑士桥马鞍匠巴尼特先生转交

伊莱扎·斯泰尔斯小姐

丽贝卡说，收信人是个老同学，最近两人通信比较频繁。但是，我相信，这个故事的读者没有一个看不出，这位去马鞍匠店里取信的所谓伊莱扎·斯泰尔斯小姐，其实靴子上戴着铜马刺，嘴巴上留着卷曲的小胡子，不是别人，正是罗顿·克劳利上尉。

第十六章
插针垫上的信

他们是怎么结婚的？这事谁也不知内情。一个成年的上尉与一个成年的女士花手续费登记结婚，在本城任何一所教堂成婚，谁又会去阻拦？谁不知道，一个女人有了一种愿望，她总会找到途径去实现。照我看，事情是这样的：一天上午，夏普小姐去拉塞尔广场找她亲爱的朋友阿米莉亚聊天，同时，一位面貌与她颇为相似的女士，在一位染过胡子的绅士陪同下，走进城里一所教堂。一刻钟后，那先生又陪她走出来，登上一辆等在路边的出租马车。这场平静的婚礼便结束了。

大家每天都听到种种消息，谁还会怀疑一位绅士没有可能跟任何女子结婚呢？多少聪明而有学问的人与他们的厨娘结了婚。埃尔顿勋爵是个最精明不过的男人，他还不是跟一个女人私奔了吗？希腊神话中的阿基里斯和阿甲克斯两位神祇，不是都爱上了自己的女佣吗？所以，我们怎么能期望一个自幼任性、头脑简单、四肢发达的骑兵，会突然变得谨慎仔细，斤斤计较，而不心血来潮满足自己的愿望呢？假如结婚的人们全都竭尽精明谨慎，世界人口将变得多么稀少啊！

照我看来，罗顿先生处理自己婚姻的方式，是迄今为止有关他的记载中，最诚实不过的行动了。谁也不能说，一个男人为一个女人所迷惑，然后与她成婚，是件缺乏男子汉气概的事情。女士们也不能责怪他对小丽贝卡开始崇拜，渐渐喜欢，继而萌生热情，后来赞叹不已，最终完全信赖，疯狂般地相爱。她歌唱的时候，每一个音符都震颤在他愚钝的脑子里，拨动着他高大身躯上的每一根神经。她开口说话的时候，他便聚精会神地倾听着，赞叹着。如果她说一句笑话，他会在脑子里反复琢磨，半个小时后走到马路上，这才放声大笑，坐在他身旁的马车夫，或者一同骑在马背上穿过罗顿路的骑士往往大吃一惊。她的语句他听着就是神谕，她的细微动作在他看来无一不是高雅而明智。"她唱得多么动听，画得多么漂亮啊，"他想道。"女王的克劳利宅子那匹桀骜不驯的牝马，让她骑上却多么服服帖帖啊！"他私下对她说："我的天哪，贝基，你真配当总司令，或者当坎特伯雷的大主教，我的天哪。"他这种情况非常罕见吗？不。难道我们不是每天都能了解到威力无比的男人，被女人用围裙带子拴着牵来牵去吗？像希腊神话中大力士参孙一样的男人们，不是乖乖地依偎在女人怀抱里吗？

所以，贝基告诉他说，紧急关头到了，需要马上采取行动，罗顿就像听了上校要他率领部队冲锋的号令一样，立即表示服从她的命令。他没有必要将他的信偷偷藏进波特乌斯著作的第三卷。第二天，丽贝卡很方便就找到个借口将布里格斯支开，在"老地方"与她忠心耿耿的朋友见了面。她思索了一夜，将事情的各个方面都仔细考虑过了，此时将自己的决定告诉了罗顿。他当然一切都同意，而且认为一切肯定都不会有错，既然是她的建议，当然就是最好的。克劳利小姐的观念不久便能扭转过来，或者用他苦思冥想后的话说，她能"回心转意"的。假如丽贝卡做出的是个完全不同的决定，他也会绝对盲从。"贝基，有你一个人的脑子，就够咱们两人用了，"他说。"你肯定能让咱们渡过这个难关。我见过不少精明能干的人，可没一个比得上你。"这个被爱情冲昏头脑的骑兵简单表达过自己的信心后，便离开她，开始执行她交给他的使命。

这使命仅仅是在平静的布罗姆敦区，或者在巴拉克区为克劳利上尉和克劳利太太租上套房子。丽贝卡已经决定逃走，我们认为这倒不失为明智之举。罗顿听了她的决定实在太高兴了，几个星期来，他就一直央求她采取这步骤。这位急不可耐的恋人策马而去，找到房子租下来。他很爽快地答应每周付两个畿尼，房东太太听了直后悔，觉得自己索价太低。他订购了一架钢琴，把半个花店的鲜花都买了回去，还采购了一大堆好东西。他是个盲目的恋人，在商店赊账又没有限制，于是他不停地往家里搬回披肩、羊羔皮手套、长丝袜、法国金表、手镯、香水等等物品。如此倾注过自己的慷慨后，他才稍感安心，走进一家俱乐部，紧张不安地吃饭，等待着一生中重要时刻的到来。

克劳利小姐回想起前一天发生的种种事情；让人敬佩的丽贝卡谢绝对她如此有利的求婚；她心中隐隐体会到的痛苦；她容忍这一切苦恼所表现出的温和平静。这一切让克劳利小姐对丽贝卡比平时更加温柔。像结婚、求婚或者拒绝接受求婚这类事件，自然使全家的女性都激动得发狂，也能激起大家的同情。作为仔细观察人类本性的作者，我在上流社会婚事集中的季节常常光顾汉诺威广场上的圣乔治教堂。虽然我从来没有注意过新郎的男友为此落泪，也没见过教堂执事或牧师有感动的迹象，然而，女性在婚事进行中丝毫不被打动的情形却并不常有。早已是婚姻过来人的老女士们，儿女成群的中年肥胖女人们，更不用说戴着粉红宽边帽，对未来翘首期盼的漂亮姑娘们，自然对结婚仪式非常感兴趣——我的意思是说，最常见的情形是，在场的女人们又是抽泣，又是呜咽，又是擤鼻子，把一张张小脸埋进一方方其实遮不住面孔的小手帕中，不分老幼，全都激动得胸脯起伏不止。我的一位时髦朋友约翰·平利克与可爱的贝尔格拉维娅·格林·帕克尔结婚的时候，女士们普遍激动不已，就连教堂里为我引座的小老太太，尽管已经鹤发鸡皮，却仍然泪流满面。我自忖道：这到底是为什么？结婚的又不是她。

话说回来。在皮特爵士求婚之后，克劳利小姐和布里格斯都沉湎于放纵自己的情绪，丽贝卡成了她们最感兴趣的目标。她不在身边的时候，克劳利小姐就从图书中获得安慰。心中暗藏着秘密的小夏普成了这一天的女主角。

这天晚上，丽贝卡歌唱更加甜美，谈吐愈发惹人愉快，超过了她在帕克巷居住的任何一天。她将克劳利小姐的心紧紧攫住了。她谈论起皮特爵士求婚的事情口气轻松，谈笑风生，嘲笑愚蠢老先生的幻想。她的眼睛里闪烁着泪花。当她表示说，她除了希望永远留在亲爱的女恩人身边别无其他愿望时，布里格斯的心于是被无法言表的痛苦所征服。“我亲爱的小宝贝，”老女士说，“你可以信赖，几年之内我并不打算让你离开我。在发生这种事以后，要想回到我那个讨厌的弟弟家里去，是根本不可能的。你就跟布里格斯待在我身边好了。布里格斯很快就想去看望她的亲戚们。布里格斯，你什么时候想走都可以。至于你呢，我亲爱的，你必须留下来照料我这个老女人。”

假如罗顿·克劳利当时在场，而不是在那个俱乐部紧张不安地喝他的红葡萄酒，两位年轻人或许会双双跪倒在这个老小姐脚下，坦白所做的一切，立刻便会得到宽恕。然而这对年轻人却失去了这样的机会。这想必是为了让我这部小说能继续写下去。以后还要叙述他们之间发生的许多奇妙的经历，或者说是冒险经历。假如他们此时就得到毫无兴致的克劳利小姐宽恕，并且在舒适单调的家里安顿下来，那些事件便无从发生了。

在帕克巷的这所房子里，弗金太太手下有一个来自汉普郡的女佣，她的职责之一是敲开夏普小姐的门，给她送去一罐热水，弗金自己宁死也不愿给那个硬挤进这个家的坏蛋服务。这姑娘是在克劳利家的庄园长大的，她有个哥哥在克劳利上尉的部队里服役，假如这一事实为大家所了解的话，我敢说，她了解与本故事及其有关的某些安排。撇开其他事情不说，她接受丽贝卡的指示，替她买了一条黄色的披肩，一双绿色的靴子，一顶插着红羽毛的浅蓝色宽边帽，另外还给了她三个畿尼，是丽贝卡给她的。鉴于小夏普从来花钱并不大方，无疑这是为了得到贝蒂·马丁某种服务而付给她的贿赂。

皮特爵士向夏普小姐求婚后的第二天，太阳照样升了上来，贝蒂·马丁在通常那个时间登上楼梯，敲响了女教师卧室的房门。

屋里没有应声，她又敲了一遍。沉寂仍然没有被打破。贝蒂于是端着那罐热水，开门走进屋子。

小床上铺着带凸条纹的细棉布，平整得像前一天一样，当时是贝蒂亲手铺好的。屋子另一头，两只小箱子用绳子捆在一起。窗前的桌子上，有一只硕大的插针垫子，垫子有粉红色的里子，周围像女用睡帽一样带有褶边。垫子上摆着一封信，看样子已经在那儿摆放了整整一夜。

贝蒂踮起脚尖朝那信走去，仿佛害怕把它惊醒。她朝那信看了一眼，又环顾一圈，神情十分好奇惬意。接着，她拿起那信，笑嘻嘻地翻来覆去看了看，最后才带着下楼，走进布里格斯小姐的屋子。

我真不明白，贝蒂哪里知道这信是写给布里格斯小姐的呢？在布特·克劳利太太的星期日圣经班里上过的课，就是贝蒂受过的全部教育，文字对她来说比希伯来文还难。

“哎呀，布里格斯小姐，”这姑娘嚷道，“啊，小姐，准是出事了。夏普小姐的屋子里没人，床也没有睡过，她不见了，给你留下这封信，小姐。”

“什么！”布里格斯手中的梳子落在地上，稀疏的头发散落在肩头，“私奔！夏普小姐逃了！什么，这是什么啊？”她急切地撕开信封整洁的封蜡，照人们说的那样，“一口气”读完了那位逃亡者写给她的信。

亲爱的布里格斯小姐：

你是世界上最好心的人，所以一定会同情我并且原谅我。我这个孤儿离开这个给过我善意和慈爱的家，眼睛里充满泪水，嘴上在祷告，心里在为大家祈福。带我走的人比我的恩人更加有权召唤我。我是跟着我的丈夫走的——去尽我的义务。我是个结过婚的人。我丈夫命令我回到属于我们的寒舍。最亲爱的布里格斯小姐，你心地善良，富有同情，你知道该怎么将这个消息告诉我亲爱的朋友和热爱的恩人。请告诉她，我在走之前曾经在她甜蜜的枕头上洒过离别的泪水，在她生病期间，我在那只枕头边多么殷勤地抚慰过她啊。我现在仍然希望能回到亲爱的帕克巷，守在她的身边！我怀着一颗颤抖的心等待决定我命运的回音！皮特爵士向我求婚后，敬爱的克劳利小姐说，我配得上这殊荣，甚至说我配得上做她的弟媳妇，为此，我要为她祈福。当时我对皮特爵士说，我已经是他人之妻了。就连他也原谅了我。但是，我本来该对他说出全部真相，可我没有勇气，我不能接受他的求婚，因为我已经是他的儿媳！我嫁给了最高尚的男人——克劳利小姐的罗顿就是我的丈夫。在他命令下，我才敢于开口讲出这个秘密。我要跟随他回到我们卑微的家，就是浪迹天涯也在所不辞。啊，我最慈祥的好朋友，请你替罗顿和我这个可怜的女子在他姑妈面前求情，这个高尚的家庭对我从来表现出无比的慈爱。请克劳利小姐接受她的孩子们。我除了祝福没有更多的话要说，我要向我离开的这个家里所有的人祝福。

感激你的亲密朋友

丽贝卡·克劳利

于午夜

这封动人有趣的信又让布里格斯小姐恢复了克劳利小姐首席亲信的地位。她刚刚读完信，弗金太太便走了进来："布特·克劳利太太乘驿车从汉普郡赶来了，要喝茶。小姐，请你下去做早饭好吗？"

只见布里格斯小姐把睡袍往身上一裹，稀疏的头发还拖在脑后，额头上还挂着一条条卷发纸，就风风火火奔向楼下，拿着那封报告美妙消息的信给布特太太看。弗金简直被惊呆了。

"啊，弗金太太，"贝蒂气喘吁吁地跑上来说："真没想到有这种事。夏普小姐跟着上尉逃了，私奔了！"若不是我们这部作品专门描写上流社会的生活，我们或许专门写一章，描写弗金太太的感情。

布特·克劳利太太连夜赶路浑身都冻僵了，在客厅新生起的旺火边暖着身子，一边听取布里格斯小姐关于那桩私自结婚的报告。她声称幸亏来得正是时候，可怜的克劳利小姐突然受到这种打击，多么需要帮助啊。她还说，他早就怀疑丽贝卡是个诡计多端的滑头。至于罗顿·克劳利，她说怎么也弄不明白他姑妈怎么会溺爱他，长久以来，她就认为他是个荒淫放荡、不可救药、堕落无耻之徒。布特太太说，他这种可怕的行为坏事变成了好事，至少能让克劳利小姐看清楚他邪恶的本性。布特太太吃了些烤面包片喝了些热茶，觉得挺舒服。既然宅子里空出一间屋子，她就用不着去住客栈了。她来的时候乘坐朴次茅斯公共马车在格洛斯特咖啡店下车，本打算在那里下榻的，此时便命令鲍尔斯手下的用人去把她的箱子搬回来。

要知道，克劳利小姐中午以前是不离开自己卧室的。早上她在床上喝巧克力饮料，贝基·夏普小姐通常就为她读《晨报》，或者她自己找些乐子，或者干脆什么也不做，把时间混过去。楼下的两个阴谋家决定暂时不惊动这位亲爱的女士，等她自己下楼来再说。只是向她通报说，布特·克劳利太太乘公共马车从汉普郡来了，住在“格洛斯特”，向克劳利小姐致敬，现在正与布里格斯小姐一道用早餐。布特太太的到来平时引不起小姐什么兴致，现在却让她乐不可支。克劳利小姐很高兴能跟她闲聊一下弟媳妇的死，葬礼的安排，通报皮特爵士突然向丽贝卡求婚的情形。

老女士走进屋子，两位女士拥抱致意后，老小姐还没来得及在自己的扶手椅里坐稳，两位阴谋家便认为最好马上下手。谁不崇拜女人们向朋友透露坏消息前的卖关子耍手腕呢？克劳利小姐的两个朋友通报消息前，先向她撒开一个谜团，将她的胃口吊到恰当的高度。

“亲爱的克劳利小姐，她拒绝了皮特爵士，你知道是为了什么，”布特太太说道，“是因为……因为她不能不那么做。”

“当然是有原因的，”克劳利小姐回答道。“她喜欢另外一个人。这个我昨天就对布里格斯说过。”

“喜欢另外一个人！”布里格斯气喘吁吁地说。“啊，我亲爱的朋友，她已经结了婚……”

“的确已经结了婚，”布特太太打断她说。说完，两人将手指交叉起来，会意地对视一眼，然后望着她们捉弄的对象。

“她一回家就把她叫来。这个狡猾的小鬼东西。她怎么敢瞒着我？”克劳利小姐嚷道。

“她一时半会儿回不来。你知道吗，亲爱的朋友……她这是长期出走……再也不回来了。”

“我的老天，那谁为我冲巧克力呢？快打发人找她回来，我要她回来，”老女士说。

“夫人，她昨晚逃走了，”布特太太大声说道。

“她给我留了封信，”布里格斯喊道。“跟她结婚的是……”

“天哪，别忙着说出来，让她有个心理准备再说。别折磨她，我亲爱的布里格斯小姐。”

“她跟谁结了婚？”老小姐气急败坏地问道。

“跟……跟一位亲戚……”

“她拒绝了皮特爵士，”这位受捉弄的可怜人说。“立刻讲出来，别把我逼疯。”

“啊，夫人……布里格斯小姐，说话要注意……她嫁给了罗顿·克劳利。”

“罗顿娶了……丽贝卡……家庭女教师……那个什么也不是的东西……都给我滚出去，你们这些白痴……你这个愚蠢透顶的老布里格斯……你怎么胆敢如此胡言？玛莎，准是你策划的……是你逼他结婚，以为这么一来我就不给他留遗产了……对，准是你干的，”老女士歇斯底里尖声嚷叫着。

“我？夫人，我能让咱们家族的人娶一个画匠的丫头？”

“她母亲可是蒙特莫伦西家族的，”老女士喊道，伸手拼命拉铃。

“她母亲是个唱歌剧的戏子，她自己也上过台，说不定还干过更下流的勾当呢，”布特太太说。

克劳利小姐尖叫一声，晕了过去。她们不得不把她送回刚刚离开的卧室。她一阵阵歇斯底里大发作。人们连忙请来医生，药剂师也来了。布特太太守在她的床边，充当护士。“作为她的亲戚，我必须守在她身旁，”这位和蔼可亲的女人说。

她刚刚被送到楼上，外面又来了一位，这个消息也需要通报给他才对。因为这个来人是皮特爵士。“贝基在哪儿？”他一进门便问道。“她的行李呢？她说今天要跟我回女王的克劳利宅子的。”

“你没有听到那个惊人的消息吗？她跟人秘密结婚了，”布里格斯小姐说。

“跟我什么相干？”皮特爵士问道。“我知道她结过婚了。这一点儿也不奇怪。告诉她快下来，别让我久等。”

“难道你不知道，先生，”布里格斯小姐说，“她已经离开了这个家。克劳利小姐气得几乎要了命。因为她得知跟她结婚的是罗顿上尉。”

皮特爵士一听说丽贝卡嫁了他儿子，立刻破口大骂，喷出数不尽的脏话。我们当然不该重复那些污言秽语。布里格斯小姐听了吓得浑身发抖，连忙逃出屋子去。我们也跟在她身后溜出屋子，把那个狂暴的老头子留在里面，让他为愿望受挫恨得发疯吧。

他回到女王的克劳利宅子后的第二天，像个疯子似的冲进她住过的那间屋子，一脚踢开她的箱子，将里面的衣服、书信、杂物掼得满地都是。管家的女儿霍罗克斯小姐于是从中捡走一些。孩子们也穿上那些衣服，装扮成大人，自得其乐。这仅仅发生在她们可怜的母亲刚刚下葬不几天之后，她下葬的坟地周围全是她生前不熟悉的陌生人，当时连一个伤心落泪的人都没有。

“假如老小姐不肯迁就，怎么办？”罗顿在布罗姆敦区的那所舒适的房子里对娇小的妻子说。她整整一个上午都在试弹那架钢琴。新买来的许多手套她戴着尺寸正合适；新披肩围在肩膀上也很适合她的气质；手指上戴的几只戒指闪闪发光，腕上戴的手表嘀嗒作响。“假如她不肯答应怎么办？”

“那我就给你挣上一份财产，”她说。新郎轻轻拍了拍新娘的脸蛋。

“你什么都会做，”他说着亲吻她的小手。“老天哪，你真的什么都会。咱们上‘嘉德勋星’饭店去吃饭吧。”

第十七章
多宾上尉买了一架钢琴

玩世不恭的人们和感情细腻的人们可以并肩携手参加名利场的一种活动，我们在这种地方可以发现最奇特不过的对照，既令人捧腹，又催人泪下。人们在这里既能保持高雅，心存怜悯；也可堕入蛮狂，恶意讥讽。《泰晤士报》每天都要为这种公共聚会做许多广告，有一次这样的活动还是由已故的乔治·罗宾斯先生堂哉皇哉主持过的。照我猜想，伦敦居民很少有人从未出席过这种聚会，凡对人生颇有些感慨的人肯定会胆战心惊地认为，提奥奇尼斯[①]或者身后债权人最终也会命令拍卖槌出售自己的财产，让公众竞价购买信奉伊壁鸠鲁[②]哲学的死者身外之物：书籍、餐具、衣服、窖藏佳酿。

即使是名利场上最自私的人，目睹朋友死后得到如此下场，也难免不产生些许怜悯与遗憾。戴夫斯勋爵葬在家族墓地上后，石匠在他的塑像下刻了一篇伤感的祭文纪念他，内容与他的德行名副其实，写祭文的继承人却将他的物品全都拍卖出去。以前常在戴夫斯家餐桌旁做客的人们，哪个途经那座熟悉的房子时，会不长叹一声？在这座熟悉的宅子里，以前一到晚七点，便灯火通明，大门随时乐于敞开，客人登上舒适的楼梯，殷勤的仆人在每一个转角上大声通报客人的名字，走到客厅门口，老戴夫斯便会笑容满面地出来

① 提奥奇尼斯（公元前 412- 前 323 年）：古希腊哲学家，主张刻苦节俭。——译注
② 伊壁鸠鲁（公元前 342?- 前 270 年）：古希腊哲学家，享乐主义派代表。——译注

迎接他的朋友们。他有那么多朋友，接待客人时的风度多么高雅。愁容满面，相互诋毁嫉恨的人们一到这里，就变得礼貌而友好，谈吐风趣，充满睿智。他是个喜好摆客套的人，然而他的厨子手艺那么高超，客人们还有什么忍受不了的？或许他有些枯燥乏味，不过他的好酒难道不会使任何谈话变得津津有味？在拍卖他物品的聚会上，人们喊道，无论价钱多少，我们必须买到他的勃艮第葡萄酒。“我买到了这只盒子，”一位名叫平彻的炫耀着那盒子说，“曾经属于路易十五的一位情妇，漂亮得很，不是吗？多好看的小画像。”然后大家谈论起小戴夫斯暴殄父亲物品的恶行。

这房子的变化多大啊！房子正面贴满了广告，家里的所有家具全都标在广告上，一个个大写字母赫然瞪视着行人。楼上一个窗户里吊出一块地毯，五六个用人闲坐在脏兮兮的台阶上，门厅里挤满了衣着邋遢的东方面孔，朝你手里硬塞来一张印刷的纸片，上面罗列着拍卖的物品名称。老女人和不懂行的收藏者们在楼上屋子里到处乱窜，触摸床帐，拍打羽绒床具，揉搓各种垫子，乒乒乓乓拉动衣橱的抽屉。精明的家庭主妇们仔细测量着镜子和帐子的尺寸，看这些物品是不是符合自己家的新格局。势利之徒多年后还会吹嘘说，自己在戴夫斯的拍卖会上买到了这样那样的好货色。拍卖商先生坐在楼下那张巨大的红木餐桌后面，挥动象牙槌子，对人们大声嚷叫，满口职业性的夸张辞藻，精神抖擞地撩起人们的兴致，讲出种种理由提高价码，人们不愿出高价时，他便显得大失所望。他时而讽刺戴维斯先生的迟疑不决，时而鼓励摩斯太太采取行动，时而央求，时而呵斥，时而呼喊，及至槌子像命运一样敲下，这才转向另一件物品。啊，戴夫斯，我们围坐在这张宽大的桌子周围，面对洁白无瑕的台布和锃明瓦亮的餐具时，何曾想到，桌子上首会来这么一个大声咆哮的拍卖商？

拍卖接近尾声。前几天已经售出由最好的工匠制作的客厅家具、稀有的名酒——那是品位卓著的主人不惜重金购进的，还有为数众多的全套家传餐具。我们那位住在拉塞尔广场的约翰·奥斯本先生当然最知道他那些远近闻名的好酒的价值，便指使管家买了下来。餐具中最实用的一小部分，被市中心几位年轻的股票经纪人买了去。后来，主顾们的注意力被引向次要的物品，桌子上首那位演说家正在喋喋不休地向听众介绍一幅画像的种种优点。这天参加拍卖会的人比较杂乱，人数也远不及前一天那么多。

“第三百六十九件，”拍卖商大声嚷道。“一位骑大象者的画像。哪位愿意出价买这幅骑象者的画像？把画像举起来，布罗曼，让大家仔细看看这件货。”一位身材高挑军人模样的先生坐在红木桌子旁边，看了这幅画像，苍白的面容露出微笑。“将画像转过去让上尉看看，布罗曼。先生，请你给这头大象开个价吧。”但是上尉顿时涨红了面孔，将脑袋转开。

“这件艺术品开价二十畿尼，好吗？……十五畿尼，五个畿尼，请你开个价。就是不骑在大象背上，那位先生的肖像也值五个畿尼呢。”

“真奇怪，那头大象没被他压垮，”一个专事讥讽的人说，“多么肥胖的人哪。”大家听了都咯咯笑起来，因为画像上的那个男人肥胖得要命。

“摩斯先生，别想贬低这幅画像的价值，”拍卖商说。“让大家仔细看看这幅艺术品，看看那头猛象的姿态吧，多么自然和谐；看看象背上那位身穿淡黄色上装的先生，我们看到他手握长枪，正在出猎，背景上是无花果树和一座佛塔，这可是我们在东方著名领地上的有趣景色啊。大家愿意出价多少？开口吧，先生，别让大家整天耗在这里。”

有人出价五先令，那位军官先生朝出价的人望去，见是另外一位军官，还搀着一个年轻女子，两人看来对这种活动都感到十分有趣，最后，这件物品以半个畿尼的价格敲下了槌子。桌子旁边这位先生见了那两位似乎更加吃惊，更加窘迫，便将脑袋深深缩进军装的衣领里，背过身子，完全不敢跟他们照面。

拍卖商那天有幸让大家竞价购买的物品，我们不打算一一提及，只有一样比较重要。那是一架立式钢琴，原来摆在楼上一间屋子里。一架卧式大钢琴先前已经打发掉了。那位年轻女士指法娴熟地试弹这架立式钢琴，这又让那位军官吃了一惊，涨红了脸。等到开始拍卖了，她的代理人开始出价。

但是她遇到了竞争对手。军官雇用的希伯来先生，与大象骑士画像的买主雇用的另一位希伯来人，在桌子旁边围绕这台小钢琴竞相抬价，拍卖商便竭力刺激他们相互争斗。

最后，竞争持续了相当一段时间后，大象上尉和女士退出了竞争，槌子敲下来，拍卖商宣布："刘易斯先生，二十五买下这架钢琴，"刘易斯先生的雇主便成了这架小钢琴的新主人。购买成功后，他坐直身子，似乎极其宽慰。失败的竞争者们此时朝他扫视一眼，那位女士对她丈夫说：

"哎呀，罗顿，那是多宾上尉。"

照我猜想，贝基对她丈夫租下的那架钢琴并不满意，或者那架钢琴的主人因为不愿继续赊账，已经将琴搬走了。也许是她对第一件试图购买的商品情有独钟，因为她回忆起以前曾经在那间小起居室里弹奏过这架钢琴，当时陪着她的是与我们亲爱的阿米莉亚·塞德利。

拍卖会是在拉塞尔广场的那所老房子里进行的，我们在这个故事的开端曾经在那儿度过几个夜晚。好人老约翰·塞德利先生破产了。他在股票市场上资不抵债，只得破产，商业活动也就终止了。奥斯本的管家来买走了几瓶名牌葡萄酒，拿到街对面的酒窖里。至于每件重一盎司的银刀叉，还有一打吃甜食用的刀叉被三位年轻的股票经纪人买走了。他们是针线街上戴尔与斯匹各特公司的，与那老人做过许多交易，老人对所有客户都以友情为重，他们也受过他的恩惠，于是他们将这些残剩物品中购买来的东西，作为礼品送给好心的塞德利太太。那架钢琴是阿米莉亚的，失去这琴她会觉得难受，而威廉·多宾上尉根本不会弹琴，就像他也同样不会走钢丝一样，所以，他购买这琴很可能不是为了自己使用。

总之，小钢琴这天晚上送到了一间小巧玲珑的阁楼上。房子在通往弗尔罕姆路的一条小街上，这种街道都有漂亮而浪漫的名字，这条叫作安娜玛丽亚西路，这所房子名叫圣阿德莱德别墅，可它看上去小得简直像是孩子住的小屋，假如有个人从二楼窗户里探出脑袋，人们会以为这人的脚站在一楼的地板上。房子外面的矮树丛上常年晾晒着小娃娃们的围嘴，小红袜子，小帽子之类，既有男孩子的，也有女孩子的。走到近旁，还能听到木琴敲打出的叮咚声和女子的歌唱。栅栏上晾晒着小啤酒坛子。到了傍晚时分，可以看到许多在市中心做事的职员们拖着疲惫的脚步走过，遭了那场劫难后，塞德利先生的雇员克拉普先生只好带着妻子女儿躲到这儿来住。

家庭的不幸传到约斯·塞德利耳朵里以后，他担当起自己的个性所允许承担的本分。他并没有到伦敦来，不过他写了封信给母亲，告诉她不论需要多少钱，只要找自己的代理人要就成了，慈祥的父母尽管精神都要崩溃了，却不必为衣食担忧。做完这事以后，约斯仍然像以往一样住在切尔滕纳姆的公寓里，赶着马车兜风，喝红酒，打扑克牌，继续讲他的印度冒险故事。那个爱尔兰寡妇照旧缠在他身边，对他百般奉承，给他慰藉。他送的第一笔钱尽管是家里所必需的，父母却并不十分重视。我听阿米莉亚说，她父亲在破产后第一次抬起头，是在接受了年轻的股票经纪人送的那包刀叉，他当时像个小孩一样突然放声大哭，甚至比他妻子都更受感动。本来那礼物是送给妻子的。买下那些刀叉的是公司的小合伙人爱德华·戴尔，他一向非常喜欢阿米莉亚，尽管发生了这一切，可他仍然向她求婚。后来他在1820年娶了路易莎·卡茨小姐，卡茨小姐的父亲是海厄姆与卡茨粮食公司的合伙人，小姐的嫁妆十分丰厚。现在住在玛斯威尔山自己的豪华别墅中，儿女成群，过着富裕的生活。我们真不该因为回忆起这位好先生，忘了正题。

我希望读者认为克劳利上尉和克劳利太太是一对好心人，不至于猜想到他们到布鲁姆斯伯里区那么远的地方去拜访，不是为了友情，而是为了金钱，也不至于认为这个人家对他们毫无用处，他们便没有兴趣到这么个人家去拜访。这所老房子给过丽贝卡舒适和不少善意，她看到房子的现状，大吃一惊。只见经纪人和竞买者们把这房子翻了个底朝天，隐藏在私室中的财宝成了大家公开抢夺的目标。她私奔一个月后，想到了阿米莉亚，罗顿大笑一通后，表示说非常想会一会乔治·奥斯本那小子。“贝基，那家伙是个让人愉快的熟人，”这个喜好嘲弄的人补充道，“我真想再卖给他一匹马，贝基。也想跟他再打几局台球。我现在该把他叫作有用的人才对，克太太，哈哈！”听了这话，绝对不该认为罗顿·克劳利存心作弊，想骗取奥斯本先生的钱财，他只不过想占他点便宜，名利场上的哪一个先生不认为自己有正当权利从邻人那里占便宜呢？

都过去这么久了，那位老姑妈还是不通融。一个月过去了。鲍尔斯先生还是不允许罗顿进门。他的用人们也不能再住在帕克巷，他写去的信原封不动退了回来。克劳利小姐的态度丝毫不为所动。她的身体不佳。布特太太继续守在她身边，绝不离开。克劳利和他妻子都认为布特太太继续待在那儿没好事。

“真该死，我现在开始意识到她在女王的克劳利宅子的时候，为什么总是把我们撮合在一起，”罗顿说。

“多么狡猾的小女人！”丽贝卡叫道。

“假如你不后悔，我也并不后悔，”上尉喊道。他仍然疯狂地迷恋着自己的妻子。她便以亲吻作答，显然感激丈夫的慷慨信任。

“假如他稍有点头脑，”她自忖道，“我本来能把他培养成个了不起的人物。”但是她从来不透露自己对他的看法。他讲起什么马厩里的奇闻，食堂里的逸事，她总是面露喜色地倾听；他讲笑话，她就开心大笑；他说起杰克·斯帕特达什的拉车马马失前蹄，鲍勃·马丁格尔赌博时被抓，汤姆·辛巴斯要参加越野赛马等等，她都表示出极大的兴趣。他回家的时候，她立刻变得兴致勃勃，显得非常幸福；他要出门的时候，她就敦促他赶紧启程。他在家的时候，她为他弹琴歌唱，为他调制好酒，伺候他吃饭，暖好他的拖鞋，尽力让他感到家庭温暖。我听祖母说过，最贤惠的女人也都心存虚伪。我们无法探测她们心里藏着什么秘密；不知道她们表现得天真无邪，对我们非常信赖的时候，心里如何警惕着我们；不知道她们轻易挂在脸上的诚挚微笑是不是布下的罗网，为的是让我们放松戒心，上当受骗。我指的并不仅仅是向你卖弄风情的女子，就连淑女模范和贤妻良母也都一样。谁没见过女人掩饰丈夫的愚钝，哄骗怒气冲冲的男人？她们卑躬屈膝时，我们认为理所当然，还为此赞扬她们，把她们的欺骗当作诚实。一个贤惠的妻子注定要行骗，科妮莉亚[①]的丈夫和波提法[②]一样受蒙蔽，不同的只是方式而已。

在妻子无微不至的体贴下，荒淫放荡的罗顿·克劳利转变成一个非常幸福顺从的丈夫了。他以前经常光顾的地方不见了他的踪影。人们在他的俱乐部里提起过一两次他的名字，却并不想念他。在名利场这种地方，谁又会想念别人呢？他那金屋藏娇的妻子见了他总是满脸堆笑，欢乐无比，他那个小小的家非常舒适，他的餐桌上充满了温馨，夜晚时光不但富有新奇的家庭气息，而且具有偷情的乐

① 科妮莉亚：古罗马著名贤妻良母。——原书编者注

② 波提法：《圣经·创世纪》第39章中，他的妻子勾引约瑟夫。——原书编者注

趣。他们的婚姻还没有向大家宣布，也没有在《晨报》上公开。假如他的债权人知道他娶了个没有嫁妆的女子，准会扑上门来索债。“反正我的亲戚不会反对我的婚事，”贝基苦笑道。她满足于目前的状况，决心等待老女士回心转意，然后才敢在社交场合露面。所以她隐居布罗姆敦区，谁也不见，只偶尔见见丈夫请来一同吃饭的同僚。这些人都非常喜欢她。精致的晚餐、愉快的谈笑、饭后的弹唱让每一个客人都感到喜悦。马丁格尔上校从来没想到要看看他们的结婚证书。辛巴斯上尉为她调制混合酒的本领感到着迷。斯帕特达什少尉喜欢打皮克牌，克劳利每逢请客总漏不了他，大家都看得出，他很快就迷上她了。但是，她片刻也没有放松谨慎谦虚，再说克劳利如烈火般的勇士声望和嫉妒的名声也完全能保护自己娇小的妻子。

这座城市里有许多门第世家和时髦的绅士们，他们从来没有走进过一位女士的起居室。所以，罗顿·克劳利的婚事或许已经在他家乡被布特太太散布开的时候，在伦敦，人们对他的婚姻仍然不甚了了，或者根本没人谈论。他靠举债过得很舒适。他欠下巨额债务。如果通过司法途径索取的话，或许能让一个人许多年翻不了身。然而，城里有些人却以这种方式过得比身上有现钱的人舒适百倍。实际上，漫步在伦敦街头，看到身旁辚辚马车堂皇而过，步行者眼看着车上的乘客接受商人们时髦的敬意，他们的什么需求都能得到满足，可是人们随时能指出五六个这样的人，他们靠什么生活，只有天知道。我们看到杰克·思里夫特里斯神气十足地乘车穿过海德公园；或者坐着四轮马车冲过蓓尔美尔街；我们受到他邀请与他共餐时，望着一道道神奇的珍肴，心里不禁问道：“这种情形是怎么开的头？又如何收场呢？”我有一次听杰克说：“我亲爱的伙计，我在欧洲每一个大城市都欠了债。”最后总有个清算的时候，不过在那之前，杰克过得比什么时候都体面。人们都高兴与他握手，不去顾忌其他人压低嗓音说他的坏话，还说他是个生性温和欢乐，毫无瑕疵的伙计。

我们不得不坦白说，丽贝卡正是嫁了这样一位绅士。他的家里什么都很富足，就是没有现钱。这个小家庭不久便感到手头拮据了。一天，罗顿在《伦敦公报》上看到，乔治·奥斯本中尉花钱买得上尉军衔，与即将升为上尉的史密斯对换军衔。他对这消息发生了兴趣，想恭贺阿米莉亚的情人，所以才来拉塞尔广场来拜访。

罗顿和他妻子本希望与多宾上尉交谈几句，了解丽贝卡的老朋友们到底出了什么乱子，可是上尉却溜走了。他们只能从拍卖场上的脚夫和经纪人那里打听消息。

“瞧他们的鹰钩鼻子，”贝基乐不可支地夹着那幅画像登上二轮轻便马车的时候说，“活像战场上争食尸肉的鹰隼。”

“我不知道。亲爱的，我从来没打过仗。问问马丁格尔，他在西班牙打仗的时候当过布莱兹将军的随从。”

“塞德利是个非常慈祥的老人，”丽贝卡说，“他栽了我很难过。”

“哦，你该知道，股票经纪人……破产……常有的事，”罗顿回答道。他把一只苍蝇从马耳朵上赶走。

“我真希望咱们有钱买下几只那种盘子，罗顿，”妻子动情地说。“二十五畿尼买那架小钢琴实在太贵了。我们离开学校回到家的时候，在布劳德伍德商店为阿米莉亚买下那琴的时候才花了三十五畿尼。”

“那小子叫什么来着……对了，奥斯本……他这下子可要拔脚开溜了，因为这个家已经毁了。嘿，贝基，你那漂亮的小朋友心要碎了。”

“我敢说，她能挺得住，”贝基微微一笑说。他们继续驱车前进，谈起了其他事情。

第十八章
多宾上尉买的钢琴由谁弹奏?

我们这部令人吃惊的故事与历史事件有一点联系，现在要谈起一些非常著名的事件和人物。在科西嘉岛上发迹的拿破仑·波拿巴的战鹰，在厄尔巴岛上蜷伏爪牙忍受了短暂的时日后，又从普罗旺斯振翅起飞，越过一座座教堂的尖顶，抵达巴黎圣母院。我不知道这批皇家猎鹰是不是注意过伦敦布鲁姆斯伯里区一个小小角落里的这个教区。这个地方如此平静，或许连那些拍打着强有力翅膀的大鸟也不屑对它稍加注意?

“拿破仑在戛纳登陆了。”这一消息或许会在维也纳造成恐慌，让俄罗斯人手中的纸牌落在地上，让普鲁士人缩进屋子一角，法国政治家塔列朗和奥地利首相梅特涅聚在一起摇头叹息，普鲁士政客哈登贝格亲王和伦敦德里的男爵都迷惑不解。但是这消息怎么会影响拉塞尔广场的一位年轻女士呢?她熟睡的时候，门外有守夜人大声报时；她在广场上散步时，周围有栅栏，还有警卫保护；她步行很短距离去买件物品，身后有手持棍棒的黑奴萨姆波紧紧跟随；她身边总有人照料，有人帮她穿上衣服，有人安排她的床铺，守卫她的众多天使有的拿薪水，有的义务效劳。这个住在拉塞尔广场上的可怜姑娘除了埋头恋爱之外，只会编织些花边领饰。我不禁要说，好老天，强国争战偏要祸及一位对谁也没有害处的十八岁小姑娘，这不是太残酷了吗?你这朵藏在闺阁上的温柔小花蕾!雷霆万钧的战争狂飙席卷而来，尽管你栖身在霍尔伯恩，难道能不受摧残？拿破仑在孤注一掷，可怜的小埃米·塞德利的幸福也卷进这狂涛之中了。

一开始，这条要命的消息就将她父亲的财富席卷而去。近来，这个背运的老先生搞所有的投机生意全都乱了套。投资失败，经商破产。公债上扬，他却预计要回落。我们还用得着仔细叙述吗？谁都知道成功的机会既罕有，进程又缓慢，可是灭顶之灾总是势来如山倒。老塞德利将一切都闷闷藏在自己心里。宅子里如往常一样平静和谐。好心的女主人照旧无事自忙，什么也没有察觉。女儿沉浸在那桩自私的恋情中，对世界上发生的任何事情全然不关心。结果最后的灾难来临，一个殷实的家骤然倾家荡产。

一天晚上，塞德利太太在写请帖。奥斯本家刚刚举行过一个晚会，她可不甘心屈居人下。约翰·塞德利这天很晚才从市中心回来，默不作声地待在壁炉旁边，听他妻子对他唠叨。埃米一直情绪低落，怏怏不快，已经上楼回自己屋里了。母亲接着说：“她不快活。乔治·奥斯本对她有些冷淡。那些人的态度让我受不了。他家女儿们已经有三个星期没来我们家了。乔治进城来两次，却没来看她。爱德华·戴尔在歌剧院见过他。我敢肯定，爱德华想娶她。我觉得那个多宾上尉也想娶她。只是我见了当兵的就讨厌。没想到乔治变成这么个花花公子，还有大兵那种盛气凌人的派头！咱们必须让大家看看，我们丝毫也不比他们逊色。等着瞧吧，只要给爱德华·戴尔一点鼓励，他准会向闺女求婚。塞先生，咱们必须开一次晚会。你怎么不说话，约翰？两个星期后的星期二好吗？你怎么不回答？老天哪，约翰，发生什么事啦？

约翰·塞德利从椅子上跳起身，迎上朝他跑过来的妻子。他将她紧紧抱在怀中，急促地说：“我们完了，玛丽。亲爱的，咱们必须一切从头做起了。我想还是让你立刻了解全部真相的好。”他说话的时候四肢全都颤抖不已，几乎倒在地上。他原以为妻子听了这消息会受不了，他以前从来没有对妻子说过一句严厉的话。虽然这个打击对她非常突然，可是最受不了的却是他本人。他倒在椅子上，妻子反倒担当起安慰的角色来。她托起他颤抖的手，亲吻着，把它绕在自己脖子上。她叫他亲约翰……她亲爱的约翰……她的宝贝人儿……她好心的宝贝。她倾吐出成百个这种充满柔情爱意的不连贯词语。她以充满信心的声音和真诚的亲昵激励他披靡的精神，让这颗沉重不堪的心受到抚慰，变得欢乐，他心中的喜悦和苦闷更加无法言表。

两人坐在一起挨过这个漫长的夜晚，可怜的塞德利敞开自己郁闷的心，和盘端出自己惨遭损失的经过和尴尬处境，讲述自己最亲密的老朋友如何背信弃义，有些人却意外地对他慷慨相助。在推心置腹的过程中，忠心的妻子只有一次放任自己的感情。

“我的上帝啊，我的上帝。埃米的心会破碎的，”她说。

父亲整个忘记这个可怜的姑娘了。她在楼上无眠地躺着。虽然在家里，周围是众多的朋友和慈祥的父母，她却感到无比的孤独。知心朋友又有几个呢？对没有同情心的人，谁愿意敞开心怀？对缺乏理解的人，谁又愿意去拜访，去交谈呢？我们温柔的阿米莉亚于是便处在孤寂之中。她有心里话，却不能向人诉说。她不能向老母亲讲出自己的疑虑和担忧，未来的小姑们似乎对她一天比一天疏远。她不敢承认自己心中的忧虑和畏惧，却总是笼罩在这片愁云里。

她的感情试图坚持说，乔治·奥斯本是个正人君子，对她忠贞不贰，可她的理智知道实际情况恰恰相反。她对他说过多少话，他却根本没有反应。有多少次，她怀疑他既自私又冷漠，可心里还不得不克服这种念头。可怜这单相思的小姑娘无法对任何人讲出自己每日受到的折磨和徒劳的挣扎。就连她那位英雄也只能理解她的部分心情。她不敢承认自己爱上的人其实配不上这份感情，也不愿觉得自己过早地将心交给了他。这个纯洁羞怯的姑娘实在太谦恭，太温柔，太信赖别人，太软弱，太富于女性的种种美德，一旦以心许人，便忠心耿耿不肯回头。面对女人的诚挚爱情，我们男人们都是些残忍的东西。尽管我们允许她们的身体享受外出的自由，也允许她们脸上挂着微笑，头发烫出发卷，戴上粉红色宽边帽，而不是穿上黑罩袍，戴起黑面纱，可是我们强迫她们恪守教条，她们的灵魂只能向一个人敞开，她们虽然不情愿，却必须顺从地待在家里，给我们当牛做马，伺候我们男人。

这个温和的小心灵受到的正是这样的囚禁和折磨。那是1815年3月，拿破仑在戛纳登陆，路易十八逃亡，整个欧洲一片惊慌，公债狂跌，老约翰·塞德利于是破了产。

这位可敬的老股票经纪人经营惨败前的种种忧虑和痛苦，我们不准备一步步详细叙述。他们公布了他的经营记录，他便离开了自己的营业厅。他的债权人提出索取债务，他因此正式宣布破产。他在拉塞尔广场的宅子以及其中的家具都被收走拍卖，这些我们在前面已经看到了。他与家人都被赶出家门，另觅栖身之处。

我们曾经不时提起过约翰·塞德利的家仆们，此时他也无心顾及这些人，贫穷迫使他将仆人全部辞退。这些好人们的工钱从来没有拖欠过。那些欠有巨额债务的人，倒是常常能准时发放下人的薪水。用人们丢了一份好差事感到遗憾，不过跟他们崇敬的男女主人分手时，却并不悲痛。阿米莉亚的女仆说了许多安慰的话语，然后不得不离开，去城里更上流的地段去寻找新差事。黑仆人萨姆波像他的同行一样，迷恋上了酒店，决心自己开个酒吧。诚实的老布伦金索普太太目睹过约翰·塞德利与妻子恋爱结婚，又亲眼看着约斯和阿米莉亚出生，多年来的薪水积攒成相当大一笔，现在宁愿不拿工钱为他们效劳，便随着这落魄的一家来到卑微的新避难处，照料他们，咕哝着抱怨了很长时间。

塞德利接着不断地与他的债主进行交涉。这位饱受屈辱的老绅士感情大受折磨，六个星期中，他比过去十五年都老得快。他的对手中，态度最强硬的似乎是约翰·奥斯本。约翰·奥斯本既是他的老朋友，又是他的老邻居；是他一手将他扶持起来，并且帮过他数不清的忙；他的儿子还打算娶塞德利的女儿。可是，上面的任何一条原因都能使奥斯本坚决跟他作对。

一个受过大恩的人与恩人反目后，为了证明自己并非忘恩负义，肯定会成为恩人的仇敌，比陌路人更凶恶残酷，为了开脱自己的无情无义和铁石心肠，必然要证明罪过在对方。并不是因为投机失败让他产生自私、野蛮和愤慨，绝对不是，他要证明合伙人居心险恶，手段卑鄙。从论点一致的角度，他要证明那个落魄的人本来就是个恶棍，如果不能证明这一点，那么他本人就是个恶棍了。

作为一般的规律，处于狼狈地位的人很可能根本就不是诚实的人，所有倾向于采取严酷态度的债权人只有这样考虑，心里才会觉得舒坦。失败者往往掩盖某种东西；夸大交好运的可能性；遮掩事情的真相；在毫无希望的时候表示说业务蒸蒸日上；即将破产的时候，脸上也堆出微笑，其实那只是苦笑而已；欠的债找各种借口一拖再拖，试图将不可避免的破产命运尽量推迟几天。“打倒这种不诚实行为，”得胜的债主揭露已经认输的敌人。“你这个蠢货，都要灭顶了还抓什么稻草？”安全而平静的人对这个即将灭顶的人说。“你这个恶棍，早晚都要让《伦敦公报》披露出来，你躲闪什么？”事业昌盛的人对掉在泥淖里挣扎的可怜魔鬼说。谁没有注意过，最亲密的朋友和最诚实的人们，只要金钱方面稍有闪失，立刻便相互怀疑指责？谁都是这样的。我猜想，大家都是对的，只有这世界是个大恶棍。

另外，奥斯本以前受过的恩惠让他感到恼火，也让他大受刺激。昔日的恩惠自然是激发仇恨的原因。他必须解除他儿子与塞德利女儿的婚约。由于这种关系已经非常疏远，这可怜姑娘的幸福和人格也许都要为之妥协。约翰·奥斯本有必要拿出强有力的理由，证明婚约必须解除，证明约翰·塞德利是个品行非常恶劣的人。

于是，在债权人会议上，他对塞德利采取恶毒轻蔑的态度，破产落魄的那个人几乎被他气死。他立即下令禁止乔治与阿米莉亚往来，威胁说，如果儿子胆敢违背命令，便要遭到父亲的诅咒，他还诽谤那个可怜天真的姑娘是个最下贱狡猾的狐狸精。我们在前面说过，这种愤怒与仇恨的一个重要条件，是论点必须保持一致。因此就要对仇人造谣中伤，而且还要相信自己编造的谣言。

大灾难降临，破产已经宣告，家人搬出拉塞尔广场。阿米莉亚知道这等于宣告她与乔治之间的关系已经终结，她与爱情，与幸福已经无缘，她对世界也失去了信心。约翰·奥斯本写给她一封恶毒的短简，用短短几行告诉她说，既然她父亲行为如此恶劣，两家的一切关系从此断绝。收到这封最后的判决后，感到震惊的不是她，而是她的父母，或者说主要是她母亲没有预料到会这样，约翰·塞德利本人已经被事业毁灭名誉扫地搞得精疲力竭，无暇顾及女儿了。阿米莉亚得到这消息虽然面色苍白，不过倒显得非常平静。它不过是证实了长期以来的凶兆。这仅仅是看到了判决书，而她长期以来就感到自己有罪——那是错误爱情的罪过，爱得太狂热，有悖常理了。她像以前一样，没有讲出自己的心里话。她确信一切希望已经破灭，并没有比先前感到更加不幸，这以前她已经感到希望已经不存在，只是不敢承认而已。所以，她从大宅子搬进小房子的时候，并没有做什么评论，也没有表现出什么异常。她大部分时间待在自己的小屋里，默默地憔悴下去，一天比一天更消沉。我并不是说，所有女性都是这样。我亲爱的布洛克小姐，我认为你不会这样伤心。你是个坚强的年轻女子，有恰当的原则性。我也不敢冒险说，我会这样伤心。不得不承认，我的心的确遭过难，然而却熬了过来。不过有些人天生温柔，因而十分脆弱，娇嫩，敏感。

老约翰·塞德利一想到或者一经提起乔治和阿米莉亚之间的婚约，心中的痛楚程度丝毫不亚于奥斯本先生表现出的恶毒程度。他咒骂奥斯本和他全家，说他们没良心，指责他们知恩不报反为仇，痛斥他们是些邪恶的东西。他赌咒发誓，说什么也不能把自己的女儿嫁给这么一个恶棍的儿子。他命令埃米再也不准想念乔治，还要女儿把他送的所有礼物和寄给她的信全都退回去。

她表示顺从，努力照他的话去做。她把那两三件小首饰打包起来，至于那些信件，她把它们从珍藏的地方取出来，重新读了一遍，其实她早已牢牢将那些话记在心中了。她舍不得抛弃它们，要她跟这些知心话分手实在太难了，她再次将那些信件贴在胸口，仿佛一个母亲将死去的孩子贴在胸口一样绝望。年轻的阿米莉亚觉得，如果这最后的安慰也被夺走，她简直活不成，要不准会发疯。当时，这些信送来的时候，她立刻飞红了脸颊，眼睛闪烁出熠熠光彩，心儿突突直跳，尽快躲到没人的地方读。如果信的内容很冷淡，这颗洋溢着爱恋的心也会将它解释成温柔。如果信写得很短，表现出写信人的自私，她又会替那写信的人找出种种借口。

她望着这些毫无价值的纸片沉思默想。她的心灵体验着往昔的生活。每一封信似乎都能让她回想起当时的情景。往日的种种细节她记得多么清楚啊！她记得他的容貌，他的声音，他的衣着，他说过的话。死去的爱情就是她回忆中的一切，她的全部寄托就是守着那具爱情的尸骸。

她对死亡有说不出的渴望。她想，那样的话，我就能永远跟在他身旁了。作者并不赞扬她的行为，也不想将她树为布洛克小姐模仿的典范。布小姐比这个可怜的小人儿更知道如何调整自己的感情。布小姐决不会做出阿米莉亚那么轻率的事情，不会将自己的爱全部奉献出来，投入全部感情，却什么也没有得到。只有一个靠不住的许诺，片刻之后就会被忘个干净，变得毫无意义。长期婚约等于合伙开公司，一方恪守约定，或撕毁协议，全都随自己的便，另一方却将全部资金都投了进去。

年轻的女士们，请你们一定要当心。跟人订婚要慎重，不要轻易投入全部的爱，永远不要将自己的感情毫无保留地告诉别人，更保险的是尽量少产生感情。不到时机成熟不可倾心交往，要想到后果。对自己对别人都要有所保留。说知心话、安排婚事要像法国人，不找伴娘靠律师。无论如何，可能带来不快的感情，压根儿就不要产生；不能履行或不能收回的诺言，千万不要承诺。这才是名利场上受人尊敬、赢得好名声的途径。

假如阿米莉亚能够听到人们对她的评论，她准会明白自己犯了什么罪过，她的名声受到怎样的糟践。然而，自从父亲破产后，以前交往的圈子就不再接受她了。史密斯太太从来没有听说过如此奋不顾身的罪过，这种可怕的亲密关系，正是布朗太太一向恨之入骨的，其结果或许会成为她女儿的前车之鉴。多宾家的小姐们说："当然啦，奥斯本上尉不可能跟一个破产商的女儿结婚。受到父亲欺骗已经够惨的。至于那个小阿米莉亚，她的愚蠢真能让所有……"

"所有什么？"多宾上尉咆哮道。"他们不是青梅竹马，自幼就订了婚？那跟已经结婚有什么区别？谁敢对那个年轻姑娘纯洁、可爱、温柔、天使般的性格说三道四？"

"哎哟，威廉，别对我们发这么大狠。我们又不是男人，打不过你，"简说道。"我们并没有说塞德利小姐的坏话。只不过说她的行为太不谨慎，又没有说什么难听的。她父母亲倒霉实在是自作自受。"

"既然现在塞德利自由了，你最好自己向她求婚好了，威廉，"安小姐挖苦道。"这可是门最合适不过的亲事呢。嘿嘿！"

"我跟她结婚！"多宾的脸涨得通红，急促地说。"你们自己翻云覆雨，别以为她也跟你们一个样。嘲笑那个天使吧，挖苦她吧，反正她听不见。她遭了难，又悲惨又不幸，该受嘲笑。讥讽吧，安，全家就你说话最俏皮，大家都等着听呢。”

“我必须对你再说一遍，威廉，这儿不是军营，”安小姐评论道。

“军营，老天在上，我倒要听听军营里哪个家伙敢把你这种话说出口，”这头英国狮子吼道。“以大神朱庇特的名义起誓，我倒想知道哪个男人敢说她半句坏话！不过男人从来不这么交谈，安。只有你们女人，凑在一起像蛇一样嘶嘶叫，像鸟似的叽叽喳喳，像蛤蟆一样咕呱咕呱。都给我住嘴，别放开喉咙哭闹。你们这对蠢鹅，”威廉·多宾说完，见安小姐的眼睛已经像以往那样开始变红，湿润，连忙说，“好啦，你们不是蠢鹅，是天鹅，是你们喜欢的任何东西，反正别再提起塞德利小姐了。”

妈妈和妹妹们都感到纳闷，威廉对那个卖弄风情的呆傻女子怎么会这么钟情？她们也害怕她跟奥斯本解除婚约后，马上缠上其他崇拜者，甚至把上尉给缠住。毫无疑问，两位可敬的年轻姑娘准是以自己的经验来揣度别人，因为她们至今还没有求婚者，更没有机会挑挑拣拣，所以确切地说，她们是以自己的是非观念来衡量别人。

“妈妈，谢天谢地，哥哥的联队要调往国外，”姑娘们说。“哥哥至少能躲过这一关。”

这的确是个事实。那位法国皇帝在我们这部名利场的家庭喜剧中也扮演了一个角色。这位暴君虽然在我们的故事里没有机会对话，可是，假如没有他这个角色，我们这戏就演不下去。毁灭了波旁王朝和约翰·塞德利先生的就是这个角色。也是这个角色，来到法国首都后，召唤人民拿起武器保卫他，而整个欧洲却要驱逐他。整个法国和法国军队聚在五月广场上的战鹰周围发誓效忠的时候，欧洲四强开始行动，准备大围捕。其中一支是英国军队。我们故事中的两个人物多宾上尉和奥斯本上尉也参与其中。

英勇的皇家某联队得知拿破仑逃跑后登陆的消息，军人们既愤慨又喜悦，群情激昂。我们当然都知道这指的是哪个联队。从上校到最下等的鼓手，人人心中都充满了希望和野心，都心怀爱国的激情。感谢这位法国皇帝，他能跑出来干扰欧洲的和平，便是对他们施了恩惠。联队久已盼望的时机终于到来，他们要向驻兵西班牙的老兵一展英姿，让他们看看没有让西印度黄热病拖垮的这个联队，打起仗来一样骁勇善战。斯塔布斯和斯普尼盼望不花钱就升任连长。奥多德少校太太也决心从军，她希望不等战役结束，自己的签名就能改成奥多德上校夫人。我们的两位朋友多宾和奥斯本也跟其他人一样激动。两人的方式不尽相同，多宾先生非常平静，奥斯本先生生气勃勃，心里话嚷得满世界都知道。但是两人都决心恪尽职守，在战斗中建立功勋，赢得荣誉。

这消息在全国上下和军队里引起无比的激动，个人私事便很少有暇顾及。乔治·奥斯本大概也是这样，他刚刚升任连长，正忙着准备不可避免的行军打仗，心里盼望接连晋升，平静时期感兴趣的事情对他就没有多少影响了。我们不得不承认，他对老塞德利先生遭的难并不怎么挂在心上。不幸的老先生面对第一次债权人会议的时候，他正在试穿新军服，那身衣服他穿着既合身又显得很帅。他父亲告诉他说，那个破产的家伙行为卑鄙可耻，是个流氓，又将写给阿米莉亚信上的内容通报他，告诉他说，他们的关系从此一刀两断。那天晚上还给了他一大笔钱，支付漂亮的新军装和新肩章的费用。钱对这个大手大脚的年轻人总是有用的，他没说什么就接受了。那天晚上，他离开家步行进城，回自己歇息的老斯劳特旅店，看见塞德利家房子上挂着许多拍卖的招贴，便想起自己在这座房子里曾经度过许多愉快的时光。这个舒适的家现在对阿米莉亚和她的父母关上了门，他们在哪儿栖身呢？他们的破产对他产生了不小的影响。那天晚上，他在斯劳特旅店的咖啡厅里神情十分忧郁，他的一位战友当时也在场，注意到他灌了不少酒。

不久，多宾进来了，提醒他别喝得太多。他说他情绪不佳，不能不喝点。他的朋友便不着边际地向他提了许多问题，还一本正经向他打听消息。可是奥斯本不愿交谈，只是推说心里乱得很，觉得难过。

三天过后，多宾在军营里发现奥斯本面朝下趴在桌子上，旁边散着几张信纸，这位年轻的上尉显然非常沮丧。“她……她把我送给她的东西退回来了，几件该死的首饰。看！”一只小盒子上用熟悉的字体写着寄给乔治·奥斯本上尉，盒子外面放着几样东西：一只戒指、他小时候在市场上为她买的一把银制小刀、一个金链子，还有一只里面装了头发的小盒坠子。“全完了，”他懊悔地呻吟了一声。“威廉，你愿意就读一读吧。”

他指着一封只有几行字的短信，上面写着：

我父亲命令我把这些礼物退给你。这是你在那段幸福的日子里送给我的。这也是我最后一次给你写信了。我们家遭了这么大的打击，我想你一定像我一样感到难过。面对我家目前的不幸，我们之间的婚约不可能继续保持，所以，我解除对你的束缚。我们的悲伤经历中，最严酷的便是奥斯本先生对我们的残暴行为和怀疑态度，我相信你并没有参与。再会。再会。我要向上帝祈祷给我坚强，承受这一切，也要祈祷上帝永远保佑你。

阿米莉亚

我要经常弹这架钢琴，你的钢琴。只有你才会送我这架钢琴。

多宾是个心肠很软的人。看到女人和孩子们遭受痛苦，他就受不了。想到脾气温顺的阿米莉亚心都要裂了，而且那么孤独，这位好心人感到极为痛苦，不禁失声痛哭。有人愿意认为他没有男子汉气概，也只有随他们的便。他发誓说，阿米莉亚是个天使，奥斯本真心同意。他也在回忆过去的生活，回忆起他们自幼年开始的交往，直到她长到现在的年纪。她是那么纯真，那么甜美，她的质朴迷人，她对自己的爱意和温柔那么不加矫饰。

失去这一切该是多么痛苦啊，拥有的时候却没有珍惜它！他脑子里挤满了千百桩家庭情趣的景象，她在其中总是那么善良美丽。想起他自己的自私与冷漠，对比她那片完美的纯真，他悔恨羞愧难当，不禁涨红了脸。两个朋友一时忘记了战争，忘记了荣誉，忘记了一切，专心谈论起她。

“他们在哪儿？”交谈了很长时间，在长长的沉默过后，奥斯本问道。他想到自己没有采取行动找寻她，颇感难堪。“他们在哪儿？这信上没有他们的地址。”

多宾知道。他不仅送去了钢琴，而且给塞德利太太写过一封短简，请求去看望她。他的确去看过她，也见过阿米莉亚。那是昨天来查塔姆之前的事情。另外，让两人激动不已的信和小盒子也是他带来的。

这个好心的人发现，塞德利太太非常乐于招待他，看到送来钢琴后，激动得不知该怎么才好，以为是乔治为了表示好意送的。多宾上尉并没有纠正这位可敬夫人的误解，只是怀着极大的同情，倾听她讲述他们的不幸和她心中的苦恼。她说起他们的损失和眼前的艰难，他就安慰她；讲起奥斯本对待以前的恩人行为如何残酷，他便跟着感叹唏嘘。等到她发泄一番稍稍舒服一些，他才鼓起勇气要求见见阿米莉亚。阿米莉亚像往常一样独自待在楼上。

她的模样那么凄惨，一副绝望面容，让人看了顿生怜悯。诚实的威廉·多宾从她毫无表情的苍白面孔上看到的是死一般的凶兆，不禁吓得魂飞魄散。她陪他坐了一两分钟后，将那只小盒子搁在他手上，说："请把这个交给奥斯本上尉，我……我希望他一切都好……感谢你来看望我们……我们非常喜欢我们的新家。妈妈，我想上楼去，我不太舒服。"说完这话，这可怜的孩子努出个微笑，行了个屈膝礼，就走开了。母亲扶她上楼的时候，回头朝多宾投来极度悲伤的一瞥。好心的多宾不需要这样的乞求。他心里已经深深爱上她了。无法表达的悲伤、怜悯和恐惧将他紧紧缠住了。他见过她离开的时候，觉得自己仿佛是个罪人。

奥斯本听说朋友已经找到她了，急切地询问那个可怜孩子的情况。她身体好吗？看上去气色怎么样？她说了些什么话？战友拉住他的手，望着他的眼睛。

"乔治，她活不久了，"威廉·多宾说完这话便哽咽得什么也说不出来。

塞德利一家栖身的这个小房子里，有个活泼的爱尔兰女佣。家里一应活计都由她来做。许多天以来，她一直想设法帮助阿米莉亚，安慰她，可是全都白费力气。埃米的悲伤太深重，无心与她交谈，甚至注意不到有人好心帮她。

多宾和奥斯本交谈过后四个小时，这位女佣来到阿米莉亚的屋子里。她仍然如往常那样枯坐着，默默俯身在她那些命根子一样的信上。爱尔兰姑娘满脸堆笑，显得十分开心，做了许多尝试，想吸引埃米的注意。然而埃米根本无心留意。

"埃米小姐，"姑娘说。

"我就来，"埃米嘴上这么说，可是并不朝周围看一眼。

"有一封信，"女佣接着说。"有样东西……有个人……这是一封新来的信。别读那些旧信了。"她将那信交给她。埃米接过去看。

"我一定要见你，"信中写道。"最亲爱的埃米……最亲爱的爱人……最亲爱的妻子，到我身边来吧。”

乔治和她母亲都在外面，等待她读完那信。

第十九章
克劳利小姐卧病

我们已经知道，只要克劳利小姐家发生任何重要事件，女佣弗金太太便认为有责任将消息通报给牧师宅子的布特·克劳利太太。我们在前面也提到过，这位好心的太太如何器重克劳利小姐这位贴身女佣。她与克劳利小姐的伴侣布里格斯小姐也是很要好的朋友，她对布里格斯小姐表示出特别的关怀，并且向她许了很多愿，赢得了她的好意。许愿不费吹灰之力，接受许愿的人听了却很舒服，视之若珍宝。每一个懂得节俭的好管家婆都必须了解空口说好话多么便宜，听了又多么让人愉快。平淡的生活如家常便饭，有了美言做调味品，顿时变得有滋有味。不知哪个白痴说过："好话不能当奶油，怎能用来拌凉菜？"可是，交际活动中的凉菜大半都是用这种奶油拌起来的。不朽的名厨师亚历克斯·索亚花费半个便士制作的美味汤，粗心的笨厨子就是耗费几英镑，又添肉又加菜，味道也差得远呢。同样，几句讲究艺术的好话让人听了心里喜悦，胜过胡乱花大钱给人实惠。是啊，我们知道，有些实惠吞下去往往会倒某些人的胃口，而美言再多也能消化，而且人们对这类营养总是心怀渴望。布特太太常常对布里格斯小姐和弗金说起，自己对她们的爱有多么多么深，还常常说起，如果她得到了克劳利小姐的财产，会怎么报答这两位好朋友。这两位女士自然对她尊敬备至，仿佛布特太太已经送过她们极为贵重的礼物。

罗顿·克劳利与她恰恰相反。他本是个自私粗鲁的大兵，丝毫没有费心对姑妈的伴侣表示过一丁点善意，而且总是十分明显地对这两个下人表示轻蔑。一次，他要弗金帮他脱下长筒靴，另一次，他打发她冒雨送一封内容无足轻重的信。假如他给她赏钱，就把一个畿尼抛给她，效果仿佛打她一耳光。他见姑妈拿布里格斯小姐取笑，自己也学着嘲弄她，他那种笑话实在够优雅的，如同骑马冲锋时马蹄重重的践踏。然而，布特太太却向布里格斯小姐请教诸如趣味方面的事情，或者询问一些自己为难的问题，崇拜她写的诗，利用千百种机会对她表示赞赏。如果她送给弗金一件仅值两个半便士的礼物，总要伴随着对她说上许多恭维话，让这个听差感激得心里觉得这礼物比金子都贵重，还一心幻想着布特太太继承了克劳利小姐的财产后，自己不知能得多少财物呢，于是心里便感到满意。

分别指出这两个人的不同做法，为的是让初涉世事的人们留意。我要对他们说，要赞扬每一个人，却绝对不要吹毛求疵，不但要当着人的面恭维，就是背地里也要说好话，因为这些话有足够的机会传到人家耳朵里。决不要错过说好话的机会。海军大将柯林伍德在自己的领地上每见到一片空地，就要从口袋里掏出一颗橡树种子埋进去，大家也要整个一生中这样播种恭维话。一颗橡树种子几乎不值什么，可是却会发芽生长，最后变成一根大得令人惊异的木材。

总之，罗顿·克劳利在这儿得意的时候，大家只能闷住心中的怨气服从。等到他失了宠，大家没一个帮他可怜他的。布特太太接手克劳利小姐家的事务后，家里全部用人都为得到这样一位英明的领导感到幸运，都期待着从她的许诺、慷慨和好话中获得更多的恩惠。

布特太太绝对不认为，他吃了一次败仗就从此死了恢复自己地位的念头。她也知道丽贝卡太聪明伶俐，太生气勃勃，太奋不顾身，绝对不会不搏斗就摊牌认输。她觉得，她必须准备战斗，要不懈地留心可能的冲锋进攻，也要当心暗里埋下的地雷。

首要的问题是，她虽然占据了这座城堡，可是能稳住其中主要居民吗？克劳利小姐能不能坚持住？她心底里是不是暗暗欢迎那个逐出城外的敌手回来？老女士喜欢罗顿，也喜欢逗她欢心的丽贝卡。布特不能蒙骗自己，她知道，她这个阵营里，没有一个具有丽贝卡的本事，让这位城里长大的女士开心。“我知道我的女儿在那个讨厌的女教师传授下，唱起歌来让人无法忍受，”牧师的妻子心里承认。“玛莎和路易莎弹四手钢琴曲，她总是打瞌睡。吉姆那种局促的大学式的礼貌，可怜的布特说起他那群狗和马的谈吐，她听了觉得恼火。要是我把她带回牧师宅子，她用不了多久就烦了，准会匆匆离开。我知道她会。那样的话，她又要落入罗顿的魔掌，成为夏普那条毒蛇的牺牲品。与此同时，她的身体显然不佳，无论如何几个星期内不可能自由活动，在这段时间里，我们必须设计出某种方案，保护她不受那两个毫无生活原则的家伙摆布。”

在克劳利小姐身体最好的时候，只要有人对她说她看上去有病，战战兢兢的老女士就会请医生。我敢说，在那场突然发生的家庭事件后，她的健康状况的确非常不佳，她的神经根本承受不了这种危机。至少，布特认为有责任通知医生和药剂师，也告诉她的伴侣和家里所有用人，说她的健康处于危急状态，大家必须采取相应的步骤。她叫人在门外的路面上铺了一层几乎厚及膝盖的稻草，来客都必须由鲍尔斯先生端着托盘以卡片通报。她坚持要求医生一天来看望两次，每两个小时就给病人灌一回药。如果有任何人走进屋子来，她就阴森森地嘘个不停，床上那可怜的老女士也给吓得毛骨悚然。她从床上望去，总能看到坐在床头扶手椅上的布特太太，和盯在她身上的一双滴溜溜的眼睛，屋里的窗帘都让她拉得严严实实，这对眼睛似乎在黑暗中能发光。她在屋子里走动时，丝毫不发出响声，仿佛在用猫爪子走路。克劳利小姐就这样一连躺了许多天，时间从来没有这么长过。布特太太为她读宗教内容的书籍。在一个个漫长的夜晚，她便不得不倾听守夜人的报时、彻夜亮着的油灯发出的细微噼啪爆裂声，午夜时分悄然来访的药剂师发出的声响，便是一天能听到的最后声音。除此之外，就只能望着布特太太那一对闪闪发亮的眼珠，或者盯着看摇曳的烛光投在黑黢黢的天花板上那片凄惨昏暗的光影。在这样的病房里，就是健康女神也要生病，更遑论这位神经紧张的可怜老女士呢？先前我们提到过，这位名利场上可敬的女士，在身体健康精神饱满的时候，关于宗教和道德的观念开明得真能让伏尔泰先生佩服；然而一旦生了病，对死的恐惧使病情恶化，一生犯的种种罪孽时时萦绕心头，精神恐惧搞得她精疲力竭。

病床前的说教和虔诚的忏悔当然不适于搬上故事书。我们不能学着某些小说的样子，把读者哄到手，然后对他们布道说教。这仅仅是一部喜剧故事，读者花钱是为了获得乐趣。虽然我们不说教，但是故事中却包含一定的道理。人们在名利场上奔走忙碌，得意扬扬，嬉笑欢乐，可是回到家里却难免精神沮丧压抑，也免不了被悔恨和忧郁搞得心绪恶劣。回顾往昔豪宴并不能让生病的美食家情绪高涨，忆及华丽裙袍及舞会上的得意也不能给往昔的美女慰藉。一位上了年纪的政治家，回首最成功的竞选胜利时，心中得意或许会黯然失色。昨日的成功和喜悦在面对某个明天时，只是一场空，虽然那一天并不确定，可是我们迟早不得不思索。噢，扮演小丑的兄弟们！你们硬装出笑脸，拼命翻着筋斗，晃动帽子，摇响铃铛，难道没有片刻的厌倦？亲爱的朋友们，同伴们，我善意的目标，是要带着大家穿过这个名利场，仔细观看这市井及其表演，在这片夺目的光彩、震耳的喧嚣、庸俗的欢乐过后，我们再回到家里，私下沉浸在悲伤中。

“假如我那个男人肩膀上长颗真正的脑瓜，”布特·克劳利太太自忖道，“在目前的情况下，对这位不幸的老女士该多么有用啊！他也许能让她为过去令人吃惊的自由思想方法感到悔恨。他或许可以敦促她尽自己的职责，抛弃那个让家庭蒙羞的可恶浪荡公子。说不定还能诱使她公平对待我亲爱的女儿们和两个儿子，我相信他们不但需要而且配得上亲戚的援助。”

憎恨罪恶总是迈向美德的起点，布特·克劳利太太便着手向她丈夫的姐姐灌输恰当的思想，让她对罗顿·克劳利的全部罪恶产生憎恶。罗顿的这位婶婶一桩桩一件件罗列出的罪恶，就是让他的联队士兵每人分担一件，也足能让每个大兵受到处分。一个人犯了错误，恐怕没有哪个道德家比他的亲戚更急于向世人张扬了。对罗顿的过去，布特太太自然表现出极大的兴趣和了解。她详细讲述了他与马克上尉之间的恶斗，说这事一开头就是罗顿的错，最后他朝那上尉开了枪。她还知道那位倒霉的达夫代尔勋爵的事，说是他妈妈为了让他在牛津上学，才在牛津找了所房子，那人来伦敦之前从没碰过扑克牌，结果，在可可树酒店被专门勾引教唆年轻人干坏事的罗顿灌得大醉，在牌桌上丢了四千镑。她绘声绘色地细致模仿几个乡下人家如何遭他的毒手，他把人家的儿子搞得一贫如洗，蒙受羞耻，女儿受他拐骗，毁在他手里。她还知道有些可怜的商贩，被他的赊欠挥霍搞得破产倒闭，他躲债加赖账，什么手段都会耍；他的姑妈对他无比慷慨大方，可他却以虚伪对待她，对她做出的种种牺牲他不知恩图报，反而背地里对她倍加嘲弄，实在让人咋舌。她把这些故事一个个讲给克劳利小姐，希望她能从中获得益处。她是个基督徒，还是一个家庭的女主人，便认为有义务这样做。她如此诋毁那个人，即使不能让克劳利小姐幡然悔悟，她也觉得是件卓越的功勋，要毅然干下去尽自己的责任。如果要毁坏一个人的名声，只有他的亲戚做得最彻底。我们不得不承认，罗顿·克劳利那个不幸的家伙真正干过的坏事就足够让他备受谴责了，他婶婶编造更多谣言其实毫无必要。

她已经下令拒绝让罗顿的任何使者或信件进门。丽贝卡现在成了亲戚，自然也逃不过布特太太的调查。出于对事实真相不屈不挠的追求，她乘坐克劳利小姐的马车，不辞劳苦赶往奇斯威克，到平克顿女子学校去拜访她的老朋友米涅瓦。她通报了夏普小姐勾引罗顿上尉的可怕消息，又获得了许多有关这位前家庭女教师出身和早年经历的种种详细而令人惊讶的资料。辞典编纂家的朋友有大量消息可提供。杰迈玛小姐被迫出示那位绘画教师的收据和信件。其中有一封信写自负债人拘留所，信上要求预支薪水；另一封信对奇斯威克女校长接受丽贝卡表示感谢；在这位不幸的艺术家临终前最后一封信上，他乞求平克顿小姐保护他的孤女。另外还有丽贝卡年幼时写的许多书信，有的为父亲求情，有的表示她自己的感激。与亲密朋友反目为仇后，出示那朋友十年来的书信给人看，在名利场上，或许没有什么比这些昔日的书信更具有讽刺意味了。如果两姐妹为二十镑的遗产吵得不可开交，取出她一向受珍视的书信；不孝之子让父母气得肝肠寸断时，拿出孩子儿时潦草的涂鸦；情人嫁给从印度回国的阔佬后将写给她的信全部退还，重读那些书信，体会当初至深的崇拜和发誓永不变心的绵绵情话，可是现在，对她的爱绝对超不过对伊丽莎白女王的喜爱。那些爱情的誓言、信誓旦旦的知心话和感激之情，时隔不久，听上去多么荒诞不经啊！实在应该为名利场定上条法律，要求所有信件在恰当的短时间后必须全部销毁，只准保留店铺开的账单。那些为日本产永不褪色墨水做广告的坏蛋应该消灭，他们的发明也应该销毁。适于在名利场上使用的最佳墨水，应该两天后就褪色，让信纸变成一片空白，以便在纸上书写其他内容。

不屈不挠的布特太太通过平克顿小姐，找到夏普先生及其女儿在希腊街的踪迹。在已故画家住过的房子里，有房东太太身着白缎袍，丈夫身穿两排铜纽扣制服的画像，这幅肖像仍然是客厅的一件装饰，当时他是为了抵一个季度的房租为他们画的。斯托克斯太太是个健谈的女人，很快便将自己对夏普先生了解的全部内容都抖出来。她说他穷困潦倒，脾气却和蔼极了，非常逗人喜欢，法警和讨债人总是缠着他不放，他直到妻子快要死的时候才与她成婚，虽然她不喜欢那女人，可是她反对他那么办。她说他的女儿是个疯狂的小狐狸，善于讲笑话，模仿人，把大家逗得乐不可支；她常常去酒馆买杜松子酒，这一带画室里的人没一个不熟悉她的。总而言之，布特太太完全掌握了她这位侄儿媳妇的家世、受过的教育，以及她以前的行为。假如丽贝卡了解到竟然有人这样调查她的过去，绝对不会感到愉快。

如此辛劳的努力，得益者自然是克劳利小姐。罗顿太太是一位歌女所生。她本人也上过舞台。她曾经做过画家们的模特儿。她从小就受到母亲的影响。她与父亲一道喝杜松子酒，等等。这个堕落的女人嫁给一个堕落的男人。布特太太得出的结论是，这一对无赖绝对不可救药，任何行为得体的人都不得再提起他们。

这些材料便是精明的布特太太武装帕克巷这所房子的给养和弹药。她知道罗顿和他妻子肯定要向克劳利小姐发起进攻，可她要反击他们的攻势。

如果说她的安排还有什么毛病的话，那就是她太操之过急了。她一切办得太尽善尽美，结果毫无必要地加重了克劳利小姐的病情。老病人不得不由她摆布，她的管束过于严厉，简直到了近乎折磨的程度，饱受囚禁之苦的受害者一有机会就想逃出她的魔掌。专好掌权的女人是女人群里的精华，她们喜欢发号施令，她们比别人更清楚什么对人家有益处，却从来没有考虑过家庭内部有爆发反抗的可能性，也从来不考虑她们的极权统治可能造成其他不测。

就拿布特太太来说吧，毫无疑问，她废寝忘食，奋不顾身地照料丈夫的姐姐，连新鲜空气都顾不上呼吸一口，意图当然是好的。她深信老女士已病入膏肓，几乎把她当成行将就木的危重病人对待。一天，她对经常来出诊的药剂师克朗普先生表功，说起自己的牺牲和自己努力的结果。

“我亲爱的克朗普先生，”她说，“我敢肯定，那个恩就仇报的侄儿让我们亲爱的病人躺倒在病床上，可我不遗余力地照料她，希望她能康复。我从来不辞辛劳，不怕牺牲自己。”

“我承认，你的忠心令人敬佩，”克朗普先生深鞠一躬说，“不过……”

“我自从到这儿来以后，几乎连眼皮都没合一下。我放弃睡眠，不顾自己的健康，不考虑舒适，一心想着我的职责。我可怜的詹姆士生出麻疹的时候，难道我请别人照顾过吗？没有。”

“我亲爱的夫人，你的确尽了一位母亲的职责，是一位最了不起的母亲，可是……”

“作为一个家庭的主母，作为一个英国牧师的妻子，我谦恭地相信，我的原则性是好的，”布特太太带着愉快而庄严的神色说。“克朗普先生，只要我还有一口气，就绝对不疏忽我应尽的职责。其他人可以把头发灰白的长辈气得病倒在床上，”布特太太朝克劳利小姐架在梳妆台上的棕色假发挥了一下手，“可我绝对不能逃避应尽的职责。啊，克朗普先生！我恐怕，我知道，病人不但需要药物，也需要精神安慰的。”

“亲爱的夫人，我的评论是，”克朗普决心把自己的意思说出来，便恭敬地插进来说，“我对你说的这一切十分佩服，我佩服你的感情。不过我认为你对你好心的朋友表示出的担心完全没有必要。也丝毫没有必要为了她牺牲自己的健康。”

“为我丈夫家的任何成员，我愿恪尽职守，就是牺牲生命也在所不惜，”布特太太打断他的话说。

“不错，夫人，假如真有必要的话，可以那样。不过我们并不希望布特·克劳利太太做出无谓牺牲，”克朗普先生口吻殷勤地说。“你一定看得出，关于克劳利小姐的病，斯奎尔斯先生和我本人都仔细周密地考虑过了。我们认为她只是情绪低落，神经紧张而已。是受家庭内部发生事件的刺激导致的。”

“她侄儿该下地狱！”克劳利太太嚷道。

“家庭事件刺激了她。你来到这里就像个保护神，我亲爱的夫人，我确信你是个保护神，在灾难性的压力中给了她安慰。但是，斯奎尔斯先生和我都认为，我们没有必要限制好心的病人卧床养病。她精神压抑，不过这种限制更加剧了她的压抑。她应该换换环境，呼吸呼吸新鲜空气，情绪欢乐些。这是最好的药方了，”克朗普先生说着咧开嘴笑笑，露出一口漂亮的牙齿。“亲爱的夫人，要劝她起床，让她离开床铺，逗她愉快些。坚持带她去兜兜风。这些活动还能帮你的脸颊上浮出红晕——请允许我这样说。”

“万一她在海德公园里遇到她那个可怕的侄儿就糟了，我听说，那家伙不要脸的女同谋常常跟他一起驱车兜风，”布特太太不经意泄露了自己心中的隐私，“难免让她受惊吓，我们就不得不再次让她卧床休养了。克朗普先生，她千万不能出去。只要我在这儿照料她，她就不能外出。至于我自己的健康，那有什么关系？我很乐意放弃。我愿意将它奉献在职责的祭坛上。”

“听我的话，夫人，”克朗普先生此时话说得很直率，“假如把她锁在那间黑屋子里，我不能保证她的生命安全。她的神经那么紧张，随时可能送命。我要坦白地警告你，假如你希望克劳利上尉做她的财产继承人，那么你现在是在替他效劳。”

“我的老天哪！难道她有生命危险？”布特太太嚷道。“为什么，为什么你不早告诉我？”

在这之前的那天晚上，克朗普先生与斯奎尔斯大夫讨论过克劳利小姐的病情和其他情况。当时他们在拉平·瓦伦爵士家喝着一瓶葡萄酒，等待为他妻子接生第十三个小宝贝。

“克朗普，汉普郡来的那个女人真是个贪婪狠心的恶妇，”斯奎尔斯评论道，“把老蒂莉·克劳利女士抓在手心里不放。这马德拉葡萄酒真不赖。”

“罗顿·克劳利真是个大傻瓜，”克朗普回答道，“竟然娶了个家庭女教师！那姑娘也真有些手段。”

“一对绿眼睛，白皙的皮肤，漂亮的身段，高高隆起的胸部，”斯奎尔斯评论道。“她的确挺动人，不过克劳利的确是个傻瓜。”

“他呀……从来就是个傻瓜，”药剂师说。

“当然，老姑娘要抛开他了，”大夫停顿片刻后补充道。“我猜想，她快要翘辫子了。”

“翘辫子？”克朗普咧开嘴笑了笑说。“我可不愿她死，我还指望从她那儿得一年两百镑收入呢。”

“要是那个汉普郡女人继续留在她身边，不出两个月准会要她的命，克朗普，我的伙计，”斯奎尔斯大夫说。“上了年纪的女人，饭吃得多点，神经稍稍紧张一下，心脏狂跳一阵，脑子溢出点血，中了风，说完就完了。克朗普，去让她起床活动活动，到户外走动走动。要不然，我自己倒没什么，可你那一年二百镑的收入就危险了。”药剂师在这种暗示的驱使下，才跟布特太太坦率地进行了上述交谈。

布特太太将老女士掌握在手心里，周围又没有别人，就不止一次向她发起进攻，劝她改写遗嘱。可是克劳利小姐听到这种不吉利的建议，怕死心情更加重了。布特太太看出，要想实现自己心中的神圣使命，就必须首先让病人精神欢乐起来，身体恢复健康。下一个麻烦是带她上哪儿活动。只有一个地方能避免见到那个可恶的罗顿，那就是教堂。可是布特太太感觉到，她不会喜欢那地方。“我们必须去伦敦郊区走走，”她想道。“我听说那是世界上最风景如画的迷人地方。她突然对汉普斯蒂德和霍恩西发生了兴趣，还说，她发现德尔威治是个迷人的地方。于是，她将自己的猎物请上马车，带她去乡下，一路上为消磨时间，谈论起罗顿和他妻子，她讲述他们的种种恶行，为的是激起老女士对这两个混账东西的愤慨。

或许布特太太将弦绷这么紧完全没有必要。她的确让克劳利小姐产生了对那个不肖侄子的适当厌恶，但是，这位病人更强烈的感情是对挟持者的怨恨，心中的恐惧不敢声张，一心渴望从她手心中逃出去。不久之后，她公开反对去海盖特和霍恩西，一定要去海德公园。布特太太料到，她们在那儿会遇上恶棍罗顿，结果证明她是对的。一天，在驱车绕圈兜风过程中，罗顿的轻便马车出现在视野里，丽贝卡坐在他身旁。他们发现，在敌方战车中，克劳利小姐坐在自己惯坐的位置上，布特太太在她身旁，布里格斯小姐带着狗坐在后座上。这是个令人尴尬的时刻，丽贝卡一认出那车，心跳马上加快了。会车时，她双手合十，望着那个老姑娘，眼神中显出焦虑、敬爱和忠诚。罗顿浑身颤抖着，染过的胡子下面，脸色憋成酱紫色。只有老布里格斯颇为激动，一双大眼睛紧张地望着老朋友们。克劳利小姐的脸扭向身边的这条毒蛇，布特太太当时正乐不可支地逗小狗玩，说小狗是个漂亮的心肝宝贝。马车继续向前，沿着各自的方向驶去。

“天哪，完啦，”罗顿对妻子说。

“再试一次，罗顿，”丽贝卡回答道。“你不能让车轮跟她们的车轮绞在一起，亲爱的？”

罗顿无心做那种事。两车再次相遇时，他在轻便马车上站起身，举起手，准备摘下帽子，两眼一眨不眨地望着对方的马车。这次，克劳利的面孔没有转向一旁，她和布特太太两人都面对面瞪着他，丝毫不露怜悯表情。他咒骂一句跌坐在座位上，赶车离开那条环形车道，冲上回家的路。

对布特太太来说，这是一次具有决定意义的胜利。但是她感到了多次这样会面的危险，看得出，克劳利小姐十分紧张。她认定，为了她朋友健康着想，非常有必要带她离开这座城市，便极力建议去布赖顿小住。

第二十章
多宾上尉扮红娘

不知不觉之间，威廉·多宾上尉促成并安排了乔治·奥斯本与阿米莉亚之间的婚事。如果没有他，这事绝对不可能实现。他在心底不得不苦笑着承认，世界上没有比他更不愿意使这桩婚事成为现实了。尽管这种居间斡旋对他是桩痛苦的营生，不过，既然是一种必须履行的职责，多宾上尉习惯于二话不说，毫不迟疑地贯彻始终。他绝对确信，假如塞德利小姐不能与丈夫成婚必然因失望而死，他便决定做出全部努力，拯救她的生命。

我不愿详细叙述乔治与阿米莉亚幽会时的交谈细节。在诚实的朋友威廉的说合下，乔治被带回到原来的立足点，我们或许可以说是带回到他年轻的情人怀抱中。见了那张甜美的面孔为悲伤焦虑和绝望蹂躏得面目全非，听了她用温柔的声音讲述自己惨痛的心灵经历，比乔治心肠再硬的人，也于心不忍。她母亲战战兢兢将奥斯本带到她身边时，她并没有昏厥，只是放开郁闷心灵的闸门将脑袋靠在爱人的肩膀上，默默流出极其温柔、冤屈、舒心的泪水。塞德利太太见了大感宽慰，觉得最好让这对年轻人独自待在屋子里，将埃米留在乔治身边痛哭，谦卑地亲吻，仿佛他是她至高无上的主人，仿佛她是个有罪的灵魂，需要他施予各种恩惠。

如此毫无怨言的柔情臣服触动了乔治·奥斯本的心弦，也唤起他心中的得意。眼看一个奴隶对自己无比忠诚，他心中体会到了自己的力量。尽管他是个苏丹王，但他也愿意表现出慷慨，扶起拜倒在脚下的美女，立她为王后。除了她的忠诚之外，她的悲伤与美貌也打动了他的心。于是，他逗她欢心，我们或许还可以说，他宽恕了她，提高她的地位。她心中的太阳被夺走后，她变得枯萎不振，奄奄一息。现在心田再次投下他的光明，她的全部希望和感情立刻恢复，又生机勃发，如花怒放了。前一天晚上，阿米莉亚靠在枕头上那张小脸绝对毫无光彩，它曾是那样的苍白，那样毫无生气，对周围一切毫不关心。那位诚实的爱尔兰女佣见她发生了如此巨大的变化，不仅喜上心头，贸然要求亲吻一下她骤然浮出玫瑰色红晕的脸颊。阿米莉亚欣然双臂搂住姑娘的脖子，像个孩子一样热情地亲吻她。她的确比个孩子大不了多少。那天晚上，她睡得像小孩子一样香甜，醒来时，面对早晨的阳光心中的幸福洋溢得无法表达。

“他今天还要来这儿，”阿米莉亚想道。“他是个最伟大的好男人。”然而，乔治认为自己是个世上最慷慨的男子，能与这么一个姑娘结婚，其实是他做出了极大的牺牲。

她与奥斯本在楼上面对面亲密交谈时，塞德利太太与多宾上尉在楼下仔细商量，考虑这桩事情的现状、可能性，以及未来的安排。塞德利太太像所有女人那样，将两个恋人撮合在一起，让他们尽情拥抱，然而，她却不能不认为，什么也休想让塞德利先生赞同女儿嫁给这么一个年轻人，因为他父亲曾那样羞辱他，以那么阴险邪恶的手段对付他。她不禁回忆起很久以前的美好日子，当时奥斯本一家住在新街上，家境十分贫寒，奥斯本家生孩子的时候，塞德利太太将约斯婴儿时用过的东西送给他妻子，她当时乐得不得了。她能体会得出，那个人的忘恩负义让塞先生的心碎了。至于这桩婚事，他说什么也绝对不可能同意。

“夫人，那他们就只能私奔，”多宾笑道，“就像罗顿·克劳利上尉和埃米小姐那位做家庭教师的朋友一样。”难道真有这种事？这消息她绝对没有听到过。塞德利太太听了激动得不得了。真希望布伦金索普太太能在这里，好讲给她听。布伦金索普太太向来不信赖夏普小姐。约斯没让她缠住真是万幸！她又把丽贝卡与博格利沃拉收税官的恋爱历程叙述了一遍。

然而，多宾害怕的并不是塞德利先生的怒气，而是另外一对父母。他不得不承认，对于拉塞尔广场那位眉毛浓黑的暴君商人，他心存极大的疑虑。多宾认为，他绝对禁止这桩婚事。他了解奥斯本是个怎样野蛮强横的家伙，说过的话决不反悔。“乔治要想让父亲表示同意，只有一个机会，”多宾说，“那就是在即将到来的战役中出人头地。如果他死了，他们两人都别活。如果他不能成名，怎么办呢？我听说，他母亲可以给他点钱，足够买个少校军衔，要不就干脆把现在的军衔也卖掉，到加拿大去另谋生路，或者到乡下过贫苦日子。”多宾觉得，要是自己能娶到这样一个妻子，就是带她一起去西伯利亚也心甘情愿。说来奇怪，这个荒唐的冒失鬼从来没想到设法弄一辆漂亮马车和马匹，也没考虑过获得一笔可观的收入，好得体地招待朋友们。这不能不说是乔治与塞德利小姐结合的一道障碍。

这些烦人的思索让他觉得，他们应该马上结婚。不知道他是否渴望赶紧让这事有个结果？有些人家死了人就想赶紧送葬，有的人要与人分别，一旦决定下来，就连忙道别。多宾接手这事后，无疑非常渴望看到它有个结果。他敦促乔治立即采取行动。他说将来有机会让他父亲缓和态度。只要他的名字将来在《伦敦公报》的光荣榜上登出，他父亲肯定会跟他和好。假如有必要，他可以壮起胆子在两位父亲之间斡旋。他劝说乔治，要在大家期待的命令下达之前成婚，命令一下，联队就要启程出国作战。

塞德利太太对这个婚姻计划表示赞同，却不愿对丈夫挑明。多宾先生一心要成全他们，便进城去找约翰·塞德利。他走了背运后，自己的办公室对他关上了门，这位遭受挫折的先生便每日到“珍珠粉”咖啡馆消磨时光。在那里收发他的信，将信打包成一捆一捆，有的还装进衣服内袋。真不知道有什么人比破产者做的事更加忙碌，更加令人沮丧。他会向你出示有钱人的信，他会神秘地将皱巴巴油腻腻的文件放在你面前，仿佛那些东西保证能提供援助，能给他以安慰，他就是以这些东西构筑自己的希望，盼望未来恢复自己的财富。亲爱的读者很可能见过许多这种不幸的人。他把你拉到一个角落，从衣服口袋里掏出一捆文件，解开捆绑的绳子，叼在嘴里，将几份有利的信件挑出来展示给你看。谁没见过那种悲惨、渴望、疯疯癫癫的眼神？

多宾发现以前那个面色红润、生气勃勃、财大气粗的约翰·塞德利也变成了这副模样。他的外套向来整齐而有光泽，现在边缘磨成白色，纽扣也磨出里面的铜底色。他的脸颊塌陷，不修边幅，衬衣皱边和领饰邋遢地拖在松松垮垮的背心上。以前，他走进咖啡店，总是对侍者高呼大叫，比其他人的声音都响亮，侍者们都围着他团团转。现在见他对“珍珠粉”咖啡店的约翰一副低声下气的谦卑模样，让人心里怪不好受。那约翰是个眼圈红红的侍者，腿上穿一双脏兮兮的长袜，脚蹬一对绽开许多口子的破鞋，用托盘为这个惨淡经营的店里的常客送上一罐罐墨水和纸张，除此之外，他们似乎什么都不需要。威廉·多宾小时候常常接受他的赏钱，而且老头子向来拿他当笑柄，现在，他却迟疑谦恭地向他伸出手，称他作先生。一阵羞愧不禁袭上威廉·多宾心头，仿佛塞德利遭受不幸变得如此下作，完全是他的罪过。

“我非常高兴见到你，多宾上尉先生，”他不好意思地望了他的客人两眼后说。多宾那高挑的身材和军人装束在咖啡店引起一阵小小的激动，脚蹬破鞋子的红眼圈侍者眨巴了几下眼睛，身穿黑裙，脑袋耷拉在吧台上脏兮兮的杯子中间打瞌睡的老女人也被惊醒了。“先生，可敬的副市长先生和你母亲副市长夫人都好吗？”他说完

“副市长夫人”后，朝周围扫视一圈，仿佛在说：“听见了吧，约翰，我还是有朋友的，而且是有地位有名誉的朋友。”“我能帮你做什么，先生？我年轻的朋友，戴尔和斯皮格特现在代替我搞业务。你看，在我的新办公室准备好之前，我临时在这儿办公。我能为你做点什么？要点什么吃的或者喝的吗？”

多宾迟疑地支吾说，他既不饿，也不渴，而且也没有任何业务要做，只是来问候一下塞德利先生，与老朋友握一握手。接着他补充说了几句违心的话：“我母亲很好……我的意思是说她一直很不好，只等天气一放晴就能出门，去拜访塞德利太太。塞德利太太好吗，先生？我祝她一切都好。”他停顿片刻，回忆刚才说的这番虚情假意的话。其实这是个再不能好的天气，阳光照耀在珍珠粉咖啡店所在的考芬路上。而且多宾先生记起，他一个小时前驱车将奥斯本送到弗尔罕姆路，让他与阿米莉亚相见，自己也刚刚见过塞德利太太。

“我太太能见到副市长夫人将感到非常愉快，”塞德利先生边说，边抽出他的文件。“我这儿有你父亲好心寄来的一封信，先生，请代我向他致敬。多宾夫人会发现，我们现在住的房子比以前接待朋友时的那所房子小些，不过那房子十分舒适，让我女儿换换环境对她有好处，她住在市中心受不了。你还记得小埃米吧？的确，她在那儿受不了，”老先生说话的时候目光游移不定，心里考虑的是另外一码事，手头还在摆弄着自己的文件和捆文件用的红带子。

“你是位军人，”他接着说。“比尔·多宾，我想问你，谁想得到，那个囚在厄尔巴岛的科西嘉人居然会逃走呢？去年，我们还在市政厅宴请过同盟国的国君们，参观过协和神殿和圣詹姆士公园的中国桥，观看过焰火。哪个有理智的人能想到，我们刚刚唱完赞美和平的圣歌，和平便寿终正寝了。我问你，威廉，难道我能想到奥地利皇帝是个该死的叛徒吗？我这人说话丝毫也不吞吞吐吐，他是个两面派、叛徒、阴谋家，从来都想扶持他女婿卷土重来。先生，照我看，波拿巴从厄尔巴岛逃脱是个预先计划好的阴谋，欧洲半数强国参与了这事，为的是让公债狂跌，搞垮我们国家。所以我才给弄到这个地步，威廉。所以我的名字上了《伦敦公报》。难道不是吗，先生？因为我过分信赖俄国沙皇和摄政王。瞧这个。看看我的这些文件吧。看看3月1日时公债的买卖价格，再看看我买法国五种公债时的价格。再看看它们现在是个什么价。其中有诈，先生，否则那个坏蛋绝对不会逃脱。那个放他逃跑的英国使者又在哪儿？该枪毙他，先生，上帝啊，把那家伙送上军事法庭，枪毙他。”

“先生，我们要去围捕波拿巴，”多宾说。老人在盛怒中额头青筋涨鼓起来，握紧拳头使劲敲打桌子上的文件，把多宾吓了一大跳。“我们要把他逮起来，先生，公爵已经去了比利时，我们随时都在等待开拔的命令。”

“不能饶他。打死那个懦夫，先生，把那恶棍的脑袋带回来，先生，”塞德利咆哮道。“我也想当兵打仗，跟着你们联队走。可是我是个不中用的老头子——让那个该杀的流氓毁了——还有这个国家的一帮骗子、小偷，我一手扶持他们，他们现在大摇大摆，坐着私家马车，”他声嘶力竭地补充道。

多宾看到这位好心的老朋友让不幸折磨得几近疯狂，见了他这般如怒如痴的模样，难过心情颇为沉重。让我们同情这位沦落的先生吧，在名利场上，金钱和好名声当然是第一位的。

“难道不是吗，”他继续说，“你用胸脯暖活毒蛇，它们反过头就咬你。你把乞丐扶上马背，他们首先策马践踏在你身上。威廉·多宾，我的孩子，你明白我指的是谁。我指的是拉塞尔广场那个钱袋鼓鼓囊囊的恶棍。我认识他的时候，他是个一文不名的穷小子，我真希望看他受天谴，沦落成我好心帮他时原来那个乞丐模样。”

“先生，我从朋友乔治那儿听说过这事，”多宾渴望谈上正题，便接着他的话说道。“你跟他父亲之间的争吵让他大为伤心，先生。

说实话，我今天来是为了传达他的意思。”

“噢，你原来带着这么个使命？”老人跳起来嚷道。“怎么！大概他还想安抚我吧，对不对？他可真是太好心了！那个装得腰杆笔挺的小偷，那个花花公子模样的浪荡大兵。他还想从我家搜刮什么？要是我儿子有男人的勇气，准会一枪毙了他。他跟他父亲一样，是个大恶棍。我可不准在我家里提起他的名字。我诅咒让他进我家门的那个日子。我宁肯眼看着我女儿死在我脚下，也不让她嫁给那个家伙。”

“他父亲的粗暴并不是乔治的过错，先生。你女儿爱他多半是遵循你的意思。你当你是谁，可以玩弄两个年轻人的感情，随意伤他们的心？”

“别忘了，拆散他们的不是他父亲，”老塞德利喊起来。“是我禁止他们结婚。那个家庭和我的家庭永远一刀两断。我的地位一落千丈，可是还不至于那么下作。不行，不行。你可以这么告诉那家所有的家伙，告诉那儿子，那父亲，他的妹妹，告诉他们全家。”

“先生，我相信，你既没有能力，也没有权利拆散那一对，”多宾声音低沉地回答道。“就是你对他们的婚事表示不同意，她也有责任嫁给他。因为你脑袋糊涂，所以她不是送命就是一辈子受痛苦煎熬，这真是岂有此理。他们的婚事就像伦敦所有教堂的结婚预告一样，已成定局。奥斯本攻击过你，他儿子却公开进你家门，跟你女儿结婚，有什么回答比这更有力呢？”

听了这个想法，老塞德利脸上似乎绽开一丝近乎满意的光彩。可他仍然坚持反对阿米莉亚与乔治结婚。

“那我们就用不着等你同意了，”多宾微笑着对塞德利说，还重复了一遍前一天对塞德利太太讲过的丽贝卡与克劳利上尉私奔的事。老先生听了觉得很有趣。“你这个上尉真是个可怕的伙计，”他一边捆上自己的文件，一边说，脸上仿佛浮出一点笑意。红眼圈侍者走进门，看了觉得诧异。自从他开始在这间阴森森的咖啡店消磨时光以来，侍者从来没见过他这种表情。

给自己的敌人奥斯本如此的打击，或许让这位老先生感到安慰。他与多宾的会见结束，两人十分友好地分手。

“我妹妹们说，她的钻石有鸽子蛋那么大，”乔治笑道。“钻石肯定会让她的肤色显得熠熠生辉！她戴上项链肯定显得珠光宝气。她的头发卷曲得像黑人萨姆波一样。我敢说，她去宫廷的时候戴着鼻环。要是在盘起的头发上插根羽毛，简直就是个土著美人。”

这是乔治与阿米莉亚的一段交谈。他在嘲笑父亲与姐妹新近结识的一位朋友，是拉塞尔广场那家人极为推崇的人物。据称，她在西印度有数不清的种植园，掌握着大量的公债，在东印度公司股东名单上，她的名字旁边显赫地打着三颗星星。她在萨里郡有座公馆，在波特兰街还有一座宅子。《晨报》上特意恭维一番这个西印度的财产继承人。哈吉斯顿上校的寡妇哈吉斯顿太太，现在照看她的宅子，并且做她的保护人。她刚刚毕业离校，乔治和两个妹妹在一个晚会上见到过她。晚会是在德文郡路上老赫尔克家举行的，赫尔克与布洛克银行与她在西印度的家有长期的业务往来。两位姑娘立刻与她打得火热，她的脾气十分随和。两位奥斯本小姐乐不可支地说：一个孤女，有那么多财产，真是太有趣了！她们离开赫尔克家的舞会，回到沃特小姐身边时，嘴里谈的全是这位新结识的朋友。她们相约常常见面，第二天就驱车去拜访她。哈吉斯顿上校的寡妇哈吉斯顿太太是宾基勋爵的亲戚，嘴上总是挂着那位亲戚的名字，两位涉世不深的姑娘为此颇感吃惊，觉得她未免过于故作崇高。不过，她是个直率善良、讨人喜欢的人，虽然欠缺点文雅，不过脾气很好，姑娘们很快便放弃一本正经的姓氏头衔，以她的名字罗达相称。

“你真该看看她入宫觐见的服装，埃米，”奥斯本大声笑道。“在哈吉斯顿的亲戚宾基勋爵夫人将她正式介绍给大家之前，她穿着那服装在我妹妹面前炫耀过。她逢人便讲那个哈吉斯顿。她的钻石闪闪发亮，就像沃克斯游乐场那天晚上的灯光。埃米，你还记得约斯在沃克斯游乐场对她的亲宝贝歌唱吗？钻石和她那黑红色的皮肤，我的天哪！多么有趣的对照。她头发上还插着羽毛，不，是插在她那头蓬松的绒毛上。她的耳环大得像枝形吊灯，上帝啊，真能把那灯点亮。她的黄色缎裙袍长长拖在身后，简直是颗扫帚星。”

他们首次重相聚的这天上午，乔治喋喋不休谈论着那个深色皮肤的标准美人。世界上没有哪个男人比他更健谈了。

“她多大年纪？”埃米问道。

“谁？那个黑公主？虽然她刚刚离开学校，不过准有二十二三岁。你要是见了她写的字才觉得滑稽呢！一般是哈吉斯顿上校夫人替她写信，不过她跟我妹妹们关系密切了，一时兴起，自己动笔给我妹妹们写信。结果拼出的单词漏洞百出。”

“哎呀，那准是斯沃茨小姐，那个特别寄宿生，”埃米说。阿米莉亚记起自己离开平克顿女子学校时那个哭得死去活来的混血姑娘。

“正是这个名字，”乔治说。“她父亲是个德国犹太人，他们说，他是个奴隶主，与食人岛的情形有些类似。他去年死了，她在平克顿小姐那儿完成了学业。她能在钢琴上弹两支曲子，会唱三支歌，哈吉斯顿太太在她身边提示拼写时，她也能写字。简和玛丽亚已经像喜爱自己的姊妹一样喜欢她了。”

“我倒真希望她们能喜欢我，”埃米沉思道。“她们对我总是那么冷淡。”

“我亲爱的宝贝，要是你有二十万镑财产，她们准会喜欢你，”乔治回答道。“她们就是在这种教育下长大的。我们这个社会是个凭现金入场的地方。我们生活在银行家与城里戴假发的富翁中间，真该把他们都绞死。每个人跟你讲话的时候，都会把衣袋里的畿尼硬币弄得叮当作响。要跟玛丽亚结婚的弗雷德·布洛克就是这么个蠢货。东印度公司主管戈德莫尔也是那种东西，还有搞蜡烛生意的迪普利——跟我家的生意一样，”乔治不自在地笑了笑，脸颊稍稍涨红了。“我诅咒那帮只会搜刮钱的野蛮人！我在他们举办的许多豪宴上总是打瞌睡。每逢我父亲举办愚蠢的大型晚会，我就觉得丢人。埃米，我交往的向来是绅士和上流时髦人物，讨厌那些吃甲鱼肉的商人。我亲爱的小姑娘，只有你在容貌、思想、谈吐方面是唯一的真正淑女，因为你是个真正的天使，无须做作。不要辩白，你的确是唯一的淑女。克劳利小姐与欧洲交际界广有来往，她不是这么说的吗？至于那个该死的禁卫兵克劳利，他倒是个好伙计，我喜欢他选了那么个姑娘做老婆。”

阿米莉亚也为克劳利先生的作为尊敬他，相信丽贝卡与他生活会幸福的。她希望约斯因此得到安慰，说到这些，她不觉笑出了声。这对年轻人接着像很久之前那样轻松地聊下去。阿米莉亚的信心完全恢复了，不过她对斯沃茨小姐表现出相当深的嫉妒，她是个不知虚伪为何物的姑娘，自然表示说，自己感到非常恐惧，害怕乔治舍弃她而追求那个财产继承人和她的财富，还有她在圣基茨岛的地产。其实，她此时太高兴了，根本不会真正害怕或者怀疑发生什么错误行为。只要有乔治在身边，她就不会害怕什么财产继承人、美女，也不怕任何种类的危险。

下午，多宾上尉回到自己深为同情的这一对身边，感到极其欣慰。他发现阿米莉亚又恢复了青春光彩，有说有笑，弹着钢琴唱起熟悉的老歌。塞德利先生回家来的门铃声才打断了音乐，大家向乔治做了个手势。

多宾进门时，阿米莉亚仅仅朝他微笑一下表示礼貌，其实微笑得很勉强，因为她觉得他来得不合时宜。多宾待在屋里的时候，她根本没有注意他。不过他看到她快乐的样子，想到是自己为她带来幸福，便感到心满意足。

第二十一章
女继承人引起的争吵

一个具有斯沃茨小姐这样品质的姑娘，谁能不喜爱呢？老奥斯本先生心中冒出个野心勃勃的梦想，要仰赖她来实现。他极尽热情和蔼之能事，鼓励女儿们与这位年轻的继承人进行友好交往。他口头上声称，作为父亲，见自己的女儿们能与生性这样好的伴侣交上朋友，感到由衷的喜悦。

他对罗达小姐说："我亲爱的小姐，在我们拉塞尔广场这样卑微的地方，你不会找到伦敦西区习惯看到的那种奢华上流的生活。我的女儿都是些习惯朴素，心地善良，不贪人家便宜的好姑娘。她们能与你诚心相处是她们的荣耀。我的确认为这是一种荣耀。我自己是个质朴卑微的英国商人，赫尔克与布洛克银行的朋友们评价我，说我是个诚实的人。令尊生前与那个银行有过许多业务往来。你会发现，我们家庭观念强，生活质朴而幸福，我认为，还可称得上是个值得受人尊敬的家庭。我们吃的是家常便饭，人也很普通，但是我亲爱的罗达小姐，我们对你的欢迎是非常热诚的。我从心底热诚地欢迎你。我是个直率的人，我喜欢你。来一瓶香槟！希克斯，为斯沃茨小姐斟香槟。"

毫无疑问，老奥斯本相信自己说的全是真心话，也相信女儿们与斯沃茨小姐交往也全都真心实意。名利场上，人们自然而然要紧紧缠住富有的人。最质朴的人见了财富都难免不眼热，见了钱都会顿生兴致，那些老世故又会如何看待财富呢？如果英国有任何人说财富对他根本无足轻重，我绝对不信。如果有人在宴会上告诉你，身边那个宾客有五十万财产，我不信你对他丝毫不发生兴趣。人们见了钱免不了喜笑颜开。对有钱人不由自主会产生善意和兴趣。我认识许多可敬的人们，他们从不轻易与没有财产没有社会地位的人交朋友。但是，在适当的场合，他们却会放开感情的闸门。眼前就有一个证据。奥斯本家大多数人十五年来都没有对阿米莉亚·塞德利诚心相待，可是一个晚上就与斯沃茨小姐结成最浪漫的友情关系，用一见钟情这个字眼来描绘也丝毫不过分。

她与乔治是多么合适的一对啊！两姐妹和沃特小姐对这个想法全都表示赞同。而且她比那个无足轻重的阿米莉亚不知要强上多少倍！他那么时髦漂亮，又有地位，又有能力，完全配得上她。年轻姑娘们满脑子想的都是波特兰街举行的舞会，进宫觐见，结识贵族之类，谈论的只有乔治与她们新结识的亲密朋友如何相见。

老奥斯本也认为，她完全配得上自己的儿子。他应该弃戎从政，当国会议员，在上流社会崭露头角，成为政界要人。他仿佛看到荣耀的儿子已经将奥斯本的姓氏列在男爵名录上，光宗耀祖，他便是那辉煌族谱上的男爵之父，想到这些，这位诚实的英国平民浑身热血都要沸腾了。他在市中心和交易所到处打听，终于得知这位继承人的一切，了解到她的财产存在何处，地产在哪里。年轻的弗雷德·布洛克是他主要的消息来源，那位年轻的银行家说，如果不是已经与玛丽亚·奥斯本订过婚，他自己也想在这桩生意中插一足。弗雷德既然不可能得到她，便欣然赞同让她做自己未来的嫂子。“让乔治直接追求她，赢得她，”他这么建议道。“要趁热打铁，趁她在城里还不怎么为人所知。不过几个星期，西区有头衔的家伙们就会拥过来，把我们城里人挤出去。去年菲茨尔斯勋爵不就是这样夺走格罗格拉姆小姐的？那小姐本来跟波德尔与布朗公司的合伙人波德尔订过婚，可还是失败了。奥斯本先生，这事办得越早越好。我就是这想法，”这个喜爱谈笑的年轻人说。不过，奥斯本离开银行大厦后，布洛克先生回忆起阿米莉亚，想起她多么漂亮，又多么深深爱着乔治·奥斯本。他花费了十秒钟宝贵时间，为那个不幸姑娘的命运感到惋惜。

乔治·奥斯本在善良感情的驱使下，在天才的好朋友多宾敦促下，逃避多时后又回到了阿米莉亚身边，可他父亲和妹妹们却在为他安排另外一桩上乘的婚事。他们绝对没有梦想到，他会拒绝这门亲事。

老奥斯本如果给什么人一点“暗示”的话，就连最粗心笨拙的人也不会误解他的意思。他一脚把用人踢下楼梯，把这说成是暗示他卷铺盖滚蛋。他以惯例的直爽细致口吻对哈吉斯顿太太说，他儿子与她的保护人结婚那天，他要赏给她五千镑。他把这种许诺也叫作暗示，认为这是一种机敏的外交手腕。他以同样的方式给了乔治一个最后的暗示，命令他即刻与那个继承人成婚，仿佛命令管家拔开酒瓶塞子或者命令他的职员写一封信一样随便。

这种命令式的暗示让乔治大伤脑筋。他正在享受重新追求阿米莉亚的热情与喜悦，从中体会到的甜蜜简直无法用言语表达。那姑娘在风度和容貌方面与阿米莉亚对比之下，愈发使这桩拟议中的婚姻显得荒唐可憎。他想到驱车出游或歌剧院包厢中的情景，身边坐着这么一位肤色黑红的美人儿！小奥斯本在种种方面与他老爹一样顽固，尤其在他追求一样东西的时候，非到手不肯罢休，被激怒的时候，就像他父亲最严厉的时刻一样狂暴。

那天，他父亲正式向他发出暗示，要他将自己的爱情之火聚到斯沃茨小姐身上，乔治对老先生推托道：“爸爸，你该早些想到这事才对。现在不成。我们随时待命出国作战。等我回来再说吧，如果我能活着回来再说。”他还对父亲说，联队现在时刻都在做离开英国的准备，选择这么个时机考虑结婚，非常不妥，走之前的短短几天或者几个星期中，有许多正经事要办，哪有闲工夫谈情说爱呢。等他得了少校军衔回国，到时候有的是空闲。“我向你保证，”他狡黠得意地说，“无论是以什么方式，反正你会在《伦敦公报》上发现乔治·奥斯本的名字。”

他父亲对这种说法的回答是以自己得到的情报为基础的：再拖延下去，西区的家伙们准会把她夺走，如果现在不能跟斯沃茨小姐结婚，至少可以先跟她签一纸订婚证书，回国后再结婚。还说他是个大傻瓜，本来待在家里一年也能得到一万镑，为什么一定要冒生命危险出国打仗？

“爸爸，你不至于为了斯沃茨小姐，要我做个胆小鬼，玷污家门吧？”乔治打断他的话。

这话说得老先生张口结舌，可他总得做出回答，而且他已经打定了主意，就说：“你明天回家吃饭，斯沃茨小姐每天都来家里，你得恭维她。要是你需要钱的话，就去找肖勃先生。”这一来，乔治与阿米莉亚的计划又碰上一道障碍。他和多宾就此进行过不止一次商谈。我们已经知道他那位朋友力劝他走什么道路了，至于奥斯本呢，只要横下一条心，遇到障碍，他的决心反而更加坚定。

奥斯本家的主人忙着策划对付那位黑皮肤姑娘时，她却完全蒙在鼓里。说来奇怪，她那个保护人一点儿口风也没向她透露。她以为姑娘们对她的奉承赞扬皆出于真心喜爱。我们在前面已经了解她是个如何感情用事的热情姑娘，这时已经跟两姐妹打得火热。说实话，她到拉塞尔广场的这所宅子来也不无自私念头，她觉得乔治·奥斯本是个非常迷人的年轻人。他的小胡子给她留下很深很美的印象。在赫尔克兄弟家参加舞会时，她第一眼就注意到这两撇胡子。我们知道，她并不是为这两道胡子着迷的第一位女子。乔治的傲慢风度中掺杂着忧郁，懒散中不乏机警，他的容貌中带着激情，藏着秘密，仿佛有无法言表的痛苦折磨着自己的心。他的嗓音低沉而圆润，无论是寒暄，还是问同伴是否愿意在饮料中加冰块，音色伤感而诡黠，仿佛要将母亲去世的噩耗宣布给她，又好像要向她表白自己的爱情。在他父亲交往的圈子里，所有年轻男子都不能与他相提并论，在这些三流男人中间，他简直是位英雄。有些人讥讽他，嫉恨他，但是也有些像多宾那样的人，狂热地崇拜他。他的八字胡的确起了作用，弯弯的胡子将斯沃茨小姐的爱恋牢牢拥绕其中。

只要有机会在拉塞尔广场的宅子里见到他，这位淳朴善良的年轻女子就急不可待地要见她亲爱的奥斯本小姐们。她耗费大笔的钱买新衣服、新首饰、新帽子，还在帽子上插上显眼的长羽毛。她使出浑身解数装扮自己，为的是取悦那位征服者，展示出自己本来不多的全部手腕，想要赢得他的好感。姐妹俩总是极为诚恳地请求她演奏歌唱，只要受到邀请，她便欣然重复唱她那三首歌，弹奏她那两首短短的钢琴曲，每次都比前一次更加感到愉快。在这种让人喜悦的娱乐过程中，沃特小姐和她那位伴侣就坐在一边，聚精会神地研究《贵族人名录》，谈论贵族们的事情。

乔治听到父亲暗示那天，开晚饭还有一个小时，他姿势懒散地坐在客厅沙发上，既随便又自然，神情中带着忧郁。他按照父亲的指示去市中心找过肖勃先生，老先生虽然给儿子很多钱，却不肯规定按时给他多少数目，只凭他一时兴致所至，随意增减。后来他去弗尔罕姆路，陪他亲爱的阿米莉亚消磨了三个小时。回家后，发现妹妹们在客厅里，身上一本正经穿着浆得平平展展的细布裙袍，两位老女人聚在靠墙的地方聒噪个不停，诚实的斯沃茨小姐身上穿着她心爱的琥珀色缎裙袍，手腕上戴着绿松石手镯，手指上戴着数不清的戒指，胸脯上插着花朵，头上插着羽毛，身上到处挂着哗啦啦作响的饰物，活像个烟囱清扫工过五朔节时的打扮。

姑娘们试图引他交谈，没有成功，便自顾自谈起了诸如服装款式、上次做客所见所闻之类，他听了只觉得恶心。他在心里拿她们的举止与小埃米的做对比，她们尖着嗓子嚷嚷，可她的音色却那么温柔清脆；她们矫揉造作，故意架起胳膊肘子，身上还穿着浆过的衣服，可她态度谦恭，动作温和优雅。这个可怜的斯沃茨小姐坐在以前埃米习惯坐的位子上，两只戴满戒指的手大大咧咧摊在琥珀色裙袍上，满身的装饰和耳坠闪烁着杂乱的光芒，两只眼睛骨碌碌转来转去。她无所事事地坐在那儿，一心以为自己十分迷人，觉得十分得意。两姐妹恭维说，从来没有见过什么衣料比这缎子更漂亮。

乔治事后对他的知心朋友说："她看上去就像个瓷娃娃，整天除了傻笑和晃动一下脑袋之外，什么也不做。我的天哪，威廉，我好不容易才忍住，没把沙发垫子朝她扔过去。"好在他总算没有发作。

姐妹们开始在钢琴上弹奏《布拉格战役》。"停下来！别弹那种该死的东西，"乔治从沙发上跳起来吼道。"这曲子能让我发了疯。唱点别的，什么都行，就是不许弹这该死的《布拉格战役》。"

"我唱《蓝眼睛玛丽》好呢，还是唱柜子上歌谱里的那支？"斯沃茨小姐问道。

"就唱柜子上那首好听的，"姐妹俩说。

"那歌已经唱过了，"乔治在沙发里心绪恶劣地说。

"我会唱《塔耶河》，"斯沃茨小姐低声下气道，"只要有歌词就行。"这位可敬的年轻女子最后的看家本领就是这首歌了。

"啊，就唱《塔耶河》，"玛丽亚小姐嚷道，"我们有这歌词，"说完起身取来有那首歌的歌本。

这首歌当时十分流行，歌本是一位朋友送给她们的，馈赠者的名字就写在扉页上。小曲唱完，赢得了乔治鼓掌喝彩。因为他记得，这是阿米莉亚喜欢唱的歌。斯沃茨小姐或许希望他请她再唱一遍，随意翻动着歌页，忽然看到了签在扉页一角的名字：阿米莉亚·塞德利。

“天哪！”斯沃茨小姐叫了一声，猛地将身子在琴凳上扭过来，“这是我的阿米莉亚？从前在汉默史密斯的平克顿女子学校上学的阿米莉亚？我知道是她。是她。快对我讲讲她的事，她在哪儿？”

“别提她，”玛丽亚·奥斯本连忙说道。“她的家庭非常不光彩。她父亲欺骗了我爸爸，我们从来不在这里提起她的名字。”看来，玛丽亚小姐在为刚才乔治粗鲁对待她弹唱《布拉格战役》进行报复。

“你是阿米莉亚的朋友？”乔治跳起身问道。“斯沃茨小姐，为了这原因愿上帝祝福你。别相信她们的话。她无论如何不该受责备。她是最好……”

“你知道你不该说起她的，乔治，”简嚷道。“爸爸不准。”

“谁敢阻止我？”乔治喊道。“我就是要说她。她是最好的姑娘，性格最善良，态度最温和优雅，她是英格兰最甜美可爱的姑娘。不论她家是不是破了产，我这两个妹妹就是为她端蜡烛台也不配。斯沃茨小姐，如果你愿意，可以去看望她。她现在正需要朋友，我还要说，愿上帝祝福她所有的朋友。愿意跟她和蔼交谈的人也都是我的朋友，说她坏话的人都是我的敌人。谢谢你，斯沃茨小姐，”说完，他走上前去跟她握手。

“乔治！乔治！”一个妹妹向他乞求道。

“我要说，”乔治恶狠狠地说，“我喜欢所有热爱阿米莉亚·塞德……”他顿住了。老奥斯本出现在屋子里，脸色铁青，眼睛红得像火炭。

乔治虽然没说完那句话，可是他的激情已经被煽动起来，就是搬出奥斯本家所有老祖宗，也别想让他低头。他立刻便振作起精神，对父亲欺侮般的目光进行反击，他的目光坚定，带着挑衅性，老头子反而退却，将目光移向别处。他觉得一场对抗不可避免，连忙说：“哈吉斯顿太太，请允许我陪伴你下楼吃饭。乔治，你陪斯沃茨小姐，”大家便开始走动。

“斯沃茨小姐，我爱阿米莉亚，我们从小就订了婚，”奥斯本对他的同伴说。在整个晚饭过程中，乔治热情洋溢，滔滔不绝，连他自己也觉得诧异。他父亲感到，女宾们离去后，父子俩免不了一场斗争，于是感到十分紧张。

父子两人不无差异，父亲凶猛欺人，儿子的精神和勇气足有父亲的三倍，不但能攻，而且善守。父子之间的决战在即，他反倒十分冷静，胃口大开。老奥斯本正相反，他十分紧张，喝了很多酒，与身旁的女士交谈前言不搭后语。乔治的镇静更让他火冒三丈。饭后，乔治从容拉下餐巾，向女士们鞠躬，拉开门请她们先走，他的翩翩风度险些没把父亲气死。接下来，他替自己斟了一杯葡萄酒，呷了一口，正面瞪视着父亲，仿佛在说：“禁卫军的先生，请先开火吧。”老头子也给自己补充了弹药，可他斟酒的时候手颤抖不停，瓶子将杯沿碰得叮叮直响。

他的脸憋成酱紫色，深吸一口气爆发道：“先生，你怎么胆敢当着斯沃茨小姐的面提起那个人的名字，而且还是在我的客厅里？我问问你，你怎么胆敢这么放肆？”

“住嘴，先生，”乔治说，“别说什么胆敢，先生。不许对英国皇家陆军中尉使用胆敢这类字眼。”

“先生，我对自己的儿子想说什么就说什么。我一个子儿都不给他也随我的便。如果我愿意可以让他沦落成乞丐。我爱说什么就说什么，”这位长辈说。

“先生，我不但是你儿子，而且还是一位绅士，”乔治的回答十分自豪。“请你在交谈或下命令的时候，使用我习惯的规范语言。”

年轻人态度自豪目空一切的时候，不是让这位父亲心怀敬意，就是激起他的怒火。老奥斯本暗自感到恐惧，因为儿子地位其实高于自己。我的读者们或许可以凭着自己在名利场上的经验做出判断，认为这些卑鄙小人狗眼看人低，他们最信不过的就是上流绅士。

“我父亲可没有让我接受过你那样的教育，没有让我获得你这样的优越地位，没有给过我你那么多的钱。假如我也像某些人那样，靠老子的钱交朋友，或许我儿子就没什么理由对我吹嘘他的优越地位或者西区风度，”这番话是用老奥斯本最尖酸刻薄的腔调讲出来的。“我年轻的时候，大家认为侮辱父亲可不是绅士风度。先生，假如我干出这种事情，我爹准会把我一脚踹下楼梯。”

“我绝对没有侮辱过你，先生。我说过，我提请你别忘了你儿子像你一样也是一位绅士。你给我很多钱，这我知道得很清楚，”乔治翻动着早上从肖勃先生那里取到的一捆钞票。“而且你对我常常说起这事，先生。不用害怕我会忘记。”

“我希望你也能记起其他事情，先生，”这位绅士回答道。“我希望你别忘了——如果您能大驾光临这所房子——我是这里的主人，那个名字，那个，那个，你……那个……我说……”

“那个什么，先生？”乔治为自己再斟一杯红葡萄酒，鄙夷地讥刺道。

“……！”父亲终于尖叫着发作了：“绝对不许提起那个塞德利家人的名字，那个该死的人家，让他们都见鬼去，不许提起他家任何人的名字。”

“先说起塞德利小姐名字的并不是我，先生。是我的妹妹们首先当着斯沃茨小姐的面说她的坏话。上帝在上，不论我到了哪儿，都会捍卫她的。谁也别想当着我的面轻蔑地说起她。我认为，我们家已经把她害得够惨了。既然她已经到了那么可怜的地步，我们该罢手了。除了你之外，谁要敢说她半句坏话，我就开枪毙了他。”

“说下去，先生，接着说，”老先生说。他的眼睛瞪得溜圆，仿佛要从眼眶里蹦出来。

“接着说什么，先生？说我们怎么对待那个天使般的女孩子？是谁要我爱她的？是你的命令。我本来可能另选别人，或许还可能攀高结贵，而不是限制在你交往的圈子里。不过我服从了你。现在呢，她的心已经是我的了，你又命令我抛弃她，惩罚她，或许还要杀了她——却不是因为她自己的错误。天哪，这可真是耻辱，”乔治越说越慷慨激昂，“随意玩弄一个年轻女子的感情，而且是那样一位天使的感情。她的情操远远高出自己生活圈子里的人们，若不是她那么善良温柔，人人都会嫉妒她，可是大家甚至不敢恨她。先生，假如我抛弃她，你以为她会忘掉我？”

“先生，我不能允许在这儿胡扯这种该死的感情，”父亲喊起来。“我家的人不能跟乞丐结婚。假如你情愿抛弃每年八千镑收入，那随你的便。不过，老天在上，那就请你收拾起东西离开这个家，先生。你愿意照我说的做还是不愿意，先生？”

“与那个混血女人结婚？”乔治拉起自己的衬衫领子。“先生，我不喜欢那种颜色。去找对面舰队街市场上跑腿的黑人吧，先生。我本人不打算跟一个非洲黑种维纳斯结婚。”

奥斯本先生拼命拉桌子上叫管家斟酒时用的铃，他气得脸色几乎变成紫黑色，命令应铃而来的人上街雇辆马车，打发奥斯本上尉滚蛋。

一小时后，乔治脸色非常苍白地走进斯劳特酒店。他说：“解决了。”

“什么事，伙计？”多宾问。

乔治讲述了他与父亲之间发生的事。

“我明天就与她结婚，”他赌咒说。“多宾，我一天比一天更爱她了。”

第二十二章
结婚与蜜月片段

最勇猛顽强的敌人也难免兵无粮自乱。老奥斯本在我们前面描写的那场交锋之后，感到十分心安理得，认为乔治的粮草断绝后必然无条件投降。不幸的是，年轻人在首次交锋过后可能有所积攒，不过这种情况只是暂时的，老奥斯本认为，那只能稍稍让他苟延残喘而已。父子之间有好几天没有互通信息。面临这种沉默，父亲并没有发作。照他自己说，他知道该怎么勒紧乔治的枷锁，正在等待时机来临。他将他们之间的争执告诉了两个女儿，要她们就当没事一样，如果乔治回来，要像什么事也没发生过一样，照常接待他。他的日常生活照旧，不动声色，这位老先生等待儿子归来颇为心焦，可他就是不回来。有人到斯劳德咖啡店去打听过他的下落，那儿的人们说，他和他的朋友多宾上尉都离开了伦敦。

在四月底一个风雨交加的恶劣天气中，雨丝无情地扫过原来斯劳德咖啡店所在的古老街道，乔治·奥斯本走进咖啡店。他的面色显得十分苍白憔悴。不过，他的衣着仍旧十分整洁，蓝色的外套上铜制纽扣闪闪发亮，麂皮背心是当时最流行的式样。他的朋友多宾上尉身材高挑，平时总是穿着合身的军装和灰色呢裤子，今天却一反常态也身穿带铜纽扣的蓝色外套。

多宾已经在咖啡店等待一个多小时了。他翻阅了这里所有报纸，可是根本无心仔细阅读。他已经看了几十次表，朝雨中的街道张望过几十遍，街上只有行人穿着木套鞋，咔嗒咔嗒从闪亮的石板路上经过，投下长长的身影。他不耐烦地敲打桌子，用牙齿咬指甲——这是他修饰指甲的技巧——几乎连手指上的肉也咬住。他巧妙地将茶勺在牛奶罐沿上平衡住，转眼间又打破平衡，让它落下去。他看上去烦躁不安，找一些无聊的小游戏消耗时间，男人们在焦急等待的时候，常常找些这种活动，其实更加显得心绪不宁。

咖啡店里几个熟人拿他那身漂亮衣服和他的焦急情绪取乐。一个人问他是不是要结婚了。多宾笑笑，对这位工程兵瓦格斯塔夫少校说，等到他结婚时，他会切一块结婚蛋糕送去。奥斯本上尉终于来了。我们刚才描写过，他面色苍白，情绪不安。他掏出一方香气浓郁的黄色丝手帕揩了揩脸，与多宾握手，然后望了望挂钟，要一个名叫约翰的侍者上陈皮酒。得到这种爽心的杯中物后，他紧张不安地痛饮了两杯。他的朋友关心地问他身体怎么样。

“多宾，一夜没合眼，”他说。“头疼得要死，还发烧。九点钟起床去赫缪斯旅店洗了个澡。我说，多宾，我觉得就像那天早上骑那匹名叫火箭的马参加魁北克赛马一样。”

“我也有这感觉，”威廉回答道。“我比你那天早上还紧张。我记得你那天早上大吃了一顿早饭呢。现在也吃点东西吧。”

“威廉，你真是个好伙计。为你的健康干杯，老伙计，然后再……”

“不，不，两杯就够了，”多宾制止他道。“约翰，把这酒带回去。鸡肉上撒点胡椒吧。不过速度要快，我们早该到那儿了。”

两名上尉见面交谈的这时候，只差半个钟头就到十二点了。奥斯本上尉的跟班在外面马车上已经等待多时，车上装着他的一张书桌和一只衣箱。两位先生打着伞匆匆登上车，跟班爬上车夫的驭座，一边咒骂这该死的雨，一边抱怨身边的车夫身上太湿。“至少教堂门外的马车比这车舒服点，”他说。马车出发了，一路经过皮卡迪利，那里的阿普斯利大厦和圣乔治教堂当时仍然是红砖墙壁，当时用的还是油灯，阿基里斯的塑像和皮姆利科拱门当时还没有建成，旁边也没有现在那座丑陋的骑士塑像。他们驱车到了布罗姆敦区，在弗尔罕姆路附近的一座小教堂门外停下来。

一辆四匹马拉的大型马车等在教堂门外，另外还有一辆同等规模的马车，叫作玻璃马车。在这个阴霾的雨天，看热闹的闲人很少。

“怎么搞的，”乔治责备道，“我说过只要两匹马拉的车就成。”

“我主人坚持要四马拉的车，”在一旁伺候的约瑟夫·塞德利先生的仆人说。他和奥斯本的用人跟在乔治和威廉身后走进教堂，两人认为，这场婚事办得“太寒碜，连顿早饭都不请人吃，而且连婚礼彩球也没有。”

“你们终于来了，”我们的老朋友约斯·塞德利走上来迎接他们。“你们迟到了五分钟，乔治，我的伙计。天气真糟糕，不是吗？活像孟加拉的雨季。不过你们会发现，我的马车可不漏雨。来吧，我妈妈和埃米在祭室里等着呢。”

约斯·塞德利看上去妙不可言。他比以前更胖了。衬衫领子拉得很高，面孔比以前更红，色彩斑斓的背心领口上涌出一大堆领饰。当时还没有发明靴子刷亮漆的方法，不过他那两条漂亮的腿上穿的带穗靴子已经亮得熠熠闪光，活像靴店广告画上那位先生对靴当镜刮胡子用的靴子。他的绿色外套上挂着一朵洁白的木兰花，增加了婚礼的喜庆色彩。

总而言之，乔治什么都不顾了。他要结婚。所以他的脸色才那么苍白，那么紧张——他一夜未曾合眼，早上情绪激动不已。我听许多结过婚的人谈起同样的感情经历。假如一个人结过三四次婚，毫无疑问，就会无动于衷。不过大家都同意，第一次上祭坛的确是件可怕的事情。

后来多宾上尉告诉我说，新娘子身上穿的是棕色的绸裙袍，头上戴一顶有粉红丝带的草帽，帽子上罩着一张法国尚特利产的面纱，那是她哥哥约瑟夫·塞德利先生送她的礼物。多宾上尉获准赠送她一只带金链的金表，她也带在身上。她母亲赠送给她一只钻石别针，那很可能是老太太剩下的唯一首饰了。婚礼进行过程中，塞德利太太在厢座里哭得非常伤心，只有那爱尔兰女佣和邻居克拉普太太在身旁安慰她。老塞德利说什么也不参加他们的婚礼。约斯便长兄代父，携新娘走向祭坛，多宾担当伴郎角色，陪他的朋友乔治走来。

教堂里除了主持仪式的神职人员、参加婚礼的人以及他们的用人外，别无其他人。两个用人神情超然地旁观着。婚礼过程中，人们能在牧师讲话的间歇中，听到雨点拍打窗户的声音和塞德利太太的哭泣声。牧师的声音在空荡荡的教堂墙壁之间凄惨地回响着。奥斯本声音低沉地说："我愿意。"埃米的回答发自肺腑，但是，除了多宾上尉外，别人几乎听不见。

仪式结束后，约斯·塞德利走过来亲吻做了新娘的妹妹。这是他许多个月来第一次亲吻她。乔治的阴郁表情一扫而光，露出自豪的熠熠神采。"轮到你了，威廉，"他说着将手放在多宾的肩膀上。多宾走上前，接触了一下阿米莉亚的脸颊。

然后，他们走进祭室，签名登记。"愿上帝祝福你，老多宾，"乔治握着他的手说，眼睛里仿佛有点湿润。威廉仅仅点了下头算作回答。他的心激动得什么也说不出来了。

"一回去就写信，能抽身的时候就来看我们，"奥斯本说。塞德利太太搂着女儿哭得死去活来。最后，一对新人向马车走去。"让开路，小鬼，"乔治朝挡在教堂门口的一群浑身湿漉漉的孩子们喊道。新郎和新娘朝马车走去的时候，雨水打在他们面孔上。车夫戴的绢花贴在水淋淋的外套上。那几个小孩子无精打采地欢呼一声，马车便溅着泥水出发了。

威廉·多宾呆站在教堂门口，望着马车远去，那副模样十分古怪，引得几个旁观者嘲笑他，可他根本不理睬他们，也不留意他们的笑声。

“多宾，跟我回家喝几杯吧，”他身后传来一个声音，一只胖手搭在他肩膀上，这位诚实的人这才从白日梦中惊醒过来。不过上尉无心陪约斯·塞德利大吃二喝。他照料哭得泪人儿似的老太太和她的用人登上马车，望着约斯也上了车，什么也没有再说，悄然离去。这辆马车也启程了，那几个淘气的小鬼们用挖苦的声音呼喊了一声。

“拿着，你们这群小叫花子，”多宾说着给了他们一把六便士的硬币，然后冒雨走开。事情结束了。他们结婚了，而且十分幸福，他向上帝祈祷。自从孩提时候起，他从来没有感到如此的悲惨和孤独。他盼望郁闷而焦躁的最初几天过去，好有机会再见到她。

上述婚礼结束后大约第十天，我们认识的三位年轻先生聚在布赖顿，享受当地的美景。那是个游客的天堂，一面是许多尖拱窗户的楼宇，另一面是蔚蓝色的大海。在这里，人们可以眺望大海，望着它的笑靥和无数的酒窝，水面上点缀着白帆，上百辆更衣马车拖到岸边，仿佛亲吻它蓝色的裙边。伦敦人见了这幅景象都会欣喜若狂。有些人什么景象都不喜欢，专门嗜好研究人类本性，可以将目光投向那些尖拱窗，里面充满了人类的生活场景。从一个窗口传出一位留着卷发的年轻姑娘弹奏钢琴的声音，她每天要练习六个小时，让同住的房客乐不可支。另一个窗户里，看得见可爱的女佣波利正抱着主人的小宝贝晃来晃去，还看得见他爸爸在下面一扇窗户里吃对虾，同时还在看《泰晤士报》，将报纸上的内容当成早饭的一道菜，狼吞虎咽地吞下肚子。那边是利瑞家的小姐们，她们正在观望窗外，想看到每天肯定会来悬崖上散步的重炮队军官们。还可以看到城里来的人们，他们特别喜欢大自然，举着足有六磅重的望远镜，指向大海，海面上的每一条游艇、渔舟、来往的更衣马车、岸上的活动等等，全都逃不过他们的眼睛。布赖顿是个清洁得像意大利那不勒斯一样的地方，只是这里没有流浪汉和乞丐，只有上流人士。布赖顿从来是一片忙碌景象，花里胡哨的色彩就像小丑的戏装。在我们的故事发生的那个时期，布赖顿距离伦敦只有七个小时的路程，现在已经缩短到一百分钟之内了，将来还不知道要缩短到什么程度，只要法国兵不把它轰炸得一塌糊涂就好了。但是，我们有闲情逸致来描写布赖顿吗？

“杂货店楼上那家的姑娘真是个绝顶的美人，”三位散步者之一这么评论道。“天哪，克劳利，你注意到我经过的时候她冲我挤眉弄眼吗？”

“别伤了他的心，约斯，你这个坏蛋，”另一位说。“不要玩弄人家的感情，你这个唐·璜！”

“得了吧，”约斯·塞德利十分得意地说着，却抬起头朝他们谈论的楼上那个女佣丢了个媚眼。一到布赖顿，约斯打扮得比参加妹妹的婚礼时更加鲜艳夺目了。花里胡哨的背心他一连套了好几件，其实任何花花公子只需那样一件就够风流了。他的军装外套上绷着皮带扣，吊着丝带，缀着黑纽扣，绣着花饰。近来，他对军装发生偏爱，与两位军人走在一起，脚上的马刺碰得咔咔直响，甚是雄壮，见了值得一看的女佣，就盯着人家眉目调情。

“伙计们，女士们回来之前，咱们做点什么？”这个花花公子问道。女士们乘坐他的马车上罗亭汀兜风去了。“咱们打场台球吧，”一位留黑胡子的高个子朋友提议道。

“不，见鬼。我可不打，上尉，”约斯有点惊慌地回答道。“克劳利，我的伙计，今天不打台球。昨天已经打够了。”

“你打得真棒哪，”克劳利笑道。“对不对，奥斯本？他那一杆连进五球真是不赖，对不对？”

“了不起，”奥斯本说。“约斯打台球的本领真是了不得。搞其他活动也是一样。要是在这儿能围猎老虎就好了，我们在晚饭前准能打死几头。嘿，约斯！瞧那个姑娘，美得像天使一样，快看哪，约斯……再给我们讲讲你打虎的故事吧，说说你在丛林里怎么要了它的命，你知道吗，克劳利，那可真是个妙不可言的故事呀，”乔治说着打了个哈欠。“这儿沉闷得厉害，咱们做点什么好呢？”

“去看看斯纳夫勒马厩刚从刘易斯集市买回的马匹好吗？”克劳利提议道。

“我建议去达顿饭馆吃点果冻，那儿的闺女漂亮得要命，”风流的约斯想要来个一箭双雕。

“我看还是去等‘闪电号’邮车，时间快到了，”乔治说。这个建议显然胜过了马厩和果冻，他们便转身去驿站，等“闪电号”驾临。

途中，他们与约斯·塞德利的敞篷马车相遇，只见车上有高贵的族徽。在切尔滕纳姆时，他常常独自乘坐这辆妙不可言的交通工具兜风，有时他威风凛凛地歪戴着帽子，两手交叠在肚子上，有时更加得意，身旁还有女士陪伴。

此时，马车上有两位乘客，一位身材娇小，头发金黄，身穿最时髦服装；另一位身穿棕色绸裙，头上的草帽有粉红色丝带，脸色红润，圆圆的脸蛋挂着幸福的微笑，看上去让人觉得愉快。马车接近三位先生，她要马车停下，下过命令后，马上感到一种莫名其妙的慌张，脸颊涨得通红。“乔治，我们这趟兜风真是太高兴了，”她说，“而且……而且我们很高兴能回来。约瑟夫，别让他回来太晚。”

“别把我们的丈夫勾引坏，塞德利先生，你这个坏家伙，”丽贝卡戴着精致的法国手套，伸出手朝约斯晃动一根手指，“不许打台球，不许抽烟，不许调皮。”

“我亲爱的克劳利太太，啊！噢！我以名誉担保！”约斯尴尬地大声回答道，不过他设法显出灵活态度，脑袋使劲歪着靠在肩膀上，朝受他害的这位姑娘咧开嘴笑笑。他的一只手握着手杖拄在身后，另一只戴着钻石戒指的手摸索着自己的衬衫领子和里面穿的几件背心。马车驶动后，他用戴钻石戒指的那只手朝车上的女士们投去个飞吻。他真希望整个切尔滕纳姆的人，整个科林吉的人，整个加尔各答的人都能看到他这时向如此漂亮的美女送飞吻的优雅姿态，也能看到他与如此有名的花花公子禁卫兵罗顿·克劳利在一起。

我们的新娘和新郎选择了布赖顿度过蜜月的最初几天，并且在“海船”客栈定了房间。他们极为闲适安逸地住了几天后，约斯也入住进来。他发现，他们并不是他在这里唯一的伴侣。一天下午，他们在海边散步归来，正要走进旅馆时，竟然与丽贝卡和她丈夫迎面相遇。大家马上认出对方，丽贝卡立刻张开双臂扑向自己最亲密的朋友。克劳利也与奥斯本热情握手。贝基在最初几个小时的交往中，找机会消除他们之间的不快：“你还记得我们最后一次在克劳利小姐家见面时，我的鲁莽态度吗，亲爱的奥斯本上尉？我认为你当时对亲爱的阿米莉亚似乎太不体贴。所以我才生了气，态度不雅，缺乏善意，也显得不知恩图报。请你一定要原谅我！”丽贝卡坦率优雅地向他伸出手，奥斯本别无选择，不得不跟她握手。如果肯坦白承认自己的错误，益处实在多得不可论计。我曾经认识一位在名利场上颇有些地位的先生，他与人交往十分有手腕，往往故意出些小纰漏，以便有机会将来向人家公开道歉。结果怎么样呢？我那位名叫克罗基·多尔的朋友广受欢迎，大家都认为他这人虽然稍有些鲁莽，但本质非常真诚。乔治·奥斯本也认为贝基的谦恭态度实属真诚。

这两对年轻夫妇有许多话要相互传达。彼此的婚事都是谈论的话题，也极为坦率地谈到生活的前景。乔治的婚事要由他的朋友多宾上尉向他父亲通报。年轻的奥斯本对通报后的结果颇感恐惧。罗顿寄全部希望于克劳利小姐，可她仍然无意改变态度。她的侄子和媳妇无法走进她在帕克巷的宅子，现在便跟随她来到布赖顿，日夜盯着她的门。

“你们真该见见罗顿的朋友们，他们总是盯着我们的门，”丽贝卡笑道。“亲爱的，你们见过讨债的没有，或者警长和他手下的人？上个星期，两个这种讨厌的家伙在街对面杂货店不断地注视着我们，弄得我们直到星期日才有机会出门。如果姑妈不肯改变主意，我们可怎么办呢？”

罗顿乐得哈哈大笑，讲了十几个逗人的趣事，说丽贝卡怎么跟他的讨债人巧妙周旋。他赌咒发誓，说她那种哄债主改变主意的本事，整个欧洲没有一个女人比得上。几乎从他们刚刚结婚开始，她的这种本事就派上了用场，她丈夫于是发现，如此一位妻子价值简直不可估量。他们大量赊欠，也有数不清的账单，在几乎没什么现钱的情况下维持生活。那么，高额欠债是不是影响了罗顿的情绪？没有。名利场上的人都不能不注意到，那些债台高筑的人们活得多么潇洒舒适，一应物品应有尽有，心情也无比坦然愉快。罗顿和妻子在布赖顿住的是客栈中最好的房间。客栈老板亲自端上第一道菜的时候，向他的房客鞠躬致敬，将他们奉为上宾。而罗顿却刻薄地挑剔饭菜和酒，高贵风度超过这个国家的任何一位贵族。长期主顾、堂皇外貌、无可挑剔的服装和靴子、愉快暴戾交互使用，这些对一个人往往像银行存款一样管用。

两对新婚夫妇常常到对方的房间拜访。每隔两三天，先生们就打一个晚上的纸牌，两位妻子就坐在一旁聊天。后来，约瑟夫·塞德利乘坐自己的豪华敞篷马车来访，陪克劳利上尉打了几局台球，加上纸牌消遣，罗顿上尉的口袋获得了一定程度的补充，渐渐充裕的现钱让他低落的情绪大大提高了。

三位先生一路朝驿站走去，等待“闪电号”邮车到来。邮车十分准时，到站启程一分钟都不差，车警吹响大家熟悉的号角，“闪电号”沿着街道奔驰而来，停在驿站外面。

“嗬！我的老多宾，”乔治见他的老朋友坐在车顶上，极为喜悦。他早已许诺要来布赖顿拜访，直到今天才成行。他一下车，奥斯本就跟这位战友握手问候道：“你好吗，老伙计？真高兴你能来。埃米见到你一定非常喜悦，”接着他情绪激动地压低声音问道：“有什么消息？你去过拉塞尔广场了？那位总督怎么说？快把一切都告诉我。”

多宾显得面色苍白，态度严肃。“我见过你父亲了，”他说。“阿米莉亚好吗？噢——我该说是乔治太太。我会把一切都告诉你的，但是我带来了最重要的消息，听我跟你说……”

“快说吧，老伙计，”乔治说。

“我们奉命去比利时。陆军全体出发，连禁卫军也不例外。希维托普由于风湿痛不能动身，气得要死。奥多德代他指挥，我们下星期从查塔姆启程。”

这消息让我们的新人听了不啻一记重击，每一位先生都显得表情沉重。

第二十三章
多宾上尉继续斡旋

友谊究竟有什么难以抗拒的秘密力量，竟然能让一个平时懒惰、冷漠、胆怯的人，为朋友的利益活动时，变得聪明、活泼、意志坚定？就像亚历克斯，在心理学家对他做过暗示后，忘记了疼痛是什么感觉，能用后脑勺看书，看得见几英里之外的东西，预言几个星期以后的事情料事如神，还能创造出正常状态下根本无法想象的奇迹。同样，在友谊的神奇魔力下，一个谦恭的人可以变得勇敢，迟疑者可能获得自信，懒散会变成活跃，暴躁能化为谨慎平和。为什么律师要避免为自己伸张正义，反倒求助于其他学识渊博的律师？为什么医生得了病，要请自己平时的冤家同行诊治，而不是坐在壁炉前，对着镜子照照，检查自己的舌头，给自己开上一剂药？我要请聪明的读者自己回答这些问题。读者一定立刻就得出结论，发现我们自己其实既轻信又多疑，既灵活又顽固，为别人服务十分坚定，为自己却完全不同。我们的朋友威廉·多宾肯定就是这种情况，他本性非常乐于屈从，如果受父母逼迫，就是与厨娘结婚也心甘情愿，为了自己的利益，就是走到街对面办件事也懒得行动。但是，为乔治·奥斯本办事，就突然变得又积极又热心，活像个最自私的政客为自己的利益而奔忙。

我们的朋友乔治与妻子在布赖顿尽情享受蜜月的幸福之时，诚实的威廉却留在伦敦，作为乔治的全权代表，处理婚后种种麻烦事务。他的职责是拜访老塞德利夫妇，让塞德利先生转忧为喜，让约斯与他妹夫接近。为的是让约斯作为博格利沃拉收税官的地位和尊严，能补偿父亲地位的损失，有利于让老奥斯本接受这桩联姻。最后向老先生通报这消息的时候，不至于过分激怒他。

多宾思忖道，在最后尽义务与奥斯本家的首领面对面交谈之前，比较明智的办法是先与这家的女士们交朋友，赢得她们的支持。他认为，她们心里其实并不恼火。任何女人得知一桩浪漫婚姻，其实都不会真正生气。表面上抗议几句，表示一点儿愤怒，最后准会原谅自己的哥哥，然后我们三人联合对老奥斯本先生发起攻击。这位老谋深算的步兵上尉开始寻找一个愉快而策略的方式，将乔治的秘密透露给两位奥斯本小姐。

他稍稍向母亲打听几句，便了解到最近母亲的哪些朋友要举办晚会，得知可能在哪里遇到奥斯本的姐妹们。他像一切有理智的人一样，讨厌那些晚会和时髦的应酬，可是他很快便发现，在某一个晚会上，奥斯本家小姐要出席。他参加了那个晚会，与她们两位分别跳了一曲舞，对她们显出异常的殷勤礼貌，而且鼓起勇气要求与奥斯本小姐第二天单独交谈几分钟，说是要向她透露点非常有趣的消息。

是什么让她惊得后退半步，盯着他看了片刻，然后将目光垂下去望着自己的脚，仿佛要晕倒在他怀抱中？幸而他踩了她一脚，这才让这位年轻的女士恢复了自制能力。为什么她听了多宾的请求感到猛烈的激动？我们永远也找不到答案。不过，他第二天来访的时候，玛丽亚并没有陪姐姐等在客厅里，沃特小姐也出去找玛丽亚，于是，上尉与奥斯本小姐单独待在一起。他们两人沉默了片刻，静谧中，壁炉架上那台装饰着希腊神话中伊芙琴尼娅献祭雕塑的时钟，听上去就显得十分刺耳。

“昨天的晚会真是太美妙了，”奥斯本小姐最后开口说道，口吻中带着鼓励的含义。“而且……而且，多宾上尉，你的舞跳得大有长进。肯定有人教过你，”她顽皮地补充说。

“你真该看看我跟我们的奥多德少校夫人跳苏格兰舞，还有奇格舞，你见过人们跳苏格兰奇格舞吗？不过，照我看，你跳得那么好，谁都能跟你配合。”

“那位少校的夫人年轻漂亮吗，上尉？”漂亮的女士接着问道。“啊，当一位士兵的妻子真是件可怕的事情！我不知道士兵是不是有情绪跳舞，尤其是在这么个可怕的战争时代！啊，多宾上尉，我一想到我们亲爱的乔治，以及士兵们冒的危险，就吓得直发抖。多宾上尉，你们联队有许多军官都结婚了吗？”

“我的天，她这把戏玩得太露骨了，”沃特小姐想到，好在家庭教师是隔着门缝朝里面看，没说出声。

“有一位年轻人刚刚结婚，”多宾说。现在终于谈上了正题。“新婚夫妇之间已经有许多年的恋情，可他们贫穷得像教堂里的老鼠一样。”

“啊，多让人惊喜！多么浪漫！”奥斯本小姐嚷道，因为多宾提到“许多年的恋情”和“贫穷”这两个字眼，她的同情对他是个鼓励。

“他是联队中最帅的小伙子，”他接着说。“整个军队中没有任何军官比他更勇猛更漂亮；而且他娶的是那么迷人的妻子！如果你见了她，一定会喜欢的，奥斯本小姐。”年轻的女士以为自己的幸福时刻就要来临，多宾此刻显得紧张不安，看得出面部肌肉的抽搐，他的一双大脚在地板上踢踏，手指快速扣上解开军装上的纽扣。奥斯本小姐以为，他会摆出风度对她敞开心扉，于是急不可耐地等着听他的心里话。伊芙琴尼娅献身的祭坛上，时钟发出预备性的收缩声后，敲响十二点，钟声延续了那么长时间，心情焦急的小姐觉得，那钟仿佛要一直敲到一点钟才肯罢休。

“不过，我并不是为了谈论婚事而来……也就是那桩婚事……就是说……不，我的意思是说，我亲爱的奥斯本小姐，我是来谈我们亲爱的朋友乔治，”多宾说道。

“乔治？”她的声音显得大失所望，玛丽亚和沃特在门那一侧不禁笑出声来，就连愚顽不化的多宾也暗自觉得好笑，他对面前的微妙局面并非丝毫没有察觉。乔治经常好心跟他开玩笑说：“嗨，我说威廉，你怎么不干脆娶了波利？你只要向她求婚，她准会答应。我敢打赌，我押五镑，你押两镑都行。”

“不错，是关于乔治，”他接着说。“我非常关心他，你知道，我们就像兄弟一样亲密。他跟奥斯本先生之间有点儿隔阂，我希望他们之间的争执能得到解决。奥斯本小姐，我们必须出国打仗。很可能发出通知后第二天就出发。至于战役中可能发生什么事，谁又能说得准？别紧张，亲爱的奥斯本小姐。父子两人应该在分手前讲和才对。”

“多宾上尉，他们之间并没有争执，只不过是跟父亲之间的一点儿小摩擦而已，”这位女士说道。“我们每天都在等乔治回家。爸爸只是希望他好。他只要回家来，我肯定什么事都没有。亲爱的罗达离开这里的时候悲伤气愤得要命，可我知道能原谅他的。上尉，女人太愿意原谅人了。”

“我敢肯定，像你这样的天使会原谅的，”多宾先生机敏得让人讨厌了。“要是他让一位女士感到痛苦，谁也不会原谅他。假如一个男人对你不忠，你有什么感觉？”

“那我就不活了——我就跳楼，或者服毒——痛苦得活不下去。真的。”小姐喊道。然而她已经经历过一两次失恋，却并没有自杀。

“有些人也像你一样真诚善良，奥斯本小姐，”多宾继续说道。“我说的不是西印度群岛的某位财产继承人，而是乔治以前深深爱过的一位可怜的姑娘，她从小就决心除了他谁也不嫁。我亲眼见她身处贫困肝胆欲裂，却毫无怨言，她本人并没有做错事。我说的是塞德利小姐。亲爱的奥斯本小姐，你慷慨的心难道能为你哥哥对她忠贞不贰就指责他吗？如果乔治抛弃了她，他的良心能原谅自己吗？做她的朋友吧，她一向爱你。乔治要我告诉你，他认为，保持与她的婚约，是他神圣的责任。他乞求你站在他一边支持他。”

多宾先生在情绪激越的时候，除了最初一两句话稍有迟疑之外，接着便语流滔滔。他的雄辩口才显然对他的听众产生了一些影响。

“噢，”她说，“这可……太让人吃惊……太痛苦……太出乎意料……爸爸会怎么说？……乔治摒弃那么好的机会……不过，他有你这样一位勇敢的支持者真是福气，多宾上尉。不过，这没有用处的，”她停顿片刻接着说。“我当然非常同情可怜的塞德利小姐，你知道我的话非常真诚。我们在这里接待她非常善意，可我们从来都认为他们的婚配不相称。我敢肯定，爸爸绝对不会同意。你知道的，作为一个上流出身的年轻人，一个具有正常思维的头脑，乔治必须离开她，亲爱的多宾上尉，他真的必须离开她。”

“难道一个男人能在自己热爱的女子遭难时抛弃她？”多宾伸出手问道。“亲爱的奥斯本小姐，这难道是发自你内心的想法吗？我亲爱的姑娘啊！你必须与她保持朋友关系才对。他不能抛弃她。绝对不能抛弃她。你想想，难道一个男人应该因为你贫穷而抛弃你吗？”

这个机敏的问题对简·奥斯本小姐的心灵不无触及。“我不知道我们这些可怜的姑娘是不是该相信你们男人的话，上尉，”她说道。“女人生性多愁善感，难免轻信人言。可我恐怕你是个残忍的骗子，”多宾仿佛觉得，奥斯本小姐向他伸出一只手，握住他的手捏了一下。

他连忙撇开那只手：“骗子！不，亲爱的奥斯本小姐，男人都不是骗子。你哥哥不是骗子，乔治爱阿米莉亚·塞德利，他们从小青梅竹马，始终相爱。他绝对不会因为财产的关系舍她而娶其他姑娘。

难道他应当抛弃她吗？难道你要劝他抛弃她？”

简小姐该怎么回答这个问题呢，她的奇特观点能自圆其说吗？她不能做出回答，不得不支吾着岔开：“就算你不是个骗子，你也非常浪漫。”威廉上尉没有向这个论点发起挑战。

他又说了些客气的废话，觉得奥斯本小姐已经有了足够的精神准备，可以接受那消息了，便将真情倾诉出来：“乔治不能放弃阿米莉亚——乔治已经与她结婚了。”接着，他讲述了他们的结婚经过，说了那可怜的姑娘的爱人如果不忠心爱她，就活不下去，说那老塞德利先生如何反对他们的婚事，说他们已经领取了结婚证，讲了约斯·塞德利如何从切尔滕纳姆去教堂送新娘，说了他们怎么乘约斯四匹马拉的四轮马车去度蜜月，乔治如何指望他亲爱的好心的姐妹向父亲求情，由于女子真诚而且温柔，求情肯定有效。然后，他求她允许再次与她见面，这一请求立刻得到准许。多宾上尉知道，不消五分钟，她便会将这消息传给其他女士们。他向她鞠了一躬，告辞了。

他刚刚离开房间，玛丽亚和沃特小姐就冲向奥斯本小姐，她立刻将这个妙不可言的秘密全盘告诉她们。说句公道话，两位小姐都不无喜悦。女士们听了私奔的消息，从来不会真正感到愤怒。阿米莉亚有勇气如此结婚，她在大家心目中的地位大大提高了。她们热烈谈论这桩事情，不知道爸爸会怎么做，怎么说，突然，门像以往那样雷鸣般敲响了，两个阴谋策划者大吃一惊。她们知道，这肯定是爸爸回来了。然而，来人并不是他。是弗雷德里克·布洛克先生如约从市中心来，要带女士们去观看花展。

想象得出，这位先生没有多久便得知了那个秘密。但是，他的表情显得非常诧异，与姐妹俩那种富有感情的惊喜完全不同。布洛克先生是个庸俗的人，在一家资金充裕的银行做低级合伙人。他知道金钱是什么，也知道它的价值。于是一对小眼睛里闪烁出喜悦和期待的躁动，不由对他的玛丽亚微微一笑，暗自认为，乔治先生的这一愚蠢举动，或许让她的身价比预料中的提高三千镑。

“天哪！简，”他甚至对那姐姐也发生了兴趣，望着她说道，“伊尔斯没有娶你会后悔的。你的财产可能有五万镑呢。”

直到此刻之前，姐妹俩还没有考虑到金钱方面的问题，可是，在整个上午的游览中，弗雷德·布洛克对她们态度优雅，情绪欢乐，竭力取悦她们，结束上午的活动乘车回家时，两人已经感到自己的身价陡然上升了。可敬的读者千万不要指责她们自私得不近人情。就在今天早上，我本人从里奇蒙德乘公共马车出来，换马的时候，我从车顶的座位上望去，只见三个孩子在积了雨水的水洼边玩耍，他们非常肮脏，却很友好愉快。另一个孩子朝这几个孩子走过来。“波利，”她说道，“你姐姐有一个便士呢。”听了这话，孩子们立刻从水洼边站起身，跑去向佩吉献殷勤。马车重新启程的时候，我看见佩吉举止得意，昂首阔步朝附近卖棒棒糖的货摊走去，身后像尾巴一样跟着那群孩子。

第二十四章
奥斯本先生搬出《圣经》

多宾将秘密通报给两位姐妹后，便匆匆赶往市中心，去履行更加难办的职责。要面对面与老奥斯本先生交锋，他也不禁感到紧张，心里不止一次打算留待女士们向她们父亲透露这秘密，他相信，她们不会将秘密保守太久。但是，他向乔治保证过，要向他报告老奥斯本对这事的态度。于是，他来到市中心泰晤士街上老人家的办公处，请人递交了一张便条，请求与他就乔治的事情交谈半个小时。多宾的信使从奥斯本先生的办公室出来，代老人向他致意，并表示说，他非常高兴马上与上尉见面，多宾便从命去见他。

上尉觉得说出这个秘密好像自己也有一半罪责，知道面临的将是一场暴风雨般的痛苦会见，走进奥斯本的办公楼时愁眉苦脸，脚步迟疑。经过肖勃先生的外间时，肖勃先生夸张地向他致敬，他感到更加紧张不安。肖勃向他眨眼点头，用手中的笔指了指上司的门，说道："老板情绪不错。"可是他乐呵呵的样子却让他看了十分不舒服。

奥斯本站起身与他热情握手，说："好吗，我亲爱的孩子？"那份热情让乔治的使者觉得自己加倍有罪。在老先生的铁掌中，他的手一动也不敢动。多宾觉得，自己在一定程度上造成了已经发生的事实。将乔治带回阿米莉亚身边的是他，赞成、鼓励他们结婚，帮着办理婚姻手续的也是他。他现在要将这桩婚事通报给乔治的父亲。然而老先生却满脸堆笑地迎接他，拍他的肩膀，称他作"多宾，我亲爱的孩子”。这位使者抬不起头实在不无道理。

奥斯本完全相信，多宾是来宣布儿子投降的。多宾差人送来条子的时候，肖勃先生正在与他的上司谈论乔治父子之间的关系问题。两人都认为，乔治屈服了。两人对这个时刻已经等待好几天了。老头子说：“天哪！肖勃，我们要举行怎样的婚礼啊！”奥斯本先生使劲扳着自己粗大的手指，对职员说。眼睛望着自己的下属，将口袋里的畿尼硬币晃得丁零零直响。

多宾不动声色地默默坐在他对面的座位上，他依然摆弄着两只衣袋里的硬币。“这么个土老帽也能当上尉？”老奥斯本想道。“真奇怪，乔治怎么就没教他学点上流风度。”

多宾终于鼓起开口的勇气。“先生，”他说，“我为你带来个非常严重的消息。我今天上午去过骑兵联队。我们联队本星期就要开拔出国，去比利时作战。你知道，先生，我们要殊死作战，然后才能回国。许多人可能战死。”

奥斯本的面孔变得庄重了。“我的儿……，我知道，你们联队要为国家尽自己的职责，”他说。

“法国军队十分强大，先生，”多宾接着说。“俄国和奥地利要花很长时间才能召集起军队作战。我们要首当其冲的，先生。波拿巴肯定不会轻易放过我们。”

“多宾，你快把主要意思说出来吧，”他的听众不安地皱起眉头。“我看没有哪个英国人害怕那该死的法国鬼子吧？”

“我的意思是，考虑到我们大家都将面临确信无疑的极大危险，在我们走之前，如果你与乔治有什么意见不合的话，最好能和解，不是吗？如果你不能对他施些好心，假如他在战争中有个三长两短，你恐怕永远不能原谅自己。”

可怜的威廉·多宾说这番话的时候，脸涨得通红，不但感觉到，而且心里承认自己是个叛徒。如果不是因为他的缘故，他们父子关系也不至于断绝。乔治为什么不能推迟婚期？他感到，假如乔治离开阿米莉亚，并不会难过得死去活来；阿米莉亚失去他，在最初一段时间的痛苦之后，也能恢复正常。他们听了他的忠告才结了婚，导致了种种麻烦。可这都是为什么呢？因为他太爱她，不忍看她痛苦的模样；要不就是因为他自己的痛苦太难熬，所以很高兴马上打破这种痛苦局面——就像家人一死就想赶紧埋掉，也像忍受不了分别时的儿女情，希望赶紧告别离去。

“威廉，你是个好小伙子，”奥斯本先生语气温和地说。“我和乔治不该怒气冲冲地分手，这话不错。听我说，我对他尽到了义务，其实胜过任何其他父亲。我敢说，我给他的钱足有你父亲给你的三倍。可我也不想为这事吹嘘。我也不想说，我怎么为他绞尽脑汁费心卖命挣钱。你可以问问肖勃，你去问问他本人，你去城里到处打听打听。我建议他娶的女子，是这个国家任何贵族都趋之若鹜的人选。我一生当中只向他提出这么一个请求，可他却拒绝了我。难道我做得不对？难道是我引起的那场争执？自从他生下，我就像个苦役犯一样为他辛劳，还不是为他好？谁也不能指责我自私。告诉他回来吧。我欢迎他。我愿意忘记过去，原谅他。至于说现在就结婚，已经不可能。让他跟斯小姐订婚，等他回来，升成少校再结婚。他能升成少校的，该死……假如钱能帮他的忙，他能升上去。我很高兴你劝他回心转意。我知道是你的功劳，多宾。以前你在许多关键时刻帮他解过围。让他回来吧。我不会跟他过不去。今天就上拉塞尔广场家里去吃饭，你们两人都来。老地方，老时间。今天有鹿脖子肉吃。我也不提什么问题。”

他的称赞和信任让多宾大受感染。他的话越说越觉得不好意思。“我恐怕你误会了，先生，”他说，“我能肯定你搞错了。乔治是个精神高贵的人，绝对不会为谋人家的钱跟人结婚。如果你恐吓他，说他不服从就不让他继承你的财产，那只能让他变得更加倔强。”

“嗨，伙计，你总不该把一年白送他万儿八千镑财产说成恐吓他吧？”奥斯本先生的口吻温和得让人发毛。“他妈的，如果斯小姐肯嫁我，我就做她丈夫。皮肤黑点有什么关系？”老先生习惯性地咧开嘴粗野地笑起来。

“先生，你忘记奥斯本上尉已经有婚约在先了，”使者的话说得一本正经。

“什么婚约？你这是他妈什么意思？你不是要说，”奥斯本又惊又气，往日的怨气涌上心头。“你不是要说，他是个该死的蠢货，还想着那个破产骗子的女儿？你该不是想告诉我说，他要跟她结婚吧？娶了她！那倒真般配。我的儿子，我的继承人，要娶个贫民窟里的叫花子姑娘。见鬼，他要真那么干，就让他买把笤帚，到十字街头去扫马路。我现在记起来了，她总是对他挤眉弄眼送秋波，跟她爹真是一个模子里刻出来的。”

“塞德利先生是你的好朋友，先生，”多宾插嘴说。他几乎为自己开始感到愤怒而高兴。“你该以比较好的称呼叫他才对，不该对他那么残忍，说他是什么骗子。他们订婚是按照你的意思。乔治不该反复无常。”

“反复无常！”老奥斯本咆哮起来。“反复无常！真该死，我儿子跟我争吵用的也是这个该死的字眼。到上个星期四已经有两星期了。说我侮辱他这个英国军官，没有我他能得到现在的地位？怎么，你是来帮他说情，对不对？真是多谢你了，上尉。是你想把一个乞丐引到我家来。不敢劳您费心，上尉。跟她结婚，他，他！他怎么能？我向你担保，就是不请，她也会自己追他。”

“先生，”一股无名火让多宾嚯的一声站起身。“谁也不能当着我的面诽谤那位女子，你更不该说这种话。”

“噢，你这是要跟我决斗，对吧？等一等，让我拉铃叫人送两把手枪来。乔治先生派你来侮辱他父亲。说，是不是他干的？”奥斯本说着拉响了铃。

“奥斯本先生，”多宾结结巴巴地说，“是你侮辱一个世界上最好的人。你最好别这么做，先生，她现在已经是你儿子的妻子了。”

多宾说完这话，觉得再没什么好说的，就走出屋子。奥斯本跌坐在自己的椅子里，目瞪口呆望着他离去。一个职员应铃进来。上尉还没有走出奥斯本先生的办公楼，他的首席职员肖勃先生帽子也没戴，追出来。

“上帝呀，到底是怎么回事？”肖勃先生抓着上尉的衬衫问道。老板简直发了疯。乔治先生到底干了什么？”

“五天前，他与塞德利小姐结了婚，”多宾回答道。“我是他的伴郎，肖勃先生，你一定要帮他的忙。”

老职员摇了摇头。“上尉，如果这是你带来的消息，那可真是个坏消息。老板永远也不会原谅他。”

多宾乞求肖勃事后到他暂住的旅馆去，将以后发生的事情通报给他，然后就神色怏怏地朝西面走去。回顾过去，展望未来，他心里非常不安。

那天晚上，在拉塞尔广场的家里，大家发现一家之主坐在常坐的位子上脸色阴郁。只要遇上这种表情，整个餐桌周围就鸦雀无声。女士们和与她们共进晚餐的布洛克先生意识到，那消息已经传达给奥斯本先生了。他阴沉沉的面孔让布洛克先生大受影响，于是也静静地坐着一言不发，不过，他对姐妹俩倒是格外殷勤关心。他的一边坐着玛丽亚小姐，另一边坐着她姐姐。姐姐坐在家庭主母的位子上。

沃特小姐独自坐在桌子另一边，与简·奥斯本小姐之间留有一个空位子。乔治在家吃饭的时候，这是他的位置。我们以前说过，这个浪子离家出走后，吃饭时仍然为他摆上一副刀叉和盘子，大家期待他能回来。晚饭期间，大家什么都没有说，只有弗雷德里克先生微笑着，断断续续与玛丽亚说几句悄悄话，还有刀叉与盘子摩擦或瓷器碰撞的声音偶尔打破寂静。用人们悄没声地执行自己的职责。就是哑巴在参加葬礼的时候，也不会显得比奥斯本家聚会更肃穆。他邀请多宾来享用的鹿脖子肉，只好由他自己操刀默默地切开。不过他那一份几乎没有尝出味道就吞下肚子，他喝了很多酒，管家不断地斟满他的杯子。

他的眼睛死死盯住一个个食客轮流看过一遍，最后目光落在为乔治准备的那份刀叉盘子上。他立刻用左手指着那东西。他的女儿们望着他，不解其意，或者不打算揭穿这个信号。用人们起初也没有明白他的意思。

“拿走那盘子，”他最后说道。然后咒骂一声站起来，推开椅子走进自己屋子里。

奥斯本先生家餐厅后面那间屋子，大家叫它书房，那是属于宅子主人的圣殿。到了星期日，奥斯本无心去教堂的时候，就躲进那间屋子，在深红色皮椅子上读报纸消磨上午时光。这里有两只玻璃门书柜，里面摆着装订精致、烫金封面的书籍，都是公认有价值的书，诸如《年鉴》《绅士杂志》、布莱尔写的《训诫》，还有休谟和斯莫利特的著作。可他一年到头都不会从书柜中取下一本书来读。家里其他成员死也不敢进去动一动那些书。只有偶然遇到星期日晚上不请客的时候，才会从书柜里取出《贵族人名录》旁边那本红色封面的大精装本《圣经》，拉铃召集用人们到餐厅来，在家里做晚祷，奥斯本装腔作势地为家人朗诵祷告辞。不论是他的孩子，还是家里的用人，走进那间屋子的时候都不免战战兢兢。他在这里检查管家的账目，查验窖藏好酒的数目。后院是一片铺了卵石的平地，有一个铃子可以与马厩联系，他便以此控制那马厩，马车夫进了这院子就像船停靠在船坞里，他就打开窗户咒骂他们。沃特小姐每年到这间屋子来四次，领取薪水。他的女儿们也是一个季度来领一次零用钱。乔治小时候常常在这间屋子里吃鞭子，他母亲坐在外面的台阶上听那声声皮鞭，一鞭鞭如同打在自己心上。孩子挨打时几乎从来不哭闹。那可怜的女人事后就悄悄抚摸他，亲吻他，给他钱安慰他。

壁炉上有一幅全家画像，原来挂在餐厅里，奥斯本太太死后搬到这里。画像上，乔治骑在小马背上；姐姐向他举起一束鲜花；妈妈牵着妹妹的手；大家全都面颊红润，红嘴巴全都咧开，像所有全家福画像上的人物一样单纯天真。如今母亲已经长眠地下为大家所遗忘，儿女们各有各的许多不同兴趣，表面上仍然亲密，但是本质上已经相互疏远。几十年后，画像上的人都老了，这些表情幼稚的家庭画像便成了滑稽的讽刺，做作的感情和虚伪的微笑，自得与羞怯的表情，全成了大家的笑柄。餐厅中全家福的位置换上了奥斯本自己神色庄严的画像，上面还画着他的银质墨水缸和扶手椅。

大家见老奥斯本进了书房，这才大大松了口气。用人们也离开餐厅后，他们压低声音畅谈一番，然后悄没声地上了楼。布洛克无心独坐在离老先生那么近的地方喝葡萄酒，便踮起脚陪她们离开，可是他的鞋发出嘎吱嘎吱的声音。

天黑后至少一个小时了，管家还没有听到他的召唤，便壮着胆子敲响他的门，为他送来蜡烛和茶。宅主坐在自己的椅子上，装作看报纸，等那位用人将蜡烛和茶放在他身边的桌子上退出去，奥斯本先生起身把门闩上。已经到了这时候，大家对眼前的事情丝毫也不会误解，全家都知道要发生某种大灾难，乔治少爷很可能要吃苦头。

奥斯本先生那张闪闪发亮的红木桌子上，有个抽屉是专门放儿子的各种文件的。他在这里保留着儿子自幼的种种有关记录。这里有他受过奖励的抄本和图画本，那都是乔治亲笔所写并经过老师的修改；这里有他给父母写的最初几封信。信是用漂亮的圆体字写的，向父母问候，并要求给他送去蛋糕。这些信中不止一次提到他亲爱的教父塞德利。老奥斯本浏览这些信件，目光与那个名字相遇时，失望像根绞索一样紧紧缠着他的心，不禁气得嘴唇发紫，却只能以咒骂发泄心头恶毒的怨气。这些文件全都用红丝带捆着，还标有记录："乔治18××年4月23日来信，要五先令零花钱。4月25日已回信""10月13日，乔治关于小马"等等。另一捆文件上写着："斯大夫的账目"，"乔治的裁缝账单和服装，乔治·奥斯本由我付账的账单"等等。抽屉里有他从西印度寄回的信，有报道他升军衔的报纸，有他幼年时用过的皮鞭。在一个纸包里，有一个他母亲戴过的项链坠子，里面藏着他的头发。

老头子难过地一件件翻动这些纪念品，在回忆中消磨了许多小时的时光。他心底的虚荣和野心全都藏在这里。他对自己的儿子多么自豪啊！他是个最漂亮的男孩子。人人都说他长得像个贵族之子。在伦敦植物园的一次聚会上，皇室的一位公主注意到他，问了他的名字，还亲吻他的脸。哪个城里人有过如此的荣耀？一位王子难道受到过他那样的栽培？只要是金钱买得到的东西，他都毫不吝惜地给他儿子。每逢学校聚会颁奖的日子，他就乘坐四马拉的马车，带着身穿制服的用人去学校看望，将崭新的先令硬币大把大把撒给乔治那所学校的同学们。乔治的联队启程赴加拿大之前，他为部队长官举办豪宴送行，就是约克郡公爵坐在那样的餐桌边也丝毫不降低身份。乔治欠了账，他哪回没有偿还？账单还在这里，他二话不说就付清了。他骑的好马军队里许多将军都不敢企望。乔治幼年时的种种形象历历在目：晚餐过后，他像个爵爷一样大模大样坐在餐桌上首，靠在父亲身边将葡萄酒一饮而尽；在布赖顿向摄政王引见他的那天，他策马从树篱上一跃而过，圣詹姆士区所有上流年轻绅士都相形见绌。可现在呢，一切都结束了！竟然不尽孝道，娶了个破产者的女儿，送上门来的财富置之不顾！这个老世故何曾体会过如此的羞辱，撕心裂肺的愤慨！他的野心化作泡影，慈爱不复存在，虚荣和骨肉亲情变成心灵的一道伤口。

乔治的父亲翻阅过抽屉中的所有文件，不时在看某一个文件的时候停下来苦苦思索——所有失意的人们都在这种苦闷和无助的悔恨中回忆往事——然后他将抽屉腾空，将文件全塞进一个文具箱，捆住用火漆封上，加盖他的印鉴。接着，他打开书柜，取出我们说过的那本烫金红皮《圣经》。这本豪华的书很难得有人打开读，书页侧面金光闪闪。扉页后面有幅插图，是亚伯拉罕杀死儿子以撒向上帝献祭的故事。奥斯本根据习俗，用职员那种花里胡哨的字体，记下自己结婚、妻子去世的日期，也依次记载着儿女的生日和教名：长女简、儿子乔治·塞德利·奥斯本、幼女玛丽亚·弗朗西斯，还记载着各自受洗礼的日期。他取了支笔，小心翼翼地将乔治的名字划掉，等到墨水干透了，这才将书放归原处。他从收藏私人文件的另一个抽屉里取出一份文件，读了一遍，揉成团，在一支蜡烛上点燃，扔到壁炉里，看着它烧成灰烬。烧掉的是他的遗嘱。他坐下来写了封信，拉铃叫用人，要用人第二天早上将这信发出去。他上床的时候已经是早晨，整个房子里洒满了阳光，拉塞尔广场鲜绿的树叶间，鸟儿开始引吭高歌。

威廉·多宾为了让奥斯本先生家主仆高兴，想在乔治时运不济的时候多为他拉几个朋友。他知道好酒和美餐对一个男人会产生什么样的精神效果，于是一回到下榻的客栈，便给托马斯·肖勃先生写信，邀请他第二天在斯劳德咖啡店与自己共进晚餐。肖勃先生在即将下班离开市中心的时候收到了这封邀请，立刻写了封回信："肖勃荣幸地接受多宾上尉邀请，并致敬意。"那天晚上，肖勃先生回到位于萨莫斯城的家里后，将邀请信和自己的回信底稿拿给妻子和女儿们看，全家在喝茶的时候，兴致勃勃地谈论起军队里的绅士们和西区的富家子弟。女儿们上床睡觉之后，肖勃夫妇谈论起老板家发生的奇怪事情，这位职员从来没见过上司情绪那么激动。多宾上尉离开后，他走进奥斯本先生的办公室，发现上司脸色铁青，简直像发癫痫。他能肯定，奥斯本先生与那位年轻的中尉之间发生过争吵。

他指示肖勃将奥斯本上尉三年来的花销都累加起来。“花的数目可真不小啊，”这位主要职员赞叹道，奥斯本父子俩花钱大手大脚就更激起他的敬仰。争执是关于塞德利小姐。肖勃太太表示对那位年轻女士的同情，说他要是失去那位漂亮的上尉真可惜。肖勃先生对塞德利小姐没什么尊敬之情，因为她父亲是个不走运的投机商，只向他们支付了很少的红利。在整个伦敦城里，他最尊敬的就是奥斯本家。他希望，也盼望乔治上尉能娶个上流人家的女儿。那天晚上，这位职员比他老板睡得酣畅。他是个节俭的人，早餐喝的茶里放的是红糖。饭后，他搂抱过孩子们，就穿了最好的星期日礼服和上班穿的带皱边衬衫，对站在一旁欣赏他的妻子保证说，这天晚上喝酒不会让多宾上尉破费太多。

奥斯本先生按时抵达市中心办公室的时候，习惯于看他脸色的下属们发现他憔悴不堪。十二点钟，希格斯先生如约来访，他是贝德福德路上希格斯与布赖特威克律师事务所的律师。职员将他让进老板的办公室，关上门后，他在里面坐了一个多小时。大约一点钟，肖勃先生收到多宾上尉差人送来的信，里面附有给奥斯本先生的信，这位职员便走进那间办公室送信。不久，肖勃先生与另外一名职员伯奇先生被召进办公室，要他们做一个文件的证人。“我立了份新遗嘱，”奥斯本说。两位职员在证人位置上签名。没有交谈。希格斯先生走出屋子的时候，神情严峻，严厉地瞪了肖勃先生一眼，但是没有做任何解释。大家注意到，奥斯本先生那天平静得出奇，整整一天脾气十分温和，大家见他进门时的神色，以为凶多吉少，所以不免感到诧异。那天，他谁也没骂，而且也没说一句难听的话。他早早就离开办公楼，离去之前将他的主要雇员召进去，发布一般性的指示后，踌躇一番，问他是否知道多宾上尉还在城里？

肖勃说，相信他还在。其实，两人对此都知道得清清楚楚。

奥斯本将一封写给那位军官的信交给职员，要他立刻送到多宾手中。

“肖勃，”他拿起帽子神色怪诞地说，“我现在心安了。”钟敲两响，弗雷德里克·布洛克先生来访，显然是预先约定的。他陪奥斯本先生走出去。

多宾和奥斯本所属的某联队少校是个老将领，他第一次参战是在沃尔夫将军统率下在加拿大的魁北克作战。过去很多年后，他现在太衰老了，实在不能指挥军队。但是，他仍然是这个联队的统帅，对部队也颇为关心，常常请年轻的军官到家里做客。我相信，这种好客的长官现在实在不多。这位老将领尤其偏爱多宾上尉。如果将他的生涯比作文学作品，多宾便是其中的一首诗。多宾谈起弗雷德里克大帝和皇后陛下打过的战役，几乎像他一样熟悉。他本人对目前的战斗胜利缺乏兴趣，潜心研究的是五十年前的战略战术。这位将领请多宾来与他一起用早餐。正是在这天上午，奥斯本先生重立自己的遗嘱，肖勃先生穿上最好的服装。老将领提前两天通知他说，部队就要受命赶赴比利时作战。命令要求联队原地待命，随时准备，骑兵一两天就要传来出发命令。由于运兵车船很多，所以这个周末前就要启程。联队在查塔姆驻扎期间，招募了不少新兵。老将领希望，这支在加拿大参加过击败蒙特卡姆军队战役，将美国的华盛顿将军赶向长岛的联队，在欧洲低地的古战场上作战时不至于辱没自己的传统荣誉。“我的好朋友，如果你还有什么未了的事情，”老将领用颤巍巍的白手指捏了一撮鼻烟抹在鼻子里，指了指自己的睡衣胸脯，那颗心仍然在下面虚弱地跳动，“如果你有情人需要安慰，或者要向父母道别，或者要写下自己的遗嘱，我劝你片刻也不要耽搁。”说完，老将领伸出一根手指与这位年轻朋友握手，并且点了点那颗扑着粉，留着小辫子的脑袋。两人道别，多宾出去关上门后，他坐下来，用法文给皇家剧院的阿门耐德小姐写一封信，他对自己的法语水平颇为得意。

这一消息让多宾感到心情沉重，他想到了在布赖顿的朋友们，接着，又为自己总是首先考虑到阿米莉亚而觉得羞愧，父母、姐姐们以及自己的责任地位倒在其次。的确，他每天起床后和睡觉前总是先想到她，而且一整天心里老是萦绕着她的影子。回到客栈后，他给奥斯本先生发去一个短简，将刚刚得到的消息通报给他，他希望，这消息或许能让他进一步促成与乔治的和解。

这个短简是由向肖勃送邀请信的同一位信使送去的。那位职员一见他，吃了一惊。因为那信附在给他的信中，他拆信的时候手有些抖，生怕期待的晚餐请客会推迟。拆开信后，发现内容仅仅是提醒他别忘记赴宴："五点钟恭候驾临。"他感到说不出的宽慰。他对老板家的事十分关心。可是，那又算得了什么？他更加感兴趣的是一顿丰盛的豪宴。

多宾完全有理由在执行自己使命的过程中，把将领通知他的消息通报联队所有的战友。他在代理人那里见到旗手斯塔布斯，将消息通知他，这个身高五英尺多的小伙子只有十七岁，一心盼望上战场作战，马上跑到武器店买到一把新剑。小伙子身子单薄，又染上了酒瘾，身体更加虚弱，可是勇气十足，心比狮子还大。他握着那柄剑，躬起前腿左右突刺，以为那样就能打败法国鬼子。他哈哈笑着朝多宾上尉刺了几下，多宾笑着用手中的竹手杖轻轻拨开。

斯塔布斯先生身体那么孱弱，一看便知道是个轻步兵。另一位旗手斯普尼却正好相反，他身材高大，属于多宾上尉的掷弹兵团，他买了顶熊皮帽，戴在头上显得非常英武，好像年长了好几岁。两个年轻人事后跑进斯劳德咖啡店，叫了两份丰盛的饭菜，坐下来给慈祥的父母写信，免得他们记挂。两封信洋溢着诚挚的爱心，表达了自己的作战勇气，也充满了拼写错误。啊！整个英格兰当时有多少颗心在焦急地跳动，多少家庭的母亲在祈祷，多少眼泪在汹涌啊！

多宾见年轻的斯塔布斯躲在斯劳德咖啡店一角，趴在桌子上写长信，眼泪顺着他的鼻子滚落在信纸上，这年轻人想妈妈，而且恐怕再也见不着她了。多宾本打算给乔治·奥斯本写封信，想了想又把抽屉锁上。“急什么？”他说。“让他再乐上一夜吧。我明天一大早去看望父母亲，然后乘车亲自去布赖顿。”

他走过去，将大手搭在小斯塔布斯肩膀上，鼓励他说，他是个绅士般的好人，如果戒掉酒，准能当个好兵。小斯塔布斯听了这话，目光顿时变得炯炯有神。多宾是联队里非常聪明很有名望的军官。

“谢谢你，多宾，”他揉了揉眼睛说。“我在信上也是对她这么说的。先生，她对我真是无比的慈爱。”说着，他的眼眶里又涌出眼泪。我敢说，心肠慈悲的上尉也不由眨巴起眼睛来。

两名旗手陪上尉和肖勃先生一起在一个厢座里共进晚餐。肖勃带来了奥斯本先生的信，奥斯本先生在信中向多宾上尉致敬，并请求他将附信送交乔治·奥斯本上尉。肖勃先生并不了解更多情况，只是描绘了一番奥斯本先生的表情变化，以及他与律师的会见，他自己也感到奇怪，他的老板那天脾气怎么那么好，谁也没咒骂。酒过数巡，他的话多起来，对发生的事情进行了种种猜测。不过，他喝得越多，话语就越含糊，最后大家根本听不懂他在说些什么了。直到夜已经很深的时候，多宾上尉才将他的客人送上一辆出租马车，肖勃先生一面不停地打呃，一面赌咒发誓，说上尉是他最最要好的朋友。

多宾上尉与奥斯本小姐分手的时候，曾要求再次拜访她，那位小姐第二天等待了好几个小时，盼望他到来。假如他真的去了，假如他提出她准备回答的那个问题，她或许会声称自己要站在弟弟一边，乔治与他愤怒的父亲之间或许有可能和解。但是，她在家里等啊等，上尉就是不来。他有自己的事务要做，也要去拜访自己的父母，安慰他们。那天一大早便坐上“闪电号”驿车，去布赖顿看他的朋友们。这天，奥斯本小姐听见父亲下令说，不准那个多管闲事的混账多宾上尉进他的家门，她心中尚存的一线希望也因而寿终正寝了。弗雷德里克·布洛克先生来访，对玛丽亚显得非常热情，对那位垂头丧气的老先生也显出关怀体贴。老先生尽管口头上说自己感到心情平静，但是他的表现并非如此，过去两天发生的事情显然让他焦头烂额。

第二十五章
主要人物们认为该离开布赖顿

多宾上尉在“海船”客栈被引见给女士们，他装出一副乐天健谈的模样，足见这位年轻军官已经一天比一天更加虚伪了。首先，他见到乔治·奥斯本太太的新处境后，努力掩饰自己的真实感情，其次，他设法掩盖自己带来的消息必然会导致她产生焦虑的心情。

“我认为，”他说，“那个法国皇帝要进攻我们了，不出三个星期，他的骑兵步兵会一起发动进攻，让公爵穷于应付。相比之下，上次在半岛上那一仗简直像孩子们的游戏。不过，你用不着跟奥斯本太太说这些。或许我们根本就遇不上一场正经战役，我们去比利时的任务大概只是军事占领一下而已。很多人都这么想。而且布鲁塞尔有的是时髦漂亮的先生和女士。”于是，他们达成一致意见，对阿米莉亚谈起英国军队去比利时的任务，要说得轻描淡写。

安排好这个计谋之后，虚伪的多宾口气轻快地向乔治·奥斯本太太问候，还找些俏皮话逗她这个新娘子。不得不承认，那些结结巴巴的俏皮话实在够笨拙的。接着，他谈论起布赖顿、带有海腥味的空气、这里的乐趣、海滨道路的美景、“闪电号”驿车的种种优越性，等等。他的讲话态度让阿米莉亚觉得莫名其妙，却让丽贝卡觉得很有趣味。她观察着上尉。其实，她对任何一位走到自己身边来的男人都注意观察。

不得不承认，小阿米莉亚对丈夫这位朋友多宾上尉颇为小瞧。

他讲话不利索，相貌平平，一派俗气，举止笨拙不堪，毫无长进。她喜欢他，仅仅因为他与丈夫关系密切，这当然也算不上他的什么优点，她认为乔治对待军官们慷慨善意情同手足。乔治多次当着她的面模仿多宾的笨嘴拙舌，和他的滑稽举止。不过，说句老实话，他对这位朋友的种种优点总是赞不绝口。当时她正在幸福的日子里，并不十分了解诚实的威廉，也没有把他放在眼里。他对她的看法了解得清清楚楚，也并不计较。后来，她了解了他，彻底改变了对他的看法，不过，那是后话了。

至于丽贝卡的观察结果，多宾上尉陪着女士们还不到两小时，她便窥见他心中的秘密了。她不喜欢他，而且心里还害怕他。他对她也没有多少好感。他是个十分诚实的人，所以，她的种种手腕和甜言蜜语对他全都没用。他对她有一种本能的厌恶，所以总是避开她。由于她不能证明自己比同性别的人更具有吸引力，于是便嫉妒他对阿米莉亚的崇拜。不过，在面子上，她对他还是非常尊敬，她对他的态度也十分热情。既然他是奥斯本的朋友，是她最亲爱的恩人的朋友，她便赌咒发誓要永远喜欢他。两位太太用晚餐前换装的时候，她当着阿米莉亚的面取笑他在沃克斯游乐场那天晚上的举止。罗顿·克劳利对他几乎不加注意，仅仅把他当成个脾气不错的废物，看成个缺乏教养的小市民。约斯则对他摆起一副尊贵的派头。

乔治跟着多宾走进多宾的房间里，两人单独在一起，多宾才把奥斯本先生要他转交给儿子的信拿出来。“这不是我父亲的笔迹，”乔治惊慌地说。的确不是老头子写的，而是奥斯本先生的律师代笔，内容是这样的：

先生：

我受奥斯本先生委托通知您，根据他以前曾向你宣布过的决定，由于你已经按自己的意思结婚，他不再承认你是他家庭的一员。这是不容商量的最后决定。

尽管用于你成长期的费用，和近年来从他账上支取的金额，已经大大超过你有权享受的数目，但是，我受奥斯本先生的指示宣布，他放弃对你的债权，你已故的母亲奥斯本太太的遗产理应由简·奥斯本小姐、玛丽亚·弗朗西斯·奥斯本小姐与你三人平分，总额为六千镑，其中三分之一两千镑归你，年息四厘，请凭此函由本人或代理人前来支取。

您诚挚的 S.希格斯

1815 年 5 月 7 日于贝德福德路

附言：奥斯本先生要求我通知您，他将永远不再接受你就此问题或其他任何问题的口信、信件或联系。

“你干的好事！”乔治恶狠狠地瞪着威廉·多宾说。“看看吧，多宾，”他把父亲来的信抛给多宾。“我的天哪，现在我成叫花子了。感情用事的结果。干吗不等一阵子呢？打起仗来我说不定会送命，这还用说吗？埃米做个乞丐的寡妇有什么好？都是你的主意。你不看着我结婚倒霉就不放心。我要他妈的两千镑够干什么用？这么一笔钱就连两年也维持不了。我到这儿以后，光是打扑克打台球就已经输给克劳利一百四十镑了。你办事真他妈是好样的。”

“不能否认，这种地位真够劲，”多宾毫无表情地读完那信说。“你说得不错，我也有责任。肯定有些人巴不得跟你换个地位，”他苦笑一声补充道。“你想想看，联队里有几个上尉有两千镑？你必须靠军饷生活，等你父亲回心转意再说。假如你死了，你还能给妻子留下一百镑年金。”

“你以为有我这种生活习惯的人，一年能靠一百镑过日子？”乔治愤怒地喊起来。“要是你这么想，你就是个大傻瓜，多宾。靠这么一丁点钱，我在社会上还有什么地位？我不能改变我的习惯。我必须过舒适生活。我可不是麦克沃特那种喝粥长大的人，也不能像老奥多德那样吃土豆过日子。你想要我妻子给士兵洗衣裳，或者坐辎重车跟在联队后面跑？”

“行啦，行啦，”多宾丝毫也不想发脾气，“我们给她找个好点的交通工具。别忘了你现在是个被剥夺继承权的王子，乔治，我的好伙计。风暴还没平息的时候，你先保持平静吧。时间不会久。争取把名字登在《伦敦公报》上，我设法让老父亲回心转意。”

“还提什么《伦敦公报》！”乔治回答道。“登在哪一版？阵亡将士名单里，还是受伤回国士兵名单？我看倒很可能登在头一批伤亡名单里。”

“嗨！等我们受了伤，有的是时间哭闹，”多宾说。“你知道乔治，假如有个三长两短，我稍有点积蓄，再说我也没结婚，我在遗嘱中不会忘记我是你孩子的教父，”他微笑道。两人的争吵像以前发生过几十次的情况一样，就此结束。乔治不得不承认，跟多宾生气维持不了多长时间。他总是毫无来由地指责他几句，便慨然原谅他。

“嗨，贝基，”罗顿·克劳利从他的更衣室叫丽贝卡，她正也正在更衣打扮，准备赴宴。

“什么？”贝基尖声尖气地问。她从镜子里望着丈夫。她穿了件特别洁白漂亮的白色裙袍，肩膀袒露出来，脖子上戴了条细细的项链，腰上扎一条浅蓝色裙带，看上去一副十足的纯真幸福少女模样。

“奥斯本先生随军出发后，奥太太不知会怎么样呢，”克劳利走进这间屋子说。他用梳子把头发分开，望着娇小漂亮的妻子。

“我猜她准得把眼睛哭瞎，”贝基回答。“她说起这事，已经当着我的面哭过五六回了。”

“我看你本人倒不会在乎，”罗顿对自己的妻子缺乏感情颇为恼火。

“你这个坏蛋！你不知道我要随你出发？”贝基说。“再说，你跟其他人不同。你是塔夫托将军的副官。咱们又不属于步兵，”克劳利太太扬起脑袋，模样十分迷人，丈夫见了走过来亲吻她。

“罗顿，亲爱的……你是不是……最好走以前把那……钱从爱神那儿搞到手？”贝基在头发上扎了一个漂亮的蝴蝶结。她把乔治·奥斯本称作爱神。她已经当着他的面奉承了他足有二十遍了。他睡觉前要到罗顿房间里打半个小时扑克牌，她便陪在他身边。

她经常说他是个荒唐可怕的人，威胁说，要把他恶劣的挥霍习惯说给埃米听。她给他递雪茄烟，替他点上火。她知道这对他能起到什么作用，以前她就为罗顿·克劳利做过这种事。他觉得她是个欢乐机灵的人，风度高贵，讨人喜欢。在出外兜风或吃饭的时候，贝基的光彩当然超过了埃米，克劳利太太与她丈夫喋喋不休交谈的时候，她怯生生地保持着沉默，克劳利上尉吃饭的时候默不作声，约斯加入这两对伴侣的聚会后，吃饭时也是自顾自狼吞虎咽。

埃米心里不由猜忌起朋友来了。面对丽贝卡的聪明活泼和多才多艺，她感到难堪，闷闷不乐。他们结婚刚刚一个星期，乔治便开始感到厌倦，渴望与其他人交往了！想到未来，她不禁打个寒噤。她想道，我可怎么做他的伴侣呢？他那么聪明，那么光彩照人，我却是这样一个卑微的傻瓜。他肯跟我结婚，该是多么高尚啊，他放弃了一切，来屈尊俯就我！我本该拒绝他才对，可我狠不下心。我本该留在家里，照顾可怜的爸爸。现在她才第一次想到自己没有对父母尽孝道，不免飞红了脸颊，她心里这样指责自己的确不无道理。她想道，哎呀，我真不对，实在自私，忘记了他们的悲哀，逼着乔治娶我也太自私了。我知道我配不上他，我知道，如果他没有我会幸福得多，然而，我做过努力，我做过放弃他的努力。

一个年纪轻轻的新娘子，在结婚刚满七天的时候，就产生这样的想法，就坦白承认这种事，实在太痛苦了。然而这正是她的想法。多宾在五月份这个月光皎洁的晚上来与他们相聚。天气非常温暖，充满了大自然的气息。他们敞开通往阳台的门，乔治和克劳利太太在阳台上观赏眼前波光粼粼的平静海面，罗顿陪约斯在屋里玩十五子棋，阿米莉亚却蜷缩在一张大椅子里，几乎没人理睬她，只得看看这一对，望望那一对，陪伴她的只有温柔孤独的心中那懊悔和绝望。一个星期刚刚过去，就落到这步田地！要是想想未来，那该是多么可怕的景象啊！但是，埃米太胆怯了，不敢想象那么远的事情，就像个独自驾舟出海的人，既不具备航海本领，又没有人指引她保护她。我知道史密斯小姐看不起她。但是，又有多少人具有我们的女读者这样的勇气呢？

“天哪，多好的夜晚，多么明亮的月光！”乔治喷了口雪茄烟说道。那缕青烟向空中升腾上去。

“在空旷的地方，这烟味多么芳香啊！我非常喜欢雪茄烟的气味。谁能想得出，月亮距离我们竟有二十三万六千八百四十七英里呢？”贝基一双眼睛盯在那个天体上，脸上挂着微笑。“我能记得住这个数字，够聪明的，不是吗？哼！都是从平克顿女子学校捡到的知识！海面多么平静，一切都这么清晰。我敢说，我看得见法国海岸！”她那一双晶莹的绿眼睛投向远处，仿佛真的能穿透夜色。

“你知道我有天早上打算做什么来着？”她说道。“我游泳非常好。等到有一天，我姑妈的伴侣老布里格斯，就是那个披长发，长着鹰钩鼻子的女人，你还记得吗？等到布里格斯下水游泳的时候，我打算潜到她的救生筏下面，逼她在水下跟我讲和。好主意，不是吗？”

乔治想象着水下会见的情形，不由放声大笑。“你们俩在那儿闹什么？”罗顿摇晃着骰子盒喊道。阿米莉亚突然感到一阵悲戚，禁不住歇斯底里哭出声来，连忙躲回自己屋子里，独自呜咽。

我们在讲这一章故事的时候，时而倒叙，时而正叙，仿佛讲故事的人非常没有主见似的。刚刚说起明天，忽而又转向昨天，为的是让读者了解故事的全貌。大家或许了解女王陛下客厅里的客人们，大使和高级官吏往往从后门溜出去，乘轻便马车飞驰去远了，琼斯上尉家的女士们还在门外傻等。人们或许见过财政大臣的秘书办公室前厅的情形，五六个人耐心排队等候接见的时候，突然一位爱尔兰议员或者某位著名人物走了进来，不顾大家径直走进秘书先生的办公室。一个故事也是这样，小说家有权采取这种偏见。虽然故事细节都要一一道来，但是，遇到重要情节出现时，只得将琐细情节暂时撇开。就像多宾带到布赖顿的那种惊人消息，也就是禁卫军和步兵奉命出征比利时，在比利时的同盟军聚集在威灵顿公爵麾下的消息，如此头等重要的事件，放在组成这个故事的大多数琐细小事之前，不但值得原谅，而且十分恰当。从第二十二章到现在，时间并没有过去多少，我们故事中的主要人物仅仅像往日那样，在吃晚饭前更衣打扮，接着多宾便抵达了。

乔治不是因为心肠太软，就是因为太忙于扎领带，所以没有立即将战友从伦敦带来的全部消息转告阿米莉亚。不过，他后来走进她的屋子，手里拿着律师写给他的信，表情严肃，态度庄重，他妻子总是战战兢兢等待那场灾难的到来，以为最糟糕的事就要发生，朝丈夫奔跑过去，乞求她最亲爱的乔治快把一切真相都告诉她，是不是已经收到出国的命令，是不是下星期就要作战，她知道准是这样。

她最亲爱的乔治没有正面回答她出国打仗的问题，忧伤地摇摇头说："不是的，埃米，不是那事。我操心的不是我自己，而是你。我收到父亲送来的消息。他拒绝再跟我通信，他把我们扔出门外了，我们成了穷光蛋。我受穷没什么，可是你怎么办呢，我亲爱的，你可怎么受得了哪？看看这信。"他把那信递给她。

阿米莉亚听着她高贵的英雄慷慨陈词，眼睛里的神色惊慌中含着温柔。乔治递给她信时的表情仿佛一名即将就义的烈士。不过，她坐在床边读信时，脸上的阴云渐渐一扫而光。我们先前说过，与自己热爱的人同甘共苦，对于一个热心肠的女人来说，并不是什么不愉快的事。阿米莉亚感到的其实是喜悦。可是，她马上像往常一样，为自己的感情觉得羞愧，认为在这种时候感到高兴实在不合时宜。便掩饰起愉快的感情，迟疑地说：“啊，乔治，你跟爸爸断了关系，一定伤心得要命。”

“当然啦，”乔治的表情显得很苦恼。

“不过他不可能总生你的气，”她接着说。“我敢肯定，谁也不会长时间生你的气。他一定会原谅你的，我最亲爱最好心的丈夫。啊，要是他不能原谅你，我永远也不能原谅自己。”

“我可怜的埃米，最让我苦恼的不是我的不幸，而是你，”乔治说。“我不在乎稍稍受点穷，不是吹嘘，我认为，我有足够的才干，能为自己挣得像样的前途。”

“你的确有才干，”他妻子插嘴说。在她心里，战争就要结束，丈夫转眼就能当将军。

“不错，我要像其他人一样，自己去打天下，”奥斯本接着说。“可是你呢，我亲爱的姑娘，我的妻子应该有权享受舒适生活，你被剥夺舒适生活和社交上的地位，我怎么受得了？让我最亲爱的姑娘住在军营里，做个行军打仗的联队士兵的妻子，饱吃种种苦头，什么乐趣也没有！一想到这些我就受不了。”

既然丈夫仅仅为这种事担忧，埃米便觉得十分宽慰。她拉住他的手，熠熠放光的脸上露出微笑，嘴里哼唱起最喜欢的一首歌，歌名叫《敲打旧楼梯》，歌中的女主角责备丈夫汤姆对她冷淡，如果他好心待她，永远不变心，她就保证“为他缝补裤子，为他酿好酒”。停顿片刻，她脸上挂出年轻女子那种最漂亮幸福的表情，说道：“两千镑难道不是一笔巨大的财富吗，乔治？”

乔治笑她天真。最后他们一起下楼去吃晚饭，阿米莉亚紧紧搂着乔治的胳膊，嘴里还唱着那首《敲打旧楼梯》，心情比这之前的任何时候都好。

结果，这次晚餐不但没有阴郁气氛，反而洋溢着轻松欢乐情绪。渴望上战场的激越，抵消了乔治收到父亲逐他出门的那封信后心中的沮丧。多宾继续说笑个不停，津津有味地对大家谈起出兵比利时，仿佛那里只有游园招待会、欢庆盛典、时髦聚会之类。机敏的上尉隐藏起真实想法，不厌其详地描绘奥多德少校太太如何收拾少校的衣箱，他最好的肩章给装进茶筒，她插有孔雀羽毛的黄色缠头帽用牛皮纸包起来装进少校的铁皮帽盒，在根特的法国王宫里，或者到了布鲁塞尔军队举办大型舞会的时候，她的服装准能帮她大出风头。

“根特！布鲁塞尔！”阿米莉亚突然震惊了。“乔治，你们联队已经奉命要出发了？已经接到命令了？”甜美的面庞上浮出恐惧神色，她本能地抱紧了乔治。

“别害怕，亲爱的，”他温和地说。“那不过是十二小时的路程。不会伤着你的。你也跟着去，埃米。”

“我也想去，”贝基说。“我是在职军人。塔夫托将军常跟我挤眉弄眼。对不对，罗顿？”

罗顿照例咆哮般放声大笑。威廉·多宾脸涨得挺红。“她不能去，”他说道。“想想……”他本来想补充说，“想想可能的危险吧，”可是，整个晚餐期间他不是一直企图证明那里根本没有危险吗？他心里十分矛盾，默不作声了。

“我非去不可，”阿米莉亚极为兴致勃勃地嚷道。乔治对她的决心极为赞赏，拍了拍她的下巴，问在座的人们，可曾见过如此强悍的妻子？他答应带她一道去。“我们让奥多德太太陪着你，”他说。阿米莉亚只要有丈夫在身边就心满意足，为了这个目标又会在乎什么？这样便免去了离愁别苦。尽管战争和危险不可避免，但毕竟尚需几个月才会发生。目前终归还能过一段时光，阿米莉亚乐得活像个死刑犯得到缓刑。多宾心中承认，自己欢迎这种安排。因为，现在他只要能够看见她，便是生活中最大的希望和乐趣，他暗自下决心，要关心她，保护她。要是我娶了她，也不会把她撇下自己走开。不过，乔治是她的主人，作为他的朋友，不便在这问题上给什么忠告。

丽贝卡搂着阿米莉亚的腰，陪她离开餐桌，让那群先生们边喝酒边兴致勃勃地商议重要事务。

晚上，大家谈笑的时候，罗顿收到妻子写的一个条子，他看过后立刻揉成一团，在蜡烛上点燃烧毁。不过我们在丽贝卡写条子的时候有幸从她身后看到了上面的内容："重要消息，布特太太已经离去。今晚跟那个爱神要钱，他们很可能明天就走。记住。丽。"大家起身去女士们那间屋里喝咖啡的时候，罗顿碰了碰奥斯本的胳膊肘，"我说，奥斯本伙计，要是你方便，麻烦你把那笔小数目给我。"奥斯本并不感到方便，不过还是掏出一大沓钞票付给他，还开了张借据，要他一星期后找他的代理人拿剩余款子。

安排过这事后，乔治、约斯和多宾抽着雪茄召开战时会议，一致同意第二天乘约斯的敞篷马车挥兵伦敦。照我看，约斯宁愿等到罗顿·克劳利离开布赖顿的时候再走，但是多宾和乔治逼他接受，只好答应第二天送大家回伦敦。鉴于他的尊贵地位，他租了四匹马来拉车。翌日早餐即毕，他们便堂哉皇哉启程了。阿米莉亚这天早早起床，行动敏捷地收拾箱子，奥斯本赖在床上不起，抱怨没有用人帮她收拾。不过，她太喜悦了，很高兴能自己动手收拾。她心里已经产生些许对丽贝卡的不快情绪，尽管分手的时候两人温柔地亲吻个没完，可是我们明白什么是嫉妒，阿米莉亚太太像与她性别相同的人一样，也具备这种美德。

除了这些来了又走的人物之外，千万不能忘记我们在布赖顿还有其他老朋友——克劳利小姐和她的一群侍从。虽然丽贝卡和她丈夫住的地方距离克劳利小姐疗养的住所很近，但是老女士的门就像在伦敦一样，对他们毫不留情地关闭着。只要她弟媳妇布特太太守在身边看护，她就休想见到侄儿。布特太太恐怕她亲爱的玛蒂尔达见到侄子后过分激动。老姑娘乘车兜风，忠诚的布特太太就陪坐在她身旁。克劳利小姐坐轮椅到户外透透新鲜空气，布特太太和布里格斯就一边一个守在轮椅旁边。假如她们跟罗顿夫妇偶然相遇，尽管罗顿总是殷勤脱帽致敬，但是克劳利小姐这帮人总是态度冷漠，丝毫不为所动。搞得罗顿也开始感到绝望了。

“咱们还不如去伦敦呢，”罗顿上尉常常泄气地说。

“布赖顿一间舒适客栈比法院巷的负债人拘留所好多了，”他妻子的脾气总比他欢乐。“想想摩西警长先生那两个下手吧，他们盯了我们整整一个星期呢。我们在这儿的几个朋友都是些蠢货，不过约斯先生和爱神上尉可比摩西的人好多了，不是吗，我亲爱的罗顿？”

“不知道那些传票是不是送到这儿来了，”罗顿仍然打不起精神。

“要是送来，我们就拔脚开溜，”贝基无畏地说。她进一步将遇到约斯和奥斯本的极大好处向丈夫指出来，说他们其实是给罗顿·克劳利及时送来许多现钱。

“数目连客栈账单都付不起呢，”禁卫兵嘟囔道。

“我们为什么非付不可？”女士问道。她对任何问题都有现成答案。

罗顿的用人与克劳利小姐的两名男佣仍然有些交往，那位用人得到指示，每逢见到克劳利小姐的车夫，就请他喝酒，于是，克劳利老小姐的行踪便为罗顿夫妇所掌握。幸运的是，丽贝卡以为自己身体不适，就把老小姐的医生请来看病，这样一来，他们的情报就基本上完整了。布里格斯小姐被迫采取敌对态度，其实心里对罗顿夫妇并无恶意。她本质善良，也乐于原谅人的错处。既然现在嫉妒的原因已经消除，她对丽贝卡的怨气也随之而去，心里只记得丽贝卡的许多好话和一副好脾气。实际上，克劳利小姐家包括她和弗金太太在内的所有用人，都在布特太太得胜后的独裁统治下被压得喘不过气来。

得理不让人的悍妇自然逼人太甚，得胜后还要穷追猛打，毫不留情。几个星期来，她把病人治得服服帖帖，可怜的女人完全降服于弟媳妇的命令，甚至不敢对布里格斯和弗金抱怨自己受摆布的苦楚。布特太太每天要精确量出允许克劳利小姐喝的酒，弗金和管家觉得极为难受，因为他们连雪利酒的边也沾不上了。她硬行分配甜面包、果冻、鸡肉的数量，上菜的顺序都不能稍有改变。她早午晚三次送来医生开的药水，逼她的病人服下，病人服下一剂剂苦药时的顺从模样让人看了不免心生恻隐，弗金说，可怜的小姐服药时乖得就像只小绵羊。她指定驱车兜风或者坐轮椅到屋外的时间。总之，老女士恢复健康的过程中，让她折磨得不亦乐乎。只有那些治家有道，母仪万方，品德无可挑剔的女人才会使出这般铁手腕。假如病人稍有不从，要求略微多吃点饭，或者少喝一滴药，这位护士立刻就威胁说那样准会即刻要命，克劳利小姐马上便屈服了。弗金对布里格斯说：“她的精神完全垮了，三星期没骂我是糊涂虫。”最后，布特打定主意，要辞退诚实的女佣弗金、身材高大的亲信鲍尔斯先生，以及布里格斯小姐，把自己的女儿们从牧师宅子招来代替。过些日子再把这位亲爱的病人搬到女王的克劳利镇去住。就在这时，发生了一件讨厌的事，她不得不离开自己钟爱的岗位。她丈夫布特·克劳利牧师一天晚上骑马回家，连人带马绊倒，撞断了锁骨，后来感染了，发高烧。布特太太被迫离开苏塞克斯郡回汉普郡。她许诺说，布特先生一恢复健康，她就回到她亲爱的朋友身边来。关于照料女主人的问题，走以前她向全家的用人下达了最强有力的指示。她一登上南安普敦驿车，克劳利小姐全家上下一片欢腾，人们大大松了一口气，大家许多个星期来从没有这么舒服过。就在这天下午，克劳利小姐不再服药，也在这天下午，鲍尔斯为自己和弗金太太打开一瓶雪利酒。这天晚上，大家没有念波特乌斯的训诫辞，克劳利小姐与布里格斯小姐兴致勃勃地打起了纸牌。这就像童话故事一样，当棍子忘了打狗的时候，整个故事的情节发生彻底变化，大家都相安无事，过得愉快幸福。

布里格斯小姐每星期有两三天一大早就投身海水。她身着法兰绒游泳衣，头戴油布泳帽，钻在更衣车外面的水里。我们已经知道，丽贝卡注意到了这种现象。虽然她并不敢真的像口头上威胁的那样，钻到水下与她相会，但是罗顿太太打定主意，要在布里格斯上岸的时候向她发动进攻。她游泳后浑身爽快，精神饱满，因此很可能脾气也好。

于是，贝基第二天很早就起床，拿着望远镜来到面向大海的起居室，朝海滩上的更衣车望去。她看见布里格斯小姐走进一辆更衣车，然后投身大海。就在这条美人鱼顺着帆布脚毯踏上卵石小路的时候，贝基到了岸边。那可真是一幅美景啊，初升的太阳照耀着海滩，投在出水佳人的面庞上，漫长海岸上岩石和楼宇闪烁出明亮的光彩。布里格斯小姐走出更衣车时，丽贝卡脸上挂着温柔的微笑，向她伸出白皙小巧的手儿。布里格斯除了接受她的致意又有什么别的选择？

“夏……，克劳利太太，”她说道。

克劳利太太抓住她的手，贴在自己胸口上，又在一阵冲动中双手抱住布里格斯热烈亲吻。“亲爱的，亲爱的朋友啊！”她的感情那么真挚，布里格斯小姐的心自然立刻就被她融化了，就连水中游泳的另一位女人也受到感染。

丽贝卡没费什么力气就开始与布里格斯开始了亲切愉快的长谈。布里格斯描绘了发生的一切事情，时间横跨贝基突然从帕克巷克劳利小姐家离去那天早上，到布特太太终于撤退的那个愉快日子。克劳利小姐的这名亲信详细讲述了小姐的全部症状，生病细节以及治疗过程，那种完整精确正是女子所醉心的。谈起身体不适，说起怎么找大夫看病，哪位女士不是喋喋不休呢？布里格斯说得不厌其详，丽贝卡也听得不厌其烦。丽贝卡说，亲爱的好心的布里格斯，和忠心耿耿的不可估量的弗金能在恩人生病时在她身边伺候，实在是万幸，真该谢天谢地。愿上天保佑她！尽管她丽贝卡似乎没有尽到自己的职责，但是，她的错处难道不是十分自然，值得原谅？难道她能控制自己，不把手交给那个倾心的男人？多情善感的布里格斯听了这倾诉不能不仰起脸，望着天空，同情地长叹一声，回忆起自己多年前的恋情，心里承认，丽贝卡不能归入犯了大罪的人们之例。

“她对我这个无亲无友的孤女那么友好亲切，我又怎么能忘记她呢？就是她不认我，我也不会忘记她的恩情。我对她的爱永远不会终止，我愿终生为她效劳。亲爱的布里格斯，克劳利小姐是我的恩人，是我爱人罗顿崇拜的亲戚，我比世界上任何女人都热爱她，崇拜她，我也热爱所有忠实于她的人们。我可绝对不会采取心怀阴谋的混账布特太太那种手段，对待克劳利小姐忠心耿耿的朋友们。”丽贝卡接着说：“尽管罗顿表面上显得粗鲁随便，可他却诚心诚意地说，感谢上天赐给他亲爱的姑妈这么两位值得尊敬的伴侣，她依恋弗金，更崇拜布里格斯小姐，这话他流着眼泪说过至少一百遍。假如可恶的布特太太的阴谋得逞，最后准会把克劳利小姐热爱的所有朋友都赶走，让可怜的女士成为牧师宅子里那帮贪心家伙的牺牲品，她常常害怕发生这事。不过，万一真的发生了，丽贝卡请布里格斯小姐记住，我的家尽管贫寒，却永远会对布里格斯小姐敞开。”她提高声音热情地说：“亲爱的朋友啊，有些人受恩永远不忘，并非所有的女人都是布特·克劳利！尽管她利用我，设阴谋害我，可我也并不抱怨她，我跟亲爱的罗顿还不是她牵的线吗？”接着，丽贝卡向布里格斯讲述了布特太太在女王的克劳利宅子的所作所为，虽然她当时还蒙在鼓里，现在却真相大白了——布特太太用千百种花招怂恿他们相爱，两个天真的年轻人相爱其实是落入她布下的陷阱，结婚后却被她的阴谋给毁了。

这话说得太对了。布里格斯对她的阴谋看得再不能更清楚了。罗顿与丽贝卡相爱是布特太太从中撮合的结果。然而，布里格斯小姐坦白地对朋友说，两个人虽然完全是无辜的受害者，可是她恐怕克劳利小姐对丽贝卡的爱已经无可挽回，老女士也绝对不会原谅侄子娶了这么一门不合适的亲。

关于这一点，丽贝卡有自己的看法，仍然感到乐观。如果克劳利小姐现在还不能原谅他们，将来也准能回心转意。即使是现在，如果没有那个年老多病呻吟个不停的皮特·克劳利，罗顿还不是男爵吗？老头子有个三长两短，事情不就顺理成章了。无论如何，揭穿布特太太的阴谋，让她受到谴责也是一件快事，而且对罗顿有益。丽贝卡与重修旧好的朋友交谈一小时，分别的时候显得十分依依不舍。她非常确信，不出几个小时，她们之间进行的谈话会原原本本报告给克劳利小姐。

交谈结束后，时间已经不早，丽贝卡该回客栈了。前一天相聚的人们这时又一次聚在一起吃早餐饯行。丽贝卡与阿米莉亚道别时伤心得像一对亲姐妹，她一再掏出手帕揩眼睛，搂着朋友的脖子就是不肯放手，仿佛从此一别永不相见了。马车启动后，她从窗户上探出身子挥动手帕，其实那块手帕挺干。大家走后，她回到餐桌上接着吃对虾，鉴于她刚才的伤感，她的胃口实在够好。她一边大嚼，一边对罗顿讲述自己早上外出散步与布里格斯小姐的交谈。她对此寄予很高希望，也让丈夫分享这希望。她总能让丈夫与她产生同感，分担她的忧伤，也分享她的喜悦。

“现在，我亲爱的，请你在书桌旁坐下来，给克劳利小姐写封信。信上陈述你是个好孩子，以及诸如此类的话。”于是罗顿就坐下来写信，飞快地写了“我亲爱的姑妈”几个字后，这位勇猛士兵的脑袋便完全失去了想象力。他咬着笔头，望着妻子的面孔。她见他那副愁眉苦脸的模样，不禁失声笑了。这个小女人背起手在屋子里大步踱来踱去，开始口授这封信的内容。

“战争就要打响，我很快就要出国作战，那将是一场殊死的搏斗……”

“什么？”罗顿吃惊地问，不过手头还是将这些滑稽的字眼写下来，咧开嘴巴笑了笑。

“那将是一场殊死的搏斗。所以我才赶到此地……”

“干吗不说赶到这儿，贝基，赶到这儿才通顺哪，”这位骑兵打断她的话。

“我才赶到此地，”丽贝卡跺了跺脚表示坚持，“与我自幼年以来最亲爱的姑妈道别。此去或许不复还，临行之前，我再一次恳求你，允许我握握你的手，我一生从你的手上接受的只有善意。”

“善意，”罗顿一边写一边重复念着，对自己的写作能力感到惊讶。

“我的要求只有一点，那就是我们不该在怨恨中分手。我在有些问题上享有家族的自豪感，但并不为家族的所有观点感到骄傲。我与一位画家的女儿结婚，并不为这种结合感到羞耻。”

“当然不，要是我会为此害羞，就在我身上捅一刀！”罗顿嚷道。

“你这个傻小子，”丽贝卡说着扯他的耳朵，检查他写的是不是有错字。“这两个字拼错了。”他便改正那两个字，心里佩服妻子比自己知识丰富。

“我以为你了解我的爱情，”丽贝卡接着口授。“我知道这是布特·克劳利太太支持鼓励的结果，不过我并不埋怨别人。我娶了一个贫穷的女子，对自己做的事我感到满意。亲爱的姑妈，你的财产随你处置。我绝对不会对你处置的方法说三道四。我希望你相信，我是为了你本人爱你，而不是为你的钱财。我想在离开英格兰之前与你重归于好。允许我，让我走之前再见见你吧。几星期后，或者几个月后想见就太迟了，我走之前听不到你慈祥的道别，心里实在无法忍受。”

“她不会看出那是我的口吻，”贝基说。“我故意把句子写得很短，口气随便。”这封信装在一个写给布里格斯小姐的信封里。

老克劳利小姐见布里格斯神秘兮兮地将这封口气坦率内容简单的信递到她手里，乐得笑起来。“咱们读读吧，现在布特太太走了，”她说道。“布里格斯，念给我听。”

布里格斯读完信，承认自己深深为信中洋溢的诚挚爱心所打动，她的老恩人笑得更加开心了。“你这只傻鹅，难道不明白，”她对布里格斯说。“你难道不明白罗顿一句这种话也写不出来。他一辈子除了要钱从来没给我写过信。他的信上满是拼错的单词和画得乱七八糟的道道，前言不搭后语。是那个控制他的小毒蛇家庭教师干的。”克劳利小姐自忖道，他们都是一路货，都想要我死，想得我的钱。

“见见罗顿我倒不在乎，”她口气非常冷漠地补充道。“和解也没什么不好的。只要不惹我生气，为什么不能见面呢？我不在乎。不过人的忍耐是有限度的。请你注意，我亲爱的，对罗顿太太我可要敬而远之，不会支持她，”布里格斯小姐的调解取得了一半成功已经感到满足，认为老女士与侄子见面的最佳途径是在克劳利小姐坐轮椅去峭壁上呼吸新鲜空气的时候，便通知罗顿，在那儿见面。

他们于是在那儿见面了。我不知道克劳利小姐见到自己以前最喜欢的人，心里是不是产生什么感情、想法，或者情绪，不过她表面上仅仅向他伸出两根手指，脸上挂着微笑，态度和蔼，仿佛他们昨天刚刚见过面。罗顿却激动得涨红了脸，为这次见面心中狂喜，跟布里格斯小姐握手险些把她的手指头拧断。或许他是受到利益的驱动，也许是发自内心的爱意，也可能是看到几个星期的疾病给姑妈造成的变化心中难过。

他后来对妻子描绘见面情景时这么说：“老姑娘对我总是那么好，我当时感觉挺奇怪的。我走在她坐的那个什么东西旁边，跟她到了她的门外。鲍尔斯出来扶她进去。我真想跟她进去，只是……”

“原来你没进去，罗顿！”他妻子尖声嚷道。

“没有，我亲爱的。我到了那个地方突然害怕了。”

“你这个傻瓜！你该进屋里才对，而且进去再也不出来，”丽贝卡说。

“别骂人，”高大的禁卫兵沉下脸。“也许我是个傻瓜，贝基，可你也不该这么骂我，”他面露愠色阴沉沉朝妻子瞪了一眼。

“好啦，最亲爱的，明天不管她是不是请你，你一定要去见她，”丽贝卡竭力安慰她这个气呼呼的伴侣。他回答说，爱怎么办是他的自由，请她以后讲话礼貌点。受了委屈的丈夫离开家，心里疑惑，生着闷气在台球室混了一上午。

可是，到了晚上他却不得不让步，像以往一样承认妻子的谨慎和远见胜他一筹。她对他造成这种错误早有不祥的预感，果然不出她所料。两人分别这么久，克劳利小姐见了他跟他握手的时候一定有某种感触。她对这次会见沉思默想了很久。“布里格斯，罗顿看上去胖多了，而且显老，”她对伴侣说。“他的鼻子那么红，容貌粗俗得厉害。跟那么个女人结婚把他变得粗鄙不堪。布特太太总是说，他们常常在一起饮酒作乐，我毫不怀疑他们的确是这样。不错，他身上有一股讨厌的酒气。我注意到了。你呢？”

布里格斯提出异议，说布特太太总是说所有人的坏话，照她这个卑微的人判断，她是个……

“诡计多端的女人？不错，她的确是这么个人，而且她的确说每一个人的坏话。可我还是认为，让罗顿染上喝酒恶习的是那个女人。这些下等人全……”

“小姐，他见了你激动得厉害，”这位伴侣说。“我敢肯定，如果你想到他要奔赴那个危险的战场……”

“他答应给你多少钱，布里格斯？”老小姐喊起来，气得歇斯底里发作。“好了，好了，你又哭了。我讨厌看见眼泪。干吗总是烦我？回你屋里去哭，把弗金叫来……不，站住，坐下擤干净鼻子，别哭了，替我写封信给克劳利上尉。”可怜的布里格斯顺从地走过去，翻开拍纸簿。上面全是老小姐的前任秘书布特太太留下的记录，笔迹坚定，强劲，流畅。

“称呼他‘我亲爱的先生，’要不就是‘亲爱的先生，’这样好些，就说是奉克劳利小姐之命……不，是奉克劳利小姐的医生克里默先生之命，写信告诉他，考虑到我的病情，任何强烈的情感波动都是危险的……我必须拒绝任何家人的会见和谈话。感谢他来布赖顿，请他别为了我的缘故待在此地。布里格斯小姐，你还可以补充说，我祝他旅途愉快，如果他愿意费心到格雷客栈广场拜访我的律师，会在那儿收到我给他的一封信。好了。就这些。准能打发他离开布赖顿。”好心的布里格斯写下这个句子时，心里感到极为满意。

“想在布特太太离开的当天就把我攥在手心里，”老女士把心里想的话说了出来。“真够下作的。布里格斯小姐，亲爱的，给克劳利太太写封信，告诉她不必来了。不……她不必……而且不该来……我可不想在自己家的屋子里当奴隶。我也不想饿死或者让毒药噎死。他们都想杀了我，全都一样，全都一样啊……”孤独的老女人说完这话歇斯底里放声大哭。

她在名利场喜剧中出演的最后一幕凄凉阴郁，现在昏惨惨似灯将尽，阴沉沉兮幕将落。

罗顿和妻子读了克劳利小姐拒绝和解的信感到大失所望，布里格斯好心添加的最后一段，要他们到伦敦找克劳利小姐的律师，两人才稍感安慰。老女士的目的实现了，罗顿现在急于回伦敦。

他用约斯输给他的钱和乔治付给他的现金结清客栈的账，客栈老板根本没想到客人会付清账。丽贝卡就像个将军在战斗打响之前将行李撤走那样，明智地打发乔治的用人把最珍贵的东西运回伦敦。罗顿和妻子第二天乘驿车返回。

“我想在离开前再去见见老小姐，”罗顿说。“她那么伤心，变了许多，我担心她活不了多久啦。可我很想知道在韦克希那儿能得到多少钱的支票。两百镑……不能少于两百镑，你说呢，贝基？”

鉴于布罗姆敦区那所房子一再受到前面提起的先生们光顾，罗顿和妻子不能回那儿。他们在一个客栈定了房间。次日一大早，丽贝卡绕过城郊到弗尔罕姆路上老塞德利太太的房子，拜访她亲爱的阿米莉亚以及在布赖顿见过的老朋友们。不料，大家全都去了查塔姆，从那儿再去哈维奇，跟随军队乘船赴比利时，老塞德利太太独自在家，情绪低沉孤零零流着眼泪。丽贝卡拜访回来，发现丈夫去过格雷客栈，得知那笔数目后，回来怒不可遏。

“老天哪，贝基，”他说，“她只赏了我二十镑！”

虽然这个玩笑对他们是个挖苦，不过却是个绝妙的笑话，贝基见罗顿垂头丧气的模样，不禁放声大笑。

第二十六章
从伦敦去查塔姆之前

我们的朋友乔治离开布赖顿后，十分气派地乘坐四马拉的马车来到卡文迪什广场边上一家豪华饭店，住进一套华丽的房间。餐桌已经安排好，杯盘餐具光彩夺目，周围站了一圈五六个态度平静的黑人侍者，准备接待年轻的绅士和新娘入席。乔治做东宴请约斯和多宾。阿米莉亚第一次在乔治所谓“她自己的餐桌”上首坐下，态度极为羞怯腼腆。

乔治大口大口喝酒，对侍者指手画脚，百般挑剔，态度傲慢得像个王室贵族。约斯大嚼鼋鱼，吃得极为满意。那只大菜盆在主妇面前，可是她却不懂鼋鱼最好的部分是里脊和肚子上的肉，胡乱给塞德利先生布了些菜，多宾便替新娘给他添加好肉。

酒菜如此丰盛，餐厅如此豪华，让多宾感到惊慌。饭后，约斯在大沙发上倒头酣睡。多宾规劝乔治要节省，说这种罕见的鼋鱼和香槟，就是请大主教也合适。可是乔治不听。“我出门在外习惯过绅士生活，”乔治说，“我妻子也要像个淑女才成。只要抽屉里还剩有一枚硬币，就不能让她屈尊。”这位慷慨的绅士为自己的派头深感得意。多宾也不想说服他，只是分辩说，阿米莉亚的幸福并不依靠鼋鱼汤。

饭后过了一会儿，阿米莉亚胆怯地表示，希望回弗尔罕姆路看妈妈，乔治嘟囔几句，不情愿地答应了。她三步并作两步跑进宽敞的卧室，卧室中央摆着一张阴森森的大床，据说“同盟国的国君们落难来到英国的时候，沙皇亚历山大的妹妹就在这张床上睡过”。阿米莉亚欢天喜地围上披肩，戴上帽子。她回到餐厅时，乔治还在那儿喝红葡萄酒，并没有动身的意思。“你不想跟我一起去吗，最亲爱的？”她问他。他说不去。这位“最亲爱的”晚上有事要办。只好由他的用人替她找车陪她。马车已经停在门外后，阿米莉亚朝乔治望了一两眼，见没什么希望，便颇为失望地向乔治行了个礼，郁郁不乐地走下宽大的楼梯，多宾上尉跟在她身后，扶她登上马车，目送车子离去。用人怕当着旅馆侍者的面丢人，不肯立即告诉车夫那个地址，只说等车走开后再告他。

多宾步行回原来栖身的斯劳德咖啡店，心想如果能陪奥斯本太太坐在那辆马车上，他会十分欣喜的。乔治显然有不同的嗜好，他喝够酒以后，就花半价看了半场戏，为的是看基恩先生在《夏洛克》中扮演一个角色。奥斯本先生对戏剧情有独钟，自己也在军营的演出活动中扮演过非常重要的喜剧角色。约斯一直睡到天黑后很久才醒，是他的用人收拾桌子上的酒具声把他突然弄醒的，用人到出租马车站租了辆车，将这位肥胖的角色运他自己的住处，让他上床接着睡觉。

我们可以肯定，塞德利太太以全部的母爱和热诚把女儿紧紧搂在怀中。刚才马车一停在小园子的门外，她就奔跑出去，欢迎那位浑身颤抖满面泪水的新娘子。老克拉普先生当时正卷起袖子收拾小花园，见状吓了一跳，退缩着躲开了。那位爱尔兰女佣从厨房跑出来，微笑着祝福道：“愿上帝保佑你。”在欢迎的人们中间，阿米莉亚几乎走不完那几步通往客厅的石板路和台阶。

母亲和女儿躲在密室相拥而泣的情形，就是最不易动情的读者也想象得出来，两人的泪水像开了闸门的洪水一样汹涌奔腾。女人有什么时候不哭呢？遇到欢乐、悲伤，或者生活中发生任何事件，有什么时候不哭？女儿结婚后，母女俩当然要放纵感情，与其说那是柔情，还不如说为了心情舒畅。我见过两位女士，本来是冤家对头，可是在结婚问题上却能拥抱落泪，亲切互吻。本来互相热爱的人们在这种场合感情又如何呢！一个好母亲在女儿结婚的时候，仿佛自己又体验了一次出嫁。等到有了外孙，谁不知道外婆比女儿更疼孩子？实际上，一个女人在做外婆之前，根本不知道做母亲是什么滋味。我们该尊敬阿米莉亚和她母亲，让她们躲在昏暗的客厅里唠叨啊唠叨，笑了又哭。老塞德利先生看到马车停在外面并没有认出车上的人是谁，也没有跑出去迎接，但是，女儿进门后，他热情地亲吻了她。他本来在屋子里像往常那样摊开一堆文件、系文件的绳子、账目等，埋头翻阅，跟母女俩稍稍座谈片刻，他便知趣地离开屋子，把她们俩留在里面。

乔治的仆人态度傲慢地望着克拉普先生卷起袖子浇玫瑰花。不过，看见塞德利先生后，十分屈尊地脱了脱帽子。塞德利先生询问了女婿的情况，问约斯的马匹是不是拉车去过布赖顿，问起那个可恶的叛徒波拿巴和战争。那个爱尔兰女佣用托盘送来一瓶葡萄酒，老先生坚持请仆人喝一杯。他还赏了他半个畿尼，那仆人把钱装进口袋的时候心里又惊异又轻蔑。“祝你家男女主人健康，特罗特干杯，”塞德利先生说，“这点钱回去买酒，为你自己的健康干杯吧，特罗特。”

阿米莉亚离开这所小房子只不过九天时间，但是，自从她道别以来，简直恍如隔世。她与过去的生活隔了多深的鸿沟啊。她站在现在的立足点上，从回忆中观察过去那个未婚的年轻姑娘，当时她深深沉浸在恋爱之中，除了一个目标之外，什么都视而不见，受到父母的慈爱，她的反应即使并非不知恩图报，至少也非常冷漠，她全部的感情和思想都倾注在实现一个愿望上，仿佛那就是她的权利。

回顾那么久远而又发生在不久之前的事情，她不禁感到羞愧。父母对她的慈祥更让她体会到自责。既然奖赏已经得到，也登上了人间天堂，成功者为什么还感到疑惑，还不感到满足？在一般小说中，男女主角一旦逾越阻挡婚姻的障碍，小说家便拉下幕布，仿佛戏剧到此便告终了，生活中的疑惑和斗争宣告结束，仿佛一旦在婚姻国度靠岸，周围全都是绿茵和幸福，妻子与丈夫什么也用不着做，只剩下携手迈步走向老年，生活中只有幸福和享乐。但是，我们的小阿米莉亚刚刚在新的国度登陆，却已经满腹忧愁地回头，望着遥远的对岸悲哀友善的身影，只见他们在挥手向她道别。

母亲为了欢迎新娘子到来，觉得有必要铺张一番。我也不知道她要以什么方式庆祝，不过母女俩感情奔放地长谈过后，母亲便撇下乔治·奥斯本太太，自己一头扎进在房子底层的厨房兼起居室里。克拉普夫妇白天占用这屋子，到了晚上，爱尔兰女佣弗拉尼根小姐洗完杯盘，取掉卷发纸后，就睡在这屋里。母亲采取措施，准备一餐丰盛茶点。人人都有表示好意的方法，塞德利太太似乎觉得，要招待地位如此特殊的阿米莉亚，松饼和盛在刻花玻璃碗中的橘子酱一定受欢迎。

楼下正制作这些可口茶点的时候，阿米莉亚离开客厅，不知不觉上楼，走进结婚前住过的那间小屋，坐在那张曾经度过无数个痛苦时辰的椅子上。她靠住椅子靠背，手搭在扶手上，仿佛那是个亲密的老朋友。她陷入对过去一星期的回忆和对未来的遐想之中。她已经开始悲哀朦胧地回忆往事了。某种渴望的东西没有满足时，昼思夜想地追求，等到变成现实了，感到的不是喜悦，而往往是怅然若失。我们这位可怜的小人儿的命运就是这样，在人头攒动的名利场上，她是个与人无害的迷途者。

她坐在那里回忆起结婚前她顶礼膜拜的乔治在自己心中的形象。她是否向自己承认，他本人与自己过去当成年轻英雄崇拜的那个形象大相径庭？这需要许多许多年，而且一个男人必须非常恶劣，一个女人才会不顾自己的虚荣和骄傲，承认原来看错了人。接着，丽贝卡那副不怀好意的微笑和那对绿眼睛在她心头闪烁起来，让她感到沮丧。她坐在那里，再次陷入过去那种内向沉闷的愁绪中，无名的忧伤又袭上心头。诚实的女佣那天将乔治重新向她求婚的信送来时，她的情绪就是这样。

她望着那张洁白的小床，几天前她还在这床上睡觉，她多想这天晚上再睡在上面，早上醒来的时候，看到的是母亲的微笑。她的思绪飞到卡文迪什广场那座豪华大饭店的客房里，想到那间高大幽暗的卧室和其中那张周围挂着帐篷般缎帐子的阴森森大床，心里不禁感到恐怖。亲爱的小白床！有多少个漫长的夜晚，她伏在枕头上哭泣过！她当时多么绝望，希望死在上面。现在，她的所有希望不是都变成了现实，原以为高不可攀的爱人不是也永远跟她结合在一起了？慈祥的母亲！她多么耐心温柔地围着这张床照看过女儿！她走过去跪倒在床边祈祷。这位伤心胆怯却温柔热心的女子要向上天寻求安慰。不得不承认，我们的小姑娘以前很少靠祈祷获得安慰。以前，爱情就是她的宗教，现在，这颗悲伤、失望、淌血的心开始感到，需要寻求别的安慰。

我们有权偷听她的祷告，有权把她的祷告内容讲出来吗？朋友们，那可是她的秘密，而且超出了我们这个专讲名利场故事的范畴。

不过，有一点是可以讲的，那就是，茶点最后准备好，我们的年轻女士下楼的时候，情绪比刚才欢乐得多。她不再像刚才那样闷闷不乐地思索自己的命运，不再考虑乔治的冷漠和丽贝卡的眼睛。她下楼亲吻了父亲和母亲，与老先生交谈，逗他高兴，他的情绪于是许多天来第一次变得欢快了。她坐在多宾送她的钢琴前，唱了父亲喜欢的所有歌曲。她说茶的味道好极了，赞扬玻璃碗中的橘子酱色香味俱佳。她在努力让大家高兴的过程中，发现自己也情绪高涨。

后来在那张阴森森的大床里睡得很香甜，乔治从戏院回来把她吵醒时，她脸上还挂着微笑。

第二天，乔治要去办的事比前一天看基恩先生在《夏洛克》中扮演角色重要得多。他一到伦敦就给父亲的律师写了封信，口吻庄重地通知他说，希望第二天前往拜访。他在客栈打台球玩纸牌时几乎把钱全输给了克劳利上尉，踏上征途前必须补充。除了律师受命答应付给他的那两千镑之外，他毫无其他经济来源。他完全确信，用不了多久，父亲就能回心转意。哪个父母能长时间对他这样的好儿子狠心呢？如果他过去的业绩和个人的优点尚不足让父亲息怒，乔治决心在即将打响的战役中崭露头角，届时父亲准得让步。假如还不能成功怎么办？哼！他面对的世界有的是机会。牌桌上的运气也许会好转，反正两千镑很能花一阵子。

于是，他再次雇马车打发阿米莉亚回家去看妈妈，还向母女俩发出严格的指示，要她们买办出国旅行的全副行头，品位要符合乔治·奥斯本太太的高贵身份。她们只有一天时间去办这件事，可以想象，她们这一整天该有多忙碌。塞德利太太又坐上了马车，在服装店和内衣店之间穿梭，客气的店主和毕恭毕敬的伙计们每每送她登上马车，自从遭难以来，她头一回感到这么愉快。阿米莉亚太太对购物也不无浓厚兴趣。她十分喜爱浏览货物，讨价还价，买漂亮东西。如果一个女人连购物都不喜欢，恐怕连最沉着冷静的男人都不会喜欢她。阿米莉亚服从了丈夫的命令，痛痛快快放纵自己奢侈了一番，买到大量女子用品，她的趣味不俗，所选衣物全都非常高雅，店铺掌柜的全都这么评价她。

奥斯本太太对迫在眉睫的战争并不惊慌。几乎用不着战斗，波拿巴就会给打垮。马盖特的定期班轮每天往返航行，满载时髦男人和有名的女士们奔赴布鲁塞尔和根特。人们仿佛不是去打仗，而是去做时髦旅游。报纸上提起那个暴发起家的法国骗子，口吻里满是嘲讽。这么个科西嘉可怜虫还敢与天才勇武的威灵顿指挥下的欧洲联军对抗！阿米莉亚绝对瞧不起他，不必说，这位温柔孱弱的女子是从周围人们的谈论中形成了自己的观点，像她这样忠心耿耿的人，往往觉得自己太谦卑了，甚至不敢用自己的脑袋思考。话说回来，她和母亲整整一天忙碌于在商店之间购物，她第一次在伦敦上流社会抛头露面，举止颇为优雅活泼。

与此同时，乔治歪戴帽叉着腰，摆出军人那副傲慢姿态，朝贝德福德路走去，大跨步迈进律师的事务所，仿佛他是主子，屋里面色苍白忙于抄写的职员都是奴才。他对一个人下命令，要那人通知希格斯先生说，奥斯本上尉等着见他。上尉的风度高傲凶狠，好像那个律师是个可怜低下的贱民，见了他应该立刻放下手中的活计毕恭毕敬伺候他这个上尉才对，殊不知，那人的智慧足有他的三倍，财富有他的五十倍，经验比他丰富千倍。他并没有留意到大厅里人们的嗤笑，首席职员与秘书，秘书与衣衫褴褛的抄写员，抄写员与身穿紧身衣裳脸色苍白的杂役，大家全都相互使眼色讥讽他。可他却坐在那里用手杖敲打靴子，心里对这帮可怜虫满是轻蔑。这帮“可怜虫”全都知道他的事情。他们晚上在俱乐部喝啤酒的时候，笑谈他的韵事便是他们下酒的小菜。啊，律师和律师的职员对伦敦的事情多么了如指掌啊！在他们的质询下，什么都逃不出他们的眼皮，我们的城市竟是让他们手下的人悄无声息地统治着呢。

或许乔治走进希格斯先生办公室的时候，心里盼望那位先生能向他透露父亲向他妥协或者与他和解的消息，也许他做出这么一副目空一切的冷漠态度，正是想表达自己的坚定决心。但是，他遭遇的却是那律师加倍的冷漠，他的大模大样举止因而显得十分荒唐。上尉进门的时候，他装作正在书写。“请坐，先生，”他说，“我马上就处理您那桩小事。波先生，请把付款单取来。”说完他接着埋头书写。

波先生取来那些文件交给上司，他便按当日市价计算两千镑股票的价值，然后他问奥斯本上尉，愿意要张银行支票，还是委托银行全额买股票。“奥斯本太太的遗产管理人员中，有一位现在不在市里，”他冷漠地说，“不过我的委托人希望满足你的愿望，已经将手续办妥了。”

“给我张支票，先生，”上尉恼火地说。律师填写支票的时候，上尉补充说：“那些该死的零头就不必算了，先生。”他自以为如此豪爽的风度准能让这位老滑稽鬼相形见绌，把那张支票塞在口袋里高视阔步走出他的办公室。

“那家伙不出两年就得进监牢，”希格斯先生对波先生说。

“你觉得奥先生不会改变主意？”

“石碑上的字能改变吗？”希格斯先生回答道。

“他是个朝三暮四的人，”职员说。“结婚刚刚一个星期，可是我昨天看完戏，见他和几个军人簇拥着海弗莱尔太太上马车。”接着，他们开始办下一桩事务，乔治·奥斯本先生从此便从两位可敬的先生脑海中消失了。

支票要在隆巴德大街赫尔克与布洛克联合银行让我们的朋友去兑现。乔治认为自己是在办事务，一路走进银行取款。弗雷德里克·布洛克先生正坐在一位态度矜持的职员身旁，将一张黄脸埋在账目上看。他看见乔治进门后，脸色显得更难看了，连忙溜进内厅，仿佛自己有罪似的。乔治从来没得过这么大一笔款子，正乐得喜上眉梢，并没有留意到他妹妹的求婚者的面孔，也没有注意到他溜出去的行踪。

弗雷德·布洛克将他儿子出现在银行的事以及他的行为通知了老奥斯本。“他到银行去的时候，脸皮厚得像铜板，”弗雷德里克说。“他把钱一个子儿不剩全提走了。他那种人几百镑能维持几天呢？”奥斯本恶狠狠骂了一句，说他才不在乎他怎么花呢，也不管他能维持几天。弗雷德现在每天都来拉塞尔广场家里吃饭。不过乔治对这一天的事务感到极为称心如意。他立刻气度非凡地抓紧办自己的行装，给阿米莉亚买过东西的店铺开支票，要他们去自己的代理人那里取款，风度慷慨得像个爵爷。

第二十七章
阿米莉亚加入军营

约斯的漂亮马车在查尔斯客栈门外停下时，阿米莉亚见到的第一张友善面孔便是多宾上尉。他为等待朋友们的到来已经在街道上踱步一个小时。上尉身穿军装，腰扎深红色腰带，佩着短剑，挂着枪，一副戎装。约斯于是觉得能与这样一位人物热情打招呼十分体面，这位肥胖的文职官员对待朋友的态度与布赖顿和邦德大街时大不相同了。

跟在上尉身边的有斯塔布斯旗手。马车驶近的时候，他禁不住大声赞叹："我的天哪，多漂亮的姑娘。"表示他对奥斯本的选择深为佩服。旗手的赞叹名副其实。阿米莉亚这天身穿婚礼长裙，腰系粉红色裙带，一路劳顿让她脸颊绯红，显得娇嫣迷人。多宾听了旗手的赞叹，心里喜欢他。他走上前去，搀她下车，斯塔布斯这才看见她伸给他的手多么娇小，走下车阶的那双小脚多么秀丽可爱。他的脸涨得通红，以自己最恭敬的方式深鞠一躬。阿米莉亚从他头戴的帽子上看到绣在上面的某联队的番号，也红着脸微笑一下，向他行了个屈膝礼。这一下可把年轻的旗手的心就地征服了。自从那天以来，多宾对待斯塔布斯便充满善意，两人一起散步时或者在营房单独相处时总是鼓励他谈起阿米莉亚。后来，军营里所有诚实的年轻人崇拜奥斯本太太竟蔚然成风。她纯真而毫不矫饰的举止和谦逊善意的态度，赢得了所有这些不涉世事的小伙子的心。她的质朴和甜美实在无法用笔墨形容。所有这些品质谁没有从女人中发现过呢？她们跟你的接触或许只是简单的寒暄，或者抱歉说下支舞已经定了舞伴，可你还是能体会到这些品质。乔治从来就是联队的第一名人，大家见他勇于娶一位身无分文的年轻女子，而且是如此漂亮好心的姑娘，他在部队小伙子心目中的地位因而大为提高。

阿米莉亚在待客室发现写给奥斯本上尉夫人的一封信，觉得很惊讶。那信用粉红色的信纸叠成三角形，还用一只嘴里衔着橄榄枝的和平鸽图案封着口，字体很大，是女性的笔法，可她并不熟悉。

“是佩吉·奥多德的笔迹，”乔治笑道。“我认得出她在封口上的吻。”那的确是奥多德少校太太写的便条。邀请奥斯本太太参加这天晚上为她举行的小规模接风晚会。“你必须去，”乔治说。“你可以在那儿结识联队官兵。奥多德是联队的指挥官，佩吉又是奥多德的指挥官。”

他们看着奥多德太太那封信，刚刚谈论了几分钟，突然门打开了，一个粗壮欢乐身穿骑马衣的女人走进屋子，身后还跟着联队里的几位军官。

“我实在等不到茶点时间了。乔治，好伙计，快把你的夫人介绍给我。夫人，我见了你真高兴死了，这是俺男人，奥多德少校。”穿骑马衣的胖女人乐呵呵地与阿米莉亚热情握手。阿米莉亚于是知道，面前这位女士就是她丈夫常常取笑的那位。“你一定常听你那位丈夫聊起俺，对不？”女士兴高采烈地问。

“你准是常常听说她，”她丈夫奥多德少校应声虫似的说。

阿米莉亚微笑道：“我的确常常听说。”

“他一定很少说我的好话，”奥斯本太太说道。接着又补充说：“乔治是个坏蛋。”

少校想表现一下幽默，说：“这我敢担保。”乔治听了放声大笑。奥多德太太用马鞭轻轻打了少校一下，要他住嘴。然后要求将她正式介绍给奥斯本太太。

“我亲爱的，这位是，”乔治一本正经介绍说，“这位是我最好心慈祥无与伦比的朋友奥里莉亚·马格雷塔，又名佩吉。”

“完全正确，”少校插嘴道。

“又名佩吉，她是我们联队迈克·奥多德少校的夫人，她是菲茨杰拉德·贝斯福德·德·波格·玛洛尼先生家的小姐。家住基尔代尔郡的格兰玛洛尼。”

“都柏林的摩衍广场，”夫人得意而不动声色地说。

“当然是摩衍广场，”少校低声说。

“你就是在那儿向我求的婚，亲爱的少校，”女士说。少校当着大家的面对她说的任何话都表示附和，对这说法当然也不例外。

奥多德少校为国王在世界各地作过战，一步一个脚印熬到现在的军阶，作战中勇武过人，付出胜于所得。在妻子面前是个最谦恭沉默羞怯的小人物，仿佛是她的跟班。在军营食堂里，他总是一声不吭地喝很多酒，等到酒足饭饱，就踉踉跄跄独自默默回家。他凡是开口讲话，总是在任何问题上同意任何人的观点，他一辈子的生活过得非常随和舒坦。印度炎热的阳光没有让他的脾气变得急躁，沃尔彻伦的疟疾也没有让他动摇。他走向阵地的时候镇定冷静得像步入食堂吃饭时一样，他吃马肉和鼋鱼肉，觉得同样美味可口。他家里有老母亲住在奥多德镇上，对老奥多德太太的话他从来没有不听，只有两次例外，一是跑出去应征入伍，二是坚持要娶母亲不喜欢的佩吉·马洛尼。

佩吉出身名门，是高贵的格兰马洛尼家族，她兄弟姐妹共十一人，其中五个姊妹。她丈夫是她的表弟，不过因为是母系亲戚，所以不能跟马洛尼家族相提并论。她相信自己的家族是世界上最著名的家族。马洛尼小姐在都柏林的社交活动中尝试过九年，在巴斯和切尔滕纳姆又做过两年努力，结果寻找生活伴侣的活动仍然没有成功，她便命令表弟迈克娶她，那年她已经三十三岁了。诚实的迈克表示服从，联队当时调防西印度群岛，他便带她去了那儿，让她统治联队里的女士们。

奥多德太太见到阿米莉亚还不到半小时，这位和蔼可亲的女士便把自己的出身家世彻底和盘端出。其实她对任何人都一样坦诚。“我亲爱的，”她和气地说，“我本打算要乔治做我的妹夫，我妹妹格罗维娜完全配得上他。不过现在木已成舟，他跟你结了婚，我就打算把你当作我妹妹看待，像我们家的人一样对待。说实在话，你长得这么漂亮，脾气又这么好，我看咱们准能处得来。不管怎么说，你反正要成为我们这个大家庭的成员。”

“她的确要成为我们的一员，”奥多德赞成道。阿米莉亚听了不免觉得有趣，也很感激她将自己介绍给这么一大群亲戚。

“我们这儿都是好人，”少校太太接着说。“整个军队里没有任何联队像我们这儿一样团结一心，也没有比这儿更让人愉快的餐厅。大家从来不争吵斗嘴，相互之间从不骂架说闲话。大家都相亲相爱。”

“尤其是马吉尼斯太太，”乔治笑道。

“马吉尼斯上尉太太和我已经讲和了。不过她对我的态度实在惹人生气，几乎把我这灰头发老太太气死。”

“你前面的头发黑油油的漂亮极了，我亲爱的佩吉，”少校嚷道。

“闭上你的嘴，迈克，你这个傻瓜。他们这些丈夫全都是些讨厌鬼，奥斯本太太，我亲爱的。至于我家迈克，我常常告诫他，除了下命令和吃肉喝酒之外，干脆把嘴闭上。等咱们俩单独在一起的时候，我就把联队的情况告诉你，还会向你提出些警告。现在替我介绍你哥哥吧，他实在是个大好人，看见他让我想起我堂兄丹·马洛尼。他是鲍利马洛尼地方的马洛尼家族，我亲爱的，他娶了蛤蜊镇的奥菲莉娅·斯卡利，她是波度迪勋爵家的表亲呢。塞德利先生，我能见到你非常高兴。我想，你今天要在食堂吃饭吧。迈克，操心那个讨厌的大夫，今晚我开晚会可别喝醉了。”

“我亲爱的，今晚是150联队给我们举行饯行晚会，”少校打断她说，“不过我们给塞德利先生搞张邀请很容易。”

“快去办吧，辛普儿。我亲爱的阿米莉亚，他是我们的辛普儿旗手，我忘记给你介绍了。快去，替奥多德少校太太向塔维什上校问好，就说奥斯本上尉的大舅子来了，要在五点整去150联队吃饭。我亲爱的，如果你愿意，你我就在这儿吃。”奥多德太太的话还没说完，年轻的旗手已经奔下楼梯去传信。

“服从是军队的灵魂。埃米，我们要去干正事了，让奥多德太太跟你在一起，逗你开心吧，”奥斯本上尉说。两个上尉一左一右跟在少校身旁走出去，两人隔着少校的脑袋使个会意的眼色，笑了。

奥多德现在跟新朋友单独在一起，便打开话匣子，将大量信息一股脑儿倾倒出来，可怜的年轻女士哪里记得住那么多事情？既然阿米莉亚现在已经是这个大家庭的成员了，她便对阿米莉亚讲述了大家庭中的千百桩琐事。“希维托普太太，就是那个上校的妻子，在牙买加得了黄热病，外加气得心都碎了，最后死在那儿。那个可恶的老上校脑袋秃得像颗炮弹，却跟当地一个杂种姑娘眉来眼去。马吉尼斯太太虽然没受过教育，可人倒不错，不过她太爱嚼舌头，而且跟自家娘打惠斯特牌也要捣鬼。科克上尉太太一见人家打牌，就把一对龙虾一样的眼睛直往上翻，其实，我那个从来都去教堂的虔诚父亲，我叔叔丹尼·马洛尼和我们做主教的堂兄，一辈子哪天晚上不打几圈纸牌。她们俩这次都不跟联队走，”奥多德太太补充说。“范妮·马吉尼斯要跟母亲住在一起，她很可能在紧靠伦敦的埃灵顿镇上卖一点煤块和土豆维生，不过，她总是吹嘘说她父亲有许多船，还指着河上的有些船，说那是她父亲的。科克太太准备带着孩子们住在伯泰斯达，以便离她最喜欢的讲道牧师兰姆肖恩博士近些。邦尼太太又有了身孕，说实在话，她肚子从来不空着，已经给中尉生了七个崽儿了。波斯基旗手的妻子比你早两个月来联队，我亲爱的，可是已经跟汤姆·波斯基争吵了足有二十次，整个军营里都能听见，人们说，他们后来竟然闹到摔盘子砸碗的地步，汤姆也从来没解释他的眼睛为什么青了。她也要回娘家去。她母亲在里奇蒙德开着一间女子学校——她从学校跑走真不是什么好事。亲爱的，你是在哪儿受的教育？我是在都柏林附近，布特斯镇，伊莱萨斯林荫道上的弗拉尼根夫人的学校里上的学，一位侯爵夫人教我们地道的巴黎口音，一位从法国军队退役的少校教我们口语练习。”

我们的阿米莉亚突然发现，自己成了这么一个杂乱家庭的成员，奥多德太太是其中的大姐姐。在吃茶点时候，她被介绍给其他女眷。由于她脾气温和，态度平静，长得又不能算太漂亮，大家对她的印象还不错。不过，男人们晚上从150联队回来后，一致表示对她的崇拜，她的那些姐妹们这才开始对她颇为不满了。

“我希望奥斯本的行为今后不会再荒唐了，”马吉尼斯太太对邦尼太太说道。“假如回头浪子都能做好丈夫，她很可能跟乔治过上好日子，”奥多德太太对波斯基说，波斯基作为联队里新娘子的地位已经被取代了，对推翻她的继任者心生反感。兰姆肖恩博士的崇拜者科克太太向阿米莉亚提了一两个重要的专业问题，看她是不是受到过宗教启蒙，是不是信奉基督教。结果，从奥斯本太太的简单回答中发现，她的思想仍然处于完全的混沌之中，便送给她几本带插图的小册子，其中有《旷野啸声》《旺兹沃斯野地上的洗衣妇》《英国士兵最锋利的刺刀》等。科克太太决心要在晚上睡觉前，让她得到启蒙，便求她上床睡觉前一定要读这些册子。

联队的所有男人都是些好人，他们聚在这位战友的漂亮妻子周围，以军人的风度向她献殷勤。她颇感得意，情绪高涨，眼睛闪闪发亮。乔治对她受大家欢迎感到十分自豪，也为她得体的态度深感喜悦。她的礼貌周到而优雅，只是有些天真胆怯，对先生们的关注表示谢意，对他们的恭维一一作答。他身着军装比屋子里所有男人都漂亮！她发觉他望着她时，眼睛里充满爱意，对他的善意心里洋溢着喜悦。“我要对他的朋友们全都表示欢迎，”她在心中打定主意。“我要爱每一位爱他的人。我要努力显得欢乐和蔼，让这儿成为他幸福的家。”

联队接纳了她，大家全都乐不可支。上尉们赞赏她，中尉们喜欢她，旗手们崇拜她。老大夫卡特勒说了两个笑话，都是他的行话，我们也就不重复了。爱丁堡来的医生助手卡克尔带着居高临下的态度，以自己最得意的法语典故考她。年轻的斯塔布斯在人们中间走动，逢人便说：“好老天哪，她真漂亮，不是吗？”他一直目不转睛地盯着看她，直到甜酒送上来，才转移注意力。

至于多宾上尉，他一晚上从没跟她说一句话。因为他和150联队的波特上尉把喝得烂醉的约斯送回旅馆。约斯在宴席上绘声绘色讲了一遍打虎经历，后来在晚会上又对戴着缠头帽插着孔雀羽毛的奥多德太太重复了一遍。多宾将那位收税官交给他的用人后，便抽着雪茄在客栈门外闲逛了一会儿。乔治很仔细地为妻子围好披肩，带她离开奥多德太太。年轻军官都来跟她握手道别，送她登上马车，马车开动时大家欢呼般齐声道别。阿米莉亚下车的时候，把手伸给多宾，微笑着责备他整个晚上都不注意她。

上尉继续有滋有味地抽着他的烟，直到客栈里的人和整个街道上的人都入睡。他望着乔治的起居室灭了灯，又在旁边那间卧室里亮起来。他回到自己寝室的时候，天已经快要亮了。他听见河上传来船工们的吆喝声，船已经开始装货，准备运向泰晤士河下游。

第二十八章
阿米莉亚来到北欧低地

联队官兵要乘国王陛下政府派的船奔赴国外。奥多德太太举办晚会两天过后，联队聚集岸边，乐队高奏国歌《上帝保佑国王》，官兵在岸上与东印度公司运兵船上的船员们齐声欢呼。军官们挥动帽子，船员们高呼万岁，最后，运兵船在欢呼声中顺流而下，在护卫舰保护下驶往比利时奥斯坦德。勇敢的约斯同意护送妹妹和少校妻子一道动身。少校妻子的主要财产，包括那顶插有孔雀羽毛的缠头帽在内，与联队的行李装在一起，我们这两位女主角轻装乘车来到拉姆斯盖特，那里有许多客船，他们登上其中一艘，很快便抵达奥斯坦德。

约斯在此时期经历了众多事件，给他以后许多年的谈话提供了大量素材，就连猎虎经历也不得不被滑铁卢战役的故事取而代之。自从他同意护送妹妹出国起，他便学着军官们的模样开始蓄起了小胡子。在查塔姆，他热心地跟着看阅兵操练，倾听兄弟官兵们的交谈。在后来的谈话中，他一直称他们为官兵兄弟。他学到了不少军事术语。在这个学习过程中，奥多德太太对他大有助益。他们登上“迷人玫瑰”号驶往目的港，他穿了件带穗边的制服，帆布裤子和带金饰边的便帽。他运去自己的私人马车，还在船上私下告诉每一个人说，他要加入威灵顿公爵的军队，大家便误以为他是个大人物，不是个军需官，至少也是个政府的特使。

航行中，他饱受晕船之苦，两位女士也同样起不了床。“迷人玫瑰”抵达奥斯坦德港，阿米莉亚见到她那个联队的运兵船同时抵达，这才如死而复生。约斯住进一家客栈时已经半死不活，多宾上尉护送两位女士，然后忙着张罗把约斯的马车和行李卸下船，通过海关检查，因为约斯的用人没来。奥斯本的仆人和他那位养尊处优的跟班在查塔姆串通一气，直截了当拒绝渡海出国。那场反叛是在出发前最后一天突然发生的，小塞德利先生大为惊慌，几乎放弃随军出征的打算。多宾上尉着实把他嘲笑挖苦了一番。后来约斯说，他那人真爱多管闲事。既然约斯的小胡子已经留得有模有样，他最后接受劝告上了船。原来那个伦敦用人只会说英语，多宾为约斯找到的比利时跟班矮小黑瘦，却半句英语也不会说，但是，他干活勤快，围在约斯身边团团转，不断地称呼他“我的老爷”，于是很快便赢得他的欢心。到了奥斯坦德，时代不同了，那儿的英国人很少显出爵爷派头，行为也不见了我们这个传统源远流长国度的贵族风范。他们衣着寒酸肮脏，出没于油腻腻的饭馆，靠打台球喝香槟抽雪茄混日子。

不过有一点值得一提，那就是威灵顿公爵麾下的英国士兵买东西不赊账。我们不由记起拿破仑谑称英国是店铺老板组成的国度。对一个热爱商业的国家来说，被这样一帮主顾占领，供养如此守信用的战士实在是个好福气。他们来保卫的国家不爱战争，却在很长一段历史时期中让别的民族在这里征战。本书作者亲自前往当年的滑铁卢战场观光时，询问一位模样像勇武老兵的勤快肥胖车夫，是否参加过当时的战役。他的回答是 :“没那么傻。”任何法国人都不会以那样的口吻回答。后经询问，得知替我们赶车的这位，本人就是个子爵，父亲曾做过大将，后来家道中落，我们在路上赏他一便士的啤酒，他也愿意屈身接受。多么好的教训啊。

这个平坦富庶舒适的国度从来没有比 1815 年那个开放的夏季更

加富裕繁荣。当时，绿色的田野和平静的城市被红色的军装染上一派热闹气息。宽阔的街道上挤满了流光溢彩的英国马车；运河游艇满载有钱又有闲的英国游客，驶过水草肥美的草原，经过古雅的村庄和掩隐在古树后的古城堡。士兵们在乡村客栈喝酒，从来没有不付账的。那位名叫唐纳的苏格兰士兵派住在荷兰一个农舍中，琼和珍妮特夫妇出去收牧草时，他就在家里帮着晃孩子的摇篮①。现在有许多画家沉湎于战争题材，我想建议他们以此为题材作画，表现诚实的英国人作战的原则。这里的一切都显得像海德公园一样恬静美好。然而，与此同时拿破仑却躲在前线堡垒后面，部署他的战役，所有这些规规矩矩的人终将被逼得怒不可遏，热血沸腾。其中许多人将永远倒在这片低地上。

人人都完全信赖自己的领袖，整个英国对威灵顿公爵的信任不亚于法国人对拿破仑的崇拜，只是没有那么狂热。英国防守秩序井然，战场一有需要，增援唾手可得，所以，我们的旅行者们虽然有两位非常胆怯，却像所有英国游客一样感到坦然。我们熟悉的那个联队的官兵由运河驳船运往布鲁日和根特，再从那里行军至布鲁塞尔。约斯陪女士们乘公共客船跟随。凡是去过弗兰德斯的老游客，都记得那里的公共客船有多么豪华舒适。这些航速缓慢的客船上，餐饮奢侈，住宿极为舒适。于是有了这样的传说：一位英国游客本打算在比利时游览一个星期，上了一条这种客船后，喜悦得忘乎所以，从此便不下船，永远往返于根特与布鲁日之间。后来发明了火车，客船即将淘汰，最后一次航行结束后，那名游客跳水自杀。约斯可不打算这么死，不过他在船上体会的是极度舒适，奥多德太太一再坚持说，他在这里几乎什么都不缺，只要娶了她妹妹格罗维娜，便享受到彻底的幸福了。他整日坐在船顶上喝弗莱米什啤酒，吆喝他的仆人埃什道尔，与女士们殷勤交谈。

① 格莱格先生所著《滑铁卢战役》中提到的情节。——作者在原书上的脚注

他的勇气十分惊人。“波拿巴小儿胆敢向我们进攻！”他嚷道。“我亲爱的人儿，我可怜的埃米，别害怕。不会有危险。我告诉你，同盟国不出两个月就能打到巴黎。老天在上，到时候，我带你上他们的皇宫去吃饭！我的宝贝，现在有三十万俄国兵正通过莱茵河和法国的马耶讷打进法国。三十万兵由威根斯坦和巴克利·德·托利指挥。我亲爱的，你不懂军事。可我懂，告诉你吧，法国没有一支军队抵挡得住俄国步兵。波拿巴的将军甚至不配替威根斯坦端蜡烛。另外还有奥地利军队，人数足有五十万，在施瓦辛伯格和查尔斯王子统领下，只需行军十天，就能抵达边界。还有英勇的普鲁士王子统帅下的普鲁士大军。穆拉特死后，又有哪位骑兵司令比得上他呢？嗨，奥多德太太？你觉得我们这位小姑娘用得着害怕吗？有什么值得害怕的原因没有，埃什道尔？嗨，伙计，给我再倒点啤酒。”

奥多德太太说，她妹妹“格罗维娜什么男人都不怕，法国男人就更不在话下了”。她仰起脖子把一杯啤酒整个灌下去，眨了眨眼睛，表示对啤酒的赞赏。

我们这位收税官朋友现在已经是身经百战，换句话说，他在切尔滕纳姆和巴斯常常面对面与女士周旋，已经不再像以前那么怕羞，此时在酒力的助威之下，谈起话来更加滔滔不绝了。他在联队里是个受大家喜爱的人物，一则因为他花天酒地招待军官们，二来他装模作样的军人风度惹得大家乐不可支。有一支著名的联队，行军时让一头山羊走在前面做吉祥物，另一支联队由一头鹿做前导，乔治说起自己的联队，戏谑道，这支联队有一头大象压阵。

自从阿米莉亚来到联队，乔治便开始为介绍给她的一些人感到害羞。他便告诉多宾说，决心换个比较好的联队，让他妻子离开这些该死的粗俗女人们。多宾听了感到的喜悦，我们就不在这里细说。但是，为同伴不雅感到难堪的情形，男人多于女人，当然，许多极为时髦的女士也有同感。然而，阿米莉亚是个落落大方，毫不矫揉造作的女子，丝毫也体会不到丈夫误以为她可能有的那种虚情假意的害羞。奥多德太太头上插羽毛，胸脯上挂着大闹表，在任何场合都响铃提示，她常常讲述父亲怎么在她结婚那天上马车的时候将这东西作为礼品送给她。少校妻子打扮滑稽，行为怪癖，每逢奥斯本上尉看到她与自己的妻子交往时，心里便感到难忍的痛苦。然而阿米莉亚对这位诚实女人的怪癖仅仅感到好笑，并不为自己的同伴感到丝毫难堪。

他们踏上的这条旅途是非常著名的，后来，英国中产阶级中的几乎每一位都沿着这条路线旅行过，那些人的见识或许更多，但是很少有人像奥多德少校夫人这么有趣。"说起运河上的船，我亲爱的！你真该看看都柏林和巴利纳斯罗之间的运河。船跑得飞快，还能看到两岸漂亮的牛群。我父亲养的一头四岁小母牛还得过一枚金奖牌，总督大人亲口尝了一块，说他一辈子从来没吃过那么美味的牛肉。在这个国家你绝对见不着那么好的牛。"约斯叹了口气："最好的五花牛肉只有英国才有。"

"还有爱尔兰，你在那儿什么好肉都吃得着，"少校妻子的爱国热情突然给激发出来，开始做有利于自己国家的种种对比。拿布鲁日市场与都柏林市场进行对比，是她自己提出来的，她说相比之下，这里的市场让人鄙视，但是其他人并无同感。"要是谁能告诉我市场上那座瞭望塔是干什么用的，我可真要感谢他啦！"说完她放声狂笑，声音大得真能把那塔震坍。他们途经之处到处是英国士兵。早上，英国起床号把他们唤醒，到了晚上，英国笛声和鼓声催他们上床。这个国家和整个欧洲都武装起来了，即将名垂青史的事件迫在眉睫。这事件对诚实的佩吉·奥多德同样事关重大，可她却喋喋不休谈论着巴利纳法德的景色、格兰马洛尼马厩中的良种马，以及那里的上等红葡萄酒。约斯·塞德利就插嘴谈起达姆达姆的咖喱菜和米饭。可是阿米莉亚想的却是她丈夫，设想如何才能最大限度地表现出自己对他的爱。仿佛他们这里所说所想的才是世界上的首要大事。

有些人喜欢在读历史书的时候掩卷冥想，设想某些历史事件假如并没有发生，世界将会怎样。这种设想令人困惑也饶有趣味，尽管天真却也不无裨益。如果这些人反思一番，会发现，拿破仑离开厄尔巴岛在圣胡安湾放出战鹰飞往巴黎圣母院的时机选得实在不当。倾向我们的历史学家告诉我们说，同盟国的军队仿佛靠了上天的庇佑，当时正巧处于战备状态，一声令下即能向这位来自厄尔巴岛的皇帝发动进攻。事实上，当时几个强国的政客正聚在维也纳，企图按照自己的意愿瓜分欧洲，各国军队剑拔弩张，假如不是恐怕大家痛恨而畏惧的公敌卷土重来，事后对付拿破仑的各国军队，当时难免自相残杀。一个君主国全副武装，因为它刚刚吞并波兰，决心保持自己到手的不义之财，另一国夺去半个萨克森，也一心想保住这块版图，第三国的目标是意大利。每一方都抗议其他方贪得无厌。假如那科西嘉人在监狱里多待些时日，等几个强国厮打得精疲力竭，那时再回来统治自己的国家，或许不会受到任何干扰。假如结果真是那样，我们这个故事以及故事中的人物会怎样？假如大海中的每一滴水都干涸，大海又会怎样？

与此同时，我们的朋友们生活照旧，尽情享乐，仿佛乐趣永远没有尽头，似乎面前根本没有敌人。我们的旅行者抵达布鲁塞尔，联队驻扎下来。大家都赞叹自己运气好，因为这个小小的首都是欧洲最光彩繁华的城市，名利场一切扑朔迷离的虚华这里全都不缺，而且全都富有强烈的诱惑力和迷人的光辉。赌场比比皆是，舞场遍地开花，约斯这样的美食家吃得心满意足，卡塔拉尼的歌喉让观众全都为之倾倒。五光十色的街道添加了军队的色彩，显得更加华彩壮观。阿米莉亚从来没见过外国风光，奇妙的国外古城建筑加上奇异的服装，让她感到又惊又喜。几个星期之内，有约斯和奥斯本付账住在一个精美漂亮的套房里，乔治口袋里装满了钱，对妻子又充满慈祥和关心。照我计算，还有两个星期，她的蜜月才能结束，阿米莉亚太太在此期间就像任何一位英国新娘一样喜悦幸福。

在这段幸福的时光中，每天都有新活动新乐趣。大家参观教堂或画展，乘车兜风或者去听歌剧。联队的军乐队一天到晚奏个不停。英国最伟大的人们在这儿的公园里散步，军队不间断地过狂欢节。乔治每天晚上带妻子去新地方闲逛或者去参加宴会。他像以往一样对自己的举止感到喜悦，声称自己已经成了个负责任的丈夫了。陪他去闲逛或者出席宴会！这难道还不足以让这个小人儿乐得心跳不已？她给母亲写去的信上洋溢着这种社交活动让她产生的喜悦和对乔治的感激之情。她丈夫逼着她买花边，买衣服，买首饰以及各种小玩意儿。啊，他真是个最善良，最出类拔萃，最慷慨大方的男人！

数不清的贵族、淑女和时髦人物聚集在城里，出没于每一个公共场所，乔治那颗真正的英国心便感到了极度的喜悦。这些人物抛弃了在国内为了体现身份偶然显出的冷漠和高傲态度，在这里的公共场合与见到的同胞和睦相处。一天晚上，在乔治那个联队所属师的将军举行的晚会上，他有幸与巴里亚克斯勋爵的女儿布兰奇·西斯尔伍德女士共舞，他当时手忙脚乱地为她们母女俩买冰点饮料，还从人群中挤开一条路找巴里亚克斯女士的马车。回到家后又以伯爵夫人的名字大吹大擂，就是他父亲的热心劲头也相形见绌了。第二天，他去拜访两位女士，在公园里，他骑马陪在她们车旁漫步。他请求她们赏光晚上去一家饭店赴宴，得到她们的同意后，乐得简直要发狂了。老巴里亚克斯没有多少傲气，却有个大胃口，不管上哪儿吃晚饭都肯去。

“我希望除了我们之外没有别的女人，”巴里亚克斯女士说。她事后考虑了一番，觉得对他的邀请答应得未免太爽快了。

“天哪，妈妈，这个人不会把他妻子带来吧，”布兰奇女士尖声嚷道。她前一天晚上还依偎在乔治的臂弯里跳那新发明的华尔兹，一跳就是几个钟头。“男人还能让人忍受，可是他们的女人……”

“他刚结婚，我听说他妻子是个非常漂亮的女人，”老伯爵说。

“我亲爱的布兰奇，”母亲说，“我看，既然爸爸想去，我们不能不去，不过我们回了英格兰不必理会他们，这你知道。”这些大人物们决定回了邦德大街装作不认识他，可是在布鲁塞尔却要让他付钱请他们吃饭享乐，仿佛还给了他很大的面子。他们做出尊贵神色，故意冷落他的太太，设法不让她参加他们的交谈。这种尊严只有英国高贵的妇女们才摆得出来。在名利场上观察高贵女士如何对待卑微的女子，对于一个有哲学思想的人来说实在是件乐事。

乔治破费极大的这次请客，是阿米莉亚蜜月中最沮丧的一次活动。她写信给妈妈，以最让人可怜的口吻诉苦，说那巴里亚克斯伯爵如何对她的问话置之不答，布兰奇女士如何戴着眼镜瞪视她，多宾对他们的举止如何怒不可遏，说那贵族老爷饭后要来账单，责骂说这是他吃过的最糟糕的一顿饭，咒骂说价钱太贵，等等。虽然阿米莉亚在信中讲述了她的客人如何无礼，述说了自己感到多么不愉快，可是老塞德利太太却感到极为喜悦，逢人便说伯爵和伯爵夫人是埃米的朋友，后来，消息居然传到市中心，奥斯本也得知儿子招待过贵族夫妇。

认识陆军中将乔治·塔夫托爵士的人现在见了他，恐怕很难认出这是在西班牙或者滑铁卢作战的那位勇武的军官。人们在许多社交活动中会见到他。他身穿紧身衣，胸脯垫得高高的，在蓓尔美尔街上步行时脚穿高跟亮皮靴，踉踉跄跄的脚步故意摆出高视阔步的模样，对路过的女人挤眉弄眼，或者耀武扬威地骑着枣红马在海德公园遛腿，向马车里的女士送秋波。他现在蓄着厚厚的棕色卷发和浓密的黑眉毛，大胡子黑里透紫。1815 年时，他的须发已经变成灰白色，身体和四肢比现在还粗壮结实些，近来已经变得干瘪了。他现在已经年逾八旬，在他七十岁左右时，他稀疏灰白的头发突然变得又浓密颜色又深，而且还带卷，他的胡子和眉毛也变成目前的颜色。不怀好意的人们说，他的胸脯是羊毛垫起来的，还说他的头发从来不见长，其实是假发。将军的儿子多年前与他闹翻了，后来他孙子汤姆·塔夫托揭发说，他爷爷的头发是在一家法国戏院化妆室里被德·杰茜小姐扯掉的。不过汤姆是个臭名昭著的人，总是心怀恶意，缺乏度量。再说将军的假发与我们的故事毫不相干。

一天，我们这个联队的几位朋友在布鲁塞尔的花市上漫步。他们刚刚去过德·维尔饭店，奥多德少校夫人声称，饭店大堂远不及他父亲在格兰马洛尼的宅子里的客厅大，也不如她家客厅漂亮。这时，一名高级军官骑马来到市场，身后还跟着一名卫兵，他下马选中一束最昂贵的花，花束包好后，军官上马，让他的卫兵拿着那束花，卫兵咧开嘴巴笑着跟在上司身后，那上司摆起架子，十分得意地走了。

“你们要是能见到格兰马洛尼宅子的花儿就好了，”奥多德太太评论道。“我父亲有三位苏格兰花匠和九名助手。我们家有个一英亩大的温室，园子里的松树多得像收获后的豆子。我家产的葡萄每串有六镑重。凭俺的良心说话，我家的木兰花每朵有茶壶那么大。”

多宾从来不像乔治那样逗奥多德太太说傻话，调皮的乔治却喜欢逗她，阿米莉亚听了害怕得要命，一再要他罢休。可是多宾听了她上面那番话，赶紧溜进人群，到了比较安全的距离之外才放声大笑，乐得眼泪横流。把市场上的人惊得不轻。

“那傻瓜咯咯叫个什么劲？”奥多德问。“他鼻子又出血啦？他总是说自己的鼻子出血，我看他浑身的血都要淌尽了。难道格兰马洛尼的木兰花没有茶壶大，奥多德？”

“当然有，比茶壶还大呢，佩吉，”少校回答道。交谈进行到这儿，那位买花的军官气宇轩昂又返回来了。

“真是匹好马，这是谁呀？”乔治问道。

“你真该看看我哥哥莫利·马洛尼的马，马的名字叫马洛西斯，在卡拉马赛上赢得过锦标，”少校的妻子嚷道。她正打算接着讲家族故事，丈夫打断她说：“这是塔夫托将军，他是骑兵统帅，”接着他又压低声音补充说：“在塔拉维拉，我和他都受过伤，子弹都打在同一侧腿上。”

“你就是在那儿得到晋升的，对吧，”乔治笑道。“他要是塔夫托将军，我的天，那克劳利夫妇也来参战了。”

阿米莉亚的心沉了下来，她也不明白是为什么。虽然这是五月末一个最美的日子，落日的彩霞鲜艳夺目，可是阿米莉亚觉得阳光似乎突然变得暗淡，高耸的尖屋顶和房子的山墙突然不再富有诗情画意。

第二十九章
布鲁塞尔

约斯先生租了两匹马，套在敞篷车上，这辆漂亮的伦敦豪华车成了布鲁塞尔街头一景。乔治买了匹马自己骑。他和多宾上尉常常骑马陪约斯和他妹妹兜风散心。一天，他们照例出游时，乔治在公园证实原来的猜想是对的，罗顿·克劳利和妻子果然也在此地。一小群骑在马背上的人是当时布鲁塞尔非常了不起的人物，他们发现丽贝卡身穿极为漂亮的紧身骑马衣，骑在一匹阿拉伯小骏马背上。她的骑马技艺十分高明，原来在女王的克劳利宅子的时候，男爵、皮特先生和罗顿都给过她许多指点。此时跟在她身旁的正是塔夫托将军。

“真是他本人，”奥多德少校夫人脱口大声对约斯说。约斯猛地涨红了脸颊。“骑枣红马的那位是阿克斯布里奇勋爵。他看上去多么文雅！他跟我哥哥莫利·马洛尼长得如孪生兄弟一般相像。”

丽贝卡没有朝马车靠过来。不过，她一认出老朋友们，而且看到阿米莉亚坐在马车里，便微笑着打招呼，并且伸出两根手指调皮地朝马车这边送来一个飞吻。然后她继续跟塔夫托将军交谈。塔夫托将军问她：“那个头戴金边帽的肥胖军官是什么人？”贝基回答道：“东印度公司的一位官员。”罗顿·克劳利策马离开自己那群人，热情地与阿米莉亚握手问候，跟约斯打招呼：“喂，老伙计，好吗？”说完盯住奥多德太太的面孔和她头上插的那根羽毛，她几乎以为自己已经征服了他的心。

乔治和多宾本来落在后面，立刻赶上来把手扶在帽子上对那群重要人物致意，奥斯本立刻从那群人里认出克劳利太太。他很高兴看到罗顿俯身马车旁与阿米莉亚亲热交谈，并且跟阿米莉亚的同伴热情打招呼。罗顿与多宾相互十分冷漠地点头致意。

克劳利告诉乔治，他们与塔夫托将军一道住在花园饭店，乔治敦促他的朋友许诺尽快到奥斯本自己的住处来聚会。乔治说："真遗憾，我没有在三天前见到你。我在一家餐馆举行过宴会，是一次了不起的事件。巴里亚克斯伯爵和伯爵夫人还有布兰奇女士赏光出席过，要是你们当时能来就好了。"奥斯本如此向罗顿了表白自己是个时髦人物后，便跟他分了手，罗顿紧赶几步追上那群重要人物，乔治和多宾一左一右回到阿米莉亚乘坐的马车旁边。

"公爵的气色多好，"奥多德太太评论道。"威灵顿家和马洛尼家族原本是亲戚，不过，只能靠他记起与我们家族的亲戚关系，我自己当然不便贸然跟他打招呼。"

"他是个伟大的军人，"约斯见那群大人物已经走远，这才觉得舒坦些。"难道有过比萨拉曼加更漂亮的战役吗？你说，多宾？他是在哪儿学到的战争艺术？在印度，我的伙计！丛林是培养将军的学校，记住我这话。我也认识他的，奥多德太太。在达姆达姆的时候我们俩在同一天晚上跟炮兵司令卡特勒的女儿卡特勒小姐跳过舞。那可是个漂亮得出奇的姑娘。"

见过这群重要人物后，大家一路上的话多起来。吃饭的时候也不间断地谈论，直到大家都去看歌剧的时候才住了口。

进了戏院几乎像回到了英格兰。剧场里满是熟悉的英国面孔，女人们也全是英国女士们的著名穿着打扮。奥多德太太的华丽服饰丝毫也不亚于其他人。她梳着卷曲的刘海儿，她佩戴的爱尔兰钻石和水晶首饰熠熠放光，自己觉得超过了所有在场女士们的光彩。她一出现总是让奥斯本感到难堪，可是年轻军官们的任何聚会她也不肯放过。她自以为大家有了她这么个伴一定感到荣幸，其他想法从来没有在她脑子里出现过。

“她对你有益处，我亲爱的，”乔治对妻子说。乔治可以放心地把妻子托付给她。“但是，丽贝卡来了，你可以跟她舒舒服服做伴，用不着这个讨厌的爱尔兰老太婆了。”阿米莉亚对这说法不置可否。我们怎么知道她有什么想法？

歌剧院的装潢并没有让奥多德太太感兴趣，她认为都柏林的费什安勃街上的剧院要漂亮得多。照她看来，法国音乐不能跟她家乡的乡村小调相提并论。她扯起大喉咙，把自己的种种看法用非常大的声音讲给朋友们听，还得意扬扬摇动一柄巨大的扇子，发出噼里啪啦的声音。

“亲爱的罗顿，陪阿米莉亚的那个女人是谁啊？”对面包厢中的一位女士问道。这位女士在家对丈夫相敬如宾，当着外人的面对他更加恩爱。“你看见那个在缠头帽上插着黄色东西的人吗？穿红衣服的，戴个巨大的表。”

“靠那个穿白衣服的漂亮女人坐着？”坐在提问者一侧的中年绅士问道。他扣眼里挂着勋章，身上套了好几件背心，脖子上绕着一条大围脖，让人看了觉得透不过气来。

“那位身穿白色衣服的漂亮女人是阿米莉亚，将军。你总是注意所有漂亮女人，你这个调皮的男人。”

“天哪，我只注意一位！”将军美滋滋地说，那位女士用手中的花束轻轻打了他一下。

“天哪，那是他，”奥多德太太说。“那束花是我们在花市见他买的！”丽贝卡与朋友的目光相对时，再次送来个飞吻。奥多德少校太太以为那是对她的致意，便以优美的微笑回报。多宾见了又跑出包厢乐得大笑。

一幕终了，乔治立刻跑出包厢，打算去丽贝卡的包厢向她致意，却在休息室与克劳利迎面相遇，两人寒暄几句，互相询问两个星期来的经历。

“我的支票在我的代理人那儿没问题吧？”乔治神色得意地问。

“没问题，我的伙计，”罗顿回答。“很高兴给了你一次报复。老头子回心转意了吗？”

“还没有，”乔治说。“不过他迟早会的。我得到母亲给我的一笔遗产。你姑妈跟你讲和没有？”

“只给了我二十镑，该死的老吝啬鬼。咱们什么时候见面？将军星期二出去吃饭。你们星期二来好吗？我说，让塞德利把胡子剃掉。一个老百姓留着胡子穿该死的制服系皮带扣，成他妈的什么样子！再见。星期二争取来吧。”罗顿打算陪两个神气的时髦先生走开，那两人也是将军的随从。

乔治听到自己只能在将军不去吃饭的时候拜访，稍感不快。“我要去向你夫人问候致意，”他说。罗顿听了神色有些怏怏，说：“唔，请便。”另外两名军官会意地交换一下眼色。乔治离开他们，大跨步朝将军的包厢走去，心里仔细数着包厢的号码。

“请进，”一个细微清晰的声音用法语说，我们的朋友便站在丽贝卡面前了。丽贝卡跳起身，拍了一下手，把双手伸给乔治，她见了他感到十分喜悦。扣眼上挂勋章的将军瞪着这位不速之客，脸色沉下来，仿佛在说：你他妈是个什么人？

“我亲爱的乔治上尉！”小丽贝卡狂喜道。“你能来真是太好了。将军和我两个人正闷得慌呢。将军，这是我的乔治上尉，你听我谈起过的。”

“是吗，”将军微微一鞠躬，“乔治上尉是哪个联队的？”

乔治报了某联队的番号，心里真希望自己属于一个精锐的骑兵团。

“我想是刚从西印度群岛调防回国，最近还没有经历过什么战役吧。驻扎在这里吗，乔治上尉？”将军的声调傲慢得要命。

“不是乔治上尉，你这个傻瓜。是奥斯本上尉，”丽贝卡说。将军用恶狠狠的目光轮流看了他们俩一阵。

“奥斯本上尉，是吗！跟伦敦的奥斯本家族有亲戚关系吗？”

“我们使用同样的族徽，”乔治说的是实话。十五年前奥斯本先生去长弧街上请教过纹章官，选用了伦敦贵族奥斯本家的族徽来装饰自家的马车。将军听了他的话没有答复，举起单筒手眼镜装作观看剧场。当时双筒望远镜还没有发明。但是，丽贝卡发现他在镜筒外面的那一只眼投向她这个方向，热辣辣地扫向她和乔治。

她于是更加热情地问："亲爱的阿米莉亚好吗？当然我用不着问。她看上去多么漂亮啊！她身旁那个善意的漂亮女人是谁？你的相好？啊，你们这些坏男人！我看见塞德利先生在那儿吃冰激凌，吃得多香啊！将军，我们为什么不吃冰激凌？”

“我去为你买点来，好吗？”将军气鼓鼓地问。

“让我去吧，我请客，”乔治说。

“不，我要去阿米莉亚的包厢。我亲爱甜美的姑娘！乔治上尉，请把你的手伸给我，”说完，她向将军点了点头，匆匆走进休息室。两个人单独在一起的时候，她朝乔治投去最滑稽会意的一瞥，仿佛解释说："你不明白这是个什么形势吗，瞧我怎么愚弄他。"他没有理解她的意思。他在思索自己的计划，正为自己迷人的魅力感到沾沾自喜。

丽贝卡及其征服者刚刚离开包厢，将军便喷出一声咒骂，词语无比下流，我肯定，即使我真的写在纸上，出版社的排字工也不敢排版印刷。那些咒骂发自将军的内心深处。人类的心里居然有如此的产品，还能在需要时抛出那么恶毒、愤怒、憎恨的东西，真是个奇迹。

他们两人的行为不但激起将军的妒火，阿米莉亚的目光也同样急切地盯在这一对身上。丽贝卡走进她的包厢时，她不顾众目睽睽，热情激昂地扑向最亲爱的朋友，两人当着全场观众的面拥抱。将军此刻将望远镜完全对准奥斯本的包厢，将这一幕尽收眼底。罗顿太太也向约斯致以最热情的问候，她赞美奥多德太太的苏格兰烟水晶胸饰和妙不可言的爱尔兰钻石首饰，她绝不相信这些钻石不是产自印度戈尔康达。她一刻也不得闲，滔滔不绝地讲话，扭动身体，转动脑袋，对这位微笑，对那位粲然——这一切都在对面将军那柄手眼镜的妒火范围中。芭蕾舞开幕的时间到了。剧中女演员的面部表情没有一个能超过她，也没有一位比得上她矫揉造作的体形表演。她溜回自己的包厢，这次是让多宾上尉搀扶。她拒绝了乔治向她伸出的手。他必须留在她最亲爱的、最好的朋友小阿米莉亚身边，陪她谈话。

诚实的老多宾沉下脸一声不吭将丽贝卡送到她的包厢，回来后对乔治嘟囔道："那女人真是个骗子，她身子扭来扭去，活像条蛇。你没注意，她在这儿的举动全是做给对面那个将军看的？"

"骗子，做作？胡扯，她是英国最可爱的小女人，"乔治咧开嘴，露出两排白白的牙齿回答道。他捋了捋弯曲的小胡子，"多宾，你是个不懂人情世故的男人，多宾。我的妈呀，瞧她，没过片刻工夫，她已经把将军哄得心花怒放了。瞧他笑得多开心！天哪，她的肩膀多漂亮！埃米，你怎么不拿一束花？这儿人人都捧着一束花。"

"说得对，你干吗不买一束来？"奥多德太太说。阿米莉亚和多宾心里都感谢她说出了自己的心里话。说完这话，两位女士再也没有兴致开口。阿米莉亚被对手的奕奕神韵、照人的光彩和时髦迷人的谈话压得抬不起头。就连奥多德也被贝基的光芒和风度比得自愧不如，默不作声了，她整个晚上都没有再谈起格兰马洛尼宅子。

"乔治，你已经向我许诺说不赌钱了，你打算什么时候放弃，在这一百年内？”看过戏的几天后，多宾问他的朋友。

“你打算什么时候放弃说教？”对方回答道。“伙计，你到底担心些什么呀？我们不过小玩几把，再说昨晚我还赢了。你不是说克劳利捣鬼吧？公平小赌，一年下来，哪会有什么出入？”

“我看，他就是输了也拿不出钱来，”多宾说。忠言逆耳，通常没什么效果，他的话作用也大抵如此。奥斯本和克劳利现在常常聚在一起。塔夫托将军常常外出吃饭，将军副官夫妇的房间距离将军下榻的房间很近，他们便总是欢迎乔治光临。

乔治携妻子拜访克劳利夫妇时，阿米莉亚的态度几乎引起他们结婚以来第一次争吵。其实是乔治狠狠责备妻子，阿米莉亚一句反驳的话也没说。起因是她先是不愿意动身，前去拜访时又对她的老朋友克劳利太太表现出高傲冷漠态度。但是，在第二次拜访罗顿太太的时候，她丈夫的眼睛死死盯着看她，她也感到丽贝卡的目光在审视她，于是她比第一次拜访更加羞怯难堪。

当然，丽贝卡便加倍地温存，根本不留意朋友的冷淡。“我觉得，自从埃米父亲的名字上了……，也就是说，自从塞德利先生破产以来，埃米反而变得骄傲了，”丽贝卡对乔治耳语的时候，尽量好意用比较温和的词语。“说实在的，照我看，我们在布赖顿的时候，她对我有些嫉妒，还算她能看得起我吧。现在呢，也许是因为罗顿和我跟将军住在一起，她觉得反感。唉，我亲爱的人儿，我们的钱少得可怜，要不跟朋友分担开销又怎么生活呢？你以为罗顿那么身高马大的人，还保护不了我的名声？不过我还是非常感谢埃米，真的非常感谢，”罗顿太太说。

“哼，嫉妒！”乔治回答道，“女人全都爱吃醋。”

“男人也都一样。那天在戏院里，你难道不嫉妒塔夫托将军？你们都一个样。我跟着你去看望你那个愚蠢的小太太时，他几乎要张开嘴把我吃掉。好像我对你们俩有过丝毫兴趣似的，”克劳利太太说完把脑袋一扬。“你在这儿吃饭好吗？那个可怕的老头陪总司令出去吃饭了。有重要消息。他们说法国人已经越过边界。可是咱们可以安安静静吃顿饭。”

虽然乔治的妻子身体不适，可是他却接受了邀请。他们结婚还不到六个星期，另一个女人嘲笑奚落他的妻子，他却不生气。这个脾气温顺的男人，甚至不为自己的态度感到恼火。他心里也承认，这样挺丢人，可是，去它的吧。假如一个漂亮女人自愿缠上来，一个男人会怎么做呢？他以前曾经在食堂对斯塔布斯、斯普尼和其他战友说，我对男女间的事非常随便。他们听了对他只有尊敬。情场上的胜利给男人带来的骄傲仅次于战场上的克敌制胜，古往今来，名利场上的男人都有这种观念，要不是这样的话，男学生为什么拿自己的风流韵事做自吹的资本，唐·璜又为什么受欢迎？

奥斯本先生坚信自己是个注定能赢得女人爱心的情场老手，也就不想悖逆自己的命运，愉快地知天顺命。埃米心里嫉妒，口头上并不多说，免得惹他生气，暗地里却觉得悲惨。他宁愿认为她并不了解自己跟克劳利太太眉来眼去地勾搭，可是他的所有熟人对此都知道得清清楚楚。只要她得空，他们就相伴外出骑马兜风。他借口联队有公务，可是假话根本骗不了阿米莉亚。他不是把妻子独自留在家里，就是让她跟哥哥做伴，自己陪克劳利夫妇度过一个个夜晚，把钱输给那丈夫，还自作多情地认为那妻子没命地爱上自己了。这对可敬的夫妻很可能并没有通过语言设下圈套，不过，他们中的一位哄得年轻先生开心，另一位在牌戏中赢他的钱，两人配合默契，罗顿大度地允许奥斯本自由出入自己家。

乔治跟新朋友打得火热，与威廉·多宾的关系远不及原先那么亲近。乔治不论在公共场合还是在联队里都躲着他，正如我们先前见到的，他讨厌这位大哥哥对他说教。尽管多宾见了他的荒唐行为板下一副冷淡面孔，可是，如果他对乔治说，虽然他胡子留得长，自以为知识丰富，其实比个毛头学生强不了多少，这话对乔治又有什么用处？如果告诉他说，罗顿以前骗过许多人，现在正拿他开刀，等到他囊空如洗的时候，便会把他一脚踢开，他绝对不会听。多宾这些日子去奥斯本家拜访，难得见到老朋友，倒也省去难堪无谓的口舌。咱们的朋友乔治正一心一意在名利场上追求快乐呢。

自从古波斯王大流士一世以来，还没有哪支军队像1815年威灵顿公爵的军队开赴欧洲低地国家时一样，随军跟着这么一大批时髦人物，而且在战役打响之前整天歌舞升平，豪宴流连。这年6月15日，一位高贵的公爵夫人在布鲁塞尔举行的舞会，简直能载入史册。整个布鲁塞尔都为之疯狂了。我听当时在那座城市的女士们说，女人们当时谈论的整个是关于这场舞会，关心的程度远远胜过迫近前线的敌人。为了得到一张入场券，人们明争暗斗，找关系托面子。为了进入本国贵人的社交圈子不惜付出如此代价，只有英国女士们才有如此热情。

约斯和奥多德太太急切地希望得到邀请，结果百般努力也终归徒劳。但是我们的其他朋友却比他们幸运。巴里亚克斯勋爵为乔治搞到给奥斯本上尉和奥斯本太太的邀请，还了他先前请客的人情。乔治乐得兴高采烈。多宾与联队所属师的师长是朋友，一天，他来拜访奥斯本太太时，微笑着掏出一张相同的请帖。约斯见了大为嫉妒，乔治却奇怪他这么个笨蛋居然也能混入上流社会。当然，罗顿夫妇最终也受到邀请，因为他们是骑兵司令的朋友。

乔治为阿米莉亚购买了新衣服新首饰。到了那天晚上，乘马车去赴那场著名的舞会。可是他妻子在舞会上连一个人也不认识。乔治环顾四周，寻找巴里亚克斯女士，可是她觉得为他搞到请帖已经足够还他的情，便不理睬他。他也觉得，为阿米莉亚买新衣服，带她来到这个舞会上，已经足够对得起她，她可以随意作乐，便把她独自撇在一张凳子上，自己走开了。她的感觉并非十分愉快，而且除了诚实的多宾之外，并没有人理睬她。

她的外表绝对不迷人，丈夫因此颇感恼火。然而，罗顿·克劳利太太的形象却截然相反，显得光彩照人。她姗姗来迟，脸上发出熠熠光芒，身上的服饰无可挑剔。在这个大人物聚集的场所，手眼镜全都集中到她身上。丽贝卡仿佛带领平克顿女子学校的小学生们去教堂一样镇定自若。她已经认识这里不少男人，此时，花花公子们拥在她周围。女士们则低声耳语，说罗顿是跟她私奔出来结婚的，还说她的出身是蒙特莫伦西家族。鉴于她的法语讲得那么流利，这说法或许有些道理。女士们一致认为，她的风度优雅，礼貌周到。一时间，五十个舞伴拥上来，希望有幸与她共舞。她说自己已经有约，而且不打算多跳。说完便径直走向神情沮丧孤零零坐冷板凳的埃米。她跟可怜的阿米莉亚热情招呼，屈身俯就的神态把这位可怜的姑娘搞得悲惨不堪。她挑剔朋友的服饰和发型，抱怨朋友太不讲究。还说明天一早就把自己的裁缝打发来为她缝衣服。她说这是一场让人喜悦的舞会，到场的全都是大人物，很少有无名之辈。不错，这位年轻女士经过两个星期来的应酬和三次宴会，的确掌握了时髦辞令，就连从小生活在上流社交圈子里的人也不比她高明多少。假如她的法语说得不是这么好，人们难免认为她出身英国高贵世家。

乔治一进舞厅便把妻子撇在一边，见丽贝卡与她亲爱的朋友坐在一起，又返回来。贝基正在向奥斯本太太说教，指出她丈夫的错误。“天哪，你可得制止他继续赌博，”她说。“要不然他会毁了自己。他每天晚上跟罗顿打牌，你知道他并不富有，假如不留神，罗顿会把他的每一个硬币都赢走。你干吗不制止他呢，你这个粗心的小人儿？你干吗要跟那个多宾上尉待在家里，为什么晚上不到我家来呢？我知道他是个和蔼可亲的人，可是他的脚丫子那么大怎么能逗人喜欢？你丈夫的脚才让人喜爱呢。哎呀，他来了。你上哪儿去了，坏蛋？瞧埃米等你得等得把眼泪都哭干了。你是来请我跳四对舞的吗？”她把花束和披肩留在阿米莉亚身边，陪乔治走开了。只有女人才会如此残忍地伤害别人。她们的箭头上有毒，比男人的钝兵器厉害千倍。我们可怜的埃米从来没有恨过任何人，一辈子也没有使用过尖酸的词语，面对冷酷的小敌人简直束手无策。

乔治与丽贝卡一连跳了两三个舞，至于跳了多长时间阿米莉亚几乎没有意识到。她坐在那个角落几乎没有人理会，只有罗顿走过来跟她笨拙地交谈过几句。时间挺晚了，多宾上尉才冒昧地走过来为她奉上一点儿饮料，在她身旁坐下。他不想问她为什么这么悲伤，她为了给自己的眼泪找个借口，便说，克劳利太太告诉她，乔治不断地赌钱。

“真奇怪，一个人迷上了赌博，就是个最笨的家伙也能欺骗他，”多宾说道。埃米说：“是啊。”她心里考虑的是另外的事情。让她伤心的并不是输掉的钱。

最后，乔治走过来取丽贝卡的披肩和花束。她要走了，甚至不想垂恩向阿米莉亚道别。可怜的姑娘任凭丈夫来了又去，一句话也不说，脑袋耷拉在胸脯上。多宾被人叫走了，正压低声音跟师长交谈，所以没看见这一幕。乔治拿着那束花走开，不过，他把花交给主人时，花枝中间像条蛇一样缠了个字条。丽贝卡锐利的目光一眼就发现了它。她年纪很小的时候就习惯了如何处置字条。她伸手接过花。他们交换一个眼色，他便意识到她知道花束里藏着什么。她丈夫催她快走，而且一心考虑着自己的事情，仿佛无心顾及他的朋友跟自己的妻子眉来眼去。他们俩的这一眼也并不惹人注意。丽贝卡把手伸给乔治，像平时那样会意地望他一眼，行了个屈膝礼便走开了。乔治托着她的手鞠了一躬，并没有回答克劳利的问话，大概根本就没有听见他在说些什么，他的脑子被胜利和激动塞得满满当当，望着他们离去，一句话都没有说。

他妻子至少看见他取送花束那一幕的片段。乔治奉命为丽贝卡取披肩花束十分自然，过去几天中，他为她做过的这类事情不下二十次，但是现在却再也忍受不下去了。“威廉，”她突然拉住身边的多宾，“你一向对我好，我……我……我觉得不舒服。送我回家吧。”她不知不觉间像乔治习惯的那样叫了他的小名。他很快便带她走出门外。她的住处就在附近，两人从围在外面的人群中挤过去。外面的景象似乎比舞厅中还热闹。

乔治常常单独参加晚会，有两三次，回家后，见妻子已经上床，感到颇为恼火。她今天也直接上楼睡觉。她并没有立刻入睡，虽然外面吵闹声不断，可是她根本充耳不闻，睡不着完全是由于另外的原因。

与此同时，奥斯本乐得简直要发狂。他走进一家赌场，开始疯狂地赌博，而且不断地赢钱。“我今晚的运气实在太好了，”他说。但是，赌台上的好运也没有让他平静下来。过了一会儿，他收拾起赢来的钱，走进一家饭馆，喝了好几大杯酒。

他正乐得高喉咙大嗓门对周围的酒徒大发宏论时，多宾找到了他。他刚才去过扑克牌赌桌旁找过他。他满面红光兴致勃勃，可是他的朋友多宾却面色苍白，一副肃穆神色。

“哈罗，多宾！来喝吧，老多宾！这可是公爵的好酒哇。先生，快给我斟酒。”他抖抖擞擞伸出杯子要酒。

“出来，乔治，”多宾仍旧是一本正经的神色。“别喝了。”

“要喝！什么都没有喝酒痛快。你自己也来一杯，别绷紧下巴，老伙计。为你的健康干杯。”

多宾走过去跟他耳语几句。乔治听了猛地跳起身，欢呼一声，一口喝干杯中酒，啪的一声礅在台子上，倚着朋友的胳膊匆匆走出门。“敌人已经打过了桑布尔河，”威廉说，“我们左翼已经跟敌人交火。快走。我们三小时后就开拔。”

久已盼望的消息来得如此突然，乔治走到外面，激动得神经都在颤抖。此刻，什么爱情啦，调情啦，都算得了什么？他匆匆步行回家的时候，脑子里考虑着千百桩事情——他过去的生活，未来的机会，即将面对的命运，妻子，或许还有孩子，可是他或许见不着孩子的面就要离开。啊，他多希望那天晚上的事情根本没有发生过！那样的话，他可以与温柔无辜的妻子告别时丝毫不感到愧疚。他太不珍视她的爱了！

他回顾短短的婚后生活。没过几个星期，他那笔小小的财产已经让他挥霍得所剩无几，想来实在可怕。他多么疯狂，多么荒唐啊！假如他发生个三长两短，能给她留下什么？他实在配不上她。当初为什么要跟她结婚？他根本不配结婚。父亲从来对他那么慷慨，为什么不服从父亲的命令？他的心里充满了希望、悔恨、抱负、柔情和自私的遗憾。他记起以前跟人决斗前说过的话，便坐下来给父亲写了封信。写完这封告别信时，已经晨曦微露了。他把信封住口，吻了吻信封上父亲的名字。他想起自己如何抛弃了父亲，而那个严厉的老人对自己却百般慈祥。

他进门后朝阿米莉亚的卧室里望了一眼，见她似乎闭上眼睛静静地睡了。他很高兴她睡着了。从舞会回来后，发现他在军队里的跟班在收拾他的行装。那人理解他的意思，知道该不出声地迅速做完这些准备。他不知道是该进去唤醒阿米莉亚，还是给她哥哥留个条子，让他把他离去的消息告诉她。他走进卧室再次看了她一眼。

他第一次走进卧室的时候，她就醒了，但是没有睁开眼睛，免得让他感到受责备。但是，知道他已经回来，这颗胆怯的心灵便感到舒坦，她翻个身朝向他轻轻走开的身影，然后昏昏然睡着了。乔治第二次走进来，脚步更轻。借助暗淡的灯光，他看得见她甜美白皙的面庞，浓浓的睫毛勾画出眼睛的轮廓，一双闭着的眼睛眼圈有些发黑。一条圆润白皙的胳膊露出在被子外面。天哪，她多么纯洁，多么无私，多么温柔，多么孤单！而他自己呢，多么自私、野蛮，罪过累累！他站在床脚边，望着床上这个安睡的姑娘，心灵的污点让他感到震颤般的羞愧。他算个什么人，配得上为这么毫无瑕疵的人祷告！上帝保佑她！上帝保佑她！他来到床边，望着那只柔润的小手，无声地向枕头俯身，凑向那张苍白温柔的面庞。

他弯下身子的时候，两条漂亮的手臂柔和地搂住他的脖子。“我没睡着，乔治，”可怜的姑娘说道。她紧紧依偎在乔治的胸脯上，突然爆发出一阵止不住的抽泣。她醒着，可怜的人儿，这又是为了什么？正在此刻，军营发出一阵嘹亮的军号声，清晰的声音回荡在城市上空。步兵激越的鼓声和爱尔兰人尖厉的风笛声中，整个城市都醒了。

第三十章
《我撇下的姑娘》

我不敢声称自己是个战争小说家。我们这片园地属于老百姓。甲板上开仗的时候，我们就胆战心惊地龟缩进下面的舱房里。上面勇敢的伙计们在作战，如果我们在场只会碍事。我们只准备将某联队送到城门外，让奥多德少校去执行他的军务，我们回来陪着少校的妻子和女士们，还有大家的行李。

在上一章里，我们的许多朋友参加了那场舞会，少校和他的妻子没有受到邀请，便有充足的时间上床休息，他们享受到的自然睡眠对身体的益处胜过那些既要享乐又要服役的人们。“佩吉，”少校美滋滋地把睡帽拉下来蒙住耳朵说，“我相信，不出一两天，就会有一场大舞会，许多人恐怕还没听见过那种舞曲呢。”他乐于喝上一杯后上床酣睡，不喜欢其他方式的乐趣。假如不是听到丈夫的这个消息，佩吉倒很希望带上缠头帽，插上孔雀毛，在舞会上露一露脸。这消息让她变得忧心忡忡。

“你最好在集合号吹响前半小时叫醒我，”少校对妻子说。“佩吉，亲爱的，一点半叫我，把我的东西收拾好。奥多德太太，说不定我没时间回来吃早饭了。”说完这话，少校不再开口，酣然入睡。他的意思是第二天早上联队就要开拔。

奥多德太太是位好主妇，尽管头发上已经挂满了卷发纸，身上只穿一件短上衣，可是在这一重要关头，她的职责是行动，而不是睡觉。她说："等迈克走了以后，有的是时间睡觉。"她收拾好他行军用的旅行袋，替他刷斗篷、帽子和其他装备，为他整整齐齐放在手边。在他斗篷口袋里装了一小包干粮，还塞进一个藤编的小酒壶，里面是一品脱高度数的法国科纳克白兰地，他们夫妇俩都喜欢喝这种酒。闹表指到一点半，开始报出这个关键时刻，闹表的漂亮主人觉得那声音之美绝不亚于教堂的钟声。奥多德太太叫醒她的少校，为他准备好美味的咖啡，其味道之醇香胜过这天早上布鲁塞尔任何地方的咖啡。谁能否认，这位可敬的太太在所做的准备中体现的爱心，超过那些哭得死去活来的妻子表现的爱？谁又能否认，他们俩在号角声和喧闹声中平静地一起喝咖啡，意义和实际价值远远胜过儿女共沾襟式的离别之情？直接的效果是，少校在队伍前面衣冠楚楚，精神抖擞，反应敏锐。骑在马背上，刮得光溜溜的脸颊十分红润，让整个联队士兵见了信心倍增，顿时士气大振。少校夫人勇敢地站在阳台上，官兵们出发经过这里都向她行礼，她便挥手向他们致意。我敢说，如果不是碍于女子必须遵守的礼数和操守，她有的是勇气指挥某联队上前线打仗。

每逢星期日或庄重的节日，奥多德太太就取出她那位做副主教的叔叔编写的训诫书，一本正经地阅读。联队从西印度群岛回国的航行中遭遇风暴，险些翻船，她在船上阅读这本书，精神感到极大的安慰。联队出发后，她取出这本书边读边沉思。或许书上许多东西她并不理解，而且有些心不在焉，不过，迈克的睡帽还在枕头上，要想上床入睡实属徒劳。世界就是这样。杰克或唐纳背着背包上前线去打仗立功，脚步轻快地踏着《我撇下的姑娘》的曲调行军，女人却不得不留在家里受罪，在打发不完的闲暇中发愁，沉思，回忆往事。

丽贝卡太太知道惋惜毫无用处，沉湎于悲哀只能愁上加苦，于是明智决定免去徒劳的悲伤感情，与丈夫分离时颇有古希腊斯巴达式视死如归的沉着。克劳利上尉与坚定的娇妻分手时反而更加难过。她完全控制了这个粗犷的男人，他对她满怀敬意和崇拜。他从来没有享受过妻子让他体验的这般幸福。与合法婚姻中享受的喜悦相比，以前在赛马、饮宴、打猎和赌博中获得的乐趣微不足道，这位军队里的爱神与女店员和歌剧演员调情取得轻而易举的胜利显得无足轻重。她永远让他感到新鲜快乐，他觉得自己这个小家庭比从小到大去过的任何地方都愉快，与她做伴比任何人都有趣。他咒骂自己过去的愚蠢和放荡行为，深深懊悔欠下一屁股债，拖累妻子跟着不能享受更好的生活。他还是个单身汉的时候，这些从来没让他产生片刻的不安，但是他夜晚在枕头边与丽贝卡谈起这些事情，总是悔恨交加。前后两种不同感情让他自己也觉得诧异。“见鬼，”他总是这么说，或者从他微乎其微的语汇中选用更加强烈的词语咒骂，“结婚前，我在什么账单上写下自己的名字都不在乎，只要房东愿意拖两天，或者店铺愿意把我账顺延三个月，我就什么也不操心。可是结婚以来，除了顺延债务之外，我保证从来没有碰过一张盖过戳子的纸片。”

丽贝卡向来懂得如何扫除他心头的不快和忧伤。“怎么啦，我亲爱的小傻瓜，”她说，“我们跟姑妈的事还没有结果呢。即使她让咱们失望，你不是说过要把名字登上《伦敦公报》吗？要不然，等你叔叔布特寿终正寝后，我还另有打算。他的那种营生总是家里的幼子来干的，你为什么不能把官衔卖掉，进教堂当牧师？”罗顿听了这想法顿时爆发出一阵狂笑。午夜爆发的这么一阵喧嚣把整个旅馆上下都吵醒了，这个大兵的哈哈笑声响彻旅馆内外。塔夫托将军在他们上面的二层当然也听见了。第二天吃早饭时，丽贝卡模拟罗顿第一次做弥撒的情景，把将军逗得乐不可支。

这些都是过去的话了。最后，部队要开拔作战的消息一到，罗顿禁不住愁眉不展，丽贝卡就嘲弄他，结果伤了这个禁卫兵的感情。

"贝基，我想，你大概不至于认为我害怕吧，"他声音颤抖地说。"只是我的个头大，在战场上是个好靶子，假如我倒下了，会留下一个人，说不定还是两个人无依无靠，生活窘迫。克劳利太太，这并是个好笑的事情。"

丽贝卡于是百般抚慰他，说了许多话安抚爱人的感情。在她欢乐幽默的感染下，他像以往任何时候那样，振奋起精神来，她这才板起面孔，用讥讽的口吻说："最亲爱的，你以为我什么感情都没有？"她匆匆揩掉眼泪，将一张微笑的面孔对着丈夫。

"听着，"他说。"假如我有个三长两短，咱们算算能给你留下多少。我在这儿赌运不错，有二百三十镑现钞。我口袋里有十个拿破仑金币，这就够我用了，因为将军付账的时候慷慨得像个王子。要是我倒下了，我什么花费也不需要。别哭啊，我的小太太。说不定我还得活着回来讨你厌呢。另外，咱们的两匹马都留给你，我要骑将军那匹灰战马。我告诉他说，我的马腿都瘸了。如果我死了，这两匹马也算给你的一点儿财富。格里格昨天要出九十镑买那匹牝马，当时作战的消息还没传来，我真傻，没有答应。我说不上三位数我绝对不卖。雄马巴尔芬奇随时能卖个好价钱，不过，你最好在这个国家卖掉它，因为我在国内欠马贩子很多账，所以我不希望把它们带回英格兰。将军送你的小牝马很值钱，在这儿，咱们没像伦敦那样欠账，"罗顿笑着补充道。"我买那只衣箱花了两百镑——就是说赊了两百。镀金纽扣和好酒肯定能值三四十镑。夫人，请你把它们送出去当了，还有我的胸针、戒指、表和表链之类东西。当时买这些东西花了许多钱。我知道克劳利小姐仅仅买那个嘀嗒作响的东西和链子就花了一百镑呢。镀金纽扣和好酒，嗨！真该死，我很后悔当时没多买些这种东西。爱德华兹逼着我买他的镀银鞋拔子。本来我还能买下一只箱子，里面装着银质暖盘和刀叉盘子。可是，现在只好靠现有的东西凑合了，贝基。"

克劳利上尉一辈子从来没有替别人考虑过，可是最近几个月来，这个高大的龙骑兵做了爱情的奴隶，此时忙着把自己的一丁点财富一一在脑子里思索一遍，一心考虑如果自己阵亡，能给妻子留下些什么。为使自己宽心，他以小学生般的字体，拿一支铅笔写下各种值得变卖成钱的东西，要留给自己的寡妇："曼顿造的双筒猎枪——四十畿尼；貂皮里子骑马斗篷——五十镑；决斗时打死马克上尉的手枪及红木枪套——二十镑；标准规格的马鞍枪套和马饰；敞篷马车等等。"这些他全都留给了丽贝卡。

上尉说到做到，走的时候穿了最破旧的制服和肩章，新的全都留下给了妻子，或者说留给了他的寡妇，由她来照管。这位在温莎和海德公园有名的花花公子，上战场作战的时候，浑身装备竟简陋得像个普通大兵，离别的时候，嘴里为太太念叨着祷告辞，把她高高抱起来贴在自己狂跳的心口上。他把她放在地上转身离去的时候，脸涨成酱紫色，目光也模糊了。他骑马跟在将军身旁，走在骑兵队伍后面。他默默抽着雪茄，直到走出几英里路，才停止捻胡子，开始打破沉默。

丽贝卡像我们先前说过的那样，丈夫离去后不让自己沉湎于无谓的悲伤之中。她站在窗前对他挥手送别，等他走远继续站在那里眺望一会儿。教堂的尖塔和古老的房子开始在朝霞中披上绯红的晨装。她一夜没有入睡，身上仍旧穿着漂亮的舞会盛装，垂在脖子上的金发已经不成型，无眠使眼圈发青。她望着镜子里自己的模样感叹道："我这样子多可怕啊，这身粉红色裙袍衬托得脸色多么苍白！"换下这身衣服的时候，一张字条从里面滑落下来，她微微一笑，捡起来锁进梳妆台的抽屉里。她把舞会上接受的那束花插进盛水的玻璃花瓶，然后上床舒舒服服地入睡了。

她醒来时，已经十点钟，城市非常静谧。早晨发生的伤心事件让她疲惫不堪，此时喝咖啡吃早点，觉得非常舒畅。

饭后，她回顾前一晚诚实的罗顿做过的计算，估计一番自己的身价。万一发生不测，将一切考虑在内，她的经济状况仍然不错。除了丈夫留下的财产，她自己还有首饰和衣服。结婚时，罗顿的慷慨馈赠我们已经描绘过，并且赞叹过。除了这些以及那匹小牝马之外，对她俯首帖耳崇拜备至的将军还有大量馈赠，其中有一位法国将军夫人家拍卖的开司米披肩，以及首饰店买到的许多珠宝，这些礼品既表现了她这位崇拜者的品位，也炫示了他的财富。至于可怜的罗顿称作“嘀嗒作响”的表，她住的房间里到处响着它们的嘀嗒声。有一天晚上，她不经意地说，罗顿送她的表是英国货，走时不准，第二天一大早，便得到两件礼品，一个是将军送的勒劳哀牌表，表链和表壳上镶嵌着迷人的绿宝石，另一只表是奥斯本上尉送的，表小得不及半克朗硬币大，上面嵌满了珍珠。奥斯本太太没有表。不过说句公道话，假如她向乔治开口，他准会为她买的。可敬的塔夫托将军夫人住在英国，她的表还是母亲留给她的，是一只个头很大的东西，足能用来做暖被子用的暖盆。假如伦敦的豪厄尔与詹姆士珠宝店将其买主及所买珠宝列表公布，这些人的家眷该多么吃惊。假如这些绅士所买之物全部到了他们的合法妻子和女儿手中，名利场上时髦家庭的珠宝收藏将蔚为壮观。

经过种种计算，这位身价不菲的丽贝卡太太发现，不论发生任何情况，她至少有六七百镑在手，可以重新开创自己的前途，为此她不禁感到一阵狂喜。整个一上午，她在轻松愉快的心情中查看、整理、处置自己的财物，然后收起来锁上。在罗顿的票夹里，有一张奥斯本开的二十镑支票。这让她想到了奥斯本太太。“我要兑现这张支票，”她说，“然后去看望可怜的小埃米。”虽然这是一部没有男主角的小说，但是书中却有女主角。面临不明朗的困难形势，刚刚开拔的英国军队中，没有一个比这位副官无所畏惧的妻子更加冷静沉着，就是威灵顿公爵本人也不见得比她强多少。

我们的熟人中还有一位被撇在后方，他不是个军人，我们有必要了解他的情感和行为。他就是我们那位前博格利沃拉收税官。他像其他人一样，被一大早传来的号角声打扰了睡眠。鉴于他一向嗜睡，对床铺有深沉的情感，他本可以不顾英国军队奏出的鼓声、号声和风笛的尖厉音乐，继续打呼噜睡大觉，直睡到晌午时分。把他弄醒的不是与他同住一所房子的乔治·奥斯本，因为乔治仍然像往常那样，忙于自己的事情，或者为了要离开妻子而悲伤，并没有想到唤醒沉睡的大舅子与他道别。我们刚才说过，打扰约斯·塞德利睡眠的并不是乔治，而是多宾上尉。他专程来唤醒他，一定要在离别前跟他握手道别不可。

“感谢你的好意，”乔治打了个哈欠说，心里真盼望他见鬼去。

“你知道的，我……我不愿不辞而别，”多宾断断续续道。“因为，你知道，我们中有些人可能再也回不来，我希望你们大家都好，还有……还有……就是这些了。”

“你说什么？”约斯揉了揉眼睛问道。虽然多宾口头上对这个肥胖绅士表示关心，其实他既没听见他在说些什么，也没有朝他戴着睡帽的脑袋望一眼。这个虚伪的中尉其实在竭力望着乔治的房间，倾听那个方向的动静。他在屋子里来回踱步，碰在椅子上，弄出各种声音，咬自己的指甲，还有种种迹象表现出他心神不定。

约斯从来瞧不起这个中尉，这时更怀疑他的勇气了。“我可以为你帮什么忙吗，多宾？”他挖苦道。

中尉走到他的床前说：“我告诉你该怎么帮我的忙。塞德利，我们一小时后就要出发，乔治和我可能都回不来了。听着，你在得到确切消息前别离开这座城市，要留在这儿照看你妹妹，安慰她，保护她。万一乔治发生了什么事，她在这里除了你没别人可依靠。如果军队打了败仗，你要保证带她回英格兰，你要向我保证决不撇下她不管。我知道你不会那样做。只要是花钱能办得到的事情，你从来非常慷慨。你是不是需要钱？我是说，倘若发生了不幸，你有没有足够的钱回英格兰？”

“先生，”约斯派头十足地说，“我缺钱的时候，知道上哪儿去要。至于我妹妹，不必请你告诉我该怎么对待她。”

“约斯，你这话说得很像个男子汉，”对方好意回答道，“我很高兴乔治能把她托付给可靠的人。那么，我是不是可以把你的话告诉他，说是你以名誉担保，在极为严峻的情况下，你要保护她？”

“当然，当然，”约斯先生回答道。他在金钱方面的态度，乔治的估计完全正确。

“如果吃了败仗，你能负责安排她安全离开布鲁塞尔？”

“吃败仗！见鬼，那是不可能的。别吓唬我，”躺在床上的英雄嚷道。多宾听他保证照料他妹妹，便感到极为安心。他想道：“万一发生不测，至少她能安全撤走。”

假如多宾上尉期望在联队临行前再看一眼阿米莉亚，满足一下自己个人的愿望，他这一不良的自私念头受到了应得的惩罚。约斯的卧室房门与全家合用的客厅相连，与这扇门相对的那间屋子便是阿米莉亚的屋子。军号把大家全都唤醒了，现在就是想掩藏也没用。乔治的跟班正在屋子里收拾。奥斯本在两间屋子里出出进进，把需要带走的东西扔给那个跟班。不久，多宾渴望的机会来到了。他再次瞥见阿米莉亚的面庞。那是怎样的一张面孔啊！面色那么苍白，表情那么疯狂绝望。后来那张面孔像自己犯过的罪一样不断萦绕在他心头。那一眼激起他无法言表的热望与怜悯。

她身上裹着一件白色睡衣，长发垂在肩膀上，一双大眼睛呆滞无神。这个可怜的人儿想在他临行前的准备工作中起点作用，便从一个抽屉里取出乔治的皮带，跟着乔治跑来跑去，无言地旁观着准备活动。她走出自己的房间，倚墙而立，将深红色的皮带紧紧贴在胸前，仿佛一片血迹。我们的这位上尉有一副柔肠，见了她这模样，好像自己有罪似的，心里想道：“老天哪，她伤心成这样，我怎么忍心插进来惹她心烦？”再说，他其实帮不上忙。对这个悲伤无言的可怜人儿，要想抚慰根本没用。他站了片刻，望着她，就像父母望着婴儿受到痛苦的折磨，却束手无策，只能深感怜悯和痛苦。

最后乔治拉起埃米的手，带她回到卧室，然后自己独自走出来。告别只用了片刻时间，然后他便走了。

“谢天谢地，总算结束了，”乔治下楼的时候想道。他胳膊下面夹着剑，匆匆奔向集合地点。联队官兵都应声从寄宿处匆匆集中过来。他的心在突突地跳，脸颊也涨红了。一场大战在即，他要在其中扮演重要角色。他激动得简直要发狂了，摆在面前的是未卜的命运、希望和喜悦！多可怕的危险，又可能有多大的收获啊！与这场赌博相比，以前的种种赌博又算得了什么？这个小伙子自幼在任何需要身体技能和勇气的竞赛中，都使出全身的解数。不论在学校里还是在联队里，他从来是冠军，喝彩声永远伴随着他。从学生的板球比赛，到军队里的竞速比赛，他赢过上百次胜利。不管他到了哪里，男人和女人总是崇拜他，羡慕他。有什么比男人过人的膂力、超凡的能力和勇气更能迅速博得人们的喝彩呢？从古到今，力量和勇气向来是传奇故事的题材，从特洛伊时代到如今，诗歌的主角总是武士。我不知道是不是因为人人本质上都是懦夫，所以才如此崇拜勇敢，所以才崇拜战争中的勇敢胜过任何其他品质？

听到战斗的召唤后，乔治立刻从沉湎其中的温柔怀抱中摆脱出来，其实他妻子抱他的胳膊十分虚弱。他心里不无羞愧，觉得不该缠绵这么长时间。我们见过他的许多朋友，大家都有同样的感情，从统领联队出发作战的胖少校，到身材孱弱的旗手斯塔布斯，这天都像他一样情绪激越。

出发的时候，太阳刚刚升起。这是一幅庄严的画面。乐队走在前面，高奏联队进行曲。跟着是统领着联队的少校骑在自己肥壮的战马派拉姆斯背上。接着是掷弹兵在他们上尉的率领下出发。中间是新老旗手擎着军旗。乔治走在他那一连的前面。他微笑着抬起头朝阿米莉亚望了一眼，便走过去了。军乐声渐渐远去。

第三十一章
约斯·塞德利照顾妹妹

所有军官全都开拔执行军务，约斯·塞德利便成了布鲁塞尔这一小小殖民地的首席执行官，统领着伤心不已的阿米莉亚、他的比利时用人埃什道尔和房子里搞一切杂务的女佣。尽管他的睡眠受到多宾和早上那一番折腾的打扰，他还是无眠地继续躺在床上翻来覆去一直挨到平常起床时间。太阳已经高挂，我们某联队勇敢的朋友们早已行军到好几英里之外时，这位文职官员才身穿花里胡哨的晨服，出现在早餐桌旁。

乔治走后，他这位大舅子觉得十分舒坦。或许约斯心里巴不得奥斯本离去呢，因为乔治在这儿的时候，屋子里的其他人不得不退居次要地位。对这个没有军职的胖子，奥斯本从来不掩饰自己的蔑视。但是埃米对他的好意和关注却是一如既往。她操心照料，让他过得舒适，为他点喜欢吃的菜肴，陪他散步或乘车兜风。乔治不知去向的时候，她有的是闲暇时光。她甜美的面庞总能调和他的愤怒和她丈夫的轻蔑。在许多场合，她站在哥哥一边谨慎地规劝乔治，可是乔治总是以锐利的反驳打断她的规劝："我为人诚实，有什么说什么。亲爱的，你让我怎么能对你哥哥这种傻瓜表示尊敬？"他的便帽和手套仍然搁在橱柜上。约斯想到东西的主人已远去，心里不禁感到一阵喜悦的冲动。"今儿上午，他不会摆出那副花花公子的鲁莽派头惹我心烦了，"约斯想道。

“把上尉的帽子拿到门厅去，”他对用人埃什道尔说。

“也许他再也用不着这东西了，”用人会意地望了望主人说。他也讨厌乔治，因为乔治总是摆出一副英国老爷的派头，对他非常蛮横。

“去问问夫人，来不来吃早饭，”塞德利先生神情庄重地说。他不好意思与用人谈起自己讨厌乔治。其实，他当着用人的面至少骂过妹夫二十遍。

唉！夫人不能来吃早饭，也不能亲自为约斯先生切开他钟爱的甜饼。女佣通报说，自从丈夫离去后，夫人简直悲痛欲绝。约斯为她斟了一大杯茶，表示对她的同情。这便是他表示好意的方式。而且他的表示还有所进步，不但为她送去早餐，而且还在考虑她午饭喜欢吃什么。

奥斯本的跟班为主人收拾行装的时候，用人埃什道尔曾经郁郁不乐地旁观过。首先，他讨厌奥斯本，因为那老爷对他的态度，以及对所有下人的态度十分蛮横无理，欧洲大陆的用人不及英国的用人脾气驯顺；其次，他看到那么多值钱的东西从他手中弄走，心里着实气愤，等到英国人吃了败仗，这些东西岂不是落到别人手里了吗？他和比利时大多数人都毫不怀疑，他们准会吃败仗。人们普遍相信，那位皇帝要把普鲁士军队和英国军队肢解开，各个歼灭，用不了三天就能占领布鲁塞尔。等到目前的主人死伤被俘，所有这些动产的合法主人就是他埃什道尔了。

这位忠心的仆人每日帮着约斯进行烦琐的穿着打扮时，心里就计算着将来如何处置主人的这些饰品。他要将那个银质香水瓶和梳妆用的各种小东西送给自己心爱的姑娘，把英国刀叉和那枚红宝石大胸针留给自己，它配上皱边衬衫实在非常漂亮。至于缀着军扣的外套，只需稍加剪裁，就能合他的身。还有上尉的金边帽子和金柄手杖，两只嵌红宝石的戒指可以改制成一对漂亮的耳坠，他心里觉得自己已经成了个爱神，赖纳小姐自然很轻易即可到手。他为塞德利先生肥胖的袖口别上一对扣饰，心里在想：“这对袖饰我戴上该多么相称，我多么渴望自己有一对袖饰啊。隔壁房间里，上尉那对有铜马刺的靴子，要是我穿上，嗬！在林荫道上该多么风光！”埃什道尔先生捏着约斯的鼻子，为他刮脸的时候，精神已经溜到林荫道上，身穿缀着军扣的外套，戴着领饰，与赖纳小姐在绿树遮阴的河岸上闲逛，眼睛望着河面上缓缓驶过的驳船，或者在通往雷肯路的一家啤酒店里，坐在凳子上啜一杯啤酒。

幸而约瑟夫·塞德利先生对此一无所知，倒也心境太平。他不了解用人的心里盘算着什么，就像可敬的读者和我同样不怀疑我们付薪水雇来的约翰或玛丽背地里怎样评论我们。我们的用人对我们有什么看法！假如我们了解最亲近的朋友和亲戚背地里怎么戳我们的脊梁骨，那我们可就会一直处于恐惧之中，宁愿离开这个生活其间的世界了。约斯的用人已经在打他的主意，就像里登豪街上佩特尔先生饭店里的店员在全然不知的甲鱼背上插上个牌子，上面写着：“明天的甲鱼汤。”

阿米莉亚的女佣却绝对没有这么自私。凡是在这位慈祥温柔充满爱心的甜美人儿手下伺候过的人，无不对她充满敬意和忠诚。厨娘宝莲这天早上目睹女主人的悲惨模样，比别人对她更加体贴。她发现，阿米莉亚站在窗口望着最后一柄刺刀的闪烁也消失在远方，憔悴的身躯仍然一动不动伫立窗前，这位诚实的姑娘拉住夫人的手说：“唉，夫人，我那爱人不是也跟着队伍走了吗？”说完，她放声大哭，阿米莉亚扑在她身上，两人相拥而泣，也相互抚慰。

这天上午，约斯先生的仆人埃什道尔离开他的住所，去城里公园附近许多英国人聚居的旅馆和公寓门外，向其他用人、跑腿的和跟班打听消息，然后把消息带给他的主人。这些人骨子里几乎全是皇帝的同党，大家都认为这场战役将很快结束。皇帝在阿维纳发表的公告在布鲁塞尔到处大量散发。上面写着：战士们，现在正是玛朗哥战役和弗莱德兰战役的纪念日，那是决定欧洲命运的两次战役。奥斯特里兹战役和华格兰姆战役后，我们太仁慈了。我们轻信了骑在我们头上作威作福的君主们，听信了他们的诺言和保证，他们现在仍然盘踞着统治地位。现在我们要再次讨伐他们。我们和他们难道不是一样的人？士兵们！现在对我们无比傲慢的普鲁士人，当时在耶拿跟我们作对时人数曾经三倍于我们，在蒙特米雷尔时曾经六倍于我们。被俘押往英国的士兵们可以告诉自己的战友，他们受过英国人怎样的虐待。那是一个疯狂的国度。一时的繁荣冲昏了他们的头脑。假如他们胆敢进入法国，必将葬身此地！”法国皇帝的党羽们预言，皇帝的敌人将很快被打败，比公告上说得还快。他们一致认为，普鲁士军队和英国军队再也不可能返回，除非当了俘虏被押解在征服者的部队后面。

一天之中，塞德利先生受到这些看法的影响，他听说，威灵顿公爵的部队前一天晚上受到重创，现在正设法收拾残部。

“重创？胡说！”约斯吃早饭时胆量向来很足。“公爵打败过所有将军，当然也要消灭那皇帝老儿。”

“他的文件都烧了，他的东西都搬走了，他的司令部腾空了，准备让法国的达尔马提亚公爵入住，”约斯的报信人回答道。“这可是他的管家亲自告诉我的。里奇蒙德公爵正在收拾东西。他本人已经逃走，公爵夫人只等盘子收拾好就跟法国国王去奥斯坦德。”

“法国国王在根特呢，我的伙计，”约斯装出一副不相信的样子回答道。

“他昨晚逃到布鲁日，今天乘船逃往奥斯坦德。伯利公爵已经被俘。想要保证安全最好赶紧走，明天海堤就要掘开，整个国家一片汪洋后，谁逃得了？”

“胡说，波拿巴就是把全国能打仗的都召集起来，我们也是三打一，”塞德利先生反驳道。“奥地利人和俄国人马上就到。他将会被粉碎，而且肯定会被粉碎，”约斯拍着桌子说。

“当年在耶纳的时候，普鲁士人跟法国人也是三比一，可拿破仑不出一个星期就把普鲁士军队打败，占领了那个国家。在蒙特米雷尔还是六比一，可他像赶绵羊一般把他们驱散各个击破。不错，奥地利军队是要来，可领兵的是什么人？法国王后和意大利国王。至于俄国人，哈！俄国人非撤退不可。到时候英国人一个也别想活，因为他们在船上残酷折磨我们的勇士们。瞧这儿，这可是白纸上写着黑字呢。这是皇帝陛下亲自发的诏书，”这个拿破仑的党羽露出了真面目，将那份文件从衣袋里掏出来。埃什道尔将那东西严厉地塞到他主人面前，已经开始把那件军装和珠宝看作他的战利品了。

约斯就算还没有感到惊慌，至少也有些不安。“把我的外套和帽子取来，先生，”他说，“跟我出去。我要亲自验证这些报道是真是假。”约斯穿上自己带金边的衣服时，埃什道尔简直气得要发狂了。“先生最好别穿军装，”他说，“法国人说要把英国兵杀得一个不剩。”

“闭嘴，浑小子！”约斯板起面孔，不容分辩地将胳膊捅进袖子里，正在他做出如此英雄般举动的时候，罗顿·克劳利太太来拜访阿米莉亚，没敲门便走进门厅，目睹了这一切。

丽贝卡像往常一样，穿着非常整洁漂亮，罗顿走后，她睡足了觉，神情十分清爽，在这个城市阴郁的日子里，大家的表情全都阴沉沉的，可她的面颊却是粉红色的相当好看。她嘲笑约斯的态度，也笑他穿外套时拼命挣扎的模样。

“你打算去参军吗，约瑟夫先生？”她问道。“难道布鲁塞尔没一个人保护我们这些可怜的女人了吗？”约斯成功地钻进外套里，涨红了面孔，结结巴巴问候漂亮的客人。“早上的变故之后你好吗？昨晚那场舞会后累了吧？”埃什道尔先生躲进主人的卧室里，把那件花晨服送进去。

“多谢你的问候，”她双手握住他的一只大手。“大家都吓得一塌糊涂，你还这么镇静！我们的小阿米莉亚好吗？他们的分别肯定非常非常可怕。”

“简直要命，”约斯说。

“你们男人什么都受得了，”女士回答道。“分离和危险对你们算不了什么。承认吧，我知道你打算去参军，把我们丢下不管。我知道准是这样，我感觉到了。我想到这事就觉得害怕。因为，约瑟夫先生，我独自在家的时候就总是想到你！所以我就来乞求你别把我们撇下。”

这番话或许可以解释成这样：“我亲爱的先生，万一军队发生不测，不得不撤退的话，你有辆漂亮的马车，我要在上面占个座位。”我不知道约斯能不能听出这一层意思，不过他对丽贝卡在布鲁塞尔期间非常不满，因为她很少理睬过他。从来没把他介绍给罗顿·克劳利的重要朋友们，丽贝卡请客也极少请他参加。他太胆小，赌钱不敢下大赌注，他在场的时候，乔治和罗顿都觉得厌烦，或许两人都不想让他目睹他们沉湎其中的勾当。“啊，”约斯想道，“现在她用得着我了，才来找我。没别人可找，她又想到了约瑟夫·塞德利！”不过，除了这些怀疑，丽贝卡对他的勇气表示的赞叹，又让他感到得意。

他涨红了脸，撑出一副自命不凡的样子。“我想上前线去看看作战，”他说。“凡是有点儿胆量的人，谁不想呢。我在印度见过打仗场面，不过规模没有这么大。”

“你们男人为了取乐什么牺牲都不怕，”丽贝卡回答道。“克劳利上尉今天早上离开我的时候，乐得仿佛是去参加一场打猎。他在乎什么？你们随便哪一个男人何曾关心过我们这些被撇下的女人受什么痛苦和煎熬？”可是她心里其实在想：“我怀疑这个贪吃的大懒汉是不是真的想上前线去。”她接着说：“啊！亲爱的塞德利先生，我来找你是想寻求安慰，和精神上的慰藉。我整整一上午都跪着祈祷。

一想到我们的丈夫，我们的朋友，我们勇敢的军队和同盟者投身危险，我就浑身颤抖。我到这儿来希望得到保护，哪想到我的又一个朋友，而且是我最后一位朋友，也想投身那场可怕的战争。”

“我亲爱的夫人，”约斯开始感到宽慰，“别惊慌。我只是说我想，英国人什么不想呢？不过我的职责要我留在此地。我不能把隔壁那个可怜的人儿留下不管，”他指了指阿米莉亚住的那间屋子。

“高尚的好哥哥！”丽贝卡用手帕捂住眼睛，鼻子闻到洒在上面的法国科罗涅香水的气味。“我对你的评价不错，你是个有感情的人。我原以为你是个没心肝的人呢。”

“啊，我以名誉担保！”约斯说着做了个手势，仿佛要把手放在心脏上。“你的评价不错，的确不错。我亲爱的克劳利太太。”

“是啊，你现在对你妹妹的确真心诚意。不过我记得两年前，你对我可是虚情假意！”丽贝卡说完盯着他看了片刻，然后把目光转向窗户。

约斯的脸猛地涨得通红，心也猛烈地跳起来。他记起从她身边逃走的那些日子，回忆起自己心中燃起过的激情，想起带她乘坐敞篷马车兜风的情景，她为他编织绿色丝荷包，他坐在那里着迷地望着她白皙的胳膊和明亮的眼睛。

“我知道你认为我不知恩图报，”丽贝卡接着说。她将目光从窗户收回来再次看着他，压低声音颤抖着说：“你的冷漠，你避而不看的目光，我们最近见面时你的态度，还有我刚才进门时你的模样，这些都是证明。但是，难道我有理由要避开你吗？让你的心来回答我这问题吧。你以为我丈夫非常欢迎你？我必须对克劳利上尉说句公道话，他从来没对我说过刺耳的话，唯一的例外是关于你的，而且非常刺耳不中听。”

“我的老天哪！我到底做了什么？”约斯又兴奋又惊异，迷惑不解地问。“我到底做了什么？对……对谁？”

“难道嫉妒还不算数？丽贝卡说。“为了你，他让我吃了多少苦头啊。不论过去发生过什么，现在我的心完全是他的。我问心无愧了。对不对，塞德利先生？”

约斯望着这个为自己倾倒的牺牲者，乐得浑身血液都在翻腾。她的几句妙语，几个温柔会意的媚眼，就把他心头的火焰煽起来，让他忘记了先前的疑虑和怀疑。自从所罗门王以来，多少聪明男人受过女人甜言蜜语的哄骗？“假如发生了最糟的情况，”贝基想道，“我撤退的路有了保障，在他的大马车上肯定有我的座位。”

倘若不是因为用人埃什道尔在这时刻出来收拾东西，约瑟夫先生不知要怎样表白自己的爱慕和痴情。约斯不得不拼命忍住冒上喉咙的话，噎得几乎喘不上气来。丽贝卡这时觉得该进去安抚她亲爱的阿米莉亚了。她向约瑟夫先生送个飞吻，用法语说声：“再见，”便轻轻敲响他妹妹的门。她进了那扇门，又在身后把门关上后，他跌坐在一把椅子里，两眼瞠视前方，长叹一声，喘气如牛。“先生穿那件衣服实在太紧了，”埃什道尔仍然盯着那件外套说。但是他主人根本没听见他在说些什么。他的思绪已经不在此地，时而为迷人的丽贝卡心中燃起欲火，乐得发狂；时而又想到罗顿·克劳利的嫉妒面孔，仿佛看见他那两撇凶狠卷曲的黑胡子，他手中握着手枪，子弹上膛，枪栓打开，准备跟他决斗。他又愧疚又害怕，吓得心都收紧了。

阿米莉亚看到丽贝卡出现在面前，心里一阵恐惧，吓得直往后面退缩。她的思绪回到现实中来，记起了昨天发生的事情。由于对未来的强烈担忧，她曾经一时忘记了丽贝卡，忘记了嫉妒，忘记了一切，萦绕在心头的只有丈夫已经出发，正面临极大的危险。若不是这个惯于追逐名利的冒失者闯进门，打破屋子里的静谧气氛，我们也不敢贸然走进这间凄惨的屋子。这位姑娘跪在地上已经祈祷了多久啊！她在那里已经默默祷告了多久，在悲苦中度过多少时光啊！那些战事记录上记载着恢宏的战场、壮丽的战斗故事和战争的胜利，却不会记下后方这些场景。对于那些壮丽辉煌的场景来说，这些事情太微不足道。在胜利的欢呼声和嘹亮的颂歌声中，谁听得见寡妇的哭泣和母亲的呜咽？然而，心碎的呼喊和虚弱的抗议何曾中断过，只是被胜利的欢呼淹没了而已。

丽贝卡的一双绿眼投在阿米莉亚身上，崭新的丝裙袍瑟瑟作响，华丽的首饰闪烁着光芒，走上前来，伸出双臂想要搂抱她。阿米莉亚在最初的那阵恐惧之后，心头升起一阵怒火，脸色从原先的惨白渐渐涨得通红，两眼坚毅地回瞪丽贝卡，她的对手不由吃了一惊，羞愧涌上心头。

“最亲爱的阿米莉亚，你看上去非常不舒服，”客人说着拉住阿米莉亚的手。“怎么啦？我得不到你的消息，简直坐立不安。”

阿米莉亚抽回自己的手。这个天性温柔的人儿第一次不相信别人表现的好意和爱怜。她抽出自己的手，浑身颤抖起来。“你来做什么，丽贝卡？”她仍然瞪着一双大眼睛严厉地望着她。客人被她瞪得心里发毛。

“她准是看见他在舞会上给我条子的情景了，”丽贝卡想道。她垂下目光说：“别激动，亲爱的阿米莉亚。我来是为了看看我能……是来看看你好吗？”

“你自己好吗？”阿米莉亚说。“我敢说你很好。你不爱你自己的丈夫。假如你爱他，就不会来这儿。告诉我丽贝卡，我错待过你吗？”

“说真话，阿米莉亚，没有，”对方仍然低着头回答。

“在你贫穷的时候，是谁把你当作朋友帮你？难道我对待你不像姐妹一样热情？我们结婚前那些幸福日子你是亲眼看见的。我完全属于他，否则他怎么肯放弃自己的财产和家庭，一心一意让我幸福？你为什么要插到我和爱人中间来？是谁打发你来，拆散上帝促成的结合，夺走我爱人的心，我丈夫的心？你以为你能像我一样爱他？他的爱就是我的一切。这一点你知道，却想把他从我手里抢走。丽贝卡，羞耻啊，你是个邪恶的坏女人，是个虚伪的朋友，虚伪的妻子。”

“阿米莉亚，我以上帝的名义抗议。我没有做过对不起我丈夫的事，”丽贝卡背过身去说。

“你也没做过对不起我的事，丽贝卡？你没有成功，但是你做过。扪心自问，难道你没有？”

丽贝卡想道：她什么都不了解。

“他还是回到了我身边。我知道他会回来。我知道虚伪和甜言蜜语都不能让他长久离开我。我知道他会回来的。我祈祷，让他回到我身边。”

可怜的姑娘说这番话的时候情绪非常激昂，丽贝卡从来没见她有过这种激情，一时说不出话来。“我到底哪儿错待你了，”她继续用可怜兮兮的声调说道，“你竟然要把他从我身边夺走？我得到他才六个星期。你本该放过我才对呀，丽贝卡。可是从我们刚结婚那天起，你就来妨碍我们。现在他走了，你是来看看我有多么高兴，是吧？”她接着说，“过去两个星期，你把我整惨了。今天该放过我了吧。”

“我……我从来没来过这儿，”丽贝卡说道。不幸的是，这是句真话。

“不错，你的确没来过。可是你把他勾引走。你是到这儿来要他的吧？”她的语调开始变得疯狂了。“他原来在这儿，可是现在走了。他刚才还在那张沙发上坐过。别碰它。我们刚才在那儿坐着交谈过。我坐在他腿上，搂着他的脖子，我们一起说：‘我们的在天之父。’不错，他刚才还在这儿。他们来把他叫走了。不过他向我保证说，还要回来。”

“他会回来的，我亲爱的，”丽贝卡不由自主受到感染。

“瞧，”阿米莉亚说，“这是他的皮带，颜色真漂亮，不是吗？”

她捧起带子吻了一下。这天她还试着把皮带系在自己腰上。她似乎忘记了心头的怨恨和嫉妒，忘记了自己的对头就站在面前，脸上隐隐露出一丝微笑，不出声地走向床边，开始抚摸乔治的枕头。

丽贝卡也开始走动，不过是离她而去。

“阿米莉亚好吗？”约斯问道。他仍旧坐在那张椅子上没动。

“得有人陪着她才行，”丽贝卡说。“我看她病得厉害。”塞德利先生请她留下来吃午饭，她拒绝了。离开的时候，表情非常严肃。

丽贝卡其实是个善良随和的人，她对阿米莉亚非但没有恶意，反而十分喜爱。就连阿米莉亚责骂她的话，在她听来也是对她的恭维，因为那不过是败在她脚下的对手发出的呻吟。在公园里她遇到奥多德太太。奥多德太太这天读过那位副主教的训诫，并没有得到多少安慰，便到公园来散心。丽贝卡首先跟她打招呼，少校的妻子颇感吃惊，以前罗顿·克劳利太太对她难得这么客气过。丽贝卡告诉她说，可怜的奥斯本太太悲伤绝望得近乎疯狂了，请这位好心的爱尔兰女人赶紧去安慰她喜欢的年轻女子。

“我自己的心也够烦的了，”奥多德太太板着面孔说，“再说，小阿米莉亚今天恐怕不想要人做伴。不过，既然你说她情况很糟，连你这么亲密的伴侣都不能安慰她，我可以试试，看能给她什么安慰。很高兴见到你，太太。”说完这话，这位胸前戴着闹表的女士扬了一下脑袋算是跟克劳利道别，不再想与她做伴。

贝基嘴角挂着一丝微笑，望着她大踏步走开。克劳利太太心里觉得十分可笑，奥多德太太扭头朝她投来庄重的一瞥，几乎让她忍俊不禁。“愿为你效劳我的好太太，”佩吉想道，“很高兴见你情绪这么欢乐。反正你不会把眼睛哭瞎。”她匆匆朝奥斯本太太的住处赶去。

那可怜的人儿仍然像丽贝卡走的时候一样站在床前没动。悲伤几乎让她发了疯。少校妻子是个性格刚强的女人，想方设法安慰这个年轻的朋友。“亲爱的阿米莉亚，你必须忍受才成，”她温和地说，“顷刻后，他可不能看见你这副模样。如今，听天由命的女人可不止你一个啊。”

“这我知道。我非常不对，非常懦弱，”阿米莉亚说。她对自己的弱点知道得清清楚楚。不过，身边有比她坚强的朋友，她也振作了一些。有她做伴，阿米莉亚感到安慰，觉得好些。她们相伴直到两点钟，两人的心伴随着军队跋涉而去，心中的恐惧和焦虑，嘴里的祷告，眼睛里的泪水和无法言表的愁苦，这一切都伴随着那个联队。这是女人对战争的贡献。战争不但让男人淌血，也让女人流泪。

两点半钟是约瑟夫先生一天重要的时刻：开午饭了。勇士们可能在战斗在牺牲，可是他不能不吃饭。他来到阿米莉亚的房间，想劝她一道吃饭。“来吃点吧，”他说，“汤的味道很美。埃米，来吃饭吧。”他亲吻她的手。除了她结婚时，他多年来没对她这么温柔过。她说：“约瑟夫，你真好。大家对我都很好。不过，请你别管我。我今天要独自待在屋里。”

不过，汤的气味让奥多德太太的胃口大开，便表示愿意与约斯先生作陪。两人便一道用餐。“愿上帝保佑这道肉菜，”少校的妻子一本正经地说。她在想念她诚实的迈克，心里看得见他骑马走在联队之首。“可怜的孩子们今天吃不上好饭了，”她叹息道。然后像个开明的人那样埋头大嚼。

约斯吃饭的时候精神大振。提议为联队干杯，找种种借口把香槟一杯杯灌下肚。“让我们为奥多德和他勇敢的联队干杯，”他殷勤地向客人躬身致意。“好，奥多德太太。埃什道尔，替奥多德太太斟满。”

突然，埃什道尔惊呆了。少校夫人放下了刀叉，透过敞开的窗户朝南面望去。从那个方向传来一阵低沉的声音，向阳的一面屋顶都震动了。

“怎么回事？”约斯说。“你这个混蛋，怎么不斟酒？”

“是大炮！”埃什道尔奔向阳台。

“上帝保佑我们，是大炮的声音！”奥多德太太惊得嚷叫起来，跟着跑向窗口。城里千百张苍白紧张的面孔都探出窗外。顷刻之间，仿佛全城的人都拥上了街头。

第三十二章
约斯在战争结束前逃走

我们伦敦人生活在娴适的环境中，从来没见过布鲁塞尔那天的惊慌和纷乱，也但愿上帝永远别让我们目睹那番景象。炮声来自纳莫尔门的方向，人群便朝那里拥去，许多人骑着马顺平坦的道路奔去，想要提前得到有关军队的消息。人们纷纷相互打听消息，就连地位高高在上的英国爵士和夫人们也屈尊与陌生的路人攀谈起来。亲法者跑到街上，激动得欢欣鼓舞，预言说他们的皇帝准会得胜。商人们关闭店铺，参加到吵闹惊慌的人们中间，更增添了混乱。女人们奔向一座座教堂，挤进一个个礼堂，或者直接跪倒在石板路上和台阶上。沉闷的炮声仍然轰隆隆不断传来。很快，马车载着乘客开始离开城市，奔向根特关口。亲法者的预言渐渐成为大家相信的事实。谣言说："他已经把军队分割成两半。他直接朝布鲁塞尔开来了。他会击败英国人，今晚就进布鲁塞尔。"埃什道尔对他的主人说："他会击败英国人，今晚就进布鲁塞尔。"这个仆人在房子和街道之间窜来窜去，总是带回灾难的新鲜细节。约斯的面色变得越来越惨白。这个肥胖的文官开始惊慌，喝下的所有香槟都不能鼓起他的勇气。不等太阳落山，他已经吓得六神无主，他的朋友埃什道尔看了觉得心满意足，认为自己肯定成了许多财产的主人，虽然现在它们还属于这个穿花边外套的家伙。

女人们一直不在面前。少校夫人听了一阵炮声后，想到隔壁房间里她那位朋友，便跑进去看望，希望能安慰阿米莉亚。这位诚实的爱尔兰女人本来就胆量十足，一想到她必须保护那个无依无靠的温和姑娘，更平添了许多勇气。她守在朋友身边度过了五个小时，有时劝说她，有时欢乐地交谈，但是更多的时候是默默地祷告。事后这个健壮的女人说："我拉着她的手根本没放，直到太阳落山，炮声平息为止。"女佣宝莲跪在附近一座教堂里，求上帝保佑她的爱人。

炮声终于平息后，奥多德太太走出阿米莉亚的屋子，来到隔壁的客厅，只见约斯坐在那儿面对两只空酒瓶，勇气消失殆尽。他曾经走进妹妹的屋子一两次，面色显得十分惊慌，仿佛要说什么。可是少校夫人坐在那里没动，不便开口，又走了出去。他不好意思说出想要逃跑的话。

不过，她出现在餐厅时，他在昏暗的光线下神情忧郁地面对两只空酒瓶，这才开始把自己的想法讲给她听。

"奥多德太太，"他说，"你是不是最好让阿米莉亚准备一下？"

"你打算带她出去散步？"少校夫人问。"她太虚弱了，不能走动。"

"我……我已经叫人准备马车，"他说，"还有……还有拉车马。我打发埃什道尔去叫人准备马车，"约斯接着说。

"今晚还兜什么风？"夫人答道。"她还是上床歇息的好。我刚刚安排她睡下。"

"叫她起来，"约斯说，"我说，她必须起床。"他用力跺了跺脚。"我说过，已经叫人准备了马匹，不错，马匹已经准备了。全完啦，再说……"

"再说什么？"奥多德太太问道。

"我要去根特，"约斯回答道。"大家都走，车上有你的位子。我们半小时后出发。"

少校夫人望着他，脸上浮出无限的轻蔑。"除非奥多德为我指路，否则我不走。"她说。"塞德利先生，你想走随你的便，但是我和阿米莉亚要留在这里。”

“她一定要走，”约斯再次跺脚。奥多德太太双手叉腰堵在卧室门外。

“你是要把她带回娘家吗？”她问道，“还是你自己要去找妈妈，塞德利先生？祝你旅途愉快，先生，用法国话说是‘Bon voyage。’听我的忠告，把胡子刮掉，要不然会遇上麻烦的。”

“见鬼！”约斯喊起来。他又怕又恼，悔恨交加。正在这时，埃什道尔回来了，也恶狠狠地骂了一句。“真该死，竟然没有马！”所有马匹全都拉着车走了。这天惊慌失措的并不止约斯一个。

约斯已经给惊吓得够惨了，可是不等这天晚上结束，他的恐惧注定要提高到近乎疯狂的程度。前面已经提到过，宝莲的爱人也从军奔赴战场，去跟拿破仑皇帝的军队作战。她的爱人是个布鲁塞尔人，在比利时骑兵中服役。他们国家的军队在哪一方面都不亚于其他军队，只是缺乏勇气。宝莲的崇拜者姓范·卡特萨姆，出生在大革命时期，取了个希腊名字叫雷古鲁斯。他是个好兵，上校命令他逃跑，他绝对不敢违令。部队驻扎在布鲁塞尔的时候，雷古鲁斯的所有闲暇几乎都消磨在宝莲的厨房里，在那里得到极大的乐趣。几天前出发时，哭成个泪人儿似的爱人往他口袋里、枪套里塞满了储藏室里的种种美味食品。

对于他那个联队来说，这场战争已经结束了。那个联队隶属于奥兰奇王储统领的一个师。雷古鲁斯和他的战友们都佩着令人肃然起敬的长剑，留着八字胡，制服和一应装备都显得勇猛无比，不亚于军号一响便冲锋陷阵的任何队伍。

法军在奈将军统领下，向前进中的联盟军队发起进攻，连连得手。直到英国大军从布鲁塞尔赶来，才改变了卡特布拉斯战场的局面。雷古鲁斯所在的骑兵连一见法国人，立刻表现出极大的撤退积极性，心甘情愿地从一个个先前占领的阵地上撤退下去。只是在遇到身后赶来的英国部队时，撤退行动才受阻，被迫面对法军骑兵。该遭天谴的法军嗜杀成性，这时终于有机会面对勇猛的比利时人了。可是比利时人宁肯与英国人作对也不愿打法国人，立刻夹起尾巴转身，穿过英国人的联队，四散奔逃。那个联队其实已经不复存在了。雷古鲁斯逃离战场跑出许多英里后，发现自己是孤零零一人。现在他没处可去，自然要钻进宝莲的厨房避难，像以往那样在爱人忠实的怀抱中寻求温暖。

上午十点钟左右，奥斯本夫妇按欧洲大陆风格占住的那层楼上或许该听到铿镪的刀戟碰撞声，也该听到有人敲响了厨房门。可怜的宝莲刚从教堂回来，开门见了面前这个形容狼狈的大兵，吓得几乎昏倒。他就像午夜打扰莉奥诺拉的那个鬼魂[①]。若不是恐怕主人发现她的秘密，宝莲准会尖声叫嚷。她使劲捂住嘴巴，将她的英雄带进厨房，给他喝啤酒，把约斯无心享用的美味剩饭端给他吃。这位骑兵放开胃口大吃，饭量和酒量大得惊人，以此证明他并不是个鬼魂。在大嚼的空隙间还讲述自己在那场灾难中的故事。

他说，他的联队以罕见的勇武精神与攻上来的整个法军对阵，一时抵挡住他们的进攻。但是最后寡不敌众，整个英国军队现在的情形也是如此。奈将军所向披靡，把抵抗的联队一个个歼灭掉。比利时人想拯救英国人免遭屠杀，可是努力终归徒劳。普鲁士亲王的士兵已经溃退逃走，他们的公爵已经战死。同盟国彻底败了。他试图用汹涌的啤酒冲刷心头的悲哀。

埃什道尔刚才走进厨房，听到这段对话，立即奔向自己的主人通报消息："彻底完了，"他尖声对约斯喊道。"公爵先生已经被俘。布伦斯威克公爵已经战死。英国军队整个溃逃啦，只有一个人逃了回来，现在就在厨房里。来听听他怎么说。"约斯便踉踉跄跄下楼走

① 午夜打扰莉奥诺拉的那个鬼魂：德国诗人戈特弗里德·伯格所著叙事诗《莉奥诺拉》中一情节。诗中女主人深夜被情人的鬼魂骑马驮往坟地成婚。——原书编者注

进那间屋子，雷古鲁斯仍旧紧紧抓着啤酒杯坐在那里。约斯用不合语法的法语尽可能表达出自己的意思，请那位骑兵把他的故事再讲一遍。在雷古鲁斯复述的故事中，灾难变得更加深重。他成了那个联队惨遭涂炭的唯一幸存者，他亲眼看见布伦斯威克公爵战死，亲眼看见身穿黑色制服的普鲁士骑兵四散逃命，苏格兰骑兵在炮火中倒下也是他亲眼所见。

“我们那个联队呢？”约斯气喘吁吁地问。

“剁成肉酱啦，”骑兵说。宝莲一听放声大哭，“噢，我可怜的女主人，我那小宝贝夫人哪。”声音大得几近歇斯底里，震响在整个房子里。

塞德利先生彻底吓糊涂了，不知该怎么寻求安全，也不知道上哪儿逃难。他从厨房奔回客厅，朝阿米莉亚的房门投去乞求般的目光。奥多德太太刚才当着他的面把那扇门闭住上了锁。他记起那位夫人目光中的轻蔑，不敢开门，驻足倾听片刻后便离开，决定出门看看。他这天还没出过门呢。于是，他抓起蜡烛，寻找那顶饰有金边的帽子，帽子就在前厅桌子上，桌子对面有个镜子，出门前，约斯常常在这儿稍加打扮，抹一抹鬓角，捋一捋胡子，把帽子恰到好处地歪戴在额头上。他已经习惯成自然，尽管处于如此恐惧的紧急关头，他也机械地拢了拢头发，在脑袋上找准帽子的位置。突然，他看到镜子里那张苍白的面孔，相形之下胡子愈发显得浓密，不禁大吃一惊。自从他们来到这里，几乎七个星期没修剪过胡子了。他想起埃什道尔警告过，所有英国败兵都得处死。自忖：人们会把我当成个军人的，便奔回自己卧室，拼命拉铃叫用人。

埃什道尔应铃而来。约斯已经跌坐在一把椅子上，扯掉领饰，翻下领子，两只手捂着脖子。

“割我，埃什道尔，”他喊道。“快，割我！”

埃什道尔一时以为他疯了，想要仆人替他抹脖子。

“胡子，”约斯气喘吁吁道。“胡子……割！剃！快！”我们以前说过，他的法语说得很流利，只是语法不甚高明。

埃什道尔没花多少工夫就把他的胡子剃光了。一听主人要他把便服便帽取来，心中登时涌上说不出的喜悦。约斯用法语结结巴巴说道：“不穿……军用装……归你……拿走。”那顶帽子和外套终于成了他的财产。

这份礼送出去后，约斯从衣箱中选了套黑色便服和背心，戴了个巨大的领饰和一顶普通的海獭皮帽。假如他有教士戴的那种宽边帽，也准会戴在头上。不过，大家可以想象他现在的装束，其实已经像个生活优裕的英格兰教士了。

“现在，”他接着用结结巴巴的法语说，“出去……人们……听听。”说完便快步走下楼梯，来到街道上。

虽然雷古鲁斯声称他是那个联队唯一的逃生者，甚至是整个同盟国军队被奈将军击溃后的唯一生还者，但是，他说的显然是假话。许多据称已经牺牲的人都从那场所谓的屠杀中生还了。雷古鲁斯的几十位战友都陆续回到布鲁塞尔，大家都承认是逃回来的。于是整个城市便假定同盟国军队已经被打垮，几个小时后，法国军队就要进城。恐慌在持续，到处都在准备出逃。没有马匹！约斯恐惧地想道。他支使埃什道尔问过几十个人，问他们什么地方能租到马，或者在哪儿能买到马。得到的答复全是否定的。他的心急得直往下沉。难道他非得步行不可？即使迫于恐惧，这个身躯肥大的人也不可能活跃到那种程度。

英国人在布鲁塞尔入住的旅馆差不多都面向一个公园。约斯不知所措地在这一带踱来踱去，周围的人跟他一样，全都怕得要命，到处打听消息。他发现有的人家比他幸运，他们找到几匹马，拉着车辚辚穿过街道，撤退而去。其他人跟他一样，花钱或者央求都没法子找到旅行工具。在这些打算逃亡的人们中间，约斯发现了巴里亚克斯伯爵夫人和她女儿，只见她们坐在旅馆门外的马车里，所有财物都收拾停当，只是像约斯的情况一样没有拉车的动力。

丽贝卡·克劳利也住在这个旅馆内。先前见了巴里亚克斯夫人家的人，双方都怀着敌意，在楼梯上遇见互不理睬，有人提起她的名字，伯爵夫人就说邻居的怀话。伯爵夫人得知塔夫托将军竟然与副官的妻子套近乎，深感吃惊。布兰奇小姐见了她就躲，仿佛她是一场瘟疫。只有伯爵本人在家里女士管辖范围之外，悄悄与她保持偶然的亲密关系。

现在，丽贝卡得到机会，要报复这两个傲慢的敌人。旅馆里的人们得知，克劳利上尉的几匹马没有骑走，恐慌来临后，巴里亚克斯夫人屈尊派出女佣，向上尉的妻子致敬，并渴望了解克劳利太太的马匹打算卖个什么价钱。克劳利太太复函向伯爵夫人致敬，并亲切表示说，她没有跟女佣打交道的习惯。

这一简短答复立刻将伯爵本人召进贝基的房间来。不过，他的成功并没有超过第一位大使。“竟然打发个女佣来找我！”克劳利夫人愤怒地嚷道。“尊贵的伯爵夫人怎么没打发我去套马！要逃命的是伯爵夫人还是她的女佣？”伯爵只得带着这个答案回复伯爵夫人。

到了紧要关头，有什么做不出来的事呢？第二次使命失败后，伯爵夫人亲自来向克劳利太太讨教，恳求她出个价。她甚至提出，愿意邀请贝基到巴里亚克斯宅子去做客，只要她让马把她们拉回家。克劳利太太报以冷笑。

“我可不想让那帮临时穿上你家制服的法警伺候，”她说，“你很可能永远也回不了家，至少你的钻石带不回去，会让法国人夺走，他们两小时后就到这儿。到那时，我已经在去根特的途中了。我可不会把马卖给你，就是你拿舞会上那两颗大钻石跟我交换，我也不干。”巴里亚克斯夫人又气又怕，浑身发抖。那些钻石已经缝在垫子里，藏在伯爵的坐垫和靴子里了。“女人，我的钻石保存在银行，”她说。“等着瞧吧，我一定会得到马匹。”丽贝卡望着她的面孔放声大笑。被激怒的伯爵夫人下楼坐在自己的马车里。她的女佣、信使和丈夫都被打发出去，在城里到处找马。谁回来晚谁倒霉！伯爵夫人打定主意，一旦找到马立刻出发，不管她丈夫到时候能不能回来。

丽贝卡见伯爵夫人坐在没有马的马车里干等，感到非常幸灾乐祸，眼睛死死盯住她，放开喉咙大声谈论伯爵夫人的可怜处境：“瞧哇，她连匹马也找不着！却把所有钻石都缝在车子坐垫里！法国人来了该是多美的战利品啊！我说的是马车和上面的钻石，不是说那个女人！”她逢人便说，说给房东，说给仆人，说给房客，也告诉在周围闲逛的所有人们。巴里亚克斯夫人真恨不得从车窗里伸出一支枪毙了她。

丽贝卡正在享受羞辱敌人的乐趣时，忽然发现了约斯庞大的身影。他发现她后，径直朝她走来。

那张为恐惧扭曲的胖脸透露出内心中足够多的秘密。他也要逃走，正在寻找逃走的方法。“他肯定会买我的马，”丽贝卡自忖，“我可以骑那匹牝马。”

约斯朝朋友走来，向她提出过去一小时来提过一百遍的问题：“你知道哪儿能弄到马？”

“怎么，你要逃走？”丽贝卡笑道。“塞德利先生，我以为你要留下来保护所有女士们呢。”

“我……我不是个军人，”他结结巴巴道。

“那阿米莉亚怎么办？谁保护你那位可怜的小妹妹？”丽贝卡问。“你该不会把她抛下吧？”

“要是……要是敌人来了，我对她有什么用处？”约斯回答。“他们不会伤害女人，可是我的用人告诉我说，他们发誓，要把男人杀得一个不剩，那帮该杀的胆小鬼。”

“真可怕！”丽贝卡见他那副不知所措的模样，觉得十分可乐。

“另外，我并不想抛下她，”这位兄长说。“她不能被抛下。马车上有她的位子，如果你愿意一起走的话，亲爱的克劳利太太，也有你的位子。要是我们能找到马匹就好了……”他叹息一声。

“我有两匹马要卖，”她说。约斯一听这话，几乎扑进她的怀抱。“去把车准备好，埃什道尔，”他喊道。“我们找到马了……我们找到了。”

“我的马从来没有套过车，”夫人回答道。“要是你将巴尔芬奇套上辕，它准会把你的马车踢成碎片。”

“那么骑着它行吗？”这位文官问道。

“驯服得像只小绵羊，快得像条兔子，”丽贝卡回答。

“你认为它能载得动我吗？”约斯问。想象中，他已经骑在马背上，根本不考虑可怜的阿米莉亚。哪个喜欢赛马押赌的人能抵挡住如此的诱惑呢？

丽贝卡没有直接答复，请他到屋里谈。他恨不得马上成交，连忙跟在她身后。约斯一辈子从来没有在半小时内花过这么多钱。丽贝卡考虑到马匹严重紧缺而约斯急于成交，把自己打算出手的货色估量了一下，出了个吓人的天价，就连这位富有的文官也退缩了。“要买就两匹一起买，否则不卖，”她口气坚定地说。她说，罗顿吩咐过，少了她说的这个价钱不能出手。还说，楼下的巴里亚克斯夫人也想以这个价钱买。她对塞德利家一向充满敬意和爱心，可是亲爱的约瑟夫先生必须考虑到，穷人也得活命啊。总而言之，谁也不像她这么热心，可是做生意的时候，什么人也没有她这么坚定。

不出所料，约斯最后同意了。那笔数目大得惊人，他也不得不要求分期支付，对于丽贝卡来说，那的确是一笔财富。她迅速计算了一下，这笔钱加上卖掉罗顿的其余动产的收入，万一他战死，她作为阵亡将士的寡妇还有一笔养老金，她完全可以独立生活，就是做寡妇穿丧服也不惧怕了。

这天，她有一两次也想到要逃跑。可是她的理智占了上风。“假使法国人真的来了，”贝基想道，“又能把一个军官的可怜寡妇怎么样？哼！烧杀掳掠的时代早已过去，准会允许我们平静地回家，要不然，我有这点小收入就是在外国也能过得蛮舒服。”

与此同时，约斯和埃什道尔去马厩看新买到的马。约斯要他的用人立即给马备好鞍，他今晚就要启程，而且就在这个小时走。仆人忙碌的时候，他回家去收拾行装。这事必须办得隐秘。他要从后门回到自己屋里。他不愿意跟奥多德太太和阿米莉亚正面相遇，免得承认自己要逃走。

约斯与丽贝卡的交易敲定，他仔细看过自己的马匹后，已经接近黎明时分了。尽管漫长的午夜早已过去，但是整个城市都没有休息过。人们没有入睡，屋子里的灯火都亮着，人群仍然聚集在门外，街道上一片忙碌。各式各样的谣言从一张嘴巴传向另一张，有的说普鲁士已经全军覆没；另一种说法称英国军队发动袭击，控制了战场；第三种说英国人坚守住了自己的阵地。最后这种说法逐渐占了上风，因为法国人并没有来。掉队的士兵们逐渐传来越来越有利的消息。最后，一位副官带着给当地指挥官的公文抵达了，他立即向全城发布公告，宣布同盟军卡特布拉斯之战大捷。经过六小时的战斗，奈将军率领的法军被击败。这位副官抵达的时候，恐怕约斯与丽贝卡正在进行交易，要不就是约斯在查看他的马。他回到自己的旅馆时，发现众多房客中有二十多位正在门外谈论这个消息。消息无疑是真实的。他上楼把消息告诉他保护的女士们。他认为没有必要告诉她们自己打算离她们而去，也没有必要告诉她们他如何买到马匹，以及花了什么价钱。

但是，她们并不在乎战役胜负，一心只想着自己心上人的安危。阿米莉亚听到胜利的消息比先前更加焦躁不安，此刻就要赶往战场，哭着祈求哥哥带她去。她疑虑恐惧交加几乎到了精神失常的地步。这位可怜的姑娘昏睡了几个小时后，此时疯狂地来回乱跑，歇斯底里哭闹个不停——真是一副可怜景象。十五英里之外，经过一场血战，多少战士倒在血泊中，多少受伤的士兵躺在地上辗转呻吟，但是，这个可怜无辜的姑娘更是战争的牺牲品，谁受的痛苦也不及她的更深重。约斯不忍看她受苦的模样，把她交付给比她强壮的女伴照顾，自己再次走出旅馆大门。人们仍然盘桓在那里，交谈着，等待着更多的新消息。

他们一直站在那里，天已经渐渐大亮，新消息开始陆续传来，而且都是亲身参加战斗的人们传来的。马车和乡下的长槽马车满载受伤的士兵滚滚来到城里。车上伤兵躺在干草上，呻吟声大得吓人。一张张痛苦的面孔望着车外。约斯·塞德利又害怕又好奇地望着一辆马车，里面的痛苦呻吟让人毛骨悚然。疲惫的马匹几乎都拉不动车了。“停下！停下！”一个虚弱的声音从干草上喊。马车在塞德利先生住的旅馆对面停下。

“是乔治，我知道是他！”阿米莉亚边喊边冲向阳台，她脸色苍白，披头散发。那并不是乔治。不过比等到乔治也差不了多少：有他的消息。

那是可怜的汤姆·斯塔布斯。二十四小时前，他勇敢地举着军旗出发，在战场上非常英勇地捍卫了旌旗。一个法国人用长枪刺伤了这个小旗手的腿，他倒下时仍然勇敢地举着旗子。战斗结束后，小旗手被送上马车运回布鲁塞尔。

“塞德利先生，塞德利先生！”孩子虚弱地嚷道。约斯应声而来，几乎吓傻了。他开始没有认出叫他的人是谁。

小汤姆有气无力地伸出滚烫的手。“请把我收留在这儿，”他说。“奥斯本……和……和……多宾说我可以住在这儿。你给这个人两个金币。我妈妈会还你的。”小伙子躺在马车上的几个小时中，一直发着烧，思绪回到了几个月前离开的父亲那个牧师宅子，昏迷中忘记了疼痛。

这家旅馆挺大，人们都好心，马车上所有伤兵都被接受进去，安顿在各种床榻上。年轻的旗手被送到楼上，住进奥斯本的房间里。少校夫人从阳台上认出他以后，阿米莉亚和她都奔下楼接他。她们得知当天的战斗已经结束，两人的丈夫全都安然无恙，可以想象两个女人的感情。阿米莉亚在狂喜中无声地扑向她的好朋友，拥抱她。诚心跪在地上感谢上苍拯救丈夫的性命。

我们年轻的夫人神经质到近乎谵妄的地步，得到丈夫的消息，比任何医生能开出的良药更加有益。小伙子的伤十分严重，疼得厉害，她和奥多德太太不间断地服侍着这个小伤员。阿米莉亚有了这样的责任，就没时间考虑自己个人的焦虑，也顾不上为幻想出的种种厄运而害怕了。年轻的伤员简要叙述了这天的战斗，以及我们英勇联队的朋友们。他们损失非常惨重，许多官兵阵亡。冲锋的时候，少校骑的马中了一弹，大家都以为奥多德完了，这下多宾准能升任少校。战斗结束后，大家回到原来的地方，见少校坐在那匹名叫派拉姆斯的马尸上，端着便携酒瓶喝酒呢。是奥斯本上尉把刺伤旗手的那个法国兵杀死的。阿米莉亚听了这话脸色顿时变得惨白，奥多德太太连忙打断年轻旗手的故事。战斗结束时，多宾受了伤，可他把旗手抱起来交给医生处置，然后送上马车带回布鲁塞尔。也是他向车夫许诺说，如果把孩子送到塞德利先生住的旅馆，并且告诉奥斯本上尉的妻子，战斗结束了，她丈夫平安无事，就付他两个金路易。

奥多德太太说："虽然那个威廉·多宾常常笑话我，可他真是个好心人。"

小斯塔布斯发誓说，整个军队里没有比他更好的军官了。他对他的长官赞不绝口，说他和蔼可亲，说他在战场上无比冷静，令人钦佩。阿米莉亚对这番谈话没有多加注意，直到提起乔治，她才注意听，人们不说他的时候，她心里就想念他。

第二天，阿米莉亚忙着服侍伤员，心里庆幸前一天没有遭难，这天的时光还不算太难熬。她对整个军队的关心只为一个人。只要他没事，战役成败并不能引起她的兴趣。约斯从街上带回来的所有战况报告，让胆小的约斯和布鲁塞尔的许多人十分不安，可是，她却一只耳朵进另一只耳朵出。法国军队的确被击退了，不过战役打得非常艰苦，取胜也很勉强，再说，法军只有一个师。皇帝的主力部队远在比利时的利尼，已经彻底歼灭了普鲁士军队，现在可以将他的全部力量转而对付同盟国了。威灵顿公爵现在正在朝比利时首都撤退，或许要在城墙外打一场大战役，取胜的可能性更加难以逆料。威灵顿公爵可依赖的只有区区二万英国部队，德国人没有战斗经验，比利时人已经叛离。这位统帅只有这么一点儿兵力，却要抵抗拿破仑率领下长驱直入比利时的十五万大军。拿破仑统帅的大军！不论多么著名多么富有经验，哪个勇士能在力量如此悬殊的情况下，与他作对呢？

约斯考虑到这些因素，不禁浑身颤抖。所有布鲁塞尔人也都同样害怕。人们感觉到，这天的战役只是拉开了一场恶战的序幕。与皇帝对峙的一支军队已经分崩离析，逃得无影无踪。为数很少尚能抵抗皇帝的英国士兵，准会被消灭在阵地上，他会踏着他们的尸体进城。留在城里的人到时候逃不了厄运！政府官员开会，进行过秘密讨论，欢迎辞已经写好，迎接法国人的房间也已经准备停当，法国的三色国旗和庆祝胜利的标语已经制作完毕，就等着欢迎皇帝陛下光临了。

仍然有人陆续逃走，只要人们能找到旅行工具，就举家出逃。6 月 17 日下午，约斯去丽贝卡的旅馆，发现巴里亚克斯家的大马车终于滚动起来，离开了旅馆门口。尽管克劳利太太不愿成全他们，伯爵最终设法弄到两匹马，现在正驶往根特。“人民拥戴的路易”[1]也在城里打点行装。不幸的命运仿佛永远不厌其烦地逼着这位行动不便的流亡者颠沛流离。

约斯感到，昨天耽搁行程只能算是暂时的，他出了大价钱买到的马匹终将用得着。整整一天，他简直痛苦不堪。只要英国军队仍然驻扎在布鲁塞尔与拿破仑之间，就没有必要立即逃走。不过他叫人把马从远处那个马厩牵到他住的旅馆庭院里，以便一直能亲眼看见它们，免得被人强行夺走。埃什道尔不断地守望着马厩门，并且已经给马备好了鞍，便于随时启程。他迫不及待地盼望那个时刻的到来。

丽贝卡前一天受到那样无礼的接待，便不愿到亲爱的阿米莉亚身边来。她修剪一下乔治送给她的花束，换了瓶水，这才读他夹带在花束里的条子。“可怜的东西，”她把那张小条子缠在手指头上玩弄，“只要拿出这东西，就能把她气死！只为这么一件小事，准能让她心碎。那个男人如此愚蠢，还是那么个不爱她的花花公子。我亲爱的好罗顿比那家伙强十倍。”接着，她开始寻思，假如……假如可怜的好罗顿发生不测，她该怎么办。她感到庆幸的是，他把马匹都留给她了。

这天，克劳利太太见巴里亚克斯一家乘车逃走，心里不无恼火。她想到伯爵夫人采取的安全措施，为了自己的安全，也做了些针线活儿，把大部分珠宝首饰、钞票和支票缝在贴身的衣服里。这么准备好后，可以应付任何事件了。假如她认为有必要，可以逃走。也可以留下来欢迎占领军，不论来的是英国人还是法国人。就在罗顿裹着斗篷冒雨在圣约翰山宿营，一心想念他撇在身后的娇妻时，我

---

① “人民拥戴的路易”：法国国王路易十八的绰号。他不断地逃跑避难，使这个绰号成为笑柄。最后于1815年在法国复位，但是人们永远无法抹去心中对他的偏见，因为他是乘坐盟国军队的行李车回到法国复位的。——原书编者注

实在不能肯定，她是不是梦见自己成了个公爵夫人，或者法国元帅夫人。

第二天是个星期日。奥多德少校太太照顾的伤员和病人在一晚上酣睡后，伤势有所好转，精神也振奋多了，她感到由衷的满意。她本人在阿米莉亚房间的一张大椅子上睡觉，一有需要，随时准备照料她可怜的朋友或者那位旗手。早晨来临，这位健壮的女人回到她与少校居住的公寓，仔细把自己打扮一番，以便符合礼拜日的需要。少校的帽子还在枕头上，手杖立在屋子一角。她很可能在他们住过的这间屋子里做了祈祷，愿上天保佑勇敢的战士迈克·奥多德。

返回的时候，她随身带了本祈祷书，还有她那位当副主教的叔叔编写的训诫辞，她从不曾忘记在星期日朗诵上面的安息日祷告辞。她并不能完全看懂，也不能完全理解那些训诫辞的意思，大概许多词的读音也不正确，因为那位副主教是个学问高深的人，惯用又长又深奥的拉丁词。不过，她朗读的时候态度一本正经，声调抑扬顿挫，错别字总的来说还凑合不影响理解。她自忖道：当年海面上风平浪静的时候，我的迈克在寂静的船舱里，听我读过多少次这些训诫啊！今天她提议，阿米莉亚和受伤的旗手与她一起做礼拜，听她朗读。就在同一个小时里，两万座教堂里在做着同样的礼拜，千百万英国男人和女人跪在地上，祈求在天之父保佑。

他们听不见在布鲁塞尔打扰这场小小礼拜的炮声。可是那声音比两天前响亮得多。奥多德太太以自己最佳音色朗读的时候，滑铁卢战役的炮声开始轰鸣。

约斯听到那阵可怕的声音，觉得再也不能继续忍受这种不断的恐惧了。他要立即逃走。他冲进伤病员的屋子，打断了他们的礼拜仪式，恳切请求阿米莉亚："埃米，我再也受不了啦。我待不下去了。你必须跟我一起走。我为你买了匹马，你也别管花了多少钱，你必须马上穿戴好，跟我走。跟埃什道尔共乘一匹马。"

“愿上帝宽恕我。塞德利先生，你简直是个胆小鬼，”奥多德太太放下那本书。

“我说，快走，阿米莉亚，”文官接着说。“别管她怎么说。我们为什么要待在这儿等着法国人屠杀？”

“我的伙计，你忘记了我们联队啦，”受伤的英雄小斯塔布斯在床上说，“那……那……你不会把我撇下吧，奥多德太太？”

“不会的，我亲爱的孩子，”她说着走上前去，亲吻那孩子。“只要我在这儿，你不会有任何危险。除非我的迈克要我走，否则我决不离开。要是我跟那家伙共乘一匹马，骑在他身后，模样倒真的十分漂亮，不是吗？”

这一想象让躺在床上的年轻伤员放声大笑，连阿米莉亚也面露微笑。

“我没问她，”约斯喊起来，“我没问那个……那个爱尔兰女人，我问的是你，阿米莉亚。我最后再问一遍，你走是不走？”

“撇下我丈夫，约瑟夫？”阿米莉亚诧异道。她把手伸向少校的妻子。约斯失去耐心了。

“那就再见吧，”他愤怒中晃动自己的拳头，走出去使劲把门摔上。这一回，他真的下令出发，在庭院里上了马。奥多德太太听到了大门外传来的马蹄得得声，把脑袋伸出窗外看，见他骑马顺着街道远去，身后跟着头带金边帽的埃什道尔。她责备这个可怜的约瑟夫，口吻中满是轻蔑。两匹马已经有许多天没有遛过，上了街就撒欢。约斯骑马不熟练，十分胆怯，在马鞍上丝毫显不出什么神气。“快看他，亲爱的阿米莉亚，要骑到人家客厅窗户里去啦。我从来没见过这么笨的骑士，简直是公牛闯进瓷器店。”不久，那两匹马顺着街道一溜奔跑，朝通往根特的路跑去。奥多德口气激烈地抨击他们，直到他们消失在远方为止。

整整一天，从早上到日落以后，大炮的轰鸣声从未间断。天黑之后，炮声突然停止了。

我们都在书中读到过在此期间发生的事件。这个故事成为每个英国人的美谈。军队为那场战争的胜负拼命苦斗的时候，我们还都是孩子，可是我们对那场著名战役百听不厌，讲起它也是津津乐道。打输那场战役的勇士及其千百万同胞们，回忆起当初的耻辱，仍然感到痛心疾首，渴望有机会报仇雪耻。如果战事再起，他们得胜，自然是他们一方扬扬得意，我们这一方接受仇恨与愤怒的耻辱遗产。两个互不服输的民族，如此荣辱交替成败轮回，永远没有尽头。几个世纪之后，我们法国人和英国人或许仍然在夸耀武力，相互残杀，勇敢地捍卫着魔鬼制定的荣誉法典。

我们的所有朋友都在那个伟大的战场上恪守自己的职责，显出男子汉的英雄气概。女人们在十英里之外苦苦祈祷的时候，无所畏惧的英国步兵一整天坚守防线，抵御法国骑兵一次次凶猛的进攻，一次次把他们击退。在布鲁塞尔听到的炮火，在防线上炸开一个个缺口，一批战友倒下去，另一批又冲上来替补。傍晚时分，法国人一次又一次进攻被击退，攻势渐渐懈怠。他们不是需要抵抗其他劲敌，就是在酝酿最后的猛攻。决战终于来临。皇帝的卫队朝圣约翰山拥来，旨在一举将英国人从盘踞了一整天的山头上赶下去。英国阵地上连连射出炮弹，雷鸣般的爆炸不知夺取了多少法国人的生命，但是敌人毫不畏惧，黑压压一片朝山头扑上来。就在他们即将冲上山顶的时候，开始发生了动摇。犹豫中，面对英军的炮火停下了脚步。最后，英国部队冲出自己坚守的阵地，向敌人发动冲锋。皇帝的卫队不得不转身逃跑。

布鲁塞尔再也没听见炮火声。发起冲锋的英军一连追出许多里。黑暗笼罩在城市和战场上空。就在阿米莉亚在为乔治祈祷的时候，乔治心口中了一颗子弹，面朝下倒在战场上。死了。

第三十三章
克劳利小姐的亲戚深深为她担忧

英勇的军队在弗兰德斯打胜仗，进而推进到法国边境，拿下那里的据点，准备占领法国。好心的读者，请你们千万不要忘记，在此同时，与我们的故事有关的许多人物正平静地生活在英国，他们在这个故事中也占有重要地位。上面描写的战役进行过程中，老克劳利小姐住在布赖顿，她对那桩重要事件很少关心。报纸当然因而增加了些许趣味，布里格斯还把《伦敦公报》上赞扬罗顿·克劳利作战勇敢的报道读给她听，后来，报纸上还发表了他升迁的消息。

“真可惜，那小伙子竟然走了步不可挽回的臭棋！”他姑妈说，“有他那么高的地位和能力，就是娶个像酿酒商家格兰斯小姐那样有二十五万陪嫁的小姐也不发愁。说不定还能跻身英格兰最体面的人家之列。本来我也准备把钱留给他，或者留给他的子女，因为我还不急着去见上帝——布里格斯小姐，你或许巴不得要我早死——结果他命中注定是个穷叫花子，娶了个舞女做老婆。”

“他是这个国家名垂史册的英雄了，我亲爱的克劳利小姐难道不该对他同情，另眼相待吗？”布里格斯小姐为滑铁卢之战兴奋不已，而且她喜欢抓住机会，用浪漫口吻说话。上尉——不，现在我该称他上校——的丰功伟绩，不是给克劳利家族赢得了荣誉吗？”

“布里格斯，你是个傻瓜，”克劳利小姐说。“克劳利上校玷污了克劳利家族的名声，布里格斯小姐。娶了个画匠的闺女！娶了个与人做伴的女人！布里格斯，她比你强不了多少，你们都是一路货色，只不过她比你年轻些，长得好看，人也聪明得多。我怀疑，你跟那个该死的混账东西是同谋。她要诡计骗得他投入罗网，可你以前对她崇拜得要命。不错，我敢说，你是她的同谋。不过，我可以告诉你，你将来读了我的遗嘱会感到失望。我要你赶紧给韦克希先生写信，说我马上要见他。”克劳利小姐几乎每天都要给她的律师写信，因为她原先关于财产处置的方案已经撤销，未来的方案又毫无头绪。

老处女的健康大大恢复了，她挖苦布里格斯小姐的劲头越来越足，这就是证明。对她的讽刺挖苦，可怜的伴侣逆来顺受，胆怯得大气也不敢出一声，她的顺从半带慷慨，半是虚伪。总而言之，她是个脾气善良的人，处在她那样的地位，也不得不奴颜婢膝。谁没见过女人欺负女人？与女人受女暴君的折磨虐待相比，男人需要忍受的折磨又算得了什么？可怜的受害者！话说回来，克劳利小姐的健康逐渐恢复时，脾气总是变得特别凶残可恶，正如人们所说，伤口愈合时，最奇痒唯恐不及。

克劳利小姐如大家希望的那样逐渐恢复健康，在此期间，只有倒霉的布里格斯小姐准许接近她。不过，克劳利小姐的亲戚虽然住得远，却没有忘记他们热爱的亲戚。他们时常送些礼品给她，还不断寄来热情的问候，努力让她记住他们。

我们首先说说她的侄儿罗顿吧。著名的滑铁卢战役结束，《伦敦公报》登出他英勇作战的事迹和军阶的升迁，几个星期后，迪波号邮船送来一个邮包，递送给住在布赖顿的克劳利小姐，里面有几样礼物和一封口吻十分孝敬的信。写信人是她的侄子克劳利上校，包裹里有一对法国肩章、一个法国勋级会荣誉军团的十字勋章，还有一个剑柄——都是战场上的遗物。信上十分幽默地讲述了那个剑柄的故事。它原来属于法国禁卫军司令官，他刚刚发誓说，“禁卫军宁死不降，”哪知道片刻之后就当了一名英国士兵的俘虏。那个士兵用毛瑟枪托砸断了他的剑，最后这件破损的武器才成了罗顿的收藏品。十字勋章和那对肩章原来的主人是一名法国骑兵上校，罗顿副官把他挑死在马下后，认为应该把这些遗物赠给他最慈祥，最亲爱的老朋友。他们即将攻进巴黎，到了那儿，他要写信来，讲述那个都市的有趣消息，也要通报克劳利小姐一些老朋友的消息。克劳利小姐在那些朋友流亡时，曾对他们表示过善意。

老处女要布里格斯给上校回信道贺，鼓励他继续写信。他的第一封信写得趣味横生，她当然希望继续收到他的信。“我当然知道，”她对布里格斯解释说，“罗顿写不出这么好的信来，他写得比你还糟，我可怜的布里格斯，是那个狡猾的小妖精丽贝卡一字一句口授的。可是，不能为了这原因，我侄子就不给我乐趣。我要让他们知道，我兴致很高。”

不知她是不是猜得出，那信不仅是贝基写的，而且那些战场遗物也是罗顿太太送的。战役之后，无数小贩便开始兜售战场遗物，她没花几个法郎就从一个小贩手中买到这些东西。写小说的作者什么事都知道，这一情节自然也逃不出他的眼睛。克劳利小姐的回信让我们的朋友罗顿和他妻子大受鼓舞，姑妈的态度显然有所缓和，两人便产生更大的希望。他们像罗顿信上说的那样，随着占领军到了巴黎，从那里写去许多有趣的信，讨她喜欢。

牧师的妻子因为丈夫摔断了锁骨，回到女王的克劳利镇上的牧师宅子照料他，老处女给她的信实在称不上礼貌。布特太太行动敏捷，生气勃勃，一切都要自己主持操办，专横傲慢容不得别人，在大姑子的事情上却犯了个极其严重的错误。她不但欺压用人们，而且让克劳利小姐觉得无法容忍。布里格斯奉命写信给布特·克劳利太太，通报克劳利小姐在她走后身体大见好转，因此请她留在自己家，不必费心来照顾克劳利小姐了。假如可怜的布里格斯小姐有点骨气的话，得到这么个使命，准会感到喜悦。一个对布里格斯小姐如此霸道残忍的女人被击败，要是换了别的女人，准会为此拍手称快，可是布里格斯是个没骨气的女人，敌人刚刚失宠，她立刻开始怜悯她了。

“我真傻，”布特太太合情合理地想道，“不该在送给克劳利小姐那只珍珠鸟的时候，附上那封信，暗示说要回去。我本该什么也不说，突然闯进去，把可怜的老女人从傻瓜布里格斯和那个贪得无厌的女佣手里夺回来。唉！布特啊，布特，你干吗要把锁骨摔断呢？”

真倒霉，不是吗？我们先前见过布特太太如何将猎物紧紧掌握在手心里，使出巧妙手段，牢牢控制住克劳利小姐的家，结果机会一到却促成了反叛。不过，她和她家的人认为，她成了自私和阴谋的牺牲品，她竭诚无私奉献，得到的不是知恩图报，而是蛮横无理。罗顿晋升军阶，而且受到《伦敦公报》的褒扬，让这位笃信基督的好女人心里十分惊慌。现在他成了个陆军中校，而且得了个下级爵位，他姑妈会不会因此回心转意，可恶的丽贝卡会不会再次得到她的宠爱呢？牧师的妻子为丈夫写了篇训诫辞，内容是关于炫耀军功和恶人的财富均属华而不实，可敬的牧师抑扬顿挫朗读出来，对其中的含义却一个字也不懂。那天的听众里有皮特·克劳利和他的两个同父异母妹妹。老男爵现在难得上教堂做礼拜。

自从贝基走后，这个老东西变得放浪形骸，人们认为他伤风败俗，简直是乡里的耻辱，他儿子心里害怕得要命，却有苦难言。霍罗克斯小姐帽子上的带子越来越鲜艳夺目。体面人家不但绝不敢登他的门，而且路上见了他避之唯恐不及。皮特爵士随意到佃户家串门，到了赶集的日子，就在穆德伯里和临近地区与农民一道狂饮掺水的朗姆酒。他赶着家里四匹马拉的马车到南安普敦，霍罗克斯小姐总是坐在他的车里。乡里人都估计，用不了多久，他跟她的结婚启事就会登在本地报纸上。他儿子也有同样的看法，却只能心里默默忍受。对于克劳利先生来说，这的确将是个沉重的心理负担。以前，他在乡里举行的传教集会和宗教聚会上，不但唱主角，而且可以滔滔不绝一连谈上几个小时，可是现在却往往结结巴巴，口才全无，因为他一站起身，就觉得听众在想："这是那个荒唐老头皮特爵士的儿子，那个老家伙此刻也许正在某个酒店酗酒呢。" 有一次，他讲到廷巴克图国王处在未受启蒙的黑暗之中，他家几个妻子的思想也一片混沌。听众里一个喝得醉醺醺的无赖问道："正派的年轻人，女王的克劳利宅子里有几个老婆？" 讲坛上的人吃了一惊，克劳利先生的讲演也进行不下去了。假如不是克劳利先生相逼，要老先生送女王的克劳利宅子里两个女孩子去上学，两个娃娃准得变成野孩子，因为皮特爵士发誓，再也不给她们找家庭教师。

我们先前说过，克劳利小姐的侄子侄女尽管相互不和，但是一致热爱自己的姑妈，为了表示自己的心意，常常送些礼品给她。于是，布特太太送来了珍珠鸟、上好的菜花、她女儿们亲手制作的荷包和插针垫子，企望在亲爱的姑妈心里占有一席位置；皮特先生送来宅子里产的桃子、葡萄、鹿肉。南安普敦驿车不断地将这些表示钟爱的礼品送到住在布赖顿的克劳利小姐家里。皮特先生本人还常常乘坐这趟车去布赖顿。一则因为克劳利先生与皮特爵士不和，常常离家外出；二则简·希普尚克斯小姐住在那里，对他颇具吸引力。我们在故事开始时曾经介绍过，希普尚克斯小姐已经与克劳利先生订婚。她和姐妹们陪母亲索斯当伯爵夫人住在布赖顿。伯爵夫人是个办事果断的女人，在宗教界颇为知名。

关于她和她的高贵家庭，应该介绍几句，因为从现在起，他们要与克劳利家族发生紧密联系。索斯当家族的一家之主用不着多费笔墨描述，克莱门蒂·威廉是索斯当家族的第四代伯爵传人，在威尔伯福斯先生的庇护下进了国会，摇身一变，成了沃尔西勋爵，他是个严肃的年轻人，一度很为他的政治赞助者争光。倒是他母亲的感情很难以语言描绘。她那位贵族丈夫去世不久，不肖之子便做出有辱家门的事情，常常出没于下流俱乐部，在沃蒂酒馆和可可树咖啡馆豪赌大输，并以家产抵押举债，许诺得到遗产后还赌债；他总是乘坐四马拉的车外出，经常光顾赛马场押赌；他在歌剧院定有包厢，交往的伙伴都是最危险的单身汉。伯爵夫人与熟人一提起他的名字，就不免叹息。

埃米莉女士比她弟弟大好几岁。我们提起过，她倾心于宗教事业，曾经创作过几本令人着迷的传教小册子，也作过许多赞美诗和境界颇高的宗教作品，因而在宗教界很有些地位。这位老处女年纪已经很大了，却很少考虑过结婚，全心全意想着拯救黑人。下面引述的优美诗句就出自她的手笔：

引导我们抵达明媚的仙岛，
横跨西方深不可测的波涛，
那边天空充满永恒的微笑，
这里黑人却一直饱受煎熬……

她与东印度和西印度群岛上大多数领地的牧师们有书信来往，并且悄悄爱上一位在南海群岛刺了文身的西拉斯·霍恩布莱尔牧师。

皮特·克劳利先生爱慕的简小姐是个温和沉默的姑娘，十分胆怯，常常飞红脸颊。尽管她哥哥那么堕落，可她还是禁不住同情他，为他落泪，又为自己不争气觉得羞愧。然而，她还是忍不住要悄悄给他写信，私下到邮局发给他。她一生最大的一桩秘密，便是在老管家婆的陪同下，偷偷摸摸去阿尔贝尼，到索斯当的住处拜访他，结果发现那个不成器的可怜虫正在抽雪茄烟，面前摆着一瓶陈皮酒。她佩服姐姐，崇拜妈妈，认为克劳利先生是最让人喜悦、最有成就的男人，当然啦，仅仅次于他那个堕落的哥哥索斯当。她的妈妈和姐姐是高人一等的女人，什么都替她安排妥帖了，她们对她施予善意和怜悯，正如所有高尚女人都愿意施好心怜悯别人一样。她们替她买衣帽，购图书，定理想。她什么时候骑马，什么时候练钢琴，什么时候做任何其他运动，全都由索斯当伯爵夫人指定。若不是简小姐进宫觐见了夏洛蒂王后[①]，母亲甚至要逼她每天戴着围嘴。

这些女士最初来到布赖顿住下时，克劳利先生除了拜访她们之外，什么人也不见，对于他姑妈，他只是去留了张名片，关于她的病情，他仅仅向鲍尔斯先生或者向仆人们随意打听几句。一次，克劳利先生见布里格斯小姐胳膊底下夹着一摞书走出图书馆，他走上前去与她握手，竟然涨红了脸，这可是他少有的经历。他向陪他散步的简·希普尚克斯小姐介绍说："简女士，请允许我介绍我姑妈最好心的朋友和伴侣，布里格斯小姐，你一定知道她的大名，因为你非常喜欢读的《心之歌》就是她的作品。简小姐的也飞红了脸颊，向她伸出手去，非常礼貌地结结巴巴说了些应酬话，说是妈妈打算要去拜访克劳利小姐，还说很高兴见到克劳利先生的朋友和亲戚。分手的时候，她以鸽子一样温和的目光望着布里格斯小姐，向她颔首致意，克劳利先生则向她深鞠一躬，就像他当参赞的时候，对大公夫人一样殷勤。

这是从狡诈的宾基那里学来的圆滑外交手段。把可怜的布里格斯小姐那本早期诗作送给简小姐的正是他。他在女王的克劳利宅子发现这本诗集，还在扉页上看到诗人给他继母的题赠辞，便带了这书乘南安普敦驿车，来布赖顿的途中阅读。他又亲自写了题赠，把它转送给简小姐。

是他告诉索斯当女士，她的家庭与克劳利先生小姐保持亲密关系，在精神上物质上将非常有益。克劳利小姐现在十分孤独。他弟弟罗顿行为放荡，又娶了那么一门亲，结果失去了老女士的喜爱。

---

① 夏洛蒂王后：英国国王乔治三世的王后（?–1818），由于她的插手，宫廷气氛枯燥乏味。贝基觐见过的是乔治第四的王后，风度与她截然不同。——原书编者注

布特·克劳利太太独断专行，过于贪婪，导致老女士对他们那一家人爆发了反感。也许他本人过于自负，从来没想到培养与克劳利先生小姐之间的感情。他觉得现在时机已经成熟，应该采取一切恰当的手段，既要拯救她的灵魂免于沉沦，也要以克劳利家长子的身份，将她的财产继承到自己名下。

意志坚定的索斯当夫人对女婿的两点建议十分赞同，立刻便着手感化克劳利小姐。在她家的时候，不论是在索斯当宅子还是在特罗特莫尔城堡，这位身材高大的传教士常常乘坐自家的马车，在骑马的跟班簇拥下，将一包包传教的小册子散发给农庄里的佃户们，如果她想要某人改变信仰，那人准会乖乖地从命，教士也不能提出异议，要是她命令某人服用詹姆士发明的疟疾药粉，那人也一定不敢有二话。索斯当伯爵在世的时候，是个头脑单纯的贵族绅士，时常犯羊痫风，对他的玛蒂尔达佩服得五体投地，凡是她做的事或者她的想法，无一不得到他的认同。她的信仰常常因接触不同流派神学家的观点而改变，不论她的观点发生什么改变，她便会毫不迟疑地命令所有佃户和下人随她变化。所以，不论她把哪个教派的牧师请回家，不论是苏格兰神学院的桑德斯·迈克奈特牧师，还是温和的韦斯利派牧师卢克·瓦特斯，还是像拿破仑自封皇帝一般自封牧师的吉尔斯·乔尔斯，全家大小和用人佃户们就得跟着索斯当伯爵夫人跪在地上听传教，不论听完谁的祷告，都得高呼“阿门”。考虑到老索斯当伯爵有病，他得到准许坐在自己屋子里喝低度尼格斯酒，听人为他读报纸。简小姐是老伯爵最喜爱的女儿，她也真心孝敬他，侍奉他。写过《芬奇利野地上的洗衣妇》的埃米莉小姐观点激进——不过，她的观点后来发生了变化——说起不信神的人死后将受到怎样的惩罚，把胆小的老先生吓得不轻，医生宣布说，他的羊痫风总是在小姐讲道后发作的。

“我一定要去拜访，”索斯当夫人听了未来女婿的告诫，当时就做出这样的表示。“为克劳利小姐看病的大夫是谁？”

克劳利先生提到一位名字叫克雷默的先生。

“我亲爱的皮特，那可是个最危险无知的庸医。我凭借天意好几次把他从好人家里赶了出去，可惜有一两回我没有及时赶到。我没有办法拯救亲爱的格兰德斯将军，他让那个无知的庸医治得都快要死了。他吃了我给他的波杰药丸稍见好转，可是，唉！太晚了。不过他的死真让人兴奋，而且死了倒好。克雷默，我亲爱的皮特，千万不能让他靠近你姑妈。”

皮特表示完全赞同。他未来的贵族岳母生气勃勃，他也不由自主受到她的摆布。他被迫接受了桑德斯·迈克奈利、卢克·瓦特斯、吉尔斯·乔尔斯的观点和波杰药丸、罗杰斯药丸、波基药水——总之，凡是伯爵夫人推荐的良药，不论是精神上的，还是物质上的，他通通接受。他离开她家的时候，总是毕恭毕敬地带走她开的良药，不是骗人的理论，就是骗人的药物。啊，我亲爱的兄弟们，出没于名利场的伙伴们，你们谁没有在这种开明的暴君手下吃过苦头？你对他们说：“亲爱的夫人，我去年按照你的命令，服用了波杰的药丸，而且相信它的确有效。怎么，怎么，难道我现在又要改服罗杰的药丸啦？”可是你的话纯属徒劳，她的话说出口就不更改。假如她说的话你不听，她就会放声大哭，争辩的结果是你乖乖服下那种药丸，嘴里连连说：“好吧，好吧，就吃罗杰药丸。”

“她的灵魂，”伯爵夫人接着说，“当然必须立刻受到关注。有克雷默在她身旁，她随时都可能到另一个世界去。可她的灵魂是个什么状态啊，我亲爱的皮特，她的灵魂处在多么可怕的状态呀！我要立即打发艾恩斯牧师去见她。简，用第三人称给巴塞洛缪·艾恩斯牧师写个正式邀请信，说我今天晚上六点半请他共进茶点。他是个能给人以启蒙的牧师，必须让他在克劳利小姐今晚上床睡觉前见见她。埃米莉，我的好宝贝，快给克劳利小姐挑选几本书包起来，要包上《烈火中的声音》《喇叭对杰里科发出警告》，再包上《肉锅破碎》或者《野人皈依记》。”

“妈妈，还有《芬奇利野地上的洗衣妇》，”埃米莉小姐说。“开头最好读点轻松的东西。”

“等一等，女士们，”皮特以外交家的风度说。“我对索斯当伯爵夫人非常敬重，对她的观点十分佩服，不过，我认为立刻与克劳利小姐谈到宗教问题恐怕不适宜。别忘了，她的身体非常虚弱，而且迄今为止，她从来没有想到过身后永生的问题。”

“我们开始得越早不是越好吗？”埃米莉小姐站起身，手中已经抓着六本小册子了。

“如果开始得太唐突，会把她彻底吓倒。我对姑妈的脾气非常了解，想要让她突然皈依宗教，对那位不幸的女士必将弊端无穷。只能吓着她，让她产生厌恶。她很可能会把这些书抛开不看，拒绝与赠书的人交往。”

“你像克劳利小姐一样世故，皮特，”埃米莉小姐拿着那些小册子扬了扬头走出屋子。

“我亲爱的索斯当夫人当然清楚，”皮特没有顾忌刚才的话被打断，压低声音接着说，“如果缺乏温和谨慎，将危及我们对我姑妈的财产所抱的希望。要记住她有七万英镑。要考虑到她的年纪，她的精神紧张身体虚弱。我知道她已经撤销了原来那份对我弟弟克劳利上校有利的遗嘱，只有凭借安慰那个受伤的灵魂，我们才能将它引入正途，绝对不能让她受到惊吓。所以我认为您能同意我的意见，嗯……嗯……”

“当然，当然，”索斯当夫人说。“简，我的亲宝贝，不用给艾恩斯先生写信了。假如她的身体不适于讨论宗教问题，我们就等她恢复健康再说。我明天去拜访克劳利小姐。”

“我亲爱的夫人，假如我可以提个建议的话，”皮特口吻恭顺地说，“最好不带可敬的埃米莉小姐去，她有些过于热心。可以由温和的简小姐陪您去。”

“肯定是这样，埃米莉会把一切都搞糟，”索斯当夫人说。如我们刚才所说，她打算征服什么人的话，总是先用传教的小册子给那个倒霉鬼一通轰炸，仿佛法国人进攻前的炮轰，然后才亲自出面。这次却同意放弃通常的做法。索斯当夫人同意采取妥协做法，不是出于对那位病人的健康着想，就是出于对她灵魂的长远最佳利益着想，要不就是为了图她的钱财。

第二天，索斯当家族女眷专用的马车堂哉皇哉停在克劳利小姐家门外。马车上装饰着伯爵的徽章，上面有索斯当和宾基两家的族徽。索斯当家族徽的图案是绿底上三只小羊；宾基家族的图案是斜面上三道红色竖线与黑色横线相交叉。身材高大表情庄重的跟班要鲍尔斯先生将伯爵夫人的一张名片转交给克劳利小姐，另一张转交给布里格斯小姐。埃米莉小姐做出让步，但是，晚上给布里格斯小姐送来一包书，其中《洗衣妇》和其他比较温和的传教书是给布里格斯小姐自己看的，另外一些言辞激烈的书给下房用人看，其中有：《储藏室的碎屑》《炸锅与烈焰》《罪恶的制服》。

轻经典

出 品 人：许　永
责任编辑：许宗华
特邀编辑：林园林
责任校对：雷存卿
装帧设计：海　云
印制总监：蒋　波
发行总监：田峰峥

投稿信箱：cmsdbj@163.com
发　　行：北京创美汇品图书有限公司
发行热线：010-53017389　59799930

创美工厂
微信公众平台

创美工厂
官方微博